운양집

이 책은 2010년도 정부(교육과학기술부)의 재원으로 한국고전번역원의 지원을 받아
수행된 '권역별거점연구소협동번역사업'의 결과물임.
This work supported by institute for the Translation of Korean Classics - Grant funded by
the Korean Government

한국고전번역원 한국문집번역총서

운양집 6

雲養集

김윤식 지음
金允植

구지현
백승철 옮김

일러두기

1. 이 책의 번역 대본은 한국고전번역원에서 간행한 한국문집총간 328집 소재《운양집(雲養集)》으로 하였다. 번역 대본의 원문 텍스트와 원문 이미지는 한국고전종합DB (http://db.itkc.or.kr)에서 확인할 수 있다.
2. 내용이 간단한 역주는 간주(間註)로, 긴 역주는 각주(脚註)로 처리하였다.
3. 한자는 필요한 경우 이해를 돕기 위하여 넣었으며, 운문(韻文)은 원문을 병기하였다.
4. 맞춤법과 띄어쓰기는 한글 맞춤법과 표준어 규정을 따랐다.
5. 이 책에서 사용한 부호는 다음과 같다.
   ( ) : 번역문과 음이 같은 한자를 묶는다.
   [ ] : 번역문과 뜻은 같으나 음이 다른 한자를 묶는다.
   " " : 대화 등의 인용문을 묶는다.
   ' ' : " " 안의 재인용 또는 강조 부분을 묶는다.
   「 」 : ' ' 안의 재인용을 묶는다.
   『 』 : 「 」 안의 재인용을 묶는다.
   《 》 : 책명 및 각주의 전거(典據)를 묶는다.
   〈 〉 : 책의 편명 및 운문·산문의 제목을 묶는다.

차례

운양집 제12권

서독 하書牘下

서후書後

묘지墓誌

묘갈墓碣

묘표墓表

신도비명神道碑銘

운양집 제13권

행장行狀

시장諡狀

유사遺事

제문祭文

운양집 제14권

추도문追悼文

애사哀辭

고유문告由文

잡저雜著

운양집

제12권

서독 하 書牘 下

서후 書後

묘지 墓誌

묘갈 墓碣

묘표 墓表

신도비명 神道碑銘

서독 하 書牘下

모두 24편인데 19편을 수록하였다.

신열릉[1]에게 답하는 편지

答申洌陵書

관청일을 하시느라 몹시 바쁘신 중에도 매번 먼저 은혜로운 편지를 보내주셨습니다. 노인의 정력으로 이처럼 하기 어려운 것인데, 진실로 벗에 대한 사랑이 마음속에 뿌리 내리고 있어서 힘써 노력하지 않아도 그렇게 되는 것이니 참으로 감탄스럽습니다. 아드님의 문과급제에 대한 축하가 늦었습니다. 저는 세상의 경조사를 모두 빠뜨린 채 사람의 도리를 제대로 못하고 있으니 양해하시고 용서해 주시리라 생각합니다.

형께서 고개를 숙이고 음관(蔭官)이 되신 것은 부득이해서 그런 것입니다. 늙은 준마가 마구간에 엎드려서[2] 아직도 하늘 길을 날아오르려는 생각을 갖고 있는데, 지금 젊은 사람에게 앞자리를 양보하게 되었으

1 신열릉(申洌陵) : 신관조(申觀朝, 1827～?)로 자는 용빈(用賓), 호은 열릉(列陵)이다. 청송 부사를 지냈다. 1865년(고종2) 을축 식년시에 진사 1등 2위로 합격하였고 영산 현감(靈山縣監) 등을 지냈다.

2 늙은……엎드려서 : 재능 있는 인물이 나이가 들어서 뜻을 펴지 못하고 궁지에 빠짐을 비유하는 말이다.

니 어찌 분하고 부끄럽지 않을 수 있겠습니까?

근래 석운(石雲)[3]과 혜거(兮居)[4]와 함께 이 문제를 거론하면서 집이 떠나가도록 크게 웃었습니다. 생각하건대 이때 귀뿌리가 몹시 가려웠을 것입니다. 편지를 발송한 것이 봄이 끝날 때였는데, 지금은 여름이 끝나려고 합니다. 다시 한 번 전체(篆體)[5] 건강하시고 편안하시기 바랍니다. 봄비와 같은 은택[6]이 흡족하였으니, 두 갈래의 보리 점[7]에 부합되겠는지요? 구구한 저는 그렇게 되기를 마음으로 빌겠습니다.

3 석운(石雲) : 박기양(朴箕陽, 1856~1932)으로, 본관은 반남(潘南), 자는 범오(範五), 호는 석운(石雲), 쌍오거사(雙梧居士)이다. 1888년(고종25) 별시문과에 병과로 급제한 후 벼슬길에 올랐다. 대한제국기에는 1904년 일본의 황무지 개척권 요구와 1905년 을사조약 체결을 적극 반대하였고, 특히 을사조약 체결 때는 일본 헌병대에 구금되어 있기도 했으며 이후 관직에서 물러나 낙향하여 지냈다. 그러나 1910년 한일병합조약 체결 후 일본 정부로부터 남작 작위를 받으면서 일제의 통치에 협조했다. 저서로는 《석운일기》와 《석운종환록》이 있다.

4 혜거(兮居) : 유진일(兪鎭一)의 자이다. 《운양집》 권13에 〈임천 군수를 지낸 유혜거 진일을 제사하는 글(祭兪林川兮居鎭一文)〉이 실려 있다.

5 전체(篆體) : 편지투에서 상대방이 지방 수령을 하는 경우 높여 지칭하는 용어이다.

6 봄비와 같은 은택 : 원문의 '우택(雨澤)'은 비가 내려 만물을 적시는 것을 말한다. 여기서는 임금의 은혜를 뜻한다.

7 두 갈래의 보리 점 : 원문의 '기맥지점(岐麥之占)'은 보리 줄기 하나에 두 가닥의 이삭이 맺힌 것으로, 옛날에는 풍년이 들 상서로운 조짐으로 여겼으며, 아울러 지방관의 혜정(惠政)을 뜻하기도 하였다. 후한(後漢)의 장감(張堪)이 호노(狐奴)라는 곳에 8천여 경(頃)의 전지를 개간하고 백성들로 하여금 농사짓게 하자 백성들이 이를 칭송하여 노래하기를, "뽕나무에 곁가지가 없고, 보리 이삭은 두 가닥이로다. 장군이 정사를 하니, 즐거움을 다 말할 수 없네.〔桑無附枝 麥穗兩歧 張君爲政 樂不可支〕"라고 했다고 한다. 《後漢書 卷31 張堪列傳》

저는 예전 그대로 비쩍 마른 선승(禪僧)과 같습니다. 혜거와 석운과 함께 한 달 간격으로 만날 것을 약속하고 이틀 밤을 자고나서 헤어졌습니다. 여전히 옛날 서울에서 친하게 왕래하던 분위기가 남아 있으니, 궁색한 처지에 즐거운 일이 이보다 나은 것이 없습니다. 자식 놈이 쇠약하고 늙은 제가 귀양살이를 하는데도 곁에서 돌보아 줄 수 없음을 고민하여 절 아래 집 하나를 세내어 식구들을 데려와서 내왕하겠다고 하는데 정리(情理)로는 그럴 듯하지만, 식구가 모이는 즐거움과 걱정이 더해지는 괴로움을 계산하면 그 두 가지가 서로 반반이 될 것으로 여겨집니다.

어제 위당(韋堂)[8]의 편지를 받았는데, 저와 꿈속에서 만났던 이야기가 있었습니다. 제가 비록 뒤웅박처럼 한 모퉁이에 매달려 있는 신세지만, 아마 정신은 가지 못하는 곳이 없는 것 같습니다. 빙심당(氷心堂)에서-열릉은 당시 영산(靈山) 현감을 맡고 있었다. 빙심당은 영산 고을의 정무를 처리하는 곳이다.- 태수(太守)의 위의(威儀)가 어느 정도인지 모르겠지만, 한번 가서 관주(官酒)를 찾아 마시고 시원하게 바람을 쏘이고 돌아온다면 어찌 유쾌하지 않겠습니까. 아주 웃을 일입니다. 옥 같은 시구를 붓 가는 대로 써 보내주셨는데도 저의 근황을 그려내시니 붓 끝에 신령이 있다고 할 만합니다. 차운(次韻)하여 받들어 올립니다만, 한번 웃음을 드리기에도 부족할 것입니다.

8 위당(韋堂) : 이근헌(李近憲)의 호이다. 1895년 경에 홍천 군수(洪川郡守)를 지냈다.

이위당에게 답하는 편지

答李韋堂書

바닷가의 긴 여름 무더위가 사람을 힘들게 합니다. 날이 막 어두워져 지려고 하는데, 어떤 사람이 마을에서 온 편지를 가지고 왔습니다. 봉투를 열어 펼쳐보니 안에 귀한 편지 한 폭이 있는데, 모래를 헤치고 금을 발견한 것처럼 졸음이 가시고 갑자기 정신이 맑아졌습니다. 편지에서 요즘 경체(經體)[9]가 편안하고 관서(官署)에도 고루 좋은 일이 있다는 것을 알게 되니 어찌나 위로가 되는지요.

상상하건대 방공(龐公)[10]은 성시(城市)에 들어가지 않은 지가 오래되었고, 오막살이 집일망정 한가로이 살면서,[11] 늙어서도 즐거움을 바꾸지 않았지만, 목을 빼고 북쪽을 바라보며 덕을 연모하는 마음이 더욱 깊어졌을 테지요. 금년은 비오는 날과 맑은 날이 골고루 적당했으니, 산골 농사가 자못 풍년을 이룰 희망이 있겠는지요? 우리네들은 늙어가

9 경체(經體) : 편지 형식의 글에서 경연(經筵)에 종사하는 관원을 지칭하는 말이다.

10 방공(龐公) : 방덕공(龐德公)을 말한다. 후한대의 은사(隱士)이다. 양양 사람으로 현산(峴山) 남쪽에 살면서 성시(城市)를 가까이하지 않았다. 형주 자사(荊州刺史) 유표(劉表)가 찾아가서 "선생은 벼슬을 받지 않으니 무엇을 자손에게 남겨 주겠소?"라고 하니, "남들은 모두 위태로움을 주는데 나만은 편안함을 주겠습니다."라고 하였다고 한다. 건안(建安) 중에는 처자를 데리고 녹문산(鹿門山)에 은거하는 등 검소한 생활을 하였다.《後漢書 卷83 逸民列傳 龐公》

11 오막살이……살면서 :《시경》〈형문(衡門)〉에 "오막살이 집일망정 다리 뻗고 살리로다.〔衡門之下 可以棲遲〕"라는 구절에서 나온 말로 은자(隱者)의 삶을 말한다.

면서 뜻과 기운이 꺾이고 허물어져 오직 하루에 두 끼 밥을 먹는 것 외에는 달리 하는 일이 없습니다. 이것으로 미루어 보건대, 많은 사람들의 마음이나 감정이 대체로 같다는 것을 경험할 수 있어야 비로소 나라를 걱정하고 풍년을 바라게 된다는 것은 세상의 일을 깊이 경험한 데서 나온 말이라 할 것입니다. 저의 한가닥 남은 목숨은 임금님의 은혜로 너그럽게 용서를 받아 지금까지 겨우 유지되고 있습니다.

저의 아들놈이 아비가 노쇠하여 곁을 비울 수 없다고 하여, 절 앞에 초가집 한 채를 빌려서 식구들을 데리고 와서 아침저녁으로 보살피겠다고 합니다. 경향(京鄕)의 친구들이 모두 그렇게 권하였고, 저 또한 곧장 금지하지 못하고 하려는 대로 들어주었습니다. 그러나 가난한 집안 형편으로 몸을 돌보기가 어려워서 지금까지 미루어 왔는데, 무더위와 장마를 만났으니 날이 좀 서늘해진 후에 모여 살 계획입니다. 비록 잠시 모여 살지만 또한 오래 쓸 수 있는 계책이 아닙니다. 열 식구가 살면서 편안히 정착할 곳이 없어 부평초처럼 떠도는 신세이니 스스로 돌아보며 탄식할 뿐입니다.

보내 주신 편지에서 말씀하신 꿈에서 만난 일은, 유란회(幽蘭會)[12]의 옛 인연을 이은 것이니 진실로 우연이 아닙니다. 다만 '임금을 그리워하며 늙음을 재촉하네.'라는 한 마디 말은 그것이 얼마나 순수하고 충성스러운 말이겠습니까? 저같이 죄를 지어 쫓겨난 사람이 아직도 입을 열어 그런 이야기를 했다면, 꿈속에 있던 사람도 진짜 운양(雲養)이 아니라는 것을 알 수 있을 것입니다. 하하하하.-위당의 편지에 말하기를

12 유란회(幽蘭會) : 김윤식이 면천에 귀양 갔을 때 참여했던 시사(詩社)의 이름이다.

"꿈에서 공과 서로 만나 이야기하는데, 공이 슬퍼하며 말하기를 '임금을 그리워하며 늙음을 재촉하네.'라고 하였다."고 한다.-

지난 번 보내 주신 편지의 별지(別紙)에 아드님의 일을 우러러 권하였는데 지극히 우활(迂闊)하였습니다. 만일 벼슬에 나아가기를 꾀하고 세력을 뒤좇는 사람에게 보여주었더라면 반드시 침을 뱉고 돌아보지도 않았을 터인데 뜻밖에 확고한 허락을 받았습니다. 5년 동안 벼슬을 할 수 없는데도 담담하게 마음에 두지 않으니 처신이 규결할 뿐만 아니라 도량이 매우 넓다는 것을 알 수 있었습니다. 아드님께서는 틀림없이 원대한 기량을 지닌 사람이며 뜰 안의 보물 같은 나무이니, 감히 당신의 가문의 경사가 아니라고 할 수 있겠습니까? 이렇게 한가한 때를 만나 모름지기 학문에 힘쓰면서 깊이 잠기도록 물을 대어 배양한다면, 장래에 쓰일 바를 어찌 헤아릴 수 있겠습니까? 구슬 같은 글에 화답을 하는데 질그릇 소리로는 운문(雲門)[13]을 잇기에 부족할 따름입니다. 땀이 나고 급히 쓰느라 갖추지 못합니다.

13 운문(雲門) : 중국 주대(周代)에 있었다는 황제(黃帝) 이하 육대(六代)의 무악(舞樂) 중에 황제악(黃帝樂)으로 여기서는 상대방의 글을 칭찬하여 표현한 것이다. 육대악은 황제악(黃帝樂)인 운문(雲門), 요제악(堯帝樂)인 대함(大咸), 순제악(舜帝樂)인 대소(大韶), 우왕악(禹王樂)인 대하(大夏), 탕왕악(湯王樂)인 대호(大濩), 무왕악(武王樂)인 대무(大武) 등이다.

서경부[14]에게 보내는 별지

與徐敬夫別紙

월초에 우리 집 아이가 서울로부터 돌아와서, 그 사이 화동(花洞)의 윤 주사(主事)를 만났는데, 계미년(1883)의 일에 대해 말하기를 '제가 자신의 숙부인 장우(丈藕)를 호남 어사에게 비방해서 장우가 이 때문에 어사에게 자못 곤란을 당했다.'라고 하면서, '뒤에 어사가 그것이 잘못되었음을 깨닫고 저의 편지를 장우에게 내 보여주었는데, 장우가 그제야 저의 소행임을 알고 마음속으로 분개했다.'고 합니다. 그리고 '조카로써 어찌하면 유감을 풀 수 있겠는가?'라고 했답니다.

아, 이게 무슨 말입니까. 지난날의 나는 오늘날의 내가 아닙니까? 오늘의 내 가슴 속에 장우에 대한 조그마한 혐의도 없는데, 어째서 그 때 그와 같이 음해하려는 행동이 있었겠습니까? 제가 비록 백 가지 중에 하나도 능한 것이 없지만, 성품이 본래 약하고 겁이 많아 남을 용서하기를 잘합니다. 그가 군자라면 비록 나에게 약간 불만이 있더라도 어찌 다투겠으며, 그가 군자가 아니더라도 또 어찌 반드시 심하게 책망할 것이 있겠습니까? 이 때문에 조정에 벼슬한 지 10여 년에 공적(公的)인 혐의는 있었지만 사사로운 유감이 없었으니, 이 점은 형께서 잘 아는 바입니다. 하물며 장우에게그렇게 했겠으며, 하물며 몰래 사주한 일이 있었겠습니까? 지난날 간혹 현직에 있는 재상이 관찰사와 어사에게 부탁하여 자신의 애증(愛憎)에 따라 수령을 포폄(褒貶)[15]하는

14 서경부(徐敬夫) : 서응순(徐應淳, 1824~1880)의 조카이다.

경우가 있었는데, 저는 평소에 그런 것을 매우 싫어하였습니다. 지금 더구나 재상으로 있으면서 이와 같이 평소에 매우 싫어하는 일을 하였겠습니까?

호남 어사가 나갈 때 스스로 말하기를, "공정한 도리를 지켜서 곧은 마음으로 곧게 행하겠다."라고 하였는데, 행동거지가 경쾌하여 저는 실로 감히 부탁할 수 없었습니다. 설령 부탁할 수 있었더라도 장흥에 있는 가까운 인척(姻戚)을 구할 수 없었을 것이며,-승지 윤원극(尹元克)이 장흥의 일로 어사에게 탄핵을 당했다.- 죄 없는 순천(順天) 사람을 얽어맸겠습니까? 더구나 비록 호남 어사가 무정(無情)한 사람이라 해도, 저의 불미스러운 편지를 장우에게 보여줄 까닭이 결코 없을 텐데, 이런 말이 어째서 나오는 것이겠습니까? 윤 주사는 반드시 그 숙부의 가르침을 받았을 것이고, 장우는 반드시 편지를 본 일이 있었을 것이니, 모두 잘못된 말만은 아닐 것입니다. 이 어찌 밝히기 어려운 일이 아니겠습니까?

제가 순천에 있을 때,[16] 고을 유생(儒生) 중에 이병용(李秉庸)과 양현묵(梁顯默)이 있었는데, 일벌이기를 좋아하는 사람들입니다. 그들이 읍지(邑誌)를 간행한 지 이미 백여 년이 되었다고 하면서 이번에 속간(續刊)하자고 청하였습니다. 제가 이러한 일을 꽤 좋아하는지라 즐겁게 듣고 허락하였습니다. 벼슬에서 교체되어 돌아온 후, 그 비용을 모을 때 일에 협잡이 많았고 또 이미 장우에게 조사를 받았다고 들었습

15 포폄(褒貶) : 시비(是非) 선악(善惡)을 평정(評定)함을 말한다. 여기서는 조선시대 관리의 근무 성적을 정기적으로 평정(評定)하는 제도를 지칭한다. 주로 관찰사가 지방 수령들을 평정하여 인사 관리의 자료로 활용하였다.

16 제가 순천에 있을 때 : 김윤식이 순천 부사(順天府使)로 재직중이던 1880~1881년을 말한다.

니다. 저는 이것을 듣고 탄식하여 마지않았으나 후회한들 어찌하겠습니까? 만약 옛 법을 기준으로 삼는다면 죄가 나에게 있으니, 어찌 반드시 양현묵, 이병용 두 사람만으로 족하다고 말할 수 있겠습니까. 내가 장우의 처지였더라도 양현묵, 이병용 두 사람을 결코 처단하지 않을 수 없었을 것입니다. 어찌 감히 이 문제로 조금이라도 장우를 원망하는 마음을 지니겠습니까? 제가 비록 지극히 못났지만 그래도 이러한 지경에 이르지는 않았습니다.

이윽고 호남 어사가 출발하자, 양현묵, 이병용 두 사람이 이전의 그 일로 무겁게 어사의 처분을 당할 것을 두려워하여 천리 길에 특별히 사람을 보내어 편지 한통 써 줄 것을 청하였습니다. 제가 본래 그들이 하는 짓에 화가 났지만, 궁지에 처해서 애걸하는 것 또한 가련하게 생각되었습니다. 그래서 한 때 일을 맡겼던 사정 때문에 편지를 써서 주었는데, 대개 청탁을 막으려는 뜻에서 그렇게 한 것일 뿐입니다. 그 편지의 내용은 오래되어 이미 잊었지만, 필시 "양(梁), 이(李) 두 사람이 죄가 없는 것은 아니지만, 본읍(本邑)의 향풍(鄕風)이 배척하고 반목하는 경향이 매우 심하여 다른 사람의 조그만 잘못을 보면 더욱 크고 넓게 만들어서 하나같이 함정에 빠뜨리는 것을 일삼는 경향이 있으니, 모두 다 믿을 수 없습니다. 또 본관(本官)에게 이미 무거운 처분을 받았다고 들었으니, 부디 변호를 더하시어 무거운 처분을 면하게 해주시면 다행이겠습니다."라고 했을 것입니다. 대략은 여기서 벗어나지 않을 것입니다. 제가 바야흐로 자신의 잘못을 변호하기에도 겨를이 없는데 어떻게 장우를 헐뜯을 겨를이 있었겠습니까? 어사가 장우와 합석하였을 때에 저의 편지를 꺼내 보여주었다고 말한 것은 바로 이 편지일 것입니다.

장우가 생각하기에는 반드시 양, 이는 제가 애호(愛護)하는 자인데, 자신이 그들을 엄하게 다스렸으므로 반드시 원한이 있어서 어사에게 부탁한 것이라고 생각했을 것입니다. 전일에 어사가 까닭없이 트집을 잡은 것도 이 때문이라 여긴 것이 아니겠습니까? 자신의 뜻으로 남의 뜻을 헤아리고 생각을 이리 저리 굴려 더욱 깊이 빠져서, 마침내 저를 사사로운 감정으로 남을 몰래 사주하는 사람이라고 여겼을 것입니다. 아아, 어찌 원통하지 않겠습니까?

저와 장우는 취향은 같으나 친하게 지낸 적은 매우 적어서 애석하게도 저를 잘 모르고 있습니다. 예전에 직하(稷下)[17]의 사문(師門)에서 저는 장우를 나이가 많고 덕이 있는 선배로 섬겼습니다. 그 뒤에 돌아가신 숙부 경당공(絅堂公)[18]과 만나서 이야기할 때 대화가 세 가지에 이르렀는데, 그 중 한 가지가 장우에 관한 것이었습니다. 저는 장우에 대하여 오래 전부터 가까이 하려는 마음이 있었습니다. 장우는 저에

17 직하(稷下) : 유신환(兪莘煥)의 문하를 뜻한다. 유신환의 집이 사직동에 있었던 때문에 직하(稷下)라고 표현하였다. 원래 직하는 전국 시대 제(齊)나라 도성 임치(臨淄)의 서문(西門)인 직문(稷門) 부근을 말한다. 제나라 위왕(威王)과 선왕(宣王)이 일찍이 이곳에 학궁(學宮)을 세우고 문학(文學)・유세(遊說)의 선비들을 널리 초빙하여 강학(講學)하고 논설(論說)하였는데, 각 학파(學派) 활동의 중심지가 되었다. 《史記 孟子荀卿列傳》

18 경당공(絅堂公) : 서응순(徐應淳, 1824~1880)으로, 본관은 대구(大丘), 자는 여심(汝心), 호는 경당(絅堂)이다. 유신환(兪莘煥)의 문하에서 심기택(沈琦澤), 민태호(閔台鎬), 김윤식(金允植) 등과 함께 수학하였다. 1870년(고종7) 음보(蔭補)로 선공감 감역(繕工監監役), 군자감 봉사(軍資監奉事), 영춘 현감(永春縣監)을 역임하고, 간성 군수(杆城郡守)로 부임하여 임지에서 죽었다. 저서로는 《경당유고(絅堂遺稿)》 4권 2책이 있다.

대해서 늦게 사귀고 드물게 만났기 때문에 서로 사귀는 도리에 혹 미진함이 있었던 것 같습니다. 어째서 그렇게 말하는가 하면, 비록 저와 장우는 늦게 사귀고 드물게 만나는 사이라고 하지만 일시적인 시장바닥의 교제와 비할 바가 아니었으니, 벗을 사귀는 도리는 곧장 말하고 원망을 숨기지 말아야 하는 것이기 때문입니다. 호남 어사가 저의 편지를 보여주었을 때, 가령 경당공이 이런 일을 당했다면 필시 곧바로 편지를 보내 저를 책망하였을 것입니다. 그런 일이 있었다면 기꺼이 승복했을 것이고, 없었다면 저절로 밝혀져서 교유가 저절로 새로워지는 길이 열리고 마음속에 품은 사소한 것들을 씻을 수 있었을 것입니다. 지금의 경우는 그렇게 하지 않고 입을 다문 채 드러내지 않고 갈피를 알 수 없는 상황에 이르도록 내버려 두었습니다. 8, 9년이 지나도록 제가 이런 일이 있었던 줄 까마득히 모르게 하였으니, 이것은 시장바닥의 교제로 저를 대한 것이지 저를 가까이 대한 것이라고 할 수 없습니다. 제가 어찌 장우에게 유감이 없겠습니까?

제가 경당공(絅堂公)을 성심으로 좋아하기 때문에 경당공이 좋아하는 사람은 제가 알건 모르건, 저도 또한 좋아하지 않음이 없었습니다. 이 마음은 지금도 변함이 없는데, 어찌 장우에게만 몰래 잔인하고 경박하며 염치없는 짓을 저질렀겠습니까? 훗날 저승에서 경당공을 어찌 보겠습니까? 교제를 이어오는 사이에 서로 마음이 맞지 않는 경우는 취미(臭味)가 같지 않거나, 서로 만나지 못한 경우에서 나옵니다. 저와 장우는 취미가 과연 같지 않은 것입니까, 서로 만나지 못한 경우입니까? 이런 말이 어째서 나오게 되었습니까? 비록 그렇지만 지난날의 여러 공(公)들께서는 모두 살아 계시지 않아서 참여하여 증명할 길이 끊어졌으니, 지금은 말 해줄 만한 사람이 아무도 없습니다. 저 또한 오래 살 사람이 아니니, 저승에서 경당과 장우 두 사람과 함께 셋이 앉아 논의하여 한 차례 웃고 의혹을 없애 버릴까 합니다.

심종산[19] 영경 동지돈녕부사에게 답하는 편지
答沈鍾山 英慶 同敦書

종산(鍾山) 장장(丈丈) 대인 집사께 드립니다. 봄 사이에 인미정(印嵋亭)에 저의 원고를 보내드리고 평을 부탁드렸는데, 실상보다 지나친 칭찬을 받고나니 감당하지 못할까 걱정이 되었습니다. 아울러 대작(大作)인 〈추회(秋懷)〉 등 여러 편을 보여 주시니 보배로운 구슬을 얻은 것 같아 기쁘고 감사한 마음을 덧붙여 아룁니다.

8월 보름께 자천(紫泉) 노인[20]이 손수 4월에 보낸 편지를 직접 전해주셨는데, 저의 원고에 대해 부지런히 힘써주셔서 진실로 취할 바가 있었습니다. 서너 번 받들어 읽다 부끄러움과 위안이 뒤섞여 일어났습니다. 삼가 생각하건대 장장 대인께서는 삼달존(三達尊)[21]으로 존숭되고 있으셔서 명망이 한 고을에 중후(重厚)하시니 한마디 칭찬을 얻으면 명예가 화곤(華袞)[22]보다 더욱 나을 정도입니다. 지금 파유(巴渝)의

19 심종산(沈鍾山) : 심영경(沈英慶, 1829~?)으로, 본관은 청송(青松), 호는 종산(鍾山)이다. 조선 고종조의 문신이다.

20 자천(紫泉) 노인 : 황종교(黃鍾敎, 1815~?)로, 본관은 창원, 자는 경회(景誨), 호는 자천, 거주지는 예산이다. 《속음청사》의 1887년 7월 4일 일기에 "황종교가 내방했다. 황진사의 나이는 72세, 장동(壯洞) 황씨이다. 문식이 있고 젊었을 때 서울에서 노닐어 사람들 가운데 그의 이름을 아는 이가 많았다."라고 기록되어 있다.

21 삼달존(三達尊) : 맹자가 말한 세상에서 공통적으로 높이는 세 가지 요소로 들었던, 작위(爵位)와 나이, 덕(德)을 말한다. 《孟子 公孫丑下》

22 화곤(華袞) : 옛날 삼공(三公)의 복장으로 왕공(王公)을 뜻한다.

음악[23]을 외람되이 등가(登歌)[24]의 반열에 허락해 주셨는데, 연소한 후배들이 본다면 진실을 알 수 없어 추향(趨向)이 미혹되지 않겠습니까. 예전 당나라와 송나라 인사들이 선배 대인들을 뵈올 때는 반드시 시문으로 폐백(幣帛)을 삼았는데, 이는 모두 자신의 재주를 팔아 구하려는 것이 있었던 자들입니다.

저와 같은 사람은 지은 죄가 산과 같고 진루가 이미 판가름이 났으니, 자랑할 것도 없고 또한 구하는 것도 없습니다. 다만 거친 물가로 쫓겨나 세월을 이미 많이 보내어 빈산의 고요함에 익숙해져서 만 가지 생각이 모두 재가 되었습니다. 오직 시를 짓고 글씨 쓰는 옛 습관은 아직 다 버리지 못하여 매번 마음속의 흥이 일어날 때마다 문득 글을 지으니, 진부(陳腐)하고 거칠어서 한 푼의 가치도 없습니다. 보는 사람이 모두 침을 뱉고 돌아보지 않으니, 사방을 바라보며 머뭇거리느라 내보일 만한 곳이 없어서 지금에서야 장장 대인께 한 번 내보일 수

23 파유(巴渝)의 음악 : 파유(巴渝)는 중국의 지방 명칭으로, 파(巴)는 사천성(四川省) 파현(巴縣)이고 유(渝)는 호북성(湖北省) 유수(渝水)를 말한다. 《후한서(後漢書)》 권86 〈남만열전(南蠻列傳)〉에는 "파유의 풍속이 노래와 춤을 좋아하였는데, 한고조(漢高祖)가 이를 보고 '이것은 주 무왕(周武王)이 주(紂)를 칠 때의 노래다.' 하고, 악인(樂人)에게 명하여 이를 익히도록 하니, 이것이 이른바 파유부(巴渝府)이다." 하였다. 여기서는 김윤식이 자신의 글을 겸손하게 표현한 말이다.

24 등가(登歌) : 궁궐(宮闕)의 섬돌 위와 같은 당상(堂上)에 올라가서 공연하는 연주(演奏)와 노래, 또는 그 형식으로 당상악(堂上樂)이라고도 한다. 등가악(登歌樂)은 아악(雅樂) 편성의 하나로 노래와 현악(絃樂)을 주로 하는 소규모(小規模)의 주악 형식이다. 중국(中國) 주(周)나라에서 유래되어 한(漢)나라・당(唐)나라 때 발전하여 원(元)나라 이후 쇠퇴하였다. 우리나라에는 고려(高麗) 예종(睿宗) 때 송(宋)나라로부터 전래되었다.

있게 되었습니다. 막다른 길에서 죽어 가는 사람이 세상에서 한 사람의 지기(知己)를 얻어도 오히려 유감이 없다고 할 수 있는데, 하물며 선생 어르신의 지우를 입었으니 어찌 노년의 영광이 아니겠습니까?

지난 달 손자이신 진사 형제들이 나란히 말을 타고 지나는 길에 방문하였습니다. 요림의 기수〔瑤林琪樹〕[25] 같은 손자 분들이 자리를 빛내주었으니 오래도록 잊을 수가 없습니다. 제가 가을과 겨울 사이에 병에 걸려 이제야 답장을 드리게 되었으니 죄송함을 이기지 못하겠습니다. 계절이 바뀌는 때에 다복하시고 오래오래 사시는데 해가 없으시기를 기원합니다. 갖추지 못하였습니다.

25 요림의 기수 : 옥으로 된 숲과 구슬의 나무라는 뜻으로, 귀한 집의 현명한 아들들을 가리키는 말이다. 진(晉)나라 사안(謝安)과 조카인 사현(謝玄)의 대화에서 나온 말이다. 어떤 자제가 되고 싶냐고 묻자, 사현이 "비유하자면 지란옥수가 뜰 안에 자라게 하고 싶습니다.〔譬如芝蘭玉樹 欲使其生於階庭耳〕"라고 대답했고 전한다. 《世說新語 言語》

황자천[26] 종교 에게 답하는 편지 임진년(1892, 고종29)

答黃紫泉 鍾敎 書 壬辰

이전에 보내드린 풍수설(風水說)이 당신께 배척을 받았음을 진실로 알겠습니다. 그런데 족하(足下)의 말씀이 만약 근거가 있어 이치에 합당하다면 어찌 제 주장 버리고 거기에 따르지 않겠습니까? 보내주신 편지를 자세히 살펴보니, 모두 근세 풍수사들의 상식적인 이야기여서 미혹한 사람을 깨우쳐 의혹을 열기에는 부족하였습니다. 깨닫지 못하니 어찌 다시 설명하지 않을 수 있겠습니까. 무릇 난수(灤水)에 관한 설[27]은 후세에 묘를 옮기는 일의 증거가 되었지만, 물이 침식하여 관이 드러나 부득이 옮긴 것입니다. 오늘날 묘를 이장하는 것 또한 이런 우환이 있어 그렇게 한 것입니까? 또 그 이야기는 경전에 보이지 않는데 어찌 족히 근거가 되겠습니까?

공자의 형산(硎山)[28]에 대한 설은 어떤 책에 나타나 있는지 더욱 황

26 황자천(黃紫泉) : 황종교(黃鍾敎)이다. 29쪽 주 20 참조.

27 난수(灤水)에 관한 설 : 주 문왕의 아버지인 계력(季歷)의 묘에 난수(灤水)가 밀어닥쳐 관(棺)의 앞 부분이 환히 보일 정도로 씻기었는데, 문왕이 이것을 보고 대단히 놀라며 말하기를 "선군(先君)께서 틀림없이 군신백성(群臣百姓)들을 한 번 보고자 하시기 때문에 하늘이 짐짓 난수를 시켜 관이 보이게끔 씻겨가게 한 것이다."라고 하고, 마침내 관을 꺼내어 군신 백성들이 모두 임곡(臨哭)하게 한 다음 다시 장례를 지냈다고 한다.

28 형산(硎山) : 형산은 중국 소주(蘇州)의 서쪽에 있는 지형산(支硎山)으로 산에 평석(平石)이 많고 이 평석으로 숫돌을 만들었다. 산이 복지(福地)로 알려져 많은 유력자와 도인(道人)들이 이곳에 무덤을 썼다. 중국의 풍수에 중요한 곳으로 복지 중의

당하여 믿을 수 없는 것입니다. 무릇 13경(經)에 실리지 않은 것은 비록 성인과 현인을 칭탁하여 이야기하더라도 학자는 감히 존숭하여 믿어서는 안 되는 것입니다. 그렇지 않으면 한나라 때의 위학(緯學)[29]이 될 것입니다. 장자(莊子)[30]와 열자(列子)[31]가 우언(寓言)[32]에서 걸핏하면 공자의 말씀을 인용한 말을 모두 믿을 수 있겠습니까? 정자(程子)의 다섯 가지 해(害)[33]에 대한 설은 지극히 타당한 논설이니, 처음 장례

하나이다.

29 위학(緯學) : 참위설(讖緯說)을 말한다. 전한(前漢) 말기인 기원전 7~5년 경에 발생한 것으로 추정되는 학설로 특히 후한(後漢)에서 크게 유행했다. 참(讖)은 그 뜻이 비밀스럽게 감추어져 있는 말이나 징표를 거짓으로 꾸며내 길흉을 예언하는 것을 뜻하며, 위(緯)는 음양오행, 재이상서, 천문산술 등의 지식을 바탕으로 경서를 풀이하는 것을 말한다. 위설의 대부분은 공자를 끌어들이고 있는데, 예컨대 공자가 《춘추》를 편찬한 것은 한나라를 위하여 법을 제정한 것이라고 하며, 공자가 육경(六經)을 지어 하늘과 사람의 도를 밝혔지만 후세 사람들이 그 뜻을 온전히 이해하지 못할까 염려하여, 따로 위와 참을 지어 후세에 남겼다고 주장하고 있다.

30 장자(莊子) : 기원전 4세기에 활동한 중국 도가 초기의 가장 중요한 사상가로 본명은 장주(莊周)이다. 그가 쓴 《장자(莊子)》는 도가의 시조인 노자가 쓴 것으로 알려진 《도덕경(道德經)》보다 더 분명하며 이해하기 쉽다. 장자의 사상은 중국불교의 발전에도 영향을 주었으며, 중국의 산수화와 시가(詩歌)에도 많은 영향을 미쳤다.

31 열자(列子) : 중국 전국 시대(기원전 475~기원전 221)의 사상가로 본명은 열어구(列禦寇)이다. 중국 도가의 기본사상을 확립시킨 3명의 철학가 가운데 한 사람이며, 도가 경전인 《열자(列子)》의 저자로 전해진다. 그는 도가의 주요 사상가인 노자나 장자와는 달리 인간의 미래는 운명이 아니라 주로 인과관계에 의해 결정된다고 가르쳤다.

32 우언(寓言) : 우언(寓言)은 다른 사물에 빗대어서 의견이나 교훈을 은연중에 나타내는 형식의 글이나 말을 뜻한다. 《장자(莊子)》 〈잡편(雜篇) 우언(寓言)〉이 대표적인 예이다.

33 다섯 가지 해(害) : 정자가 무덤을 쓸 때 마땅히 피해야 할 다섯 가지 조건으로 제시한 것이다. 초목이 없는 동산(童山), 산이 잘린 단산(斷山), 돌만 있는 석산(石山),

를 지낼 때 진실로 이와 같이 신중하게 살피는 것은 당연한 일입니다. 저의 논의에 언제 일찍이 다섯 가지 해를 꼭 피할 필요가 없다고 한 적이 있습니까? 주자(朱子)의 〈산릉의(山陵議)〉[34]는 신하로서 나라를 위하는 깊은 정성에서 나온 것입니다. 그러나 그 때도 한때요, 지금도 한 때이니, 주자 또한 어찌 뒷날 풍수의 폐가 이처럼 극단에 이를 줄 헤아렸겠습니까? 대개 풍수의 설은 중국에서 시작되었지만, 그 폐단은 오늘날 우리나라에서 더욱 심해졌습니다. 만약 주자가 몸소 그 폐단을 보았다면 반드시 단속하여 법도가 있게 하는 길이 있었을 것이니 또 어찌 파란을 조장하여 남에게 묘를 옮기도록 권하는 일을 좋아했겠습니까?

삼재(三才)[35]가 있는 지리에 대한 해석에서 족하께서는 "화복에 관계된 것이 아니다."라고 했으면서 또 무슨 까닭에 "만에 하나 효험이 있다."고 말하십니까? 보내 주신 편지에서 말씀하시기를 "만일 화복에 구애되지 않는다면 반드시 그 부모를 장사 지내지 않는 자가 있을 것이다."라고 하였습니다. 이 얼마나 지나친 걱정입니까? 상고 시대에는

외따로 있는 독산(獨山), 산 사이의 폭이 너무 좁은 과산(過山)이 그것이다.

34 주자의 산릉의(山陵議) : 1194년 주희의 나이 65세 때에 당시 송나라 황제 영종(寧宗)에게 올린 장계이다. 주자가 이 글을 올리게 된 것은 6년 전인 1188년에 죽은 효종의 능을 이기(理氣派)의 풍수이론으로 정하지 못한 때문이었다. 주자(朱子)는 이 글에서 "풍수의 핵심은 산세의 아름답고 추함에 있다."라고 주장하면서 "성씨에 따라 들어갈 묏자리가 있고 들어가서는 안 될 묏자리가 있다."라는 오류를 반박하였다. 주자의 〈산릉의장(山陵議狀)〉은 그 이후 중국과 조선 풍수지리에 관한 일종의 지침서가 되어서 조선의 조정에서조차 풍수를 논할 때마다 이 글이 언급되었다.

35 삼재(三才) : 음양설(陰陽說)에서 만물(萬物)을 제재(制裁)한다는 뜻으로 하늘(天)과 땅(地)과 사람(人)을 말한다.

아마도 그 부모를 장사 지내지 않는 자가 있어서, 성인이 나와 관(棺)과 널, 수의와 이불을 사용하여 매장하는 예를 가르친 듯합니다. 그 이래로 오제(五帝)와 삼황(三皇)·춘추(春秋)·전국(戰國)·진(秦)·한(漢)나라 시대를 거치면서, 다시는 그 부모를 구덩이에 버렸다는 자가 있었다는 말을 듣지 못하였습니다. 당시에는 풍수의 설이 있지 않을 때라서, 화복에 동요됨이 없이 장례를 지냈음이 분명합니다.

전단(田單)이 즉묵성(卽墨城)을 지킬 때에 연나라 장수에게 반간계(反間計)를 써서 제나라 사람들의 묘지를 파내게 하니 성안의 사람들이 분함을 참지 못하였습니다.[36] 이것이 어찌 화복에 관계된 까닭이겠습니까? 만약 파헤치는 것을 한스럽게 여길 줄 알았다면, 반드시 부모의 시신을 구덩이에 버리는데 이르게하지도 않았을 것입니다. 사람의 자식으로서 인정과 도리는 예나 지금이나 다름이 없는 것이니, 어찌 온 세상을 감쪽같이 속인단 말입니까? 혹시 패륜한 자식과 악한 손자가 있어서 그 부모를 장사 지내지 않는다면, 관리는 마땅히 법에 의거하여 다스려야 할 것입니다. 형법을 만든 것은 바로 이런 사람 때문이니, 어찌 풍수설같이 의심스럽고 우매한 설로 유인해야 하겠습니까?

36 전단(田單)이……못하였습니다 : 전국 시대(戰國時代) 제(齊)나라 사람이다. 연(燕)나라 소왕(昭王)이 악의(樂毅)의 계책을 받아들여 거(莒)와 즉묵(卽墨) 두 성만 빼고 제나라의 성 70여 개를 함락시켰다. 이때 전단이 반간(反間)을 목적으로 말을 꾸며내어 퍼뜨리기를 "나는 연(燕)나라 군대가 성 밖의 묘지를 파서 우리 선인들의 시신을 훼손하게 될까봐 두려운 생각에 심장이 얼어붙는 것 같다."라고 하였다. 연나라 군대가 이 말을 듣고 즉묵 백성들의 선조들 무덤을 모조리 파헤쳐 시신을 불살랐다. 즉묵의 백성들이 성위에서 그 광경을 보고 모두 눈물을 흘리며 출전하기를 청하며 그 분노가 극에 달했다고 한다. 결국 전단은 연나라를 격파하고 잃어버린 땅을 수복할 수 있었다. 《史記 卷82 田單列傳》

선왕께서 백성을 가르치는 도리는 이처럼 구차하지 않았습니다.

보내온 편지에 말씀하시기를, "오늘날의 매장을 금하는 곳이 더욱 많아져서 빈궁하고 혈육이 없는 사람은 죽고 싶어도 묻힐 땅이 없다는 탄식이 있다."라고 하였는데, 이것은 정말 그러합니다. 다만 이에 이르게 된 연유를 생각하지 않으시는지요? 오늘날 매장을 금하는 땅은 모두 길흉 때문에 꺼리는 데서 나왔습니다. 만약 이러한 미혹을 타파한다면 매장을 못하는 곳이 없을 것이니, 어찌 가난한 사람이 죽어 묻힐 땅이 없음을 걱정하겠습니까?

제가 "묘를 쓰지만 봉분을 만들지 않는다."라고 했고, 또 "묘를 옮기는 것은 옛 제도가 아니다."라고 했으며, 또 "예전에는 묘를 고치지 않았다."[37]라고 말했는데, 이것은 모두 성현의 말씀으로 〈단궁(檀弓)〉에 실린 것이지 감히 근거 없이 새로 지어낸 것이 아닙니다. 이미 매장하였는데 또 묘에 봉분을 만드는 일을 벌이는 것은, 경전에 있는 성현의 가르침을 살펴보아도 한 마디 짧은 말이나 글도 그와 비슷한 것을 찾을 수 없는데, 저에게 무슨 근거로 믿으라 하십니까? 한 군데 의심이 가는 곳이 있다면, 《주례》에 "묘대부(墓大夫)는 묘의 송사를 주관한다."[38]라고 운운하였는데, -《예기》의 〈왕제(王制)〉에는 '묘지는 청구할 수 없다.'

37 예전에는……않았다 : 《예기》 〈단궁 상(檀弓上)〉에서 인용한 것이다.

38 묘대부(墓大夫)는……주관한다 : 《주례》 〈종백(宗伯) 묘대부(墓大夫)〉에 나온다. 원문은 "묘대부는 나라 안 무덤 지역을 관장하여 도본(圖本)을 만들고 백성으로 하여금 씨족장(氏族葬)을 하도록 하며, 금령을 맡아서 그 위(位)를 바루고 그 도수(度數)를 관장하여 모두 사지역(私地域)이 있도록 했고, 묘지를 다루는 모든 옥송(獄訟)을 판결한다.〔墓大夫 掌凡邦墓 之地域爲之圖 令國民族葬而掌其禁令 正其位掌其度數 使皆有私地域 凡爭墓地者聽其獄訟〕"라고 하였다.

라고 하였고, 《예기집설(禮記集說)》에서는 '묘지에는 가족장의 순서가 있어 사람들은 청구할 수도 없고, 또한 마음대로 줄 수도 없다. 그러므로 묘지로 다투는 자에 대해서는 묘대부가 그 송사를 처리하였다.'라고 하였다.- 지금의 산송(山訟)[39]과 대체로 같은 것입니다. 그러나 이것은 필시 가족의 묘지가 침범당하면 소송한다는 것이지, 길흉 때문에 꺼려서 서로 금한데서 나온 것은 아닙니다. 묘를 고치고 묘에 절하는 것은 비록 옛 법이 아니지만 한나라 때 이래 2천여 년 동안 풍속이 되었으니, 성인이 다시 살아나셔도 또한 반드시 그렇게 하실 것입니다. 어째서이겠습니까? 도리에 크게 거스르는 것이 아니고, 의리에 크게 해가 되는 것이 아니기 때문입니다. 비록 성인일지라도 풍속을 거스를 수가 없는 것이니, 묘를 고치고 묘에 절하는 것이 크게 어긋나거나 크게 해가 되는 것이 아니라면 어찌 풍속을 따르지 않겠습니까?

제가 〈풍수설〉이 전적으로 오로지 근세에 화복(禍福) 때문에 묘를 옮기고 이해(利害) 때문에 서로 빼앗는 폐단을 만들어 실로 크게 어그러지고 크게 해가 된다고 한 것은 그 근원이 후세에 묘를 중요시하는 풍속에 있기 때문입니다. 그러므로 그 원류를 거슬러 올라가 이와 같이 주장한 것이지 어찌 제가 진짜로 묘를 고치거나 묘에 절하는 것을 하지 말라고 하겠습니까?

또 보내 주신 편지에 "아마도 이 글이 한번 나와 풍속이 드디어 변하게 되면, 온통 당신에게 허물을 돌리게 될 것이다."라고 하셨는데, 이 또한 지나친 걱정입니다. 족하처럼 사리에 밝고 옛 것을 좋아하는 분도 오히려 저의 말을 믿지 못하는데, 하물며 온 세상 사람들이 평생 깊이

39 산송(山訟) : 묘지를 쓴 일로 말미암아 생기는 송사(訟事)를 말한다.

미혹되어 있다가 어찌 나의 한 마디 말로써 이를 확연하게 깨달을 수 있겠습니까? 결코 그런 일은 없을 것입니다. 제가 이 글을 지은 것은 세상을 깨우치려는 것이 아닙니다. 잠시 낭랑히 한번 읽고 제 마음을 시원하게 하려는 것뿐입니다. 만약 다른 사람의 말이나 후세 사람들의 논의가 모두 저에게 귀결되어 족하께서 말씀하시는 대로 여러 사람들의 비난을 당하게 된다면 또한 달게 여길 것입니다. 만일 천백세 이후에 그때에도 또한 풍수에 미혹되지 않는 자가 있었다는 것을 알아준다면 그 영광(榮光)이 또한 클 것입니다. 다시 무엇을 바라겠습니까? 예전에 여재(呂才)[40]가 음양잡서에 서(序)를 쓰면서 그 거짓된 속임수를 변론하자 당시의 술사들이 모두 싫어하였는데, 오직 학식 있는 사람들만 그 말을 옳다고 하였습니다. 당신께서는 술사(術士)로 자처하시는지, 혹은 학식 있는 사람이 되려고 하시는지 알지 못하겠습니다. 이 중에서 반드시 분명하게 선택해야 할 것입니다. 절제하지 못하여 언사가 졸렬하였으니 더욱 부끄럽고 송구합니다. 이만 줄입니다.

40 여재(呂才) : 606~665. 당나라 초기의 철학자로 박주(博州) 청평(淸平) 사람이다. 유학자로 천문, 지리, 의약, 제도(製圖), 군사, 역사 등 분야에 두루 정통하였고 음악에도 뛰어났다. 당 태종 때에 홍문관(弘文館)에 들어가 태상박사(太常博士), 태상승(太上丞), 태자사경대부(太子司更大夫)를 지냈다. 당 태종의 명을 받아 《음양서(陰陽書)》를 경사(經史)를 바탕으로 정리하여 《삼원총록(三元摠錄)》을 편찬하였다. 그가 제시한 장사(葬事)에 관한 서설(敍說)을 보면 "옛날에 장사를 지내는 자들은 모두 도성의 북쪽에다 일정한 묘지를 두었으니, 이는 묏자리를 가리지 않았던 것이다. 그런데 지금은 요사스런 무당들이 망령스러운 말을 가지고 초상이 나서 경황이 없는 중에서도 묏자리를 가리고 날을 받아서 부귀(富貴)를 꿈꾸고 있다."라고 하여 풍수설을 비판하였다.

김선산 봉수 에게 보내는 편지

與金善山 鳳洙 書

눈이 쌓인 중이라 소식이 오랫동안 막히니 그리운 마음을 어찌 견딜 수 있겠습니까? 삼가 12월의 추위에 정양(靜養)하시는 몸은 어떠하시고, 아드님은 그 사이에 이미 돌아왔는지요? 이러저러한 일이 생각납니다.

유혜거(兪兮居)[41]의 일은 들으셨는지요? 이 친구가 어찌 갑자기 이런 일을 당하였는지 어제 부고를 보았는데 아직도 놀랍고 의아하여 꿈속인 것만 같았습니다. 이 친구는 기질이 본래 굳센데다가 스스로 몸을 잘 돌보고 아껴서 언제나 8, 90살까지 장수하리라 기대하였는데, 어찌 70살도 못 되어 황천 사람이 될 줄을 생각이나 하였겠습니까? 우리들이야 또 무엇을 믿을 수 있겠습니까? 그의 후사(後事)를 생각하면 또한 망연하기가 그지없으니 어찌해야 하겠습니까?

소춘(小春)[42]에 헤어질 때 비록 훗날 모임을 기약하지 않았지만, 초봄이 오면 한번 모일 것이라 생각했기 때문에 바야흐로 손꼽아 기다렸는데, 이런 뜻밖의 일이 일어나 이승에서 다시 볼 수 없게 되었으니 어찌 슬프지 않겠습니까? 5, 6년 동안 함께 어울리던 인연을 돌이켜

41 유혜거(兪兮居) : 유진일(兪鎭一)의 호이다. 기타 인적사항은 자세하지 않다.

42 소춘(小春) : 음력 10월을 말한다. 당(唐)나라 서견(徐堅)의 《초학기(初學記)》에 "10월은 날씨가 따뜻하여 봄날과 같기 때문에 소춘(小春)이라고 한다. 그리고 10월은 양월(陽月)이 되기 때문에 소양춘(小陽春)이라고 한다.〔十月天時暖似春 故曰小春 十月爲陽月 故又名小陽春〕"라고 한 구절이 있다.

생각해보면 이것은 진실로 늙은 날의 즐거움으로 타향에서 쉽게 얻을 수 없는 것이었습니다. 올해 봄가을 날씨가 좋고 다행히 질병이나 걱정스러운 일이 없으면 우리 두 늙은이는 서로 만날 수 있겠지만, 팔을 끼고 다니는 즐거움과 집이 떠들썩한 웃음이 문득 크게 줄었다는 것을 깨닫게 될 것입니다. 옛 사람들이 "웃었던 일을 찾아내어 추억하면, 모두 슬픔의 단서가 된다."라고 했는데 참으로 감정이 풍부하고 마음을 에이는 말입니다. 한 해가 저무는데 벗들과 떨어져 쓸쓸히 지내자니 온갖 감회가 모여드는데, 갑자기 이런 소식을 들으니 망연하여 나를 잃어버린 것 같습니다.

빈 방을 서성이며 속마음을 털어놓을 곳이 없어서 하인을 시켜 편지로 알립니다. 이러한 마음은 마찬가지일 것이니 편지로 서로 위로하고자 합니다. 아, 세상 일이 본래 이와 같은데 다만 무슨 해야 할 일이 있겠습니까. 잘 살펴 주시기 바랍니다. 갖추지 못하였습니다.

김후몽[43] 학진 시랑에게 답하는 편지
答金後夢 鶴鎭 侍郎書

후몽 인형(仁兄) 집사께 드립니다. 형의 편지를 보지 못한 지 오래되었습니다. 도잠(陶潛)의 〈정운(停雲)〉[44]시에 "어찌 사람이 없으랴만, 그대 그리는 마음 참으로 크네. 원하는 말 듣지 못하여 한이 됨을 어찌할까?"라고 하였는데, 저는 이 구절을 읽을 때마다 세 번 영탄하지 않은 적이 없었습니다.

제가 평소에 알고 지내는 사람이 많지만 궁박한 처지에 있을 때 안부를 물어주는 경우를 사람마다 바라지는 않습니다. 그러나 유독 형에게는 유감이 없을 수가 없었습니다. 그런데 지난 번 주신 편지를 받아보니, 수십 행의 조리 있는 글이 간절하면서도 돈독하고 진지하여 몇 년 동안 쌓이고 막혔던 회포가 하루아침에 얼음 녹듯하여 영포(英布)

43 김후몽(金後夢) : 김학진(金鶴鎭, 1838~?)으로, 본관은 안동, 자는 성천(聖天), 호는 후몽(後夢)이다. 1871년(고종8) 문과에 급제하였다. 전라도에서 동학농민군이 봉기하자 전라 감사 김문현(金文鉉)의 후임으로 임명되어 농민군과 전주화약(全州和約)을 맺었으나, 그해 9월 농민군이 본격적으로 재봉기할 채비를 갖추자 스스로 책임을 다하지 못하였음을 시인하고 파직 허락을 받았다. 1897년 중추원의관, 1899년 홍문관 학사, 궁내부 특진관이 되었으며, 그 뒤 시종원경(侍從院卿), 태의원경(太醫院卿)을 거쳐 1906년 홍문관 태학사가 되었고, 1910년 일제로부터 남작의 작위를 받았다.

44 도잠(陶潛)의 정운(停雲) : 친구에 대한 그리움을 지칭한다. 중국 진(晋)나라 때 도잠(陶潛)이 〈정운(停雲)〉이라는 시에 "자욱한 구름 멈추어 있고, 때때로 부슬부슬 비가 내리네.〔靄靄停雲 濛濛時雨〕"라는 구절이 있는데, 스스로 그 서문에 "정운(停雲)은 친구를 그리워하는 것이다.〔停雲思親友也〕"라고 하였다.

가 유방(劉邦)의 집에 간 듯 기대 이상으로 기뻤습니다.[45] 편지로 일상 생활이 다복하시고 업적을 많이 세우셨다는 것을 알게 되니, 목을 빼고 발돋움하여 소식을 기다리던 끝에 어찌나 기쁘고 위로가 되었는지요.

저는 남쪽 바닷가에 귀양 온 지 7년인데, 이제야 고향에 돌아가라는 명(命)을 받았습니다. 옛날부터 산과 바다로 귀양 간 자들 중에 죽을 때까지 돌아오지 못한 자가 많았는데, 저와 같은 경우는 어찌 행운이 아니겠습니까? 다만 갯버들같이 약한 체질로 여러 차례 풍상을 겪었고, 또 바닷가 포구의 물과 땅에 익숙하지 못하여 몇 년 이래 머리가 벗겨지고 형상이 파리하여 사람의 모습을 갖추지 못하였습니다. 보는 사람들은 본래 그런 줄 아는데, 지금 받은 편지에서 수염과 머리털이 짧은 것을 가리키며 나무라시니 어찌 정이 넘치는 꾸짖음이 아니겠습니까? 현인이나 군자는 궁해지거나 영달하는 갈림길에 처해서는 반드시 운명에 맡기니, 본래 나에게 있었던 것은 진실로 전과 마찬가지이기 때문에, 그 즐거워하는 바를 잃지 않아 몸과 정신이 저절로 왕성한 것입니다. 저 또한 운명을 어찌할 수 없다는 것과 도의(道義)를 즐길 수 있다는 것과, 정성과 공경이 귀중함을 알지 못하는 바는 아니었습니다. 그러나 끝내 한 가지도 실제로 체득하여 의지하지 못했기 때문에 번번이 외물에 마음을 빼앗겨서 하나같이 타서 녹는 대로 내버려 두었으니 어찌 날마다 쇠약해지지 않을 수 있었겠습니까?

제가 외방에 있던 날이 오래되어 조정의 일을 듣지 못하였으니, 저술

45 영포(英布)가……기뻤습니다 : 영포가 한 고조(漢高祖) 유방(劉邦)을 찾아갔을 때 처음에는 실망했다가 기대 이상의 대접에 크게 기뻐했던 사실에서 자기를 영포의 마음에 비유한 것이다.

한 〈십육사의(十六私議)〉[46]는 시골사람의 한담(閑談)에 불과한 것입니다. 아직 다른 사람에게 꺼내 보여준 적이 없는데, 어디에서 얻어 보셨는지 알지는 못하지만 매우 부끄럽고 송구합니다. 보내 주신 편지에서 말씀하신 '임금을 바로잡은 문제'는 진실로 모든 교화의 근원이 됩니다. 그러나 《전(傳)》에 "자기 몸에 간직한 것이 너그럽지 못한데도 남을 깨우칠 수 있는 자는 있지 않았다."[47]라고 말하지 않았습니까? 제가 심신의 공부에 대하여 알지 못하는데, 더구나 '임금을 바로잡는 것' 같은 허황된 이야기를 하고자 한다면 그 누가 이를 믿겠습니까? 일과 단서에 따라서 선을 베풀고 사악함을 막는 것은 바로 보도(輔導)[48]하고 계옥(啓沃)[49]하는 자들의 임무이지 야인(野人)이 논의할 수 있는 일이 아닙니다.

제가 생각하건대 임금을 바로잡는 도리는 빈말로 할 수 있는 일이 아닙니다. 마땅히 어진 스승을 택하여 보좌하게 하여 덕과 의를 전하며 경전을 가르쳐서 그 대체를 먼저 수립하도록 해야 할 것입니다. 그런 후에 좌우의 사람들을 신중하게 뽑아서 그 선한 단서를 피어나게 함으로써 깨우쳐 인도하고, 좋지 않은 마음의 싹을 살펴서 이를 잘라 없애

46 십육사의(十六私議) : 김윤식이 1890년(고종27) 면천에 유배되어 있을 때 지은 글로 천법(薦法), 전폐(錢幣), 양병(養兵), 상세(商稅) 등 16항목으로 나누어 부국강병에 대해 논하였으며, 《운양집(雲養集)》 권7에 실려 있다.

47 자기……않았다 : 《대학장구》 전 9장에 실려 있다.

48 보도(輔導) : 임금을 잘 보좌하여 좋은 데로 인도(引導)한다는 뜻이다.

49 계옥(啓沃) : 선도(善道)를 개진하여 임금을 인도하고 보좌한다는 뜻이다. 《서경》 〈열명 상(說命上)〉에 은(殷)나라 고종(高宗)이 부열(傅說)에게 "그대의 마음을 열어 나의 마음을 적시라.〔啓乃心 沃朕心〕" 하였다.

버린다면 임금의 덕이 날로 성취되어 빛나고 밝은 경지에 스스로 올라서게 되실 것입니다. 그러므로 보고 느끼는 것에서 얻는 것이 가장 좋고, 일로 인하여 깨우치고 반성하는 것이 그 다음이라 하였습니다. 지금같이 아무 일이 없고 잠깐 말하는 겨를에 선인의 말을 주워 엮고 쌓아서 임금 덕을 권면하고 성학(聖學)을 권면하는데 진언(進言)하는 자가 모두 이러한 말을 문장의 첫머리로 삼으니, 근원을 근원으로 하고 근본을 근본으로 하여 모두가 찬란하여 볼 만하지만, 군주께서 이를 보시고 문장의 형식만 갖추었다고 생각하시고 살피지 않으시면 임금의 덕에 무슨 보탬이 되겠습니까? 일의 요점은 그 말이 반드시 간명해야 합니다. 요(堯), 순(舜), 우(禹) 임금이 서로 전수함에 있어서 그 요점은 정일(精一)이라는 몇 마디 말[50]뿐이었습니다. 부열(傅說)[51]이 고종(高宗)에게 아뢴 것도 그 요점은 학문에 전념하라는 몇 마디뿐이었고, 다른 것은 모두 정치를 행하는 도리를 논한 것이었습니다. 맹자가 제(齊)나라와 양(梁)나라의 임금에게 유세(遊說)할 때 누누이 말하여 그치지 않은 것은 즉 왕정(王政)을 닦고 백성의 생업을 다스리는 일이었습니다. 지금은 이와 반대입니다. 정일(精一)이라는 지극히 중요한 한마디를 다반사로 만들어서 마침내는 형식적인 말이 되게 하였습니다. 정치를 닦고 백성을 보존하는 일에 이르러서는 말만 많이 하고

50 정일(精一)이라는……말 : 정일(精一)은 정밀하게 이치를 살피고 전일(專一)하게 실행을 한다는 뜻으로, 《서경》 〈대우모(大禹謨)〉에서 순 임금이 우 임금에게 천하를 양위할 때 "인심은 위태하고 도심은 미묘하니, 오직 정밀하고 전일하여야 진실로 그 중(中)을 잡으리라.〔人心惟危 道心惟微 惟精惟一 允執厥中〕"라고 하였다.

51 부열(傅說) : 중국 은(殷)나라 고종(高宗) 때의 재상이다. 토목 공사(土木工事)의 일꾼이었는데, 재상으로 등용되어 은나라 중흥(中興)의 대업(大業)을 이룩하였다.

그것을 병통으로 여기지 않고 공덕이라 여겨 소홀히 하고 있습니다. 임금께서 보시도록 해도 잠깐 사이에 손댈 곳이 없으니 번잡한 것과 간략한 것의 타당함을 놓치지 않을 수 있겠습니까?

보내 주신 편지에 "맹자가 세 번 제(齊)나라 왕을 만났어도 일에 대해 말하지 않았다.[52]라고 하셨는데, 이는 맹자가 임금을 바로잡는 도리를 깊이 깨달았기 때문이다."라고 말씀하셨습니다. 대개 세 번 만났으나 일을 말하지 않은 것은, 단지 그 사심(邪心)을 공격하기 위한 것뿐만 아니라, 할 수 있는 말의 단서를 얻어서 그 표현하고자 하는 말을 중히 하고자 한 것입니다. 선왕(宣王)이 환공(桓公)과 문왕(文王)의 일[53]과 또 소를 양으로 바꾸도록 한 일[54]에 질문을 한 것은 그 선한 단서를 바탕으로 반복하여 비유로 깨우쳐 그를 왕도정치 속으로 이끌어 들이고자 한 것입니다. 진실로 왕도정치를 행하고자 했다면 임금의 덕에 무슨 어려움이 있겠습니까? 이때가 되어서야 제나라 왕의 어리석고 무지함이 거의 열려서, "시험해 보기를 청합니다."[55]라는 말

52 세 번……않았다 : 《맹자》〈이루 상(離婁上)〉에 나온다. 원문은 "옛날 맹자가 세 번 제(齊)나라 임금을 보고서도 일에 대해 말하지 않자 문인(門人)들이 이를 의심하였다. 그러자 맹자께서 말씀하시기를, "내가 그 사특한 마음을 먼저 치는 것이니, 마음이 바르게 된 후에야 천하의 일이 따라서 다스려진다."라고 하였다.〔孟子三見齊王而不言事 門人疑之 孟子曰 我先攻其邪心 心旣正而後天下之事 可從而理也〕"

53 환공(桓公)과 문왕(文王)의 일 : 춘추 시대에 제(齊)나라 환공(桓公)과 진(晉)나라 문공(文公)이 패제후(霸諸侯) 했던 일을 말한다.

54 소를 양으로 바꾸도록 한 일 : 《맹자》〈양혜왕 상(梁惠王上)〉에 나온 고사로, 제나라 선왕(宣王)이 양으로 소를 대신〔以羊易牛〕하도록 한 일이다.

55 시험해……청합니다 : 《맹자》〈양혜왕 상(梁惠王上)〉의 "내 비록 불민하지만 청컨대 시험해 보겠습니다.〔我雖不敏 請嘗試之〕"라는 말을 인용한 것이다.

이 있기에 이르렀습니다. 만약 뒤에 오는 군자에게 제왕을 만나게 했다면, 반드시 말의 단서를 기다리지 않고 먼저 임금을 바로잡는 말을 펼쳐서, 하늘과 사람의 관계와 천성(天性)과 천명(天命)의 근원에 대하여 두루 장황하게 늘어놓아 자신이 배운 것을 모두 말한 이후에나 그쳤을 것입니다. 이에 제나라 왕이 말이 끝나기를 기다리지 못하고 이윽고 하품을 하고 말았을 것이니, 어느 겨를에 정치를 고치고 백성을 보호하는 일을 할 수 있었겠습니까? 이것이 《중용장구》에서 "도가 밝아지지도 않고 행해지지도 않는다."[56]라고 한 것이니, 어짊과 지혜의 지나친 폐단으로 말미암은 것입니다.

형께서는 어떻게 생각하십니까. 저의 보잘것없는 견해는 본래 이와 같습니다. 지난 날 형과 논의할 때마다 조금 엇갈렸던 것은 바로 이런 점이었습니다. 그러나 그 대체(大體)는 같지 않은 적이 없었습니다. 형께서 저를 주자(朱子)가 진동보(陳同甫)[57]를 보듯 보아주셨으니, 저 역시 과분하게 여기며 받아들일 뿐 감히 비교하지 못하겠습니다. 저는 이미 늙고 폐인이 되었으니, 죽기 전에 자리를 같이하여 한 번 토론하는 기회를 얻지 못할까 걱정이 됩니다. 우연히 답장을 쓰다 보니 세세

56 도가 ……않는다 : 《중용장구》 제3장에서 인용한 것이다. "도가 밝아지지 않고 행해지지 않는 까닭이다.〔道之所以不明而不行〕"

57 진동보(陳同甫) : 중국 남송(南宋)의 사상가인 진량(陳亮, 1143~1194)으로, 무주(州) 영강(永康) 사람이며 자는 동보(同甫)이다. 당시 영강학파의 대표였다. 어려서부터 국사에 관심이 많았고 군사전략에 대해 논하기를 좋아했다. 《중흥오론(中興五論)》을 지어 금(金)나라와의 화의에 반대하는 상소를 올렸으며, 그 후 계속해서 4차례의 상소를 올려 금에 대한 항쟁을 강력히 주장했다. 철학적으로는 주희(朱熹)의 이학(理學)에 반대하여, '의리쌍행(義利雙行)'과 '왕패병용(王覇倂用)'을 내용으로 하는 '사공지학(事功之學)'을 주장했다. 저서로 《용천문집(龍川文集)》이 있다.

함이 이에 이르렀습니다. 편지를 열어보는 날 수염 흔들리게 한번 웃으면서 "광노(狂奴)[58]의 구태가 여전하구나."라고 말씀하실 것으로 생각됩니다. 남은 이야기가 많지만 다하지 못합니다. 모두 밝게 살펴주시기 바랍니다.

58 광노(狂奴) : 세상의 공훈과 명예를 멀리하고 강변에서 낚시에 흥을 붙이고 사는 은자를 뜻한다. 후한(後漢) 때 엄광(嚴光)이 소년 시절에 유수(劉秀)와 함께 공부하였는데, 유수가 황제가 되자 성명을 바꾸고 은거하여 다시는 만나지 않았다. 유수가 그의 어진 덕을 그리워한 나머지 전국 각지에 그의 행방을 수소문하였는데, 어떤 사람이 양 갖옷을 몸에 걸치고 동강(桐江)의 늪지에서 낚시를 하고 있다는 보고가 올라왔다. 그러자 사신 편에 후한 예물을 들려 보내 엄광을 초빙하였다 한다.《高士傳》

원위정[59] 관찰에게 보내는 편지

與袁慰庭觀察書

전에 보내드린 답장은 이미 보셨으리라 생각합니다. 근래 조정의 명령을 받으셔서, 절강성(浙江省) 온처도(溫處道)[60] -1자 원문 빠짐-로 승진하셨다고 들었는데, 8월 중에 건너가셔서 좋은 자리에 새로 부임하게 되실 것이니 기뻐 축하드리는 마음을 감당치 못하겠습니다.

가만히 생각해 보니 각하께서는 혈기왕성한 나이에 공(功)을 이룰 수 있는 재능을 품으셨는데, 뒤웅박처럼 우리나라에 12년이나 매여 있었으니 항상 애석한 점이 있었습니다. 이제는 구름길로 날아올라 갔으니, 천리마의 역량을 펼치는 날이면 다리에 티끌을 묻히지 않고 흙덩이를 뛰어넘어 한순간에 만 리 길을 내달리실 것입니다. 외람되게 친구의 자리에 있으니 어찌 측백나무의 기뻐하는 마음[61]을 견딜 수 있겠습니까? 각하께서는 전에 저를 변변치 못하다 하여 버리지 않으시고 외람되이 친구로 삼아 주시고 여러 번 가르침을 내려 주셨습니다. 저 또한 성심(誠心)으로 기뻐하고 감복해서 스스로 세상에 둘도 없는 평생의 지기(知己)라고 여겼습니다. 아, 임오년(1882, 고종19)과 갑신년

59 원위정(袁慰庭) : 원세개(遠世凱)를 가리킨다.

60 온처도(溫處道) : 청(淸)나라 때 절강성(浙江省) 행정구역의 하나로 1667년에 설치되었으며, 온주부(溫州府)와 처주부(處州府)를 포괄하였다.

61 측백나무의 기뻐하는 마음 : "소나무가 무성하면 측백나무가 기뻐한다.〔松茂柏悅〕"라는 말로 벗이 잘 됨을 기뻐한다는 뜻이다.

(1884) 이래로 일찍이 하루도 서로 떨어진 적이 없었으며, 걱정과 어려움, 즐거움과 괴로움을 함께하지 않은 적이 없었습니다.

정해년(1887, 고종24) 남쪽으로 유배되었던 7년 동안에 서로 떨어져 얼굴을 보지 못하니 실로 견딜 수 없었습니다. 그러나 집이 이웃해 있고 사람만 멀리 떨어져 있어서 다시 만날 기약이 있었기에 그것으로 스스로 마음에 위로를 삼았습니다. 그런데 지금 이 소식을 듣고 나니 망연하여 마음에 갈피를 잡을 수 없었습니다. 각하께서는 멀리 떠나시고 저는 늙어 폐인이 되었으니, 이 생애에 이 세상에서 언제 다시 볼 날이 있겠습니까? 각하께서 지금 떠나시는데 이별을 애석해 하는 마음은 온 나라가 같은 심정이겠지만, 저처럼 깊고 절실한 사람은 없을 것입니다. 훗날 다행히 죽지 않고 또 왕래하는 데 장애가 없다면, 비록 만 리의 먼 거리지만 가만히 짚신을 신고 쫓아가서 존안(尊顔)을 한번 뵈었으면 시원할 것입니다. 비록 길에서 걸식을 하다가 도중에 쓰러지더라도 또한 사양하지 않을 것입니다. 다만 하늘이 인연을 이어줄지 여부와 저의 이러한 소원을 이루어줄 것인지는 알지 못하겠습니다.

각하의 재략과 덕망은 반드시 당세에 쓰이게 될 것이니, 맡은 임무에 노력하시어 대국(大局)을 유지할 생각을 하시길 바랍니다. 중국이 태평하게 다스려지면, 우리나라가 그 복과 도움을 받을 것입니다. 한가로운 사람들의 평판은 뭐 말할 것이 있겠습니까? 각하께서는 이러한 뜻을 깊이 통달하고 계시니 저의 격려를 기다리지 않고도 알고 계실 것입니다.

삼가 요즘 태석인(太碩人)[62]의 기력이 왕성하시고 조카와 형제들은

62 태석인(太碩人) : 상대방 관원의 모친을 높여 일컫는 말로 여기서는 원세개의 모친을 높여 호칭한 말이다.

잘 지내시는지요? '난새와 고니가 우뚝 선 듯한 모습'[63]이 눈에 선하지만, 한 번 뵈올 수가 없으니 더욱 섭섭하고 한스럽습니다. 떠나시는 일정이 아직 몇 달 후에 있을 것으로 생각되지만, 그때가 되면 아마도 인편을 얻기 어려울 것 같아서 이에 한통의 편지를 드립니다. 편지로 다할 것은 아니니, 모든 것이 서로 통하는 마음에 달려 있습니다. 바라건대 나라를 위하여 자신을 아끼십시오. 삼가 공을 이루시고 평안하시기를 빕니다. 갖추지 못하였습니다.

추신

요즘 우연히 글상자를 살펴보다가, 지난 날 각하께 올리려던 시 몇 수를 찾았습니다. 대개 그 때 매우 급하게 대충 쓴 것이어서 부끄러워서 올리지 못하고 두었던 것입니다. 지금 멀리 이별하는 때를 만나 차마 끝내 감춰둘 수 없어서 이에 서툰 솜씨로 글을 써서 드립니다. 눈이 침침하고 필체가 거칠어 안전을 더럽히는 것을 견딜 수 없습니다. 애오라지 지난날 홍설(鴻雪)의 인연[64]에 대한 증거로 삼고자 할 뿐입니다.

63 난새와……모습 : 당나라 한유(韓愈)가 지은 〈전중소감마군묘명(殿中少監馬君墓銘)〉에 "난새와 고니가 우뚝 서 있다.〔鸞鵠停峙〕"라고 하여, 훌륭한 자제를 난새와 고니에 비유했다. 《古文眞寶後集 卷4》

64 홍설(鴻雪)의 인연 : 기러기가 눈 진창에 남긴 발자국 같이 잠깐 스친 인연을 뜻한다. 송(宋)의 소식(蘇軾)이 해남도에 유배되었을 때 동생 소철(蘇轍)이 보내온 시에 회답한 〈화자유온지회구시(和子由澠池懷舊詩)〉에서 "인생이란 눈 진창에 남긴 기러기 발자국처럼 기러기 날아가고 눈 녹으면 발자국은 자취가 사라지는 것 같다.〔人生到處知何似 應是飛鴻踏雪泥 泥上偶然留指爪 鴻飛那復計東西〕"라고 한 명구에서 나온 말이다.

선무사 어일재[65]에게 보내는 별지

與宣撫使魚一齋別紙

전날 동학당의 일 또한 한 때의 시운(時運)이 연관된 것인가. 어찌 그리 무리가 모이는 것이 쉽고 또 많았던가. 그들이 하는 것을 보면 바로 재주 없는 장각(張角)[66]이고 능력 없는 묘청(妙淸)[67]이니, 할 수

65 어일재(魚一齋) : 어윤중(魚允中, 1848~1896)으로, 본관은 함종(咸從), 자는 성집(聖執), 호는 일재(一齋), 시호는 충숙(忠肅)이다. 1881년 신사유람단의 반장인 조사(朝士)로 선발되어 일본 메이지유신(明治維新)의 시설・문물・제도 등을 상세히 시찰하고, 다시 중국으로 건너가 영선사(領選使) 김윤식(金允植)과 함께 청의 북양대신(北洋大臣) 이홍장(李鴻章), 해관총독(海關總督) 주복(周馥) 등과 회담한 뒤 이 해 12월에 귀국했다. 이후 외교 분야에서 활약이 컸으며, 1894년 갑오개혁 내각이 수립되자 탁지부 대신이 되어 재정・경제 부분의 개혁을 단행했다. 1896년 2월 갑오개혁 내각이 붕괴되자 피살되었다. 저서로는 《동래어사서계(東萊御史書啓)》, 《수문록(隨聞錄)》, 《서정기(西征記)》, 《간독요초(簡牘要抄)》, 《종정연표(從政年表)》 등이 있다. 이 편지는 1893년 동학교도들이 보은집회를 열자, 어윤중을 양호순무사(兩湖巡撫使)로 임명하여 수습하도록 하였을 때에 보낸 것이다. 이때 어윤중은 당시 관료들이 동학도를 비도(匪徒)라 칭하며 탄압하는 분위기에서 처음으로 동학도를 민당(民黨)이라 칭하며 개혁 요구의 당위성을 인정하기도 했다.

66 장각(張角) : ?~184. 중국 후한 말 황건(黃巾)의 난을 이끈 지도자이다. 기주(冀州) 거록(巨鹿) 사람으로 태평도(太平道)를 창시했고, 자칭 '대현량사(大賢良師)'라고 했다. 영제(靈帝) 때 병 치료와 포교를 빌미로 비밀리에 교단을 조직하였다. 184년 각 주의 교도들과 반란을 일으켜 스스로 '천공장군(天公將軍)'이라 칭하고 머리에 황건을 두르는 것을 교도의 표시로 삼았다. 동생 장량(張梁)과 함께 유주와 기주의 신도들을 통솔하여 노식(盧植)과 동탁(董卓)의 토벌군을 격파했다. 얼마 후 병으로 죽었다.

67 묘청(妙淸) : ?~1135. 고려 인종 때의 중으로 도참설로 중앙 정계에 진출하여,

있는 자들이 못 되네. 그런데 이전에 조정이 기미를 타고 일찍 도모하지 못하여, 그 흉악한 음모를 평정하지 못하기에 이르렀네. 악업(惡業)으로 나아가기 전에 군대의 위엄으로 두렵게 하고 은혜로운 말씀으로 타일러서 살 길을 열어 보여 즉각 흩어져 사라지게 해야 했는데, 사건이 오래되어 변화가 생기니 만연한 피해가 헤아릴 수 없게 되었네.

그대가 이번 행차에 좋은 계책을 묵묵히 운용하여 사전에 난(亂)을 그치게 하였으니, 그 공은 백만의 군대보다 나은 것이네. 오늘날의 물정을 살펴보면, 바야흐로 요사스런 기운이 날로 번져나가 지나치게 두려워하지 않는 사람이 없었는데, 한 마디 말로 해산하기에 이르렀으니 지나치게 쉽다고 여기는 바가 없지 않았네. 그대의 일처리가 성공하는 것을 보고 입으로는 좋다고 하지만 마음으로 기뻐하지 않는 자가 많았으니, 또한 몰래 배척하거나 드러나게 배척하는 자가 없었는지 어찌 알겠는가? 공을 세워 이름을 떨쳤을 때는 예로부터 처신하기 어려운 것이니 신중하지 않으면 아니 되네. 임금께 올라온 상소의 경우 일의 담당자가 아니면 일시의 오활(迂闊)한 견해로 항구적인 법을 지켜야 한다는 주장을 일삼는 것이니 반드시 깊이 따질 것이 못되네. 가만히 생각해보니, 사람의 마음을 크게 복종시키는 것은 '신(信)'이란 한 글자만한 것이 없네.

전에 선유(宣諭)가 내려진 다음에 마땅히 조정에서 즉시 하나의 명령을 내려졌어야 했네. 즉 "지난 일은 묻지 않을 것이나, 이후로 만일

서경 천도 등의 개혁 정치와 금국정벌론을 주장하다가 반대에 부딪치자 난을 일으켰으나 실패하였다.

부적이나 주술 같은 사술(邪術)로 민간을 선동하여 현혹시키는 자가 있으면 죽이고 용서하지 않을 것이다." 하고, 명령을 내린 후 얼마 동안의 기한을 주고 다시 금령을 범한 자가 있으면 잡아다가 법대로 다스렸다면 어찌 광명정대하지 않았겠는가? 지금은 한편으로는 호생지덕(好生之德)[68]으로써 달래면서, 한편으로는 무리의 우두머리를 잡아서 조사하라고 행회(行會)[69]하니, 그들이 어찌 기꺼이 마음으로 복종할 수 있겠는가? 입술이 타고 혀가 헤지도록 한 말이 마침내 식언(食言)이 되었으니 어찌 그 명령이 행해지겠는가? 그간의 사정이 어떠한지, 무리의 우두머리는 이미 체포했는지 여부는 알지 못하네. 이는 조정의 계획에 관계된 것으로 야인(野人)이 알아야 할 것은 아니나 일의 체모가 본래 그렇지 아니한가?

동학의 무리는 모두 여우와 쥐같이 간사한 무리가 모여서 오로지 부적과 참언에 의지하는데, 다행히 한 명의 걸출한 인재도 없으니 깊이 걱정할 것은 아닐세. 그러나 우려해야 할 것은 오늘날 민심이 흩어져 난을 좇는 것이 물과 같은데, 조정에는 단단히 묶어둘만한 신의가 없고, 그곳의 탐욕스럽고 부패한 수령들은 또 좇아가 이들을 몰아서 잡아들이는 것이네. 이 점을 볼 때 이미 흩어졌더라도 마음을 놓을 수가 없네. 오직 탁류를 몰아내고 맑은 물을 끌어들여 이익을 일으키고 폐단을 제거하는 것이 민심을 만회하는 커다란 핵심이 될 것이네. 그대가

68 호생지덕(好生之德) : 죽일 형벌(刑罰)에 처할 죄인(罪人)을 특별(特別)히 살려주는 제왕(帝王)의 덕을 말한다. 《書經 大禹謨》

69 행회(行會) : 정부의 지시나 명령을 각 관(官)이 하급기관에 알리고 실행 방법을 의논하는 것이다.

그러한 권한도 없이 다만 헛되이 말로써 미봉(彌縫)하면, 비록 눈앞의 일을 겨우 처리했더라도 어찌 뒷일을 잘 대비하는 방법이라고 할 수 있겠는가?

일 없이 한가하게 지내니 때때로 칠우(漆憂)[70]만 깊어지네. 마침 믿을 만한 인편이 있어서 품었던 생각을 대략 늘어놓았으니, 한번 보고 불태워 버리는 것이 어떠한가?

70 칠우(漆憂) : 칠실지우(漆室之憂)의 준말로 나라를 위한 걱정이란 뜻이다. 춘추시대 노나라 칠실이란 마을에 처녀가 있었는데, 기둥을 안고 울었다. 이에 누가 묻기를 "시집을 못 갔기 때문인가?"라고 하니, 대답하기를 "어찌 그렇겠습니까. 나라를 걱정하기 때문입니다."라고 했다는 말이 있다. 《烈女傳 仁智 魯漆室女傳》

박온재[71] 선수 상서에게 보내는 편지
與朴溫齋 瑄壽 尙書書

지난해 가을에 한번 뵙고는 10년 동안의 적조함을 위로하기에 부족했습니다. 어둑한 저녁빛이 사람을 재촉하므로 너무 총총히 고별하느라 일상의 안부를 자세히 여쭈어볼 겨를이 없었습니다. 그러나 말씀을 나눌 때 우러러 뵈오니 정신과 기운이 이전과 같으셨으므로 저의 마음이 기쁘고 다행스러움을 어찌 이루 다 말할 수 있겠습니까? 잠깐 사이에 가을과 겨울이 이미 지났습니다. 새해를 맞이하여 대감의 체절(體節)[72]이 아주 건강하시고 맡고 계신 관청에 경사가 있다고 하니, 마음속으로 기원하던 바에 딱 들어맞았습니다.

저는 변방 바닷가로 귀양 와서 올해 8년이 되었고, 나이가 어느덧 만 60이 되었습니다. 가족을 이끌고 고향으로 돌아가는 그런 날이 없을까 염려됩니다. 대군(代郡)의 말과 월(越)나라 새의 뜻[73]이 어느 때에

71 박온재(朴溫齋) : 박선수(朴瑄壽, 1823~1899)로, 본관은 반남(潘南), 자는 온경(溫卿)이다. 실학자 박지원(朴趾源)의 손자이고 박종채(朴宗采)의 아들이며 박규수(朴珪壽)의 아우이다. 1864년(고종1) 증광별시 문과에 장원한 후 1865년에 대사간을 거쳐 1867년에는 암행어사로 임명되어 경상도 지방관들의 탐학을 규찰하기도 하였다. 1873년 참찬관을 거쳐 대사간에 재임명되었고, 1883년 성균관 대사성이 되었으며 이듬해 갑신정변 직후에는 행호군직(行護軍職)에서 공조 판서로 특별히 발탁되었다. 동학농민전쟁 발생 후인 1894년 4월에는 형조 판서를 지냈다. 저서는 《설문해자익징(說文解字翼徵)》이 있다.

72 체절(體節) : 남의 안부를 물을 때에 그 사람의 기거(起居)나 건강 상태를 높여 이르는 말이다.

라도 마음속에 간절하지 않은 적이 있겠습니까?

돌아가신 백씨 환재(瓛齋)[74] 선생의 가장(家狀)을 손을 깨끗이 씻고 펼쳐서 소리 높여 읽어보니, 황홀하여 마치 봄바람 부는 자리에 앉은 듯하여 깨닫지 못하는 사이에 감탄사가 끊이지 않았습니다. 생각해 보건대, 선생의 충효와 큰 절개와 박문약례(博文約禮)[75]의 참된 공부, 원대한 계책은 비록 300년 전에 사셨더라도 또한 당대의 위대한 인물이 되셨을 것입니다. 그런데 어찌하여 지금 세상에서는 존경할 줄 모르고 어찌하여 자운(子雲)[76]을 직접 본 듯이 여깁니까? 그렇지 않다면 시비(是非)가 밝지 못해서 그렇습니까? 각하께서 형제이자 지기로서 유사(遺事)를 수습하고 이를 떨쳐 드러내셨는데, 제도를 설명한 것은 전아하고 정밀하였으며, 사업을 서술한 것은 성대하면서도 곡진하여 싫증이 나지 않습니다. 그리고 그 사우(師友)와 인척의 어진 자를 모두

73 대군(代郡)의……뜻 : 고향을 그리워하는 마음을 뜻한다. 원문은 "저 북쪽의 오랑캐들의 말은 북풍에 의지하고, 남쪽의 새는 남쪽가지에 둥지를 트는구나.〔胡馬依北風 越鳥巢南枝〕"라고 하였고, "한시 외전에 이르기를, 《시》에 왈 : 대군(代郡)에서 태어난 말은 늘 북풍을 그리워하며, 나는 새도 옛 둥지로 찾아가누나.〔韓詩外傳曰 詩曰 代馬依北風 飛鳥棲故巢 皆不忘本之謂也〕"라고 하였는데 모두 근본을 잊지 못함을 말한 것이다.《文選 卷29 雜詩 上》

74 환재(瓛齋) : 박규수(朴珪壽, 1807~1877)의 호이다.

75 박문약례(博文約禮) : 학문을 널리 닦아 오묘한 사리를 깨닫고 나서 복잡한 예의 절차는 절도에 맞게 간략하고 적당하게 행하는 것을 말한다.

76 자운(子雲) : 전한대(前漢代)의 사상가 양웅(揚雄, 기원전 53~18)의 자이다. 성제(成帝) 때에 경전(經典)의 장구(章句)에 훈고(訓詁)를 찍어 훈고학(訓詁學)의 길을 열었다. 성제 때 벼슬길에 올라 애제(哀帝), 평제(平帝)를 섬겼으나 전한이 망한 후 신(新)의 왕망(王莽)에게 벼슬하였기 때문에 절조(節操)를 잃었다는 비난을 받았다. 저서에 《태현경(太玄經)》, 《법언(法言)》, 《방언(方言)》, 《훈찬(訓纂)》 등이 있다.

기술하여 간략한 전기(傳記)를 넣어 길이 전하여 없어지지 않도록 하셨습니다. 그 체제가 간결하게 정리되었으면서도 풍부해서, 맹견(孟堅)[77]의 정수(精髓)를 깊이 얻었으니 이는 돈사(惇史)[78]의 증거가 되기에 충분합니다. 선생의 뜻과 사업이 후세에 명백하게 드러날 수 있게 되었으니 어찌 이 같은 다행이 있겠습니까? 그렇지만 선생께서는 옛날에 사람들이 대인(大人)이라고 일컫던 분입니다. 한 평생 벼슬에 나아가고 물러났던 처신은 남들이 높이고 낮추는 것에 따라 오락가락하지 않고 오직 의리에 따를 뿐이었습니다. 이 때문에 만년이 더욱 고달팠습니다. 지금 이 덕을 기록한 가장은 오히려 그 속에 온축(蘊蓄)한 바를 다하지 못한 점이 있으나, 이는 형편이 그러한 것입니다. 애석합니다!

한 본을 베껴 쓰고 원본을 오래둘 수 없어서 마침 귀천리(歸川里) 사람 중에 돌아가는 인편이 있어서 보내 올리니, 받아서 살펴보시기 바랍니다. 의심나는 몇 곳이 있어서 멋대로 책장의 가장자리에 쪽지를 붙여두었으니, 아울러 교감하시면서 취할 것은 취하고 버릴 것은 버리시기 바랍니다. 봄바람이 몹시 사나우니 음식을 알맞게 조섭하시면서 더욱 몸을 보중하십시오. 갖추지 못하였습니다.

77 맹견(孟堅) : 반고(班固, 32?~92)의 호이다. 반고는 후한(後漢) 시대의 역사가로 그가 쓴 《한서(漢書)》는 이후 기전체(紀傳體) 역사서의 모범이 되었다.

78 돈사(惇史) : 덕행 있는 이의 언행을 기록하여 후인들의 본보기가 되게 하였다는 뜻이다. 돈사(惇史)는 삼로오경(三老五更)의 돈후(惇厚)한 덕(德)이 있는 말을 기록한 사서(史書)이다.

서봉경에게 답하는 편지

答徐鳳卿書

지난번 처음으로 벼슬을 얻었다는 소식을 듣고 기뻐서 잠을 이루지 못하였습니다. 대저 사부(師傅)[79]라는 관직은 책을 읽는 사람의 본분에 알맞는 직책입니다. 이러한 까닭에 동몽교관의 직임은 스스로 구한 것이 아니라 진실로 공론(公論)이 부여해 주는 것입니다. 좌하(座下)[80]께서 출사(出仕)하는 처음에 출처(出處)가 이미 바름을 얻었으니, 앞으로의 진로도 바르지 않은 길로 가는 일이 없을 것이므로 이 점이 제가 더욱 기뻐하는 바입니다.

지난해 12월의 편지가 크게 위로가 되었는데, 해가 이미 바뀌고 새 달 또한 기울어지고 있습니다. 언제나 복되고 편안하며 큰 복을 받으시기를 간절하게 기원합니다. 저는 나이가 육순에 이르렀는데 아직도 변방 바닷가의 유배객이 되어 있으니, 고향 생각이 늙어갈수록 더욱 간절합니다.

보내 주신 편지에 "감히 사부(師傅)의 자리를 감당할 수 없어, 강의에 임하였을 때 고비(皐比)를 치워 오른쪽에 두려고 한다."[81]라고 말씀

79 사부(師傅) : 조선 시대 세자의 시강원(侍講院)과 세손의 강서원(講書院)의 최고 관직이다.

80 좌하(座下) : 귀하(貴下)보다 높임말로 마땅히 공경(恭敬)해야 할 어른인 조부모(祖父母), 부모(父母), 선배(先輩), 선생(先生)에게 쓰는 말이다.

81 고비(皐比)를……한다 : 사부(師傅)의 자리를 그만두었다는 뜻이다. 고비(皐比)는 호랑이 가죽을 말한다. 송(宋)나라의 장재(張載)가 항상 호랑이 가죽을 깔고 앉아서

하였습니다. 제 생각은 그렇지 않습니다. 스승이란 이름을 피하고자 한다면, 그 관직을 사양하는 것이 옳고 고비를 철거하는 것은 옳지 않습니다.

요순 시대에 임금의 맏아들을 가르치는 직책은 존중받았습니다. 한(漢)나라 명제(明帝)와 같이 평범한 임금의 경우에도, 환영(桓榮)은 장구(章句)를 가르치는 사부(師傅)에 불과하였으나[82] 오히려 스승을 높이는 도리를 행하여 후세의 미담이 되었습니다. 왕규(王珪)[83]가 위왕(魏王) 이태(李泰)의 스승이 되었을 때, 이태가 알현할 때는 항상 먼저 절하였고 규(珪) 또한 스승의 도리로써 처신하였으니, 이는 자신의 영광을 위한 것이 아니라 스승의 도리를 존중하여 국가의 아름다움을 이루고자 했던 것입니다. 지금 좌하(座下)의 경명행수(經明行修)로도 오히려 사부의 자리를 감당하지 못하겠다면, 뒤에 오는 자로 누가 다시 감히 그 자리에 있을 수 있겠습니까. 그렇게 되면 고비는 영원히 없어

《주역》을 강론했는데, 후세에 와서는 강학하는 자리를 고비라 이르게 되었다.

82 환영(桓榮)은……불과하였으나 : 후한 명제(後漢明帝)가 처음 양로(養老)를 행하여, 이궁(李躬)을 삼로(三老)로 삼고 환영(桓榮)을 오경(五更)으로 삼았는데, 환영은 명제의 태자(太子)때 스승이었다. 황제로 즉위하여서도 환영을 스승의 예로 높여 대우하여 환영에게 병이 있으면 명제가 친히 문병하되 그 마을에 이르러서는 수레에서 내려서 걸어갈 만큼 환영을 존경하였다. 그러나 후세에 환영을 평가하기를 공자의 수신(修身)·치천하(治天下)의 은미한 뜻과 큰 의리는 알지 못하고 한갓 장구(章句)로 경서를 가르쳤기 때문에 제왕의 스승은 아니라고 비판하였다.《後漢書 卷37 桓榮列傳》

83 왕규(王珪) : 571~639. 자는 숙개(叔玠)이며 대대로 환관 가문 출신이다. 626년 현무문(玄武門) 사건 때 태자 건성(建成)의 속리(屬吏)였으므로 이세민(李世民)에 의해 유배되었으나, 후에 태종의 신임을 받아 재상이 되었다. 637년에는 위왕(魏王) 이태(李泰)의 스승이 되었다.

지고 설치되지 못하게 되어, 사부의 관직이 빈객이나 친한 관료에 지나지 않게 될 것입이니, 어찌 임금께서 특별히 선별한 뜻이 되겠습니까. 공연히 사양하는 것을 숭상하여 법도를 폐하는 것은 도(道)에 맞는 일이 아닙니다.

사사로운 예물을 성상(聖上)의 명이 없었다고 해서 감히 받지 않은 것은, 고견(高見)으로 아주 타당합니다. 그러나 수년 후에 사제간의 정과 뜻이 무르익어 혹시 서로 친밀한 뜻이 있다면, 이 또한 한결같이 고집해 논해서는 안 될 것입니다. 저는 강독(講讀)을 하지 않으면서 자주 만나는 것은 옳지 않으며, 도리(道理)가 아니면서 말씀을 늘어놓는 것은 옳지 못하며, 스스로를 낮추어 가볍게 보이는 것은 옳지 못하며, 청탁에 간여하여 의심을 받는 것은 옳지 못하다고 생각합니다. 엄숙하고 공손하고 삼가하고 신중하여 즐겁게 이끌어 간다면, 아마도 그 직분을 다하게 되고 뜻밖의 환란이 없을 것입니다. 무지한 이에게도 낮추어 묻는 뜻[84]으로 편지를 보내셨으므로, 저의 속마음을 다하여 보냅니다. 저의 이런 마음은 믿고 돌보아 주셨기 때문에 나온 것이니, 마음에 새겨 주시기 바랍니다. 봄 날씨가 차니 마땅히 몸을 소중하게 조섭하시기를 바랍니다. 이만 줄입니다.

84 무지한……뜻 : 원문의 '순요(詢蕘)'는 《시경》 〈생판(生板)〉의 "전인들이 말했네, 저 나무하는 사람에게도 물으라.〔先民有言 詢于芻蕘〕"라고 한 데서 유래한 것이다.

이생 방헌 에게 답하는 편지

答李生 邦憲 書

지난번 여막(廬幕)에 가서 개확(慨廓)[85]하는 모습을 뵈었는데, 돌아와서도 여전히 안쓰러운 마음이 맺혀 덕을 사모하는 마음이 더욱 간절해졌습니다. 지금 막 보내 주신 편지를 받고, 삼가 상중(喪中)인 몸으로 잘 견뎌내고 계심을 알게 되어 지극히 위로가 됩니다.

보내 주신 편지에서 수백 마디 펼쳐 놓으신 말씀은 여러 번 반복해 읽어도 싫증이 나지 않았습니다. 대개 하루라도 어른이라고 높여 주어 못난 저에게 질문을 해 주시니, 저와 같이 엉성한 사람이 무엇으로 우러러 답을 할 수 있겠습니까? 그러나 의리(義理)는 강론하지 않으면 무르익을 수 없는 것이니, 친구 사이에 갈고 닦는 것은 옛날의 도리입니다. 만약 활발한 깨우침을 주셔서 저의 좁은 소견을 트이게 해 주시지 않는다면 끝내 바른 곳으로 나아가는 날이 없을 것입니다. 그러므로 의리는 때를 따르고 사람을 따르는 것이니, 《중용장구》의 "때에 맞게 한다."[86]는 것입니다. 보내 주신 편지에서 이를 다 말씀하셨으니 한 마디 말도 덧붙일 것이 없습니다.

85 개확(慨廓) : 상(喪)을 당하여 슬퍼하는 모습을 표현한 말로, 개(慨)는 소상(小祥)을 당하여 세월이 빠른 것을 탄식하는 마음을 말하고, 확(廓)은 대상(大祥) 때 정의(情意)가 허전한 것을 표현한 말이다. 《禮記 壇弓上》

86 때에 맞게 한다 : 《중용장구》 제2장에 나오는 말로 원문은 "군자가 중용의 도를 체행할 수 있는 것은 군자의 덕이 있어 때에 맞게 하기 때문이다.〔君子之中庸也 君子而時中〕"이다.

"군자는 궁색하면 홀로 자신을 선하게 하고, 영달하면 천하의 모든 사람들을 선하게 한다."[87]라고 하였습니다. 궁색하면 궁색함에 알맞은 것이 있고, 영달하면 영달한 것에 알맞은 것이 있는 것입니다. 그러나 혼자만 선한 것은 군자가 바라는 바가 아니고 어쩔 수 없어서 그러한 것이니, 그 가슴속에 천하의 모든 사람들을 선하게 할 수 있는 내실을 갖추지 않은 때는 없습니다. 그것을 갖추었으나 쓰지 못하는 것은 천명(天命)인데, 나에게 달려 있는 것이 아닙니다. 그러므로 군자는 나에게 있는 것에 힘을 다할 뿐입니다. 선비가 비록 오막살이집에 살더라도 천하의 일이 나의 분수(分數) 안의 일이 아닌 것이 없기 때문에, 농사짓고 성을 쌓는 중에서 나왔으나,[88] 하루아침에 조정 대신의 지위에 올라 거침없이 막히는 바가 없었던 것은 무엇 때문이었겠습니까? 평소에 오랫동안 축적한 바가 있었기 때문입니다.

지금 당신께서는 남들이 감당하지 못하는 근심에 처해 있으면서도 오히려 자기 몸을 단속하고 독실하게 실천하며 노력을 게을리 하지 않는다면, 발자취가 뜨락을 벗어나지 않더라도 고금(古今)을 꿰뚫고 시의(時宜)에 통달할 수 있을 것입니다. 평소에 터득한 것이 없다면 이와

87 군자는……한다 : 《맹자》 〈진심 상(盡心上)〉에 나오는 "君子窮則獨善其身, 達則兼善天下"라는 말을 그대로 인용한 것이다.

88 농사……나왔으나 : 순(舜) 임금이 농사를 짓다가 왕이 되었고, 은(殷)나라 고종(高宗) 때 재상이던 부열(傅說)은 토목 공사의 일꾼이었는데, 당시의 재상(宰相)으로 등용되어 중흥의 대업을 이루었음을 비유한 말이다. 《맹자》 〈고자 하(告子下)〉에 "순임금은 밭두둑에서 발탁되었고, 부열은 집 짓는 사이에 발탁되었고, 교격은 물고기와 소금 사이에서 발탁되었고, 관이오는 사(士) 사이에서 발탁되었고, 백리해는 저잣거리에서 발탁되었다.〔舜發於畎畝之中 傅說擧於版築之間 膠鬲擧於魚鹽之中 管夷吾擧於士 孫叔敖擧於海 百里奚擧於市〕"라고 하였다.

같이 할 수 있겠습니까? 공자께서는 "날카로운 칼날을 밟는 것과 녹(祿)을 사양하는 것이 중용(中庸)을 실천하는 것보다 쉽다."[89]고 하셨으니, 중용의 어려움을 알 수 있습니다. 또 말씀하기를 "중용을 가린다."[90]고 하셨으니, 중용은 하나로 정해진 사물이 아님을 알 수 있습니다.

옛날 송나라가 남으로 옮겨 갔던 초기에 인심이 한(漢)나라 때 장수는 재주 있고 병사는 용맹했던 것을 생각했으므로 이때 이르러 떨쳐 일어나 옛 문물을 광복하려고 하였습니다. 그러므로 주자께서도 일생의 대의(大義)를 잃었던 것을 다시 찾는 것에 두셨습니다. 세월이 지나 편안해지자, 강타(江沱)[91]의 인재들은 쇠락하여 스스로 지키는 것이 여전히 부족하니 가사도(賈似道)[92]가 도리어 척화(斥和)의 의리를 훔쳐서 그 나라의 멸망을 재촉하였습니다.

우리나라는 임진왜란 때 임금과 신하가 도성을 떠나 피난하였는데, 치욕이 두 능침(陵寢)에 미쳤으니[93] 이는 백대토록 반드시 보복해야

89 날카로운……쉽다 : 《중용장구》 3장에서 "공자께서 말씀하시기를 천하와 국가도 고르게 할 수 있고, 벼슬과 녹(祿)도 사양할 수 있으며, 날카로운 칼날도 밟을 수 있으나, 중용(中庸)은 하기 어렵다.〔子曰 天下國家可均也 爵祿可辭也 白刃可蹈也 中庸不可能也〕"라고 하였다.

90 중용을 가린다 : 《중용장구》 3장에 "擇乎中庸"의 말을 그대로 인용한 것이다.

91 강타(江沱) : 사천성 동부를 흐르는 타강(沱江)을 말한다. 옛날에는 강타(江沱)로 불렸고 외강(外江), 중강(中江) 등의 이름도 있다.

92 가사도(賈似道) : 1213~1275. 남송 말년의 대주(臺州) 사람으로 이종(理宗) 가귀비(賈貴妃)의 동생이다. 1259년 사사로이 쿠빌라이와 익주에서 화친을 맺어서 속국이 될 것과 공물을 보낼 것을 약속했다. 권력을 전횡하여 모든 정무를 집에서 처리했다. 1275년 원나라의 공격에 맞서다가 패배한 뒤에 유배를 가다가 호송인에 의해 죽었다.

93 치욕이……미쳤으니 : 성종의 능인 선릉(宣陵)과 중종의 능인 정릉(靖陵)이 임진

할 원수라 할 것입니다. 사변이 안정된 후에 사계(沙溪)[94] 선생이 화의를 맺을 것을 권하면서, 의리상 하나를 고집하는 것은 옳지 않다고 한 것이 바로 이와 같은 것입니다.

우리 동방의 선배 유학자들의 출처(出處)는 각각 마땅한 바가 있었습니다. 수옹(遂翁)[95]의 경우에는 처음부터 출사하지 않는 것을 의리로 여겼는데, 그것 또한 그때의 일이었습니다. 그때부터 문득 유학자들의 변함없는 원칙이 되어서 2백 년 동안 전해져서 준수하며 고치지 않았으니, 천하에 어찌 판박이 같은 의리가 있겠습니까. 이는 다름이 아닙니다. 조정에서는 성심으로 어진 이를 구하려는 뜻이 없었고, 유학자는 온축(蘊蓄)한 포부로 잘못을 바로잡아 경영하려는 내실이 없었던 것입니다. 때문에 공허한 문장으로 서로 옭아매고 구습(舊習)을 따라서 감히 스스로 달라지지 못했습니다. 저는 앞의 현인이 출사한 것이 중용

왜란 때 왜병에 의해 파헤쳐진 것을 말한다.

94 사계(沙溪) : 김장생(金長生, 1548~1631)으로, 본관은 광산, 자는 희원(希元), 호는 사계(沙溪)이다. 구봉 송익필에게서 예학을 배우고 후에 율곡 이이에게 성리학을 배워 예학파 유학의 거두가 되었다. 송시열·송준길 등의 유학자를 배출하여 서인을 중심으로 한 기호학파를 이룩하였다. 저서로는 《사계전서(沙溪全書)》 51권, 《경서판의》, 《가례집람》, 《송강행록》 등이 있다.

95 수옹(遂翁) : 권상하(權尙夏, 1641~1721)로, 본관은 안동, 자는 치도(致道), 호는 수암(遂菴), 한수재(寒水齋)이다. 10세 때 사림파의 거두 유계(兪棨)를 만나 가르침을 받았다. 1663년에는 송시열을, 2년 뒤에는 송준길(宋浚吉)을 만나 두 사람을 스승으로 학문에 몰두했다. 1659년에 있었던 자의대비(慈懿大妃) 복제문제로 1674년(숙종 즉위) 송시열이 덕원으로 유배되자, 벼슬길에 나가지 않고 청풍에서 학문에 힘썼다. 1703년 찬선(贊善), 이듬해 호조 참판에 이어 1716년까지 13년간 해마다 대사헌에 임명되었으나 모두 나가지 않았다.

인지, 뒤의 현인이 출사하지 않은 것이 중용인지 알지 못하겠습니다. 지금은 습속이 된 지가 이미 오래되어 큰 역량과 큰 식견이 없으면 경솔하게 벼슬길에 나갈 수 없습니다. 그러나 비록 출사하지 않더라도 등용될 만한 내실을 반드시 갖춘 연후에야 부끄러움이 없을 것입니다. 당신께서는 어떻게 생각하시는지 알지 못하겠습니다.

저는 일찍 고아가 되어 배움을 놓쳐 처세에 잘못된 점이 많고, 집에 있을 때는 조심하고 단속하는 것이 없었습니다. 때때로 이 점을 생각하면 후회와 한스러움이 끝이 없습니다. 만약 몸소 실천하는 군자가 있다는 것을 알게 되면 경외하고 사모하여 그의 하풍(下風)[96]이 되기를 원하여 물러나지 않을 것입니다. 어찌 감히 유학자의 출처를 함부로 논하겠습니까? 보내 주신 편지에서 이미 그 단서를 말씀하셨으므로 주제넘은 말이 여기까지 이르렀습니다. 진실로 중용을 택하는 도리는 본령(本領)[97]을 갖춘 자만이 말할 수 있는 것이니, 진실로 본령이 없다면 어떻게 중용을 선택할 수 있겠습니까? 당신께서 너그럽게 살펴보시리라 생각합니다.

96 하풍(下風) : 남의 아랫자리를 말한다.

97 본령(本領) : 근본(根本)이 되는 큰 줄거리나 요점(要點)을 뜻한다.

이해학[98] 기 주사에게 답하는 편지 갑진년(1904, 광무8)

答李海鶴 沂 主事書 甲辰

만나지 못한 지기(知己) 해학(海鶴) 인계(仁契) 집사께. 저는 한평생 외롭고 고루하여 교류가 넓지 못하여 우리나라에 안자(顔子)가 있음을 알지 못하였습니다. 평소에 만나본 적이 없어서 물고기와 새처럼 서로 몰랐는데, 근자에 친구들로부터 큰 명성을 실컷 들었습니다. 마음속으로 만나보기를 바랬지만, 이처럼 변방의 섬에 쫓겨 와서 허물로 가득 찬 몸이어서 옛날에 알던 사람도 모두 사이가 소원하고 끊어진것을 고려한다면, 하물며 새로운 사귐이겠습니까? 다만 한 가지 생각이 마음에 떠올라 풀리지 않는 것이 있습니다. 뜻밖에 선생의 편지가 서울로부터 여기로 왔는데, 언사가 은근하고 정성스러워 사람을 감동시키기에 충분하였습니다. 죄 많은 늙은이는 어떻게 가까운 분들에게 이러한 말씀을 들으셨는지 모르겠습니다. 그렇지만 선생께서는 남의 말을 잘못 듣고 기대가 너무 지나치시니, 참으로 지기(知

98 이해학(李海鶴) : 이기(李沂, 1848~1909)로, 본관은 고성(固城), 자는 백증(伯曾), 호는 해학(海鶴), 질재(質齋), 재곡(梓谷)이다. 조선 후기의 사상가이며 애국계몽운동가이다. 황현(黃玹), 남궁억(南宮檍), 이건창(李建昌), 김택영(金澤榮) 등과 교유하였다. 1906년 장지연(張志淵)・윤효정(尹孝定) 등과 함께 대한자강회를 조직하여 국민계몽운동을 전개하였다. 그 후 나인영(羅寅永)・오기호(吳基鎬) 등과 자신회(自信會)를 조직하여 을사오적을 저격할 것을 모의한 후, 1907년 거사에 착수하여 권중현(權重顯)을 저격하였으나 실패하고 박제순(朴齊純) 등에 대한 살해계획도 실패하자 자수하여 진도에 유배되었다가 그 해 겨울에 사망하였다. 저서로는 《해학유서(海鶴遺書)》가 있다.

己)라고 말하기에는 아직 아닌 듯합니다. 제가 비록 늙고 보잘것없지만 어찌 자신의 분수를 알지 못하겠습니까?

조월조(趙月朝) 군은 착실하고 거짓되지 않으니, "내가 나 자신을 아는 것보다 유군(劉君)이 나를 더 잘 안다."라는 경우라 할 수 있습니다. 저에게 공심(公心)이란 것은 겨우 겨자씨만큼 작은 반면, 사리에 밝지 못한 병통으로 말하자면 두 눈을 크게 뜨고도 태산을 보지 못하는 것과 같으니, 이 정도의 공심이라면 스스로를 그르치기에 충분할 뿐입니다. 어찌 털끝만큼이라도 세상에 유익함이 있겠습니까? 하물며 지금은 노쇠하고 꺾어졌고 겨자씨만한 공심 또한 이미 삭아 버리고 남은 것이 없으니, 원하는 것은 오직 집안에서 베개를 베고 죽는 것뿐입니다. 다시 말할 게 무엇이 있겠습니까?

보내 주신 편지에 당우삼대(唐虞三代)[99]에는 당우삼대의 의리가 있고, 진(秦)·한(漢) 이후에는 진·한 이후의 의리가 있다고 하셨는데, 이는 금석(金石)처럼 확실해 고칠 수 없는 정론입니다. 공자께서 말씀하시기를 "은(殷)나라는 하(夏)나라의 예를 이어 받았으니 무엇을 덜고 더했는지를 알 수 있고, 주(周)나라는 은(殷)나라의 예를 따랐으니 무엇을 덜고 더했는지 알 수 있다."[100]라고 하셨습니다. 무릇 대우(大禹)와 성탕(成湯)이 정한 예로서도 후세에 덜고 더함이 있는데, 하물며 그 이후에야 어떠하겠습니까. 또 "혹시 주나라를 계승하는 나라가 있으

99 당우삼대(唐虞三代) : 중국 고대의 요순(堯舜) 시대와 하(夏)나라, 은(殷)나라, 주(周)나라 시대를 아울러 이르는 말이다.

100 은(殷)나라의……있다 : 《논어》 〈위정(爲政)〉편에 나오는 "殷因於夏禮, 所損益可知也. 周因於殷禮, 所損益亦可知也."라는 글을 그대로 인용한 말이다.

면 백세(百世) 이후라도 알 수 있을 것이다."[101]라고 말씀하셨으니, 이로써 본다면 오늘날의 일은 우리 부자(夫子)께서도 또한 이미 알고 계셨을 것입니다.

《주역(周易)》에 말하기를 "때를 따르는 뜻이 크도다."[102]라고 하였고, 불가(佛家)에서도 최고의 교법(教法) 또한 때를 따라 운수에 맡기는 것에 달려 있다고 하였습니다. 이는 자연스러운 형세이니 성인께서도 또한 거스를 수 없는 것입니다. 의리(義理)가 중도(中道)에 맞게 행해지는 것은 어느 한쪽을 훼손하여 통합을 구하거나 시속(時俗)을 쫓아 새로운 것을 좋아하는 것을 이르는 것이 아닙니다. 그러나 일찍이 당우삼대의 의리는 진·한에 이르러 크게 변하였고, 진·한 이후의 의리는 오늘날에 이르러 크게 변하였습니다. 하늘의 도리는 순환하여 가서 돌아오지 않는 것이 없습니다. 지금 이후에 또 당우삼대의 옛날을 회복할 수 없을지 어찌 알 수 있겠습니까? 그 징조는 이미 먼저 나왔습니다. 고견이 어떠한지를 알 수 없습니다만, 은하수처럼 먼 이야기라고 여기지 않으시는지요? 눈은 어둡고 필체는 졸렬하여 휘갈겨 써서 공손하지 못하였습니다. 때에 알맞게 자신을 아끼시기 바랍니다. 이만 줄입니다.

101 혹시……것이다 : 《논어》 〈위정(爲政)〉편의 "其或繼周者 雖百世 可知也"라는 글을 그대로 인용한 말이다.

102 때를……크도다. : 《주역》 〈수괘(隨卦)〉에 나오는 "隨之時義大矣"라는 말을 그대로 인용한 것이다.

이랑[103] 원계 에게 답하는 편지 을사년(1905, 광무9)

答李郎 元契 書 乙巳

지난 번 편지를 받아보니 깨우쳐 당부하는 말이 순수하고 절실하였네. 금옥(金玉) 같은 말을 감히 마음에 새기지 않겠는가. 전에 말한 것은 신문지상의 한 때 풍설에 불과하여 저절로 일어났다가 저절로 사라지는 것이니 믿을 만한 근거가 부족하네. 설령 용서를 받고 풀려나더라도 고향으로 돌아가 죽을 수 있다면 충분하니, 더 이상 무엇을 구하겠는가. 이 늙고 쓸모없는 죄인으로 하여금 거듭 죄를 없애주시더라도 조정(朝廷)의 반열에 세워두실 이치가 전혀 없으니 지나치게 걱정할 필요가 없네.

내가 어린 시절에 일찍이 어른들의 말씀을 들으니, "임금께 충성하는 길은 나라를 지키는 데 있고, 나라를 지키는 도리는 백성을 편안하게 하는 데 있다. 백성이 없으면 나라가 없으니 충성을 어디에 펼치겠는가?"라고 하셨네. 이 때문에 고금(古今)에 정치의 도리를 논하는 자는 백성의 일을 중요하게 여기지 않는 자가 없었고, 임금과 신하가 백성 때문에 모이고 나라가 백성 때문에 세워지니, 이것을 버리고 충(忠)을 말하는 자는 아직 없었네. 나는 항상 이 말을 마음속에 명심하고 뚜렷하게 마음에 두었네.

내가 보건대 오늘날의 군자는 나라에 충성하지만 백성을 잊어버려 모두 구렁텅이에 빠지도록 버려두고 있네. 또 꿩이나 토끼를 사냥하는

103 이랑(李郎) : 이원계(李元契)로, 김윤식의 사위이다.

것처럼 뒤쫓아서 마침내 자신을 과시하고 자신의 본분을 훼손하여 남들의 모욕을 불러들여서 국권(國權)을 모두 잃고 노예의 치욕을 받으니, 이 점은 온 나라 사람들이 모두 통한으로 여기는 것이네. 그렇지 않으면 내가 아는 바가 아니라고 여기면서 백성과 국가 둘 다 잊어버리니, 이 또한 도리에 맞는 것이 아니네.

무릇 임금이란 임금이면서 어버이이며, 백성은 형제이면서 벗이 되는 것이네. 만약 둘 다 없어진다면, 오륜(五倫) 가운데 네 가지가 없어지는 것이니 어찌 옳다고 하겠는가? 그 자신만을 깨끗이 하여 대륜(大倫)을 어지럽게 하는 자가 아니겠는가? 그렇지만 《전(傳)》에 이르기를 "윗사람에게 신임을 얻지 못하면, 백성을 얻어 다스릴 수가 없다."[104] 라고 하였네. 윗사람에게 신임을 얻는 것은 천명이 있는 것이니 어찌 쉽게 말할 수 있겠는가? 가령 전에 내가 처세에 빼어나 명을 받들면 구차스럽게 영합하고 위험을 피하고 쉬운 길을 좇았더라면, 한 몸의 편안함과 부(富)와 존귀와 영화가 오늘날 여러 군자들보다 뒤떨어지지 않았을 것이네.

나의 평생 출처(出處)는 자네가 잘 아는 바이니, 하나의 자급(資級)[105]과 하나의 품급(品級)[106]도 일찍이 구해서 얻은 적도 없었고, 또한 구차하게 면하려고 꾀한 적도 없었네. 구해서 이것을 얻는다면 영화

104 윗사람에게……없다 : 《중용장구》 제20장에 보면 애공이 공자에게 정치를 물었을 때 "아랫자리에 있으면서 윗사람에게 신임을 얻지 못하면, 백성을 얻어서 다스릴 수 없다.〔在下位 不獲乎上 民不可得而治矣〕"라고 했다.

105 자급(資級) : 가자(加資)의 등급을 말한다. 벼슬아치의 위계(位階)를 일컫는다.

106 품급(品級) : 벼슬의 등급을 말한다. 벼슬아치의 관품(官品)을 일컫는다.

를 탐하여 무릎쓰고 나아간다는 비웃음을 면할 수 없고, 구차하게 면하려 한다면 또한 자신을 도모하고 명예를 구했다는 혐의를 받을 것이니, 이 두 가지는 내가 매우 수치스럽게 여기는 바이네. 평안하고 무사(無事)한 시대에, 벼슬하는 자는 어진 이를 위해 피해주고 능한 이에게 양보하기 위하여 혹은 나이를 핑계대거나 병을 고하여 몸을 이끌고 물러나는 것을 염퇴(恬退)라 하였네. 혹은 기미를 보고 일어나거나 혹은 가득 차는 것을 경계하여 쉬는 자를 명철(明哲)이라 하였네. 지금처럼 위태롭고 낭패한 때에 남은 목숨을 탐하여 우물쭈물 일을 피하면서도 염퇴와 명철의 도리에 스스로를 갖다 부친다면 누가 믿어주겠는가?

예전에 백리해(百里奚)는 굶주림과 추위의 곤궁함을 참지 못하여 건숙(蹇叔)의 경계를 어기고 우(虞)나라에 벼슬하였는데, 마침내 종이 되어 소를 먹이는 치욕을 불렀네.[107] 이는 어진 사람의 불행이라서 군자가 그래도 너그럽게 용서한 일이 있었네. 지금 자네의 굶주림과 곤궁함

107 백리해(百里奚)는……불렀네 : 백리해는 자는 정백(井伯)으로 우(虞)나라 출신이다. 나이 삼십이 되자 제나라에 가서 벼슬을 구하고자 했으나 천거해 주는 사람이 없고 노자가 떨어져 걸인이 되었다. 10여 년 동안 걸인 생활을 하다가 질(銍)이라는 고을에서 건숙(蹇叔)을 만나 의형제를 맺고 건숙의 집에서 소를 기르면서 다시 10여 년을 살았다. 그 후 가족을 찾아 우나라에 갔다가 건숙의 친구였던 궁지기(宮之寄)의 추천으로 우(虞)나라에서 벼슬하게 되었는데, 건숙이 우공의 사람됨이 모실만한 사람이 아니라고 만류하였다. 그러나 백리해가 듣지 않고 우(虞)나라에서 벼슬하던 중 우나라가 망해 당진(唐晉)의 포로가 되었다. 당시 당진의 군주였던 헌공(獻公)은 딸 목희(穆姬)를 섬진의 목공에게 시집보내면서 백리해를 노예의 신분으로 목희에게 딸려 보냈다. 그는 섬진으로 가던 도중 도망쳐 초나라로 가려 하였는데, 가는 도중에 방성(防城)에서 초나라의 야인에게 붙잡혀 그 야인을 위해 소를 길렀다고 한다.

이 백리혜보다 심한데, 과거에도 나아가지도 않고 임금의 부르심에도 응하지 않으며 평생 벼슬길에 발을 담그지 않았으니, 초연(超然)하여 허물이 없다고 할 수 있네. 나는 처음에 이를 너무 지나치다 여겼는데, 이제 와서 보니 완인(完人)이라 일컬을 만하네. 비록 양백란(梁伯鸞)[108]의 고결함이나 곽유도(郭有道)[109]의 선견지명이라도 어찌 이보다 더하겠는가.

나 같은 사람은 이미 조적(朝籍)에 이름이 올라 이미 대관(大官)에 끼었으니, 비록 만 번을 쫓겨나더라도 의리가 일민(逸民)[110]과 저절로 같아질 수는 없는 것이네. 만약 그 지위에 있으면서 전과 같이 험한 일을 당하여 혹시 구제받지 못하더라도 또한 운명이니, 어찌 감히 고사(高士)의 의리를 몰래 취하여 이 시대 사람들의 눈과 귀를 가릴 수 있겠는가? 그러나 지금은 대세가 이미 지나가고 죽을 때가 임박해서 이런 뜻을 분명하게 드러낼 수 있는 날이 없어 마침내 그림의 떡으로 돌아갔으니, 나를 아는 자는 이를 슬퍼하고 나를 아끼는 자는 근심을 놓을 수 있을 것이네. 옛날 자산(子産)이 형서(刑書)를 만들자 숙향(叔

108 양백란(梁伯鸞) : 후한 장제(後漢章帝) 때의 은사 양홍(梁鴻)을 일컫는다. 자는 백란(伯鸞)으로 아내 맹광(孟光)과 함께 패릉산(覇陵山)에 은거하여 농사와 길쌈으로 일을 삼았다. 장제가 그를 찾았으나 성명을 바꾸고 오(吳)나라로 떠나 끝내 뜻을 이루지 못했다. 《後漢書 卷83 逸民列傳》

109 곽유도(郭有道) : 후한(後漢)대의 은사(隱士) 곽태(郭太, 128~169)를 일컫는다. 자는 임종(林宗)으로 도포(道抱)를 입고 띠를 두른 유학자의 모습을 좋아했기 때문에 사람들은 곽유도(郭有道)라 불렀다. 《後漢書 卷68 郭太列傳》

110 일민(逸民) : 학문(學問)과 덕행(德行)이 있으면서도 세상(世上)에 나서지 아니하고 민간(民間)에 파묻혀 지내는 사람을 일컫는다.

向)[111]이 편지를 써서 간절하게 책망하였는데,[112] 자산이 다시 편지를 써서 감사하기를 "이미 명을 받들지는 못하지만, 어찌 감히 커다란 은혜를 잊겠습니까?"라고 하였네. 만일 자산의 총명과 지혜로도 좋은 벗의 잠언(箴言)을 거스르고 잘못을 고치지 못했다면, 또한 반드시 나름대로 생각이 있었을 것이네. 내 또한 자네의 말에 대해 그런 말을 하네.

내 평생의 친구들은 다 영락하거나 사퇴하여 거의 다 사라졌으니, 궁벽한 섬에서 다 죽게 된 처지에 누구에게서 한 마디 경계하는 말을 들을 수 있겠는가? 인편에 홀연히 손수 쓴 편지를 받아들고 멀리서 훌륭한 잠언(箴言)을 펼쳐 읽으니, 보옥과 구슬을 얻은 듯 기쁘고 다행스러웠네. 책상머리에 두고 등불심지를 돋우고 자세히 읽었는데 백번을 읽어도 싫지 않으니 가히 백두여신(白頭如新)[113]이라고 할 만하네.

111 숙향(叔向) : 춘추 시대 진(晉)나라의 정경(正卿)을 말한다. 희성(姬姓) 양설(羊舌) 씨이다. 이름은 힐(肹)이고 자가 숙향이다. 봉읍이 지금의 산서성 홍동현(洪洞縣) 동남에 있던 양(楊)에 있었기 때문에 양힐(楊肹)이라고도 한다. 진 무공(晉武公)의 후예로 진 도공(晉悼公) 만년에 사마후(司馬侯)의 천거로 사적(史籍)을 정리하는 관리가 되었다가 곧이어 도공의 세자였던 표(彪)의 사부(師傅)가 되었다. 표가 도공의 뒤를 이어 군주의 자리에 오르자 상대부의 봉작을 받고 태부가 되어 국정을 맡았다.

112 자산(子産)이……책망하였는데 : 정(鄭)나라가 철판을 주조하여 형법의 조문을 새겨 넣으려고 하자, 진(晉)나라의 숙향(叔向)이 자산(子産)에게 서신을 보내 충고한 글에 "하나라의 정치가 어지러워지자 우의 형법이 제정되었고, 상나라의 정치가 어지러워지자 탕의 형법이 제정되었으며, 주나라의 정치가 어지러워지자 구형이 제정되었다. 이들 세 나라의 형법이 제정된 것은 모두 도의가 무너진 때의 일이었다.〔夏有亂政而作禹刑 商有亂政而作湯刑 周有亂政而作九刑 三辟之興 皆叔世也〕"라는 말이 나온다.《春秋左氏傳 昭公6年》

113 백두여신(白頭如新) :《사기(史記)》 권83 〈추양열전(鄒陽列傳)〉에 "속어(俗語)

그런데도 이처럼 세세히 거듭 말하는 것은 일부러 거스르고자 하는 것이 아니라, 이렇게 해서 마음속에 쌓인 것을 한번 털어놓고자 하는 것뿐이네. 한번 읽어본 후에 다른 사람의 눈에 띄지 않게 상자 속에 깊이 감춰두었다가 훗날에 아들에게 꺼내 보여서, 그 애가 외할아버지의 출처(出處)와 존심(存心)이 대략 이와 같았음을 알도록 하게. 하하하하.

에 '백발이 되도록 오래 사귀어도 처음 사귄 듯하고, 수레를 멈추고 잠깐 만났어도 오래 사귄 듯하다.'고 하였다. 어째서 그런가? 상대를 아는 것과 모르는 것의 차이이다.〔諺曰 白頭如新 傾蓋如故 何則 知與不知也〕"라는 말에서 나온 말이다. 여기서는 노년에 마음 맞는 친구를 사귀었다는 뜻으로 한 말이다.

이토 순포[114] 히로부미 에게 보내는 편지 정미년(1907, 융희1)
與伊藤春畝 博文 書 丁未

삼가 아룁니다. 전날 뱃머리에서 전송하였는데 아직도 섭섭한 마음이 간절합니다. 지난번 우편으로 귀하가 탄 배가 바람과 파도를 편안하게 건너 이미 도쿄에 도착하였다는 것을 알게 되었습니다. 여행의 피로 끝에도 기력이 왕성하시다 하니 위로와 기쁨을 어디에 비교할 수 있겠습니까? 또 들으니, 우리 왕세자의 행차가 지나는 곳마다 인민들의 성대한 환영과 황실의 융성한 예우가 전무후무하게 혁혁했다고 합니다. 멀리서 들었지만 솟아오르는 기쁨과 지극한 감격을 어찌 감당할 수 있겠습니까?

아직도 이별할 때 주신 말씀을 기억합니다. "내가 한국 사람 가운데 가장 애국심이 있다."라고 하셨지요. 그 말씀은 신명(神明)에게 물어볼 만하며 군중의 어리석음을 깨뜨릴 만한 것이어서, 저희들은 폐부에 새겨져 감히 잠깐이라도 잊지 못할 것입니다. 오직 바라건대 합하(閤

114 이토 순포(伊藤春畝) : 이토 히로부미(伊藤博文, 1841~1909)로, 본명은 하야시 도시스케(林利助), 호는 순포(春畝)로 야마구치현(山口縣)에서 출생하였다. 1863년 영국에서 서양의 해군학을 공부하였고 메이지유신 이후 이름을 바꾼 뒤 신정부에 적극 참여하여 내각총리대신에 올랐다. 1905년 11월 특명전권대사로 대한제국에 부임한 뒤 고종과 조정 대신들을 강압하여 을사조약(乙巳條約)을 체결, 대한제국 초대 통감(統監)으로 부임했다. 1907년 을사오적(乙巳五賊)을 중심으로 한 친일 내각을 구성, 헤이그 특사사건을 빌미로 고종을 강제로 퇴위시켰다. 1909년 통감을 사임하고 추밀원 의장이 되어 러시아 재무상(財務相) 코코프체프와 회담하기 위해 만주(滿洲) 하얼빈(哈爾濱)에 도착했다가 안중근(安重根)에게 저격당해 사망했다.

下)께서 맡으신 일의 중요성을 더욱 유념하시고 우리 왕세자를 가르쳐 인도하여 그 학문을 날로 새롭게 하여 종사(宗社)를 의지할 수 있게 해주셔서 구구한 저의 우러러 존경하는 바람에 부응해 주십시오. 편지로 뜻을 다 말씀드리지 못하였습니다. 삼가 새해에 만복이 깃들고 건강하게 장수하시길 빕니다. 모두 살펴보시기 바랍니다. 갖추지 못하였습니다.

스에마쓰 세이효[115] 겐초 에게 보내는 편지
與末松青萍 謙澄 書

존안(尊顔)을 작별한 지 어느새 14년이 되었습니다. 매번 일본에서 소식이 올 때마다 각하의 공적이 성대하게 드러나고 명예가 날로 높아지는 것을 들으니, 기쁘고 위로됨을 무엇이라고 표현할 수가 없습니다. 저는 풍파에 휩쓸린 나머지 겨우 목숨만 보존하고 있습니다.

다행스럽게도 국가의 운명이 새로워지는 때를 만나, 우리 왕세자께서 유학(遊學)을 떠나시는 성대한 행차를 볼 수 있었습니다. 이토(伊藤) 공작께서 개연히 스승의 중임을 맡으셨고, 또 각하께서 교도(敎導)의 책임을 담당하셨다고 들었습니다. 좌우에서 당기고 이끌어 주시고 덕성을 힘써 도야해 주시니, 어찌 왕세자의 학문이 성취되지 못할까 걱정하겠습니까? 감격스럽고 기쁘고 다행하여 아주 잠깐이나마 죽지 말아야 하겠다는 마음을 가졌습니다.

가만히 생각하면 제왕의 학문은 심장적구(尋章摘句)[116]에 있지 않고, 또한 박람강기(博覽强記)[117]하는 데 있는 것이 아닙니다. 오로지

115 스에마쓰 세이효(末松青萍) : 스에마쓰 겐초(末松謙澄, 1855~1920)로, 메이지·다이쇼 시대 일본의 정치가이다. 어릴 때 이름은 센마쓰(千松)이며 호는 세이효이다. 1907년에 자작을 수여 받았다. 도쿄니치니치 신문사(東京日日新聞社) 기자로 사설을 집필하다가 이토 히로부미(伊藤博文)의 인정을 받아 외교관(外交官)으로 부임하였다. 중의원 의원, 체신 대신, 내무 대신 등을 역임했다. 이토 히로부미의 사위이다.

116 심장적구(尋章摘句) : 옛 사람의 글귀를 여기저기서 뽑아서 시문(詩文)을 짓는 정도의 공부를 말한다.

국가를 위하는 대체(大體)를 깊이 밝히고 백성을 중하게 여겨 하늘과 땅이 사사로움이 없는 것처럼 하는 것 뿐입니다. 이는 스승과 보좌하는 자가 일찍 깨우쳐 주시는 공력에 달려 있으니, 온 나라의 신하와 백성들이 각하께 크게 우러러 바라는 것입니다. 부디 각하께서는 이 점을 헤아려 주십시오. 새해에 큰 복 받으시길 빕니다. 모두 살펴주시기 바라며 이만 줄입니다.

117 박람강기(博覽强記) : 동서고금의 서적을 널리 읽고, 그 내용을 잘 기억하는 것을 뜻한다.

아유카이 가이엔[118] 후사노신 에게 보내는 편지

與鮎貝槐園 房之進 書

가이엔(槐園) 아유카이(鮎貝) 인형(仁兄) 족하께, 저는 일본인과 교유가 많습니다. 그 사람들은 대개 모두 명예를 중시하고 기개와 의를 숭상하며, 강개(慷慨)하여 담론(談論)을 잘하고, 나아가 성취하는 데 용감하고 목숨을 가볍게 생각하며 죽음을 돌보지 않아서 옛날 연(燕)나라와 조(趙)나라의 기풍[119]이 있었습니다.

그런데 오직 족하께서는 차분하고 조용하며 말과 웃음이 적고, 생각이 심원하며 다른 사람에게 충후(忠厚)하여 얼굴에 감정을 나타내지 않았습니다. 제가 마음속에서 진실로 아끼고 좋아하여 오랫동안 존경해 왔는데, 저 또한 어떤 이유에서 그런지 스스로 알지 못하고 있습니다. 대개 기질(氣質)의 유형과 성정(性情)의 느낌은 국가로 한정되지 않습니다. 하물며 저와 족하는 모두 동아시아 사람으로, 지리적으로는

118 아유카이 가이엔(鮎貝槐園) : 아유카이 후사노신(鮎貝房之進, 1864~1946)으로 일본의 언어, 역사학자이다. 미야기 현 게센누마 시 출신으로 1894년 조선에 입국하여 서울에서 사립학교 설립을 위해 잠시 활동하였지만, 철도와 광산사업에 주로 종사하였다. 1895년 명성황후 시해에도 관여한 것으로 알려져 있으며 일제하에는 조선총독부 박물관 협의원, 보물고적명승천연기념보존위원 등으로 활약하면서 조선의 언어, 무속, 역사 등을 연구하였다. 임나일본부설 등을 주장한 식민주의 역사학자의 한 사람으로 일제의 조선침략과 지배를 합리화하는 데 앞장섰다.

119 연(燕)나라와 조(趙)나라의 기풍 : 예로부터 조나라와 연나라 지방에는 비분강개(悲憤慷慨)하고 백절불굴(百折不屈)하는 사람들이 많았으므로 강하고 굳세어 굴복하지 않는 기풍을 흔히 '연조지풍(燕趙之風)'이라고 일컬어 왔다. 《戰國策 燕策3》

연(燕)나라와 월(越)나라처럼 멀지 않으며,[120] 정치적으로는 노(魯)나라와 위(衛)나라처럼 동일하며,[121] 산천의 모습과 기맥이 서로 통하고, 배와 수레가 왕래하여 풍속이 서로 뒤섞여 있습니다. 우리들이 그 사이에 살고 있으면서 진실로 저와 나를 구분하는 견해를 갖고 있다면, 이것이 어찌 하백(河伯)이 대방가(大方家)에게 비웃음을 당한 까닭[122]이 되지 않겠습니까? 저는 족하께서 가슴속에 본래 이같이 큰 식견을 갖추고 있기 때문에 녹녹한 자가 짐작할 수 있는 분이 아닌 줄 알고 있습니다.

을미(1895, 고종32) 연간에 제가 외서(外署)에 있을 때, 족하와 함께 중앙에 을미의숙(乙未義塾)[123]을 설립할 것을 의논하고, 나아가 각

120 연(燕)나라와……않으며 : 춘추 시대 연(燕)은 그 영토가 황하의 북쪽, 지금의 북경(北京) 근처였고 월(越)은 남쪽에 있어, 서로 멀리 떨어져 있었던 것을 가리킨다.

121 노(魯)나라와……동일하며 : 노나라는 주공(周公)의 봉국(封國)이고 위(衛)나라는 주공의 아우 강숙(康叔)의 봉국인데, 두 나라의 정치 상황이 마치 형제처럼 엇비슷하기 때문에 공자가 "노나라와 위나라의 정치상황은 형제와 같다.〔魯衛之政 兄弟也〕"라고 말하였다. 《論語 子路》

122 하백(河伯)이……까닭 : 《장자》〈추수(秋水)〉에서, 평소에 자만에 차 있던 하수(河水)의 신 하백(河伯)이 북해(北海)를 바라본 뒤에 북해의 신 북해약(北海若)에게 "내가 당신이 사는 여기에 와보지 않았더라면 매우 잘못될 뻔하였습니다. 나는 분명 영원히 대방가의 비웃음을 받을 것입니다.〔吾非至於子之門 則殆矣 吾將見笑於大方之家〕"라고 한 말에서 나온 것으로 하백은 견문이 좁은 사람을 뜻한다. 대방가는 큰 도를 깨달은 사람이라는 뜻이다.

123 을미의숙(乙未義塾) : 1895년 아유카이 후사노신이 세웠던 일본어 교육기관 중의 하나로 현채(玄采) 등이 계승하여 100여 명의 학생과 10여 명의 교사로 개교하였다. 1906년 수하동 실업보습학교로 개편되었고, 1937년 학교명을 경성덕수공립상업학교로 개명하였다. 1947년 덕수공립상업중학교로 개편되어 현재 덕수고등학교로 계승되었다.

도시에 이를 모방해 설치하여 교육제도를 널리 펴고자 하였습니다. 족하께서 실제 그 사업을 주관하였는데, 시작한 지 얼마 지나지 않아 난리로 인하여 갑자기 폐지되었습니다.[124] 그러나 우리나라에 학교가 흥하게 된 것은 실로 여기에 기원하고 있으니, 족하의 공덕이 어찌 적다고 할 수 있겠습니까?

병신년(1896, 건양1) 여름과 가을 제가 환란 중에 있을 때, 족하께서는 쉬운 일이건 어려운 일이건 모두 다 주선(周旋)하면서 노고를 꺼리지 않으셨는데, 저는 이를 결코 잊을 수 없습니다. 그 후로 바닷가를 떠돌아다닌 지 십수 년에 비록 소식이 이어지지 못하였지만 마음은 서로 통하였습니다. 이제 살아서 고향에 돌아와 한 성내에 같이 살고 있으니, 도연명(陶淵明)이 말한 "남촌에 마음 깨끗한 사람, 아침저녁 자주만나 즐기려 하네."[125]는 바로 우리들의 오늘날 모습을 일컫는 것이라 하겠습니다. 늘그막에 즐거운 일로 이보다 나은 것이 없습니다. 그런데 저는 또 늙고 병들어 문을 나서지 못합니다. 아, 인간사의 고르지 못함이 이와 같군요. 아침에 일어나 창문을 열고 남산을 바라보니, 빼어난 산빛은 구름 속에 들어 푸른빛은 울창하여 정다운 벗이 완연히 있는 듯한 생각이 듭니다. 붓을 잡고 편지를 써서 일상의 안부를 묻습니다. 편지에 다하지 못한 말은 모두 다 묵묵히 이해해 주시겠지요. 이만 줄입니다.

124 난리로……폐지되었습니다 : 을미년(1895)에 일어난 명성황후 시해사건을 뜻한다.

125 남촌에……하네 : 도연명의 시 〈남촌(南村)〉에 "깨끗한 마음 간직한 사람 많다고 하니, 아침저녁으로 자주 만나 즐기려 하네.〔聞多素心人 樂與數晨夕〕"라고 했다.

아유카이 가이엔 후사노신 에게 보내는 편지
與鮎貝槐園 房之進 書

전에 올린 서화 몇 폭을 드리고 모두 품평을 받았습니다. 치수(淄水)와 승수(澠水)를 구별하는 솜씨[126]를 지니고 계셔서 진짜와 가짜를 숨길 수 없으니 매우 다행스럽습니다. 이에 또 옛 그림 한 폭을 보냅니다. 근대인의 작품은 아닌 것 같은데 고견(高見)이 어떠하신지 모르겠습니다. 처음부터 고증해 볼 수 있는 낙관(落款)이 없었으니, 아마도 작자가 자신이 드러나는 것이 부끄러워 일부러 이름을 감춘 듯합니다.

우리나라는 옛날에는 책을 많이 가진 집안이 많았는데, 백 년 이래로 나라는 병들고 백성은 가난해져 먹고 살기가 어려워서 소유한 서적을 남에게 싸게 팔아서 다른 나라로 유출된 것이 매우 많아서 남은 것이 거의 없습니다. 비록 옛것을 좋아하는 사람이 있어도 문헌에서 고증해 볼 수 없으니, 또한 시세의 변화를 살필 수 있습니다.

126 치수(淄水)와……솜씨 : 그림이나 글씨 등의 감정을 아주 잘하는 것을 말한다. 치수(淄水)와 승수(澠水) 두 강물의 물맛이 서로 다르지만 섞어 놓으면 다른 사람들은 판별하기 어려운데, 춘추 시대 제나라의 유명한 요리사였던 역아(易牙)는 이를 잘 분별해 내었다고 한다. 《呂氏春秋 精諭》

닛토 가쓰로[127]에게 답하는 편지 경술년(1910, 융희4)
答日戶勝郎書 庚戌

지난번 주신 편지를 받고 더위 중에 기거(起居)가 편안하시다는 것을 알았고, 편지에 가득한 가르침이 위로가 되었습니다. 간담(肝膽)을 토로하여 우매한 저를 위해 충심으로 말씀해 주시고 거듭 간절하게 깨우쳐 주셔서 게으른 사람을 분발하도록 하셨습니다. 읽고 나니 감사함과 부끄러움이 깊이 교차하였습니다.

우리나라가 옛날 번성하였을 때는 임금은 명철하고 신하는 어질어서 백성들이 마음을 놓을 수 있었습니다. 태평한 날이 오래되자 문관들은 안일하게 지내고 무관들은 게을러져서, 고칠 수 있는 것도 고치지 않고 혁신할 수 있는 것도 혁신하지 않고 옛 법을 그대로 따라 마침내 정치가 부패하게 되었습니다. 이에 더하여 백 년 이래 탐오(貪汚)함이 습속을 이루고 상과 벌에 법도가 없어 백성은 극심한 고통 속에 빠져 눈을 흘기며 서로 비방하게 되었습니다. 옛날의 돈독한 풍속이 백 가지 중 하나도 남지 않게 되었으니, 사물이 극에 달하면 반드시 반전(反轉)하는 것이 보편적인 이치인가 봅니다.

127 닛토 가쓰로(日戶勝郎) : 일본 흑룡회(黑龍會)의 회원이다. 흑룡회는 메이지(明治)·다이쇼(大正)·쇼와(昭和)에 걸쳐 활동한 일본 우익의 정통적 본류를 이루는 낭인(浪人) 단체이다. 이토 히로부미가 1909년 10월 안중근 의사에게 사살되자 12월 4일 일진회 회원 100만 명의 이름으로 '합병에 관한 상주문 및 청원서'를 제출하고, 한국인의 요청에 의한 합법적인 합병이라고 주장하면서 즉각적인 합병론의 여론을 일으켰다. 일제강점 후에는 그 공으로 일본 우익의 대표적인 존재로 부상했다.

귀국이 이웃과 사이좋게 지내는 도리를 생각하여 노고를 마다 않고 대신 정리하게 되어 백 가지 제도를 개혁하느라 하루도 쉴 틈이 없습니다. 수십 년 앞선 문명제도를 가지고 하루아침에 몽매한 나라에 시행하려 하니, 백성들이 좇을 바를 알지 못하고 원망과 비방을 쏟아내었습니다. 이는 법이 좋지 않은 것이 아니라, 너무 급하게 치적(治積)을 이루려하여 잘못을 바로잡는 것이 지나쳤기 때문입니다. 이번에 받은 족하의 명철한 질문에 대해서는 저같이 식견이 낮은 늙은이로서는 대답할 바를 알지 못하겠습니다. 정말로 구식 정치를 다 회복하려 한다면 당장의 민심이 잠시는 좋아하겠지만, 부패한 정치를 그대로 따르게 되니 어찌 오늘날에 다시 시행할 수 있겠습니까? 또 강제로 신법(新法)을 힘써 시행하고자 하면 옛날의 폐단은 비록 제거되겠지만, 새로운 정치의 효과가 나타나기도 전에 민생이 곤궁하고 피폐해져 허둥지둥 조석(朝夕)을 보장하지 못하게 될 것입니다. 지금이 바로 신구(新舊)가 변통되는 때이니, 늦추고 조이는 것이 극도로 어려운 때입니다.

정치를 잘하는 방법은 오직 목사와 수령을 잘 택하고 상벌을 분명하게 하며, 농업을 바로잡고 세금을 가볍게 하며, 학교를 일으키고 실업을 장려하며, 법령을 간명하게 하고 형옥(刑獄)을 줄이는 것에 달려 있습니다. 이 몇 가지는 옛날이나 지금이나 바꿀 수 없는 도리입니다. 그러나 모두가 진부한 이야기에 속하니 이런 헛된 이야기가 무슨 보탬이 되겠습니까. 저는 큰 건물은 하나의 재목으로 지탱할 수 없고, 태산은 주먹만 한 돌로 이룰 수 없다고 들었습니다. 여론을 수렴하지 않고 정치를 잘한 자는 있지 않았으니 개화되지 않은 나라에 의원(議院)제도를 마련하는 것 같은 일은 급히 논의해서는 안 됩니다.

귀국은 이미 헌법에 의한 정치를 동양에서 먼저 주도하여 이미 시험해 본 경험이 쌓였기 때문에 이제 우리나라에도 시행하려고 하고 있습니다. 어찌 입헌정치를 하고자 하면서 의원(議院)제도로 보좌함이 없는 경우가 있겠습니까? 열 집 정도의 조그만 마을에도 반드시 충성스럽고 믿을 만한 사람이 있고, 백성의 무리가 매우 어리석더라도 한 가지 쓸 만한 견해를 가지고 있는 법입니다. 각 군에서 학식이 있고 단정한 선비를 잘 선발하여 모두 경성(京城)에 모으고, 귀국의 고명한 대의원을 초빙하여 의원규칙을 가르치게 합니다. 그리고 매년 회의를 열어 그들에게 일을 논의하게 하고 귀국의 의회와 서로 연락하게 하면, 이 사람들이 국정과 외교의 일에 아직 숙련되지 못하였다 하더라도, 지방의 이해나 민간의 괴로움에 대해 잘 목격하고 말할 수 있을 것입니다.

이와 같이 한다면 정치와 교육이 사방으로 쉽게 전파되고, 백성들의 괴로움이 조정에 전달될 수 있어 공의(公議)가 점차 제자리에 돌아오게 되고 민심이 자연스럽게 복종하게 되어, 뒷날 의회제도의 기초가 되어 입헌정치를 보좌할 수 있을 것이니 또한 좋지 않겠습니까. 저는 평소에 이런 뜻을 품고 있었으나 시기와 여건이 아직 이르지 않아서 드러내 놓고 말하지 못하였습니다. 지금 당신의 질문으로 인하여 우연히 언급하였으니 오활(迂闊)하다고 비웃지는 않겠지요? 눈은 침침하고 손이 떨려 땀을 흘리며 이렇게 씁니다. 모두 이해해 주시기 바랍니다. 이만 줄입니다.

서후 書後

모두 33수(首)인데 22수를 수록하였다.

《송명신언행록초》의 뒤에 쓰다 정사년(1857, 철종8)

書宋名臣言行錄鈔後 丁巳

위에 초록한 《송명신언행록》[128]은 모두 237인의 것이다. 훌륭하구나! 송나라가 300년 유지된 까닭이 어찌 이들 덕분이 아니겠는가? 내가 보건대, 송나라 사람에게 한 가지 선(善)과 한 가지 악(惡)이 있으면 북쪽 사람들이 이점을 잘 알고 집어내었으며, 지혜롭고 용맹한 선비를 만나면 반드시 옷깃을 여미고 물러나 피했는데, 송나라 사람들이 이를 영광으로 여겨서 뽐내고 자랑하였다.

이와 다르게 북쪽 사람에게 한 가지 선(善)과 한 가지 악(惡)이 있으면, 송나라 사람들 또한 이 점을 반드시 알고 집어내며, 지혜롭고 용맹한 선비를 만나면 또한 반드시 옷깃을 여미고 물러나 피했다는 말을 듣지 못하였다. 이는 오랑캐와도 나란하지 못한 것이 아니겠는가? 정탐(偵探)하는 것도 저들만 못하고 적을 헤아리는 것도 저들만 못하였

128 송명신언행록(宋名臣言行錄) : 송나라 때 명신들의 문집, 전기를 뽑아 엮은 책으로 편찬자는 주희(朱熹, 1130~1200)이다. 전집(前集) 10권, 후집(後集) 14권인데 뒤에 이유무(李幼武)가 엮은 별집(別集), 외집(外集), 속집(續集) 등이 나왔다.

으니, 명성은 남음이 있으나 내실은 부족했던 것이다. 어찌 궁려(穹廬)에 내려가서 절을 하고 황금과 비단의 폐백을 실어 보내지 않을 수 있었겠는가?[129] 아아, 애석하구나, 운명인가보다.

129 어찌……있었겠는가 : 궁려(穹廬)는 북방민들이 주거로 삼는 장막(帳幕)을 뜻한다. 송나라 진종(眞宗) 때 과도한 문관 우대로 인해 군사력이 쇠퇴하자 1004년에는 북쪽의 요나라에게 침략을 당하였고, 1044년에는 서쪽의 탕구트족이 서하국을 세워 송나라에 반기를 들었다. 이에 진종은 요나라에 매년 재물을 보내는 조건으로 화의를 맺었고〔澶淵之盟〕, 서하국과도 재물을 보내는 조건으로 화의〔慶曆和約〕를 맺었는데, 그 사실을 말한 것이다.

《도도헌공시집》 뒤에 쓰다 기미년(1859, 철종10)
書陶陶軒公詩集後 己未

내가 일찍 고아가 되어 배움을 놓쳐 미처 집안일을 잘 몰랐지만, 일찍이 문중의 어른들에게서 한두 가지 이야기를 얻어 들었다.

나의 증조할아버지 도도헌(陶陶軒)[130]공의 성품은 고상하고 속되지 않았으며, 겉과 속이 한결같으셨다. 효성스럽고 우애하며 돈독하고 공손하며 깊고 굳세며 온화하고 인자하였다. 말씀은 도리에 맞았고 행동은 예를 실천하여 놀이나 농담을 즐기지 않으셨으며, 자신의 허물을 듣기를 좋아하였다. 비록 벼슬하지는 않았지만 일찍부터 개연히 백성을 불쌍히 여겨 세상을 경영할 뜻을 가졌다. 그렇지만 공은 가문의 운수가 기운 때에 태어나서 우환 속에 험한 일을 겪으면서 정처없이 떠돌이 생활을 하였고, 하늘이 또한 수명을 주시지 않아 자신의 포부를 세상에 펼치지 못하셨으니, 아아! 어찌 그리 원통한가? 공은 유람(遊覽)을 좋아하는 성품이었다. 가는 곳마다 반드시 그 곳의 일을 읊조리셨는데, 시는 담백하여 일부러 더 다듬지 않았다. 그러나 감정을 억누를 수 없을 때 표현하고, 그 감정을 그대로 표현할 뿐이었기 때문에 경치와 감정의 묘사가 모두 정확하였다.

지난 정유년에 나의 고조할아버지 고령현감부군(高靈縣監府君)께

130 도도헌(陶陶軒) : 김기건(金基建, 1748~1787)으로, 김윤식의 증조(曾祖)이며 자는 영백(永伯), 호는 도도헌이다. 돈녕참봉(敦寧參奉)을 지냈으며 규장각제학(奎章閣提學)에 추증되었다.

서 무함을 당하여 법정에 서게 되었는데 화(禍)의 기미를 예측할 수 없었다. 공이 피로 쓴 소(疏)를 올려 애절하게 호소하여 임금의 마음을 돌려 마침내 남쪽 변방으로 귀양 가는 은혜를 입었다. 공은 이때 30세였는데 부친을 모시고 갔다. 남쪽 유배지는 서울에서 천 리나 떨어져 있었는데, 집이 가난하여 먼 객지생활에 필요한 노자가 없었다. 바닷가의 짙은 안개가 밤낮으로 침습하였고 고령공 또한 병이 많아 공이 곁에서 모셨는데, 앞에 나아가서는 즐겁고 기쁜 것처럼 환하게 웃었고, 물러나서는 울면서 하늘에 축원하였다. 이에 사람들은 공께서 이렇게 힘들고 고생스러우며 괴로운 형편이 있다는 사정을 알지 못하였다.

고령공께서 공이 매우 우울해 하는 것을 걱정하여 때때로 이름 있는 산천을 방문하도록 명하였다. 이에 5년 동안 월출산, 달마산, 두륜산, 천관산 등과 해도(海島)와 산사(山寺)의 경치를 두루 돌아보아 족적이 거의 다 미쳤다. 공은 비록 유람을 좋아 하였지만, 일찍이 부모 섬김을 다한 후에 여가를 얻어 근처의 산천을 돌아다녔기에 하루 이틀을 잔 후에 즉시 돌아와 뵙고 기한을 어기지 않았다. 비유하자면 어린 자식이 종일 즐겁게 놀아도 부모의 곁을 떠나지 않는 것과 같았다.

일찍이 일곱 번 가야산(伽倻山)에 들어갔고, 5년을 남쪽으로 유람하여 지리산(智異山)을 찾았고, 적상봉(赤裳峯)에 올랐으며, 구담봉(龜潭峯)[131]을 지나 파곶(巴串)[132]으로 들어가 옛 도읍의 영웅을 조문하고

131 구담봉(龜潭峯) : 충북 단양군 단성읍 장회리에 있으며, 절벽 위의 바위가 거북이를 닮아 구담봉(龜潭峯)이라 한다고 전한다.

132 파곶(巴串) : 충청북도 괴산군 청천면 화양리에 있는 화양구곡 중의 하나로 하얀 옥반과 같은 큰 바위가 있는 마지막 구곡의 이름이다. 파천이라 불리기도 한다.

천마산의 기이한 경치를 탐승하였다. 지팡이 짚고 나막신 신고 해낭(奚囊)[133]을 메고 돌아다녔는데 하루도 쉬는 날이 없었다. 그런데 고령공께서는 하루도 돌아오기를 기다리거나 한 적이 없었으니, 도도헌공께서 항상 생각한 후에 행동하고 몸을 지키기를 단정하게 하였으므로 부모가 걱정할 필요가 없었기 때문이었다. 이는 모두 성품이 진실로 효성스럽고 정일하고 깨끗하였기 때문이니, 억지로 시켜서 할 수 있는 것이 아니었다. 공이 돌아가시자 공의 종복 한 명과 말 한 마리가 음식을 먹지 않고 피를 토하고 죽으니 역시 또한 어찌 그리 기이한가? 아마 주인의 뜻에 복종하여 자신의 목숨을 가볍게 여긴 것이 아니겠는가? 비록 미물이지만 평소에 통하는 마음이 있어서 그런 것이리라.

아아! 공이 세상을 떠난 뒤부터 상(喪)을 당하는 일이 많아져 가문의 형편이 더욱 쇠퇴하였다. 나의 돌아가신 할아버지와 아버지께서는 모두 인덕이 있으셨지만, 불행하게도 액운(厄運)을 당하여 또한 중년에 돌아가셨다. 나 또한 영락한데다가 어리석어 집안의 옛 서적들이 다 없어져서 남은 것이 없는데, 이 책은 화재를 겪은 뒤에도 없어지지 않았으니 어찌 다행이 아니겠는가? 꿇어앉아 받들고 삼가 읽으니 감격하여 문득 자애로운 얼굴을 뵙는 듯하고, 밝은 가르침을 받고 있는 듯하다. 옛 사람은 오히려 남겨진 벼루에도 애석해 하였는데, 이 책은 친히 스스로 편찬하신 기록으로 손때가 아직 남아있음에랴! 우리 집안에 조상이 남기신 빛이 크도다.

133 해낭(奚囊) : 유람자(遊覽者)가 지니고 다니며 시초(詩草)를 넣는 주머니이다.

서진의 《죽지사》[134] 뒤에 쓰다 무진년(1868, 고종5)

書徐振竹枝詞後 戊辰

이상은 서진(徐振)이 지은 《조선죽지사(朝鮮竹枝詞)》 40절이다. 서진은 이것을 지어서 채집한 민요 뒤에 붙였는데, 말이 혹 속이고 거짓되어 바르지 못하여 더 이상 자세히 살피지 않았지만, 그가 스스로 주석을 달기를 "남녀가 서로 좋으면 결혼한다."라고 했는데, 《명사(明史)》의 잘못을 그대로 답습한 것이다.[135] 그리고 "즉석에서 첩실을 빼앗았다."라고 한 것은 우리나라에는 본래 이런 풍속이 없으니 또한 반드시 잘못 알려진 것이다. 《조야집요(朝野輯要)》[136]에 "성종 조에 재상 이영근(李永根)과 이곤(李坤)[137]이 한 기녀를 동시에 좋아하여

134 서진(徐振)의 죽지사(竹枝詞) : 〈죽지사(竹枝詞)〉는 조선 시대 12가사의 하나로, 중국 악부 죽지사를 모방하여 우리나라의 경치, 인정, 풍속 따위를 노래한 작품으로 모두 4장으로 구성되어 있다. 서진이 편찬한 《조선죽지사(朝鮮竹枝詞)》는 18세기 중엽에 조선에 왔던 청나라 사신 서진이 견문한 것을 40수의 〈죽지사〉 형식의 글로 모은 책이다. 그가 압록강을 건너면서부터 시작하여 조선의 역사와 조선에 머물면서 목격한 풍속과 민간 생활상을 상세하게 기록했다. 서진은 당대 조선이 예악과 풍류로 다스려지는 태평성대라 했는데, 그 이면에는 중국의 교화가 있었다는 논지를 펼쳤다. 비록 당대 실제적인 풍속을 담아내지 못했다고 평가되지만 전통적인 중국인의 조선 인식의 일단을 확인할 수 있는 자료이다.

135 명사(明史)의……것이다 : 《명일통지(明一統志)》 권89 〈조선국(朝鮮國)〉에 나온다.

136 조야집요(朝野輯要) : 조선 시대의 편년사(編年史)를 수록한 책으로 《용비어천가(龍飛御天歌)》, 《국조보감(國朝寶鑑)》 등 80여 편의 책을 인용하고 있다. 1784년(정조8)경에 완성된 것으로 작자는 미상이다. 28권 21책이다.

서로 빼앗고자 하니, 언관(言官)이 파직시킬 것을 청하였다. 임금께서 윤허하지 않으시면서 '사대부가 서로 처첩을 훔치는 것은 말세의 일이다. 내가 차마 이 세상을 말세로 내버려 둘 수 없다.'라고 하셨다."라고 하였는데, 서진이 '즉석에서 빼앗았다.'라고 한 말은 아마도 이 사실을 전해 들은 것이 아니겠는가? "암행어사가 가장 존귀하다."라고 한 것은, 암행어사는 어명을 받는 직함으로 당연히 공경하여 예를 갖추어야 하니, 임금의 수레를 끄는 말을 보면 예의를 표하는 것[138]과 같은 것이다. 이것을 가지고 승상(丞相)보다 존귀하다고 말하니 또한 얕은 소견이 아니겠는가?

제도에 중국 사신은 숙소 밖으로 나가 거리구경을 할 수 없다고 정해져 있어서 숙소에 머무르는 동안에 한두 번 명설루(明雪樓)[139]에 오를 수 있을 뿐이니, 길거리의 풍속은 눈으로 볼 새가 없었다. 삼국 시대 이전의 비루한 풍속을 가지고 지금 세상의 것으로 왜곡한 경우이니, 민월(閩越)[140]에도 유교가 크게 융성하고 양자강과 한수(漢水)에 놀러

137 이곤(李坤) : 1462~1524. 조선 중기의 문신으로, 본관은 연안(延安), 자는 자정(子靜)이다. 이인문(李仁文)의 아들이다. 1492년(성종23) 식년문과에 병과로 급제하여 1498년(연산군4) 병조 좌랑·헌납을 지냈으며, 1504년 갑자사화에 연루되어 윤은보(尹殷輔)와 함께 장(杖) 70의 처벌을 받았다. 1506년(중종1) 9월 중종반정에 참여한 공으로 정국 공신(靖國功臣) 4등에 녹훈되고 연성군(延城君)으로 봉하여졌다. 1519년 대사헌 조광조(趙光祖), 대사간 이성동(李成童) 등의 정국 공신에 대한 삭훈 조치로 같은 해 11월 삭록되었다. 기묘사화 이후 다시 철원 부사, 여주 목사 등을 역임하였으며, 1524년 2월 가노(家奴)에게 독살 당했다.

138 임금의……것 : 《예기》 〈곡례 상(曲禮上)〉에 "공문에서는 수레에서 내리고 노마를 보면 경의를 표한다.〔下公門 式路馬〕"라는 말이 있다.

139 명설루(明雪樓) : 중국사신이 머물던 남별궁(南別宮)에 있던 정자의 이름이다.

온 여인들이 정숙해진[141] 것처럼 풍속이 시대에 따라 달라지는 일이 어찌 그 땅에만 있었겠는가?

문장을 일삼는 선비가 허망한 글을 고증하기 좋아하고 구설(舊說)을 답습하여 스스로 그 문채를 드러내 자랑하는 것은 예전부터 이미 그러하였다. 동월(董越)의 《조선부(朝鮮賦)》[142] 같은 것이 그 선례이다. 그것을 논하는 자들이 동월의 부(賦)와 《명사(明史)》가 서로 부합된다고 하여 믿을 만한 글이라고 인정하였지만, 동월 또한 일찍이 목격한 적이 없고, 《명사》와 똑같은 오류를 답습한 것이라는 사실을 알지 못하였다. 이것을 본 사람 또한 외국이라 하여 소홀히 여기고 다시 살펴 따져보지 않아서, 예의 바른 풍속을 변화시켜 오랑캐의 풍속으로 변질시켰고, 의관(衣冠)의 예법을 왜곡하여 금수(禽獸)가 되게 하였다. 잠깐 동안 붓을 들었던 것이 천하에 흘러 전하여 지금까지도 여전히 그렇

140 민월(閩越) : 진한(秦漢) 시대에 지금의 복건성(福建省) 지방에 있던 만족(蠻族)의 나라이다.

141 양자강과……정숙해진 : 주(周)나라 때 문왕(文王)의 아름다운 도(道)가 남쪽 나라에 영향을 끼치자 그 지역의 노는 여자들도 예를 알아서 음란한 행동을 하지 않게 되었다고 한다. 《詩經 漢廣》

142 동월(董越)의 조선부(朝鮮賦) : 동월은 1488년(성종19)에 부사 왕창(王敞)과 함께 정사의 자격으로 조선에 왔다. 그는 강서(江西) 당주(贛州) 사람으로 자는 상구(常矩)이고 호는 규봉(圭峯)이다. 기축년(1469)에 진사 제2등으로 급제했고 관직은 남경 공부 상서(南京工部尙書)까지 이르렀으며, 시호는 문희(文僖)이다. 동월은 《조선부》에서 지리, 풍속, 토산물 등 많은 분야에 걸쳐 중국과 다른 조선의 특색을 관찰하여 이를 노래했다. 동월은 체류 기간이 비록 한 달여밖에 되지 않았지만 조선에 대해 큰 감명을 받았고 또 깊은 애정을 느꼈으며, 나아가 조선의 아름다운 모습을 천하에 널리 알리려는 의도에서 《조선부》를 지었다고 한다.

게 여기고 있으니 어찌 한심하지 않겠는가? 이와 같은 종류의 시들은 시사(詩史)로 준용해서는 안 된다. 이것이 공자께서 시를 산정(刪訂)하셨던 이유인가?

이씨가의 《조천첩》 뒤에 쓰다 경오년(1870, 고종7)

書李氏朝天帖後 庚午

내가 일찍이 선조 문정공(文貞公 김육(金堉))의 《조천록(朝天錄)》을 읽어보니 공로(貢路 사신 행로)를 바꾸고 소황(焇黃 염초와 유황)을 무역하는 문제로 예부(禮部)에 글을 올린 일이 실려 있었다. 만 리 험난한 길에 진실로 잘 살피지 못했다고 탄식하셨는데, 아마도 말세(末世)였기 때문일 것이다.

뒤에 평양 이씨 집안에 소장된 《조천첩》 한 부를 얻었는데 병자년에 바닷길로 조공(朝貢)할 때 군관 이산보(李山甫)[143]가 직접 쓴 것이었다. 길의 거리 인원 및 하사받은 물건을 간략하게 기록하였고 다른 것은 기록하지 않았다. 권말(卷末)에 별도로 예부에 올린 문서 한 통을 실었는데, 당시 사신의 임무는 사신 행로를 바꾸고 염초와 유황을 무역하는 두 가지 일에 국한되어 있었고, 상하 일행 모두가 이것 때문에 마음을 졸이지 않은 적이 없었음을 더욱 잘 알 수 있었다. 간절하게 기원하는 바가 이와 같으니 주관하는 자는 오히려 그것을 미끼로 삼아 뇌물 요구가 그치지 않았다. 해가 엄자산(崦嵫山)[144]에 가까이 저문

143 이산보(李山甫) : 1539~1594. 본관은 한산(韓山), 자는 중거(中擧), 호는 명곡(鳴谷), 시호는 충간(忠簡)이다. 1568년(선조1)에 문과에 급제하고 해미 현감(海美縣監) 정언(正言) 등을 거쳐 북도(北道)의 어사로 나갔다가 이조 정랑(吏曹正郞), 사인(舍人), 집의(執義), 대사간을 거쳤다. 임진왜란 때 선조를 따라서 의주(義州)로 갔다 다시 이조 참판을 거쳐 이조 판서를 지냈다.

144 엄자산(崦嵫山) : 옛날에 해가 저녁에 들어가는 곳으로 생각했던 산을 말한다.

줄도 모르고, 행인이 장차 쉬면서 주변을 돌아보는 사이에 모두 헛소리가 되었으니 어찌 슬프지 않겠는가?

우리나라 사신이 황경(皇京)에 조회한 이후로 250년 동안 사신의 왕래가 끊이지 않아, 유람하면서 얻은 견문을 기록한 글이 번다하고 풍부하지 않은 것이 없었다. 돌아보건대 이 소략하고 짧은 첩문이 사람으로 하여금 감흥(感興)을 일으켜 눈물을 흘리고 울게 하는 것은, 아마도 250년 전의 일이 여기에서 그치고 다시 볼 수 없기 때문인 듯하다. 그러한즉 이 첩(帖)이 어찌 다만 우리 두 집안 자손들의 보물이 되어 아끼는 것에 그치겠는가?

삼가 문정공[145]의 〈정묘호란 뒤 평안도와 황해도 일의 실정에 대한 소〉 뒤에 쓰다
敬書文貞公丁卯亂後兩西事宜疏後

후손 윤식이 삼가 살펴보건대, 세상에서 외적을 물리치는 방법에 대한 논의 중에 안민(安民)을 우선하지 않는 것은 없었다. 그러나 그 까닭을 깊이 알고 있었던 사람은 오직 우리 문정공 한 분뿐이다.

정묘년(1627, 인조5) 병화를 당한 후, 이름 있는 성(城)을 수리하고 거진(巨鎭)을 설치하는 것을 누가 안 된다고 했는가? 문정공(文貞公)만이 진심으로 백성을 쉬게 하도록 힘쓰면서 소(疏)를 올리고 책문을 바쳤다는데, 계획을 세우기를 손바닥을 보는 것같이 하였다. 만일 그의 말을 채용했더라면 백성을 이롭게 하는 것만이 아니라, 적을 막는 계책으로 이보다 더한 것이 없었을 것이다. 저들의 성을 쌓자는 계책은 백성을 병들게 할 뿐만 아니라, 적을 이롭게 하기에 충분하였으니 10년이 못 되어 그 결과가 이와 같으니 어찌 그리 명백하게 징험되었던가?

이름난 도읍을 버리고 산성에 의거하여 들판을 깨끗이 비우고 보(堡)에 들어가게 하여 때때로 나와 길에 매복하여 요격하는 것이 우리나라에서 적을 막는 일반적인 방법이다. 우리나라는 많은 산 가운데

145 문정공(文貞公) : 김육(金堉, 1580~1658)으로, 본관은 청풍(淸風), 자는 백후(伯厚), 호는 잠곡(潛谷), 초호는 회정당(晦靜堂), 시호는 문정이다. 조선 중기의 문신이자 유학자로 한성부 우윤, 도승지, 우의정, 영의정 등을 지냈으며 효종·현종 연간에 대동법의 시행을 추진하였다. 저서로는 《구황촬요(救荒撮要)》, 《잠곡필담(潛谷筆談)》 등이 있다.

있는데, 지금은 산을 버리고 평지에 성을 쌓으니 이미 지리적인 이로움의 절반을 잃은 것이다. 평일에 진법을 익히자는 그럴듯한 말은 하나같이 전쟁을 경험하지 않은 약한 백성을 넓은 들판과 성에서 수많은 전투를 치룬 강한 적에게 들어다 바치는 것이니, 던져주면 이들은 타버릴 것이며 부딪치면 이들은 궤멸되어 아마도 만 명 중에 한 명만 살아남아도 다행일 것이다. 평소에 큰소리치고 남에서 알려지는 것을 즐기다가 급한 일이 닥치면, 비록 을지문덕(乙支文德)[146]이나 박서(朴犀)[147]를 다시 살아나게 하더라도 형세는 장차 성을 버려두고 백성들을 보호해야 할 것이다. 백성들로 하여금 의지하여 돌아갈 곳이 있게 한 연후에 나의 장점으로 적의 단점을 제압할 수 있을 것이니, 오직 계책을 어떻게 운영하는가에 달려 있는 것이다. 그렇다면 저 유명한 성과 큰 도시는 장차 무슨 소용이 있겠는가?

근세에 정다산(丁茶山)이 저술한 《상두지(桑土志)》[148]가 있는데, 관서의 직로(直路)에 성을 쌓고 보루를 설치하고자 하였다. 내가 일찍이 그 정확한 논의에 감복하였었지만, 그러나 지금 세상에는 쓸 수 있는

146 을지문덕(乙支文德) : 고구려 영양왕 때의 장군이다. 612년(영양왕23)에 중국 수나라 양제가 고구려에 대군을 이끌고 쳐들어오자 이를 살수에서 물리쳤다. 지략과 무용에 뛰어났으며 시문에도 능하였다. 살수 대첩에서 적장 우중문에게 전한 전략적인 오언시 〈유우중문시(遺于仲文詩)〉가 전한다.

147 박서(朴犀) : 고려 고종 때의 무신으로 호는 죽산(竹山)이다. 1231년(고종18) 서북면 병마사로 있을 때 귀주(龜州)로 쳐들어온 살리타이의 몽고군을 격퇴하였다.

148 상두지(桑土志) : 《여유당전서보유》에 포함되어 있는 부국강병(富國强兵)을 논한 글이다. 최근 이 글은 정조 때 이덕리(李德履, 1728~?)가 진도의 유배지에서 지은 것으로 밝혀져 있다.

것이 아니다. 전에 환란이 많았던 이전 왕조에서 이 방법을 썼더라면 해마다 잦았던 이웃 오랑캐의 환란을 막을 수 있었을 것이다. 우리 왕조는 문약(文弱)함을 고수해 왔으나 대대로 놀랄 일이 없었다. 지금처럼 아무 일이 없는 때에 백성을 수고롭게 하여 백년 뒤의 침입을 대비하고자 한다면 어찌 좋은 계책이라 하겠는가? 한편으로는 백성들을 동원하느라 재물을 다 쓰게 되고, 한편으로는 적의 의심을 사서 분쟁을 일으키게 되니, 이는 눈앞의 재앙이 될 것이다. 세월이 오래되어 성벽이 무너지고 근본 계획에 폐단이 불어났는데도 폐기되어 법도를 강구하지 않아, 수리하고자 하면 무익하고 백성을 피로하게 만들고 수리하지 않으면 이전의 공력을 모두 버리게 되니 이는 영원한 근심꺼리가 될 것이다. 보통사람의 마음으로는 시위를 조일 수도 없고 느슨하게 둘 수도 없는데 백 년 사이에 어찌 항상 적이 이른 것같이 엄하게 경계할 수 있겠는가? 만일 잠시 대비를 늦추었다가 적의 기병(騎兵)이 틈을 노려 침입하게 되면, 모여서 섬멸당하여 한 명도 남지 않을 것이니 이는 반드시 차마 할 수 있는 일이 아니다.

어떤 사람이 묻기를 "옛날에 거자(莒子)가 궁벽한 것을 믿고 성 쌓기를 싫어하다가 마침내 궤멸되어 흩어졌는데, 《춘추》에서 이를 잘못이라 하였다.[149] 지금 당신이 군(郡)의 성을 고치지 않으려 하는데 옳은 것인가?"라고 하였다.

149 거자(莒子)가……하였다 : 춘추 시대 거자(莒子)가 궁벽한 자기 나라를 누가 탐내어 공격하겠느냐고 하자, 신공무신(申公巫臣)이 "용감한 사나이도 자기 집 문을 엄중하게 닫고 지키는 법인데, 하물며 나라야 더 말해 무엇 하겠는가.〔勇夫重閉 況國乎〕"라고 충고하였다고 한다. 《春秋左氏傳 成公8年》

대답하기를 "춘추 시대에는 작은 나라를 삼키고 약한 나라를 병합하여 전쟁이 날마다 일어났는데, 거자가 홀로 무사(無事)한 것을 편안하게 여겼으니 그가 무너진 것은 당연하다. 지금 우리나라에 이런 우환이 있는가? 설령 이런 우환이 있다하더라도 그대는 전쟁을 알지 못하는 백성들을 몰아서 유명한 성에 의지하고 큰 보루에 올라 적을 제압할 수 있겠는가? 성이 있는데도 지키지 못하는 자와 지켜야 할 까닭을 모르는 자는 성이 없는 것만 못한데 하물며 수리하는 것이 옳겠는가? 북쪽 오랑캐가 항상 중국의 걱정거리가 되는 것은, 성곽이 없이 물과 풀을 좇아 옮겨 다니기 때문이다. 서역의 여러 나라는 중국이 항상 가볍게 여겼는데 이는 성곽이 있기 때문이다. 지금 우리가 반드시 북쪽 오랑캐의 유목 생활을 본받을 필요는 없지만, 위급한 일을 당하여 험한 지경으로 치달리게 되는 것이 들판이냐 성이냐 하는 것에 연계되지 않았다는 것을 살펴본다면 그 형세가 분명해질 것이다. 그러므로 오늘날의 고을의 성은 백성들에게 성이 열고 닫는 시간이 있다는 것을 알려주는 것일 뿐, 그 실제는 하나의 임시 숙소일 뿐이다. 훗날 지나간 시대처럼 적의 침략을 받게 된다면 저절로 형세를 도와 성을 쌓는 자가 있을 것이고, 저절로 임기응변하여 적을 물리치는 자도 있을 것이니 지금 미리 걱정할 일은 아니다. 진(晉)나라 때 사위(士蔿)가 말하기를 '전쟁이 없는데 성을 쌓으면 반드시 원수를 보호하게 될 것이다.'[150]라

150 전쟁이……것이다 : 춘추 시대, 진(晋)나라의 왕인 헌공(獻公)은 왕자 중이(重耳)와 이오(夷吾)를 위하여 대부(大夫)인 사위(士蔿)를 시켜서 포(蒲)땅과 굴(屈)땅에 성을 쌓게 하였다. 그가 쌓은 성에 불만을 품은 이오는 헌공에게 불평하였다. 크게 화가 난 헌공은 사위를 문책했다. 이에 대하여 사위는 "전쟁이 없는데도 성을 쌓으면 그 성은 적군에게 이용된다고 들었습니다. 만약 제가 견고하게 쌓아 훗날 적에게 진지로

고 하였는데, 전쟁이 없는데 성을 쌓는다는 것은 결국 원수인 적을 보호하게 된다는 것을 말한 것이다."라고 하였다.

어떤 사람이 묻기를 "그렇다면 정묘년 같은 때를 만나면 마땅히 힘써야 할 것은 어떤 일이고, 무엇을 보수해야 병자년의 환란을 막을 수 있었겠는가?"라고 하였다.

대답하기를 "감히 알 수 있는 일이 아니지만 문정공께서는 성실한 군자다. 《중용장구》에 말하기를 '지극한 정성은 신과 같아 앞일을 미리 알 수 있다.'[151]라고 하였는데, 임진년 전에 힘써 양병(養兵)을 주장한 사람은 문성공(文成公) 이이(李珥) 선생뿐이었다. 병자년과 정묘년 이후에 백성을 쉬게 하고, 성곽을 쌓거나 군대를 강하게 하는 일을 하지 말 것을 주장한 사람은 우리 문정공뿐이었다. 모두 조짐을 간파하는 것이 깊지 않았다면 이렇게 할 수 있었겠는가? 그러므로 공이 계획한 바는 결코 빈말이 아니었다.

들판을 깨끗이 비워서 백성을 보호하고, 둔전(屯田)으로 군대를 기

이용당한다면, 이는 곧 불충(不忠)의 죄가 될 것입니다. 그렇다고 부실하게 쌓는다면 이는 임금에 대한 불경(不敬)의 죄를 범하게 되는 것입니다. 저는 이미 불충불경의 죄를 범하였으니 어떻게 해야 합니까? 덕으로 나라가 안정되어 후대가 견고하다면, 이보다 나은 성이 어디 있겠습니까?"라고 하였다. 《春秋左傳 僖公5年》

151 지극한……있다 : 《중용장구》 제5장의 "지극한 성실함의 도는 일을 미리 알 수 있는 것이다. 나라가 장차 흥하려 할 때에는 반드시 상서로운 징조가 있으며, 나라가 장차 망하려 할 때에는 반드시 흉한 징조가 있어 시초(蓍龜)점과 거북점에 나타나며 사체(四體)의 움직임에 드러나는 것이다. 화복이 내려지려 할 때에는 선함도 반드시 먼저 알아보고, 선하지 않은 것도 먼저 알아보는 것이다. 그러므로 지극한 정성은 신과 같다.〔至誠之道 可以前知 國家將興 必有禎祥 國家將亡 必有妖孼 見乎蓍龜 動乎四體 禍福將至 善 必先知之 不善 必先知之 故至誠如神〕"라고 한 데서 나온 말이다.

르며 세금을 줄이는 것을 사명으로 삼고, 군정을 닦고, 진지와 보루를 거듭 쌓고, 능력을 헤아려 임무를 맡겨서 그들로 하여금 그 땅에서 싸우게 하고, 돈을 유통시켜 재물을 풍족하게 하여 간첩(間諜)을 모으는 자금으로 삼고, 서쪽으로는 유민(流民)을 구휼하고 남쪽으로는 삼도(三道)를 어루만지고자 하였다. 이는 모두 절실한 큰 계책으로 시무(時務)에 달관한 주장이었다. 당시에 만약 공에게 맡겨 책임을 완성하도록 하였더라면, 병자년과 정묘년의 낭패가 이르지 않았을지 어찌 알겠는가?"라고 하였다.

삼가 문정공의 〈보양관을 사임하고 우리나라로 돌아온 후 자품을 높인 데 대한 소〉 뒤에 쓰다
敬書文貞公辭輔養官東還後加資疏後

후손 윤식이 삼가 살피건대, 문정공(文貞公)께서는 평소에 온축한 포부를 실천하고자 하는 바가 매우 많지만, 문정공께서 임금께 상주하는 글에 자주 등장하는 것으로는 대동법(大同法)과 화폐와 수레, 이 세 가지가 가장 많았다. 대개 이 세 가지가 당시에 가장 절실하게 급한 일이었고, 또한 때를 헤아려 시행해야 했기 때문이다. 그렇게 하지 않으면 공허한 말이 되어 후대를 비출 수 없고, 또한 당시의 임금께서 채택하지 않으신 것을 드러내게 되기 때문이었다. 비록 그렇다 하나 대동법은 당시에 시행되고 있었고, 화폐는 유행하는 단서가 약간 열려서 결국 널리 유포되었으나 수레만은 오늘날까지도 쓰지 못하고 있는데 그 까닭은 무엇인가? 어찌하여 실행할 수 없는 것인데도 문정공께서 그것을 언급한 까닭이 있었는가?

우리나라의 선배들이 수레 사용이 편리하다는 것을 많이 말했지만, 그것이 불가능한 것은 반드시 길이 험한 때문이라고 설명하였다. 그런데 실제로는 길이 험한 것이 아니라 세 가지 병폐가 막았기 때문이다. 무엇을 세 가지 병폐라고 말하는가? 바로 고루함과 인습, 구차함이 바로 그것이다. 이른바 고루(固陋)하다는 것은 구석진 땅에서 나고 자라서 습성이 거칠고 어리석어 이 밖에 다른 편리한 기구가 있음을 알지 못하는 것이다. 이는 마치 전국(瑱國)과 야랑국(夜郞國)이 "한(漢)나라와 우리나라는 어느 나라가 큰 나라인가?"[152]라고 말하는 것과 같으니, 이것이 바로 소민(小民)의 병폐이다.

이른바 인습이란, 지금 어떤 사람이 이용(利用)의 마음을 품고 북학(北學)의 논의를 제창하여 한두 가지 백성을 편하게 하는 기구를 시험하려는 사람이 있으면, 윗사람은 비루하고 자잘한 일이라고 하여 귀 기울여 듣지 않고 아랫사람은 어렵다고 의심하여 즐겨 따르지 않으며, 같은 반열에 있는 사람은 일을 많게 한다고 비판하고 여론은 기이한 것을 좋아한다고 지목하니, 어쩔 수 없어 버려두고 머리 숙여 예전에 하던 대로 따른다. 이것이 바로 군자의 병폐이다.

이른바 구차(苟且)함에도 또한 군자와 소인의 구별이 있다. 대동법이 행해지기 전에 공역(貢役)의 폐단으로 거의 나라가 없는 것 같았다. 당시 조정에 있는 사람들 가운데 불 보듯 환히 알고 깊이 걱정하는 사람이 없었겠는가? 그러나 마음속으로는 "아득하여 마음이 어지럽고 근심스러운 문제인데 누가 그것을 해결할 수 있겠는가? 요행으로 내 앞에 일이 닥치지 않으면 좋고, 뒷일은 지혜 있는 자를 기다리자."라고 하니 이것이 군자의 구차함이다. 얕게 갈고 아무렇게나 씨를 뿌려서 길과 도랑에 떨어뜨리고, 거름을 주지 않으면서 요행으로 비와 햇볕이 고르고 적당하기를 바라는 것은 농부의 구차함이다. 좋은 것을 듣고도 믿지 않고, 좋은 것을 보고도 승복하지 않으며, 자신이 잘할 수 없는

152 전국(滇國)과……나라인가 : 한(漢)나라 때 귀주에 야랑국(夜郎國)이 있었고 운남에는 전국(滇國)이 있었는데 크기는 한(漢)나라의 현(縣) 정도였다. 한 무제 때 두 나라에 사신을 파견하였는데, 야랑국왕이 한(漢)나라는 우리 야랑국과 비교할 때 과연 어느 쪽이 더 크냐고 물었다고 한다. 여기서 터무니없이 자신을 과대평가하는 태도에서 야랑자대(夜郎自大) 또는 야랑최대(夜郎最大)라고 하는 말이 나오게 되었다. 《史記 卷116 西南夷列傳》

것은 연구하지도 않으면서 이미 배운 것만 옳다고 하여, 찌그러지고 조잡한 그릇이 요행으로 시장에서 팔리기 바라는 것은 백공(百工)의 구차함이다. 이 세 가지 병폐에 막히면 비록 숫돌과 같이 평평한 길이라도 수레를 가게 할 수 없을 것이다. 또 어찌 다만 수레가 통행하지 못하는 것에 그칠 뿐이겠는가?

공(公)의 주의(奏議)를 읽어보면, "수레를 사용하고 동전을 사용하고 점포를 설치하는 것이 편리하다는 점은 모모(某某) 수령이 언급하였고, 사신 갈 때 수레를 타는 것의 편리함은 신도 스스로 생각하였던 것"이라고 말씀하고 있다. 어찌 그리 충후하고 주도면밀하신가? 수레를 사용하고, 동전을 쓰고, 점포를 설치하는 일은 당시 사람들에게는 구애됨이 없었으며, 일을 잘 알고 편리하게 하는 장점이 있었으므로 다른 사람에게 미루어 공을 돌리셨다. 사신(使臣)이 수레를 타는 편리함은 높은 벼슬아치들이 싫어한다고 들었으므로 자신의 생각으로 돌리신 것이다. 영예는 남에게 돌리고 원망은 자신이 감당하셨으며, 공(功)은 양보하고 잘못은 나누어 가져 함께 나라 일을 다스리니, 지극한 정성은 다른 사람을 감동시켰다. 대인과 군자의 마음씀이 본래 마땅하기가 이와 같은 것인가?

삼가 문정공의 〈우의정을 사임하는 두 번째 소〉 뒤에 쓰다
敬書文貞公辭右議政第二疏後

후손 윤식이 삼가 살펴보건대, 천하의 형세와 병가(兵家)의 기미를 알지 못하는 자는 감히 함부로 병사를 쉬게 하고 백성을 편안하게 해야 한다는 주장을 할 수 없으며, 알지 못하면서 그렇게 한다는 것은 세상물정에 어두운 선비일 뿐이라고 하였다. 문정공께서는 항상 백성을 편안하게 하는 것을 자신의 임무로 삼았으며, 군사에 관한 일은 배우지 않았다고 여겨 관여하지 않았다. 위정공(魏鄭公)[153]이 고개를 숙이고 파진악(破陣樂)[154]을 보지 않은 뜻과 같은 것이었다.

일찍이 공께서 쓰신 〈상진도독서(上陳都督書)〉[155]를 읽었는데, 요동

153 위정공(魏鄭公) : 580~643. 중국 당나라 초기의 공신·학자인 위징(魏徵)을 지칭한다. 위징의 자는 현성(玄成)으로 636년 양(梁), 진(陳), 북제(北齊), 북주(北周), 수(隋)의 5개 왕조에 대한 역사편찬을 주도한 공으로 광록대부(光祿大夫)에 임명되었다. 태종을 도와 훗날 동아시아의 모든 통치자들에게 모범이 된 '정관(貞觀)의 치(治)'를 이루는 데 큰 역할을 했다.

154 파진악(破陣樂) : 당나라의 악곡(樂曲)인 〈진왕파진악(秦王破陣樂)〉의 준말이다. 〈파진무(破陣舞)〉라고도 하는데, 당 태종(唐太宗)이 진왕(秦王)의 신분으로 유무주(劉武周)를 정벌할 적에 직접 지어서 군중에서 부르게 했던 노래이다. 그 뒤에 황제로 즉위하고 나서 다시 여재(呂才)에게 이 노래에 음률을 맞추게 하고 이백약(李百藥)과 우세남(虞世南)과 저량(褚亮)과 위징(魏徵) 등에게 가사를 짓게 하여 〈칠덕무(七德舞)〉로 이름을 바꾸고는 연회 때마다 반드시 이 무곡(舞曲)을 연주하게 하였다고 한다. 《舊唐書 卷28 音樂志1》

155 상진도독서(上陳都督書) : 원래 제목은 〈상도독진홍범서(上都督陳洪範書)〉로 《잠곡유고(潛谷遺稿)》 권9에 나온다.

(遼東) 땅을 수복하는 방책을 설명한 것이었다. 그 작전 계획과 기이한 책략이 시의(時宜)에 매우 적절하였다. 제갈진명(諸葛晉明)[156]은 뛰어난 선비로 공과 더불어 군략을 함께 의논했는데 서로 깊이 존경하고 탄복하였다. 어찌 공을 군사에 관한 일을 모르면서 한가하게 앉아서 말만하는 자에 비할 수 있겠는가? 오직 묵묵히 시의를 살펴 우리나라는 무력을 사용할 때가 아니므로 단호하게 백성을 쉬게 하고 백성을 보호하는 것을 임무로 삼아야 한다고 여겼던 것이다. 백성을 보호하는 방법은 대동법만한 것이 없기 때문에 여론을 물리치고 여러 사람들의 비난을 무릅쓰고 부지런히 쉬지 않았으며, 거듭 배척당해도 스스로 그만두지 않으셨다. 급기야 정세가 곤란해져 시행할 수 없게 되자, 의연히 옛날 대신들의 의리로 처신하여 여러 번 소(疏)를 올려 물러나기를 청하셨다. 그러나 여전히 거듭 망설이고 그리워하며 차마 임금을 잊지 못해 충애(忠愛)하는 마음이 지면(紙面)에 넘쳐났다. 공은 평소에 자미(子美)[157]가 지은 시를 좋아하였는데, 아마도 부합되는 바가 있었기 때문에 그러셨던 듯하다.

156 제갈진명(諸葛晉明) : 김육이 1636년(인조14)에 동지사(冬至使)가 되어 명나라에 갔을 때 만난 중국의 관리이다. 《潛谷遺稿 卷14 朝京日錄》

157 자미(子美) : 두보(杜甫)를 지칭한다. 두보는 성당(盛唐) 때 시인(詩人)으로 시성(詩聖)이라고도 하는데, 자미(子美)는 그의 자이다.

삼가 문정공의 〈우의정을 사임하는 여덟 번째 소〉 뒤에 쓰다

敬書文貞公辭右議政第八疏後

후손 윤식은 말한다. 심하구나, 군자가 일의 형편에 오활(迂闊)함이여! 송나라 여러 현인들이 왕안석(王安石)[158]에 대하여 처음에는 맞아들여 칭송하고 서로 추천하지 않는 이가 없었다. 그런데 그의 변법(變法)으로 천하가 근심하며 괴로워하자 비로소 공격하고 배척함이 끝내 어떠하였는가?

개보(介甫 왕안석)의 뜻은 아래에서 덜어서 위에 보태는 데 있으니, 이는 백성과 더불어 이익을 다투는 것이었다. 문정공(文貞公)의 뜻은 위에는 손해가 없고, 아래에는 공평하고 가벼워 이익이 되도록 하는데 있었으니, 이는 백성과 더불어 이익을 다투는 것이 아니다. 만약 대동법(大同法)이 왕안석의 신법(新法)에 가까운 점이 있다면 균수법(均輸法)[159]이 그것이다. 균수법은 발운(發運)하는 법을 균수(均輸)로 바꾼

158 왕안석(王安石) : 1021~1086. 중국 북송의 정치가・학자로, 자는 개보(介甫)이며 호는 반산(半山)이다. 부국강병을 위한 신법(新法)을 제정하여 실시하였고, 당송팔대가의 한 사람이기도 하다. 저서에 《주관신의(周官信義)》, 《임천집》이 있다.

159 균수법(均輸法) : 균수법은 중국에서 시행된 경제정책으로 한(漢)나라 때 처음 시행되었다. 이 정책은 각 지방에 대하여 그 땅에 많이 생산되는 산물을 조세(租稅)로 내게 하여 시가(時價)의 폭락을 막고, 그 물건을 모자라는 지역에 운반하여 팔아 가격을 고르게 하는 방식이었다. 그 후 송(宋)의 왕안석이 부국강병책(富國强兵策)의 일환으로 시행하였는데, 각 지방의 물가를 안정시키기 위해 정부가 물자(物資)를 사들여서 싼 곳에 운반하여 판매하는 방식으로 시행하였다.

것인데, 전화(錢貨)를 이용하여 상공(上供)하는 물품을 비싼 것을 싸게 하고, 가까이 있는 것을 멀리 있는 것으로 바꾸어 올 수 있게 하여 서울에 있는 창고에서 마땅히 마련해야 할 것을 미리 알 수 있고 편의에 따라 사서 축적하는 것이었다. 그 시행하는 방법이 대동법과 비슷하였지만, 송나라 때의 발운(發運)하는 법은 폐단이 심한 것은 아니었다. 그런데도 개보(介甫)는 나라를 위하여 이익을 거두는 상홍양(桑弘羊)의 전매법(專賣法)[160]을 새로 시행하여 관리들을 줄줄이 배치하고 판매법을 바꾸니, 간사하게 속이는 행위가 많아져 농민과 상인이 모두 병들게 되었다. 이는 그 뜻이 균민(均民)에 있는 것이 아니라 백성과 더불어 이익을 다투는 것으로, 어쩔 수 없어서 법을 바꾼 것이 아니었기 때문에 시행한 지 얼마 되지 않아서 그 폐단이 매우 심해졌다.

대동법은 공물의 폐단이 극에 달한 뒤에 시행되어 백성들에게서 거두는 세금이 마침내 균등하고 가벼워졌다. 또 물건을 구하러 여기저기 돌아다니고, 뇌물을 요구하여 납부하는 물건을 물리치는 행위 같은 일절의 쓸모없는 비용을 제거하였다. 관(官)에서는 후한 가격으로 공인들에게 급여하고, 공인은 싼 가격으로 미리 여러 가지 물건을 비축하여 상공(上供)에 대비하도록 하였다. 이에 상공은 이미 넉넉해졌고 쓰고 남은 것도 또한 넉넉하였다. 이는 그 뜻이 균민(均民)에 있어 백성과 이익을 다투는 것이 아니었고, 또한 부득이해서 이를 법으로 바꾼 것이었다. 그러므로 시행한 지 이백여 년에 그 이익이 더욱 확대

160 상홍양(桑弘羊)의 전매법(專賣法) : 한 무제(漢武帝) 때에 상홍양이 대농승(大農丞)으로 있으면서 시행한 전매법을 가리킨다. 이 법은 천하의 염철(鹽鐵)을 전매하여 재물을 많이 모아 국가에는 이익이었으나 백성들에겐 원성이 많았다. 《漢書 食貨志》

되었으니, 두 법의 현격한 차이는 하늘과 땅 차이 정도가 아니었다.

당시 여러 군자들이 개보의 일을 징계한 것은, 원래의 그의 뜻이 아니라 그의 행적을 의심하여 기세를 올려 이를 막고 비방한 것이다. 충신으로 하여금 조정에서 거의 편안함을 얻지 못하게 하고, 훌륭한 법을 세상에 거의 행해지지 못하게 하였으니, 어찌 그리 잘못되었는가? 송나라의 현인(賢人)들은 소인을 군자로 인정하였고 우리나라의 현인들은 좋은 법을 나라를 잘못되게 한다고 지목하였으니, 그 연유를 캐어보면 모두 균등에 지나치게 소홀한 잘못을 면하지 못하여 남의 빈틈을 노리고 허물을 찾는 소인들로 하여금 그 뒷전에서 몰래 이야기하면서 비웃게 하기에 이르렀다.

아아, 이는 우리들이 스스로 되돌아보며 경계하고 근심해야 할 점이 아니겠는가? 여러 사람들의 분노가 바야흐로 커지고 논의가 비등하는 때를 맞아, 문정공께서는 한결같이 정성스럽게 응대하고 자신을 반성하여 스스로 애석해하며 털끝만큼도 유감을 품고 서로 다투는 말을 하지 않았다. 그리고 그 마음속으로 말하기를 "저들은 모두 어진 사람들인데 우연히 이 일의 이해를 잘 살피지 못하여 그런 것이다. 내가 어찌 화를 내겠는가?"라고 하시니, 마침내 임금께서는 뜻을 돌리고 아랫사람들이 신뢰하여 혜택이 아래에까지 미치게 하였다. 자신을 단속하여 자신만 옳다고 여기지 않고 여러 현인들을 추대하여 오직 그들이 세상에 쓰이지 못할까 걱정하셨으니, 맹자께서 "대인의 마음은 꼭 해야 하거나 꼭 하지 말아야 한다는 것이 없다."[161]라고 말한 것에 거의 가까운 것이다.

161 맹자께서……없다 : 원문의 '맹자소운(孟子所云)'은 공자왈(孔子曰)의 잘못이다. 원문은 "군자는 이 세상에서 어떤 일을 꼭 해야 된다고 고집을 부리거나 어떤 일을

해서는 안 된다는 주관적인 편견을 배격하고, 오직 대의(大義)에 입각해서 행동한다. 〔君子之於天下也 無適也 無莫也 義之與比〕"라고 되어 있다. 《論語 里仁》

이둔우[162]의 《기몽》 뒤에 쓰다 신사년(1881, 고종18)

書李遯愚記夢後 辛巳

근세 중국 사람 황구연(黃九煙)[163]의 저술에 《장취원기(將就園記)》가 있다. 산천과 누대의 승경, 서화(書畫), 금기(琴棋)의 오락 등 자신이 하고 싶은 것을 다하였다. 동부(洞府)의 샘과 돌과 꽃과 나무에는 모두 꼭 이름을 붙이고 이어서 시를 지어주니, 이윽고 계선(乩仙)[164]의 붓에 신령이 내려온 것 같았다고 한다. 상제(上帝)의 명을 받들었다는 황자(黃子 황구연)의 말에 의하면, 봉래산 위에 집을 지어 여러 신선들이 노닐고 잔치하는 장소로 삼았고 또 황자에게 명하여 주인이 되도록 하였더니, 황자가 황홀하여 꿈같기도 하고 현실 같기도 해서 그 일을 스스로 서술하였다고 한다. 《소대총서(昭代叢書)》[165]에 보인다.

지금 둔우(遯愚)의 《기몽(記夢)》을 보니, 이른바 백운동(白雲洞)에서 이틀 밤을 잔 인연에 대하여 말한 것으로, 어찌나 또렷한지 사람의 성령(性靈)을 기쁘게 한다. 진실로 시인의 가슴속을 안다면 저절로

162 이둔우(李遯愚) : 본명은 이형재(李亨載)이며, 전주 사람으로 둔우는 호이다.

163 황구연(黃九煙) : 중국 명(明)나라 말기에 활동한 문인(文人)으로 이름은 황주성(黃周星, 1611~1680)이다. 그가 지은 〈장취원기(將就園記)〉는 18세기, 19세기 조선지식인 사회에서 널리 읽혔으며 경화사족(京華士族)의 문학에 영향을 주었다.

164 계선(乩仙) : 점(占)을 쳐서 점사(占辭)를 적을 때에 붓 끝에 내린다는 귀신이다.

165 소대총서(昭代叢書) : 중국 청대(淸代) 장조(張潮, 1650~?)가 청나라 때 사람들의 잡저(雜著)를 모아서 편집한 총서(叢書)이다.

부응하여 원고를 이루게 될 것이니, 힘이 미치지 못하는 것은 신이 도와주실 것이다. 황자(黃子)의 일은 진짜이면서도 꿈같고, 둔우(遯愚)의 유람은 꿈인데도 진짜 같다.

나 또한 일찍이 여기에 뜻이 있었으나 세상 일에 너무 얽매여 시고(詩稿)를 이루지 못하였다. 비록 꿈속에서라도 맑은 승경에 한번 거닐고 싶었으나 쉽게 이룰 수 없었다. 만일 장경(長卿)[166]과 중초(仲初)[167]로 하여금 이를 보게 한다면, 입을 벌리고 서로 웃지 않을 수 있겠는가?

166 장경(長卿) : 중국 전한(前漢) 시대의 문인 사마상여(司馬相如, 기원전 179?~기원전 117)의 자이다. .

167 중초(仲初) : 당나라 때 시인(詩人)인 왕건(王建)의 자이다. 왕건은 하남성 허창(許昌) 출신으로 775년에 진사(進士), 827년에는 섬주사마(陝州司馬)가 되어 변경에 종군했다가 돌아와 한유(韓愈), 장적(張籍)같은 시인들과 사귀었다. 친척인 환관으로부터 궁중의 일을 듣고 지은 〈궁사(宮詞)〉가 널리 애송되었다. 시집(詩集) 10권이 있다.

《최씨효열록》 뒤에 쓰다
書崔氏孝烈錄後

곧아야만 신의를 지킬 수 있고, 공순해야만 예절에 맞을 수 있으니, 이 두 가지는 부인의 아름다운 규범이다. 지금 세상에 부녀자의 행실을 칭할 때는 반드시 '열(烈)'을 말하는데, '열'이라는 것은 한 가지 점에서 남보다 월등하게 뛰어나다는 것이다. 남자에 비유하면 하루아침의 수치를 참지 못하여 적을 꾸짖으며 죽기를 구하는 것이니, 어찌 진실로 용맹한 결단이 아니겠는가? 그러나 문문산(文文山)[168]처럼 꾹 참으며 살기를 도모하는 것만 못한 것이다. 위태롭고 무너져가는 나라를 부지하다가 감옥에 갇혀 곤욕을 당하여, 마침내 어쩔 수 없는 지경에 이른 후에야 죽으니, 그의 충성스러움이 어찌 위대하고 어려운 일이 아니겠는가? 내가 최씨의 행실을 보건대, 밖에서는 곧음을 실천하고 안에서는 공순함을 지키는 것이 거의 문천상의 충절에 비할 만하고, 그 공을 이룬 것 또한 그보다 나았다.

최씨에게 아들이 있는데 종국(鍾國)이라고 한다. 그가 어머니의 행실이 마을에서 차마 잊어지게 할 수 없어서 행장(行狀)을 품고 진신대부(搢紳大夫)의 말을 두루 구하여 영원히 없어지지 않도록 하려고 도

168 문문산(文文山) : 중국 남송의 충신 문천상(文天祥, 1236~1282)을 지칭한다. 문천상의 자는 송서(宋瑞), 이선(履善)이며, 호는 문산(文山)이다. 원나라에 포로로 잡혀 옥중에서 절개를 읊은 노래인 〈정기가(正氣歌)〉가 유명하다. 저서에 《문산집(文山集)》이 있다.

모한 지가 거의 12년이 되었다. 병들고 지쳤지만 여전히 부여잡고 놓지 못하였다.

아하, 부인이 영혼이 있다면 다음과 같이 말하지 않겠는가? "네가 아버지의 아들이기 때문에 내가 너를 돌보고 가르쳐서 성취하도록 한 것 또한 지극하였다. 네가 지금 나를 위해 무익한 명예를 구하여 몸을 아끼지 않으니, 어찌 내가 너에게 바라는 것이겠느냐?" 내가 이윽고 종국 씨의 지극한 성품에 경탄하고 또한 질병에 걸린 것을 걱정하여 이로써 권면(勸勉)한다. 종국 씨는 힘쓸지어다.

《경신록》[169]의 뒤에 쓰다
書敬信錄後

옛날에는 백성의 뜻이 한결같아서 도(道)를 믿어 미혹되지 않았다. 또 성인이 위에 계셔서 솔선하여 이들을 이끌어서 말하기를 기다리지 않고도 보고 느끼는 사이에 얻을 수 있었는데, 성인이 멀어지고 말씀이 인멸됨에 이르러 순정하고 질박함이 흩어지게 되었다.

학사(學士)와 대부(大夫)가 그 찌꺼기를 조술(祖述)하였으나, 겨우 자신이 좋아하는 것을 정리하였을 뿐이어서 성실하게 교화를 끼침이 없었고, 사람들 또한 보고 느낀 효과가 없었다. 그러므로 말을 들어도 믿지 않고 방종을 즐겨 본래 가진 성품을 잃고 떳떳한 도리를 소홀히 하여 옛 것을 싫어하고 새로운 것을 사모하며, 들은 것은 귀중하게 여기면서 눈으로 본 것을 천하게 여겼으니 도깨비와 금수의 지경에 이르지 않은 자가 거의 드물게 되었다.

후세에 새롭고 기이한 것을 좋아하는 인사가 백성의 뜻이 안정되지 못한 것을 이용하고, 귀신이 형체도 소리도 없다는 것을 알고서 이를 크게 빙자하여 걸핏하면 현혹하는 근거로 삼았다. 이에 사람의 도리를 버리고 귀신에게 도움을 구하여 허황된 것으로써 이들을 유혹하고,

169 경신록(敬信錄) : 도교의 경전과 질병에 대한 처방 및 영험을 모은 책으로, 조선에서는 1795년(정조19) 한문본을 간행한 바 있으며 그 다음 해에 《경신록언해(敬信錄諺解)》가 경기도 양주의 천보산 불암사에서 간행된 바 있다. 1880년(고종17)에는 고종의 명령에 의해 2권 1책으로 다시 간행되었다.

화복(禍福)으로써 이들을 겁주면서, 귀신이 또렷하게 그 머리 위에 있는 것같이 떠들썩하게 말을 늘어놓아 따르게 하였다. 그 말은 세속의 일반적인 이야기로 깊고 오묘한 뜻이 없었지만, 백성들은 어리석어 처음 들어 보는 것처럼 즐거워하였다.

때때로 두려워하며 선을 추구하거나 겁내어 죄가 될까 두려워하는 자도 있었으니, 그렇다면 이들 역시 세상구제에 일조(一助)하여 해롭지 않은 것인가? 아하, 세상에 몸소 실천하는 군자가 백성을 위해 힘쓰는 뜻으로 경사스러운 일에는 상을 주고 형벌로 위엄을 보여 사사롭게 하지 않음을 보여준다면, 저들이 말하는 것들이 눈비가 내리다가 날이 개는 것처럼 굳이 물리치지 않아도 저절로 바로잡아질 것이다. 지금은 몸소 실천하는 데 힘쓰지 않고 사설(邪說)이 백성을 속이는 것만 미워하니, 이는 굶주림을 구해주지 않으면서 풀뿌리와 나무껍질을 먹지 못하도록 하는 것과 마찬가지이니 또한 어렵지 않겠는가?

내가 《경신록》 중에 문창제군(文昌帝君)[170]의 《권효문(勸孝文)》 한 조목을 보았는데, 그 말씀이 근본에 힘쓰는 데 자못 적절하기에 이를 기록하여 효자의 마음을 본받도록 권한다.

170 문창제군(文昌帝君) : 중국에서 사람의 녹적(祿籍)이나 문장(文章)을 맡았다는 신(神)으로 황제(黃帝)의 아들인 휘(揮)라고도 하며 주나라 때부터 원나라 때까지 97차례나 이 세상에 태어났다고 한다.

《월호문인록》 뒤에 쓰다

書月湖門人錄後

앞의 《배월호문인록(裵月湖門人錄)》은 참여한 사람이 170여 명이니 어찌 그리 성대한가? 세상에 스승의 도리가 없어진 지 오래되어, 창려(昌黎)[171]와 유주(柳州)[172] 이후로 모두 스승이라는 명칭을 피하여 그 후세의 유명한 선비와 원로(元老)로도 주저하며 스승의 자리에 나아가지 못하였다. 그런데 월호(月湖)는 바닷가에 살면서 능히 글과 글씨로 후진들을 장려하고 성취시키니 온 고을의 절반이 모두 그를 종사(宗師)로 삼았다. 그의 학식과 재주가 다른 사람들을 크게 넘어서는 것이 아니었다면, 어찌 여기에 이를 수 있었겠는가?

일찍이 들으니 일본인 관유영(關維寧)이 바다 어귀에 표류해 와서 정박하였을 때 필담하는 자들이 둘러앉았는데, 오직 월호를 보고 공경히 예를 갖추고 선생이라 칭하였다. 이로부터 바닷가 부녀자와 어린 아이들과 나무꾼과 목동들이 모두 월호를 선생이라 부르며 지극히 아

171 창려(昌黎) : 한유(韓愈, 768~824)로, 하내군(河內郡) 남양(南陽) 출신이며 자는 퇴지(退之), 호는 창려(昌黎)이며 시호는 문공(文公)이다. 당나라의 문장가, 정치가, 사상가이며 당송 팔대가의 한 사람이다. 저서로는 《한창려집》 41권과 《외집》 10권 등이 있다.

172 유주(柳州) : 유종원(柳宗元, 773~819)으로, 장안(長安) 출생이며 자는 자후(子厚)이다. 당송 팔대가의 한 사람으로 한유(韓愈)와 더불어 고문(古文) 부흥 운동을 제창하였다. 전원시에 뛰어나 왕유, 맹호연, 위응등과 나란히 칭송된다. 작품에 〈봉건론(封建論)〉 〈영주팔기(永州八記)〉 등이 있으며, 시문집 《유하동집(柳河東集)》이 있다. 유주 자사(柳州刺史)를 지내 유유주(柳柳州)라고도 한다.

끼고 공경하며 물을 뿌리고 청소를 하고서야 그를 영접하였다. 이에 소강절(邵康節)[173]의 행와(行窩)[174]의 풍모가 있게 되었다.

내가 일찍이 영취산(靈鷲山)에서 기우제를 지내다가 마을의 인사들을 만났는데, 거의 다 월호의 제자들이었다. 월호(月湖)가 세상을 떠난 지 수십 년인데 그의 풍류와 만나는 것 같았다. 또 그의 근체시[175] 수십 수를 읽어보니 왕왕 뛰어나고 깊어 여운이 있었다. 그 밖의 저술은 두루 보지 못하였으니, 이것은 다만 표반(豹斑)[176]을 보고 솥 속의 고기 한 점을 맛본 것에 해당된다고 하겠다. 선방(禪房)의 맑은 밤에 절의 등불은 콩알만 한데, 무덤에서 시혼(詩魂)을 일으켜서 손을 잡고 글을 논하지 못함이 한스럽다.

173 소강절(邵康節) : 소옹(邵雍, 1011~1077)으로, 하남(河南) 사람이며 자는 요부(堯夫), 호는 안락(安樂)이고 강절은 시호(諡號)이다. 이정지(李挺之)에게 도가의 도서선천상수(圖書先天象數)의 학을 배워 신비적인 수리 학설(學說)을 세웠다. 저서로는 《황극경세서(皇極經世書)》, 《격양집(擊壤集)》이 있다.

174 행와(行窩) : 소옹(邵雍)이 처음 낙양에 와서 비바람도 가리지 못할 정도의 누옥(陋屋)에 살면서도 그곳을 안락와(安樂窩)라고 이름 짓고는 가끔씩 자그마한 수레를 타고 외출하여 즐기곤 하였는데, 사람들이 서로 접대하려고 안락와와 비슷한 집을 지어놓고는 행와(行窩)라고 불렀다는 고사가 전한다. 《宋史 卷427 邵雍列傳》

175 근체시(近體詩) : 한시(漢詩)의 한 형식인 율시(律詩), 절구(絶句)를 일컫는다.

176 표반(豹斑) : 관중규표반(管中窺豹斑)의 줄임말로 대롱 구멍으로 표범을 보면 표범의 무늬 전체를 보지 못하고 겨우 그 일부분의 무늬만을 볼 수밖에 없다는 뜻이다. 식견(識見)이 좁은 것을 비유한 말이다.

《칠절동칠경첩》에 쓰다 무자년(1888, 고종25)
書七絶洞七景帖 戊子

시 짓는 사람이 경치를 묘사하기 어려운 것은 화가가 사람의 얼굴을 그리는 것과 같다. 몇 사람 이외에는 모두 한결같은 모양의 얼굴이어서 판별되지 않는 것이 저녁노을과 고기잡이 불빛이 곳곳에 있는 것과 같으니, 어찌 짧은 붓으로 각각 그 경치를 그릴 수 있겠는가? 그러므로 경치를 그리는 묘체는 모양을 비슷하게 하는 데 있지 않고, 그 신운(神韻)을 얻는 데 있다. 만일 배해(裴楷)의 뺨에 난 세 개의 털과 같이 문득 정신을 두 배나 아름답게 한다면,[177] 이는 그림의 삼매경(三昧境)에 빠진 것이다.

칠절동시사(七絶洞詩社)에 참여한 여러 사람들이 칠경(七景)을 읊은 시를 가지고와서 보여 주며 비평을 구하였다. 내가 펼쳐 읽어보니, 묘연히 정신이 황홀하여 달이 떠오른 산과 노을 진 절벽에 있는 것 같았으니 참으로 훌륭한 작품이었다. 시를 지은 일곱 사람이 참으로 멋진 놀이를 하였고, 또 동(洞)의 이름과 서로 부합하니 어찌 기이하지 아니한가?

177 만일……한다면 : 문장이나 그림에 손을 한 번 대어 정신이 번쩍 들게 잘 됨을 말한다. 중국 동진(東晋)의 화가 고개지가 배해(裵楷)의 초상화를 그릴 때 뺨 위에 수염 세 올을 더 그려 넣자, 사람들이 그 이유를 물었더니 고개지는 "배해는 활달하고 식견을 가지고 있는데, 이것이 바로 그 점을 보여 주는 것"이라고 대답하였다. 그림을 보는 사람들이 자세히 들여다보았더니 더 그려 넣은 수염에 과연 정신이 깃들어 있는 것 같았다고 한다. 《晉書 顧愷之傳》

《박종열문고》 뒤에 쓰다

書朴琮烈文稿後

문장을 배우는 방법은 모름지기 문리(文理)를 깨닫는 데 있다. 만약 다른 사람의 문장을 잘 읽지 못한다면 나의 문장 또한 잘 쓸 수 없는 것이다. 먼저 옛 사람의 문장을 가지고 구두를 떼어서 착란되지 않은 후에, 글쓴이의 의도를 탐구하여 근사치를 얻게 되면 곧 문장을 지을 줄 알게 될 것이다. 고금(古今)의 일들을 많이 알아서 문장의 재료로 쓰고, 유명한 산과 큰 냇물을 마음껏 보아서 문장의 기운에 돕고, 마음을 크게 넓히고 누추한 것을 씻어 그 지키고자 하는 본분을 잃지 않으면, 이치에 닿아 문장이 통하게 되어 기(氣)가 갖추어지고 격식이 예스러워질 것이다. 초학자는 글의 길이에 구애되지 말고 마음껏 넘치게 써서 마음에서 말하고자 하는 바를 손 가는 대로 다 쓰고 오래도록 스스로 익숙해지며 점차 더 마름질해가면 격식에 맞게 될 것이다.

근세의 과거보는 선비들이 일찍이 "문장을 짓는 것은 과문(科文)의 격식에서 나왔으니 과문(科文)을 배우지 않으면 문장을 지을 수 없다." 라고 하였다. 이는 가소로운 말이다. 특히 문장을 짓는 중 여러 가지를 다 갖추어야 한다는 것을 전혀 알지 못하면서, 어찌 격식만 없다고 하는가? 살아있는 용과 호랑이 같은 것은 잡아 가만히 있게 할 수 없지만, 과문의 판에 박힌 격식과는 같지 않다.

《화양속리첩》에 제하다 신묘년(1891, 고종28)

題華陽俗離帖 辛卯

내 일찍이 인경(麟經)[178]의 《홍설인연도기(鴻雪因緣圖記)》[179]를 본 적이 있다. 인경은 청나라 가경(嘉慶 인종) 때의 사람으로 성품이 산수(山水)를 좋아하여 평생 명승지를 돌아다니며 손수 그림을 그리고, 또 그 사이사이에 짧게 묘사한 글을 써넣었다. 수백 본이 세상에 유포되었는데, 천석(泉石)에 고황(膏肓)이 든 사람이라 할 만하다.

지금 면천 사람 유미숙(兪美叔)의 집에 소장된 《화양속리(華陽俗離)》 두 첩(帖)을 보니, 또 다른 인씨(麟氏)의 《홍설도(鴻雪圖)》라 하겠다. 두 산의 물 한 방울과 돌 하나도 모두 붓 끝에 들어와 있고, 또 이어서 시를 써 두었다. 미숙(美叔)은 시를 잘 지었고, 사용(士庸)

178 인경(麟慶) : 1791~1846. 청나라 관리이자 문인으로서 성은 완안(完顔)이며 자는 진상(振祥)·백여(伯余), 호는 견정(見亭)이다. 1809년(嘉慶14) 진사(進士)가 되었고 내각중서(內閣中書)를 시작으로 하여 강남하도총독(江南河道總督)이 되었다. 아편전쟁 당시에는 양자강(揚子江) 북안(北岸)의 방어시설을 강화했고, 1836년과 1841년 각각 《하공기구도설(河工器具圖說)》 4권, 《황운하구고금도설(黃運河口古今圖說)》을 편간(編刊)했다. 만년에는 북경에서 이어(李漁)가 설계했다고 하는 정원이 있는 저택을 사들여 8만 수천 권의 장서를 원중서실(園中書室)에 보관했다.

179 홍설인연도기(鴻雪因緣圖記) : 청대 문인이자 관리였던 인경(麟慶)이 자신이 부임했던 지역의 명승지와 풍속 등을 시간 순으로 기록한 일종의 자서전이다. 각권마다 〈서문〉과 〈목록〉이 있고 각 권의 내용에 해당하는 시기 인경의 상(像)과 인경의 제(題)가 있는 〈소조자제(小照自題)〉와 〈찬(贊)〉이 있다. 수록된 내용은 인경이 평생 동안 유력(遊歷)한 지역의 산천, 명승고적, 백성들의 풍속, 제방과 강의 수리(水利)를 각 권마다 80개의 그림과 함께 기록하였다.

은 그림을 잘 그려 쌍벽(雙璧)이라 일컬을 만한데, 이것은 《홍설도》에는 없는 것이다. 화양계곡과 속리산은 내가 30년 전에 한 번 보았는데 지금은 희미하여 꿈속인 것 같다. 이 첩이 만들어진 것은 내가 유람한 당시에서 또 30년 전인데 지금도 내가 미투리와 베버선을 신고 안개 낀 숲과 흐르는 샘물 속에 있는 듯하니, 어찌 붓과 먹의 공이 불후(不朽)하게 해 준 때문이 아니겠는가? 이것이 옛 사람이 누워서도 유람할 수 있었던 까닭이리라.

오해사[180] 용묵 의 《원당일과문초》에 제하다 신축년(1901, 광무5)

題吳海史 容默 元堂日課文鈔 辛丑

문장은 마음을 헤아리고 사물을 재단하여 만 가지 변화의 주도권을 잡는 것으로 그 도(道)가 높고 오묘하여 이루기가 어려우나, 문장으로써 도에 들어간 자가 있다. 그러므로 병법은 만 가지 속임수를 쓰지만, 경험이 전혀 없는 서생이 병법을 잘 이야기할 수 있는 것이며, 백성을 기르는 일반적인 방법과 도교와 불교의 허무한 취지, 크게는 해와 달과 별의 운행과 작게는 곤충과 초목의 본성과 가깝게는 마을의 사소한 일과 민간의 질병과 고통, 멀게는 사해만국(四海萬國)의 형세와 옛날과 지금의 때에 맞는 조치에 이르기까지 문장을 통해 그 이치를 표현하지 않는 것이 없으니, 이것은 문필에 종사하는 자가 잘할 수 있는 일이다.

나는 해사(海史)가 문사일 뿐이어서 문을 닫고 문장만 연구하여 집안일과 세상사에는 뜻을 두지 않는 것으로 알고 있었다. 그런데 지금 그의 《원당일과문초(元堂日課文鈔)》를 읽으니, 문장을 엮은 것이 바르고 정연하며, 지닌 의견이 분별력 있고 해박하여 눈 가는 곳마다

180 오해사(吳海史) : 오용묵(吳容默)으로, 구한 말의 관리이며 1883년 우리나라 최초의 신문인 《한성순보》가 창간되자 장박(張博), 김기준(金基駿), 이명륜(李命倫), 진상목(秦尙穆), 정만교(鄭萬教) 등과 함께 편집을 담당하였다. 이후 박문국 사사(司事)를 지냈다.

구슬 같아 아름다움을 갖추지 않는 것이 없다. 또 우주(宇宙)를 포괄하는 생각과 삼라만상(森羅萬象)에 대한 관점을 붓끝으로 그려낸 것이 자유자재여서 이르지 못한 곳이 없고 또 논파(論破)하지 못하는 것이 없었다. 나는 해사(海史)가 마음속에 이처럼 허다한 식견을 갖추고서 안배하여 드러내는 사람인지, 글 쓰는 중에 유희를 일삼는 사람인지 알지 못한다. 지금 해사가 생활 형편이 궁하고 할 일이 없어서, 짐짓 이것으로써 더위를 식히는 재료로 삼고 있지만, 훗날 국면이 크게 바뀌어 세상에 필요하여 크게 쓰이지 않을 것이라고 어찌 알겠는가? 늙은이가 장차 눈을 부비며 기다릴 것이다.

죽재공 휘 흥달 의 《피부생환록》 뒤에 쓰다 임인년(1902, 광무6)

書竹齋公諱 興達 被俘生還錄後 壬寅

나의 일족 할아버지 죽재공(竹齋公) 형제가 만력(萬曆) 임진년(1592, 선조25)에 포로가 되어 일본으로 갔는데, 족보에는 여기까지 기록되어 있고 그 후 생존했는지 돌아가셨는지는 세상에 알려진 바가 없어서 우리 가문에서 항상 개탄하는 바였다. 지금 공의 후손인 김창선(金昶善)을 만났는데, 죽재공의 문집 한 권을 가지고 와서 보여 주었다.

공이 평구(平邱)에서 포로가 되었을 때의 상황과 억류되었다가 생환했을 때의 일이 하나하나 자세히 기록되어 마치 하루 전의 일 같았다. 다 읽기도 전에 슬픈 눈물이 옷깃을 적시는 것을 금치 못하였다. 아아, 공이 다른 나라에서 돌아가시지 않았고, 또 유일하게 일점 혈육이 있어서 후손이 지금까지 끊어지지 않은 줄 누가 알았겠는가? 경자년(1600, 선조33)에 우리나라로 돌아올 때에 강수은(姜睡隱)[181]과 배를 같이 타고 홍양에 도착하였다고 한다. 수은은 부름을 받아 상경하였고, 공의 형제는 9년 동안 남쪽 지역에서 떠돌며 곤란을 겪은 나머지 상황을

181 강수은(姜睡隱) : 강항(姜沆, 1567~1618)으로, 자는 태초(太初)이며 호는 수은이다. 정유재란 때에 남원에서 의병을 모집하여 싸웠으며 경사백가(經史百家)에 통달하였고 포로로 일본에 있으면서 그곳에 성리학을 전하였다. 저서에는 《간양록(看羊錄)》, 《수은집(睡隱集)》이 있다.

헤쳐 나갈 수 없어서 부인을 얻어 가정을 이루었다고 한다. 그 자손 또한 고아가 되어 영락하여 서울의 종중에 소식을 알리지 못하여 지금까지 300년이 되도록 있었는지 없었는지 알 수 없었으니 어찌 애석하지 아니한가?

다만 다행스럽게도 이 문집이 간신히 헌 상자 속에 남아 있는데, 그 당시의 상세한 기록과 보고 들은 일이 강수은과 노금계(魯錦溪)의 문집[182] 속에 언급된 것과 딱 들어맞지 않음이 없다. 공이 손수 쓴 것에서 나왔음을 알 수 있으니, 명백하고 의심할 점이 없다. 또 이 문집이 어째서 창선의 집에 있겠는가? 이는 창선이 공의 핏줄이라는 점을 분명하고 뚜렷하게 알려주는 것이다. 문집 속에 기록한 바에 의하면, 공의 동생 역시 부인을 얻어 아들을 낳았다고 하는데, 그 후의 일은 알려진 바가 없어 지금은 어느 곳에 떨어져 살고 있는지 알 수 없으니 슬픈 일이다.

182 노금계(魯錦溪)의 문집 : 노인(魯認, 1566~1622)의 문집인 《금계집(錦溪集)》을 지칭한다. 노인(魯認)의 자는 공식(公識), 호는 금계(錦溪)이다. 임진왜란이 발발하자 광주 목사 권율(權慄)의 막하에서 모의사(募義使)가 되었다. 1597년 8월에 남원(南原)으로 가던 중 일본군에 잡혀 일본에서 포로생활을 하였다. 1599년 3월에 일본을 탈출하여 중국을 거쳐 돌아와 다시 관직에 종사하였다.

《월천선생유집》 뒤에 쓰다 계묘년(1903, 광무7)

書月川先生遺集後 癸卯

선생의 휘(諱)는 길통(吉通)[183]이고 시호는 문평(文平)이다. 성종 때 관직이 예조 판서로 좌리공신(佐理功臣)이 되었다. 나와 동종(同宗)이다.

군자의 행장(行藏)[184]과 출처(出處)[185]는 본래 하나의 같은 길로 오직 의(義)만을 따를 뿐이니, 월천 선생께서 세조(世祖)께 항소(抗疏)를 올리고 관직을 버리고 돌아와 은거한 일이 이에 해당된다. 그 높은 기풍과 뛰어난 절개는 사육신(死六臣)에 더하여 일곱 번째가 될 만하다. 성종(成宗)께서 재위하던 시절에 동봉(東峯) 김 선생[186]께서 백성

183 길통(吉通) : 김길통(金吉通, 1408~1473)으로 본관은 청풍(淸風), 자는 숙경(叔經), 호는 월천(月川), 시호는 문평(文平)이다. 권근(權近, 1352~1409)의 제자로 성삼문(成三問), 박팽년(朴彭年), 하위지(河緯地), 김시습(金時習), 남효온(南孝溫), 이석정(李石亭) 등과 교유하였다. 일찍이 사육신이 화를 입을 때에 도끼를 가지고 상소하고 받아들여지지 않자 책들을 모두 불사르고 이천(利川) 수남리(水南里)에 들어가 은거하였다. 뒤에 다시 등용되어 황해도와 전라도의 관찰사, 대사성, 부제학, 대사헌, 참판 등의 관직을 거쳐 1471년 좌리 공신(佐理功臣) 4등에 책록되고 관직이 호조 판서에 이르렀다. 월천군(月川君)에 봉해졌다.

184 행장(行藏) : 세상에 나아가 도(道)를 행함과 물러나 도(道)를 간직하는 것을 말한다.

185 출처(出處) : 관직에 나아감과 물러나 집에 있는 것을 말한다.

186 동봉(東峯) 김 선생 : 조선 전기의 문인 김시습(金時習, 1435~1493)을 지칭한다. 김시습의 자는 열경(悅卿)이며 호는 매월당(梅月堂), 동봉(東峯)이다. 생육신의 한 사람으로, 승려가 되어 방랑 생활을 하며 절개를 지켰다. 유·불(儒佛) 정신을 아울러 포섭한 사상과 탁월한 문장으로 일세를 풍미하였다. 한국 최초의 한문 소설《금오신

을 위하여 벼슬할 것을 권하자, 이에 떨쳐 일어나 마침내 정치를 보좌하여 공훈이 기상(旂常)[187]에 드러나고 초상이 기린각(麒麟閣)[188]에 걸리게 되었으니 그 위대함이 어떠한가?

옛날 명나라에 방손지(方遜志)[189] 등 여러 사람이 정난(靖亂)에 죽었으나 삼양(三楊)[190]은 죽지 않고 인종(仁宗) · 선종(宣宗)[191] 때에 벼슬에 올라 10년간 황제를 도와서 정치와 교화가 성대하게 이루어지도록 도모하여 마침내 일대의 명신이 되었다. 선생은 뜻은 사육신과 같으나 자취는 삼양(三楊)과 비슷하였으니, 백세 이후 그런 평가가 있게 되었다. 그러나 삼양이 영락제(永樂帝) 때 황제를 거슬러 서슬이 번쩍이는 칼날을 무릅쓰고 방손지(方遜志) 등 여러 사람의 충성을 기탄없이 말했다는 것은 듣지 못하였다. 이것이 또한 선생께서 삼양의 처신보다

화》를 지었고 저서에 《매월당집》이 있다.

187 기상(旂常) : 교룡(蛟龍)과 일월(日月)이 새겨져 있는 깃발을 말한다. 주(周)나라 때 기(旂)에 공(功)을 새겼던 사실에서 임금을 돕는 장상(將相)의 역할을 의미하게 되었다.

188 기린각(麒麟閣) : 한(漢)나라 선제(宣帝)가 지은 누각(樓閣)으로, 공신(功臣) 11명의 상(像)을 그려 이 각상(閣上)에 걸었다.

189 방손지(方遜志) : 방효유(方孝孺, 1357~1402)를 지칭한다. 명나라 초기의 학자 · 정치가로 자는 희직(希直), 희고(希古)이며, 호는 손지(遜志), 정학(正學)이다. 영락제가 건문제를 내몰고 황제가 되어 즉위의 조서를 기초하도록 시켰으나 이를 거절하여 처형당하였다. 저서에 《손지재집(遜志齋集)》, 《방정학문집(方正學文集)》등이 남아 있다.

190 삼양(三楊) : 명나라 인종, 선종 연간에 활동한 정치가이자 문장가인 양사기(楊士奇), 양영(楊榮), 양부(楊溥)를 지칭한다. 모두 관직이 대학사보정(大學士輔政)으로 과거(科擧) 시험의 감독과 심사관이었다.

191 인종(仁宗) · 선종(宣宗) : 중국 명나라의 제4대, 5대 황제이다.

훌륭한 점이다.

선생께서 저술한 원고는 모두 손수 태워버려서 남은 것이 없고, 오직 호해(湖海) 지방을 돌아다니며 안찰(按擦)하실 때 객관(客館)에서 읊은 시가 《여지승람(輿志勝覽)》[192]에 흩어져 실려 있다. 지금 편집한 몇 수의 시가 바로 그것이다. 점필재(佔畢齋) 김 선생[193]께서 선생의 짤막한 시 뒤에 쓰시기를 "문체는 맑고 순수하며 온화하고 아름다움을 이루었고, 필적 또한 우아하고 묘하니 선배들의 문아(文雅)함을 볼 수 있다."라고 하였다. 이 한마디 말로 미루어 그 전집의 훌륭함을 알 수 있으니 비록 전해지지 않더라도 전해지는 것과 같다. 어찌 꼭 많아야만 하겠는가?

192 여지승람(輿志勝覽) : 조선 성종의 명(命)에 따라 노사신 등이 편찬한 우리나라의 지리서로 《대명일통지》를 참고하여 우리나라 각 도(道)의 지리·풍속과 그 밖의 사항을 기록하였다. 특히 누정(樓亭), 불우(佛宇), 고적(古跡), 제영(題詠) 따위의 조(條)에는 역대 명가(名家)의 시와 기문도 풍부하게 실려 있다. 55권 25책의 활자본이다.

193 점필재(佔畢齋) 김 선생 : 김종직(金宗直, 1431~1492)으로, 자는 계온(季昷)이며 호는 점필재이다. 1459년(세조5)에 문과에 급제하였고, 형조 판서, 지중추부사 등을 지냈다. 문장과 경술이 뛰어나 영남학파의 종조(宗祖)가 되었는데, 그가 지은 〈조의제문(弔義帝文)〉은 뒷날 무오사화(戊午士禍)의 원인이 되었다. 저서에 《점필재집(佔畢齋集)》, 《청구풍아(青丘風雅)》, 《당후일기(堂後日記)》 등이 있다.

《행정집》 뒤에 쓰다 기유년(1909, 융희3)

書杏庭集後 己酉

주나라가 빈흥(賓興)[194]을 제정한 이후, 선비를 선발할 때 공정하기로는 조선조의 기묘(己卯) 연간에 현량과(賢良科)[195] 같은 것이 없었다. 인재가 융성한 일 또한 기묘년에 일시에 여러 어진 이들이 모인 것 같은 경우도 없었고, 사화(士禍)가 혹독하고 맹렬함 또한 북문의 무옥(誣獄)[196]만한 경우도 없었다. 하늘이 이들 여러 어진 이를 낸 것이 장차 쓸 곳이 있어서였다면, 끝내 이처럼 이들을 베어 죽이고 가두어 못쓰게 만들어 이 나라 백성들이 요순의 은택을 받지 못하게 하였던가. 아아, 하늘의 이치를 어찌 믿을 수 있겠는가? 이제 백세 이후에 그 풍문을 들은 자들은 목을 빼고 그리워하여 바라보며 이에 강개하여 눈물을 흘리지 않는 자가 없을 것이다.

194 빈흥(賓興) : 주나라 때 천거제에 의해 관리를 임명하던 제도이다. 《주례(周禮)》에 따르면, 대사도가 향에서 세 가지 일을 가지고 모든 백성들을 가르쳐 그 중에서 우수한 자를 선발하여 향당의례의 빈객으로 우대하고 조정에 어진 선비로 추천하였다고 한다.

195 현량과(賢良科) : 현량방정과(賢良方正科)를 줄인 말로 본래 명칭은 천거과(薦擧科)이다. 조선 중종 때 조광조(趙光祖)의 건의에 따라 1519년(중종14)에 실시된 관리등용제도로 사림파가 조정에 등용되는데 큰 역할을 했으나, 기묘사화(己卯士禍)로 폐지되었다.

196 북문(北門)의 무옥(誣獄) : 1519년(중종14)에 일어난 기묘사화(己卯士禍)를 지칭한다. 남곤, 심정, 홍경주 등의 훈구파가 성리학에 바탕을 둔 이상 정치를 주장하던 조광조, 김정 등의 신진파를 죽이거나 귀양 보낸 사건이다.

행정(杏庭) 도(都) 선생[197]은 그 시대에 살면서, 이름이 28인의 방문(榜文)에 올랐고, 그의 덕과 재주가 모두 추천 방목에 들어가 있었으니, 배우지 못한 후생이 감히 찬사를 할 수 있는 경우가 아니다. 참화를 겪은 나머지 여러 어진이들의 유적은 모두 불타 없어지고 당시의 방목과 같은 것 또한 세상에서 기피하는 바가 되어 감히 기록으로 남길 수 없었다. 다행히 소재(蘇齋),[198] 한강(寒岡)[199] 및 나의 선조 잠곡(潛谷)[200] 등 여러 선생들께서 옛 자취를 모아서 판목에 새기고 이에 책

197 행정(杏庭) 도(都) 선생 : 도형(都衡, 1480～1547)으로, 본관은 팔거(八莒)이며 자는 국전(國銓), 호는 행정(杏亭)이다. 1519년(중종14) 조광조(趙光祖) 등이 사림정치를 주도하면서, 학행으로 현량과(賢良科)에 천거되어 급제한 뒤 사간원 정언이 되었으나 그해 11월 기묘사화로 인하여 파직되었고, 1545년(명종 즉위) 8월 인종의 유언으로 현량과의 동료들과 함께 복관되어 성균관 전적에 임명되었으나, 같은 달에 을사사화가 일어나 다시 파직되었다.

198 소재(蘇齋) : 노수신(盧守愼, 1515～1590)으로, 본관은 광주이며 자는 과회(寡悔), 호는 소재(蘇齋), 이재(伊齋), 암실(暗室), 여봉노인(茹峯老人)이다. 대윤(大尹)의 한 사람으로 영의정에 올랐으나 정여립(鄭汝立) 모반사건에 연루되어 파직되었다. 이황, 기대승 등과 주자의 인심도심설(人心道心說)을 놓고 논쟁을 벌였다.

199 한강(寒岡) : 정구(鄭逑, 1543～1620)로, 본관은 청주(淸州)이며 자는 도가(道可), 호는 한강(寒岡), 시호는 문목(文穆)이다. 1563년(명종18)에 이황(李滉)・조식에게서 성리학을 배웠다. 1580년 비로소 창녕 현감에 부임하였고 임진왜란 이후 우승지, 강원도 관찰사, 성천 부사, 충주 목사, 공조 참판 등을 역임했다. 1608년(광해군 즉위) 대사헌이 되었으나 임해군(臨海君)의 옥사가 일어나자 고향에 돌아갔다. 저서로 《한강집》, 《성현풍(聖賢風)》, 《태극문변(太極問辨)》, 《수사언인록(洙泗言仁錄)》, 《무이지(武夷志)》, 《곡산동암지(谷山洞庵志)》, 《와룡지(臥龍志)》, 《역대기년(歷代紀年)》, 《고문회수(古文會粹)》, 《경현속록(景賢續錄)》, 《관의(冠儀)》, 《혼의(婚儀)》, 《장의(葬儀)》, 《계의(稧儀)》, 《갱장록(羹墻錄)》 등이 있다. 당대의 명문장가로서 글씨도 잘 썼다.

뒤에 발문(跋文)을 써서 영원히 증거가 되도록 하였다. 지금 300년이 지나 오래되어 판본이 많지 않고, 여러 가문에서 소장하고 있던 것도 거의 다 흩어져 잃어버렸으니, 옛 것을 좋아하는 자들이 탄식하고 애석해하는 바가 되었다.

융희(隆熙)[201] 기유년(1909, 융희3) 봄에 도상훈(都相薰)이 그 선조의 《행정집(杏庭集)》을 싸가지고 나에게 보여 주고 또 한마디 말을 써 달라고 청하였다. 내가 절하고 받아서 읽어보니, 선생이 저술한 시문(詩文) 몇 편 이외에 현량과의 방목과 서원(書院)을 건립하고 정려(旌閭)를 세운 사실이 갖추어 모아져 한권이 되어 있었다. 과거에 천거(薦擧)하고 파직시키고 복직시킨 이유와 현인(賢人)과 간인(奸人)의 쇠하고 성하는 기미를 두루 기록하여 환하게 다 실어 두었다. 아마도 도씨 일가의 역사에 세상 여러 가지 일의 쇠퇴와 융성이 관계되었을 것이니, 옛 일을 평론하는 선비들은 또한 반드시 이 책을 세 번 반복해 읽고 어루만지며 차마 손에서 놓지를 못하였을 것이다. 하물며 방목 중에 실려있는 여러 현인들의 후손으로 감히 마음을 함께하여 공경하게 감상하지 않을 수 있겠는가? 마침내 목욕재계하고 향을 피우고 손을 씻은 후 책 뒤에 쓴다.

200 잠곡(潛谷) : 김육(金堉, 1580~1658)이다. 97쪽 주 145 참조.

201 융희(隆熙) : 조선 말기 순종황제의 연호로 1907~1910년까지 사용되었다.

《순천김씨행록》 뒤에 쓰다
書順天金氏行錄後

절재(節齋) 선생[202]은 나라에 큰 공훈과 충성이 있어 이름이 단서(丹書)[203]에서 지워지지 않은 지 200년이 되었다. 선생의 후손인 여사(女士) 김씨 부인은 그 훌륭함을 따랐다.

부인은 평소에 제영(緹縈)[204]의 뜻을 품고 있었으나, 뜻을 굽혀 대현인의 가문에 시집가서 평생 한을 품은 채 의(義)를 따라 죽었으니 그의 효열(孝烈)은 규중(閨中)에서 구하여도 짝이 될 만한 사람이 없었다. 그런데도 이름이 동관(彤管)[205]에 드러나지 못한 지 또 수백 년이 되었으니, 하늘이 착한 사람에게 보답을 베푸는 것이 어찌하여 이처럼 더디

202 절재(節齋) 선생 : 김종서(金宗瑞, 1390~1453)로, 본관은 순천(順天), 자는 국경(國卿), 호는 절재(節齋)이다. 1405년(태종5)에 문과에 급제하고 함길도 절제사를 거쳐 우의정을 지냈다. 육진(六鎭)을 개척하여 두만강을 경계로 국경을 확정하였다. 《고려사》의 개찬(改撰), 《고려사절요》의 편찬을 총관하였다. 수양대군에 의하여 두 아들과 함께 격살(擊殺)되었다.

203 단서(丹書) : 단서철권(丹書鐵卷)의 준말로 공신들의 공훈을 기록한 책이다.

204 제영(緹縈) : 중국 한(漢)나라 때 태창령(太倉令) 순우의(淳于意)의 딸 이름이다. 순우의는 아들은 없고 딸만 다섯이었는데, 다른 사람에게 고소를 당해 감옥에 갇혀 형을 받게 되자 아들이 없다는 것으로 욕을 하였다. 이에 제영(緹縈)이 슬피 울며 아버지를 따라 장안에 가서 자신을 관비로 삼고 부친의 죄를 사해 달라고 임금께 글을 올려 아버지의 형을 면하게 했던 효녀이다.

205 동관(彤管) : 자루가 붉은 붓이다. 옛날에 여사(女史)가 동관을 가지고 궁중의 정령(政令)이나 후비(后妃)의 일을 기록하였다. 《詩經 靜女》

고도 인색한가? 단종의 위호(位號)[206]가 아직 복구되지 않았다면 선생께서는 반드시 홀로 시호를 받는 영광을 누리고 싶어하지 않으셨을 것이며, 선생의 깊은 원통함이 풀리지 않았더라면 부인도 반드시 홀로 도설(棹楔)의 포상[207]을 받고자 하지 않았을 것이다.

이제 선생의 충성과 공훈이 이미 명백해졌고 부인의 효열이 더욱 드러나서, 천도(天道)가 이제야 믿을 만하고 착한 일을 하려는 사람을 권장할 만하니, 오래 전에 드러나거나 이제야 드러나게 된 것을 어찌 논하겠는가? 내가 김철현(金轍鉉) 군에게서 부인의 남겨진 행장을 얻어서 읽고 옷깃을 여미며 탄복하여 대략 몇 줄을 엮어 글 뒤에 쓴다.

206 위호(位號) : 작위(爵位)와 명호(名號)를 지칭한다.

207 도설(棹楔)의 포상 : 홍살문(紅箭門)을 뜻한다. 정려(旌閭), 정문(旌門), 작설(綽楔), 도설(棹楔), 홍문(紅門)이라고도 한다. 충신, 효자, 열녀들을 표창하여 임금이 그 집이나 마을 앞, 능(陵), 원(園), 묘(廟), 궁전(宮殿), 관아(官衙) 등에 세우도록 한 붉은 문(門)이다.

〈신라 진흥왕 북수대렵도〉에 제하다 경술년(1910, 융희4)
題新羅眞興王北狩大獵圖 庚戌

김생(金生)[208]은 글씨에서, 솔거(率居)[209]는 그림에서 모두 선인(仙人)으로 신라 때부터 명수(名手)로 추대되었는데 후인들은 그에 미칠 수가 없었다. 이 그림은 솔거의 작품으로 〈진흥왕북순대렵도(眞興王北巡大獵圖)〉이다. 6, 7백 년이 지나 고려 충혜왕 때에 재상 영대공 유청신(柳淸臣)[210]의 손에 들어갔다. 유청신은 고화(古畫)를 유난히 좋아하여 앞 시대 사람들의 명화를 많이 소장하였는데, 특히 이

208 김생(金生) : 711～? 신라 때의 명필로 자는 지서(知瑞)이다. 예서, 행서, 초서에 능하여 해동(海東)의 서성(書聖)이라고 불렸다. 그의 유일한 서첩으로는 〈전유암산가서(田遊巖山家序)〉가 있으며, 〈해동명적(海東名蹟)〉, 〈대동서법(大東書法)〉에도 몇 점의 글씨가 실려 있다. 이밖에도 〈백률사석당기(栢栗寺石幢記)〉, 〈백월서운탑비(白月栖雲塔碑)〉가 있다.

209 솔거(率居) : 통일신라 시기의 화가이며 출생・활동시기・가계(家系) 등은 미상이다. 《삼국사기》에 의하면 황룡사 벽에 솔거가 그린 〈노송도(老松圖)〉에는 새들이 앉으려다가 부딪혀 떨어졌는데 세월이 흘러 단청(丹靑)을 했더니 새가 날아들지 않았다고 한다. 이밖에 분황사(芬皇寺)의 〈관음보살도〉, 진주 단속사(斷俗寺)의 〈유마상(維摩像)〉과 같은 불교회화를 그렸다고 전해진다.

210 유청신(柳淸臣) : ?～1329. 시호는 영밀(英密)이며 초명은 비(庇)이다. 장흥부(長興府) 고이부곡(高伊部曲) 출생으로 일찍이 몽골어를 배워 여러 차례 원나라에 다녀왔고 외교적 수완이 뛰어나 충렬왕의 총애를 받아 낭장이 되었다. 이후 장군에 특진, 대장군, 밀직승선, 감찰대부 등의 요직을 역임하였다. 1298년 충선왕(忠宣王)이 한때 즉위하자 광정 부사, 밀직사판사를 지내고 1308년 충선왕이 다시 왕위에 오르자 찬성사에 이어 첨의정승에 승진, 고흥군(高興君)에 봉해졌다.

그림을 좋아하고 아껴 가전(家傳)의 보배로 삼았다. 또 7, 8백 년이 지나 태천 군수를 지낸 면천의 고(故) 유희(柳熙)에게 전해지기에 이르렀는데,-유희는 영대공의 후손이다.- 나의 벗 애석(厓石) 안정원(安鼎遠)이 유씨의 사위가 되어 이 그림을 얻어서 소장하였다. 지금 애석은 이미 죽었는데, 나는 애석의 조카인 전 비서승(秘書丞) 안종화(安鍾和) 군으로부터 이 그림을 얻어 볼 수 있었다.

그림은 모두 8폭으로 당시 표구를 해서 병풍으로 만들었는데, 세월이 오래되어 때가 묻고 낡아 손만 닿으면 찢어지고 부서졌다. 그러나 색채는 변하지 않았고 정신이 살아있어 산천과 수목과 인물의 형상은 약동하는 같았으니 거의 신(神)의 솜씨였다. 진흥왕은 여러 대의 공업(功業)을 계승하여 풍형예대(豐亨豫大)[211]의 업적을 차지하였다. '육군(六軍)을 크게 펼쳐서'[212] 사냥하는 예(禮)를 시행하였는데, 기치가 바르고 엄숙하였고 의관은 모두 바르고, 군사와 말은 정예(精銳)롭고 강하며 투구와 갑옷이 선명하여, 사해(四海)를 평정하고 삼킬 만한 기개가 있었다. 임금과 신하가 서로 즐거워하며, 먹고 마시며 잔치를 즐기는데, 휘장과 장막, 술통과 쟁반 등의 물건은 정치(精緻)하면서도

211 풍형예대(豐亨豫大) : 원래는 재정(財政)이 풍부하여 모든 일이 막힘없이 통하고 천하가 안락하다는 말인데, 후세에는 궁중에 경사가 있을 때 성대하게 의식을 거행하는 뜻으로 전용(轉用)되었다. 풍형(豐亨)은 《주역》 〈풍괘(豐卦)〉의 괘사(卦辭)로 재물이 풍부하여 모든 일이 형통하다는 뜻이고, 예대(豫大)는 〈예괘(豫卦) 단(彖)〉의 '예지시의대의재(豫之時義大矣哉)'의 준말로 예(豫)의 시의(時義)가 크다는 뜻이다.

212 육군(六軍)을 크게 펼쳐서 : 《서경》 〈강왕지고(康王之誥)〉에 "육군(六軍)을 크게 펼치시어, 우리의 높은 할아버지들의 얻기 힘든 명(命)을 깨치지 마십시오.〔張皇六師 無壞我高祖寡命〕"라는 구절이 나온다.

예스럽고 아름답지 않은 것이 없었다. 알려지고 유명하지 않거나 큰 주방이 가득차지 않음이 없었으니 문물(文物)의 번성함이 찬란하고 대국의 기풍이 넘쳐흘러, 예나 지금이나 이 그림을 살펴보면 감개하여 눈물이 흐르는 것을 막을 수가 없다.

이 그림이 비록 당시의 범상한 손에서 나왔다 해도, 2천 년 된 옛 물건이면 세상에 드문 보물인데, 하물며 솔거의 작품이며 몇 번의 변란을 거쳐서 지금까지 보존되었다니, 어찌 신명(神明)이 보호한 것이 아니겠는가?

《환재집》[213]의 〈양박자문〉 뒤에 쓰다 신해년(1911)

書瓛齋集洋舶咨後 辛亥

내가 살펴보건대, 우리나라는 한 구석에 치우쳐 있어 외교의 일을 알지 못하였다. 병인년(1866, 고종3) 미국 선박이 조난당한 이후[214] 미국의 사신이 통상을 여러 차례 간청하여 화친을 맺고자 힘썼다는데, 온 나라가 시끄럽게 모두 척화(斥和)를 최고로 여겼고 조정의 논의도 이와 같았다. 선생께서는 비록 문병(文柄)을 주도했으나 자신의 의견만 내세울 수 없어서, 그 공문이 왕복할 때 이치에 근거하여 상세하게 진술하고 완곡하게 돌려 말해서 나라의 체면을 잃지 않도록 할 뿐이었다. 문을 걸어 잠그고 통상을 물리치기에 이른 것은 선생의 뜻이 아니라 부득이한 것이었다.

그 때에 나는 일찍이 선생을 모시고 있었는데, 선생께서 크게 탄식하며 말씀하시기를 "지금 세상을 살펴 보건대, 지금 세계는 사정과 형세가 날로 변하고, 동서의 여러 강국들이 대치하고 있는 것이 과거 춘추열국 시대와 같아서, 동맹을 맺고 이웃을 정벌하니 장차 그 어지러움을 감당하지 못할 것이다. 우리나라는 비록 작지만 동양의 가장 중요한

213 환재집(瓛齋集) : 박규수(朴珪壽)의 문집이다.

214 미국……이후 : 1866년(고종3)에 일어난 제너럴셔먼호 사건을 뜻한다. 미국 상선(商船) 제너럴셔먼호가 대동강을 따라 평양까지 올라와 통상을 요구하다 거절당하자 약탈을 자행함으로써 발생한 무력충돌이다. 당시 평안 감사였던 박규수가 철산 부사(鐵山府事) 백낙연(白樂淵) 등과 상의하여 화공(火攻) 및 포격(砲擊)을 가하여 셔먼호를 불태워 격침시킨 사건이다.

위치여서, 마치 정(鄭)나라가 진(晉)나라와 초(楚)나라 사이에 있는 것과 같다. 내치(內治)와 외교가 마땅한 기틀을 잃지 않으면 스스로 보존할 수 있겠지만, 그렇지 못한다면 어리석고 약한 자가 먼저 망하는 것이 하늘의 도리이니 또 누구를 허물하겠는가? 내가 들으니 미국(美國)은 지구상의 여러 나라 가운데 가장 공평하다는 평가를 받고 있어 어려움을 바로잡거나 분쟁을 해결하는 것을 잘한다고 한다. 또 부유하기가 육대주(六大洲)에서 최고여서 영토에 대한 욕심이 없으니 그들이 비록 말하지 않아도 우리가 먼저 외교 관계를 맺도로 힘써서 굳게 동맹 조약을 체결해야 고립되는 걱정을 면할 수 있을 것인데, 도리어 이들을 밀어내고 물리쳤으니 어찌 국가를 도모하는 길이겠는가?"라고 하셨다. 이 점을 살펴본다면, 당시 자문(咨文)으로 회답한 문서는 선생의 뜻이 아니었다.

어떤 사람이 묻기를 "선생께서 만일 이해(利害)관계를 이처럼 명백하게 잘 알고 계셨다면 어찌 여러 사람의 의견을 힘써 물리쳐서 국가를 위해 이 좋은 방책을 건의하지 않으셨는가?"라고 하였다.

내가 대답하기를 "이는 쉽게 말할 수 있는 것이 아니다. 바야흐로 여러 사람의 어리석음을 깨우치기 전에는 선생께서 비록 할 수 있는 말을 다하여 주장한다 해도 일에는 도움이 되지 않고 다만 치욕만 당하셨을 것이다. 그대는 청나라 이소전(李少荃)[215]의 일을 보지 못하였는가? 이소전은 중국의 위인으로 천하의 대세를 잘 살펴서 힘써 서양과의 화의(和議)를 주장하였는데, 벌떼처럼 몰려들어 공격하여 진회(秦檜)[216]가 나라를 그릇되게 한 것에 비교되기에 이르렀다. 그가 주사의

215 이소전(李少荃) : 이홍장(李鴻章, 1823~1901)의 호이다.

지우(知友)를 깊이 받고 있어 다행히 무사할 수 있었지만, 선생께서 무엇을 믿고 감히 이렇게 하겠는가?"라고 하였다.

10년 뒤인 을해(1875, 고종12), 병자(1876) 연간에 또 일본의 서계(書契)[217]를 물리치고 단교한 일이 있었다. 국가의 안위가 매우 급박하였는데도 온 세상 사람들은 오히려 꿈을 꾸는 듯 흐리멍텅하여 모두 받아들이지 않는 것이 옳다고 여겼다. 선생은 비록 정무를 보는 자리에는 있지 않았으나 의리상 침묵할 수 없어서, 옳고 그름과 편안하고 위태로운 형상을 당사자에게 거듭거듭 설명하여 큰 소리로 꾸짖고 입술이 마르고 혀가 헤지도록 그치지 않았다. 그런데도 오히려 따르지 않다가 뒤에 절박해지자 이를 받아들여 겨우 도탄에 빠지는 화(禍)를 면하였다. 일본과는 옛날부터 교류가 있었고, 같은 인종, 같은 글을 쓰는 나라인데 국서를 거절하는 것은 사체(事體)가 중대한 것이다. 이웃 나라가 핍박해오고 재앙의 기미가 당장에 이르렀는데도 오히려 태만하게 노닥거리며 어려움을 자초하는 것이 저와 같았다. 게다가 병인년에는 나라 사람들이 들어보지도 못한 서양인을 처음 보아서 모두가 눈이 휘둥그레져서 의심이 구름처럼 일어나 마음속에 가득하였다. 이러한 때 만일 입을 열어 어진 사람을 가까이 하고 이웃과 사이좋게 지내는 도리를 말하였다면, 적을 받아들여 나라를 팔아먹는다는

216 진회(秦檜) : 1090~1155. 남경(南京) 출생이며 자는 회지(會之)이다. 남송(南宋)의 정치가로 고종(高宗)의 신임을 받아 19년간 국정을 전단하였다. 충신 악비(岳飛)를 죽이고 항전파(抗戰派)를 탄압했으며, 금나라와 굴욕적인 강화를 체결하였다. 민족적 영웅인 악비와 대비되어 간신으로 알려졌다.

217 서계(書契) : 조선 시대 일본 정부와 교섭하던 문서를 지칭한다. 왜인(倭人)이나 야인(野人)의 추장이나 유력자에게 통호(通好)를 허가하여 준 일종의 신임장이다.

죄를 면할 수 있었겠는가?"라고 하였다.

선생께서 세상을 떠나신 지 6년 후인 임오년(1882, 고종19)에 이소전이 우리가 먼저 미국과 조약을 체결하도록 권하였고, 이어서 각국과 수호(修好)하였으니, 이는 선생께서 미처 펴지 못했던 뜻이었다. 돌아가신 선생께서 말씀하시기를 "세상에서 능력 있는 자의 소견은 대략 같다."라고 하였으니 어찌 믿지 않겠는가?

묘지 墓誌

사촌 심연공 묘지명 병인년(1866, 고종3)

從氏心研公墓誌銘 丙寅

공의 휘(諱)는 관식(寬植), 자는 화경(和卿), 호는 심연(心研)으로 가계는 청풍 김씨이다. 순조 갑오년(1834, 순조34) 5월 1일 양근(楊根) 귀천리(歸川里)에서 태어났는데, 그의 아우 진사공과 같은 시간에 태어났다. 공의 형제는 다섯인데 공은 세 번째다. 그 집의 편액을 '풍월경산수루(風月景山水樓)'라고 붙였는데, 모두 사장(謝莊)의 다섯 아들[218]의 이름에서 취한 것이다.

공은 타고난 자질이 도에 가까워 어려서부터 부모의 뜻을 어기지 않았고, 자라서는 가르치는 스승을 번거롭게 하지 않았다. 일을 처리할 때는 치밀하고 자상하였으며, 다른 사람을 대할 때는 온화하고 넉넉하였다. 어려서부터 놀러 다니는 것을 좋아하지 않았고 다른 사람과 교제

218 사장(謝莊)의 다섯 아들 : 사장(謝莊)은 중국 송(宋)나라 때 시인으로 다섯 아들의 이름을 각각 표(飄), 비(朏), 호(顥), 종(嵷), 약(瀹)으로 지었는데 이들의 이름이 각각 풍(風), 월(月), 경(景), 산(山), 수(水)를 뜻하는 것이라 한다.《宋書 卷85 謝莊列傳》

할 때는 반드시 정성스럽고 미덥게 하였으며, 잠깐이라도 속이는 말을 하지 않았고, 일이 잘못되면 덮어 주었으니 비록 중유(仲由)[219]의 믿음도 이보다 낫지 않을 것이다.

나이 열여섯에 병에 걸려 섭양(攝養)을 지극히 하였지만, 해가 갈수록 파리하게 여위고 더욱 심해지니 보는 사람들이 걱정하지 않음이 없었다. 병을 앓는 중에도 항상 집안일을 바르게 처리하였는데 마땅하지 않은 점이 없어서 어버이의 수고를 대신하였다. 천성적으로 또한 기억력이 좋아서 병을 앓은 지 수개월에 몸을 일으켜 문득 집안에서 사용한 돈을 수록하였는데 한 푼도 빠뜨리지 않았다. 일찍이 스스로 병이 든 것을 슬퍼하였는데 안으로는 부모의 근심이 되고 밖으로는 입신양명(立身揚名)을 할 수 없음을 참담히 한탄하였다. 그러나 밖으로는 드러내지 않았고 끝까지 분수를 지켜서 마음을 편안히 하여 바라며 구하는 바가 없었다.

병이 들자 원근(遠近)의 이웃이 달려와서 친척처럼 구원하지 않음이 없었다. 마침내 금상(今上)[220] 병인년(1866, 고종3) 4월 17일 세상을 떠나니 나이가 겨우 33세로 자식이 없었다. 같은 달 25일 계축(癸丑)에 양근의 금봉산(金鳳山) 아래 있는 선영(先塋) 뒤편 산기슭 유좌(酉坐)의 언덕에 장사 지냈다. 부인 여흥 민씨는 광흥 군수 덕호(德鎬)의 따님으로 공보다 9년 앞서 돌아가셨는데, 같은 산 사곡(社谷)에 인좌

219 중유(仲由) : 공자의 제자인 자로(子路)를 지칭한다. 자로는 살신성인하는 의(義)와 용(勇)이 있었으며 말을 하면 반드시 지키는 신의가 있었으며 자신의 잘못을 지적 받으면 기뻐하는 미덕 등을 지녀 후대 사람의 칭송을 받았다.

220 금상(今上) : 당대의 국왕을 지칭하는 말로 여기서는 고종(高宗)을 가리킨다.

(寅坐)에 장사 지냈다.

아아, 옛날의 군자는 가정에서 행실을 닦아 고을과 마을에서 칭송을 받아 마침내 조정에 등용되었다. 공의 어질고 효성스럽고 맑고 신중함 같으면, 가정에서 높이 추앙받고 고을과 마을에서 유명해질 만하니, 만약 고을에서 인물을 추천하는 경우가 있었다면 이미 오래 전에 조정에 명성을 날렸을 것이다. 애석하도다! 공은 청은공(淸恩君) 익정(益鼎)의 셋째 아들이며, 그 이상의 세계(世系)는 청은군의 묘지(墓誌)에 실려 있다. 명(銘)하여 말한다.

저 금봉산 언덕에	彼鳳之原
소나무와 잣나무 함께 푸르네	松柏交翠
효순한 자손이니	孝子順孫
슬픈 마음 일으키네	宜興慨思

숙부 청은군 묘지

叔父淸恩君墓誌

공의 성은 김씨, 휘(諱)는 익정(益鼎), 자는 정구(定九), 호는 하전(夏篆)이다. 청풍 김씨는 고려의 시중(侍中) 대유(大猷)를 시조로 하는데, 본조(本朝)에 와서 유명해졌다. 기묘명현(己卯名賢)[221]인 내사성 문의공(文毅公) 식(湜)이 있다. 사세(四世)를 내려와 영의정 문정공 육(堉)과 겸병조판서 충숙공 좌명(佐明), 우의정 문충공 석주(錫胄)가 있는데, 세 분이 모두 나라에 공로가 있어 부조(不祧)[222]의 명을 받았다. 또 삼세(三世)를 내려와 공의 증조(曾祖) 최묵(最默)이 사복시 정(司僕寺正)에 추증되었고, 조부 기장(基長)이 형조 좌랑을 지냈고 이조 참의에 추증되었다. 부친 만선(萬善)은 이조 참판에 추

221 기묘명현(己卯名賢) : 1519년(중종14) 기묘사화 때 화(禍)를 입은 사림들을 가리켜 부르는 말이다. 이들 기묘사림들에 대해서는 김정국(金正國)이 편찬한 〈기묘당적(己卯黨籍)〉에 94명이 수록되어 있고, 또 김정(金淨)의 후손 김육(金堉)이 편찬한 〈기묘제현전(己卯諸賢傳)〉에는 218명이 수록되어 있다. 대체로 중종대의 개혁정치를 주도한 조광조・김정국・김안국(金安國) 등 주로 김굉필(金宏弼)의 문인들이 주축을 이루고 있었다. 특히 사화에서 가장 혹심한 피해를 입은 사람들은 1518년(중종13) 현량과(賢良科)를 통해 등용되었던 김식(金湜), 안처근(安處謹), 박훈(朴薰), 김정(金淨), 박상(朴祥), 김구(金絿), 기준(奇遵), 한충(韓忠) 등과 조광조 등 주로 30대의 소장파였다.

222 부조(不祧) : 부조지전(不祧之典)의 준말로 나라에 큰 공훈(功勳)이 있는 사람의 신주(神主)를 영구히 사당(祠堂)에서 제사(祭祀) 지내게 하던 특전(特典)을 말한다.

증되어 청흥군(淸興君)이 되었다. 어머니는 정부인 평산 신씨이다. 본래 생부인 용선(用善)은 이조 참판에 추증되었고, 어머니는 정부인으로 추증된 창원 황씨이다.

순조 계해년(1803, 순조3) 7월 14일 공은 두호(豆湖)에 있는 사의정(四宜亭)에서 태어났다. 2세에 황씨 부인이 돌아가셨고, 8세에 종갓집에 입양되어 후사를 이었다. 32세에 승전보재랑(承傳補齋郎)이 되었고, 70세에 시종관(侍從官)[223]이 되어 통정대부(通政大夫)의 자급(資級)이 더해졌다. 74세에 세 명의 아들과 두 명의 손자가 등과(登科)하자 가선(嘉善)에 올라 청은군(淸恩君)의 작위를 물려받았다. 금상(今上 고종) 기묘년(1879, 고종16) 5월 25일 양근(楊根) 귀천리의 집에서 돌아가시니 향년 77세였다.

벼슬한 이력은 내직(內職)으로는, 현륭원참봉(顯隆園參奉), 전설서별제(典設署別提), 한성 주부(漢城主簿), 경모궁령(景慕宮令), 장악원주부(掌樂院主簿), 돈녕도정(敦寧都正), 공조 참의(工曹參議), 조사(曹司), 위장(衛將), 호조 참판(戶曹參判), 부총관(副摠管), 동의금경연특진관(同義禁經筵特進官), 충훈부유사당상(忠勳府有司堂上)을 지냈고, 외직(外職)으로는 아산 현감, 영천 군수, 영해 부사, 청주·성주 목사, 서원 현감을 지냈다.

공이 관직에 있을 때는 청렴결백하게 자신을 단속하여 사람들이 감히 의롭지 못한 일을 청탁하지 못하였다. 판결은 모두 명확하였으며 관아에는 지체된 송사(訟事)가 없어 이르는 곳마다 명성이 있었다. 일찍이 내직에 종사할 때, 헌종께 지우(知遇)를 입었으나 발탁되기도

223 시종관(侍從官) : 왕세자궁(王世子宮) 시강원(侍講院)의 한 벼슬이다.

전에 기유년의 애통함(헌종의 승하)을 당하였다. 집에 계실 때는 엄숙하고 단정하였으며 게으른 모습을 보이지 않았는데, 새벽에 일어나 세수하고 빗질하고 앉아서 항상 손님을 맞을 때와 같이 하였고, 자신을 단속하기를 남보다 더 엄하게 하여 관직에 오른 지 30년에 논밭과 동산이 조금도 증가하지 않았다. 자손들 가운데 조정에서 존귀하고 명성이 높은 이들이 많았지만, 고향에서는 교만하지 않았으니 모두 순순히 그 법도를 받들었다.

배필이신 숙부인(淑夫人) 반남(潘南) 박씨는 정부인(貞夫人)으로 추증되었는데, 학생 종의(宗儀)의 따님으로, 사간(司諫) 문간공 소(紹), 금양위(錦陽尉) 문정공 미(瀰)의 후손이며, 판서 장간공(章簡公) 필균(弼均)의 현손(玄孫)이다. 성품이 유순하여 다른 사람의 뜻을 거스름이 없었고, 어려서부터 몸가짐이 공손하고 엄숙하며, 일처리를 마음대로 결정하는 법이 없었다. 마음에는 지나친 욕심이 없었고, 시어머니인 신(申) 부인을 잘 섬기고 재물을 쓰는 데 사사로움이 없었다. 부인의 도리를 지킨 지 48년 동안, 하루같이 집안일을 잘 살폈고 종족들은 어질게 대하였으며 자제들은 바르게 가르쳤다. 그 마음가짐과 절제된 행실은 굳이 일부러 그렇게 하지 않았는데도 은연중에 옛날 열녀의 규방 법도에 맞지 않음이 없었다. 태어나신 때는 공과 같은 계해년(1803, 순조3) 10월 21일이고, 돌아가신 때는 공보다 7년 앞선 임신년(1872, 고종9) 12월 22일로 향년 70세였다. 다음 해인 계유년 5월 19일 광주 늑현리(勒峴里) 갑좌(甲坐)의 자리에 장사 지냈다가, 6년이 지난 기묘년(1879, 고종16) 7월 모일에 공과 같은 자리에 합장하였다.

다섯 아들을 두었다. 원식(元植)은 문과에 급제하여 형조 판서에 올랐는데 종숙(從叔)인 증 판서 익철의 후사(後嗣)로 출계(出系)하였다. 완식(完植)은 문과에 급제하여 좌승지를 지냈고, 관식(寬植)과 만식(晩植)은 문과에 급제하여 우부승지를 지냈다. 광식(光植)이 있다. 완식 및 관식, 광식은 모두 어질었으나 일찍 죽었다. 첩실(妾室)인 이씨가 3녀를 낳았는데, 장녀는 연안 이응익(李應翼)에게 시집갔고, 둘째는 풍양 조동욱(趙東旭)에게 시집갔고. 다음은 어리다. 원식의 아들 유행(裕行)은 문과급제 하여 좌부승지에 올랐고, 유성(裕成)은 문과급제하여 시독관(試讀官)에 올랐다. 딸은 검교직각(檢校直閣)에 오른 양주 조동희(趙東旭)에게 시집갔다. 서자(庶子)로 유형(裕衡)이 있고, 나머지는 모두 어리다. 완식의 아들 유창(裕昌)은 일찍 죽었고, 딸은 진사인 달성 서인순(徐寅淳)에게 시집갔다. 광식은 아들 유정(裕定)이 있다. 증손과 외손은 어려서 모두 기록하지 않는다.

빙고별제 이군 용규 묘지명[224] 경자년(1900, 광무4)

氷庫別提李君 容珪 墓誌銘 庚子

군의 성은 이씨이고 이름은 용규(容珪), 자는 유남(孺南)이다. 이씨의 본관은 한산(韓山)으로 목은(牧隱 이색)의 후손이다. 증조부 원순(源順)은 이조 참의에 추증되었고, 조부 경부(敬溥)는 사간원 대사간에 올랐다. 부친 운직(雲稙)은 선공감 가감역을 지냈고, 어머니 평산 신씨는 직장 석창(錫昌)의 따님이다. 생조(生祖)인 형부(馨溥)는 진사로 이조 참판에 추증되었고, 생부(生父)인 대직(大稙)은 전 승정원 동부승지이다. 생모 청풍 김씨는 좌찬성에 추증된 익태(益泰)의 따님이다.

철종 경술년(1850, 철종1) 6월 23일에, 군이 공주 율리(栗里)의 시골집에서 태어났다. 어려서 뛰어나고 영리하여, 어떤 일을 당하면 깊이 사색하기를 좋아하여 묵묵히 시비를 잘 분별하였다. 서당에 다닐 때는 선생을 번거롭게 하지 않았으며, 경서(經書)와 역사에 대한 지식은 세상에 쓰이기에 충분하였다. 20살에 태학에 들어갔는데 또래의 벗들에게 추대를 받았다. 또 일찍이 소휘면(蘇輝冕)[225] 공과 박성양(朴性

224 원문의 순서는 본 묘지명이 묘갈명 뒤에 배치되어 있으나 문체별로 정리하였기에 본 번역문은 순서를 바꾸었다.

225 소휘면(蘇輝冕) : 1814~1889. 본관은 진주(晋州), 자는 순여(純汝), 호는 인산(仁山), 시호는 문량(文良)이다. 나이 9세에 아버지를 여의고 어머니의 엄한 훈육과 할아버지인 수구(洙榘)에게 학업을 닦았으며, 20세 이전에 문명을 떨쳤다. 뒤에 홍직필(洪直弼)을 사사하였다. 1858년(철종9) 도백(道伯)에 의해 학행으로 천거되었고 1881

陽)[226] 공을 찾아 배움을 청하였다. 두 사람이 모두 산림(山林)의 원로로 덕망이 높은 분들이었는데, 군이 중망(重望)을 감당할 만한 인재로 인정하였으므로 군도 이 때문에 더욱 스스로 힘써 노력하였다.

정축년(1877, 고종14) 성균관 과거시험에서 초시(初試)에 합격하였는데, 뒤에 여러 번 남성시(南省試)[227]에 떨어졌다. 정해년(1887)에 광무국(鑛務局) 주사에 제수되었고, 무자년 응제시(應製試)[228]에서 진사시에 합격하였다. 경인년(1889, 고종26)에 6품에 올라 임진년(1891)에 사헌부 감찰에 임명되어 교섭주사(交涉主事), 빙고 별제(氷庫別提), 기기국(機器局)위원을 역임하였다. 이해 가을 연로하신 부모

년(고종18) 선공감 가감역, 전설시 별제(典設寺別提)에 제수되었다. 그 뒤 전라도사로 제수되었으나 취임하지 아니하고 1882년 사헌부 지평에 제수되었으나 역시 취임하지 아니하고 오직 후배들을 교육하여 인재를 양성하는 데에 온 힘을 기울였다. 저서로는 《인산집(仁山集)》 17권이 있다.

226 박성양(朴性陽) : 1809~1890. 본관은 반남(潘南), 자는 계선(季善), 호는 운창(芸窓), 서울 출신으로, 시호는 문경(文敬)이다. 1866년에 양이(洋夷)가 강화도에 침범하자 이를 물리쳐야 한다는 내용의 〈벽사명(闢邪銘)〉을 지어 사람들을 깨우쳤다. 송근수(宋近洙)의 천거로 1880년(고종17)에 선공감 감역(繕工監監役)에 임명되고, 이어 사헌부 지평, 호조 참의, 동부승지, 호조 참판, 대사헌 등을 역임하였다. 저편서로는 《운창문집(芸窓文集)》 15권, 《이학통고(理學通攷)》, 《호락원류(湖洛源流)》, 《가례증해보유(家禮增解補遺)》, 《거상잡의(居喪雜儀)》, 《속통감(續通鑑)》, 《국조기이(國朝記異)》 등이 있다.

227 남성시(南省試) : 고려 시대에 국자감에서 진사를 뽑던 시험으로 덕종(德宗) 초에 처음 시행되었는데 부(賦), 육운시(六韻詩), 십운시(十韻詩)로 시험을 쳤다. 성균시(成均試)라고 하였다. 조선조에 들어와 소과(小科)인 진사시(進士試)를 지칭하는 말로 쓰였다.

228 응제시(應製試) : 임금의 특명(特命)에 의(依)한 임시(臨時) 과거(科擧)이다.

님 때문에 사임하고 귀향하였다.

갑오년(1894, 고종32) 가을 동비(東匪 동학교도)가 일어났는데, 공주는 호서와 호남의 접경에 놓여있어 피해가 더욱 심하였다. 군이 고향이었기 때문에 샛길로 가서 순찰사 박제순(朴齊純) 공을 만나 적의 정황을 매우 자세히 논하고, 또 방략을 말씀드렸다. 박공이 마음을 기울여 이를 듣고 마침내 사나운 적을 멸할 수 있었으니 군이 협조한 힘이 컸다고 하겠다. 이때 조정에서 군을 불러 쓰고자 하였으나 군은 사양하고 나아가지 않았다. 사람들이 혹 이 일을 물으면, 군이 대답하기를 "지금 어진 이와 사특한 이가 모두 나서니 개혁은 이루어지지 않고 나라 일이 나아갈 방향을 알지 못하니, 이 어찌 사대부가 벼슬길에 나아가는 것을 탐할 때인가?"라고 하였다. 이때부터 문을 닫고 병을 치료하면서 사람들과의 교류가 드물어졌다.

정유년(1897, 광무1) 3월 14일에 이르러 병에 걸려 일어나지 못하니 나이가 겨우 48세였다. 이해 4월 26일 율동(栗洞) 선영의 임방(壬方)을 등진 자리에 장사 지냈다. 부인 은진 송씨는 현감 병문(秉文)의 따님으로 어질었으나 자식이 없어 조카 성구(性求)를 취하여 후사로 삼았다. 성구는 반남 박씨 진사 승철(勝哲)의 딸에게 장가들어 2남을 두었는데 모두 어리다.

군은 형제가 다섯인데 모두 효성과 우애에 독실하고, 재주와 행실을 훌륭하게 닦아서 고을에서 팔자이방(八慈二方)[229]이라 칭하였다. 군은

229 팔자이방(八慈二方) : 효성이 뛰어난 형제를 뜻한다. 팔자(八慈)는 후한 때 사람 순숙(荀淑)의 여덟 아들을 지칭하는 말로 팔룡(八龍)이라 칭할 만큼 뛰어나고 효성이 지극하였는데, 자에 모두 자(慈)가 들어가 팔자(八慈)라 하였다. 《後漢書 卷92 荀淑

그 중에 둘째로 종숙인 감역공의 후사로 출계하였다. 두 집 어른을 받들고 순종하니 화락한 기운에 사이가 벌어짐이 없었고, 신종추원(愼終追遠)[230]에 반드시 정성과 공경을 다하였다. 남과 교류할 때는 시종(始終) 변함이 없었고 훌륭한 풍채와 선한 모습으로 담소를 잘하였다. 밖으로는 온화하고 안으로는 굳세어서, 세상의 풍속을 따라 흔들리지 않았다.

《춘추좌씨전》을 매우 좋아하여 일찍이 삼전(三傳)[231]과 호씨(胡氏)[232]의 설을 고찰하여 《춘추의의(春秋疑義)》 한 권을 저술하였는데, 의론에 칭찬할 만한 것이 많았다. 군이 13세 때 내가 누님을 뵈러 갔었는데, 군을 가리켜 말하기를 "이 아이는 영리하여 주도면밀한 면이 있

傳)》 이방(二方)은 후한 때 사람 진식(陳寔, 104~187)의 큰 아들 진원방(陳元方)과 넷째 아들 진계방(陳季方)을 가리킨다. 이들 형제는 아버지의 상을 당하여 통곡하다가 피를 토하고 기절하기까지 할 만큼 효성이 뛰어났다고 한다. 예주 자사(豫州刺史)가 그 상황을 위에 아뢰면서 그림을 그려 올리자, 여러 성에 그 그림을 걸어 놓고서 풍속을 가다듬게 하였다. 《後漢書 卷92 陳寔傳》

230 신종추원(愼終追遠) : 상례와 제례에 예법과 정성을 극진히 한다는 뜻으로 《논어》 〈학이(學而)〉편에 "어버이 상을 당했을 때 신중히 행하고 먼 조상들을 정성껏 제사 지내면 백성들의 덕성이 한결 돈후해질 것이다.〔愼終追遠 民德歸厚矣〕"라고 한 증자(曾子)의 말에서 나왔다.

231 삼전(三傳) : 《춘추(春秋)》의 주석서인 《좌씨전(左氏傳)》, 《공양전(公羊傳)》, 《곡량전(穀梁傳)》을 말한다.

232 호씨(胡氏) : 호안국(胡安國, 1074~1138)을 지칭한다. 송(宋)의 남천(南遷)이라는 시대적 상황에 근거하여 20여 년간 연구하여 1134년에 완성한 《춘추(春秋)》의 주석서인 《춘추호씨전(春秋胡氏傳)》을 저술하였다. 이 《춘추호씨전》은 기존의 《좌씨전(左氏傳)》, 《공양전(公羊傳)》, 《곡량전(穀梁傳)》과 함께 춘추사전(春秋四傳)으로 일컬어진다.

다. 훗날 나라의 대계를 맡을 신하가 될 만하다."라고 하였다. 지금도 그 말이 귓가에 남아 있는 듯한데, 끝내 이를 증험해 보지 못하였다.

아아, 애석하도다. 경자년(1900, 광무4) 봄 내가 제주에 귀양 갔을 때, 군의 아들 성구(性求)가 숙부인 응규(膺珪)가 지은 행장 초안을 보내왔고 또 묘비명을 청하였다. 슬프다, 군은 나를 자애로운 부친처럼 보았고, 나는 군을 어진 보필로 보아서 일이 있으면 반드시 서로 의논하였고, 부족한 점이 있으면 서로 바로잡아 주었다. 지금 내가 군을 보지 못한 지 이미 오래되었으니 어찌 낭패를 당하여 이 지경에 이르지 않을 수 있겠는가? 내가 또한 어찌 차마 생질의 명(銘)을 지어야 하는가? 명(銘)을 지어 말한다.

지초와 난초의 향취와 맛이요	芝蘭臭味
소나무와 대나무의 정신일세	松筠精神
집안을 보필하는 어진 선비이며	家中拂士
조정의 어진 사람이네	王廷吉人
수명과 지위가 막혔으니	嗇于年位
이생은 너의 때가 아니었구나	是生不辰
하늘의 보답 어긋남이 없으리니	厥報靡忒
자손들이 크게 떨치리라	子孫振振
하늘 끝 타향에서 명을 부치며	天涯寄銘
흰머리로 수건을 적시네	白首沾巾

송남 조공 존황 묘지명[233] 병서

松南趙公 存晃 墓誌銘 并序

태황제 19년 임오년(1882, 고종19) 7월, 나는 청나라 군대를 따라 나라의 어려움에 대처하고자 나아가 배를 남양 마산포에 정박하였다. 밤에 구포(鷗浦)의 들판에 진영을 펼치고 노숙을 하였는데 살인사건으로 진중에 소장을 올린 자가 있었다. 대원수 오장경(吳長慶)이 이를 듣고 크게 놀라서 군문(軍門) 정여창(丁汝昌)과 사마(司馬) 원세개(袁世凱)에게 명하여 나와 함께 가서 증거를 조사하도록 하였다. 세 사람이 달빛을 의지하여 10여 리를 가서 백로동(百老洞) 조씨의 집에 이르렀다. 주인 조공은 늙고 병들어 일을 살필 수 없었고, 오직 동생 한 사람이 있어 나와서 손님을 접대하였는데, 시원시원하고 기개가 있고 언사가 거침없고 활달하였다.

들어가 증거를 조사하여 사건의 전말(顚末)을 다 물으니, 공의 응대가 매우 자세하였다. "오늘 정오 무렵에 진영을 이탈한 청나라 군사 두 사람이 갑자기 들이닥쳐서 집안사람들이 놀라 흩어졌습니다. 조카며느리 이씨가 다락 안에 숨었는데, 청나라 병사가 쫓아와 질부의 손을 잡자, 이씨가 손을 뿌리치며 큰 소리로 부르짖었습니다. 우리 집은 담장너머에 있는데 놀란 소리를 듣고 급히 가서 성난 소리로 이들을 꾸짖으니 청나라 병사가 은잔과 은장도를 빼앗아 달아났습니다.

233 원문의 순서는 본 묘지명이 묘갈명 뒤에 배치되어 있으나 문체별로 정리하였기에 본 번역문은 순서를 바꾸었다.

이씨는 평소에 어질고 효성스러우며 성품과 행실이 고결하였는데, 도적의 손에 더럽힌 바가 되었음을 스스로 슬퍼하며, 의리상 구차하게 살 수 없다고 하여 집 뒤 우물에 투신하였습니다. 얼마 있다가 집안사람들이 알아차리고 그녀를 건졌지만 이미 미칠 수 없었습니다. 우리나라에 지금 국난이 있어 중국군대가 오는 것을 온 나라 사람들이 무지개 뜨는 것을 기다리듯 바랐습니다. 지금 병사들의 난폭한 행동이 이와 같으니, 만일 법을 바로하지 않으면 어찌 민심을 안정시킬 수 있겠습니까?"라고 하였다. 그 의로운 형상이 안색에 나타나고 음성과 눈물이 더해지니 여러 사람들이 모두 슬퍼져 얼굴색이 변하였다. "범인을 누가 알아볼 수 있겠는가?"라고 물으니, 대답하기를, "제가 알아볼 수 있습니다."라고 하였다. 드디어 모두 함께 구포로 돌아와 오원수(吳元帥)에게 보고하였다.

다음날 새벽 공이 원사마(袁司馬 원세개)를 따라서 길가에 서서 군사들의 행렬을 자세히 살펴보다가, 범인이 뒤편의 대열 중에 있는 것을 멀리서 보고는 진을 뚫고 곧장 들어가 체포하였다. 범인이 저항하고 인정하지 않으니 공이 그 의상을 벗기자 약탈한 은장도가 품속에서 떨어졌다. 범인이 머리를 조아리며 목숨을 구걸하였으나 원사마가 목을 잘라 그 머리를 공에게 주었다. 또 오원수가 은 백냥을 부조(賻弔)하도록 명하였으나 공이 굳게 사양하고 받지 않았다. 이때에 모든 병사가 놀라 술렁이며 모두 열부(烈婦)의 뜻에 감탄하며, "비록 오대(五代) 때 왕응(王凝)의 부인이라도 어찌 이보다 더하겠는가?"[234]라고 하였다.

234 비록……더하겠는가 : 이씨의 절개가 뛰어남을 비유한 것이다. 왕응이 타향에서 벼슬살이를 하다가 병으로 죽게 되자 그의 아내 이씨가 어린 아들과 함께 유해를 지고

또 공의 용감하고 명쾌한 행동에 탄복하며 "천만 명의 군사들 가운데에서 원수를 알아내고 직접 나서서 위험을 무릅쓰고 보는 즉시 싸워 원수를 갚으니,[235] 예로부터 복수를 하는 자로 이와 같이 장쾌한 경우는 있지 않았다. 어찌 장하지 않겠는가?"라고 서로 크게 떠들며 감탄하기를 그치지 않았다.

그 후로 소식이 막히고, 내가 호서의 바닷가에 수십 년 떠돌다가 경성의 봉익동으로 돌아와 거처할 때 조희덕(趙羲悳) 군과 이웃 마을에 살면서 상종하였다. 아직 대대로 서로 교류하던 사이가 회복되기 전이었는데, 하루는 조군이 그의 돌아가신 부친의 행장을 가지고 와서 묘지명을 부탁하였다. 내가 그 행장의 초고를 읽어 보고 비로소 공이 송남(松南)임을 알게 되었고, 돌이켜 생각해 보니 구포에서의 하루 밤 인연이 또렷하기가 마치 어제 일과 같았다. 지금 공의 묘목(墓木)이 이미 아름드리가 되었는데 그 일을 아는 사람은 오직 나만 남아 있다. 그러므로 군이 묘지명을 부탁하니 어찌 늙었다고 해서 사양할 수 있겠는가?

고향으로 돌아가던 중 개봉(開封)에 들러 숙박하게 되었다. 이때 여관 주인이 그녀를 보고 수상하게 여겨 숙박을 거절하며 팔을 잡아당겨 끌어내자 이씨가 하늘을 보고 통곡하며 "내가 여자가 되어 수절하지도 못하고 다른 남자에게 손이 잡혔으니, 이 손 때문에 내 몸을 더럽힐 수 없다."라고 하고는 도끼를 가져다 제 팔목을 끊어 버렸다고 한다. 《新五代史 卷54 雜傳》

235 보는……갚으니 : 원문의 '불반병이투(不反兵而鬪)'는 자하(子夏)가 공자에게 부모의 원수에 대처하는 방법을 물었을 때, 공자가 "거적을 깔고 방패를 베개 삼아 자며 벼슬하지 않고 더불어 천하를 함께하지 않으며 시장과 조정에서 만나면 병기(兵器)를 가지러 되돌아가지 않고 싸운다.〔寢苫枕干 不仕 弗與共天下也 遇諸市朝 不反兵而鬪〕"라고 한 데서 나온 말이다. 《禮記 檀弓上》

삼가 살펴보니 공의 휘(諱)는 존황(存晃), 자는 우경(禹卿)이다. 조씨(趙氏)의 선조는 상원(祥原)으로부터 시작하였는데, 휘 춘(椿)은 상장군으로 송(宋)나라를 도와 금(金)을 정벌한 사람이다. 오대를 내려와 휘 인규(仁規)[236]가 있는데, 고려 초 큰 공훈을 세워 평양백(平壤伯)에 봉해져 이때부터 대대로 본적을 평양에 두었다. 삼대를 내려와 휘 윤(胤)이 고려 말에 영남 안렴사를 지냈는데, 고려가 망하자 통곡하고 청계사(淸溪寺)에 들어가 이름을 견(狷), 자는 종견(從犬)이라 하여 군주를 연모하는 뜻을 취하였다. 나라 사람들이 그 절개를 높이 여겨 제사를 지내 그를 받들었다.

7대를 내려와 휘 정익(廷翼)[237]이 있는데 행실이 돈독하고 도를 지켜 낙도재(樂道齋)라 자호(自號)하였다. 인조 정축년(1637, 인조15)에 부인 이씨와 함께 강화에서 순직하여 이조 판서에 추증되어 충숙(忠肅)이란 시호를 받았고 부인은 정려(旌閭)를 받았다. 그의 아들 휘 유(猷)는 나이 17세로 포로가 되어 심양에 끌려갔다가 얼마 안 되어 돌아와 북쪽의 원수에게 설욕하고자 하여 무과에 급제하여 통어사(統

236 인규(仁規) : 조인규(趙仁規, 1227~1308)로, 고려 말기의 문신으로 자는 거진(去塵)이다. 몽고어에 능하여 1275년(충렬왕1) 성절사로 원나라에 30여 차례나 사신으로 왕래하였다. 딸인 충선왕비를 원나라의 보탑실련(寶塔實憐) 공주가 무고하여 원나라에 7년간 장류(杖流)되었다가 풀려났다.

237 정익(廷翼) : 조정익(趙廷翼, 1599~1637)으로, 본관은 평양(平壤), 자는 익지(翼之), 호는 낙도재(樂道齋), 시호는 충숙(忠肅)이다. 1636년(인조14) 병자호란이 일어나자 아내 이씨(李氏)와 함께 강화도로 피란하였으나 청병(淸兵)이 쳐들어와 강화도가 함락되고 말았다. 이에 자살을 기도, 이씨가 먼저 자결하자 아내의 염(殮)을 서둘러 치르고 그 다음날인 1637년 1월 25일 청병이 몰려오자 낭떠러지에서 투신, 자결하였다. 이후 좌승지에 추증되고 이씨는 숙부인(淑夫人)에 봉하여졌으며, 정문이 세워졌다.

禦使)를 지냈다. 그의 아들 휘 세발(世發)은 약관(弱冠)의 나이에 부모상을 당하여 슬픔으로 몸을 상해 죽었다. 부인도 따라 죽어 정려(旌閭)를 받았으나 자식이 없어 둘째 동생 좌찬성 휘 세성(世成)의 아들인 휘 경(儆)을 데려다 후사로 삼았는데 벼슬이 통제사에 이르렀다. 그가 공의 고조이다. 증조 휘 운태(運泰)는 사복시 정에 추증되었는데, 후사가 없어 사촌 동생 참판공 휘 겸태(謙泰)의 아들 휘 민(黴)을 데려다 후사로 삼았고 좌승지에 추증되었다. 부친 휘 의석(義錫)은 선천방어사를 지냈는데, 아들 존승(存昇)이 귀해짐에 병조 참판에 추증되었다. 부인 정부인 청주 한씨(韓氏)는 길유(吉裕)의 따님이고, 계배(繼配) 전의(全義) 이씨는 진사 활홍(濶弘)의 따님이다.

순조 경인년(1830, 순조30) 7월 21일에 이씨가 공을 남양(南陽) 백로동(百老洞) 고향집에서 낳았다. 용모가 준수하고 눈빛이 형형하여 사람을 쏘는 것 같았으며, 성품이 근엄하고 정직하여 평생 한 마디의 빈말도 하지 않아서 비록 친구 사이라도 감히 쉽게 친할 수 없었다. 천성 또한 지극히 효성스러워 가난하여 부모를 봉양할 수 없음을 항상 한스러워하였고, 상(喪)을 치를 때는 예를 다하였다. 노쇠해서는 선인(先人)의 글씨를 대할 때마다 문득 눈물을 줄줄 흘리며 스스로 세상이 좋은 때를 못 만났다 하여 낙담하여 운명에 맡기고 남양의 시골집에 은거하여 송남(松南)이라 자호하고 시와 술로써 스스로 즐겼다.

을미년(1895, 고종32) 7월 25일 정침(正寢)에서 돌아가시니 향년 66세였다. 본군(本郡 남양군) 신안리의 선영 오른쪽 산기슭 오좌(午坐)의 자리에 장사 지냈다. 부인인 평산 신씨는 판서 정무공(貞武公) 명순(命淳)[238]의 따님이다. 부녀자의 법도를 순일하게 갖추었고, 여사(女士)의 풍모가 있어 내외의 친척들이 모두 그 어진 행실을 칭찬하였다.

공이 돌아가신 지 10년 뒤인 갑진년(1904, 광무8) 2월 4일 돌아가시니 신안리 간좌(艮坐)의 자리에 장사 지냈다.

5남 1녀를 두었는데, 장남인 희봉(羲鳳)은 전(前)참서관이고, 희원(羲瑗)은 부호군, 희붕(羲鵬)은 전(前) 군수인데, 공의 동생 존삼(存三)의 집에 후사로 출계하였다. 희학(羲鶴)은 사과(司果), 희덕(羲悳)은 전(前) 원외랑이다. 딸은 무과 출신인 죽산의 안국승(安國承)에게 시집갔다. 희봉의 아들은 광현(光顯)이고, 딸은 함평 이두헌(李斗憲), 연안 이성재(李性宰), 안동 권석주(權錫周), 파평 윤창로(尹昌老)에게 시집갔다. 희원의 아들은 관현(寬顯), 순현(純顯)이고, 희붕의 아들 구현(九顯)은 지금 군서기이고, 중현(中顯)이 있다. 딸은 전주 이우승(李佑承), 함평 이계덕(李啓德), 청송 심보택(沈普澤), 남원 양승환(梁曾煥) 전(前) 주사에게 시집갔다. 희학의 아들은 상현(尙顯), 세현(世顯)이며, 희덕의 아들 충현(充顯)은 지금 부서기(府書記)이고, 강현(康顯), 옥현(玉顯)이 있다. 딸은 전주 이경하(李暻夏)에게 시집갔고, 나머지는 모두 어리다. 내외의 여러 손자들은 다 기록하지 못하였다.

아아, 공의 가문은 대대로 충(忠)과 정절(貞節)에 돈독하였고 공의 재기(才器) 또한 다른 사람보다 뛰어났으나 끝내 외진 바닷가에서 잊혀졌으니 어찌 운명이 아니겠는가? 명(銘)하여 말한다.

그대 용기가 있어 君子有勇

238 명순(命淳) : 신명순(申命淳, 1798~1870)으로, 본관은 평산(平山), 자는 경명(景溟), 시호는 정무(貞武)이다. 조선 후기의 무신으로 경사에 능통하고 문예에 뛰어났다. 행지삼군부사(行知三軍府事), 지돈녕부사 등을 지냈다.

곧게 호연한 기운 길렀고	養氣以直
그대 지키는 바 있어	君子有守
구덩이에 버려져도 지조 잊지 않았네[239]	不忘溝壑
신안의 언덕에	新安之原
소나무와 측백나무 울창한데	鬱鬱松栢
덕을 쌓고도 보답 받지 못했으니	畜德不施
후손의 복을 열어 주리라	以啓後祿

239 구덩이에……않았네 : "지사(志士)는 죽어서 구덩이에 버려짐을 언제나 잊지 않고, 용사는 그 머리를 잃는 것을 잊지 않는다.〔志士不忘在溝壑 勇士不忘喪其元〕"라는 글에서 나온 말이다. 《孟子 藤文公下》

묘갈 墓碣

죽산 부사 증 병조 참판 이공 일우 의 묘갈명[240] 신묘년(1891, 고종28)

竹山府使贈兵曹參判李公 佾愚 墓碣銘 辛卯

공의 이름은 일우(佾愚), 자는 주팔(周八)이다. 이씨의 본적은 연안으로 신라와 고려에서 명성이 높았다. 본조에 들어와 저헌(樗軒),[241] 월사(月沙),[242] 백주(白洲),[243] 청호(青湖)[244] 등의 제공들이 공덕과

240 원문의 순서는 본 묘갈명이 묘지명 앞에 배치되어 있으나, 문체별로 정리하였기에 본 번역문은 순서를 바꾸었다.

241 저헌(樗軒) : 이석형(李石亨, 1415~1477)으로, 본관은 연안(延安), 자는 백옥(伯玉), 호는 저헌, 시호는 문강(文康)이다. 1442년(세종24) 식년 문과에 장원급제하여 정언이 되었다. 정인지(鄭麟趾) 등과 《고려사》, 《치평요람》의 편찬에 참여했다. 1453년 계유정난으로 세조가 병권과 정권을 장악하자, 정인지, 노효담, 신숙주 등과 더불어 훈구파의 대표적 인물로 부상했다. 1460년 황해도 관찰사를 거쳐 대사헌, 호조참판 등을 거쳐 팔도 체찰사로 호패법(號牌法)의 시행을 감독했다. 1470년(성종1) 판중추부사가 되고, 이듬해 좌리 공신(佐理功臣) 4등으로 연성부원군(延城府院君)에 봉해졌다. 저서로 《저헌집》이 있다.

242 월사(月沙) : 이정구(李廷龜, 1564~1635)로, 본관은 연안(延安)이며 자는 성징(聖徵), 호는 월사(月沙), 보만당(保晩堂), 추애(秋崖), 치암(癡菴), 습정(習靜)이다.

문장으로 대대로 그 훌륭함을 이어 받았으니, 비록 부녀자나 어린애라 하더라도 모두 그분들을 알았다. 증조부 천보(天輔)[245]는 영의정을 지냈고, 시호는 문간(文簡)이며 호는 진암(晉庵)으로 영조 때의 이름난 신하였다. 아들이 없어서, 진산 군수를 지냈고 좌찬성에 추증된 사촌 동생 국보(國輔)의 아들을 후사로 삼았다. 그가 휘 문원(文

조선 중기 한문 4대가의 한 사람으로 4세에 승보시에 장원한 뒤, 22세에 진사, 1590년(선조23) 증광문과에 급제했다. 여러 차례 대제학에 올라 문사(文詞)에 능한 자들을 발굴했고, 중국을 내왕하면서 100여 장의 《조천기행록(朝天紀行錄)》을 펴냈다. 그 뒤 병조 판서, 예조 판서, 좌의정, 우의정을 지냈다. 시문집으로 《월사집》 68권 22책이 전한다.

243 백주(白洲) : 이명한(李明漢, 1595~1646)으로, 본관은 연안(延安), 자는 천장(天章)이며 호는 백주(白洲)이다. 조선 인조 때의 문신으로 이괄의 난 때 왕을 공주로 호종하여 팔도에 보내는 교서를 작성하였다. 벼슬은 예조 판서와 공조 판서를 지냈다. 성리학에 밝았고, 시와 글씨에도 뛰어났다. 저서에 《백주집》이 있다.

244 청호(青湖) : 이일상(李一相, 1612~1666)으로, 본관은 연안(延安), 자는 함경(咸卿), 시호는 문숙(文肅)이다. 1628년(인조6) 17세로 알성문과(謁聖文科)에 급제하여 1633년 설서(說書)가 되어 벼슬길에 올랐다. 1636년 병자호란(丙子胡亂) 때 정언(正言)으로 화의를 반대하다가 이듬해 척화죄인(斥和罪人)으로 절도(絶島)에 유배되었다. 그 후 풀려나와 청요직(淸要職)을 역임하였다. 1660년 현종이 즉위하자 이조와 예조의 참판(參判), 대제학을 지냈고 이후 호조 판서, 예조 판서를 지냈다. 우의정에 추증(追贈)되었다.

245 천보(天輔) : 이천보(李天輔, 1698~1761)로 본관은 연안(延安), 자는 의숙(宜叔), 호는 진암(晉庵), 시호는 문간(文簡)이다. 옥천 군수 이주신(李舟臣)의 아들이다. 1739년(영조15) 알성문과에 을과로 급제하였다. 1740년 정자가 되어 벼슬길에 오른 후, 이조 참판, 이조 판서, 병조 판서 등을 거쳐 1752년 우의정에 승진하고, 같은 해 좌의정에 올랐다가 영돈녕부사로 전임되었다. 1761년 영의정에 올랐으나 장헌세자(莊獻世子)의 평양 원유사건(遠遊事件)에 인책되어 음독 자결하였다. 저서로 《진암집(晉庵集)》 8권 4책이 있다.

源)으로 이조 판서를 지냈고 영의정에 추증되었으며 시호는 익헌(翼憲)인데, 직절(直節)로 정조로부터 극진한 지우(知遇)를 입었다. 식(寔)은 공의 할아버지이고, 아버지 휘 재수(在秀)는 호가 서옹(鋤翁)인데 문과에 장원하여 관직이 경상도 관찰사에 이르렀다. 어머니 정부인 해주 오씨(吳氏)는 판돈영 재소(載紹)의 따님이다. 생모이신 경주 김씨(金氏)는 동지 영종(永鍾)의 따님이다.

공은 순조 신사년(1821, 순조21) 10월 29일, 대구 감영의 관아에서 태어났는데, 백일이 못 되어 서옹 공(鋤翁公)이 관아에서 돌아가셔서 공은 둘째 형인 승지(承旨) 공에 의해 길러졌다. 공은 어려서부터 총명이 보통 사람보다 뛰어났고 행동거지가 나이든 사람 같았다. 나이 14세에 둘째 형을 따라 영변(寧邊)의 부임지로 따라가는 도중에 평양을 지나가게 되었다. 집안 대대로 교류가 있던 관찰사 정원용(鄭元容) 공이, 공을 보고 매우 아껴서 전별금으로 돈 10만 전을 주었다. 공이 관아의 종복들에게 모두 나누어주고 떠났으니, 그 뜻과 기개가 구차하지 않음이 이와 같았다.

헌종 계묘년(1843, 헌종9)에 조병구(趙秉龜) 공이, 공을 장수의 재주가 있다하여 천거하여 무과를 치르게 하였으나, 공은 나아가기를 즐거워하지 않았다. 시험을 보지 않았지만 임금께서 특별히 명하여 사제(賜第)[246]를 내리게 하였다. 정미년(1847, 헌종13)에 통정대부에 올라 오위장의 벼슬을 받았다. 숙위할 때마다 임금께서 조정의 신하들에게 이르기를 "이(李)모는 절월(節鉞)[247]을 맡을 만하다."라고 하시니,

246 사제(賜第) : 임금이 특명으로 과거에 급제한 사람과 똑같은 자격을 주는 것을 말한다.

모두 그의 재간과 국량을 깊이 알아보신 것이다. 얼마 지나지 않아 임금께서 돌아가셨다.

철종 경술년에 비로소 가덕진(加德鎭) 절제사에 제수되니 위엄과 은택이 모두 뛰어났다. 이보다 앞서 일본인들이 항상 가덕진의 백성들을 약탈하였는데, 공이 부임하니 약속을 지켜 감히 침범하지 못하였다. 이 해 영원(寧遠) 군수로 승진하였다. 다음해 관서지방에 큰 흉년이 들자 공이 밤낮으로 구휼할 일을 근심하여 감사에게 진휼 물자를 청하였다. 감사가 그 성의에 감탄하여 재결(災結)[248]을 나누어 주고 거두어야 할 환곡을 줄여주는 등 공이 말한 바를 모두 들어주었다. 공 또한 관청의 창고를 열어 곡식을 나누어 주니 백성들이 굶주린 기색이 없었다. 이에 주변 고을의 유민들이 장날처럼 모여들었는데, 사람들이 쫓아버리자고 청하자 공이 말하기를, "이들 모두 우리 왕의 백성이다. 쫓아버리면 어디로 가겠는가?"라고 하면서 힘을 다하여 모두 다 진휼하여 살아난 자들이 매우 많았다. 관서의 백성들이 지금까지 그 은혜를 칭송하고 있다.

정사년(1857, 철종8) 죽산 부사(竹山府使)로 임명되었는데, 고을에 포흠(逋欠)이 많았다. 공이 백성들에게 거듭 거둘 수 없어서 감사에게 청하여 상정례(詳定例)[249]로 대납하고자 하니, 조정의 논의가 이를 잘

247 절월(節鉞) : 지방에 관찰사(觀察使), 유수(留守), 병사(兵使), 수사(水使), 대장(大將), 통제사(統制使) 등이 부임할 때 임금이 내어 주던 절(節)과 부월(斧鉞)이다. 절(節)은 수기(手旗)와 같고, 부월(斧鉞)은 도끼같이 만든 것으로 생살권(生殺權)을 부여함을 상징한다.

248 재결(災結) : 가뭄이나 홍수 등으로 흉년에 들었을 때, 농사를 제대로 짓지 못하여 세금을 줄이거나 면제해 주는 토지를 말한다.

못이라 하여 공을 시골로 쫓아 보냈다. 얼마 지나지 않아 특명이 내려 다시 부임하게 하였으나 공은 병이라 하여 체직(遞職)해 줄 것을 청하는 정소(呈疏)를 올렸다.

기미년(1859) 가을 물러나서 면천(沔川) 매전리(梅田里)에서 살았다. 이때부터 도성의 문턱에도 발을 들이지 않고 오직 부모를 봉양하고 자식을 가르치는 것으로 일을 삼고 입을 다물고 세상일을 언급하지 않았다. 때때로 술동이를 가져다 마음껏 마시며 수염을 날리며 길게 웃다가 이윽고 다시 한숨을 내쉬며 눈물을 흘렸는데, 자식들일지라도 그 이유를 알지 못하였다.

고종 병인년(1866, 고종3)에 서양 선박이 강화도에 침입하여 조야(朝野)가 시끄럽고 도적들이 벌떼처럼 일어났다. 공이 향리를 단속하여 감히 동요하지 못하게 하였고 또 수령을 만나 민심을 안정시킬 방안을 권하니 온 고을이 이에 힘입어 안정되었다. 이때 조정에서 소모사(召募使)를 뽑아 근왕(勤王)하도록 하였는데, 고을의 수령이던 이희(李僖)가 공에게 계책을 문의하였다. 공이 대답하기를 "지금 한 척의 배를 보고 온 나라가 군사를 일으키는데 이는 스스로 내란을 부르는 것입니다. 조정에 어찌 먼 앞날을 내다보는 생각이 없는 것입니까?

249 상정례(詳定例) : 조선 후기 함경도, 강원도, 황해도에 실시되었던 대동법(大同法)의 일종이다. 황해도에는 1694년(숙종20) 가을부터 상정법이 시행되고 있었는데, 상정법은 공물의 수미상납제(收米上納制)와 사대동(私大同)이 겸하여 행해져서 군현별로 징수액의 차이가 많았다. 이에 1710년에 별수미 3말을 포함한 17말로 균일화시켰다가 1747년(영조23)에 모두 15되로 통일했다. 그러나 징수 및 중앙 상납에 있어서는 각 군현의 실정에 따라 상정세를 별도로 거두어 상정법을 병행했고 징수와 지출에 있어서도 상정의 체제를 그대로 지속시켜갔다.

또 서양 오랑캐가 오래지 않아 스스로 물러갈 것인데, 이런 대응은 외국인들의 비웃음을 살 것입니다."라고 하였다. 얼마 지나지 않아 과연 물러갔다.

성품이 지극히 효성스러워 항상 일찍이 아버지를 여의고 고아가 된 것을 종신토록 한으로 여겼다. 어머니를 섬김에 충심을 다하여 봉양하여 문을 나섰다가 저녁에 돌아올 때면 발걸음을 재촉하니, 시정(市井)의 어린아이들도 모두 이씨 효자의 발걸음 소리를 알았다. 어머니께서 일찍이 병이 심해지자 공이 하늘에 호소하여 자기 목숨으로 대신할 것을 청하니 끊어졌던 맥이 되살아났다. 사람들이 모두 기이한 일이라고 칭송하였다. 제사에는 더욱 삼갔고, 형수를 섬기는 데 정성과 사랑을 다하였다. 그리고 자신이 이루지 못한 뜻을 펼치려 여러 조카들을 교육하니 모두 성공하기에 이르렀다. 집안을 다스리기를 조정에서와 같이 엄숙하게 하였고 남을 가르치기를 태만하지 않아서 마을 사람들이 모두 아끼고 공경하였다.

갑술년(1874, 고종11) 4월 24일 돌아가니 향년 54세였다. 이 해 8월에 매전리의 경방(庚方)을 등진 자리에 장사 지냈는데, 홍씨 부인을 오른쪽에 합장하였다. 정해년(1887, 고종24) 호서의 유생들이 공의 효행을 임금께 알려서 병조 참판에 추증되었다. 원부인 창녕 성씨는 돈녕도정(敦寧都正) 도묵(道默)의 따님이고, 계배(繼配)인 남양 홍씨는 사과(司果) 병서(秉瑞)의 따님으로 모두 어질고 신중한 덕이 있었다.

홍 부인이 4남을 두었는데, 응익(應翼)은 음직으로 공조 정랑에 올랐고, 서익(序翼)은 무과를 거쳐 오위장에 올랐고, 용익(庸翼)은 무과, 도익(度翼)은 음직으로 부사과에 올랐다. 측실(側室) 소생인 한 아들 경익(庚翼)은 무과를 거쳐 오위장이 되었다. 응익은 2남 3녀를 두었는데, 아들은 훈재(勛宰)이고, 딸은 선비인 의령 남규필(南圭弼)에게 시집갔다. 서익은 1남 4녀를 두었는데, 아들은 길재(吉宰)이다. 용익은 3남 2녀를 두었는데, 아들은 호재(鎬宰)이다. 경익은 1남 4녀를 두었는데, 아들은 철재(喆宰)이고 딸은 선비 안동 김도규(金度圭)와 광산 김기황(金箕璜)에게 시집갔다. 나머지는 모두 어리다.

지금 행장을 가지고 와서 묘갈명을 청한 사람은 정랑군(正郎君 응익)이다. 내가 전에 귀천리(歸川里)에 있을 때 일찍이 공을 한번 보았는데, 키가 헌칠하게 크고 중후하며 도량이 넓었고 낙천적이었으며 남을 대함에 거리를 두지 않았으니, 그가 덕을 숭상하는 군자임을 알 수 있었다. 뒤에 면양(沔陽 면천)에 귀양 갔는데, 공과 같은 고을이었다. 고을 사람들이 지금도 공의 품행과 도의(道誼)을 칭송하고 있는데 모두 행장과 부합되었다. 명(銘)을 지어 말한다.

옛집에 전해온 규범이요	古家遺範
단아한 선비의 행실이라	端士飭行
오로지 효성과 우애로	惟孝友于
정사에 베풀었네	施於有政
밖으로는 널리 베풀고	溥施于外
늙도록 시를 읊조렸네	耆艾歌詠
몸은 물러났으나 나라를 걱정하여	身退憂國
관리에게 정도(正道)를 지키게 하였네	官界守正
하늘이 그 재주는 주셨으면서도	天賦其才
후한 운명은 주지 않으셨네	不畀厚命
복을 다 누리지 못하고 남겨두었으니	留其不盡

여경[250]으로 넘치리라 以衍餘慶

250 여경(餘慶) : 조상의 덕으로 자손에 경사가 미치는 것을 말한다. 《주역》〈곤괘(坤卦)〉에 "선을 베푸는 집안은 반드시 경사가 있다.〔積善之家 必有餘慶〕"라는 구절이 있다.

장예원소경 도헌 이공 묘갈명 병오년(1906, 광무10)
掌禮少卿道軒李公墓碣銘 丙午

공의 성은 이씨이고 이름은 대직(大稙)이다. 초명(初名)은 석로(奭老)이고 자는 공우(公右), 호는 도헌(道軒), 또는 만회당(萬悔堂)이다. 본관은 한산(韓山)으로 고려 말 가정(稼亭 이곡), 목은(牧隱 이색) 두 선생이 우리나라 문장과 도학의 조종이 되었다. 인재(麟齋 이종학)[251] 공은 역성혁명의 시대에 절개를 다하였고, 본조에 들어와서는 충성스럽고 어진 신하, 명석한 선비와 선량한 관리이자 큰 유학자가 대대로 그 훌륭함을 이어받았다. 증조부 장재(長載)는 사복시정(司僕寺正)에 추증되었고, 조부 원순(源順)은 이조 참의에 추증되었다. 부친 형부(馨溥)는 성균관 진사로 이조 참판에 추증되었는데, 지조와 행실이 맑고 깨끗하였으며 문장과 서법이 세상의 모범이 되었다. 어머니 광산 김씨는 재선(在璿)의 따님이며 사계(沙溪)[252] 문원공(文元公)의 후손으로 정부인(貞夫人)에 추증되었는데, 여성의 법도를

251 인재(麟齋) : 고려 말의 문신 이종학(李鍾學, 1361~1392)으로, 본관은 한산(韓山)으로 자는 중문(仲文), 호는 인재이다. 1376년(우왕2) 문과에 급제하여 벼슬길에 올라 밀직사지신사(密直司知申事), 첨서밀직사사(簽書密直司事)를 지냈다. 1389년(창왕1) 동지공거(同知貢擧)를 겸하다가 아버지가 탄핵을 받을 때 파직되었다. 조선이 건국되면서 정도전 등이 그를 살해하려 했으나 문하생인 김여지의 도움으로 이배(移配)되던 중 무촌역(茂村驛)에서 살해되었다. 뒤에 신원(伸冤)되고 문헌서원(文獻書院)에 제향되었다. 저서에 《인재유고(麟齋遺稿)》가 있다.

252 사계(沙溪) : 김장생(金長生, 1548~1631)의 호이다.

바르게 닦아서 온화하고 공손하며 자애롭고 이해심이 많았다.

순조 임오년(1822, 순조22) 7월 5일에 공은 공주의 정계(淨溪)에서 태어났다. 어려서는 뛰어나고 명랑하였으며, 자라서는 학문에 힘써 약관(弱冠 20세)에 문장으로 이름이 났다. 그러나 성품이 단아하고 방정하여 유행을 좇지 않아서 과거 시험에 여러 번 떨어졌다. 금상(今上 고종) 신사년(1881, 고종18) 선공감역에 제수되었고, 계미년(1883)에 6품에 올랐다. 3월의 경과 별시(慶科別試)에서 감사가 재지가 첫째가는 사람으로 천거하였는데, 4월의 회시(會試)에서 떳떳하게 합격하였고, 5월에 임금께서 친히 시험하여 사제(賜第)[253]하였다.

이 해 홍문관 수찬에 제수되었고, 중학교수, 문겸선전관, 사간원 헌납, 승정원 동부승지를 거쳐 돈녕도정, 예조 참의에 전임(轉任)되었다. 을유년(1885, 고종22) 봄 분병조참지(分兵曹參知)에 제수되었고, 이어 경주부윤에 제수되었으나 나아가지 않았으며, 그 해 여름에 사간원 대사간에 제수되었다. 경인년(1890, 고종27) 봄에 공조 참의에 제수되었다. 이 해 4월 신정황후(神貞皇后)[254]가 승하하였는데, 공이 황후가문과 어머니 쪽으로 가까운 인척이었으므로 종척(宗戚)으로 집사에 차임되었다. 6월에 호조 참의에 임명되었다. 공이 비록 대성(臺

253 사제(賜第) : 임금의 특명으로 과거시험에 급제시키는 것을 말한다.

254 신정황후(神貞皇后) : 1808~1890. 풍양 조씨(豊穰趙氏) 조만영(趙萬永)의 딸로 조선 제23대 순조(純祖)의 맏아들인 효명세자의 비다. 효명세자가 22세로 승하하고 아들 헌종(憲宗)이 왕위에 오르자 익종(翼宗)이라 추존되어 왕대비가 되었다. 그 후 철종이 후사 없이 승하하자 대원군과 함께 고종을 즉위시키고 대왕대비가 되어 섭정을 하면서 대원군과 손을 잡고 정국을 좌우하였다. 1890년 승하한 후 1899년 익종(翼宗)이 문조익황제(文祖翼皇帝)로 추존되자, 신정황후(神貞皇后)로 추존되었다.

省)[255]을 두루 거쳤지만 그 관직에 오래 있지 않은 적이 없었는데, 이때에 이르러 세상 일이 날로 변하는 것을 보고 다시 관직에 나갈 뜻이 없어서 벼슬에서 물러나 시골집에 은거하여 도성 문 안으로 들어가지 않았고 시와 술로써 스스로 즐겼다.

임인년(1902, 광무6) 3월에 이르러 황제께서 기로소(耆老所)에 들어가는 은혜를 베푸시고 가선대부(嘉善大夫)를 가자(加資)하였다. 갑진년(1904, 광무8) 3월에 장례원 소경에 임명되었으나 늙고 병들었다 하여 사양하고 물러났다. 광무 9년 을사년(1905) 11월 6일 평기(坪基)의 고향집에서 돌아가니 향년 84세였다. 이 해 12월 14일 공주(公州) 동부면(東部面) 오공동(五公洞)의 부인묘 오른쪽에 합장하였다.

공은 수염이 성글고 눈썹이 아름다웠으며, 행동이 장중하고 과묵하였다. 효도와 우애를 힘써 실천하였고 겸손하여 자랑하지 않았다. 공의 집은 선대 이래로부터 저술이 풍부한데, 그 학문은 정자(程子)와 주자(朱子)를 기준으로 삼고, 마정(馬鄭)[256]을 널리 종합하여 문헌의 서고가 되었다. 공은 어려서 부친의 가르침을 마음에 새기고 자라서는 연구를 더하였는데, 저서로는 시문(詩文) 몇 권과 일록(日錄) 20여 권이 있다. 문사가 간결하고 담박하며 필법이 굳세어 일상의 편지에 이르기까지 모두 진귀한 보배가 되었으니, 비록 맹공(孟公)[257]의 편지라도

255 대성(臺省) : 조선 시대 사헌부와 사간원의 벼슬을 통틀어 이르던 말이다.

256 마정(馬鄭) : 마융(馬融)과 정현(鄭玄)을 지칭한다. 이들은 후한(後漢)의 대표적인 학자들로서 각각 경(經)을 주석하여 이름을 날렸다.《南史 王僧虔傳》

257 맹공(孟公) : 한나라 애제(哀帝) 때 문신인 진준(陳遵)의 자이다. 다른 사람과의 편지를 모두 모아두고 그것을 영예로 삼았다고 한다.

이보다 낫지 못할 것이다.

부인은 정부인에 추증된 청풍 김씨로 좌찬성에 추증된 익태(益泰)의 따님이다. 여사(女士)[258]의 행실과 선맹(宣孟)의 풍모[259]를 갖추었다. 집안을 다스리고 자식을 교육하며 규방의 법도를 엄숙하고 화목하게 하여 모두 후손들의 모범이 되었다. 순조 계미년(1823, 순조23) 12월 27일에 태어나 18세에 공에게 시집왔다. 금상(今上 고종) 임오년(1882, 고종19) 8월 21일에 돌아가시니 향년 겨우 60이었다. 계미년(1883) 3월 오공동 축좌(丑坐)의 자리에 장사 지냈다.

5남을 두었는데, 병규(秉珪)는 의정부주사이다. 용규(容珪)는 종숙인 감역 운식(雲植)의 후사(後嗣)로 출계하였는데, 진사(進士)에 합격하여 벼슬이 빙고별제에 이르렀다. 응규(膺珪)는 성균관박사, 정규(鼎珪), 홍규(興珪)는 진사이다. 다섯 아들 모두 학문과 행실로 일컬어졌는데, 병규는 특히 돈독한 성품을 지녔다. 조카인 선구(宣求)를 취하여 후사(後嗣)로 삼았고, 용규는 종질(從姪)인 성구(性求)를 취하여 후사로 삼았는데 전 외부 참서(外部參書)였다. 응규는 3남 1녀를 두었는데, 아들은 윤구(允求)이며 측실의 아들은 만구(晩求)이고, 나머지

258 여사(女士) : 사인(士人)의 조행(操行)을 갖춘 여성을 지칭한다.

259 선맹(宣孟)의 풍모 : 주변 사람들에게 덕을 많이 베푸는 사람을 뜻한다. 전국시대 조(趙)나라 사람 선맹(宣孟)이 강(絳)땅으로 가는 도중 굽은 뽕나무 아래에서 굶주린 사람을 만나 밥을 주고, 육포와 돈을 주어 그 어머니를 구하게 하였다. 후일 진(晉)의 영공(靈公)이 선맹을 초대한 후 매복한 무사를 시켜 그를 죽이려 하였다. 선맹이 이를 눈치 채고 달아나자 영공이 군사를 시켜 추격하였다. 그 때 한 사람이 급히 쫓아와 선맹을 재촉하여 수레에 타도록 한 후 적을 막았다. 누구인가 묻자 예전에 굽은 뽕나무 아래서 도움을 받았던 사람이라고 말하고, 추격하는 무사들을 막고 싸우다 죽었다. 이에 선맹이 구원을 받았다고 한다. 《呂氏春秋 報恩》

는 어리다. 정규는 3남 1녀를 두었는데, 순구(舜求), 한구(漢求), 진구(晉求)이며, 딸은 주사 송복헌(宋復憲)에게 시집갔다. 홍규는 3남 2녀를 두었는데, 선구(宣求), 돈구(敦求)이고, 딸은 선비 김용구(金容九)에게 시집갔다. 나머지는 어리다. 명(銘)을 지어 말한다.

나아가서는 영예를 구하지 않았고	進不求名
물러나서는 남을 탓하지 않았고	退不尤人
좌우에 책을 두고	左右圖書
옛 사람과 이웃이 되었네	與古爲隣
오공동의 묘 자리는	五公之原
풀과 나무 우거졌는데	草樹蓁蓁
묘 가운데 거문고 있으면	邱中有琴
우리 어진 손님을 즐겁게 해주리	樂我賢賓

묘표 墓表

고 대한제국 증 종일품 숭정대부 규장각 대제학 조공 택희 묘표

故韓贈從一品崇政大夫奎章閣大提學趙公 宅熙 墓表

공의 이름은 택희(宅熙), 자는 순백(舜百)이다. 조씨(趙氏)의 본적은 양주(楊州)로 판중추원사에 추증된 휘 잠(岑)을 비조(鼻祖)로 하고 있다. 본조에 들어와서는 영중추원사 문강공 휘 말생(末生)이 있고, 4대를 내려와, 부마(駙馬)인 한천위(漢川尉), 휘 무강(無疆)이 있다. 또 삼대를 내려와 지돈녕부사 소민공(昭敏公) 휘 존성(存性)이 있다. 그가 판서책녕국훈(判書策寧國勳) 충정공(忠靖公) 휘 계원(啓遠)을 낳았고, 계원(啓遠)이 감사를 지낸 호 장육당(藏六堂) 휘 구석(龜錫)을 낳았다. 귀석(龜錫)이 판서로 추증된 휘 태숭(泰崇)을 낳았는데, 자식이 없어 형님인 대헌공(大憲公) 휘 태동(泰東)의 아들을 데려다 후사로 삼았다. 그의 휘는 봉빈(鳳彬)으로 좌찬성에 추증되었다. 그가 정헌공(靖憲公) 휘 영국(榮國)을 낳았는데 판서를 지냈다. 영국(榮國)이 판중추부사 충간공 휘 운규(雲逵)를 낳았고, 그가 정현(廷鉉)을 낳았는데 목사를 지내고 판서에 추증되었다. 그가 바로 공의 증조부이다. 조부 휘 제만(濟晩)은 목사를 지냈고 좌찬성에 추증되었다. 부친인 휘 철림(徹林)은 호가 동호(東湖)이며, 목사로서 문학과 관리의 치적으로 이름이 났고, 정2품 자헌대부 규장각 제학(奎章閣提學)에 추증되었다. 첫째 부인은 정부인(貞夫人)에 추증된 용인 이씨(龍仁李氏)로 판서 규현(奎鉉)의 따님이고, 둘째 부인은 정부인에 추증된 청해 이씨(青海李氏)로 소(熽)의 따님이다.

공은 청해 이씨 소생으로 계묘년(1843, 헌종9) 6월 11일 생이다. 을묘년(1879)에 장원으로 진사에 합격하였고, 을유년(1885, 고종22)에 제중원주사에 제수되었으나 병으로 면직하였다. 갑오년(1894, 고종31)에는 수릉(綏陵)[260] 참봉에 제수되었으나, 병신년(1896)에 사임하고 교체되었다. 임인년(1902, 광무6) 3월 16일 양주 양정의 고향집에서 돌아가시니 향년 60세였다.

공은 어려서부터 효성과 우애에 지극한 정성이 있었고, 자라서는 학문을 하였는데 경학(經學)을 날줄로 하고 사학(史學)을 씨줄로 삼아 제자백가를 통달하였다. 시력이 나빠서 항상 수정관 속에 원시경을 넣어 가지고 다녀, 이 때문에 석관(石觀)이라 자호(自號)하였다. 그러나 책을 읽을 때는 열 줄을 한 번에 읽어 내려갔고, 행초(行草)를 쓸 때는 팔이 나는 것 같아 옆에서 보는 자가 달 같은 두 눈이 있는 것을 스스로 부끄러워하였다. 아울러 물리(物理), 역법, 기하학, 지구(地球), 세계지리에 정밀하였고, 배와 수레, 시계, 기관(機關)을 운용하는 오묘한 이치에 이르기까지 모두 전문가처럼 환하게 이해하였으며, 나

260 수릉(綏陵) : 추존(追尊) 황제 문조(文祖, 1809~1830)와 신정(神貞)황후 조씨(趙氏)의 합장릉을 지칭한다. 문조는 제23대 순조의 아들인 효명세자로 1827년 아들인 헌종이 즉위하자, 익종으로 추존되었다.

아가 나라를 경영하고 백성을 새롭게 하는 방법에 뜻을 다하였다. 근세 서양의 문명학(文明學)을 한문으로 번역한 책을 깊이 탐구하여 정통하지 않음이 없었으니, 옛날에 사리에 깊이 통달한 큰 선비라 일컫는 사람에 가까울 것이니, 공이 세상에 나와 이를 시험하게 하였다면 이름을 세우고 세상을 도울 수 있었을 것이며, 또 공의 가문을 빛내고 학문을 달성할 것이라고 사람들이 모두 기대하였으나 만년에 겨우 침랑(寢郎)을 지냈다. 갑오경장의 초기에 조정에서 크게 쓰려고 하여 공이 국가의 법전에 밝기 때문에 우선 각 릉(陵)과 원(園)과 묘(墓)를 조사 처리하는 임무를 주어 시험한 것이다. 공이 쓸모없는 비용을 줄이고, 오래된 폐단을 고치고 개혁하여 국왕의 교지에 맞게 일을 끝냈다. 그런데 정변이 갑자기 일어나 더 이상 시험할 수 없게 되었으니, 세상 사람들이 모두 그가 등용되지 못하고 침체되는 것을 애석하게 여겼다. 그러나 덕행과 기량으로 후생(後生)을 훈육한 것과 신진(新進)을 학문으로 유도한 것은 모두 그의 공이니, 그 공이 어찌 적다고 할 수 있겠는가?

공의 성품은 솔직하고 인애(仁愛)하였으며, 화려함을 버리고 실질을 취하였고, 근검함으로 스스로 단속하는 데 힘썼고, 착한 것을 좋아하고 베푸는 것을 좋아하였다. 혹 당시의 명사들과 글 짓고 술 마시는 모임을 만들어 매번 산수(山水)간의 정자에 보여 추렴하여 술을 마시고 시를 지었는데, 남보다 먼저 시를 이루니 사람들이 전하여 읊었다. 일을 만나면 용감하게 곧장 나아가서 늙어가는지도 알지 못하였는데, 대개 자신감이 있었기 때문이었다. 중년 이래로 가정에 화(禍)가 끊이질 않았고, 다른 사람의 죄에 연루되어 고초를 당하였으며, 벼슬 또한 뜻대로 이루지 못하였다.

막내 동생 충정공(忠定公)은 원통하게 죽었고, 아들 중응(重應)은 남쪽으로 유배되었다가 금방 등용되었으나 갑오년 유신당(維新黨)으로 몰려 이웃나라로 망명하였다. 당시는 권귀(權貴)가 국가의 권세를 잡고 그물을 쳐서 염탐하여 협박이 극도에 이른 때였다. 이에 공이 화를 피하여 선조의 묘소 아래로 가족을 거느리고 돌아갔는데, 걱정과 근심이 병이 되어 마침내 세상을 떠나게 되었다. 아 슬프다. 공이 여기에서 그쳤단 말인가?

부인인 정경부인 반남 박씨(潘南朴氏)는 통덕랑 상수(庠壽)의 따님으로, 금양위(錦陽尉) 문정공 미(瀰)[261]의 후손이다. 중응(重應)은 이웃나라에서 돌아와 법부 대신으로 자급을 뛰어넘어 제수되어 종1품에 올랐고, 농상공부 대신으로 옮겨 큰 공적으로 서훈(敍勳)을 받았다. 현재는 중추원(中樞院) 고문이며 자작(子爵)을 수여 받았다. 첫째 부인은 해주 오씨이고, 둘째 부인은 전주 최씨이며, 외국에 있을 때 광강(光岡 미쓰오카)씨를 취하여 돌아왔는데, 광강(光岡)씨는 귀국한 후 융희 원년(1907)에 특지(特旨)로 좌우(左右)부인에 책봉되었다.

둘째 아들 중억(重億)은 전주 이씨에게 장가들었는데, 진사로 요절하였다. 중응(重應)의 아들은 대호(大鎬)이고 둘째는 어리다. 중억(重億)의 아들은 풍호(豐鎬)이고, 딸은 참위 이희진(李憙振)에게 시집갔다. 중응(重應)이 귀하게 되자, 공을 종1품 숭정대부 규장각 대제학으로 추증하였다.

공의 상(喪)과 장례(葬禮)에 가지 못하였고 반함(飯含)과 염습(斂襲)에도 삼가 정성을 다하지 못한 것을 슬퍼했는데, 지금 신해년

261 미(瀰) : 박미(朴瀰, 1592~1645)로, 자는 중연(仲淵), 호는 분서(汾西)이다. 조선 중기의 문인이며, 선조의 부마(駙馬)로 문예에 능하였다.

(1911)에 한성(漢城)의 서강 자향(子向)을 등진 자리에 묘를 옮긴다고 한다. 공이 일생 동안 운명에 막혔던 것을 그 아들에게서 보답을 받아내어 높은 품계를 빛나게 고하여 영광이 저승에까지 미쳤으니, 아마도 울적함이 쌓였던 저승에서도 조금이나마 위로가 될 수 있을 것이다.

신도비명 神道碑銘

완흥 이공 신도비명 병서
完興李公神道碑銘 並序

흥선헌의대원왕(興宣獻懿大院王 흥선대원군)께서 10년 동안 정치를 보좌하니, 공덕은 사직(社稷)을 보존하였다. 왕에게 맏아들이 있으니 완흥공(完興公)[262]이라 일컬었는데, 조상의 훌륭한 사업을 잘 계승하여 행실에 신의가 있고 생각은 온순하며 삼가 신중하게 법도를 지켜 나라의 기둥이 되었다.

공이 중년이 된 이후 나라에 어려움이 많았다. 환란이 거듭 일어나자 공은 마음을 다하여 나라 일을 걱정하여 몸소 안위를 감당한 지 수십

262 완흥공(完興公) : 흥선대원군의 장남 이재면(李載冕, 1845~1912)으로, 자는 무경(武卿), 호는 우석(又石)이다. 뒤에 희(熹)로 개명했다. 고종의 형으로 1882년 6월 임오군란이 일어나 대원군이 재집권하자 무위 대장(武衛大將)이 되었다. 대원군이 청군에 납치된 뒤 청나라에 왕래하며 천진(天津)에 감금되어 있던 대원군을 봉양하면서 대원군의 귀국을 위해 이홍장(李鴻章)과 교섭했다. 1885년 8월 흥선대원군을 따라 귀국한 뒤 운현궁에 칩거했다. 1895년 을미사변이 일어나자 대원군과 일본공사 미우라 고로(三浦梧樓)의 밀약에 의해 김홍집 내각의 궁내부 대신이 되었다. 이듬해 2월 아관파천이 일어나자 파면되었다. 1900년 완흥군(完興君)에 책봉되었고, 1910년 흥친왕(興親王)에 봉해졌다.

년에, 겸손한 덕을 갖추어 혁혁한 명예도 없었고 백성의 칭찬도 얻지 못하였다. 그러나 상하(上下)가 미덥게 여겨 끝내는 덮어 버릴 수 없는 실재가 있었던 것은 무엇 때문인가? '성(誠)' 때문이다. 대개 '성(誠)'이란 마음에서 연유하여 밖으로 드러나는 것이니, 말이나 웃는 모습으로 구할 수 있는 것이 아니다. 이것으로써 부모를 섬기면 효이고, 이것으로써 임금을 섬기면 충이며, 이것으로써 벗과 사귀면 신(信)이 된다. 이 세 가지는 성(誠)으로 미루어 할 수 있는 것인데, 이 점에서 공이 다른 사람보다 크게 뛰어났기 때문이다.

공의 성은 이씨(李氏)이고, 휘(諱)는 희(熹)이다. 초명(初名)은 재면(載冕), 자는 무경(武卿), 호는 우석(又石)이다. 장조(莊祖)[263]의 서자인 은신군(恩信君) 충헌공(忠獻公) 휘 진(禛)의 증손(曾孫)이며, 남연군(南延君) 충정공(忠正公) 휘 구(球)의 손자이며, 흥선헌의대원왕(興宣獻懿大院王) 휘 하응(昰應)의 맏아들이다. 처음에 은신군에게 아들이 없어 영의정에 추증된 휘 병원(秉源)의 둘째 아들을 데려와 후사로 삼았는데, 이분이 남연군이다. 어머니 순목대원왕비(純穆大院王妃) 여흥(驪興) 민씨(閔氏)는 판돈녕 증영의정 호헌공(判敦寧贈領議政孝獻公) 치구(致久)의 따님이다.

공은 헌종 을사년(1845, 헌종11) 7월 20일 사동(寺洞)의 본집에서 태어났다. 어려서 중부(仲父)인 흥완군 문간공(興完君文簡公) 휘 정응

263 장조(莊祖) : 영조의 둘째 아들 장헌세자(莊獻世子)를 지칭한다. 사도세자(思悼世子)로 더 알려져 있다. 노론의 무함(誣陷)으로 영조에 의해 죽은 뒤, 후에 사도(思悼)라는 시호가 내려졌으며 그의 아들인 정조가 즉위하자 장헌(莊獻)으로 추존되었고, 1899년(광무3)에 다시 장조(莊祖)로 추존되었다. 능은 수원에 있는 융릉(隆陵)이다.

(晸應)의 후사(後嗣)가 되었는데, 태왕(太王 고종) 갑자년(1864, 고종1) 특별 교지를 받아 집으로 돌아왔다. 임자년(1912) 7월 28일 운현궁(雲峴宮) 침실에서 돌아가시니 향년(享年) 68세였다. 8월 19일 무신(戊申)에 김포군 고란대면 풍곡동(金浦郡古蘭臺面楓谷洞)의 좌곤(坐坤)[264]의 자리에 예장하였다.

비(妃) 풍산 홍씨는 통덕랑 병주(秉周)의 따님이다. 갑진년(1844, 헌종10) 4월 8일생으로 정해년(1887, 고종24) 12월 19일에 돌아가셨다. 처음에는 정경부인으로 추증되었다가 흥친왕비(興親王妃)에 추봉되어 양주의 회암(檜巖)으로 이장하여 같은 날 합장되었다. 계비(繼妃) 여주 이씨는 참봉 인구(麟九)의 따님으로 계미년(1883, 고종20) 6월 7일 생이며 경술년(1910) 7월 흥친왕비(興親王妃)에 봉해졌다.

2남 3녀를 두었는데 장남 준용(埈鎔)은 문과를 거쳐 보국숭록대부(上輔國崇祿大夫)에 올라 영선군(永宣君)에 봉해졌고, 이때에 이르러 봉작(封爵)을 계승하여 공작(公爵)에 봉해졌다. 판서 홍종석(洪鍾奭)의 따님에게 장가들었고, 김재정(金在鼎)의 따님을 재취로 맞았다. 차남 문용(墩鎔)은 시종관을 지냈고, 교관 김병일(金炳日)의 따님에게 장가들었으나 일찍 죽었다. 딸은 군수 김인규(金仁圭)와 전비서승 김두한(金斗漢)에게 시집갔는데 모두 홍비(洪妃)에게서 출생하였다. 서녀(庶女)는 주사(主事) 김규정(金奎定)에게 시집갔다. 김인규의 아들 효진(孝鎭)은 전협판 심상익(沈相翊)의 따님에게 장가갔다.

공은 부귀하게 태어나고 자랐지만 선비들과 똑같이 처음에는 과거

264 좌곤(坐坤) : 간방(艮方)을 등지고 곤방(坤方)을 바라보는 방향, 또는 그렇게 앉은 자리를 말한다.

로 관직에 나아가 화려하고 중요한 직책을 두루 거쳤다. 철종 계해년(1863, 철종14) 11월에 감제(柑製)[265]에서 1등을 하였다. 다음 달 철종이 승하하여 태왕(太王 고종)이 신정황후(神貞皇后)의 명으로 익종(翼宗)의 대통을 잇자, 공은 승후관부사용(承候官付司勇)에 제수되었다. 갑자년(1864) 5월 과거에 급제하여 그날로 규장각 대교(待敎)에 임명되었고, 삼사(三司)[266]에서 한림(翰林)과 주서(注書)를 역임하였다. 을축년(1865, 고종2) 1월 통정대부에 올라 동부승지에 제수되었고, 도승지, 이조・호조・예조 참의, 부제학, 직제학으로 승진하였다. 정묘년(1867) 3월 가선대부에 발탁되어 동경연, 종정경에 제수되었고, 의정부 당상에 차임되었다. 무인년(1878)에는 자헌대부로 승진하여 지경연, 종정부, 춘추관, 의금부, 시강원좌빈객을 역임하고 형조 판서에 제수되었다. 기묘년(1879) 숭정대부에 승진하여 행 병조 판서가 되었고, 경진년(1880)에는 숭록대부로 승진하였다. 신사년(1881)에는 금장(禁將), 지훈련(知訓練)에 제수되었다. 임오년(1882)에는 보국대부에 올라 예조 판서와 호조 판서를 겸하였고, 판훈련대장, 선혜청 당상, 판삼군부가 되었다. 갑오년(1894, 고종31) 6월 특별히 상보국숭록대부(上輔國崇祿大夫)에 올라 영종정(領宗正), 영돈녕(領敦寧), 궁내부 대신에 올랐다. 을미년(1895) 8월에 다시 궁내부 대신에 제수되었고, 경자년(1900, 광무4) 4월에는 완흥군(完興君)에 봉해졌다.

265 감제(柑製) : 해마다 제주도에서 진상(進上)하던 귤을 성균관 사학(四學)의 유생(儒生)에게 내리고 거행하던 과거시험을 가리킨다.

266 삼사(三司) : 조선(朝鮮) 때 사헌부(司憲府), 사간원(司諫院), 홍문관(弘文館)을 합쳐서 부른 속칭이다.

정미년(1907, 융희1) 9월 대훈(大勳)에 특서되어 거듭 이화(李花),[267] 서성(瑞星),[268] 금척대수장(金尺大綬章)[269]을 수여받았고 육군부장(陸軍副將)에 임명되었다. 일본 대사로 특명을 받아 도쿄에 도착하여 동화대수장(桐花大綬章)[270]을 받았다. 경술년(1910, 융희4) 7월 흥친왕(興親王)에 봉해졌다. 합방 후에는 공작(公爵)에 봉해져 친왕(親王)의 대우를 받았다. 공이 앞 뒤로 맡았던 제조(提調)의 직책이 10개인데, 사도감제조(司都監提調)가 셋이고, 교정구관당상(校正勾管堂上)이 다섯이다. 나머지는 번잡하여 다 기록할 수 없다.

공은 부모를 섬기는 도리에 있어서 사랑하고 공경하는 것이 천성으로부터 나와 거짓으로 꾸미지 않았으며 새벽에 일어나 밤늦게 자면서 공경하고 조심하였다. 갑자년 고종께서 처음 등극하셨을 때, 흥선대원군이 집에 계시니 거마(車馬)가 문 앞에 모여들었지만,[271] 공은 홀로

267 이화(李花) : 대훈이화장(大勳李花章)의 준말로 1900년(광무4)에 제정한 대한제국 훈장의 일종이다.

268 서성(瑞星) : 서성대수장(瑞星大綬章)의 준말로 1900년(고종37)에 제정한 대한제국 훈장(勳章)의 하나이다. 왕족(王族) 또는 문관(文官)·무관(武官) 가운데 이화대훈장(李花大勳章)을 받은 사람으로서 특별(特別)한 공훈(功勳)이 있는 사람에게 수여하였다.

269 금척대수장(金尺大綬章) : 1900년(고종37)에 제정한 대한제국 최고의 훈장(勳章)이다.

270 동화대수장(桐花大綬章) : 욱일동화대수장(旭日桐花大綬章)의 준말로 일본제국 훈장의 일종이다.

271 홍선대원군이……모여들었지만 : 원문의 '도리재문(桃李在門)'은 《사기(史記)》 권109 〈이장군열전(李將軍列傳)〉에 나오는 속담인 "복숭아꽃 오얏꽃은 말이 없으나 그 아래 자연히 길이 생긴다.〔桃李不言 下自成蹊〕"에서 차용한 것으로, 고종의 즉위로 권력을 장악하게 된 흥선대원군을 뵙기 위해 고위 관료들이 몰려드는 모습을 비유한

담담하게 스스로를 지켜 공손하게 자식의 직분을 다할 뿐이었다. 매번 궁궐 사람들이 임금께 여쭙기 어려운 일이나 정령(政令)이 시의(時宜)에 맞지 않는 점이 있으면, 반드시 틈을 타서 조용히 진언(進言)하여 그 잘못을 덮어 주었고, 물러나서는 기미를 얼굴에 드러내지 않아서 사람들이 알지 못하였다. 알현을 받지 않았고 사사로운 사랑으로 은택을 구하지 않았으므로, 세상에 전문(田文)[272]처럼 친해지려는 객이 없었다.

대원왕께서 보정부(保定府)의 나그네가 되자,[273] 공이 재빠르게 몸소 가서 모시고자 하였으나 청나라 사람들이 기선에 타는 것을 허락하지 않자, 눈보라 속에 길을 바꾸어 고생스럽게 달려가 모시고 추운지 더운지를 여쭙고 음식을 돌보았다. 평소 집에 있을 때처럼 즐거운 마음으로 모시니, 보는 사람들이 감탄하지 않음이 없었다. 부상(傅相) 이홍장(李鴻章)이 매번 공의 충심에서 우러난 효심을 칭송하여 멈추지 않았다. 을유년(1885, 고종22) 가을에 대원위(大院位)를 모시고 귀국하였지만, 세상사에 우려할 것이 많음을 경계하여 문을 닫고 손님을 물리치며 오직 부친을 봉양하고 뜻을 기르는 것으로 일을 삼아 죽을 때까지 그렇게 할 것 같았다.

갑오년(1894)과 을미년(1895)의 변[274]의 변고에 공은 힘들고 괴로운

것이다.

272 전문(田文) : 중국 전국 시대 제(齊)나라의 정승(政丞)·정치가(政治家)이다. 내객(來客)을 후하게 대접하여 천하의 유능한 선비 수천 명을 식객으로 두었다고 전한다.

273 대원왕께서……되자 : 1882년(고종19) 임오군란 직후 흥선대원군이 청(淸)나라의 천진(天津)으로 끌려가 보정부(保定府)에 4년간 유폐되었던 일을 가리킨다.

일이 매우 많았다. 밀고(密告)한 옥사가 생겨 집안에 화가 이를 듯하였지만, 공은 태연하게 순리에 맡기고 원망하는 마음이 없었으며, 근심하는 기색을 보여 부모님께 걱정을 끼치지는 일을 하지 않았다. 일이 한참 뒤에 저절로 해결되었지만 또한 소급하여 이전의 일을 두고 다투지 않았다. 정유년(1897, 광무1)과 무술년(1898)에 거듭 큰일[275]을 당하였는데, 공이 이미 상중의 몸이어서 몸을 몹시 쇠약해져 거의 지탱할 수 없었다. 그렇지만 비록 병중이라도 제전(祭奠)은 몸소 올렸고, 매년 봄, 가을로 선원(先園)에 성묘(省墓)를 가니, 애도하는 모습이 주위 사람들을 감동시켰다. 이는 공이 부모 섬김을 성(誠)으로 한 것이다.

임금을 섬김에 있어서는 화평하고 정직하며 항상 조심하여, 비록 궁궐 내부의 잔치에 참여하여도 집안사람의 예로써 그 공경한 자세를 소홀히 하지 않았다. 충정을 다 털어놓지만 물러나서는 뒷말이 없었다. 임오군란을 당하였을 때, 공이 훈련대장이 되어 궁궐을 보호하여 반란군을 무마하여 안정시켰으니 실로 종사(宗社)를 다시 안정시킨 공이 있었다. 갑오년의 변이 일어났을 때 공이 궁내부 대신이 되어 침전(寢殿)의 곁에서 숙위(宿衛)하였는데, 잠시도 눈을 붙이지 않았고, 배를 채우지 않은 것이 8, 9개월이었다. 이 당시에는 상하가 서로 의심하여 인심이 흉흉하였는데, 공은 안에 들어와서는 여러 정황을 임금께 아뢰고, 밖에 나가서는 임금의 뜻을 선포하여 진실로 걱정하고 아끼는 정성

274 갑오년과 을미년의 변 : 갑오년(1894, 고종31) 동학농민군의 봉기를 틈타 조선에 파견된 일본군이 경복궁을 점령하고 쿠테타을 일으켜 개화파가 집권한 일과 을미년(1895) 10월 명성황후가 일본에 의해 시해된 사건을 지칭한다.

275 정유년……큰일 : 아버지 흥선대원군과 어머니 민씨의 상을 당한 일을 말한다.

을 말과 안색에 드러내니 안팎에서 사람들이 믿고 편안하게 여겼다. 일본 공사가 사람들에게 말하기를, "궁내부 대신은 진정한 충신이다." 라고 하였다. 을미년이 거의 다할 무렵에 시국이 또 한 번 변하였는데, 공이 행재소(行在所)에 달려가 안부를 물으려 하였지만, 문지기에게 막혀 오랫동안 문 밖에 서 있게 되었다. 따르는 자가 말하기를, "날이 이미 저물었는데 어찌 돌아가지 않으십니까?"라고 하였다. 공이 대답하기를, "임금께서 만약 내가 알현하려 왔다는 것을 아시면 반드시 불러 보실 것이다. 지금이 어느 때인데 내가 집에 돌아가 쉴 수 있겠느냐?"라고 하였다. 듣는 사람들이 감동하여 눈물을 흘렸다. 나중에 임금께서 그 충성이 다름없다는 것을 알고 은혜와 대우를 예전같이 하였으니, 이는 공이 임금을 섬김에 성(誠)으로써 한 것이다.

사람과 사귈 때는 '헌자(獻子)의 가세(家勢)를 의식하는 일이 없었던 것'[276]처럼 착한 이를 즐거워하고 어진 이를 좋아하며, 정(情)을 주기를 굶주리고 목마른 자같이 하였다. 면전에서 아첨하는 것을 즐거워하지 않았고, 옳은 도리로 간(諫)하는 것을 들으면 즐거워하였다. 만일 뜻에 맞지 않는 경우가 있으면 말과 표정을 빌릴 것 없이 그가 스스로 멀어지도록 하였고, 뜻에 맞는 자가 있으면 하나같이 마음을 다하여 처음부터 끝까지 변하지 않았다.

276 헌자(獻子)의……것 : 친구를 사귈 때는 사귀는 자의 가세(家勢)를 보지 않는다는 뜻이다. 《맹자》〈만장 하(萬章下)〉에 "맹헌자의 집은 백승 대부의 집안이었다. 벗이 다섯 있었는데 악정, 목중과 그 나머지 3인을 내가 잊어버렸다. 그런데 맹헌자와 이 5인은 서로 벗하면서 맹헌자의 가세를 의식하는 일이 없었다.〔孟獻子 百乘之家也 有友五人焉 樂正 牧仲 其三人則予忘之矣 獻子之與此五人者 友也 無獻子之家者也〕"라는 글에서 연유한 말이다.

을미년 정부의 여러 사람들은 모두 공과 친하였으나, 여러 사람들이 바야흐로 개혁에 뜻을 두고 황제의 친인이 정권에 간여할까 염려하였으며 비록 겉으로는 추대하며 존중하였으나 속으로는 막으려 하였다. 공이 너그럽게 마음에 두지 않고 매번 궁내부의 일을 정부와 의논하여 말하기를, "궁내부와 정부는 일체인데 어찌 정부가 궁내부의 일을 알지 못하는 것이 있어서야 되겠는가?"라고 하였다. 정부가 무너지자 공이 매우 애석히 여겨 곽림종(郭林宗)[277]의 "현인이 죽어 나라가 망했다."고 탄식한 마음을 지녔으니, 공의 한 토막 공심(公心)을 볼 수 있다. 외물(外物)과 나를 마음속에 쌓아두고 있지 않았으니, 이것이 공이 친구 사귐에 신(信)으로써 한 것이다.

공의 수신(修身)은 검약하여 사치를 좋아하지 않았다. 음악과 여색을 가까이 하지 않았고, 자신이 능한 것을 자랑하지 않았다. 옛 일을 밝게 익히고 궁궐의 법도를 묵묵히 연습하여, 안에서는 순수하게 실천하였고 관직에 올라서는 그 맡은 직책을 다한 것이 모두 공의 세밀한 범절이니, 또한 다른 사람들의 모범이 될 만하였다.

공은 만년에 문을 닫고 깊숙이 거처하여 다른 사람과 왕래하지 않았다. 평소 건강하여 질병이 없었는데, 우연히 알 수 없는 병에 걸려 병석에 누운 지 5일 만에 돌아가셨다. 부음을 들으신 양궁(兩宮 고종과

277 곽림종(郭林宗) : 후한 때 사람으로 이름은 태(太)이다. 인륜을 잘 지키고 위태로운 발언과 엄한 논의를 하지 않아 당시 권력을 쥐고 있던 환관들이 '당고(黨錮)의 난'을 일으켜 청류의 지식인들을 탄압할 때도 해를 당하지 않았다. 이후 문을 닫고 후진을 양성하였는데, 건녕(建寧) 원년에 태부(太傅) 진번(陳蕃)과 대장군(大將軍) 두무(竇武)가 엄나라 사람에게 살해당하자 들녘에서 통곡하며 "현인이 죽어 나라가 망했다.〔人亡國瘁〕"라고 한탄하였다.

순종)께서 놀라 슬퍼하여 부의(賻儀)와 제물(祭物)을 관례보다 넘치게 하였다. 발인(發靷)하는 저녁에는 서울 사람이 모두 나와서 영송하였는데, 어린아이에서 노인까지 우러러보며 울지 않는 자가 없었으니 공의 인덕(仁德)이 사람들에게 깊이 스며든 것을 알 수 있다. 명(銘)하여 말한다.

하늘이 보록[278] 내리시니	天祚寶籙
종손과 지손 면면히 이어지네	本支綿綿
충성스럽고 정직한 아들	忠正之胤
실로 흥선군이로다	實維興宣
흥선군이 위풍당당하게	興宣桓桓
왕실 위해 부지런히 힘쓰셨고	勤勞王室
공이 그 위용을 계승하니	公繩其武
나라에 짝할 자 없네	與國休匹
어린 나이에 빼어나	早歲蜚英
대각에서 두로 드날렸고	歷敭臺閣
지위가 높고 현달한 데 오를수록	位躋崇顯
뜻은 더욱 겸손하게 낮추었네	志愈謙抑
보정부에 달려가 살펴드리며	趨省保定
부모님 뜻 받들어 기쁘게 하고	養志承歡
몸소 변기를 닦으니	滌牏必親
보는 사람들 감탄했네	觀者興歎

278 보록(寶籙) : 제왕(帝王)의 자리에 오를 전조(前兆)를 말한다.

이윽고 많은 고난을 만나	頃値多難
조심하며 심혈을 다하니	盡瘁鞠躬
궁궐이 정숙해지고	宮禁靜肅
사나운 병졸들 무기를 거두었네	驕卒戢鋒
왕은 말씀하시길 백부여	王曰伯父
큰 업적 하례 드립니다	嘉乃丕績
집에 납시어 직첩을 내리시니	臨軒授誥
번쩍이는 금책일세	煌煌金冊
종실에 모범이 되어	爲宗室範
대대로 임금을 보좌했고	世作藩輔
명을 받들면 놀란 듯하여	承命若驚
허리 숙여 담장 따라 달아났네[279]	循墻傴僂
삼옹[280]에서 대면하시고	賜對三雍
하간의 예악[281]을 베푸셨고	河間禮樂

279 담장 따라 달아났네 : 조심해서 처세함을 말한다. 공자(孔子)의 선조인 정고보(正考父)의 솥〔鼎〕에 "대부 때에는 고개를 수그리고, 하경(下卿) 때에는 등을 구부리고, 상경(上卿) 때에는 몸을 굽히고서, 길 한복판을 피해 담장을 따라 빨리 걸어간다면, 아무도 나를 감히 업신여기지 못하리라. 나는 여기에 미음을 끓여 먹고 여기에 죽을 끓여 먹어 내 입에 풀칠을 하면서 살아가리라.〔一命而僂 再命而傴 三命而俯 循牆而走 亦莫余敢侮 饘於是 鬻於是 以餬余口〕"라는 내용이 새겨져 있었다고 한다. 《春秋左氏傳 昭公7年》

280 삼옹(三雍) : 주(周)나라의 예(禮)를 행하던 궁(宮)으로 명당(明堂)·벽옹(辟雍)·영대(靈臺)가 있다.

281 하간(河間)의 예악(禮樂) : 하간은 한 경제(漢景帝)의 셋째 아들로 하간왕(河間王)에 봉해진 유덕(劉德)을 가리킨다. 그는 학문을 힘쓰고 옛것을 좋아하여 일찍이

집에서는 선을 행하니	處家爲善
동평의 허리[282]로다	東平腰腹
아름다운 명성과 드넓은 명예	令聞廣譽
은연중에 날로 빛나니	黯然日章
큰 훈장이 주렁주렁	大綬若若
공적이 깃발에 빛나네	勳著旂常
성실한 뜻 도탑고	誠意肫肫
소심하여 두려워했으며	小心翼翼
충후함으로 남과 어울리고	忠厚與人
싫어함도 없고 성냄도 없었네	無惡無斁
만년에 스스로 안정하더니	晩年自靖
운향[283]으로 온전히 돌아가니	完歸雲鄕
위로는 조상이 계시고	昭格于上
곁에는 선왕이 계시네	左右先王
풍곡의 언덕 위에	楓谷之原

민간의 선서(善書)들을 많이 수집하였고, 경전을 널리 배워서 예악을 닦고 유술(儒術)을 숭상하였으므로 산동(山東)의 유자(儒者)들이 모두 그를 찾아가 종유하곤 했는데, 이로 말미암아 그곳에는 예악이 오래도록 전해졌다고 한다. 여기서는 이재면을 하간왕에 비유한 것이다.

282 동평(東平)의 허리 : 임금을 잘 보필하는 인재라는 의미이다. 동한(東漢) 광무제(光武帝)의 여덟째 아들 동평왕(東平王)은 슬기로워 황제를 잘 보필하였는데, 평소에 도술(道術)을 좋아하여 머리를 길러 그 머리털이 허리를 10번 감았다고 한다.

283 운향(雲鄕) : 백운향(白雲鄕)의 준말로 신선이 사는 곳이다. 여기서는 저 세상을 뜻한다.

엄연히 상설[284]을 갖추었는데	有儼象設
내가 명을 써 후세에 드리우니	我銘垂後
높은 비석이 우뚝하리라	穹碑屹屹

(옮긴이 백승철)

284 상설(象設) : 능(陵), 원(園), 묘(墓) 등 각급의 무덤에 설치한 여러 석물(石物)을 지칭한다.

운양집

제13권

행장 行狀

시장 諡狀

유사 遺事

제문 祭文

행장 行狀

부(附) 가장(家狀) 행록(行錄) 모두 11편인데 9편을 수록하였다.

증 좌찬성 별동 윤공[1] 행장

贈左贊成別洞尹公行狀

선생의 휘(諱)는 상(祥), 자는 실부(實夫), 호는 별동(別洞)이며, 초명(初名)은 철(哲)이다. 그 선조는 예천군 사람이다. 증조부 휘 충(忠)은 예빈시 소윤(禮賓寺少尹)에 추증되었고, 조부 휘 신서(臣瑞)는 호조 참의에 추증되었으며, 부친 휘 선(善)은 공조 참판에 추증되었다. 집안이 대대로 한미(寒微)하여 향리에 드러난 가문이 아니었으나, 참판공의 성격은 공손하고 신중하며 덕을 좋아하여 늘 길을 가다가 사람을 만나면 공수(拱手)하며 경의를 표하지 않음이 없었으니, 마을 사람들이 어르신이라 일컬었다.

선생은 홍무(洪武)[2] 6년(1373) 계축 10월 10일생으로 어려서 총명

1 별동 윤공(別洞尹公) : 윤상(尹祥, 1373~1455)으로, 본관은 예천(醴泉)이다. 초명은 철(哲), 자는 실부(實夫), 호는 별동(別洞)이다. 정몽주(鄭夢周)의 문인인 조용(趙庸)에게 배웠으며, 1396년 문과에 급제하였다. 성리학・역학에 밝았고 후진양성에 힘썼으며, 김숙자(金叔滋)에게 《주역》을 가르쳐 정몽주 계열의 성리학적 도통을 전하였다. 저서로는 《별동집(別洞集)》이 있다.

2 홍무(洪武) : 중국 명(明) 태조(太祖)의 연호이다.

하고 절륜하여 8, 9세에 이미 학문에 뜻을 두었다. 관아의 향리(鄕吏)로 일하면서 종일 심부름을 하고 여가가 있으면 정좌하여 책을 읽었고 밤에는 반드시 관솔을 모아두었다가 불을 밝혀 새벽이 될 때까지 글을 읽었다. 사자(四子)[3]와 육경(六經) 및 모든 성리학에 관한 책을 가져다가 마음을 가라앉히고 뜻을 연구하고 해석하여 스스로 터득하려 하였는데 특히 역학(易學)에 조예가 깊어서 이미 상당한 수준을 이루었다.

태조 원년 임신년(1392)에 생원(生員), 진사(進士) 두 시험에 모두 합격하였는데, 당시 나이가 20세였다. 병자년(1396, 태조5) 을과(乙科)로 급제하였고, 이때부터 명성이 세상에 널리 알려졌다. 세상에 선생과 스승의 자리〔皐比〕[4]를 다툴 만한 사람이 없어서 앞뒤로 10여 년간 교수(敎授)로 학교를 주관하였고, 문임(文任)[5]으로 20년 동안 국자감의 장〔大司成〕을 맡았다.

세종 3년(1421) 문종(文宗)께서 동궁(東宮)으로 있으면서 성균관에 입학하였는데, 선생께서 겸대사성(兼大司成)으로 박사(博士)로 있었다. 동궁께서 유생(儒生)의 옷을 입고 속수례(束修禮)[6]를 행하고 당

3 사자(四子) : 사자서(四子書)의 준말로, 공자(孔子), 증자(曾子), 자사(子思), 맹자(孟子)의 언행록이라 할 《논어》, 《대학장구》, 《중용장구》, 《맹자》를 가리키는데, 《주자어류(朱子語類)》 권105에 "사자는 육경으로 올라가는 계단이요, 《근사록》은 사자로 올라가는 계단이다.〔四子六經之階梯 近思錄四子之階梯〕"라는 말이 실려 있다.

4 스승의 자리 : 원문의 '고비(皐比)'는 호랑이 가죽으로, 송(宋)나라의 장재(張載)가 항상 호랑이 가죽을 깔고 앉아서 《주역》을 강론했는데, 후세에 와서는 강학하는 자리를 고비라 부르게 되었다.

5 문임(文任) : 조선 시대에 홍문관(弘文館), 예문관(藝文館)의 제학(提學)으로 임금의 교문이나 대외적인 문서를 맡아보던 벼슬을 통칭한다.

6 속수례(束修禮) : 스승을 처음 뵈올 때에 예물을 바치는 예식이다. 속수는 열 조각

(堂)에 올라 《소학(小學)》을 받았다. 본조의 입학하는 예절이 여기에서 시작되었다. 선생이 좌보덕(左輔德)으로 자리를 옮겨 나아가 《주역》을 강하였는데, 강의를 마치니 모든 생도들이 머리를 조아리고 다시 선생을 스승으로 삼아 주도록 주청하니 임금께서 명하여 예전같이 그대로 성균관 대사성을 겸하도록 하였다. 이때부터 선생께서는 항상 성균관에 계시면서 오로지 성균관 유생들을 가르치는 것만을 일삼으며 개연히 학교를 일으키고 영재를 육성하는 것을 자신의 임무로 삼아, 여러 학생들을 엄격하면서도 은혜롭게 대하였다. 어떤 사람이 "여러 생도들이 산에 놀러가서 선생을 비난한 일이 있었습니다."라고 하자, 선생께서는 듣고서 넘겨 버리고 조금도 화난 안색을 보이지 않았다. 여러 학생들이 더욱 감동하여 분발하고 힘써 규정을 범하지도 않고 잘못을 숨기지도 않으며 모두 도덕으로써 스스로 힘썼기 때문에 한 시대의 큰 선비와 이름난 석학이 모두 그의 문하에서 나왔다.

당시는 나라의 풍속이 고려조의 불교를 숭상하는 폐단을 고치지 않았던 때였다. 선생께서 지금이라도 그릇된 구습(舊習)을 통렬하게 씻어버리지 않는다면 후세에 기대할 것이 없다고 말씀하시고는 1437년(세종19) 성균관의 여러 생도들과 함께 상소(上疏)를 올려 불교를 숭상하는 잘못을 논하기를,

"삼가 생각하건대 우리 태조(太祖) 강헌대왕(康獻大王)께서 창업하시던 초기에는 이익이 되는 것을 일으키지 않은 것이 없었고, 해(害)가 되는 것을 개혁하지 않은 것이 없었습니다. 그런데 유독 부처를 섬기는

의 마른 고기로 《논어》 〈술이(述而)〉편에 "속수 이상의 예를 행한 자에게 내 일찍이 가르쳐주지 않은 바가 없었다.〔自行束修之以上 吾未嘗無誨焉〕"라는 말에서 나왔다.

조항만은 잘못을 그대로 계승하여 나라 안에 절을 짓고 탑을 조성하고 능묘(陵墓)를 안장하였으니, 이는 진실로 성신(聖神)께 유감이 없을 수 없는 일입니다. 공정대왕(恭定大王 태종)께서 영명(英明)하시고 옛 것을 숭상하는 자질과 정일하고 빛나는 학문으로써 도(道)의 진수를 통찰하시어 부도(浮屠)를 무너뜨리고 절의 토지와 노비를 모두 몰수하셨으니, 이는 그 가지와 잎을 점점 마르게 하고 그 근본을 뽑아버리려는 것이었습니다.

지금 우리 성상께서는 선왕의 조치를 잘 계승하고 극히 융성하게 운영하여 성인의 경전(經典)을 숭상하고 믿으셔서 선한 행실을 채집하고 선인(先人)의 말씀을 온축하며 삼강(三綱)을 돈독하게 하셨습니다. 이에 신들은 세상이 태평하고 화목하게 되어 도(道)가 크게 이루어져 삼대(三代)의 정치를 머지않아 다시 볼 수 있게 되었다고 여겼습니다. 그러나 지난번 흥천사(興天寺)의 탑전(塔殿)에 금은과 단청으로 사람들의 눈을 현혹하였는데, 명목은 중수한다는 것이었지만 공은 새로 창건하는 것보다 배가 되었습니다. 지금 또 큰 도량(道場)을 설립하여 승도(僧徒)들을 불러 모아 불경을 외우고 예참(禮讖)을 거행하여 불교 행사를 크게 벌이시니, 여러 관청이 많은 공물을 마련하여 가지고 와서 보시하기에 이르렀습니다. 위로는 종실의 귀척(貴戚)과 아래로는 시장의 물건을 파는 사람에 이르기까지 재물을 기울여 시주하면서 목을 빼고 감탄하지 않는 자가 없습니다. 재물을 허비하는 것은 말할 것도 없거니와 그것이 크게 인심을 어지럽히고 풍속을 무너뜨리니 눈물을 흘리며 울 만한 일이라 하겠습니다.

신(臣)들이 가만히 생각하니, 선만 있고 악이 없는 이치는 비록 하늘에 근거한다 하더라도, 백성들이 선하게 되고 악하게 되는 기틀은 실로 임금께 달려있는 것입니다. 전(傳)에 말하기를 '위에서 무엇을 좋아하면 아래에는 반드시 그보다 더 좋아하는 경향이 있다.'[7]라고 하였으니, 지금 임금으로 계시면서 불교를 숭앙하고 믿으셔서 아래 사람들에게 길을 열어 보이신다면, 아랫사람이 그러한 모습을 보고 느낀 바가 있어 누군들 그곳으로 좇아 들어가지 않을 수 있겠습니까? 온 세상 사람이 모두 불교를 믿게 된다면 부부의 윤리가 없어지고 생명이 태어나는 원천이 끊어져 100년 후에는 인류가 거의 없어질 것이니, 산천과 구릉에는 초목과 금수(禽獸)만이 있어 세상에 인적이 끊어질 것입니다. 요즘에 전하께서 지나간 옛것을 찾아 모으셔서, 후일에 권장하고 훈계할 것에 대비하여 《치평요람(治平要覽)》[8]을 저술해서 후세에 전하려 하신다고 들었습니다. 신들은 양(梁)나라 무제(武帝)[9]처럼 불교를 섬기는 데 부지런한 사람을 권장하려는 뜻을 보여주시려는 것인지, 경계하려는 뜻을 보여주시려는 것인지 알지 못하겠습니다."라고 하였다. 글이 올라가니, 대신 유정현(柳廷顯)[10] 또한 능(陵) 근처에 절을 세우

7 위에서……있다 : 《맹자》 〈등문공 상(滕文公上)〉에 나오는 말이다.

8 치평요람(治平要覽) : 세종 때 왕명으로 정인지(鄭麟趾)를 비롯한 집현전 학자들이 만든 책이다. 1445년(세종27) 완성되고, 1516년(중종11)에 간행되었다. 우리나라와 중국의 역사 가운데 국가의 정치·문화에 대한 성쇠(盛衰)와 군신의 사정(邪正)·정교(政敎)·윤도(倫道) 등 정치인의 거울이 될 만한 사실을 뽑아 엮었는데, 모두 150권으로 활자본이다.

9 양(梁)나라 무제(武帝) : 중국 남조 양의 초대 황제로 재위기간은 502~549년이다. 이름은 소연(蕭衍, 464~549), 자는 숙달(叔達), 묘호는 고조(高祖), 시호는 무제(武帝)이다. 치세 후반에 불교에 너무 심취하여 정사를 게을리 하다가, 548년 반란을 일으킨 무장 후경(後景)에게 사로잡혀 죽었다.

10 유정현(柳廷顯) : 1355~1426. 고려, 조선의 문신으로 시호는 정숙(貞肅), 자는

는 법을 혁파하도록 건의하였다. 이에 부처를 받들어 복을 비는 모든 종류의 일들을 차례로 혁파하여 성종 때에 이르러 남김없이 모두 폐지하게 되니, 논자들이 선생의 소(疏)가 실로 그러한 일이 시작되도록 길을 열어준 것이라고 하였다.

세종께서 일찍이 공법(貢法)[11]을 시행하여 연분(年分)은 9등으로 하고 토지는 3등으로 나누는 제도를 시행하였는데 백성들이 불편함이 많았다. 이에 선생께서 가뭄으로 인하여 진계(陳戒)하여 말씀하시기를 "용자(龍子)[12]가 말하기를 '토지를 다스리는 데 조법(助法)[13]보다 나은 것이 없고, 공법(貢法)[14]보다 좋지 않은 것이 없다.'[15]라고 하였습니

여명(汝明), 호는 월정(月亭)이다. 음보(蔭補)로 등용되어 고려 말 여러 관직을 거쳤다. 공양왕 때 좌대언(左代言)으로 정몽주(鄭夢周) 일파로 몰려 유배되었다가 조선 개국 후 풀려나와 1394년(태조3) 상주 목사(尙州牧使)가 된 뒤, 내외 관직을 두루 역임하였고 1416년(태종16) 좌의정에 이어 영의정에 승진했다. 1419년(세종1) 대마도 정벌 때 삼군 도통사(三軍都統使)로 활약하여 1426년 다시 좌의정이 되었으나 병으로 치사(致仕)하고 4일 후에 죽었다.

11 공법(貢法) : 세종 때 종래의 세법이던 답험손실법(踏驗損實法)의 재검토와 결부제(結負制)에 대한 조정을 거쳐 세율을 조정하여 시행한 세법이다. 해마다 풍흉(豐凶)에 따라 세액을 정하는 연분 9등법(年分九等法)과 토지의 비옥도(肥沃度)에 따라 6등급으로 나누어 세액의 차이를 두는 전분 6등법(田分六等法)을 실시해 조세의 공평을 도모했다. 세율 또한 1/10에서 1/20로 감소되었지만, 토지가 비옥한 삼남지방이 대부분 높은 등급으로 책정되었으므로 국고수입은 크게 증가했다.

12 용자(龍子) : 《맹자》 〈등문공 상(滕文公 上)〉에 보이는 옛날의 현인이다.

13 조법(助法) : 중국 은(殷)나라에서 시행하였던 토지분급 및 조세의 제도로 농민 한 사람에서 토지를 70무(畝)씩 지급하고 그 수확량의 1/10을 세금으로 거두었다.

14 공법(貢法) : 중국 하(夏)나라 때 시행된 세법이다. 농민 한 사람에게 토지를 50무(畝)씩 지급하고 그 중 10분의 1에 해당하는 5무의 수확량을 세금으로 거둔 정액세제였다. 세종대에 시행된 공법은 이 제도의 정액제(定額制) 수취 방식을 취한 것이다.

다. 우리나라의 전제(田制)는 태조 이래 '급손수조법(給損收租法)'[16]을 처음 시행하여 민심과 국가의 근본이 편안하였습니다. 이 제도는 손실(損失)에 따라 조세를 거두는 것으로 옛날 조법의 그대로입니다. 지금 공법(貢法)으로 고쳐서 법을 만들고자 하는데, 비록 연분(年分)을 9등으로 하고 전분(田分)을 3등으로 하더라도 총 토지 수는 각각의 토지에 손실을 가감한 평균치에 미치지 못합니다. 하물며 우리나라는 산천이 험준하여 높낮이가 가지런하지 못하여 비록 같은 도, 같은 읍, 같은 면, 같은 리의 같은 토지일지라도 비옥도가 각각 다르니, 연분의 등급에 따른 총 토지 수에 따라 조세를 정하면 다과(多寡)가 균등하지 못하여 반드시 백성들의 원망을 일으키게 될 것입니다.[17]"라고 하였다.

15 용자(龍子)가……없다 : 《맹자》 〈등문공 상(滕文公上)〉에 나오는 말이다.

16 급손수조법(給損收租法) : 매년 풍흉에 따른 손실을 감안하여 조세를 거두는 수손급손(隨損給損)의 제도를 말한다. 수손급손의 방식을 살펴보면 과전법 시행 당시에는 농사의 작황에 손실이 전혀 없을 때를 10푼으로 하여 1결당 30두의 조(租)를 거두고 매 1푼 감소할 때마다 3두의 비율로 감세하여 10푼 중 8푼에 이르면 면제해 주었다. 태조 때에는 2푼 이하의 감손은 인정하지 않고 전액을 수취하였는데, 태종 때에 이르러 1푼의 실(實)이라도 있으면 1푼의 조(租)를 걷고 1푼의 손(損)이 있으면 1푼을 감해주는 방식으로 제도가 바뀌었다. 여기서는 이 방식을 말한다.

17 지금……것입니다 : 윤상(尹詳)이 제기한 것은 1440년(세종22) 공법상정소(貢法詳定所)에 의해 제시되었던 방안에 대한 지적이다. 당시의 방안은 전국 각도를 토지의 비옥도에 따라 전품(田品)을 3등으로 나누고, 매년 풍흉에 따라 연분(年分)을 9등으로 나누어 세율을 달리하는 것이었다. 아울러 종전에 시행하던 결부법(結負法), 즉 생산량에 따라 1결의 면적을 달리하여 전세를 부과하던 방식 대신에 경무법(頃畝法)을 시행하여 1결의 면적을 일정하게 하고, 연분(年分)을 9등으로 나누어 전세를 부과하는 방식이었다. 이 방안은 1결의 면적을 고정함으로써 윤상이 지적한 바와 같이 비옥도에 따른 생산량의 차이를 전세수취에 반영하지 못하는 폐단이 있어 전세수취에 공평성을 기할

또 변진(邊鎭)에 성을 쌓는 잘못을 논하여 말하기를 "'천시(天時)는 지리(地利)만 못하고, 지리는 인화(人和)만 못하다.'[18]라고 하였습니다. 지금 성을 쌓은 일로 황해도와 강원도의 백성들이 매년 양식을 싸서 들판에서 노숙하거나 이리저리 떠돌아다니고 있습니다. 그리고 지금 천재(天災)가 또한 이와 같으니 중지하고 풍년을 기다리는 것이 더욱 마땅합니다."라고 하였다.

무인년(1458, 세조4)[19]에 단종이 성균관에 입학하려 하자 임금께서 선생께 명하여 다시 박사(博士)기 되도록 하여 위에서 서술한 원손(元孫)의 스승으로서의 예를 받도록 하였다. 이로부터 모든 성균관 입학에서는 대제학이 관례대로 박사가 되었다.

문종 원년 경오년(1451) 선생은 나이 78세로 연로하였음을 아뢰고 고향으로 돌아갔다. 임금께서 승정원(承政院)에 명하여 술을 내리고 매년 쌀 20곡(斛)을 하사하도록 하시고, 이어서 거주지의 관리에게 매달 음식물을 보내도록 명하셨다. 우리나라에서 은퇴한 원로 재상(宰相)에게 음식물을 보내도록 한 것은 이로부터 비롯되었다. 이때에 사방의 학자들이 선생께서 돌아왔다는 소식을 듣고 구름같이 모여 가르침을 청하였다. 선생께서 이들을 가르치시기를 게을리하지 않고 한결같이 성균관에 있을 때처럼 하였다.

수 없었다. 이에 1444년(세종26)에 경무법을 다시 결부법으로 환원하고, 전품6등, 연분9등제를 시행하며, 세율도 1/10에서 1/20 조(租)로 개정된 공법이 확정되었다.

18 천시(天時)는……못하다 : 《맹자》 〈공손추 하(公孫丑下)〉에 나온다.

19 무인년 : 무진년(1448)의 오류이다. 단종이 왕세손에 책봉된 해는 무진년(1448)으로 당시 나이 8세였다.

1454년(단종2) 대사헌 권준(權蹲)이 상소하여 말하기를 "윤상(尹祥)은 전하께서 집지(執贄)[20]하여 스승의 예로써 대우한 자입니다. 지난 번 연로하였다고 하여 사임하고 물러났지만 기력이 아직 건강하고 총명이 감소하지 않았으니 다시 성균관으로 보내 유생들을 가르치도록 해야 합니다."라고 하였다. 임금께서 그렇게 하도록 하였으나, 선생께서 거듭해서 늙어서 부임하기 어렵다고 하니 마침내 중지되었다. 을해년(1455, 세조1) 3월 9일에 돌아가시니 향년 83세였다. 군(郡)의 북산(北山) 갑향(甲向)의 자리에 장사 지냈다. 후에 의정부(議政府) 좌찬성으로 추증되고 아울러 관례대로 하였다.

융경(隆慶)[21] 원년인 정묘년(1567, 명종22)에 중국사신 허국(許國)[22]과 위시량(魏時亮)[23]이 우리나라에 공자와 맹자의 심학(心學)과 기자의 주수(疇數)[24]에 뛰어난 자가 있느냐고 물었다. 퇴계(退溪) 이황(李滉) 선생이 고려의 우탁(禹倬)[25], 정몽주(鄭夢周)[26]와 본조의 김굉

20 집지(執贄) : 제자(弟子)가 스승을 처음으로 뵐 때 예폐(禮幣)를 가지고 가서 경의를 보이는 것을 말한다.

21 융경(隆慶) : 중국 명나라 목종(穆宗)의 연호이다.

22 허국(許國) : 1567년(명종22)에 조선에 왔던 명나라 사신으로, 자는 유정(維楨), 시호는 문목(文穆)이다. 신종(神宗) 때 예부 상서(禮部尙書)를 지냈다.

23 위시량(魏時亮) : 1567년(명종22)에 조선에 왔던 명나라 사신이다. 자는 공보(工甫), 시호는 장정(莊靖)이다. 명나라 남창(南昌) 사람으로 중서사인(中書舍人), 남경형부상서를 지냈다. 저서에 《대유학수(大儒學粹)》가 있다.

24 주수(疇數) : 천하를 다스리는 9가지 큰 법칙인 홍범구주(洪範九疇)를 말한다. 맨 처음 하우씨(夏禹氏)가 낙수(洛水)에서 나온 신귀(神龜)에게서 얻은 것인데, 이것이 대대로 전해져 기자(箕子)에 이르러 기자가 무왕(武王)의 물음에 대답한 이후로 세상에 알려졌다고 한다.

필(金宏弼)[27], 정여창(鄭汝昌)[28], 조광조(趙光祖)[29], 이언적(李彦迪)[30]

25 우탁(禹倬) : 1263~1342. 고려 말의 학자로 본관은 단양(丹陽), 자는 천장(天章), 탁보(卓甫·卓夫), 호는 백운(白雲), 단암(丹巖), 시호는 문희(文僖)이다. 역동선생(易東先生)으로도 불린다. 1278년(충렬왕4) 향공진사(鄕貢進士)가 되었고, 이후 과거에 급제하여 벼슬길에 올라 성균좨주(成均祭酒)를 지냈다. 당시 원나라를 통해 정주학(程朱學)이 전래되었는데, 특히 정이(程頤)가 주석한 《주역》의 〈정전(程傳)〉을 터득해 학생들에게 가르침으로써 후학들이 그를 종사(宗師)로 삼았다 한다.

26 정몽주(鄭夢周) : 1337~1392. 고려 말기의 충신·유학자로 초명은 몽란(夢蘭), 몽룡(夢龍), 자는 달가(達可), 호는 포은(圃隱)이다. 오부 학당과 향교를 세워 후진을 가르치고, 유학을 진흥하여 성리학의 기초를 닦았다. 명나라를 배척하고 원나라와 가깝게 지내자는 정책에 반대하고, 끝까지 고려를 받들다가 이방원에 의해 선죽교에서 암살당하였다. 문집은 《포은집》이 있다.

27 김굉필(金宏弼) : 1454~1504. 조선 전기의 성리학자로 자는 대유(大猷), 호는 한훤당(寒暄堂), 사옹(蓑翁)이다. 김종직의 문인(門人)으로, 형조(刑曹) 좌랑(佐郞)을 지냈고, 무오사화 때 유배되었다가 갑자사화 때 사사(賜死)되었다. 저서에 《한훤당집》, 《경현록(景賢錄)》 등이 있다.

28 정여창(鄭汝昌) : 1450~1504. 조선 성종 때의 문신·학자로, 자는 백욱(伯勖), 호는 일두(一蠹), 시호는 문헌(文獻)이다. 성리학의 대가로 경사(經史)에 통달하였다. 무오사화에 관계되어 귀양 가서 죽었다. 정구(鄭逑)의 《문헌공실기(文獻公實記)》에 그 유집(遺集)이 전한다.

29 조광조(趙光祖) : 1482~1519. 조선 중종 때의 문신·성리학자로 자는 효직(孝直), 호는 정암(靜庵), 시호는 문정(文正)이다. 부제학, 대사헌을 지냈다. 김종직(金宗直)의 학통을 이은 사림파의 영수로서, 급진적인 개혁을 추진하다가 훈구파 남곤(南袞) 일파가 일으킨 기묘사화 때에 죽임을 당하였다. 저서에는 《정암집(靜庵集)》이 있다.

30 이언적(李彦迪) : 1491~1553. 조선 중종 때의 성리학자로 자는 복고(復古), 호는 회재(晦齋), 자계옹(紫溪翁)이다. 김안로의 등용을 반대하다가 쫓겨나 경주 자옥산(紫玉山)에 들어가 성리학을 연구하였다. 후에 다시 등용되어 좌찬성 겸 원상(左贊成兼院相)까지 지냈으나 윤원형 일당의 모함으로 강계(江界)에 유배되어 그곳에서 죽었다. 저서에 《회재집(晦齋集)》이 있다.

과 선생을 적어서 보여 주고 글로 써서 대답하여 말하기를 "우리 동방에 신라와 고려가 있을 때 문헌의 나라라는 칭호를 들었습니다. 그러나 이 두 시대의 유학자들이 중요하게 여긴 것은 끝내 언어와 문자 사이에 있었습니다. 고려 말에 이르러 정자와 주자의 책이 나오자, 우탁과 정몽주 같은 사람들이 성리학을 연구할 수 있었습니다. 본조(本朝)에 이르러서는 선비가 암송하고 익히는 것이 공자와 맹자, 정자와 주자의 말씀이 아닌 것이 없게 되었습니다. 그러나 혹 습속에 젖어 예전의 것을 그대로 따라 밝히지 못하고 살피지도 못하였으며, 혹은 뜻만 크고 일에는 거칠어서 이용할 줄도 모르고 비판할 줄도 몰랐던 것입니다. 그 중에 뛰어나게 독자적인 견해를 가지고 개연히 분발하여 성현의 학문에 종사한 자는 지금 거론한 몇 분이니, 어찌 심학(心學)의 무리라 하지 않을 수 있겠습니까?"[31]라고 하셨다.

또 이희(李熹)[32]에게 답장한 편지에서 말씀하시기를 "윤(尹) 선생은 성리학의 연원으로 점필재(佔畢齋)[33]와 사가(四佳)[34] 및 《동국여지승

31 퇴계(退溪)……있겠습니까 : 이 부분은 《퇴계집(退溪集)》 〈인물논평(人物論評)〉과 《퇴계선생속집(退溪先生續集)》 권8 〈회시조사서(回示詔使書)〉에 자세히 수록되어 있다.

32 이희(李熹) : 1532~1592. 조선 중기의 문신으로 본관은 연안(延安), 자는 자수(子脩), 호는 율리(栗里)이다. 어려서부터 학문에 뛰어난 재질을 보이더니 이황(李滉)에게 수학하여 크게 이름을 떨쳤다. 1561년(명종16)에 사마시에 합격하여 진사가 되고, 1574년(선조7)에 별시 문과에 병과로 급제하였다. 그 뒤 성균관, 이조, 호조, 병조에서 여러 관직을 역임하고 지방의 현령을 거쳐, 임진왜란이 일어난 1592년에 군수로 있었다. 난이 일어나자 관군과 의병을 지휘하여 왜적과 싸우다가 전사하였다.

33 점필재(佔畢齋) : 김종직(金宗直, 1431~1492)으로 조선 시대의 성리학자·문신이다. 자는 계온(季昷), 호는 점필재이다. 1459년(세조5)에 문과에 급제하고, 형조 판

람(東國輿地勝覽)》 등 여러 책에서 지칭되고 있다. 그 분들은 반드시 세상 사람들과 다른 점을 취함이 있었을 것이다."라고 하였다. 퇴계 선생께서는 후학들의 표준인데, 그가 선생을 존중하고 신뢰하는 것이 곧 이와 같았으니, 이 당시 사람들은 선생에게 미칠 수 없다고 여겼던 것이다.

어떤 사람은 선생께서 아름답고 밝은 시대를 만나서 경술(經術)과 문장(文章)으로 학교를 고무시켰지만, 선생의 논저가 없어 후세사람들이 고증할 수 없음을 애석하게 여기고 있다. 그러나 나는 그렇게 여기지 않는다. 가장 높은 것은 덕을 세우는 것이고 그 다음이 공을 세우는 것이고 그 다음이 말을 세우는 것인데, 말을 세우는 것은 선비로서 부득이한 것이다. 선생이 오랫동안 스승의 자리에 있으면서 국가를 위하여 인재를 가르치고 길러서, 그의 덕(德)과 공(功)이 만세에 드리우는 것은 구구하게 말을 세우는 자에 비교할 바가 아니다.

고려의 선비는 한갓 문사(文辭)를 숭상하였으나, 포은 정몽주 선생이 비로소 성리학을 창도하고, 선생께서 그 학문의 실마리를 얻어 국초(國初) 선비들의 추향(趨向)을 바로잡아 그들로 하여금 순수하게 낙민(洛閩)[35]의 길로 한결같이 나아가게 하였다. 이런 까닭에 선생의 말씀

서, 지중추부사 등을 지냈다. 문장과 경술이 뛰어나 영남학파의 종조(宗祖)가 되었다. 그의 〈조의제문(弔義帝文)〉은 뒷날 무오사화의 원인이 되었다. 저서에 《점필재집(佔畢齋集)》, 《청구풍아(青丘風雅)》 등이 있다.

34 사가(四佳) : 조선 전기의 학자 서거정(徐居正, 1420~1488)으로 자는 강중(剛中), 호는 사가정(四佳亭)이다. 성리학을 비롯하여 천문, 지리, 의약에 정통하였고, 문장과 글씨에도 능하여 《경국대전》, 《동국통감》 등의 편찬에 참여하였다. 저서에 《동인시화》, 《동문선》, 《필원잡기》 등이 있다.

이 곧 포은(圃隱 정몽주)의 말씀인 것이다. 강호(江湖) 김숙자(金叔滋)[36] 선생은 선생으로부터 역학을 전수받았는데 우리나라의 역학은 이로 말미암아 크게 밝아졌다. 점필재(佔畢齋) 김종직(金宗直) 선생의 학문은 가정(家庭)에서 배운 것인데 일찍이 말씀하시기를 "나 또한 사숙(私淑)[37]한 사람이다."라고 하였다.

그 후 점필재 선생은 한훤당(寒暄堂) 김굉필(金宏弼)에게 전하였고, 한훤당이 정암(靜庵) 조광조(趙光祖)에게 전하니 연원이 유래한 바는 대개 미루어 알 수 있다. 이러한 까닭에 강호(江湖) 이하 여러 선생의 논저(論著)는 바로 윤 선생의 논저인 것이다. 그러므로 점필재 김종직이 선생의 글에 서문을 쓰면서, "선생께서 직접 제자에게 가르치신 말씀의 정수(精粹)는 고위 관료나 벼슬하지 않는 학사들에 이르기까지 책에 기록하고 전하여 외우지 않은 자가 없었다. 지금 이 잔편단간(殘篇斷簡)이 전하지 않더라도 무슨 손상될 것이 있겠는가?"라고 하였다. 참으로 제대로 알고 하신 말씀이다.-이력(履歷)과 자손에 대한 기록은 모두 일단 생략한다.-

아아, 선생의 관리로서의 업적과 덕망이 태평성대를 만났으나 여전

35 낙민(洛閩) : 염락관민(濂洛關閩)의 학문을 말한다. 염계(濂溪)의 주돈이(周敦頤), 낙양(洛陽)의 정자(程子), 관중(關中)의 장재(張載), 민중(閩中)의 주자를 통칭한 것으로, 송대의 성리학을 뜻한다.

36 김숙자(金叔滋) : 1389~1456. 자는 자배(子培), 호는 강호산인(江湖山人)이다. 사재감 부정, 성균관 사예 등을 지냈으며, 길재(吉再)의 학통을 전승하여 정주학(程朱學)을 발전시켰다.

37 사숙(私淑) : 직접 가르침을 받지는 않았으나 마음속으로 그 사람을 본받아서 도(道)나 학문을 배우거나 따른다는 뜻이다.

히 절혜지전(節惠之典)[38]을 받지 못하고, 오늘에 이르러 잊혀져가니 공론이 모두 개탄하고 애석해 하는 바이다. 오늘 선생의 운손(雲孫)[39] 모씨가 그 유집(遺集)과 연보(年譜)를 가지고 도성에 들어와 도소(圖所)에서 천술(闡述)하고자 하니 그 뜻 또한 부지런하다. 그러나 연대가 너무 멀고 보고 들은 것이 소략하고 오류가 있고 유집과 족보와 묘표를 겨우 주워 모는 나머지에서 나온 것이어서 그 만분의 일에도 부족하다. 그 도학과 문장이 온 세상에 으뜸이 되어 사람들의 입에 회자(膾炙)되는 사람의 경우에도 종종 국사(國史)나 현인(賢人)들의 기록에 산만하게 출현하여 하나같이 충분하지 못하다. 생각하건대 나와 같이 부족하고 비루한 후학의 글이 또한 어찌 찬사가 될 수 있겠는가? 삼가 원래의 글에 행장에 의거하여 약간의 찬술을 더하여 이와 같이 쓴다.

38 절혜지전(節惠之典) : 시호(諡號)를 내리는 의식(儀式)으로 시호는 정2품 이상을 지낸 인물의 사후(死後)에 생존 시의 행적을 바탕으로 하여 국왕으로부터 받게 되는 새로운 호(號)를 말한다. 역명지전(易名之典)이라고도 한다.

39 운손(雲孫) : 8대손(代孫)을 뜻한다. 자손의 명칭 순서는 다음과 같다. 자(子) 1대, 손(孫) 2대, 증손(曾孫) 3대, 현손(玄孫) 4대, 내손(來孫) 5대, 곤손(昆孫) 6대, 잉손(仍孫) 7대, 운손(雲孫) 8대 등이다.

숙부 청은군[40] 가장 기묘년(1879, 고종16)

叔父淸恩君家狀 己卯

공의 휘는 익정(益鼎), 자는 정구(定九), 증 이조 참판(贈吏曹參判) 공의 둘째 아들인데, 족숙(族叔)인 청흥군(淸興君)의 후사로 나갔다.-이 위의 세계(世系)는 묘지명에 상세히 실려 있다.- 순조 계해년(1803, 순조3) 7월 14일 공은 두호(豆湖)의 사의정(四宜亭)에서 태어났는데, 그 달과 날이 문정공(文貞公 김육)과 같았다. 이조 참판(吏曹參判) 공이 이를 기이하게 여겨 어릴 때 자(字)를 경일(慶日)이라 지었다. 1년이 지나지 않아 황씨 부인이 돌아가셨고, 8세에 이조 참판공이 큰 종가(宗家)의 후사를 잇도록 명하셨는데, 그 때는 청흥군(淸興君)께서 앞서 이미 세상을 떠난 뒤여서, 양근(陽根)의 귀천리(歸川里) 집에서 신(申)부인을 봉양하게 되었다. 사랑채가 오랫동안 닫혀있어 비복(婢僕)이 강성하였는데, 공이 어버이 섬기기를 정성껏 하고 하인들을 다스리는 데 법도가 있어 의젓함이 성인(成人)과 같으니 집안

40 청은군(淸恩君) : 김익정(金益鼎, 1803~1879)의 봉호(封號)이다. 본관은 청풍(淸風), 자는 정구(定九), 호는 하전(夏篆)으로 1834년(순조21)에 제관인 재랑(齋郞)이 되었으며, 그 뒤에 내외의 여러 벼슬을 역임하였다. 1872년(고종9) 나이 70에 시종신(侍從臣)의 부친에게 가자(加資)하는 은전을 베푸는 관례에 의해 통정대부(通政大夫)가 되었으며, 1876년에는 세 아들과 두 손자가 모두 과거에 급제한 영광으로 가선대부(嘉善大夫)로 승진하였다. 그 뒤에 다시 청은군(淸恩君)에 봉해졌다. 김윤식은 8살 때 부모가 한꺼번에 돌아가셔서 두 누이와 함께 중부(仲父)인 김익정의 집에서 양육되었다.

의 법도가 숙연해졌다. 신사년(1821, 순조21) 가을에 이조 참판공이 돌아가셨다. 이때부터 공은 고아가 되어 부친의 가르침을 받지 못해 자립하지 못할까 걱정하여 일찍 일어나고 늦게 잠자며 함부로 교유(交遊)하지 않고 오직 마을의 나이 많고 덕이 높은 사람을 따라다니며 마음을 비우고 학업을 청하였다. 이를 본 어른들이 앞으로 크게 될 것을 기대하여 그 자손을 부탁하기에 이르렀다.

갑오년(1834, 순조34)에 겨울 왕명이 전해져 현륭원(顯隆園) 참봉을 제수 받았고, 헌종 병신년(1836, 헌종2) 여름에 병으로 그만두었다. 정유년(1837) 봄에 가례도감 감조관(嘉禮都監監造官)에 차임되었다. 무술년(1838)에 6품에 올랐고, 전설서(典設署) 별제(別提), 한성부(漢城府) 주부(主簿), 경모궁령(景慕宮令)을 제수 받았다. 기해년(1839)에 아산(牙山) 현감에 제수되어 조운선을 영솔하여 두 번 서울로 올라왔는데, 항상 기한보다 앞서 도착하였다. 신축년(1841, 헌종7)에 영천 군수(榮川郡守)로 옮겼는데, 고을에 이서(吏胥)들의 포흠(逋欠)이 많아 백성들이 징렴(徵斂)으로 곤궁하였다. 공이 부임하여 법을 제정하고 그 포흠을 거두어들여 마침내 상황을 마무리하니, 고을 사람들이 철로 된 비석을 세워 그 업적을 기록하였다. 갑진년(1844, 헌종10) 여름 영해 부사(寧海府使)로 옮겨 제수되었으나 그해 겨울 모친의 병으로 인해 체직되었다.

정미년(1847, 헌종15) 겨울, 진찬도감(進饌都監)을 설치하여 무신년(1848) 설날에 순원왕후(純元王后)[41]의 환갑잔치를 하고자 하였는

41 순원왕후(純元王后) : 1789~1857. 조선 제23대 왕인 순조(純祖)의 정비(正妃)로 안동(安東) 김조순(金祖淳)의 딸이다. 순조의 친정(親政)이 시작되면서 장인인 김조

데, 그 일을 돕는 사람들은 모두 당시에 극도로 엄선된 사람들이었다. 공이 도감 낭청(都監郎廳)이 되었는데, 응대(應對)하는 것이 임금의 뜻에 맞아 헌종께서 그 능숙한 처리를 자주 칭찬하셨다. 그리고 모든 진찬 의궤(進饌儀軌)의 일[42]을 처음부터 끝까지 위임하여 나아가 뵙고 물러날 때마다 임금이 눈으로 전송하고 말하기를 "이는 복이 있는 사람이다."라고 말했다.

무신년(1848, 헌종14) 한성주부, 장악원(掌樂院) 주부를 제수 받았다. 헌종께서 그 재량이 일을 맡길 만하다는 것을 더욱 잘 아시게 되어 바야흐로 진심으로 임용하려는 뜻을 가지게 되었으나 기유년(1849) 여름에 갑자기 승하하시니, 공이 매우 한스러워하며 벼슬에 나아갈 뜻이 없게 되었다. 철종 즉위년에 이르러 청주(淸州) 목사로 나아갔다가 곧 성주(星州)로 옮겼다. 성주는 경상우도의 큰 고을인데 일이 많고 폐단이 고질적이었다. 공이 5년 동안 일을 맡아서 조용히 마음을 다하여 다스리니 위엄과 은혜가 모두 뛰어났다. 고을 사람들이 비(碑)을 세워 이를 칭송하였다.

계축년 가을 보성(寶城) 군수로 옮겼으나, 병사(兵使)와 협의가 있어 전례(前例)를 인용하여 사임하고 교체되었다. 금상(今上 고종) 갑자년(1864, 고종1) 가을 서원(西原) 현감에 제수되었다. 서원은 옛 청주이다. 당시 경복궁을 중건하려고 원납(願納)[43]과 은전(隱田)을 조사하

순을 중심으로 하는 안동 김씨의 세도정치가 시작되었다. 인릉(仁陵)에 순조와 합장되었으며, 고종이 황제에 오르면서 순원숙황후(純元肅皇后)로 높여졌다.

42 진찬의궤(進饌儀軌)의 일 : 1848년(헌종14) 대왕대비 순원왕후 김씨(純元王后金氏)의 60세 생일을 축하하기 위한 진찬의식을 말한다. 당시의 진찬 의식의 절차나 내용은 순원왕후의 《진찬의궤(進饌儀軌)》 3권 4책으로 간행되어 있다.

여 찾아내라는 명령이 있었다. 다른 고을들은 백성들 재산의 많고 적음을 불문하고 호(戶)의 수에 비례하여 원납전을 거두었고, 또 은결(隱結)[44] 수십 결을 거짓으로 보고하여 조정의 명령을 채울 뿐, 애초에 밭이랑에 나가보지도 않았다. 공은 홀로 이는 전세를 고르게 하고 실제에 힘쓰는 정치가 아니라고 여겨서, 원납은 부유한 호의 숫자를 자세히 조사하여 계산해서 징수하고, 빈민이나 하호(下戶)는 계산에 넣지 않았다. 양전(量田)은 민첩하고 근면하며 심계(心計)가 있는 사람을 선택하여 경작지 하나하나를 계산하여 맞추어 보게 하여 은전(隱田) 1,300결을 찾아내어 감영에 보고하였다. 이에 옛 장부에 의해 묵히는 땅에서 원통하게 세(稅)를 징수 당하던 자들이 모두 면제를 받는 은혜를 입었다. 그러자 소민들은 즐겁고 기뻐하지 않음이 없었지만 힘 있는 부호들은 모두 즐거워하지 않아서 떠들썩하게 비방이 일어났다.

어사(御史) 홍철주(洪澈周)[45]가 경내에 들어와 그 뜬소문만 믿고 살펴 조사하였지만 소득이 없었다. 그런데도 그런 짓을 심하게 하니, 공이 이를 수치스럽게 여겨 병을 아뢰고 교체해 줄 것을 청하였다. 임금께서 특별히 명령하여 그대로 맡겼다가 정묘년(1867, 고종4) 3월

43 원납(願納) : 대원군이 경복궁(景福宮) 중건을 위해 원납전(願納錢)을 거둔 일을 말한다.

44 은결(隱結) : 토지대장인 양안(量案)에 고의로 올리지 않고 사사(私事)로이 경작하는 토지 또는 이에 매긴 결세(結稅)를 말한다.

45 홍철주(洪澈周) : 1834~? 본관은 풍산(豊山)이고 자는 백영(伯泳), 시호는 효헌(孝獻)이다. 1859년(철종10) 진사로서 증광별시 문과에 병과로 급제하였으며, 1884년(고종21) 호조 판서에 임명되었다. 1887년(고종24) 3월 전보국총판(電報局總辦)이 되어 전선 가설에 공을 세웠다.

에 이르러서야 교체되었다. 어사가 이윽고 복명(復命)할 때, 끝내 앞에서 언급한 일로 공을 탄핵하여 공이 심리(審理)를 받고 돌아왔는데 이때부터 더욱 세상에 뜻이 없어졌다. 그해 5월 신(申)부인의 상을 당하였다.

임신년(1872, 고종9) 봄 공의 나이 70에 시종신(侍從臣)의 부친에게 은전을 베푸는 관례에 따라[46] 통정대부(通政大夫)의 품계에 올라 돈녕도정(敦寧都正), 공조 참의(工曹參議), 조사위장(曹司衛將)[47]을 제수받았다. 병자년(1876, 고종13) 2월 손자 유성(裕成)이 과거에 급제하였다. 대료(大僚)[48]가 경연(經筵)에서 세 아들과 두 손자가 과거에 급제하였음을 상주하였다. 이에 경국대전(經國大典)의 '오자등과례(五子登科例)'에 비추어 공의 품계를 가선대부(嘉善大夫)로 올리고, 봉작을 이어받게 하여 청은군(淸恩君)으로 삼았다. 이 해 호조 참판, 부총관, 경연특진관, 충훈부 유사당상에 제수되었다. 이때에 이르러 공의 나이가 많아 정신이 혼미하고 질병이 끊이지 않았다. 비록 침상에 있으면서 숨이 끊어질 듯 말 듯한 상황이었지만, 충훈부(忠勳府)의 일로

46 시종신(侍從臣)의……따라 : 시종신은 왕을 가까이서 모시는 신하로 승정원, 사간원, 사헌부, 홍문관, 예문관 소속의 관리를 지칭한다. 김익정의 아들 김완식(金完植)이 좌승지를 지냈고, 김관식(金寬植)과 김만식(金晩植)이 우부승지를 지냈으므로 가자(加資)를 받은 것이다.

47 조사위장(曹司衛將) : 오위도총부(五衛都摠府) 소속의 오위장(정3품) 12명 중 2명을 조사위장(曹司衛將)이라고 한다. 조사위장은 오위도총부의 사무를 주관하였으며, 1764년(영조40) 이후 1명은 문신으로 하였다.

48 대료(大僚) : 정1품의 영의정(領議政), 좌의정(左議政), 우의정(右議政) 등 삼정승을 지칭하는 말로 종1품 보국대부(輔國大夫) 이하의 관료들이 삼정승에 대하여 부르는 호칭이다.

와서 청탁하는 자가 있으면 문득 준엄하게 꾸짖어 거절하였다. 마음을 다하여 공무를 수행하니 충훈부의 폐단이 거의 제거되었다. 여기에서 공의 평일의 수양(修養)을 알 수 있다.

공은 키가 크고 눈썹이 아름답고 눈이 빛나고 수염이 성글었으며, 행동거지가 단정하고 목소리는 쇠나 석경을 울려 나오는 것 같았다. 성품은 방정하고 엄격해서 본분을 확고하게 지켜 흔들림이 없었다. 평상시에는 과묵하여 말과 웃음이 적었으나, 손님을 대하면 하루 종일 지루하지 않았다. 일을 처리할 때는 주도면밀하여 처리가 모두 타당하였고 거처하는 곳은 책상과 서적들의 위치가 질서정연하여 법도가 있었다.

평소 방술(方術)을 좋아하지 않았다. 세상에서 말하는 풍수(風水)와 운명(運命)에 대한 이야기는 지혜롭든 어리석든 관계없이 모두들 믿었는데, 공은 홀로 이를 매우 싫어하였다. 일찍이 자제들에게 경계하여 말하기를 "풍수가의 말은 경전에는 보이지 않는다. 돌아가신 부모님의 뼈를 받들어서 저승으로부터의 복을 불러들이는 효과는 보지 못했고, 먼저 그 재앙을 받는 일은 내가 본 적이 많다. 너희들은 마땅히 그 점을 삼가도록 해라."라고 하였다. 또 무당과 귀신의 일을 통렬하게 금하였으므로 질병이나 우환이 있어도 집안사람들이 감히 재앙을 쫓고 복을 비는 일을 하지 못하였다. 어떤 사람이 살 만한 복지(福地)에 대해 이야기하자, 공이 웃으면서 말하길 "세상에 어찌 복지가 있겠는가? 우리 선인의 옛 터를 지켜서 이웃과 서로 친하게 지내면 그곳이 복지이다."라고 하였다. 그리고 자손에게 경계하여 망령된 행동을 하지 못하도록 법도를 세웠다.

공은 어려서부터 과거 시험공부를 하지 않았는데, 태부인이 계셨기 때문에 애써서 과거 시험장에 한두 번 응시하고서 그만두고 말씀하기를 "나는 복을 남겨두었다가 자손에게 물려줄 것이다. 영화로운 자리에 나아가는 것은 나의 뜻이 아니다."라고 하였다. 마침내 자손들 중에 과거에 장원한 자가 많이 나오니, 사람들이 공이 남겨놓은 복의 보답이라고 말하였다.

돌아가신 나의 아버지는 공에게 형님이 되시며 아들 하나와 딸 셋을 두었는데, 윤식이 그 하나이다. 공과 부인께서 어루만지고 길러주신 은혜가 자기가 낳은 자식보다 더하여, 두 딸은 시집보내고 조카인 나를 특별하게 돌봐주셨다. 이미 가정을 이루고 관직에도 올랐지만 경성(京城)에서 가난하게 살자, 공께서는 여전히 집안일을 헤아리고 돌봐주셔서 굶주리거나 부족한 것이 없게 하였다. 집안을 다스림이 조정과 같이 엄격하여 자식과 조카들을 대할 때는 은혜로웠지만, 조금이라도 잘못이 있으면 문득 안색을 바로하고 말을 하지 않으시다가 혹 몇 달이 지나서야 풀었다. 노복들이 다른 사람들과 때리고 싸우면, 반드시 그 때리고 싸운 죄를 먼저 다스리고 옳고 그름을 묻지 않으니, 고을과 이웃 사람들이 그 공정함에 감복하여 이후로는 시끄럽게 다투는 자가 없었다.

선산(先山)에 소나무와 가래나무가 매우 무성하였는데, 공의 집안이 가난하여 궁핍했던 때에 사람들 중에 팔기를 권하는 자가 많았으나 공이 고집스럽게 허락하지 않았다. 하루는 묘를 지키는 노비가 와서 고하기를 "벌레 먹은 소나무가 반이 넘습니다. 베어내지 않으면 다 그렇게 될 것입니다."라고 하였다. 공이 말하기를 "벌레를 어떻게 할 수 있겠느냐. 반드시 나로 하여금 베어내게 하지는 못할 것이다."라고 하였다. 조금 있다가 벌레가 저절로 없어졌다.

관직에 종사했던 30년 동안 집안 재산을 불린 것이 없으니 빈궁한 친지(親知)의 혼인과 상(喪)에 두루 급한 일의 비용으로 쓴 것이 많았기 때문이다. 요로(要路)에 안부 인사를 다니지 않았기 때문에 항상 사이가 어긋나 화합하지 못하였으나 만년에 녹(祿)과 지위를 누린 것은 공의 천작(天爵)이었다.

공은 나중에 관직을 그만두고 집안에 거처하며 서울에는 가지 않았으며, 귀천리(歸川里)의 옛집을 수리하여 연못을 파고 나무를 심어 노년을 마무리할 계획을 삼았다. 집에는 '하전서옥(夏篆書屋)'이라 현판을 달고 종일토록 한 권의 책을 손에 들고 책상에 기대앉아 있거나, 대문 앞의 벼를 수확하여 가족을 먹여 살렸고, 그 남는 것으로는 맛있는 고기를 갖추어 태부인을 즐겁게 모셨다. 봄·가을 한가한 날에는 높은 곳에 올라 휘파람을 불고 시를 읊으며 기꺼이 세상일을 잊으시려 하였다. 임신년(1872, 고종9)이후부터 품계가 오르고 관직이 더해졌지만 문득 한 번 숙배하고 물러나서 일찍이 시간을 지체한 적이 없었다. 기묘년(1879, 고종16) 5월 25일 정침(正寢)에서 돌아가시니 향년 77세였다.

부음(訃音)을 들은 임금께서 관례대로 부의(賻儀)를 내리셨다. 이해 7월 모일에 광주(廣州) 늑현리(勒峴里) 갑좌(甲坐)의 언덕에 장사 지내 부인과 합장하였다. 배필인 숙부인(淑夫人) 반남 박씨(潘南朴氏)는 학생(學生) 종의(宗儀)[49]의 따님인데, 정부인(貞夫人)으로 추증되었다. 정숙하고 신중하며 여사(女士)의 풍모가 있었으며, 시어머니를 높이 받들고 친척과 친족들을 대우함에 하나같이 화순하게 공경하여 뜻을 거스른 적이 없었다. 공보다 앞서 7년 전에 돌아가셨다.

49 종의(宗儀) : 박종의(朴宗儀, 1766~1815)로 연암(燕巖) 박지원(朴趾源)의 장남이다. 연암의 형인 박희원(朴喜源)의 양자로 입적하였다.

다섯 아들을 두었는데, 김원식(金元植)은 문과를 거쳐 형조 판서(刑曹判書)에 올랐다. 부친인 청은군(淸恩君)의 명으로 청풍군(淸風君)과 청원군(淸原君) 두 국구(國舅)[50]의 제사를 받들기 위해 출계하였다. 김완식(金完植)은 문과를 거쳐 승정원 좌승지(承政院左承旨)에 올랐다. 김관식(金寬植), 김만식(金晩植)은 문과를 거쳐 승정원 우부승지(承政院右副承旨)에 올랐고, 김광식(金光植)이 있다. 김완식, 김관식, 김광식은 공보다 앞서 죽었다. 둘째부인 이씨(李氏)에게서 세 딸을 낳았는데, 큰 딸은 연안(延安) 이응익(李應翼)에게 시집갔고, 둘째 딸은 풍양(豐壤) 조동욱(趙東旭)에게 시집갔다. 다음은 어리다.

김원식은 2남 1녀를 두었는데, 김유행(金裕行)이 문과를 거쳐 승정원 좌부승지(承政院左副承旨)에 올랐고, 김유성(金裕成)은 문과를 거쳐 홍문관 교리(弘文館校理)가 되었다. 딸은 규장각 검교직각(奎章閣檢校直閣) 양주(楊州) 조동희(趙同熙)에게 시집갔다. 서자(庶子)가 다섯인데 맏이가 김유형(金裕衡)이고 나머지는 모두 어리다. 김완식은 1남 1녀를 두었는데 김유창(金裕昌)이 일찍 요절하여 자식이 없다.-나중에 김유정(金裕定)의 아들 김구수(金龜壽)를 후사로 삼아 공의 제사를 받들게 하였다.- 딸은 성균관 진사 달성(達城) 서인순(徐寅淳)에게 시집갔다. 김광식은 1남 김유정(金裕定)을 두었다.

아아, 공은 뜻을 굽혀 음직(蔭職)에 머물러서 세상에서 포부를 펼친

50 국구(國舅) : 국왕의 장인을 말한다. 청풍군(淸風君)은 현종비(顯宗妃)인 명성왕후(明聖王后)의 아버지인 김우명(金佑明)이고, 청원군(淸原君)은 정조비(正祖妃)인 효의왕후(孝懿王后)의 부이자 김우명의 4대 종손인 김시묵(金時默)이다. 김원식(金元植)은 김우명의 7대손인 김익철(金益哲)에게 출계(出系)했으므로 8대 종손으로서 청풍군과 청원군 두 국구(國舅)의 제사를 받드는 것이다.

바가 적었다. 그러나 집안에 계실 때의 마땅한 행실은 모두 후손의 모범이 되실 만하였다. 윤식이 어찌 감히 속이겠으며, 어찌 감히 빠뜨릴 수 있겠는가? 흐르는 눈물을 닦으며 삼가 가장(家狀)을 써서 입언군자(立言君子)가 다듬어주기를 기다린다.

숙모 증 정부인 반남 박씨[51] 가장

叔母贈貞夫人潘南朴氏家狀

부인의 성은 박씨(朴氏)로 그 선조는 반남(潘南) 사람이다. 아버지는 학생 박종의(朴宗儀)이고, 어머니 순흥 안씨(順興安氏)는 판서(判書)를 지낸 장간공(章簡公) 안필균(安弼均)의 현손(玄孫)이며, 사간(司諫) 문간공(文簡公) 야천(冶川) 선생 안소(安紹), 금양위(錦陽尉) 문정공(文貞公) 안미(安瀰)의 후손이다.

학생(學生) 공은 연암공(燕巖公)의 큰아들인데, 큰아버지 학생 휘 희원(喜源)의 후사(後嗣)가 되었다. 연암공의 휘는 지원(趾源)이고 양양 부사(襄陽府使)를 지냈는데, 세상에서 문장으로 명성이 높았다. 연암(燕巖)은 그의 호(號)이다.

부인께서는 순조 계해년(1803, 순조3) 10월 21일에 태어났는데, 학생 공이 일찍 돌아가셔서 숙부인 경산 현감(慶山縣監) 박종채(朴宗采)[52]에 의해 길러졌다. 경산공의 여러 아들들은 총명함이 특히 뛰어나 어려서부터 예(禮)로써 겸양하였고, 부인도 덕과 재능을 다 갖추어 한 집에 살면서도 다투지 않으니, 경산공이 모두를 매우 사랑하였다.

17세에 우리 숙부이신 참판공(參判公)께 시집왔다. 할아버지이신

51 반남 박씨(潘南朴氏) : 연암(燕巖) 박지원(朴趾源)의 손녀로서 김윤식(金允植)의 중부(仲父)인 김익정(金益鼎)의 부인이다.

52 종채(宗采) : 박종채(朴宗采, 1780~1835)로 연암 박지원의 둘째 아들이며, 환재(瓛齋) 박규수(朴珪壽)의 아버지이다. 경산 현감(慶山縣監)을 지냈으며, 아버지 박지원의 행적을 기록한 《과정록(過庭錄)》을 썼다.

이조 참판 부군(吏曹參判府君)[53]께서 한번 보시고 칭찬하여 말씀하시기를 “이 며느리가 반드시 우리 집안을 일으킬 것이다.”라고 하셨다. 매년 설날이면 두호(豆湖)의 강변에 있는 집에 찾아와 문안을 올리고 번번이 안타까워하며 차마 떠나지 못하였다. 부인은 법도 있는 가문에서 태어나고 자라서, 성품이 정숙하고 행실이 갖추어져 있었다. 시어머니 신씨(申氏) 부인을 섬기는데 일찍이 한 번도 그 뜻을 거스른 적이 없었고, 비복(婢僕)을 잘 다스려 그 본분을 다하도록 하였다. 참판공은 성품이 엄정하고 법도가 있었는데, 부인이 화목하게 집안일을 꾸려나가셔서 집안에 허물이 없었다. 일찍이 옛 사람의 태교법(胎教法)을 본받아서 임신을 했을 때는 몸가짐과 듣고 보는 것을 매번 스스로 조심하고 살펴서 10달이 되어서야 그만두었는데, 주변사람들은 느끼지 못하였다. 성품이 남을 시기하거나 다투려하지 않아, 남에게 기쁘고 경사스러운 일이 있다고 들으면 자기 일처럼 여겼다. 비복을 꾸짖을 때에도 모진 말을 가한 적이 없었다. 남이 다급한 일로 찾아오면 인색함이 없었지만, 다급한 일로 남을 찾아가지는 않았다. 남과 말할 때는 비록 은혜를 준 자라 하여도 말을 지루하게 되풀이 하거나 생색을 내지 않았다. 집안에서 주고 받는 편지는 몇 줄이 차지 않았으니, 응당 할 말만 하고 그쳤다.

일찍이 참판공이 부임하는 관아에 따라 갔을 때, 관청에 소속된 무당과 접촉하지 않았고 아전들이 바치는 것을 받지 않았으며 외간 사람과 통하여 팔고 사는 일이 없으니, 부임지의 아전(衙前)과 백성들이 내아

53 이조 참판 부군(吏曹參判府君) : 김용선(金用善, 1766~1821)으로 김윤식의 조부(祖父)이며 자는 시행(時行)이다. 규장각 대제학(奎章閣大提學)에 추증되었다.

(內衙)에 권속이 있는 줄 알지 못하였다. 여러 아들들이 관직에 올라서도 또한 그러하였다. 일 때문에 와서 청탁하는 자가 있으면, 즉시 사양하고 보내면서 말하기를 "이 일은 부녀자가 미리 알 수 있는 것이 아니다."라고 하였다. 일은 크든 작든 자신이 혼자 처리하지 않았고, 비록 지위가 낮고 어린 자손이라도 반드시 물어본 뒤에 행하였다. 그러나 잘못하는 것이 있으면 즉시 준절하게 꾸짖고 개탄하여 감히 고치지 않는 것이 없게 하였다. 사치를 즐기지 않았고, 유람을 일삼지 않았으니 음식과 의복은 검소하게 갖추었고, 비록 옷 지을 사람들이 눈앞에 가득해도 여전히 바느질 하는 수고를 맡아서 몸소 솔선하였다. 제사를 받들 때는 더욱 삼가하여 일을 맡으면 비록 병에 걸렸어도 반드시 애써 일어나 제사도구를 직접 살폈는데, 마음을 졸이며 어쩔 줄 몰라 하는 것이 노년에 이르러서도 해이해지지 않아 신부(新婦) 때와 같았다. 참판공이 외직으로 관직에 나아가 일찍이 집에 계시지 못하자, 글방 선생을 초빙하여 아들과 조카를 가르쳤다. 글방 선생의 집이 가난하자 부인이 힘을 다해 넉넉하도록 돌봐드려, 날마다 노비를 보내 김매고 나무하고 밥하고 세탁하는 일을 제공하였다. 글방 선생이 이에 집안일을 잊고 가르치는 일에 전념하였다.

나의 돌아가신 어머니 이씨 부인과 정이 매우 두터웠는데, 어머니가 돌아가시자 여러 고아들을 돌보아 주시기를 자기가 난 자식들과 다를 바 없게 하셨다. 아들과 조카가 모두 장가들어 한 집에서 같이 산 것이 거의 30년이었는데, 그 성품과 기량, 기질과 취미가 사람마다 달랐지만, 부인께서 고르게 사랑하시는 마음[54]으로 이들을 잘 거느리시니 규

54 부인께서……마음 : 원문은 '시구지인(鳲鳩之仁)'으로 자식을 고르게 기르시는 부

방 안이 화목하였다. 둘째 부인 이씨 또한 어질고 행실이 훌륭하였는데, 사람들이 부인을 보고 감화된 때문이라고 하였다.

부인은 아들 5명과 손자 약간 명을 두었는데, 귀하고 현달한 사람이 많았다. 세 아들과 손자 한 명이 부인보다 먼저 죽었다. 셋째 아들 관식이 특히 어질고 효성스러웠는데 자식이 없이 일찍 죽자, 부인이 매우 애통해하며 이때부터 뜻을 잃어 즐거움이 없었다. 지금 임금 임신년(1872, 고종9) 봄 참판공(參判公)과 부인의 연세가 70을 넘자, 시종신(侍從臣)에 대한 은전을 미루어서[55] 공은 통정대부에 오르고, 부인은 따라서 숙부인(淑夫人)에 봉해졌다. 이해 12월 22일 병으로 귀천리 집에서 돌아가시니 이웃과 친척이 곡을 하며 실성(失聲)하지 않은 자가 없었다. 계유년(1873) 5월 19일 광주 늑현리 갑좌(甲坐)의 언덕에 장사 지냈다.

병자년(1876, 고종13) 봄 참판공은 세 아들과 두 손자가 과거에 급제함으로 인하여 특별히 가자(加資)되어 가선대부(嘉善大夫)에 올랐고, 부인은 정부인(貞夫人)에 추증되었다. 기묘년(1879, 고종16) 5월

모님의 사랑을 말한다. 《시경》 〈시구(鳲鳩)〉의 "뻐꾸기가 뽕나무에 둥지를 틀었나니, 새끼가 일곱 마리로다. 우리 훌륭한 군자님이여, 그 말과 행동이 한결같도다.〔鳲鳩在桑 其子七兮 淑人君子 其儀一兮〕"라는 말에서 나왔다. 또한 그 주석에 보면, "뻐꾸기가 새끼를 먹일 때의 순서를 보면 아침에는 위에서 아래로 내려오고 저녁에는 아래에서 위로 올라가면서 굶는 새끼가 없도록 공평하게 먹이를 나누어 준다."라고 했다. 흔히 공평하고 균등하게 남을 대할 때의 비유로 쓰인다.

55 시종신(侍從臣)에……미루어서 : 시종신은 왕을 가까이서 모시는 신하로 승정원, 사간원, 사헌부, 홍문관, 예문관 소속의 관리를 지칭한다. 아들 김완식(金完植)이 좌승지를 지냈고, 김관식(金寬植)과 김만식(金晩植)이 우부승지를 지냈으므로 부인의 남편인 참판공이 가자(加資)되는 은전을 받았다.

참판공이 돌아가시자, 이해 7월 모일에 늑현리에 합장하였다. 참판공의 휘(諱)는 익정(益鼎), 자는 정구(定九)이며 관직은 호조 참판에 올랐고, 봉작을 계승하여 청은군(淸恩君)이 되었다. 김씨는 청풍부(淸風府)에 본적을 두었는데, 그 세계(世系)와 자손에 대한 기록은 모두 참판공의 가장(家狀)에 실려 있다.

아아, 조카인 내가 일찍이 험한 운명을 만나 나의 숙모를 섬긴 지가 30년이다. 숙모님의 지극한 덕과 아름다운 범절을 아는 것이 의당 조카인 나만큼 상세히 아는 자가 없다. 지금은 임신년(1872, 고종9)으로부터 8년이 흘러 모범이 되는 모습이 흐릿해졌다. 가만히 생각하니 더 오래되면 잊혀져서 후인들에게 알리지 못할까 염려되어, 삼가 평일의 말씀과 행실을 기록하여 버들고리 상자에 넣어둔다. 슬픔으로 문장을 이루지 못하여 단지 그 대강만을 기록해 둔다.

증 정부인 청풍 김씨[56] 언행록 무자년(1888, 고종25)

贈貞夫人淸風金氏言行錄 戊子

나의 누님은 셋인데, 예전에 두호(荳湖)에 살았다. 부인은 그 중 둘째로 그때 혼인은 하였지만 아직 시댁으로 들어가지 않았고 셋째 누님은 아직 출가하지 않았는데 내 나이 8세 때에 부모님이 돌아가셨다. 세 고아가 외롭고 쓸쓸하게 서로 의지하였지만 거의 살아가지 못할 것 같았다. 오직 누님이 안으로는 상(喪)을 치루고 밖으로는 손님을 접대하며, 의로써 동생들을 가르쳐 엄한 스승과 자애로운 어머니의 도리를 겸하였다. 내가 늙어 흰 머리가 되도록 다행히 큰 죄를 면할 수 있었던 것은 진실로 내 누님의 은덕이다.

신사년(1881, 고종18) 가을 내가 순천(順天)에서 교체되어 돌아와, 장차 서쪽으로 천진(天津)에 가려고 공주(公州)의 금강(錦江)에 이르렀을 때에 누님이 병을 무릅쓰고 송별하러 오셨는데, 다른 말씀은 없고 오직 나랏일에 힘쓰라고 하실 뿐이었다. 임오년(1882) 가을 천진에서 돌아와서 누님의 편지를 받아보고서 병을 어찌할 수 없음을 알게 되었다. 그런데도 누님은 여전히 나를 염려하여 가득차서 극에 달할까 당부하고 경계하셨는데, 오래지 않아 부고(訃告)가 도착하였다. 아아, 천륜(天倫)인 지기(知己)를 이제 다시 볼 수 없게 되었구나.

내가 일찍이 누님의 언행을 기록해서 양가의 자손들에게 보여 주려고 하였으나 공무(公務)가 쌓여서 글을 지을 겨를이 없었다. 정해년

56 청풍 김씨(淸風金氏) : 김윤식의 둘째 누님으로 이대직(李大稙)의 부인이다.

(1887, 고종24) 가을 내가 면양(沔陽 면천)에 귀양 갔을 때, 큰 조카인 이병규(李秉珪)가 그 동생 이응규(李膺珪)가 지은 가장(家狀)의 초고를 가지고 와서 말하기를 "저희 어머님께서 평일 저희들을 가르쳐 말씀하시기를 '내가 들으니 부인의 말은 밖으로 나가게 하지 않는다고 하였다. 근래에 다른 집에서 선대 부인의 행실을 기술하여 세상에 널리 펼치는 것을 좋아한다고 하는데 나는 전혀 그렇게 하고 싶지 않다. 너희들은 조심하여 그런 잘못을 본받지 말라.'라고 하셨습니다. 저희들이 비록 어머니의 가르침을 받았지만, 그러나 차마 우리 어머니의 아름다운 덕이 까마득히 잊혀져 전해지지 않도록 할 수 없습니다. 또 우리 어머니의 덕행을 아시는 바가 외삼촌만큼 자세하게 아시는 분이 없으니 감히 와서 청합니다."라고 하였다.

내가 받아서 읽고 말하기를 "아아, 말이 지나친 것이 없구나! 그러나 나의 누님은 여사(女士)이시다. 자신을 단속하고 행실을 바르게 닦으며 일을 당하면 슬퍼하고 분개하여 이름난 사대부의 풍모가 있으셨는데, 친히 그 얼굴을 보고 그 덕(德)을 음미하지 않은 자는 그 흡사함을 알 수가 없다. 지금 가장(家狀)에 드러난 것은 집안의 작은 일에 불과하여 세속의 부인도 능히 할 수 있는 언행이니, 나의 누님이 나의 누님다움을 누가 알겠는가?"라고 하였다. 애석하도다, 어찌 남자로 태어나 세상을 살지 못하였는가? 그랬더라면 능히 낯빛을 바르게 하고 조정에서서 임금을 이끌어 도(道)에 마땅하게 하고 은택이 백성과 만물에 미치도록 하여 당세의 어진 공경(公卿)이 되지 못하였겠는가? 삼가 원래의 가장(家狀)을 바탕으로 그 대강을 서술한다.

부인의 성은 김씨이고, 가계(家系)는 신라 때 나왔고 본적은 청풍이다. 먼 조상이신 휘(諱) 대유(大猷)는 고려에서 시중을 지냈고, 본조에 들어와 휘 식(湜)이 대사성(大司成)을 지냈으며 시호가 문의(文毅)로 세상에서 기묘명현(己卯名賢)이라 일컬어진다. 휘 육(堉)은 영의정을 지냈고 시호는 문정공(文貞公)이며, 인조, 효종 두 임금 대에 백성들에게 공덕을 베풀었다. 증조부 휘 기건(基建)은 돈녕참봉을 지냈으며 이조 참의〔敦寧參奉贈吏曹參議〕에 추증되었다. 조부 휘 용선(用善)은 이조 참판(吏曹參判)에 추증되었고, 부친 휘 익태(益泰)는 이조 판서(吏曹判書)에 추증되었다. 어머니 전주 이씨는 학생 인성(寅成)의 따님으로 계미년(1823, 순조23) 12월 27일 부인을 낳았다.

부인은 어려서부터 정대(正大)하고 장중(莊重)하였으며, 다른 사람을 대할 때는 온화하고 평안하게 대하였다. 당시는 집안이 가난하여 파리하게 여위고 의복은 낡고 떨어졌으며 변변치 못한 음식도 넉넉하지 못하였는데, 부모님을 곁에서 모시면서 유쾌하게 궁색함이 없는 것같이 하였다. 몸으로는 외설스런 장난을 하지 않았으며, 입으로는 남을 업신여기는 말을 하지 않아서 사람들이 보기에 위엄이 있어 감히 어린 아이라고 쉽게 여기지 못하였다.

경자년(1840, 헌종6) 도헌(道軒) 형에게 시집갔다. 임인년(1842) 봄 새로 큰 병을 앓고 아직 낫기도 전에 어머니께서 돌림병에 걸리셨다. 부인이 힘을 다하여 구호하였는데, 손가락을 잘라 피를 드렸지만 효과가 없었고 몸을 상하여 거의 목숨이 위태로울 지경이었다. 그해 겨울 또 부친의 상을 당하여 집안에 어른이 안 계시게 되자, 부인이 상을 치르고 집안을 다스려 상례를 모두 지극하게 갖추었다.

숙부 청은공(淸恩公)께서 고아가 된 어린 것들을 불쌍하게 생각하여, 삼남매를 데려다가 그 집에서 길렀다. 집안에는 윗사람과 아랫사람이 매우 많았는데, 부인의 현명함을 칭찬하지 않는 이가 한 사람도 없어서 부인께서 심은 나무에 이르기까지 오래되도록 더욱 중히 여겼다.

을사년(1845, 헌종11) 겨울 비로소 시댁으로 돌아갔는데, 새벽부터 밤까지 밝게 살피고 예에 맞게 행동하였다. 시어머니와 시누이 동서들 사이에서도 맞서거나 제멋대로 하지 않아서 화기애애하니, 시부모께서 매우 소중하게 여기셨다. 도헌 형의 집안은 대대로 청빈하고 독서를 좋아하였는데, 부인이 부지런하게 길쌈을 해서 부족함이 없게 하였으므로 학업에 힘을 다할 수 있었다. 항상 말씀하시기를, "집안이 흥하느냐 쇠하느냐 하는 것은 화목한가 그렇지 못한가에 달려있다. 화목하면 길하고 좋은 일이 생길 것이고, 화목하지 못하면 어그러진 기운이 생겨날 것이다. 어그러진 기운이 생겨나면 비록 금과 옥을 쌓아놓고 있다고 해도 그것을 어찌 누릴 수 있겠는가?"라고 하였다. 그러므로 혐의쩍은 일은 힘써 끊고 진실과 믿음을 보였으며, 형편에 따라 돕고 급한 사정을 도우니, 안으로는 일가 전체로부터 밖으로는 이웃사람들까지 모두 부인의 의로움에 복종하고 그 덕을 사모하였다.

얼마 있다가 가계가 점점 저절로 나아지고 연이어 다섯 아들이 태어났다. 매번 임신하였을 때는 반드시 묵묵히 태교를 실천하였고 낳아 기를 때에는 바르게 가르쳤는데, 관대함과 엄격함을 아울러 베풀어 사랑에 빠져 잘못을 조장하지 않았다. 그러므로 그 아들들은 모두 삼가하고 조심하여 효우(孝友)하는 행실이 있었다. 여러 부녀자가 한 집에 살았는데 성격이 각각 달랐지만 부인이 말없이 행동으로 보여 주니, 마침내 변화되어 모두 다 화합하게 되었다.

다른 사람의 착한 면을 보면 자기에게 있는 것같이 하였고, 남의 잘못을 보면 면전에서 꾸짖고 용서하지 않으니 그 사람이 우물쭈물하며 좋아하지 않았지만 나중에는 마침내 감복하였다. 비록 가난하게 살았지만 한 가지 물건이라도 남에게서 빌린 적이 없었다. 남에게 급한 일이 있으면 곳간을 모두 기울여 그를 도왔고, 다른 사람의 물건을 살 때는 싼 값으로 사지 않으면서, "나의 이익을 위해 다른 사람이 손해 보게 하면, 나의 마음이 편안하지 못하다."라고 말씀하였다. 일처리가 강직하고 분명해서 비복(婢僕)들이 감히 그 실정을 숨기지 못하였고, 균평하게 다스렸기 때문에 또한 원망하는 기색이 없었다. 집의 안과 밖을 반드시 청결하게 청소하였으며, 거처의 책상은 위치를 정돈하여 가지런히 하였다. 규방은 질서정연하여 조정(朝廷)을 다스리는 것 같은 법도가 있었다. 부지런히 재산을 관리하며 일과 물자를 통괄하였는데, 밭의 채소와 동산의 과실, 닭의 횃대와 울타리 속의 돼지에 이르기까지 부인의 마음과 눈을 한번 거치면 가지런히 정리되어 번성하고 자라지 않는 것이 없었다. 비록 병이 심하여도 손에서 일을 놓지 않았다. 부모님의 기일(忌日)이 되면 반드시 기일에 앞서 과일과 제수를 준비해 보내어 멀리서 제사에 필요한 물품을 도왔으며, 재일(齋日)에는 밤새도록 슬퍼하였다.

내가 네댓 살 되었을 때, 아버지께서 《맹자》〈곡속장(觳觫章)〉을 손수 베껴서 나에게 주어 읽고 외우게 하셨다. 어머니 또한 《여훈내칙(女訓內則)》 등의 책을 손수 베껴서 여러 딸들에게 나눠 주셨는데, 부인은 다 기억하여 외우고 정성스럽게 마음속에 새겨 잠깐 동안이라도 반드시 이를 지켰다. 그밖의 경전(經傳)과 제자백가(諸子百家)와 역사서는 일찍이 읽고 배운 적은 없었지만 대략 대의(大義)는 통하였다. 여러 아들들이 일과(日課)를 마치고 물러날 때면 반드시 두세 번 읽게 하고 성공과 실패, 예리함과 둔함을 논하게 하여 그 핵심을 모두 꿰뚫었다. 그리고 정(正)과 사(邪)와 의(義)와 이(利)의 구분하는 부분에 이르게 되면 반드시 반복하여 읽고 정성을 다하도록 하면서 말씀하시기를 "만일 너희들이 이런 일을 당하면 의당 어떻게 처리하겠느냐?"라고 반복해서 물어보아 그 뜻을 살폈다. 그리고 세상일의 득실과 인물의 장단점에 이르러서는 속된 견해를 멀리 벗어났으니 여러 아들들이 암암리에 놀라서 감복하여 의심나고 어려운 것이 있을 때마다 번번이 여쭈어 보곤 하였다. 부인께서는 반드시 양단간을 제시하여 말씀하시기를 "이와 같이 하는 것은 의(義)에 맞고, 이와 같이 하는 것은 의에 맞지 않는다는 것은 저절로 알 수 있다. 일이 의를 따르지 않으면 그 끝은 반드시 어그러질 것이니, 작은 이익을 탐하여 구차한 마음을 일으키지 말아야 한다."라고 하였다. 또 말씀하기를 "너희들의 학업이 아직 이루어지기도 전에 먼저 나아가 성취하는 데 뜻을 두면, 이는 깃털도 아직 자라지 않았는데 갑자기 높이 날려고 하는 것과 같으니 어찌 얻을 수 있겠느냐? 다만 학문에 힘쓰고 녹(祿)을 이르지 못할까 걱정하지 말아[illegible] 시골 사대부의 집안으로 수 대째 벼슬길을 잃은 집안[illegible]니, 뜻이 무너[illegible]하지 못하는 짓이 없었다. 특히 수신(修身)[illegible]서를 알지 못한다면 어찌[illegible] 문호(門戶)를 유지할 수 있고 벼슬길에 오를 수 있겠느냐? 너희 집안[illegible] 대대로 학문을 계승하여 그 전형을 실추시키지 않았으니, 나는 공경[illegible]후의 가문을 부러워하지 않는다."라고 하셨다.

몸가짐이 근엄하기가 법[illegible]불사(法家拂士)[57]와 같아서 일가 사람들

57 법가불[illegible]家拂士) : 법도로써 임금을 바로잡는 세신(世臣)과 이해득실(利害得失)로[illegible]임금을 보필하는 현사(賢士)를 말한다. 《맹자》 〈고자 하(告子下)〉에 "안으로는 법도를 지키는 대신과 보필하는 인사가 없으며, 밖으로는 적대적인 나라와 외환이

을 만날 때에도 반드시 곁에 사람이 있게 하였고, 비록 병에 걸렸을 때에도 속옷차림을 자식에게 보이지 않았다. 작은 시누이 신씨(申氏)댁 부인과 6촌 시누이 권씨(權氏)댁 부인과는 정분이 매우 돈독하였다. 두 부인은 모두 어질고 행실이 있어 만날 때마다 항상 옛날 여성들의 행실과 집안을 다스리고 자식을 교육하는 문제를 논의하였는데, 절대로 더럽고 속된 이야기는 언급하지 않았다. 승려와 무당을 엄하게 물리쳐서 문 가까이에도 오지 못하도록 하시면서 항상 자식들에게 경계하기를 "요즘 세상에서 간혹 풍수지리설 때문에 그 부모님의 유골을 송사가 붙는 땅에 모시는 경우가 있는데, 이는 효도가 아니다. 사람의 화복(禍福)은 자신이 불러들이는 것에 유래하는 것이니 뼈만 남은 해골이 어찌 알겠느냐? 내가 죽으면 반드시 텅 빈 땅에 묻어서 남과 다툼이 없게 하여라."라고 하셨다.

윤식이 일찍 고아가 되어 배움이 부족하니 부인께서는 항상 이 때문에 걱정하셨다. 과거에 급제하고 여러 청요직(淸要職)을 역임하자 부인께서는 놀라고 기뻐하며 말씀하시기를 "내 동생이 능히 이에 이르다니, 이것은 반드시 조상들께서 쌓으신 공덕에 대한 보답일 것이다."라고 하셨다. 뒤에 천진(天津)에서 돌아와서 갑작스럽게 경(卿)의 반열에 올랐을 때 부인께서 때마침 병이 위중해졌는데도 근심하는 얼굴을 하면서 말씀하시기를 "내 동생의 관직이 너무 높아졌구나. 어찌 물러날 일을 생각하지 않느냐?"라고 하였다. 사위인 신경균(申慶均) 군이 서울로부터 와서 우리 집안의 혁혁한 모습을 크게 칭송하여 병드신 부인의 마음을 위로하고자 하였다. 부인이 눈썹을 찡그리며 말씀하시기를

없으면, 그런 나라는 반드시 망한다.〔入無法家拂士 出無敵國外患 國恒亡〕"라고 하였다.

"내가 이런 말을 듣고자 하였느냐? 내가 알고 싶은 것은 내 동생의 모습이 옛날과 같은가 하는 것이다."라고 하셨다.

부인은 평소에 간에 열이 있는 증상이 있어 항상 오랜 고질병을 지니고 있었다. 여러 아들들이 곁에서 충심으로 봉양하여 약을 빠뜨리지 않았다. 큰 아들인 이병규(李秉珪)가 특히 성품이 돈독하여 자신의 몸을 돌보지 않고 오직 부모님의 마음으로 자신의 마음을 삼으니, 부인께서 이를 매우 편안하게 여겼다.

임오년(1882, 고종19) 가을에 오랫동안 학질을 앓았는데, 스스로 세상에서 오래 살지 못할 것을 깨닫고, 임종 후에 필요한 준비물을 모두 손수 제작하고 여종들에게 상복을 만들게 하시며 말씀하시기를 "갑작스러워 한 가지 물건이라도 갖추어지지 못하면 또한 일에 방해가 되니 미리 대비하는 것만 못하다."라고 하셨다. 임종하시던 날 저녁에도 정신이 흐려지지 않아서, 온 집안의 남녀가 문안을 드리면 응대하는 것이 평소와 같아서 돌아가실 것 같은 기미가 전혀 없었다. 도헌(道軒) 형이 하고 싶은 말을 묻자 대답하기를 "무슨 할 말이 있겠습니까? 부인이 남편보다 먼저 죽으면 세상에서 말하는 완전한 복이라고 하는데 내가 지금 그렇습니다. 아이들이 비록 남보다 크게 나은 것은 없지만 진심으로 부모를 섬기고 형제간에 우애가 있으니 달리 염려할 것이 없습니다."라고 하였다. 여러 아들들이 유언을 청하자 대답하기를 "내가 평일에 너희들을 가르친 바가 유언이 아닌 것이 없는데, 어찌 반드시 유언이 필요하겠느냐?"라고 하셨다. 이어 이날 저녁에 돌아가시니 임오년(1882, 고종19) 8월 21일로, 향년이 겨우 60세였다. 이해 11월 29일 공주 오공동(公州五公洞) 간좌(艮坐)를 등진 언덕에 임시로 장사지냈다가, 다음해인 계미년 3월 22일 약간 올라간 축좌(丑坐)에 영구히 장사 지냈다.

이대직(李大稙) 공은 한산(韓山)의 명망 있는 가문 출신으로 도헌(道軒)은 그의 호(號)이다. 그의 이력과 세계와 자손에 대한 기록은 《도헌공묘지명》에 모두 실려 있으므로 여기에서는 갖추어 기록하지 않는다. 부인의 타고난 성품은 순수하고 온화하며 엄정하였다. 비록 규방에 있었지만 항상 만물을 구제하는 마음을 지녔고, 의리(義理)에 관계된 일은 칼로 자른 듯 분명해서 그 뜻을 꺾을 수 없었으며, 미덥고 진실하여 거짓이 없어 겉과 속이 한결같았다. 그러므로 사람들이 그 한마디 말을 들으면 평생토록 감히 소홀히 하거나 버리지 못하였으니, 부인이 사람을 깊이 감복시키는 바가 이와 같았다. 후세 자손 가운데 그 중 한두 가지 아름다운 범절을 본받기만 해도 오히려 한 고을의 훌륭한 선비가 되는 데 부족하지 않을 것이다. 삼가 위와 같이 가장(家狀)을 써서 가지고 돌아가 간직하도록 한다.

사촌 형 판서공[58] 행장 임진년(1892, 고종29)

從伯氏判書公行狀 壬辰

공의 휘(諱)는 원식(元植), 자는 춘경(春卿), 호는 학해(學海)이다. 김씨의 선조는 신라 때 나왔는데, 신라 말에 한 왕자가 청풍(淸風)에 은둔했기 때문에 자손들이 이로 인하여 본적을 삼았다. 고려를 거쳐 본조(本朝)에 이르기까지 높은 관직이 계속 이어졌다. 9대조인 영의정 문정공(文貞公) 휘 육(堉)은 인조, 효종, 현종 삼조(三朝)의 명신(名臣)으로 혜택을 백성들에게 더하였다.

우리 일족은 3파가 있어 대·중·소종(小宗)이 되었는데, 모두 문정공을 조상으로 삼는다. 장자(長子)인 병조 판서 충숙공(忠肅公) 휘 좌명(佐明)과 손자인 우상(右相) 문충공(文忠公) 휘 석주(錫胄)의 삼대가 나라에 큰 공훈이 있어 왕명으로 부조지전(不祧之典)[59]을 베풀어 주셨는데, 이 집안이 대종이다. 차자(次子)인 청풍부원군(淸風府院君) 충익공(忠翼公) 휘 우명(佑明)과 5세손인 청원부원군(淸原府院君) 정

58 판서공(判書公) : 김원식(金元植, 1823~1881)을 가리킨다. 시호는 효헌(孝憲)이다. 김원식은 공조 참판(工曹參判) 김익정(金益鼎)의 장남인데, 군수(郡守) 익철(益哲)에게 입양되었다. 1840년(헌종6) 음보로 명릉 참봉(明陵參奉)이 된 뒤 여러 고을의 군수를 지냈고, 1847년(헌종13) 정시문과(庭試文科)에 병과로 급제했다. 내외직을 역임하고 공조(工曹)·형조 판서(刑曹判書)를 거쳐 경연(經筵), 의금부(義禁府), 중추부(中樞府), 춘추관(春秋館), 돈녕부(敦寧府)등의 지사(知事)를 거쳐 개성부 유수(開城府留守)에 이르렀다.

59 부조지전(不祧之典) : 나라에 큰 공훈(功勳)이 있는 사람의 신주(神主)를 영구히 사당(祠堂)에서 제사(祭祀) 지내게 하던 특전(特典)이다.

익공(靖翼公) 휘 시묵(時默)의 양대(兩代)에 왕비를 탄생시켜 현종과 정조 때 국구(國舅 국왕의 장인)가 되었는데, 이 집안이 중종(中宗)이다. 충익공(忠翼公)의 둘째 아들 이하가 또한 모두 한 종파(宗派)가 되었는데, 이 집안이 소종(小宗)이다.

돌아가신 중부(仲父) 청은공(淸恩公)은 소종의 지파(支派) 자손인데, 후사로 들어가서 문정공의 제사를 받들어 대종이 되었다. 판서공은 대종의 장자로 중종의 후사로 출계(出系)하여 두 분 국구(國舅)의 제사를 받들었는데, 청은공의 명을 따른 것이었다.

증조부 휘 기대(基大)는 공조 참의(工曹參議)를 지내고 이조 참판(吏曹參判)에 추증되었고, 조부 휘 종선(宗善)은 형조 참판(刑曹參判)을 지냈다. 부친 휘 익철(益哲)은 배천 군수(白川郡守)를 지냈고 이조 판서(吏曹判書)에 추증되었다. 어머니는 정부인(貞夫人)에 추증된 은진(恩津) 송씨 우연(友淵)의 따님이고, 계비(繼妃) 정부인(貞夫人)은 문화(文化) 유씨 환승(煥昇)의 따님이다. 본래 생부는 휘 익정(益鼎)으로 공조 참판(工曹參判)을 지냈고 청은군(淸恩君)에 봉해졌으며 이조 판서(吏曹判書)에 추증되었다. 생모(生母)인 정부인(貞夫人)은 반남(潘南) 박씨 종의(宗儀)의 따님이다.

순조 계미년(1823) 12월 15일에 공이 양근(楊根) 귀천리(歸川里)에서 태어났다. 어려서부터 단아하고 신중하며 말수가 적어 외설스런 말을 하지 않았다. 헌종 경자년(1840)에 왕명으로 명릉(明陵)[60] 참봉에 제수되었다. 겨우 약관(弱冠)의 나이에 외직으로 나아가 군읍(郡

60 명릉(明陵) : 조선 숙종(肅宗)과 그 계비인 인현왕후의 능으로 현재 경기도 고양시 덕양구 용두동 서오릉에 있다.

邑)을 맡았는데 잘 다스린다는 명성이 있었다. 정미년(1847, 헌종13) 봄 정시(庭試) 문과에 급제하여 중제(仲弟) 승지공(承旨公)[61]과 함께 같은 방문(榜文)에 오르니 당시의 영광이었다.

이때부터 내직으로는 삼사(三司), 동벽(東壁),[62] 복정(僕正), 사성(司成), 초계문신(抄啓文臣), 찬집낭청(纂輯郎廳), 실록편수관(實錄編修官), 삼전(三銓), 반장(泮長), 지신(知申), 도헌(都憲), 동성균(同成均), 효정전형관(孝正殿享官), 공·형조 판서(工·刑曹判書), 지경연(知經筵), 의금부(義禁府), 중추부(中樞府), 춘추관(春秋舘), 돈녕부(敦寧府), 정부당상(政府堂上)을 지냈고, 외직으로는 순안(順安), 영평(永平), 연안(延安), 부안(扶安), 용강(龍岡), 양주(楊州), 호남위유어사(湖南慰諭御史), 개성 유수(開城留守)를 지냈다. 이것이 공의 이력이다.

공은 성품이 편안하고 조용하며 겸손하고 조심스러워 일찍이 벼슬길에 나가기를 구하지 않았으므로 세상에서 화현직(華顯職)이라 칭하는 직책을 얻은 적이 드물었다. 오르더라도 가장 늦어서 항상 남들보다 뒤떨어졌으므로, 평생 동안 관직에 있을 때의 치적을 언급하지 않았으니 비록 자식이라 해도 들어 기록할 수 있는 것이 없었다. 아아, 공이 남보다 어진 것이 현격하구나.

61 중제(仲弟) 승지공(承旨公) : 김원식의 동생 김완식(金完植, 1831~1863)을 지칭한다. 자는 폭경(輻卿)으로 1847년 정시 문과(庭試文科) 병과(丙科)에 형인 김원식과 함께 급제하였다. 삼사(三司)를 거쳐 1858년 순천도호 부사(順川都護府使)로 나갔다가, 1860년 좌승지(左承旨)에 올랐다.

62 동벽(東壁) : 동쪽에 있는 별인 벽수(壁宿)를 말한다. 문서를 맡은 별이어서 도서(圖書), 한림원(翰林院)을 뜻하기도 한다.

9세에 양자로 간 집에서 두 대의 홀로된 어머니와 할머니를 모셨지만 편안하고 즐거워하였다. 장년이 되어서도 매사를 반드시 여쭈어 보고 처리하여 감히 혼자 마음대로 결정하지 않았다. 청은공(淸恩公) 곁을 종일토록 모시고 있을 때는 입에서 말이 나오지 않는 것 같았다. 여러 동생들을 진심으로 격려하고 사랑하였고, 사장(謝莊)의 다섯 아들[63]의 이름을 취하여 그 집의 편액을 '풍월경산수루(風月景山水樓)'라고 하였다. 형제가 화목하고 즐거운 정은 늙을수록 더욱 돈독하였다.

자기 봉양에는 검소하고 절약해서, 비록 지위가 정경(正卿)에 올랐지만 거처와 입은 옷은 청빈하고 소박함을 바꾸지 않았다. 평소에 말을 빨리하거나 다급한 안색이 없었다. 권세가의 노복들 중에 사납고 제멋대로인 자가 많았는데, 공이 차츰차츰 잘못을 지적하여 그들을 쫓아내고, 삼가하고 순박한 겸인(傔人)을 택하여 급사로 채워 넣었다. 물건에 대해서는 즐기고 좋아하는 것이 없으며, 교유와 담론을 즐기지 않았다. 맑은 첫새벽이면 이불을 끌어안고 앉아서 손님이 오지 않는 틈을 타서 경전 수십 권을 두루 읽었고, 고요히 거처하는 방에 물러나 역사책 읽기를 즐기며 침식을 잊었다. 그러므로 경서와 역사서에 대한 지식이 풍부하였는데, 본조 근대의 전고(典故)가 되는 사실이나 씨족과 벌열(閥閱)에 대해서는 매우 잘 알았다. 그러나 다른 사람과 말을 할 때는 겸허히 아는 것이 없는 사람처럼 하면서 스스로 자랑하지 않으니, 비록

63 사장(謝莊)의 다섯 아들 : 사장은 중국 송(宋)나라 때 시인으로 "다섯 아들의 이름을 각각 표, 비, 호, 종, 약으로 지었는데, 세상에서 첫 글자를 따서 이들을 풍, 월, 경, 산, 수라 하였다.〔謝莊有五子 飄朏顥嵷瀹 世謂莊名 風月景山水〕"라고 하였다. 《宋書 卷45 謝莊列傳)》

매일 왕래하는 사람일지라도 공에게 넓고 깊은 내실이 갖추어져 있음을 아는 사람이 드물었다. 저술한 시문 몇 권과 가승(家乘) 25권이 집안에 소장되어 있다.

공은 만년에 시사(時事)가 날로 어려워지는 것을 보고 걱정 근심으로 마음이 답답하여 항상 시골에서 살려는 뜻을 지녔으나 가난하여 이루지 못하였다. 마침내 지금 임금 신사년(1881, 고종18) 12월 2일 병으로 장동의 집에서 돌아가시니 향년 59세였다. 처음에 임시로 소고(嘯皐)에 장사를 지냈다가 갑신년(1884, 고종21) 4월 모일 양주(楊洲) 가오리(加五里) 모좌(某坐)의 언덕에 이장하였다. 지난 8년 무자년(1892) 시호가 효헌(孝憲)으로 추증되었다.

부인인 정부인(貞夫人) 대구(大邱) 서씨는 목사(牧使) 호순(灝淳)의 따님으로 온화하고 부드러우며 공손하고 조심하여 항상 조심스럽게 행동하였다. 연세가 육순에 가까워서도 양쪽 집 시부모를 신부 때처럼 섬기니 온 집안이 모두 그 덕을 칭송하였다. 4년 뒤 갑신년(1884) 12월 29일 돌아가시니 향년 63세였다. 묘는 공의 오른쪽에 합장하였다.

2남 1녀를 낳았는데, 아들은 김유행(金裕行)과 김유성(金裕成)으로 모두 문과에 급제하여 지금 승지(承旨)로 있다. 김유행은 1남 1녀를 두었는데 모두 어리다. 김유성은 본 태생의 숙부 휘 관식(寬植)의 후사(後嗣)로 출계하였다. 딸은 현 참판인 양주(楊洲) 조동희(趙同熙)에게 시집갔으나, 자식 없이 일찍 죽었다. 측실에게서 3남을 두었는데, 김유형(金裕衡)은 음서(蔭敍)로 이문학관(吏文學官)이 되었으나 일찍 죽었다. 그 다음으로 김유상(金裕祥)과 김유평(金裕平)이 있다.

공의 가문은 두 대(代)에 걸쳐 왕실의 외척(外戚)이 되었으나, 선대로부터 가득 넘치는 것을 경계하고 세도를 멀리하는 것을 법도로 삼았다. 공은 더욱 순박함을 지키고 질박함을 길러, 어려서는 자식으로서의 허물이 없었고 자라서는 벼슬을 구하려고 바쁘게 돌아다니지 않았다. 조정에 벼슬한 지 40년에 혁혁한 명예를 구하지 않았고 사소한 잘못에도 걸리지 않았으니, 신중하고 삼가는 처신이 이와 같았다.

한 조정관리가 일찍이 나에게 물었다. "돌아가신 사촌 형님은 세상에서의 자취가 어찌 그리 조용합니까." 내가 대답하기를 "사대부가 때를 만나 이름을 떨쳐 우뚝하게 세상에 드러나는 것은 좋은 일입니다. 그렇지 못하여 지금과 같은 때를 만나면 그 지키고자 하는 바를 잃지 않고 조용하게 알려지지 않는 것 또한 옳지 않겠습니까? 어찌 이리저리 어울려 분주하게 쫓아다니면서, 저잣거리의 사람들에게 권세와 이익을 팔고 다닐 수 있겠습니까?"라고 하였다. 아아, 이것이 어찌 공을 아는 것이라고 할 수 있겠는가?

공이 세상을 떠나셨을 때 내가 나랏일로 천진에 있어서 모시고 영결할 수 없었으니 지금도 한이 된다. 뒤늦게 공의 평생의 대강(大綱)을 좇아서 서술하여 행장을 만들고 조카들에게 주면서 다음과 같이 말하였다. "조상의 덕에 욕됨이 없게 하여라. 《시경》에 말하기를 '자식을 잘 가르쳐서 좋은 사람을 본받게 하라.'[64]라고 하였으니, 나와 너희들은 마땅히 이에 힘써야 할 것이다."

64 자식을……하라 : 《시경》 〈소완(小宛)〉에 나오는 글이다.

정헌대부 공조 판서 겸 지의금부 삼군부훈련원사, 오위도총부 도총관 양공[65]의 행장

正憲大夫工曹判書兼知義禁府三軍府訓鍊院事五衛都摠府都摠管梁公行狀

공의 성은 양씨(梁氏)이고 휘(諱)는 헌수(憲洙), 자는 경보(敬甫)이다. 그 선조는 탐라에서 나온 신인(神人) 양을라(良乙那)로 대대로 섬나라 임금이었다. 10여 대가 내려와 신라에 귀부(歸附)하여 왕자의 작위를 받아 성을 양으로 고쳤다. 뒤에 휘 우량(友諒)이 남원부백(南原府伯)에 봉해져서 이때부터 양씨의 본관이 남원이 되었다. 고려 때 이르러 대대로 사람들에게 알려져 마침내 유명한 성씨(姓氏)가 되었다.

본조에 들어와 눌재 휘 성지(誠之)[66]가 있는데, 성종조에 좌리 공신

65 양공(梁公) : 양헌수(梁憲洙, 1816~1888)로, 본관은 남원(南原), 자는 경보(敬甫), 시호는 충장(忠壯)이다. 1848년(헌종14) 무과에 급제하여 관직 생활을 시작하고, 1865년(고종2)에는 제주 목사로 임명되어 선정을 베풀었다. 병인양요 때 정족산성(鼎足山城)의 수성장(守城將)이 되어 지키던 중, 10월 3일 프랑스 함대의 로즈 제독이 보낸 해군 대령 올리비에의 군사 2백여 명의 침공을 받았으나, 치열한 전투 끝에 물리쳤다. 이 공로로 한성부 좌윤에 임명되었다가, 1869년 황해도 병마절도사로 부임하였다. 1876년 강화도조약 당시에는 김병학(金炳學), 홍순목(洪淳穆), 이용희 등과 함께 개국을 반대하는 척화론을 끝까지 주장하였다.

66 눌재 휘 성지(誠之) : 양성지(梁誠之, 1414~1482)로 조선 성종 때의 문신·학자이다. 자는 순부(純夫), 호는 눌재(訥齋)이다. 집현전 직제학, 홍문관 대제학 등을 지냈다. 일찍이 《고려사》의 개찬에 참여한 이래 국가에서 벌인 편찬사업에 적극 참여해

(佐理功臣)[67]이 되어 세상에 이름난 신하가 되었으며, 관직은 이조 판서(吏曹判書), 대제학(大提學)을 지냈고 시호는 문양공(文襄公)이다. 대를 내려와 휘 익무(益茂)에 이르러 비로소 무과(武科)에 급제하여 군수가 되었다. 그가 휘 빈(彬)을 낳았는데 경상좌수사를 지냈고 병조판서로 추증되었다. 경종 신축년(1721, 경종1)과 임인년(1722) 사이에 봉산(鳳山) 군수가 되었으나, 권흉(權凶)의 미움을 받아 하옥되어 돌아가실 뻔하였다. 이분이 공의 고조부이다. 증조부 휘 세현(世絢)은 황해 병사를 지냈고, 조부 휘 완경(琓慶)은 경상좌수사를 지냈는데 병조 참판에 추증되었다. 청렴하고 단아하였으며, 육도삼략(六韜三略)[68]에 매우 밝아서 저서로 《악기도설(握奇圖說)》[69]이 있다. 일족인 진사 휘 규(珪)의 아들 휘 종임(鍾任)을 후사로 삼았는데, 종임은 음직(蔭職)으로 부사정(副司正)을 지냈고 의정부 좌참찬(贈議政府左參贊)에 추증되었다. 부인은 파평(坡平) 윤씨(尹氏) 원대(遠大)의 따님으

중추적인 역할을 담당했다. 1453년(단종1) 왕명으로 《조선도도(朝鮮都圖)》, 《팔도각도(八道各圖)》를 작성했고, 다음해에는 〈황극치평도(皇極治平圖)〉를 편찬해 올렸다. 1455년(세조1)에는 《팔도지리지(八道地理誌)》를 편찬했고, 1463년 왕명으로 《동국지도(東國地圖)》를, 1464년에는 《오륜록(五倫錄)》, 1465년에는 《해동성씨록(海東姓氏錄)》을 찬진했다. 1481년 홍문관 대제학으로 《여지승람(輿地勝覽)》의 편찬에 참여했다. 저서로는 《눌재집(訥齋集)》이 있다.

67 좌리공신(佐理功臣) : 조선 제9대 왕 성종이 즉위한 후, 왕을 잘 보필했다는 공으로 1471년(성종2) 3월에 봉해진 공신으로 신숙주·양성지 등 모두 75명이 책봉되었다.

68 육도삼략(六韜三略) : 태공망이 지은 《육도(六韜)》와 황석공이 지은 《삼략(三略)》을 아울러 이르는 말이다. 일반적으로 병법서를 이르는 말로 쓰인다.

69 악기도설(握奇圖說) : 양헌수의 조부 양완(梁土完)이 저술한 각종 진법(陳法)과 병기(兵器)에 대한 연구서이다.

로, 이분들이 공의 돌아가신 부모님이시다.

공은 순조 병자년(1816, 순조16) 12월 18일생이다. 성품이 단정하고 바르며 지조가 곧고 어질었다. 어려서부터 장난을 좋아하지 않아 나이 13세에 이미 학문에 뜻을 두었는데, 당시 화서(華西) 이항로(李恒老)[70] 선생께서 동협(東峽)[71]에서 도(道)를 강(講)하고 있어서 참찬 공께서 공에게 명하여 가서 스승으로 모시도록 하였다. 이때부터 의리의 학문에 깊이 빠져서 도에 나아가고 덕을 닦음이 날로 넉넉해졌다. 얼마 후 집안이 가난하여 부모를 봉양할 수 없자 이에 개연히 탄식해 말하기를 "운명이로구나. 내가 어찌 벼슬 때문에 학문을 하겠는가?"라고 하고는 드디어 부친과 스승에게 고하고 아울러 활쏘기와 말타기를 연마하였다. 산사(山寺)에서 활쏘기를 연습할 때, 오가는 도중에 아침에는 항상 길을 가며 《대학》을 외웠고, 저녁에 돌아올 때는 《중용》을 외웠다.

신축년(1841, 헌종7) 참찬공의 상을 당하자, 다른 사람보다 훨씬 더 슬퍼하였고, 신종추원(愼終追遠)[72]을 빠뜨림이 없었다. 3년 동안

70 이항로(李恒老) : 1792~1868. 본관은 벽진(碧珍), 초명은 광로(光老), 자는 이술(而述), 호는 화서(華西)이다. 1808년(순조8) 한성초시에 합격했으나 과거합격을 둘러싼 부정에 환멸을 느껴 다시는 과거에 응하지 않았다. 한말 위정척사론을 주도했던 최익현(崔益鉉), 김평묵(金平默), 유중교(柳重敎) 등이 그의 문하에서 배출되었다. 저서로는 《주자대전집차(朱子大全集箚)》, 《주자대전집차의집보(朱子大全集箚疑輯補)》, 《송원화동사합편강목(宋元華東史合編綱目)》, 《주역전의동이석의(周易全義同異釋義)》, 《화서아언(華西雅言)》, 《화서문집(華西文集)》 등이 있다.

71 동협(東峽) : 경기도의 동쪽지방과 강원도 지방을 아울러 이르는 말이다. 여기서는 이항로가 은거해 후학을 길렀던 경기도 양평의 벽계(蘗溪)마을을 가리킨다.

72 신종추원(愼終追遠) : 상례와 제례에 예법과 정성을 극진히 한다는 뜻으로, 《논

형제가 짚신을 짜서 제사 음식을 마련하였다.

헌종 무신년(1848, 헌종14)에 무과에 급제하여 기유년(1849)에 선전관(宣傳官)을 제수 받았다. 철종 신해년(1851, 철종2)에 참상(參上)[73]에 올라 훈련원(訓鍊院)의 판관(判官), 첨정(僉正), 도총(都摠), 경력(經歷)을 역임하였다. 갑인년(1854, 철종5) 희천 군수로 나갔는데, 희천은 본래 '극읍(劇邑)'[74]이라 일컬어져 백성들이 요역(徭役)으로 고통을 받아 집을 비우고 도망한 자가 많았다. 공이 부임하자마자 백성들과 20가지 약속을 하고 불러 모아 위로하여 편안하게 살도록 하였다. 얼마 지나지 않아 모친의 상을 당하여 체직(遞職)되었는데, 군을 다스린 지 겨우 백여 일이었지만 돌아가게 되자 백성들이 그를 그리워하여 '화송계(化頌契)'를 만들고, 공이 세상을 떠날 때까지 매년 공의 생일날 아침에 빠지지 않고 사람을 보내 문안하였다.

무오년(1858, 철종9)에 어영초관(御營哨官)이 되었고, 이어서 품계가 올라 당상관이 되어 선전관 겸 사복장(宣傳官兼司僕將)이 되었다. 기미년(1859) 겨울 갑산 부사(甲山府使)를 제수 받았는데, 갑산부에 몇 년 재직하는 동안에 온갖 폐단을 모두 처리하였다. 허곡(虛穀)을 다른 사람에게 옮겨 받아내는 폐단을 덜어주었고, 북청(北青)의 무과 시험에 드는 비용을 조처하였으며, 감영(監營)의 아전들이 환곡(還穀)

어》〈학이(學而)〉에 "어버이 상을 당했을 때 신중히 행하고 먼 조상들을 정성껏 제사 지내면 백성들의 덕성이 한결 돈후해질 것이다.〔愼終追遠 民德歸厚矣〕"라고 한 증자(曾子)의 말이 보인다.

73 참상(參上) : 조선 시대 6품 이상 종3품 이하의 품계를 가진 관리를 지칭한다.

74 극읍(劇邑) : 문제가 많아 정무(政務)가 복잡하고 번거로운 군현(郡縣)을 말한다.

을 농단하는 실상을 준열하게 논하여 농간할 틈을 막았다. 적진(赤津)의 둔전(屯田)을 조사하여 장백산에 매년 제사를 지내는 비용으로 충당하였고, 병영본부의 36년간의 군기 장부를 검열하여 허수는 삭제하고 실수만 남겨 두어 변방의 군비를 확고하게 하였다. 구리 광산과 순영(巡營)에 관례에 따라 사슴뿔을 상납하는 폐단을 혁파할 것을 청하여 곤궁한 백성들을 소생시켰다. 이는 모두 여러 해 동안 쌓인 큰 폐단이었는데, 공이 자신의 고통처럼 여겨 모두 힘써 바로 잡아 구제하였다. 간혹 상급 관청에 막혀서 혜택이 다 미치도록 하지 못한 것도 있었지만 민심이 크게 화합되었으니, 온 고을이 그의 치적을 칭송하였다. 남병사(南兵使)가 사소한 일로 파직을 청하는 장계(狀啓)를 올렸지만, 비변사(備邊司)에서는 공이 명성과 공적이 있다고 하여 그대로 유임시킬 것을 청하는 계(啓)를 올리고 병사를 추고(推考)[75]하였다.

임술년(1862, 철종13) 봄 삼남지방 백성들이 환곡의 폐단을 감당하지 못하여, 그 지역에서 무리를 지어 봉기하여 이서(吏胥)들을 불태워 죽이고 수령을 몰아내었다. 조정에서 이를 근심하여 이정청(厘正廳)을 설치하여 그 폐단을 의논하여 고치려 하였다. 임금께서 전시(殿試)에 나아가 책문을 친히 내려 시험을 치르게 하고, 중외의 여러 신하들에게도 물으셨다.[76] 공이 교지에 응하여 대책문을 올렸는데, 대략은 다음과

75 추고(推考) : 벼슬아치의 잘못을 추문(推問)하여 고찰하는 것을 말한다.

76 이정청(厘正廳)을……물으셨다 : 1862년(철종13) 삼남지방에서 농민들의 항쟁이 확산되자 정부는 진주안핵사 박규수(朴珪壽)의 건의에 따라 특별기구인 삼정이정청(三政厘正廳)을 설치하고 삼정문제를 개혁하도록 하였다. 이정청에서는 널리 여론을 수렴하기 위해 철종이 직접 인정전(仁政殿)에서 삼정책문(三政策問)을 내려 개선방안과 그 대책을 강구하도록 시험을 실시하도록 하였는데, 시험방법은 응시인들이 시험장에

같다.

"지금 온 나라가 삼정(三政)으로 모발까지 모두 병이 들어 죽기 직전에 있습니다. 폐단을 고치는 방안은 마땅히 그 근본을 잡아서 요령(要領)을 얻는 데 있습니다. 무엇을 근본이라 하겠습니까? 과거급제자가 지나치게 많아서 벼슬을 구하려 좇아다니는 것이 풍속을 이루어 뇌물이 공공연히 행해지고, 수탈을 멋대로 행하며 씀씀이를 절약하고 백성을 사랑하는 것을 알지 못한 채 오직 사치에 힘써서 나라를 병들게 하니 이것이 폐단의 근본입니다.

무엇을 요령이라 하겠습니까? 번곤(藩閫)[77]과 자목(字牧)[78]의 일을 맡길 때는 오직 어진 이를 가려 뽑아 그들이 백성들을 간난아이 보살피듯 하게 하고 나라의 근본을 확고하게 하는 데 힘쓰도록 하면 삼정(三政)은 저절로 그 마땅함을 얻게 될 것이니, 이것이 폐단을 구하는 요령입니다.

병을 고칠 때는 먼저 그 근본을 치료하며, 물을 막을 때는 그 원천을 막는 것입니다. 지금 삼정에 대한 대책은 그 말단을 고쳐서 그 흐름을

서 제목만 받아 가지고 가 10일 내에 글을 지어 태학(太學)에 내게 하는 방식이었다. 또 시험장에 나오지 못한 지방 사람들을 위해 삼정책문(三政策問)을 전국 각도에 보내 삼정에 대한 대책을 사대부들로 하여금 상소문의 형식을 빌어서 올리도록 하였다. 이정청에서는 전국 각지에서 올라온 수백 통의 응지삼정소(應旨三政疏)를 수합, 검토하여 〈삼정이정절목(三政厘正節目)〉을 마련하여 왕에게 올려 개혁을 시행하도록 결정하였다. 그러나 삼정이정청에서 마련한 개혁방안은 지방수령과 양반지배층의 반발, 그해 가을의 흉작 등으로 실시되지 못했다.

77 번곤(藩閫) : 감사(監司), 병사(兵使), 수사(水使)를 통칭하는 말이다.

78 자목(字牧) : 고을 백성을 사랑으로 다스리는 것을 말하며, 자목지임(字牧之任)은 목사 이하 군수, 현감, 현령 등을 통칭하는 말로 쓰인다.

막으려하는 것일 뿐입니다. 게다가 국가가 태평한 날이 오래되어 편히 놀며 즐기는 것이 습속을 이루어 정치에 폐단이 없는 곳이 없기에 이르렀습니다. 일조일석(一朝一夕)에 생긴 것이 아닌데 지금 갑자기 고쳐서 바로잡으려고 하신다면, 신은 백성들을 동요시켜 도리어 삼남 지방의 소란에 동조하게 할까 걱정입니다.

무릇 임금은 조정의 근본이요, 조정은 만백성의 근본입니다. 엎드려 원하옵건대 전하께서는 먼저 몸소 거친 옷을 입고 변변치 않은 음식을 드시며, 사사로이 공물을 거두지 마시고 잡스럽고 쓸모없는 것을 줄이고 없애시며 작위와 상을 남발하지 마십시오. 비록 나라에 경사가 있어도 은과(恩科)[79]는 자주 보이지 마시고, 뇌물을 받거나 부패한 관리를 꾸짖어 물리쳐 죽을 때까지 용서하지 마십시오. 어진 선비를 나아가 맞이하고 궁녀와 환관을 친애하지 않으신다면, 단정한 마음이 바르게 겉으로 드러나서 마치 바람이 일면 풀이 쓸려 눕는 것처럼[80] 만백성이 인(仁)으로 돌아갈 것이니, 삼정의 폐단은 고치지 않아도 저절로 제거될 것입니다."라고 하였다.

당시 안핵사(按覈使) 박규수(朴珪壽) 공이 조정에서 삼정을 고치려고 의논한다는 것을 듣고 또한 탄식하여 말하기를 "그 사람이 있으면 그 정사가 거행하는 것[81]은 천년의 오랜 법인데 어찌 하루아침에 다

79 은과(恩科) : 나라에 경사가 있을 때 왕이 특별히 은혜를 베풀어 시행하는 과거시험이다.

80 바람이……것처럼 : 계강자(季康子)가 정치에 대해 묻자 공자가 "군자의 덕은 바람과 같고 소인의 덕은 풀과 같다. 풀 위에 바람이 불면 반드시 눕는다.〔君子之德風 小人之德草 草上之風 必偃〕"라고 하였다. 이는 백성은 위정자(爲政者)의 덕화에 쉽게 감화된다는 뜻이다. 《論語 顔淵》

고칠 수 있겠는가? 나는 일을 벌려 놓았다가 성공하지 못하면 오히려 백성들을 실망시킬까 걱정이 된다."라고 하였다. 대개 노숙한 견해는 함께 의논하지 않아도 똑같은 결론에 이르는 것이 이와 같았다. 이해 좌부천총(左部千摠)[82]으로 교체되어 돌아왔다.

금상(今上) 갑자년(1864, 고종1)에 비변사(備邊司)의 추천으로 제주 목사에 재수되었다. 7월에 큰 비바람 불어 전도(全島)에 흉년이 들었는데, 공이 봉미(俸米 녹봉으로 주는 쌀) 2천 석을 내놓고 또 힘을 다해 재물을 마련해서 구휼하여 살려낸 자가 90,600여 명이 되었다. 구휼이 끝난 후 백성들의 대표 천여 명을 초청하여 망경루(望京樓)[83]에서 연회를 열고 술을 권하며 타이르기를 "성상(聖上)께서 곡식을 옮기고 내탕금(內帑金)을 덜어내어 너희들을 구렁텅이에서 구해내셨다. 이 하늘처럼 끝없는 은혜를 너희들은 알겠느냐?"라고 하니, 여러 사람들이 모두 북쪽을 향하여 머리를 조아렸다. 또 묻기를 "무엇으로 보답하겠는가?"라고 하자 모두 망설이며 대답하지 못하였다. 또 말하기를 "너희들에게 보답하는 올바른 방법을 이야기 해 주겠다. 너희들의 손을 놀게 두지 말고, 너희들의 몸을 게을리하지 말고, 지극히 부지런하고

81 그 사람이……거행하는 것 : 공자가 이르기를 "문무의 정사가 방책에 실려 있으니, 그 사람이 있으면 그 정사가 거행된다.〔文武之政 布在方策 其人存則其政擧〕"라고 한 데서 나온 말이다.《中庸章句 第20章》

82 좌부천총(左部千摠) : 조선 후기 각 군영에 소속된 무관직으로 정3품 당상관이다.

83 망경루(望京樓) : 제주목 관아 안에 있던 누각으로 조선 시대 지방의 20개 목(牧) 가운데 '제주목'에만 유일하게 존재했던 2층 누각이다. 바다 건너 멀리 떨어진 변방에서 임금이 있는 한양을 바라본다는 의미를 담고 있으며, 현재 제주특별자치도 제주시 삼도 1동에 있다.

민첩하게 너희들의 생업에 힘써서 하늘의 상서로움을 맞이하여 해마다 거듭 풍년이 들게 하여 먹을 것이 없어 나라에 근심을 끼치지 않도록 하는 것이 은혜에 보답하는 것이다."라고 하였다. 모두가 대답하기를 "알겠습니다."라고 하였다. 또 말하기를 "너희들의 일가와 화목하고 너희들의 이웃과 화목하며, 불의를 쫓지 말며, 일을 맡은 사람을 방해하지 않는 것, 이것이 은혜에 보답하는 것이다."라고 하였다. 모두가 대답하기를 "알겠습니다."라고 하였다. 또 말하기를 "위에서 교령을 내리면 너희가 들은 것을 어기지 말고, 위에서 시키는 일이 있으면 네 힘을 아끼지 말라. 알든 모르든 오직 위의 명령을 즉시 따르는 것, 이것이 은혜에 보답하는 길이다."라고 하였다. 모두가 대답하기를 "알겠습니다."라고 하였다. 이에 여러 사람들이 기뻐하고 춤을 추며 물러갔다. 관아의 수령들을 살펴서 탐욕스런 자를 쫓아내고 청렴한 자를 표창하니 온 관내가 숙연(肅然)하였다. 학교에 관한 행정을 밝히고 솔선하여 이끌고 도와 주니, 도민들이 비로소 선비의 할 일이 있음을 알게 되어 야만스러운 풍속이 크게 변하였다.

병인년(1866, 고종3) 동부승지로 소환(召還)되었다. 이해 가을 서양 오랑캐가 강화를 함락하였는데, 당시 백성들은 전쟁을 겪은 지 수백 년이 되었기 때문에, 갑자기 적이 쳐들어온다는 경보를 듣고 모두 매우 두려워하여 스스로 지킬 줄 몰랐다. 조정에서는 순무영(巡撫營)을 설치하고 공을 천총(千摠)으로 삼아 선봉군을 통솔하여 방어하게 하였다. 대원군(大院君)이 친히 나오셔서 군사들에게 음식을 베풀고 위로하였다.

공이 말씀하기를 "군중에서는 화합이 가장 귀하니 여러 장수들은 틈이 생기지 않도록 힘을 합하여 큰일을 이루기 바란다."라고 하였다.

또 말씀하시기를 "양근(楊根)의 이장령(李掌令)[84]은 나의 스승인데, 이제 임금의 부르심에 응하여 도착할 것이다. 산림(山林)에서 독서하는 선비시니 어찌 눈앞의 뛰어난 계책이 있어서 적을 격파할 수 있겠는가? 아뢰는 것마다 아마도 '치본(治本)' 두 글자에 벗어나지 않을 것이다. 우원(迂遠)하다고 돌려버리지 말고 예를 두텁게 하여 이를 받아들이기 바란다."라고 하고 드디어 행군하니 군대의 모습이 엄숙하고 정연해졌다. 이르는 곳마다 흩어진 백성을 불러 타일러서 각자 안도하게 하고 친히 대의(大義)로 적을 타이르는 격문을 지었다.

봉상시(奉常寺) 봉사(奉事) 한성근(韓聖根)[85]이 문수산성(文殊山城)에서 복병을 만나 패하여 달아났는데, 갑자기 안개가 크게 일어 적이 추격하지 못하였다. 공이 밤에 수유(水踰)고개에 올라 거짓 병사를 배치하여 적을 속이자 적이 대포를 쏘았다. 탄환이 날라 머리 위로 지나가자 불빛에 눈이 부셨다. 여러 사람들이 모두 놀라 안색이 변했으나 공은 태연하게 웃고 말하였다. 덕포(德浦)에 도착하여 대포를 숨길 지형을 살피면서 묵묵히 강신(江神)께 기도하였는데, 갑자기 정족산성(鼎足山城)이 하늘 한가운데 우뚝 솟아 있는 것을 보니, 마치 평생의

84 양근(楊根)의 이장령(李掌令) : 이항로(李恒老)를 지칭한다.

85 한성근(韓聖根) : 1833~1905. 조선 말의 무신으로 본관은 청주(淸州), 자는 원집(元執), 호는 이력(履歷)이다. 1866년(고종3) 병인양요(丙寅洋擾) 때 순무영 초관(巡撫炯哨官)으로 문수산성(文殊山城)을 수비하여 공을 세웠고, 1881년(고종18) 신식 군대인 별기군(別技軍)이 창설되자 정령관(正領官)으로서 군사훈련에 힘썼다. 이 해 안기영(安驥永) 등이 대원군의 서자 이재선(李載先)을 왕으로 추대하려는 역모사건이 일어나자 이에 연루된 혐의로 투옥되었다가 무죄 석방되었다. 그 후 병조 참판(兵曹參判), 한성부 판윤(漢城府判尹) 등을 역임했다.

친우가 손을 들어 부르는 것 같았다. 지세가 천연적으로 험준하여 군사가 의지할 수 있는 곳인가를 탐문하여 알고 기뻐하며, "여기가 내가 적을 섬멸할 곳이다."라고 말하였다. 이에 500여 명을 인솔하여 각각 2일 치의 양식을 지니게 한 후 배를 타고 건너가려고 하였다. 중군(中軍)이 대원군의 명이라 하여 서신을 보내 회군하도록 하였으나 공은 따르지 않으니, 여러 사람들이 의심하고 두려워하며 건너가려 하지 않았다.

공이 말하기를 "적이 강화도를 점거한 지 여러 날인데, 우리 군대는 오히려 강화도에 한걸음도 접근하지 못하고 있으니, 어찌 돌아가서 우리 임금님을 뵐 낯이 있겠는가?"라고 하였다. 그리고 칼을 빼어 맹서하기를 "겁먹은 군사는 비록 십만 명이라도 쓸모가 없다. 너희들은 모두 가거라. 나 혼자 건널 것이다."라고 하였다. 여러 사람들이 이에 물을 건너 산성에 들어가 주둔하였다. 승도(僧徒)들이 맞이하며 고하기를 "어제 적의 무리가 성을 두루 돌아보고 매우 즐거워하면서 술을 마시고 갔습니다. 아마도 다시 올 것 같습니다."라고 하였다.

밤이 되자 부대를 여러 부대로 성첩을 지키게 했는데, 이염(李濂)은 동문에 매복하였고, 김기명(金沂明)[86]은 남문에 매복하였다. 날기 밝아지자 과연 적들이 이르렀다. 동문과 남문에서 복병이 일어나서 진시(辰時)부터 미시(未時)까지 큰 싸움이 벌어졌다. 적의 우두머리가 말을 채찍질하여 앞장서서 나아가다가 뛰어오르는 말에서 떨어졌다. 우

86 김기명(金沂明) : 자는 성오(聲五), 호는 화계(華溪)이며 판관(判官) 김언원(金彦元)의 후손이다. 1866년(고종3)의 병인양요 때 프랑스군을 물리치는 데 큰 공을 세웠다.

리말을 잘 하는 자가 있어 말하기를 "어쩔 수 없다."고 하고, 마침내 도망갔는데 추격하여 100여 명을 죽이고 병장기를 모두 빼앗았다. 아군 사상자는 4명이었는데, 공이 시신을 잡고 애통해하고 상처의 피를 입으로 핥으니 모든 군사들이 감동하였다.

다음날 강화성 안에 있던 적들도 또한 물러갔다. 공이 성에 들어가 남녀를 위로하니 환호하며 길을 막아 군대가 앞으로 갈 수 없었다. 승리했다는 소식이 군중(軍中)에 이르자 한성 좌윤으로 특진되었다. 친교리(親校理) 황종호(黃鍾浩)가 입으로는 말하지 않고 '오나라를 평정하다[平吳][87]'라는 두 글자를 써서 보여 주었다. 공이 웃으면서 고개를 끄덕이며, "그것이 나의 뜻이다."라고 말하고, 마침내 상소(上疏)를 올리고 물러났다.

상소는 대략 다음과 같다. "지휘(指揮)하고 절제(節制)하는 명은 주장(主將)에게서 받았고, 계획을 도와서 분전한 것은 여러 장교들에게서 나왔습니다. 신은 저 추한 무리들을 섬멸하여 한 척의 배도 돌아가지 못하게 하지 못하였으니, 이는 신의 죄입니다. 무슨 공이 있다고 하겠습니까?"

처음 군대가 출전할 때 서로 화합하여 어울리게 소정하는 것을 걱정한 것은 선견지명이 있던 것이었고, 공로가 이미 이루어지자 시기하고

87 오나라를 평정하다 : 진(晉)나라가 오(吳)나라를 정벌할 때, 안동장군 왕혼(王渾)이 오나라의 황제 손호가 있던 석두성(石頭城)을 공격하려는 왕준에게 군령을 내려 잠시 기다릴 것을 요구하였는데, 왕준이 '풍향의 이(利)가 있으니 기다릴 수 없다.'라고 하면서, 강을 건너 오나라의 수도 건업(建業)의 석두성을 공격하여 손호의 항복을 받아 오나라를 멸망시켰다. 이 일로 왕혼이 황제에게 왕준을 탄핵하였지만 왕준은 공이 커서 벌을 면하였다.

꺼리는 자가 없을 수 없었다. 그러나 그들은 공이 마음이 참으로 담박한 것을 알지 못한 것이다. 군대가 귀환하자 부총관에 제수되었고, 총융청(摠戎廳), 진무영(鎭撫營), 어영청(御營廳), 금위영(禁衛營) 등 여러 영의 중군(中軍)을 두루 역임하였다.

기사년(1869, 고종6) 좌승지 겸 사옹원부제조(左承旨兼司饔院副提調)가 되었다. 이해 겨울 황해 병사로 나갔다. 임신년(1872, 고종9)에 임기가 다 되었으나 군민(軍民)의 진정(陳情)으로 인해 1년을 더 맡았다. 계유년(1873) 1월에 내직인 동의금(同義禁)으로 옮겼고, 6월에는 어영대장에 발탁되어 임명되었고, 자헌대부 지삼군부사(資憲大夫知三軍府事)에 올라 의정부 당상(議政府堂上)에 차임되었고, 이어서 지훈련원사 겸 좌포장(知訓鍊院事兼左捕將)이 되었다. 을해년(1875, 고종12)에는 형조 판서(刑曹判書), 금위대장(禁衛大將)에 제수되었고, 경진년(1880, 고종17)에는 공조 판서(工曹判書)에 제수되었다. 을유년(1885, 고종22)에는 곤수(梱帥 병사나 수사)가 된 신하의 부친으로 나이가 70이 되었다 하여 품계가 정헌대부(正憲大夫)로 올랐다. 정해년(1887, 고종24) 독련사(督鍊使)를 제수 받았으나 병으로 해직되었다.

계유년(1873, 고종10) 내직으로 옮긴 이후부터 작위가 날로 융성하였고 관직이 몸에서 떠나질 않았으나 실제로는 일에 관여하지 않았다. 만년에는 시국이 날로 어려워지는 것을 보고 근심스러운 얼굴을 하고 항상 빨리 죽기를 원했다. 무자년(1888, 고종25) 11월 22일 병으로 집에서 돌아가시니 수(壽)가 73세였다. 공은 일찍이 말하기를 "나는 본래 한미한 선비이니 죽은 후에는 반드시 무명옷을 써서 염하도록 하라."라고 하였다. 이에 이르러 자제들이 그 유명(遺命)을 받들었다. 기축년(1889) 2월 22일 과천(果川) 남면(南面) 부곡(富谷)의 계좌(癸

坐)의 자리에 장사 지냈다.

부인인 정부인(貞夫人) 고성(固城) 이씨는 군수 이행검(李行儉)의 따님이다. 정숙하고 법도가 있었으며, 아랫사람을 통솔하여 집안을 잘 다스렸는데 법도가 매우 엄하였다. 자식이 없어 참판에 추증된 동생 양면수(梁勉洙)의 아들 양주현(梁柱顯)을 데려다 후사로 삼았는데, 그는 무과를 거쳐 한성 좌윤(漢城左尹)이 되었다. 서자인 양주겸(梁柱謙)은 전 이문학관(吏文學官)이다. 주현이 세 아들을 두었는데, 장남 양경환(梁景煥)은 지금 선전관(宣傳官)이고, 차남이 양승환(梁昇煥), 서자가 양최환(梁最煥)이다. 주겸은 아들이 둘인데, 장남이 양보환(梁普煥)이고 차남은 아직 어리다.

공은 타고난 자질이 도(道)에 가까워, 어버이에 효도하고 친척과 화목하며 국가에 충성하고 임금을 사랑하는 것이 지극한 정성에서 나왔다. 일찍 현명한 스승을 만나 학문하는 방법을 들어 우뚝하게 자립할 수 있었지만, 녹봉으로 부모를 봉양하기 위해 학업을 바꾼 것은 그의 뜻이 아니었다. 비록 무부(武夫)들 사이에 벼슬하였지만 행동은 예법을 준수하고 편안히 삼가하여 자신을 지켰고 귀하게 될수록 스스로 겸양하였다. 종일 홀로 앉아서 손에 한 권의 책을 들고 의심나는 것을 묵묵히 기록하여 유생이나 학자에게 질문하였는데 어린 사람이라도 구애받지 않았다. 멀리서 바라보면 쓸쓸한 한 명의 가난한 선비 같았으나, 고집하여 지키려하면 만 명의 장부로도 뺏을 수 없는 용기를 지니고 있었다.

통진(通津)으로부터 정족산성(鼎足山城)[88]에 들어가 주둔할 때, 한

88 정족산성(鼎足山城) : 강화군 길상면에 있는 연대 미상의 산성으로 사적 제130호

성 좌윤인 그 아들(子 주현)에게 답장한 편지에 "나는 죽음을 각오한 지 이미 오래되었다. 어찌 많은 말이 필요하겠는가? 너는 반드시 열심히 책을 읽고 두 분 모친을 잘 봉양하여라."라고 하였다. 조카 주석(柱石)이 옷을 부치면서 편지가 없음을 이야기하자 공이 대답하기를 "나는 말을 타면서 집을 잊었고, 성을 나설 때 내 몸을 잊었으니 편지가 없는 것이다. 지금 곧 바다를 건너가려 하는데 살아서 돌아오지 않기로 맹세하였다."라고 말하고는 마침내 옷을 버리고 출전하였다.

병인년(1866, 고종3) 이후 국가에 변란이 많아지자 사대부가 식구들을 고향집으로 보내는 일이 많았다. 공이 홀로 그런 행동을 하지 않으며 말하기를 "우리 집안은 나라의 후한 은혜를 받았으니 불행이 있으면 집안에서 같이 죽는 것이 옳다. 어찌 고향으로 보내겠는가?"라고 하였다. 장수가 되어서는 호령(號令)이 엄하고 명확하였으며, 선비의 고상함과 여유로움이 있어 극곡(郤縠)[89]과 좨준(祭遵)[90]의 풍모가

이다. 넓이 24만 5997㎡, 둘레 약 1km인데, 단군의 세 아들이 쌓았다는 전설로 그 이름을 삼랑산성(三郎山城) 혹은 정족산성(鼎足山城)이라고 한다. 성안에 전등사(傳燈寺)와 정족산성 사고(史庫)가 있다. 양헌수(梁憲洙)가 프랑스군을 격파한 곳으로 유명하다.

89 극곡(郤縠) : 춘추 시대 진(晉)나라 사람으로, 중군(中軍)을 거느린 장수인데, 그는 무예에만 능한 것이 아니라 시서(詩書)와 예악(禮樂)에도 밝아 문무를 겸비했다 한다. 《春秋左氏傳 僖公27年》

90 좨준(祭遵) : ?~33. 중국 후한(後漢) 광무제 때의 장군으로 자는 제손(第孫), 영천(穎川) 영양(穎陽) 사람이다. 사람됨이 검소하고 신중하였으며, 사사로움을 이기고 공공(公共)에 봉사하여 하사받은 물건은 매번 사졸들에게 주었다고 한다. 광무제는 좨준이 죽자 몹시 애통해 하며 조회 때마다 "어찌하면 좨정로(祭征虜)같이 우국봉공(憂國奉公)하는 신하를 얻을 수 있겠는가?〔安得憂國奉公之臣 如祭征虜者乎〕"라고 한탄하

있었다. 관리가 되어서는 교화(教化)를 먼저하고 도리를 어기면서 명예를 구한 적이 없었다. 백성들을 위해 해(害)를 제거할 때는 불에 타거나 물에 빠진 자를 구하는 듯이 하였으며, 세력에 굴복하지도 않았고 이익에 유혹되지 않았다.

황주(黃州)에 있을 때 요직에 있는 자의 편지를 가지고 온 자가 있었는데, 부민(富民)을 범하려고 꾀하자 공이 장(杖)을 때려 쫓아냈다. 포도대장이 되었을 때, 어떤 백성이 그 부인을 힘 있는 승려에게 빼앗겼다고 하소연하였다. 공이 장(杖)을 때려 그 두 승려를 죽여 버리고 아울러 그 절집을 허물어 버렸다. 무위영(武衛營)의 친군(親軍)들이 성은(聖恩)을 믿고 제멋대로 행동하였는데, 공이 어영대장이 되어 그들에게 포(布)를 나누어 줄 때 한 군졸이 포에 때가 묻었다고 성을 내며 찢어서 던지니 공이 즉시 잡아서 죽여 버렸다. 이러한 일들은 모두 아무나 행하기 어려운 바이지만, 공의 일처리는 의심을 받지 않았고 이후에도 아무 일이 없었다. 아마도 지극히 정성스럽고 공정한 점이 상하의 믿음을 얻기에 충분하였으므로, 죽은 자의 집에서조차 또한 감히 원망할 수 없었을 것이다. 임오년(1882, 고종19)의 변[91]이 일어나서 난군(亂軍)들이 여러 장수들의 집을 때려 부쉈는데, 공의 거처에 이르러서는 앞선 부대가 문에 들어왔다가 곧 깨닫고 놀라 말하기를 "이곳은 양 대장의 집이다."라고 하며 무리를 지휘하여 물러갔다. 남천면 사람들이 지금까지도 그 때 일을 말하고 있다.

글을 지으면 조리가 넉넉하고 막힘이 없어서 비록 보통의 일상적인

였다고 한다. 《後漢書 列傳 第10 銚期王霸祭遵列傳》

91 임오년의 변 : 임오군란(壬午軍亂)을 말한다.

판결문이라도 모두가 전(傳)하여 낭송할 만하였다. 항상 녹봉이 부모 봉양에 미치지 못하고 배움을 마치지 못한 것을 종신토록 한스럽게 여겼다. 그가 〈이 선생을 제사한 글〉에서 "집이 가난하고 어버이가 늙으신 때문에 고생을 견디며 학업을 마치지 못하고 마침내 기구(箕裘)[92]를 계승하여 세상일에 분주하였습니다. 생각하니 얼마 되지 않는 녹봉을 얻어서 부미(負米)[93]를 대신하고자 하여, 드디어 오랫동안 스승의 문하를 떠나기에 이르렀으나, 녹봉 또한 부모님을 봉양하기에는 미치지 못했고, 벼슬에 나아가서는 나라에 보탬이 되지 못하였으며, 물러나서는 선친의 기대에 어긋났습니다. 능력이 마음을 따르지 못하여 선생의 지극한 뜻을 저버렸습니다. 그러나 아직도 마음을 보존하고 자신을 실천하는 데 감히 스스로 힘쓰지 않은 적이 없었으며, 관원이 되어 직책을 수행하는 데는 감히 마음을 다하지 않음이 없이 지금처럼 큰 잘못을 면하길 기대할 수 있는 것은 모두 선생께서 가르쳐주신 덕분입니다."라고 하였다. 여기에서 공의 평생의 뜻을 볼 수 있다.

공이 아직 귀하게 되지 않았을 때, 침계(梣溪) 윤정현(尹定鉉)[94] 공

92 기구(箕裘) : 대를 이어 부조(父祖)의 업(業)을 잇는 것을 말한다. 《예기》〈학기(學記)〉에 "훌륭한 대장장이의 아들은 반드시 갖옷 만드는 것을 배우고, 훌륭한 활 만드는 사람의 아들은 반드시 키 만드는 것을 배운다.〔良冶之子 必學爲裘 良弓之子 必學爲箕〕"라고 하였다.

93 부미(負米) : 자로부미(子路負米)의 줄인 말이다. 공자의 제자인 자로(子路)는 가난하여 매일 쌀을 등짐으로 져서 백 리 밖까지 운반하여 그 운임을 받아 양친을 봉양했다는 고사에서 나온 말이다.

94 윤정현(尹定鉉) : 1793~1874. 자는 정수(鼎수), 호는 침계(梣溪), 시호는 효문(孝文)이다. 행임(行恁)의 아들이다. 1843년(헌종9) 식년문과(式年文科)에 병과(丙科)로 급제하여 벼슬길에 올라 1858년 지중추부사(知中樞府事)로 치사(致仕)했다. 경

이 한번 보고서 매우 중하게 여겨 다른 사람에게 보낸 편지에서 말하기를 "아무개는 내가 아끼고 존경하는 벗이다."라고 하였다. 진선(進善) 이상수(李象秀)[95] 공은 벼슬하기 전에 사귀었는데, 일찍이 말하기를 "나는 오직 아무개가 죽음으로써 아름다운 도를 지키고 나라의 위태로움을 보면 목숨을 바쳐 지킬 것이라고 믿는다."라고 하였다. 두 분은 세상에서 독실한 군자라 일컬어지는 분들인데, 모두 공보다 먼저 돌아가셨지만 추천하고 칭찬하는 바가 이와 같았으니, 관 뚜껑 덮기를 기다릴 필요도 없이 이미 평가가 정해진 것이다.

나는 평소에 공을 알지 못하였다. 병자년(1876, 고종13) 봄 일본 병선이 강화도에 들어와 맹약(盟約)을 요구하여 조야(朝野)가 걱정하고 두려워하였는데 공께서 당시 금위대장(禁衛大將)을 맡아 나를 불러 종사관으로 삼았다. 즉시 가서 뵈었는데 공께서 이르기를 "공은 서로 굽힌다는 뜻을 아는가. 만약 국가에 어려움이 있으면 함께 죽고자 하네."라고 하였다. 적이 물러가자 또 이르기를 "늙은 나는 세상에 오래 살지 못할 것이네. 사후의 문자를 부탁하여 공에게 누를 끼치고자 하네."라고 하셨는데, 내가 감히 그럴 수 없다고 사양하였으나 마음속으

사(經史)에 밝았고 특히 비지(碑誌)에 조예가 깊었으며 글씨도 잘 썼다.

95 이상수(李象秀) : 1820~1882. 본관은 전주(全州), 자는 여인(汝人), 호는 어당(峿堂), 시호는 문간(文簡)이다. 연주(演周)의 아들이다. 한원진(韓元震)의 학통을 이은 호론(湖論)에 속하며 동문으로 민상호(閔象鎬), 성기운(成岐運), 서응순(徐應淳) 등이 있고, 임헌회(任憲晦), 윤정현(尹定鉉), 신헌(申櫶) 등과도 친숙하였다. 문장으로 이름 높았으며, 1882년(고종19) 임오군란이 일어나자 개화정책에 반대하는 상소와 실학(實學)과 실사(實事)에 힘쓸 것을 주장하는 상소를 거듭 올렸다. 1910년 규장각 제학에 추증되었다. 저서로는 《어당집》이 있다.

로 지우(知遇)에 감격하여 하루도 잊은 적이 없었다.

계사년(1893, 고종30) 가을 면천(沔川)의 귀양지에서 고향으로 돌아가라는 명을 받았는데, 도성의 남문 밖을 지날 때 공의 막내아들 주겸(柱謙)이 가장을 품고 찾아와 보여 주며 말하였다. "저의 선친께서 돌아가신 지 어느덧 6년이 되었는데, 아직 선친의 덕을 기록하는 글을 제대로 마련하지 못하였습니다. 일찍이 선친께서 남기신 뜻이 있으니 오직 공께서 도모해 주셔야만 합니다."라고 하였다. 내가 손을 씻고 읽어보고 탄식하며 다시 말했다. "공의 덕(德)과 공(功)이 혁혁하여 사람들이 이목(耳目)을 집중하고 있으니, 행장(行狀)을 기다리지 않더라도 후세에 전할 수 있을 것입니다."라고 대답하였다. 그러나 공의 평소 벼슬하고 물러남, 말과 행동은 하나라도 본원에서 나오지 않은 것이 없으니, 공께서 특별한 공훈을 세우고 만년에도 절조(節操)를 지니신 것 또한 그 본원 중 하나의 일이다. 이에 세상에서 논하기를 좋아하는 자가 '공께서 이루신 공적으로도 그 덕을 가릴 수 없다.'라고 하였으니, 어찌 지나친 말이겠는가? 삼가 원래의 가장(家狀)에 의지하여 찬술하여 돌려준다.

시장 諡狀

1편

사촌 형 취당공[96]의 시장

從氏翠堂公諡狀

공의 성은 김씨이고 휘는 만식(晩植), 자는 대경(大卿)인데, 초자(初字)는 기경(器卿)이었고, 호는 취당(翠堂)이다. 청은군(淸恩君) 익정(益鼎)의 넷째 아들로 어머니는 반남 박씨(潘南朴氏)이다.-이상 세덕(世德)은 청은군 묘지명에 자세히 실려 있다.-

순조 갑오년(1830, 순조30) 5월 1일 공은 양근(楊根)의 귀여리(歸歟里)에서 태어났는데, 셋째형 심연공(心研公)[97]과 쌍둥이로 반 시진 뒤에 태어났으므로 공의 서열이 네 번째가 되었다. 어려서 침착하고 듬직하여 장난치며 노는 것을 좋아하지 않아서 노숙한 어른 같았다. 같이 책을 읽던 여러 동료들이 장점을 다투고 단점을 비교할 때, 공은 홀로 한곳에 물러나 담담하게 들리지 않는 것같이 하여 동료들이 대수장군(大樹將軍)[98]이라 불렀다.

96 취당공(翠堂公) : 김만식(金晩植, 1834~1901)으로, 자는 대경(大卿), 호는 취당이다. 청은군(淸恩君) 김익정(金益鼎)의 아들이며, 김윤식(金允植)의 종형이다.

97 심연공(心研公) : 김관식(金寬植, 1834~1866)으로, 심연(心研)은 호이다. 김만식의 쌍둥이 형이다.

19세에 성균관 시험에 합격하고, 26살에 향시에 장원(壯元)으로 합격하였다. 신유년(1861, 철종12)에 응제(應製)[99] 진사과에 합격하였고, 기사년(1869, 고종6)에 정시(庭試) 문과에 합격하여 삼사(三司)를 두루 역임하였다. 경오년(1870)에 용강(龍岡) 현령에 제수되었고, 임신년(1872)에 사복시정(司僕寺正), 사인(舍人), 검상(檢詳)[100]에 제수되었다. 무인년(1878, 고종15) 시강원 필선(侍講院弼善)에 제수되었고, 5월에는 철인왕후(哲仁王后)[101]의 국장도감도청(國葬都監都廳)이 되어 통정대부(通政大夫)에 올랐고, 동부승지(同副承旨), 공조 참의(工曹參議)에 제수되었다. 8월에 일본 수신부사 겸 전권부관(日本修信副使兼全權副官)으로 충원되었다. 임오년(1882)에 복명(復命)하고 참의(參議)에 제수되어 교섭통상사무아문(交涉通商事務衙門)의 보정부 문후관(保定府問候官)[102]으로 충원되었다. 돌아와서는 대사성 겸 보덕(大司成兼輔德)에 임명되어 가선대부(嘉善大夫)로 승진하였고, 교섭

98 대수장군(大樹將軍) : 자신의 전공(戰功)을 자랑하지 않는 장군을 이르는 말이다. 후한(後漢)의 개국 공신(開國功臣)인 풍이(馮異)는 광무제(光武帝)를 섬겨 많은 전공을 세웠으나 사람됨이 겸양하여 논공행상(論功行賞)할 즈음이면 언제나 자신의 공로를 발표하지 않고 큰 나무 아래에서 한가로이 쉬고 있었으므로 대수장군이라는 별칭이 있게 되었다. 《後漢書 卷17 馮異列傳》

99 응제(應製) : 임금의 명에 의하여 시문(詩文)을 지어 시험을 보는 것을 말한다.

100 검상(檢詳) : 의정부(議政府)의 정5품 벼슬로 죄인을 거듭 심리하여 검사하는 일을 맡았다.

101 철인왕후(哲仁王后) : 1837~1878. 조선 철종의 왕비이다. 성은 김씨로 영은(永恩) 부원군(府院君) 문근(汶根)의 딸인데, 1851년(철종2)에 왕비로 책봉되었다.

102 보정부 문후관(保定府問候官) : 1882년 임오군란 때에 청나라에 끌려가 보정부에 유폐되어 있던 대원군을 문후(問候)하기 위해 파견한 사신이다.

통상사무아문(交涉通商事務衙門)의 협판(協辦)에 제수되었다. 한성우윤(漢城右尹), 동의금(同義禁), 동춘추(同春秋), 동경연(同經筵), 동중추(同中樞), 예조(禮曹), 이조(吏曹)의 참판(參判)을 역임하였다. 갑신년(1884)에 자헌대부(資獻大夫)에 올라 지춘추(知春秋)에 제수되고 동지겸사은사(冬至兼謝恩使)로 충원되었다. 을유년(1885, 고종22)에 복명(復命)한 후, 여러 조(曺)의 판서와 지경연(知經筵), 춘추(春秋), 의금부(義禁府), 동성균(同成均), 종묘 사직제조(宗廟社稷提調), 대사헌(大司憲), 좌우 참찬(左右參贊), 한성 판윤(漢城判尹) 등을 두루 역임하였다. 병술년(1886)에는 전권대신(全權大臣)으로 뽑혀 프랑스와의 화약(和約)을 체결하였다. 무자년(1888)에는 감시회시(監試會試)[103]와 증광문과 정시(增廣文科庭試)에서 일소(一所)[104]의 고시관(考試官)이 되었다. 기축년(1889)에 지돈녕 분내의원 제조(知敦寧分內醫院提調)가 되었고, 경인년(庚寅)에는 정헌대부(正憲大夫)로 품계가 올랐다. 갑오년(1894, 고종31) 여름 평안감사로 제수되었고, 을미년(1895)에 병으로 교체되어 돌아왔다. 이것이 공의 이력(履歷)의 대강이다.

갑신년(1884, 고종21) 10월 공이 청나라에 사신(使臣)으로 가라는

103 감시회시(監試會試) : 각종 초시(初試) 입격자(入格者) 1500여 명을 식년(式年) 봄에 서울에 모아 다시 시험하여 생원(生員)·진사(進士) 각 100명을 뽑는 것이다. 복시(覆試)라고도 한다.

104 일소(一所) : 복시(覆試)에서는 시소(試所)를 양소로 나누어 일소(一所)를 예조(禮曹), 이소(二所)를 성균관(成均館) 비천당(丕闡堂)으로 하는 것이 관례였다. 각 소마다 종2품 이하 2명을 상시관(上試官), 정3품 이하 3명을 고시관(考試官), 감찰 1명을 감시관으로 하였다.

명을 받았는데, 출발하기 전에 사변(갑신정변)이 일어났다. 당시에는 이웃나라와 우호관계가 이미 단절되어 온 나라가 놀라 두려워하였으므로 묘다에서 논의하여 신주(神主)를 왕성 밖으로 옮기려고 하였다. 하루는 임금께서 윤식(允植)을 불러 직접 이르시기를 "이러한 때 종묘의 신주(神主)를 가볍게 맡길 수 없다. 조정에 있는 노성(老成)하고 충실한 신하들을 두루 살펴보니 경의 형만 한 자가 없다. 경이 마땅히 이런 뜻을 전달하도록 하라."라고 하시면서, 또 봉서(封書) 하나를 주셨다. 윤식이 물러나와 공과 함께 열어보니 임금께서 손수 쓰신 '종묘제조 김만식(宗廟提調金晩植)'이라는 7자였다. 별도로 한 줄을 쓰셨는데, "나랏일이 이에 이르렀으니 위급할 때 계책이 없을 수 없다. 경에게 부탁하여 이에 임명하니 경은 매우 신중하게 처리하라."라고 쓰여 있었다. 뒤에 평화를 얻게 되자 공(公)이 사신으로 가게 되었는데, 가는 도중에 소(疏)를 올려 조서(詔書)를 받들고 돌아왔다.

당시 민영익(閔泳翊)이 청나라로 유람(遊覽)하려 가는 길에 양서(兩西)를 거쳐 의주(義州)에 도착하였다. 공이 길을 가는 도중에 깨끗하고 신중했다는 것을 탐문하여 알아보고는, 봉서(封書)를 올려 평안도 백성들의 사정을 극력 진술하면서 공을 평안도 감사(監司)로 천거하였다. 공이 복명(復命)하기에 이르러 평안도 감사를 맡는다는 설이 자자하였는데, 명령이 제때 내려오지 않았다. 주위에서 공을 위해 꾀를 내는 자가 말하기를 "근래 사신이 복명(復命)할 때는 모두 물건을 바치는 일이 있습니다. 공이 만약 시속을 따른다면 평안도 감사 자리를 도모할 수 있을 것입니다."라고 하였다. 공이 대답하기를 "나는 채찍만 가지고 와서 바칠만한 물건이 없다. 또 등용하고 말고 하는 것은 성명(聖明)의 간택에 달려있는데 어찌 감히 뇌물로 등용되기를 구하겠는가?"라고 하며 마침내 듣지 않았다.

개국(開國) 503년 갑오년(1894) 여름 6월에 청나라 병사가 평양에 웅거하였는데, 일본군에게 포위당하여 내외가 단절되고 길도 통하지 않게 되었다. 공이 이러한 때 관서 안찰사(按察使)로 명을 받으니 친척과 친구들이 모두 공을 위하여 위험하다고 말렸지만, 공이 서슴없이 길에 올라 조금도 어려워하는 기색이 없었다. 나아가 황주(黃州)에 이르렀는데, 전쟁으로 길이 막혀 나갈 수 없어 정방산성(正方山城)에 임시로 묵었다. 여름비가 많이 내리고 식량 또한 부족하여 고생이 말할 수 없었다. 서쪽에서 온 사람들이 전하는 소문이 일치하지 않아 물정이 흉흉하고 두려워지자, 편장(偏將)과 비장(裨將)과 행렬을 따라온 사람들이 모두 일을 핑계대어 그만두고 돌아가고자 하니 공은 모두 편안하게 들어주었다.

8월에 이르러 청나라 군대가 패하여 물러가고 일본군이 평양에 웅거하였다. 전쟁을 치른 나머지 백성들이 거의 다 도망쳐서, 공은 한 필의 말과 한 명의 종복을 데리고 파괴되고 텅 빈 곳에 부임하였다. 감영의 담벼락 사이에는 유해(遺骸)가 낭자하고 길거리에는 도깨비불이 번쩍거렸으며, 개나 닭 우는 소리가 들리지 않았고 사람 사는 연기가 아득히 끊어졌다. 공이 남아있는 병졸과 백성들에게 명하여 유골을 거두고 썩은 시신을 묻게 하며 더러운 곳을 불태우고 청소하며 직접 돌아다니면서 백성들을 불러들였다. 흩어져 떠돌던 자들이 차츰차츰 모여 들었으나 집이 부서지고 파괴된 것을 보고는 모두 근심과 슬픔이 눈에 가득하였다. 또 집을 고치고 지붕을 이을 방법이 없어 모두 흩어져 떠나려 하였는데, 공이 마음을 다하여 위로하며 어루만지고 또 자신의 녹봉을 덜어 내어 기술자들을 모집하여 그 부서진 집의 지붕을 잇고 벽을 바르도록 하니, 백성들이 비로소 감격하고 기뻐하며 돌아오는 자가 날로 많아졌다.

이때 일본 육군대장 야마가타 아리토모(山縣有朋)[105]가 성내에 병력을 주둔시키고 장차 요녕성(遼寧省)의 심양(瀋陽)으로 진공하기 위해 병기와 군량 무려 수백만 석을 운반하는 일을 지방관에게 떠맡겼다. 공은 그 대장과 함께 임금(賃金)을 약정하여 널리 인부와 우마를 모집하고, 또한 연로(沿路)의 군읍에 명령하여 약속된 지점까지 앞당겨 도착하도록 하고 임금을 지체하는 폐단을 엄금하였다. 백성들이 모두 다투어 운반하여 지체되는 걱정이 없게 되었고, 돈이 유통되어 평안도 백성들이 점점 소생하게 되었다.

일본 진영의 통역과 사환들은 모두 동래 부산의 못된 백성인데, 세력을 빙자하여 민간에 해독을 끼쳤다. 또 종종 이런 일로 저들과 우리 사이에 일을 키워서 거의 화기(和氣)를 잃어버릴 지경에 이르렀다. 공이 그 중 가장 심한 자 3인을 잡아다가 그 죄를 따져서 가두니, 온 성의 인심이 겁을 먹고 예측하지 못한 화변(禍變)이 일어날 것으로 여겨서 짐을 지고 떠나는 자가 생겨나기에 이르렀다. 일본 진영의 통역관들이 끊임없이 찾아와 "군대의 일을 방해하고 양국간의 우의를 훼손

105 야마가타 아리토모(山縣有朋) : 1838~1922. 일본의 군인·정치가로, 1882년 정치에 입문하여 1883~1889년 내무장관을 지냈고, 유럽을 1년간 다녀온 뒤 1889~1891년까지 의회제도체제에서 처음으로 총리를 지냈다. 1894년 청일전쟁이 일어나자 조선에 주둔하는 제1사령관이 되었고 1898년 원수로 승진하였다. 1898~1900년 내각의 절반 이상이 군 장성으로 채워진 야마가타 내각을 구성하여 아시아팽창주의를 가속화시켜 나갔다. 1903~1909년 이토 히로부미와 함께 번갈아 추밀원 의장직을 맡았고, 러일전쟁을 승리로 이끌어 공작 작위를 받았다.

하고 실추시켰다."라고 위협하였다. 공이 웃으며 대답하기를 "만일 이 무리들을 죽이지 않으면 양국간의 우의가 온전하지 못하게 될 것이며 귀국 군대의 위신 또한 추락할 것이다."라고 하면서 마침내 저잣거리에서 죽이도록 명하니, 일본의 장군 또한 말이 없었고 민심은 크게 기뻐하였다. 이에 혼탁했던 것이 맑아져 폐단이 제거되고 새는 곳이 보수되니, 수령의 보고와 아전의 말이 진실로 백성들에게 이롭게 되어 즉시 따르지 않는 것이 없게 되었다. 전쟁 후에 온 고을이 완전히 되살아나게 된 것은 참으로 공의 힘이었다.

재임한 지 1년에 피로에 지쳐 풍비증(風痺證)[106]을 얻어 가마에 실려 서울 집으로 돌아왔다. 이때부터 문을 닫고 병을 치료하여 벼슬에 임명되어도 관직에 나아갈 수 없었다. 광무 5년 신축년(1901) 1월 6일 경성의 재동(齋洞) 집에서 돌아가시니 수(壽)가 겨우 67세였다. 이해 1월 25일 양주(楊州) 가오리(加五里) 간좌(艮坐)의 자리에 장사 지냈다. 부인 양주 조씨(楊洲趙氏)는 현감 조유순(趙有淳)의 따님으로, 우의정 충정공(忠正公) 조병세(趙秉世)의 누이이다. 공보다 37년 앞서 갑자년(1864)에 돌아가셨다. 후처인 은진 송씨(恩津宋氏)는 송주성(宋柱成)의 따님이다. 모두 자녀가 없어 친척인 충식(忠植)의 아들 유장(裕章)을 데려와 후사로 삼았는데, 관직이 탁지부 주사(主事)에 이르렀지만 일찍 죽었다. 1남 1녀를 두었는데 모두 어리다.

공은 헌걸차고 살졌으며 눈이 빛나고 목소리가 맑고 컸다. 멀리서 바라보면 위엄이 있어 친하기 어려울 것 같지만, 그 앞에 다가가면 즐겁고 편안하게 이야기하여 온화한 기운이 집안에 가득하였다. 성품

106 풍비증(風痺證) : 중풍으로 마비되는 증상을 말한다.

은 너그럽고 후해서 능히 만물을 포용하였으므로, 비록 꾸짖어 물리침을 당해도 원망하는 사람이 없었다. 공의 형제는 다섯인데, 큰 형님은 출계(出系)하여 충익공(忠翼公 김우명)의 제사를 받들었고, 둘째 형과 셋째 형과 막내는 모두 재주가 뛰어나고 행실이 돈독하였으나 불행하게도 일찍 세상을 떠났다.

청은공(淸恩公)과 부인께서는 고령까지 살아 계셔서 공이 홀로 곁에서 모셨는데, 마음을 졸이며 부지런하고 공손하게 모셨다. 나이 50에 이르러서도 살림을 따로 내어 살지 않았고, 관(官)에서 받은 녹봉을 모두 부모님께 드리고 하나도 사사로이 저축하지 않았으며, 반드시 아뢰어서 부모님의 허락을 얻은 후에 사용하였다. 공과 심연공(心研公)은 같은 날 태어났지만, 그를 극진한 공경과 사랑으로 섬겨서 마치 온공(溫公)이 백강(伯康)을 섬기는 것처럼 하였다.[107] 형이 병이 났을 때는 반드시 드시는 약을 몸소 맡아서 수고하였다. 돌아가시자 공이 매우 서러워하며 말하기를 "사람들이 형제의 상(喪)을 '몸의 반쪽을 떼어내는 것' 같다고 하더니, 내가 죽은 것 같구나."라고 하였다.

조카인 유평(裕平)이 일찍 고아가 되어 의탁할 곳이 없자, 공이 어루만져 기르시기를 자기 자식처럼 하였다. 기묘년(1879)에 부친상을 당하였는데, 상을 마친 후 비로소 식구들을 이끌고 서울로 들어와 관직을 맡았다. 고향의 큰집과 작은 집에 필요한 경비에 한결같이 응하여 모두 서울에서 마련해 보냈다.

107 온공(溫公)이……하였다 : 사마온공(司馬溫公)이 그 형 백강(伯康)과 우애가 매우 두터웠는데, 백강의 나이가 80이었을 때도 형 받들기를 엄한 아버지같이 하였고, 보호하기를 어린 아이같이 하였다고 전한다. 《宋名臣言行錄 范太史文集》

임신년(1872, 고종9) 이후 시국이 크게 변하여 조정에 있는 자들은 모두 당파(黨派)라 지목받았다. 공은 한편으로 기울어진 바가 없었으므로 비방이 혼자에게만 미치지 않았다. 일찍이 두 번 청나라에 사신으로 갔고 한 번 일본에 사신으로 갔는데, 항상 청백하고 검소하게 아랫사람을 인솔하였고, 외국의 진귀하고 기이한 물건을 하나도 사들이지 않았다. 그러므로 거처에는 벼루와 책상만 있어 쓸쓸하였고, 소박한 옛날 모습을 바꾸지 않았다. 사람들과 말을 할 때는 속마음을 모두 드러내어 환심을 얻었다. 그러나 도리어 깊이 근심하고 먼일을 생각하느라 평소에는 항상 즐겁지 않은 기색이 있었다.

일본에서 돌아와서 조카 김유정(金裕定)에게 이르기를 "내가 일본이 정치를 밝게 고쳐 기강을 엄하게 바로잡고 무(武)를 숭상하여 병사를 훈련하는 것을 보니, 무럭무럭 날로 상승하는 기세가 있었다. 그 관리들과 잠깐 대화를 나누었는데 반드시 우리에게 청나라와 단절하고 자주(自主)하기를 권하였다. 우리가 만일 이 기회를 잘 이용하면 우리나라의 행복이 될 것이요, 그렇지 못하면 장래의 근심은 끝이 없을 것이다."라고 하였다. 임종(臨終)할 때에도 나랏일을 걱정하여 입버릇처럼 거듭 당부하였지만, 집안일은 끝까지 언급하지 않았다. 아아, 어질도다!

나는 공보다 1년 어린데, 이불을 나란히 덮고 자면서 같은 선생 아래서 공부하였다. 과거에 합격한 차례와 관직을 지낸 이력(履歷)이 서로 앞서거니 뒤서거니 하였다. 중년 이후 항상 환난 중에 있으면서도 공은 시국 상황이 어쩔 수 없음을 알고서 일찍이 몸소 시험하지 않아서 재앙과 근심이 몸에 미치지 않았다. 윤식은 어두운 길에 장님이 지팡이로 땅을 더듬어 가듯하여 사람들의 비방(誹謗)을 초래하였다. 공이 항상 슬퍼하며 경계하기를 "그대는 때를 만난 것 같지만 때를 만나지 못한 것이다. 일에 반드시 이루는 것이 없을 것이니 마땅히 원정(猿亭)의 경계를 마음에 품고 지켜야 한다."라고 하였다.-최원정(崔猿亭)[108]의 시에 말하기를 '외로운 배 일찍 매어야만 하니, 풍랑은 으레 밤 깊으면 더하다네.'라고 하였으니, 대개 사화(士禍)가 장차 일어날 것을 안 것이다.- 윤식은 그 말에 깊이 감복하면서도 배를 일찍 매지 못하였다.

아아, 공을 저버린 것이 많도다. 공이 돌아가신 지 10년인데 아직도 덕을 기록한 글이 없다. 지금 돌아보건대 연령이 높으신 어른들은 거의 다 세상을 떠나 공을 깊이 아는 사람으로는 윤식만한 사람도 없다. 감히 한 집안이라는 혐의 때문에 공의 아름다운 덕을 덮어둘 수 없어 삼가 그 사실을 모아서 위와 같이 찬술하여 태상씨(太常氏)[109]에게 고한다.

108 최원정(崔猿亭) : 최수성(崔壽城, 1487～1521)으로, 본관은 강릉, 자는 가진(可鎭), 호는 원정(猿亭), 북해거사(北海居士), 경포산인(鏡浦山人)이다. 조광조와 함께 김굉필(金宏弼)에게서 수학하였다. 조광조에 의해 현량과(賢良科)에 천거되었으나 관직에 나아가지 않았다. 학문과 시(詩), 서(書), 화(畵)에 뛰어났다. 기묘사림 가운데 한 사람인 김정(金淨)은 일찍이 최수성의 시를 사랑하여 영원히 이름을 남길 사람이라고 높이 평가하였다.

109 태상씨(太常氏) : 종묘(宗廟)에서 제사를 받드는 관리로 여기서는 시호(諡號)를 맡은 관리를 지칭한다.

유사 遺事
8편

집안에서 옛날에 들은 이야기 신축년(1901, 광무5)
家中舊聞 辛丑

나는 어려서 고아가 되어 집안의 옛일을 알지 못한다. 지금 해도(海島)에 귀양 온 지 5, 6년이 되어 늙어 죽을 날이 얼마 남지 않았다. 어린 시절 어른들에게 들은 약간의 일들을 기억해 내어 기록하여 상자 속에 두고 후손들에게 보여 주려 한다. 6세조 이상은 족보와 국사(國史)에 실려 있어 기록하지 않았다. 증조부 이하 증직(贈職)은 모두 추가하여 기록하였다.

오대조 할아버지이신 선공 부정(繕工副正) 증 이조 참판 부군(贈吏曹參判府君)[110]께서는 어려서 고아가 되어, 영성군(靈城君) 박문수(朴文秀) 공의 부인인 큰 누님께 많이 의지하였다. 장성해서는 선한 것을 즐기고 어진 이를 좋아하였고, 관직에 있을 때는 청렴결백하였다. 여러 번 주군(州郡)을 맡아서 가는 곳마다 명성과 공적이 있어서 비석을 세워 칭송하였다. 역천(櫟泉)[111], 미호(渼湖)[112] 두 선생과 도의

110 선공 부정(繕工副正) 증 이조 참판 부군(贈吏曹參判府君) : 김윤식의 5세조 김성재(金聖梓, 1698~1767)이다.

111 역천(櫟泉) : 송명흠(宋明欽, 1705~1768)을 말한다. 영조 때의 문신으로 자는 회가(晦可), 호는 역천이다. 찬선(贊善) 때 경연관이 되어 정치 문제를 논하다가 왕의

(道義)로 교류하였는데, 시종일관 변하지 않았고 두 아들에게 명하여 가서 배우게 하였다. 지금 역천 선생의 편지 수십 본(本)이 집에 보관되어 있다.

고조할아버지이신 고령 현감 부군(高靈縣監府君)[113]께서는 그의 동생 서흥공(瑞興公)과 함께 역천(櫟泉) 선생과 미호(渼湖) 선생의 문하에서 수업하였다. 키가 훤칠하고 얼굴이 희고 눈이 빛나며 눈썹이 듬성듬성하였다. 덕성이 온화하고 두터우며 내실이 있고 굳세고 반듯하였다. 고령에 부임하였을 때 간사하고 교활한 이서(吏胥)가 큰 포흠(逋欠)을 졌는데, 부군께서 이를 조사하여 장(杖)을 때려 죽게 하였다. 그의 아들 5인도 모두 흉악하고 사나웠는데, 서울로 달려가서 임금께서 거둥하시는 길에 멋대로 죽였다고 소리치며 울면서 억울함을 호소하였다. 당시는 영조께서 멋대로 죽이는 것을 가장 무겁게 처벌하던 때여서 장차 부군을 사형에 처하려 하였다. 온 집안이 당황하고 두려워하여 어찌할 바를 알지 못하였는데, 참봉부군(參奉府君)[114]께서 혈서로 원통함을 호소하여 마침내 사형을 감하여 강진군(康津郡)으로 귀양

비위를 거슬러서 파직되었다. 저서에 《역천집》, 《역천소말조진(櫟泉疏末條陳)》이 있다.

112 미호(渼湖) : 김원행(金元行, 1702~1772)을 말한다. 조선 후기의 학자·문신으로 자는 백춘(伯春), 호는 미호이다. 신임사화로 일가가 모두 유배되었을 때에 요행히 모면하여, 학문에만 힘썼다. 저서에 《미호집》이 있다.

113 고령 현감 부군(高靈縣監府君) : 김윤식의 고조(高祖)인 김수묵(金守默, 1723~1790)으로 자는 군약(君約)이다. 고령 현감을 지냈으며, 이조 참판에 추증되었다.

114 참봉부군(參奉府君) : 김윤식의 증조(曾祖)인 김기건(金基建, 1748~1787)으로 자는 영백(永伯), 호는 도도헌(陶陶軒)이다. 돈녕 참봉(敦寧參奉)을 지냈으며 규장각 제학(奎章閣提學)에 추증되었다.

가게 되었다.

증조할아버지이신 증 규장각 제학 부군(贈奎章閣提學府君)께서는 우애가 있고 낙천적이셨으며, 풍취가 호방하고 시원하였다. 고령 부군께서 심문을 받게 되어[115] 일을 예측할 수 없게 되자, 부군이 혈서로 원통함을 호소하고자 하였다. 병으로 파리해진 나머지 몇 번 손가락을 베었지만 피가 나오지 않아 어찌할 바를 몰라서 울부짖자, 종복 중에 춘성(春成)이 옆에서 모시고 있다가 앞으로 나오며 말하기를 "소인의 피는 쓸 수가 없는 것입니까?"라고 하면서 소매를 걷고 팔뚝을 베어 피를 주발에 가득 흘렸다. 드디어 붓을 담가 사정을 호소하는 글을 써서 임금께 올려서 마침내 사형을 감하여 강진에 정배하는 은전을 받게 되었고 부군 또한 모시고 따라가게 되었다.

당시는 가계(家計)가 쇠퇴해가는 중이었다. 처음에는 배천군(白川郡)에 작은 전장(田庄)이 있어서 온 가족이 먹고 살았다. 나중에 또 결성현(結城縣)에 옮겨 살게 되었는데, 증조할머니 이씨(李氏)의 친정에 의지하기 위해서였다. 부군은 집안일을 생각하지 않고 항상 귀양지에서 부친을 모시고 곁을 떠나지 않았다. 고령 부군께서 부군이 우울해하는 것을 민망하게 여겨 당시 바다와 산을 유람할 것을 권유하였다. 권유에 따라 두류산(頭流山)과 월출산(月出山)의 경치를 관광하는데, 이르는 곳마다 시를 써서 상자를 채웠다. 귀양에서 풀려 모시고 오셨으나 바람과 서리에 오랫동안 고통을 받았고, 또 장기(瘴氣)가 서린 안개에 몸을 상하셔서 결국 수(壽)를 누리지 못하셨다. 아아, 슬프도다.

115 심문을 받게 되어 : 원문의 '대부(對簿)'는 심문(審問)을 받으면서 서면(書面)으로 사실 조사를 받는 것을 말한다.

부군이 돌아가시던 날 종복 춘성(春成)이 슬프게 울다가 피를 토하고 죽었고, 타시던 말도 또한 먹지 않고 스스로 죽었다. 이때부터 부군의 기일(忌日)이 되면 별도로 행랑채에 술과 음식을 차리고 또 마구간에 꼴을 두어 종복과 말에게 제사지냈는데, 종복과 말을 제사지내는 일은 돌아가신 할아버지 대에 그쳤다. 부군의 호는 도도헌(陶陶軒)으로《도도헌집(陶陶軒集)》몇 권이 있고,《도도헌공유람록(陶陶軒遊覽錄)》약간 권이 부군의 집에 소장되어 있다.

할아버지이신 증 대제학 부군(贈大提學府君)[116]께서는 명확하고 절조가 있으며 어질고 너그러우셨다. 어려서 세상을 경영할 재주를 지녔는데, 비록 가난하고 검소하게 살았지만 항상 사람들을 이롭게 하려는 마음을 품고 있었다. 글을 읽을 때는 문장의 아름다움을 추구하지 않고 오직 의(義)와 리(理)가 있는 곳을 굳게 잡고 흔들리지 않으니, 몽오(夢梧)[117] 상공(相公)께서 매우 중하게 여기셨다. 몽오 선생께서 일찍이 궁궐에 들어가 정조 임금을 뵈었을 때, 임금께서 "훗날 누가 의리(義理)를 짊어질 수 있겠는가?"라고 물으시자, 공이 "조정에는 심환지(沈煥之)뿐이고 재야에는 김 모 그 사람뿐입니다."라고 대답하셨다. 임금

116 증 대제학 부군(贈大提學府君) : 김윤식의 조부(祖父)인 김용선(金用善, 1766~1821)으로, 자는 시행(時行)이며 규장각 대제학(奎章閣大提學)에 추증되었다.

117 몽오(夢梧) : 김종수(金鍾秀, 1728~1799)로, 본관은 청풍(淸風), 자는 정부(定夫), 호는 몽오, 진솔(眞率), 시호는 문충(文忠)이다. 1768년(영조44)에 군수로서 문과에 급제하여 세자시강(世子侍講)을 지냈다. 1772년 당폐(黨弊)를 일으킨 죄로 유배되었다가, 1778년(정조2) 이조 판서에 등용, 우참찬(右參贊), 병조 판서를 거쳐 좌의정에 이르렀다. 심환지와 더불어 노론 벽파의 대표 인사이다. 저서는《몽오집(夢梧集)》이 있다.

께서 "나는 다만 김 모가 쓸 만하다는 것은 알고 있었지만 학문이 어떠한지는 알지 못한다."라고 말씀하시고, 드디어 명을 내려 《삼례도(三禮圖)》의 발문(跋文)을 지어 올리게 하였다.

부군께서 명을 받들어 지어 올리니, 임금께서 다 보시고 붓을 잡아 몇 곳을 고치시고는 그 집에 돌려주도록 명하셨다. 이때부터 크게 등용하려는 뜻을 지니시고 과거 시험령을 내려 보낼 때마다 문득 부군을 마음에 두고 계셨다. 하루는 부군이 시험장에 들어갔는데, 임금께서 내신 문제가 먼저 누설(漏泄)되었다는 소문을 듣고는 끝내 시험답안지를 품고 제출하지 않고 물러 나왔다. 또 하루는 또 시험장에 들어갔는데, 잘 알고 지내는 사람이 와서 몰래 고하기를 "금일의 과거는 그대가 아니면 나다."라고 하니 부군이 마침내 양보하고 나왔다.

이처럼 세 차례에서 끝내 과거에 합격하지 못하여 비록 몸은 포위(布韋)[118]에 있었지만 이름은 한 세상을 떨쳐 당시 사람들이 조심하는 인물이 되었다. 두호(豆湖)의 사의정(四宜亭)에 물러나 거처할 때, 두호 물가에 독서당(讀書堂)이 있었다. 그곳은 옛날에 한림(翰林)들이 사가독서(賜暇讀書)[119]하던 곳이어서 그 안에는 왕실의 서적들이 많았다. 하루는 독서당에 불이 나사, 부군께서 촌민들을 감독하여 먼저 서적을 꺼내어 다른 곳으로 옮기도록 하였다. 주상(主上)께서 보고를 받고 크게 놀라서, "건물은 아깝지 않지만 서적들은 어떻게 되었는가?"라고

118 포위(布韋) : 무명옷을 입고 가죽 띠를 맨 가난한 선비의 복식으로 벼슬하지 않은 선비를 뜻한다.

119 사가독서(賜暇讀書) : 조선 시대 유망한 문신에게 휴가를 주어 독서와 연구에 전념하게 한 제도로 1420년(세종2) 3월에 세종이 집현전 학사 중에서 재행(才行)이 뛰어난 자를 선발하여 유급휴가를 주고 연구에 전념하게 한 것에서 비롯되었다.

말씀하셨다. 이윽고 말씀하시기를 "거기에 책을 구해내는 사람이 있을 것이니 염려할 것 없다."라고 하시면서 액예(掖隸)[120]에게 명하여 말을 달려가서 살피게 하셨다. 돌아와 고하는데, 과연 그러하였다. 부군께서 깊이 지우(知遇)를 입은 것이 이와 같았다. 정조께서 돌아가시니 부군께서는 이로 인하여 과거를 포기하고 시험보지 않았으며, 높은 벼슬이나 지위에 오르려던 뜻을 끊어 버리고 아울러 교유(交遊)도 사절하셨다.

신유년(1801, 순조1)에 세상 일이 크게 변하니,[121] 부군께서는 저술한 문장과 주고받은 편지를 모두 꺼내어 불에 태우고 온 집안이 변고에 대비하였다. 끝까지 무사할 수 있었던 것은 부군께서 조정(朝廷)의 문적에 이름을 올리지 않았고, 또한 만년(晩年)에 재주를 감추셨기 때문이었다. 그러나 이때부터 두 세대 50, 60년 동안 요직에 있는 자에게 은밀히 금고(禁錮)를 당하게 되어 문호(門戶)가 적막함이 화(禍)를 당한 집안과 실로 다를 바가 없었다.

당시에는 계조모(繼祖母) 이씨가 생존해 계셨고, 숙모와 고모, 남동생과 누이가 한 집에 같이 사셨다. 집안에 하룻밤 넘길 식량도 없었는데 식구는 너무 많았고, 의복과 양식 및 혼인과 제사 등 큰일에 필요한 비용은 모두 부군만 쳐다보았다. 부군께서는 힘을 다해 주선하여 일을 치르는데 부족한 지경에 이르지 않도록 하셨다.

120 액예(掖隸) : 액정서(掖庭署)에 딸린 서리나 또는 하예(下隸)를 지칭한다.

121 신유년에……변하니 : 1801년(순조1)에 일어난 신유옥사를 가리킨다. 순조가 즉위한 후 정순왕후(貞純王后)가 수렴청정을 하게 되자 벽파와 손을 잡고 천주교 탄압을 빌미로 시파를 대대적으로 숙청하였다.

부군께서는 마음가짐이 공평해서 복잡하고 어려운 일을 잘 조정하셨고 사사로운 재산을 갖지 않았다. 다른 사람을 먼저 하고 자신을 뒤로 하니 집안사람들이 기뻐하여 복종하며 가난한 살림의 고통을 잊었다. 집에 계실 때는 온갖 법도가 정연하여 조리가 있었고, 그것을 미루어서 마을 일에까지 미치도록 하니, 부군의 손을 거친 일은 모두 규칙을 이루게 되었다.

두호의 백성들은 땔나무를 판매하는 일을 업으로 하였는데, 배가 정박할 때마다 짐을 진 사람이 나란히 길을 메워 서로 밀고 당기고 하다가 서로 싸워서 다치는 일이 많았다. 부군께서 규칙을 세워서 차례대로 땔나무를 운반하도록 하였는데, 지금까지 지키면서 〈사의정 절목(四宜亭節目)〉이라 부르고 있다.

부군께서는 종법(宗法)을 가장 중요시하였는데, 종손(宗孫)과 종부(宗婦)는 비록 상복을 입는 기한이 끝나더라도 단문(袒免)[122]의 복(服)을 시행하도록 하였다. 당시 귀천리(歸川里)의 큰 종갓집은 종손(宗孫)이 어리고 약하였는데, 외척(外戚) 중에 명분과 의리에 죄를 지은 자가 있어 종손과 혼인하여 그 허물을 덮고자 하였다. 이에 임금의 명령이라 하여 가문의 어른을 재촉하여 그로 하여금 혼인을 주관하게 하니, 온 집안이 두려워하여 감히 다른 의견을 내지 못하고 강요하는 대로 따르도록 종용하며 권하는 자가 있었다. 부군께서 홀로 거절하는 의견을 주장하여 마침내 그 혼인을 파하게 하였다. 뒤에 부군의 둘째 아들 청은군(淸恩君)이 큰 종갓집의 후사로 들어갔다.

122 단문(袒免) : 시마(緦麻) 이하의 복(服)에서 두루마기 따위의 웃옷 오른쪽 소매를 벗고 머리에 사각건을 쓰는 상례(喪禮)이다.

신사년(1821, 순조21) 가을 여질(沴疾 전염병)이 크게 유행하였는데, 부군께서 화주(火酒)와 쇠고기가 여기(沴氣)를 이길 수 있다고 하시면서, 집에서 화주를 담그고 소를 사서 잡아 마을 사람들과 나누어 먹게 하니 많은 사람들이 구제되어 살아날 수 있었다. 그러나 부군께서는 이 병으로 돌아가셨으니, 애통하고 애통하다.

쌍녀(雙女)는 할머니 황씨(黃氏)의 여종인데, 성품이 질박하고 맡은 일에 충직하였다. 할머니께서 어렸을 적에 이간질로 집안의 어른들께 미움을 받아서, 냉방에 유폐되고 음식을 끊어 버렸다. 집안사람들이 감히 구하지 못하였는데, 유독 쌍녀만이 울면서 죽기를 맹세하고 백방으로 구호하여 몰래 떡을 사서 창틈으로 넣어 주었다. 이런 종류의 일이 매우 많았는데, 할머니께서 구제를 받을 수 있었던 것은 쌍녀의 힘이었다. 늙어갈수록 주인에 대한 충성심이 더욱 돈독하였는데, 아버지 형제들과 이야기할 때는 너니나니하며 허물없이 지냈는데, 매번 그 당시의 일을 이야기할 때는 오열하여 마지않았다. 나이 60세 쯤 되어 세상을 떠나니, 할머니께서 수의와 관을 주어서 후하게 장사 지내고 아버지 형제들에게 제물을 준비해 가서 제사지내게 하여 그 은혜에 보답하였다.

선친이신 증 대제학 부군(贈大提學府君)[123]께서는 성품이 어질고 효성스러워, 부모님을 정성으로 섬기며 얼굴에 불편한 기색을 드러내지 않으셨다. 할아버지께서는 평소에 병환으로 체기〔積氣〕가 있으셨는데, 방이 차면 적기가 기승을 부렸다. 부군께서 새끼줄을 가지고 산에

123 증 대제학 부군(贈大提學府君) : 김윤식의 부친인 김익태(金益泰, 1794~1842)로 대제학(大提學), 이조 판서(吏曹判書), 좌찬성(左贊成)에 추증되었다.

들어가 솔잎을 모아서 싸들고 돌아와서, 아침 저녁으로 친히 방에 불을 때서 온기를 적절하게[124] 맞추어 드렸다. 하루는 큰 눈이 한 자 남짓 내렸는데 밤이 깊어도 돌아오지 않으셔서, 집안 사람들이 사방으로 찾으러 나갔다. 늙은 여종 쌍녀가 나이 60여 살인데도 산꼭대기에 기어 올라가, 바위가 조금 튀어나온 곳을 만날 때마다 울면서 눈을 헤치며 말하기를 "우리 집 서방님 여기 계십니까?" 하였다. 닭이 울고 눈이 그치자 부군께서 바위틈으로부터 나무 한 짐을 지고 돌아오셨다. 그 소식을 듣고 감탄하지 않는 사람이 없었다.

부군께서는 집안의 운세가 극히 나쁜 때를 만나서 상(喪)을 당한 나머지 집안이 물로 씻은 듯이 가난하였다. 또 그런데다가 9년 동안 큰 흉년을 연이어 만나서 거의 스스로 지탱할 수 없는 경우가 자주 있었다. 그런데도 오히려 선조를 받드는 예절을 게을리하지 않아서, 밥을 지을 쌀을 마련하면 어머니와 함께 손을 씻고 좋은 것으로 가려내어 보관하였다가 제사를 모셨다.

부군께서는 항상 후손이 끊길까 걱정하셨는데, 만년에 비로소 나를 낳으셨다. 5, 6세가 되자 부군께서 손수 《상서(尙書)》 〈우공편(禹貢篇)〉과 《맹자》 〈곡속장(觳觫章)〉 및 주흥사(周興嗣)[125]의 《천자문(千字文)》을 써서 주셨다. 모두 외울 수 있게 되자 부군께서 매우 기뻐하

124 온기를 적절하게 : 원문의 '온정(溫凊)'은 자식이 부모님께 겨울에는 따뜻하게 해 드리고 여름에는 시원하게 해 드리는 일을 말한다. 《예기》 〈곡례 상(曲禮上)〉에 "자식은 부모님에 대해서, 겨울에는 따뜻하게 해 드리고 여름에는 시원하게 해 드려야 한다.〔冬溫而夏凊〕"라는 말이 나온다.

125 주흥사(周興嗣) : 468~521. 중국 남조 시대 양(梁)나라 무제(武帝)때 사람으로 천자문(千字文)을 지었다고 한다.

였다. 항상 동생인 청은부군(淸恩府君)에게 이르시기를 "우리 집의 향화(香火)를 맡길 데는 오직 이 아이뿐이네. 강촌이라 보잘 것이 없어서 아이를 기르기에 적합하지 않으니, 자네가 데리고 가서 여러 조카들과 함께 지내며 글을 읽게 한다면, 아마도 성취를 바랄 수 있을 것이네."라고 하셨다. 임인년(1842, 헌종8) 겨울과 봄 사이에 내가 하늘에 큰 죄를 지어 거듭 양친의 상을 만났다. 아아, 슬프도다.

계묘년(1843) 봄에 두 누이와 한 명의 여종-이름이 오목(吾穆)이다.-과 함께 영연(靈筵)을 모시고, 귀천리(歸川里)의 숙부와 숙모께 의지하러 갔다. 숙부와 숙모께서는 여러 자식들보다 더 귀여워하고 사랑하며 길러 주시고, 30년 동안 슬하를 떠나게 하지 않으셔서 고아가 된 고통을 거의 잊게 해 주셨다.

정경부인 윤씨[126] 유사

貞敬夫人尹氏遺事

부인 윤씨(尹氏)는 파평(坡平) 사람으로 석문(石門) 선생 휘 봉오(鳳五)[127]의 5세손이다. 조부는 군수 휘 상일(庠一)이고, 부친은 학생 휘 로(栳)이며, 어머니 남양 홍씨(南陽洪氏)는 휘 영섭(英燮)의 따님이다. 부모님이 모두 지극한 행실이 있어서 효성으로 친척들 사이에서 칭찬을 받았으나, 불행하게도 일찍 돌아가셨다.

순조 갑오년(1834, 순조34) 11월 2일에 부인이 경성(京城) 서부(西部) 반송방(盤松坊 서울 아현동과 현저동 부근)에서 태어났다. 네 살 때 고아가 되어 외조모 김씨에게서 길러졌다. 성품이 온순하고 착하여 남과 뜻을 거스르는 일이 없었고, 참을성이 많아 추워도 옷을 찾지 않았고 굶주려도 먹을 것을 찾지 않았으니, 어려서부터의 천성이 그러하였다. 17세에 나에게 시집왔는데, 나는 당시 양근(楊根)의 청은공(淸恩公 김익정) 댁에 살고 있었다. 시부모님이 모두 돌아가셔서, 시숙부님과 시숙모님을 시부모님처럼 섬겼다. 시숙부님과 시숙모님께서

126 윤씨 : 1834~1883. 김윤식의 첫째 부인이다.

127 봉오(鳳五) : 윤봉오(尹鳳五, 1688~1769)로, 본관은 파평(坡平), 자는 계장(季章), 호는 석문(石門), 시호는 숙간(肅簡)이다. 일찍이 왕세제(王世弟), 곧 영조를 측근에서 보필하였고, 1746년(영조22) 정시(庭試)에 병과로 급제한 뒤 필선을 거쳐 부수찬, 교리를 역임하였고, 이듬해 홍천 현감으로 나갔다. 1759년 동지의금부사, 대사헌을 역임하였다. 1763년 특진관(特進官)으로 판돈녕부사를 겸하고 1768년 기로소(耆老所)에 들어갔다. 저서로는 《석문집(石門集)》 8권이 있다.

감싸고 사랑하셔서 은혜로 대우하기를 친며느리들에게 하는 것보다 더하였다. 집안의 할머니이신 신(申)부인께서는 더욱 총애하여 항상 말씀하시기를 "윤씨 같은 며느리를 얻었으니 그 집안이 어찌 번창하지 않겠는가?"라고 하였다.

계유년(1873, 고종10) 여름, 내가 식솔들을 이끌고 서울로 들어와 장동(壯洞)의 육상궁(毓祥宮)[128] 옆에 집을 마련하였는데, 8년 동안 먹는 것조차 부족하였지만 근심스런 얼굴을 하지 않았다. 경진년(1880, 고종17)에 내가 순천 군수(順天郡守)에 제수되어 식솔들을 거느리고 부임하려 할 때 "빚이 얼마인가?"라고 묻자, "없습니다."라고 대답하였다. 내가 "그렇더라도 어찌 사용할 곳이 없겠는가?"라고 말하자 마침내 만전(萬錢)을 이웃의 친지들에게 나누어 주었으니, 그 맑고 깨끗함이 이와 같았다. 군(郡)에 도착해서는 청탁을 통하지 못하게 하고 사적으로 보내는 선물을 받지 않아서 깨끗하기가 집에 있을 때와 같았다.

신사년(1881)에 교체되어 돌아와 간동(諫洞 사간동)의 집으로 이사하였다. 내가 영선사(領選使)로 천진(天津)에 가게 되어 장차 몇 년 동안 볼 수 없게 되었지만, 부인은 태연하게 이별을 슬퍼하는 기색을 보이지 않으면서 말하기를 "당신께서 사방으로 활동하려는 포부를 지니셨는데, 이번 여행은 그 뜻을 확고히 하는 일이 되겠군요. 나랏일에 힘쓰시고 처자식은 염려 마시기 바랍니다."라고 하였다.

임오년(1882, 고종19) 군란이 일어나 헛소문이 날로 생겨났는데,

128 육상궁(毓祥宮) : 영조(英祖)의 어머니 숙빈 최씨(淑嬪崔氏)의 신위를 안치한 사당이다. 그 뒤 정궁(正宮) 출신이 아닌 임금의 생모 신위도 안치하였다.

외국에 사신 간 사람의 집은 반드시 죽음을 면하지 못할 것이라고 하니 사람들이 모두 피하기를 권하였다. 부인이 동요하지 않으면서 말하기를 "우리 집은 죄가 없다. 어찌 옥석(玉石)이 함께 태워질 이치가 있겠는가?"라고 하였다. 이해 가을에 내가 청나라 군대를 따라 우리나라로 돌아오니, 근심하고 걱정했던 나머지라 집안 식구들이 단란하게 모여서 매우 기뻐하였지만 부인은 이미 병을 얻어 쇠약해져 있었다. 당시 사무(事務)가 번잡하고 식솔들은 아주 많았는데 집이 좁아서 다 수용할 수가 없어서 안국동에 새집을 샀다. 부인은 굳이 이사하지 않으려고 하면서 "여기도 이미 충분한데 어째서 넓히십니까?"라고 말하였다. 얼마 안 있어 집안사람들로 좁게 느껴져 부득이하여 거처를 옮기긴 했으나, 항상 답답해하며 기뻐하지 않았다.

계미년(1883, 고종20)에 병이 심해졌을 때, 임금께서 나에게 아들인 유증(裕曾)의 나이를 물으셨다. "22세입니다."라고 대답하자, 임금께서 말씀하시기를, "벼슬할 만하니 벼슬을 내려줄까?"라고 하셨다. 내가 병자의 마음을 위로하려고 조용히 이 일을 이야기하자, 부인이 근심스런 기색으로 즐거워하지 않으면서 말하기를 "당신께서 이미 공도 없이 지위가 갑자기 높아졌는데, 아들 또한 관복을 입는 것이 너무 빠르니 화가 멀지 않을 것입니다. 어찌 복을 아껴서 자손들에게 남겨두지 않으십니까?"라고 하였다. 내가 두렵게 생각되어 몸을 움츠리고 힘써 사양하여 면하게 할 수 있었다. 이해 7월 26일 일어나지 못하니 향년 겨우 50세였다. 양주(楊州)의 월곡(月谷)에 있는 선영 아래 장사 지냈다. 정경부인(貞敬夫人)으로 추증되었다.

1남 2녀를 낳았는데, 아들 김유증(金裕曾)은 뒤에 관직이 참서관(參書官)에 이르렀고, 은진(恩津) 송씨 참의(參議) 기로(綺老)의 딸에게 장가갔다. 둘째 부인은 덕수(德水) 장씨 암지(黯之)의 딸이다. 큰 딸은 문과(文科)에 급제하여 시독관(侍讀官)이 된 남양(南陽) 홍사필(洪思弼)에게 시집갔고, 둘째 딸은 주사(主事) 연안(延安) 이교재(李敎宰)에게 시집갔다.

부인은 30살 이전에는 다만 부드럽고 아름다웠을 뿐이었는데, 30살 이후에는 성품이 도리어 반듯하고 엄하며 강직하고 바르게 변하여 사람들이 감히 옳지 않은 것으로 청탁하지 못하였다. 자녀를 잘 가르쳤고, 비복(婢僕)들을 다스릴 때는 엄정하여 법도가 있었다. 떳떳하지 않은 일을 하지 않았고, 명분 없는 선물을 받지 않았다. 놀러 다니는 것을 좋아하지 않았고 진귀한 노리개를 모으지도 않았다. 부녀자들이 모여 웃고 떠들며 남의 잘잘못을 이야기할 때면, 부인은 손으로 한 조각의 솜을 말아 귀를 막고 듣지 못하는 것처럼 하였다.

일찍이 시부모님을 편안히 모시지 못한 것이 지극한 한이 되었는데, 선조를 받드는 예절에 효성을 옮겨 정성과 공경을 극진히 하였다. 친척이나 비복들이 간혹 연줄에 의지하여 청탁하는 경우가 있으면, 비록 조그만 일이라도 반드시 엄하게 사양하고 배척하면서 말하기를 "이는 부녀자가 관여할 바가 아닙니다."라고 하였다. 친척들 중에 남의 탄핵을 받아 관(官)에서 파직된 자가 있었는데, 부인이 단지 슬퍼하고 탄식할 뿐 탄핵한 자를 원망하지 않았으니, 그 마음가짐이 이와 같이 공정하였다.

세상 풍속에 딸을 시집보낼 때, 갖추어 보내는 것이 매우 성대하였고 또 의상(衣裳)과 주식(酒食)을 계속 보내 주는 것이 이어져서 땅과 재산을 팔아서라도 시집의 환심을 크게 받으려 하였다. 부인이 홀로 그것이 잘못된 것이라 여겨서, "여자는 남편에게 간 다음부터는 부모의 사사로운 은혜를 자주 얻어서는 안 되니, 어찌 평생 사위집 일을 돌보는 것이 옳은 일이겠는가?"라고 말하였다. 일찍이 생일을 맞이하여 아들며느리의 친정에서 세속의 예에 따라 술상을 성대하게 차려서 올렸다. 부인이 팔을 내 저으면서 문안으로 들이지 못하게 하고 말하기를 "이는 우리 집안의 법도가 아닙니다. 신부가 효도하고 순종하면 내 마음이 편안할 것인데, 하필이면 세속의 예를 본받겠습니까?"라고 하였다.

성품이 귀신이나 상서로운 조짐과 같은 것을 믿지 않았다. 일찍이 밤에 앉아 있는데 뜰 안의 풀숲에서 휘파람 소리가 들렸다. 주위에 있던 사람들이 모두 두려워하였는데, 부인이 말하기를 "어찌 귀신이 있겠는가?"라고 하면서 자세히 들어보고는 살짝 웃으면서 말하기를 "귀신이 휘파람을 불 수 있겠는가?"라고 하였다. 닭이 횃대에 오르면서 울고, 개가 사람처럼 짖자 사람들이 모두 상서롭지 못하다고 하였으나, 부인이 "이는 닭과 개가 병든 것이다. 사람과 무슨 관계가 있겠는가?"라고 말하였는데, 뒤에 역시 아무런 징험이 없었다. 그 자녀들도 또한 듣고 본 것을 이어받아 무당을 배척하고 방탕한 것을 경계하였으며, 청탁하는 것을 수치로 알아서 욕심내어 탐하는 마음을 끊고, 분수에 따라 가난을 편안히 여기며 다른 사람의 부귀를 부러워하지 않았으니 모두 부인의 가르침 때문이다.

임오년(1882) 우리나라를 도우러 온 여러 장수들이 부인의 소문을 듣고 현명하다고 하지 않는 사람이 없었다. 세상을 떠나자 옥산(玉山) 주복(周馥)[129], 소헌(筱軒) 오장경, 막료(幕僚)인 계직(季直) 장건(張

129 주복(周馥) : 1837~1921. 안휘성 건덕현(建德縣) 출신으로 호는 옥산(玉山)이

謇)[130] 등이 모두 만시(輓詩)를 지었고, 위정(慰庭) 원세개(袁世凱)가 행록(行錄)을 지었다.

다. 이홍장의 측근 심복으로 1882년 경에는 우리나라가 이홍장과 긴밀히 상의할 일이 있을 때 직접 만날 수 없으면 주로 주복을 통하여 소통했다. 조선에서 갑오농민전쟁이 일어난 이후 전적영무처 총리(前敵營務處總理)로 임명되었으나, 마관(馬關)조약 이후에 신체 병약함을 이유로 스스로 면직을 청하여 물러났다.

130 장건(張謇) : 1853~1926. 강소성 남통(南通) 사람으로 자는 계직(季直)이다. 오장경의 막료로 우리나라에 들어온 적이 있다. 특히 중국 근대 자본가로서 근대적인 기업의 육성에 공헌한 것으로 유명하다. 뒤에 김택영이 중국 남통으로 망명하여 살았던 것은 그의 주선에 의한 것이었다. 저서로 《장계자구록(張季子九錄)》, 《장건함고(張謇函稿)》 등이 있다.

집에 보관한 참서[131] 유사 기유년(1909, 융희3)

家藏參書遺事 己酉

김유증(金裕曾)은 자는 경로(景魯), 청풍(淸風) 사람으로 중추원(中樞院) 의장 윤식(允植)의 아들이다. 어머니 윤(尹)부인이 일찍이 곰처럼 생긴 기이한 짐승이 품안으로 들어오는 꿈을 꾸고 임신하였다. 철종 임술년(1862, 철종13) 12월 27일 양근(楊根) 귀천리(歸川里)의 천운루(天雲樓)에서 태어났다. 종조부 청은부군(淸恩府君)께서 그의 머리를 쓰다듬으시며 말씀하시길 "이 아이는 우리 가문의 천리마다." 라고 하시면서 어릴 때 이름을 '천구(千駒)'라 붙였다. 어려서 순박하고 우둔하여 이름과 자를 모두 '증자(曾子)의 노둔함'[132]에서 취하였다. 호는 기제(跂齊)라 하였는데, 또한 부족한 아이가 발돋움하여 도달하라는 의미이다.

장성하자 식견과 이해가 명확하고 달통하며 주견이 확실하여 평소에 인정하는 사람이 적어 망녕되이 남과 사귀지 않았다. 실천을 먼저하고 말을 뒤에 하며, 곧고 미덥게 사신을 지키니 친구들이 모두 그를

131 참서(參書) : 대한제국 때 궁내부, 의정부, 중추원, 표훈원, 내부, 외부, 탁지부, 법부, 학부, 농상공부 등에 두었던 주임 벼슬이다. 여기서는 김윤식의 아들 김유증(金裕曾, 1862~1909)을 지칭한다.

132 증자(曾子)의 노둔함 : 《논어》 〈선진(先進)〉에 "시는 어리석고 증삼은 노둔하고 자장은 치우치고 자로는 거칠다.〔柴也愚 參也魯 師也辟 由也喭〕"라는 공자의 평가가 있다. 한편 그 주(註)에 "증삼이 마침내 노둔함으로써 도를 얻었다."라는 정자(程子)의 말이 있다.

공경하고 사랑하였다. 성품이 남에게 비굴하게 영합하지 않았으며, 악을 원수같이 미워하여 다른 사람이 잘못을 저지르면 면전에서 꾸짖고 임시방편으로 용서하지 않았다. 그러나 다른 사람에게는 그것을 말하지 않았으므로 당한 사람들은 유감스런 마음이 없었다.

임신년(1872, 고종9)에 나를 따라 서울로 들어와 장동(壯洞)의 사숙(私塾)에서 공부하였다. 16세인 정축년(1877)에 회덕(懷德)의 참의(參議) 송기로(宋綺老)의 집에 장가갔다. 경진년(1880)에 나를 따라 순천(順天)의 임소(任所)에 갔다. 신사년(1881) 내가 영선사(領選使)로 천진(天津)에 가게 되자 간동(諫洞)의 새집을 지켰다. 이때부터 집안일을 전적으로 담당하였는데, 몸가짐이 검약하고 일처리가 주도면밀하여 비복(婢僕)들이 모두 그의 규범을 두려워하며 따랐다. 그의 부인 송씨(宋氏) 또한 어질고 효성스러워 집안 사람들이 모두 좋아하였다.

임오년(1882, 고종19)에 내가 귀국하여 기무처(機務處)를 맡아 직무가 매우 많아서 가사를 돌볼 틈이 없을 뿐만 아니라, 또한 강화도 친군(親軍)의 업무도 겸해서 문서가 많이 쌓여 대충이라도 처리하기 어려웠다. 아들이 곁에서 읽어보고 그 요령을 모두 얻어서, 의문 나는 것을 물을 때마다 조리 있게 진술하여 내가 미치지 못한 것을 보완하였다. 장수와 아전이 유능한지 여부를 모두 깊이 알고 있었으므로 책임을 맡겨 시킬 일이 있을 때 아들에게 결정하게 하면, 각각 그에 적절하게 처리하였다. 뒤에 병조 판서, 광주 유수에 재임할 때도 역시 그러하였다.

태황제께서 평소에 나에게 아들의 이름을 물어보시고 관직에 임명하려 하셨다. 당시 윤 부인이 병으로 자리에 누워 있었는데, 내가 그 일을 말하여 병든 이의 마음을 위로하려 하였다. 부인이 걱정하고 즐거워하지 않으면서 말하기를 "아들의 나이가 아직 어린데 어찌 관직에 복무하겠습니까? 또 부군이 이미 공이 없이 갑자기 지위가 높아졌는데, 아들도 일찍 관직에 나가는 것은 가문의 복이 아닙니다."라고 하였다. 내가 그 말에 감동하여 힘써 사양하여 그 명을 거두게 하였다.

계미년(1883, 고종20) 가을 윤 부인이 세상을 떠나자, 이때부터 연이어 자최(齊衰)[133]를 3년 입고, 감하여 기년복(朞年服 1년 동안 입는 상복)을 입은 것이 3번이었으니, 실제는 삼년복을 2번 입은 셈이었다. 우환(憂患)이 계속 이어지고 상(喪)을 여러 번 당하니, 아들은 평소에 체기〔積氣〕가 있는데다가 피로와 고생이 겹쳐서 마침내 고질이 되었다.

정해년(1887, 고종24) 여름 내가 죄를 지어 면천(沔川)에 귀양 갔는데, 이때부터 부자가 이별한 것이 전후(前後)로 20여 년이었다. 집안이 본래 청빈(淸貧)하였고 관직도 없어서, 다만 절약하는 것으로 굳세게 고통을 참아내니, 집안 식구들이 이에 힘입어 어려움을 견뎌낼 수 있었다. 귀양살이 하는 곳에는 양식이 떨어지는 데까지 이르지 않게 하였고, 맛있는 음식과 때맞춰 나오는 산물을 인편으로 계속 보내 주었다. 친척들의 혼인이나 상(喪)에도 힘껏 도와서 사람들에게 가난하다는 말을 한 적이 없어서 비록 집안사람이라도 역시 그의 감당하기 어려운 걱정을 알지 못하였다.

경인년(1890, 고종27)에 내가 영탑사(靈塔寺)에서 산 아래 화정리

133 자최(齊衰) : 아들이 어머니의 상에 입는 상복으로 자최복이라고도 한다. 가장 중한 상복인 참최의 바로 아래 등급인 3년 상복으로 형식은 참최와 같이 가슴에 소를 달고 부판(附版)과 적령(適領)을 부착한다. 그러나 참최보다는 조금 나은 포를 쓰고 하단을 기웠다.

(花井里)로 거처를 옮겼는데, 아들이 며느리를 데리고 만나러 왔다.-당시 전처인 송씨(宋氏)는 이미 죽고, 이번에 와서 만난 것은 후처인 장씨(張氏)였다.[134]- 수년 동안 떨어져 지낸 끝에야 집안 식솔들이 다시 단란하게 모였다. 아들이 집을 고치고 꽃을 모종하고 채소를 심었으며, 술을 빚고 과일을 저장하였다. 때때로 늙은 시(詩) 친구들을 맞이하여 산에 오르거나 물가로 놀러 다니며 나의 마음을 위로하였다.

갑오년(1894, 고종31) 여름 서울의 사정이 크게 변하여 내가 외무독판(外務督辦)에 강화(江華) 유수를 겸임하게 되었다. 임금께서 부르시는 명을 받고 궁궐로 가게 되면서 모든 가족이 서울로 돌아왔다. 이해에 아들도 처음으로 관직을 얻어 익위사 세마(翊衛司洗馬)에 제수되었고 부솔(副率), 시직(侍直), 익찬(翊贊)으로 승진하였다. 나랏일이 어렵고 위태로운 때라서 걱정과 근심이 눈에 가득하였다. 마치 도산검수(刀山劍水)[135] 사이에 있는 것 같아서 부자가 관청에서 물러나오면 항상 걱정과 탄식으로 서로 대하였다.

을미년(1895, 고종32) 12월 시국이 크게 변하여 정부가 전복되고 나는 관직에서 면직되어 교외에 은거하여 아침저녁으로 대죄하고 있었다. 아들 역시 영릉 참봉(永陵參奉)으로 나가게 되자 사직하여 교체되었다. 광무 정유년(1897) 겨울 대간(臺諫)들이 다시 일어나서 화(禍)를 거의 예측할 수 없었는데, 다행스럽게도 사형을 감면하여 제주(濟

134 당시……장씨(張氏)였다 : 김유증의 첫 번째 부인 은진 송씨(恩津宋氏, 1862~1889)는 1889년 6월 14일 사망하였고, 이때 두 번째 부인 덕수 장씨(德水張氏, 1870~1905)와 결혼하였다.

135 도산검수(刀山劍樹) : 지옥에 있는 혹형(酷刑)의 하나이다. 극도의 위험한 처지를 비유하는 말로 쓰인다.

州)로 보내어 죽을 때까지 유배(流配)하라는 은전을 받았다.

아들이 유배 가는 비용을 마련하기 위하여 바쁘게 돌아다니며 힘을 다하자, 사촌 형인 취당공(翠堂公)이 탄식하며 "정유산(丁酉山)[136]의 시에 '오직 아들 하나가 효도를 다하는구나.'라고 하였는데, 진실로 이 아이를 말한 것이로다."라고 하였다. 이때부터 부자가 또 이별하여 제주에 5년, 지도(智島)에 7년간 유배된 사이에 서울과 고향의 살림살이가 더욱 궁핍해졌다. 아들이 힘을 다하여 주선하여 옷과 음식을 절약하고 제사를 빠뜨리지 않았다. 그 사이에 또 그의 부인 장씨와 어린 아들 심득(沁得), 덕실(德室) 모자(母子)[137]의 상을 당하여 집안 식구가 한꺼번에 비게 되었다. 우편(郵便)으로 편지를 보낼 때마다 집안의 작은 일과 당시의 자질구레한 일을 남김없이 다 자세하게 여러 편의 편지에 연이어 썼는데, 목격한 것처럼 명료하였다. 그 편지 글씨가 빼어나고 아름다웠고 말뜻이 분명해서 비록 갑작스러워 어쩔 줄 모르는 중이라도 휘갈겨 쓴 흔적이 없었다.

길이 멀어 자주 올 수 없었지만, 매년 10월에는 내 생일에 맞춰서 반드시 서울에서 찾아와 술잔을 올리고 고기를 구워서 손님들과 함께 즐겼다. 매번 기후가 차고 바람이 높아질 때가 되어 돌아갈 시기가 임박하여 내가 빨리 돌아가라고 재촉하면, 매번 머뭇거리며 결행하지 못하여 4, 50일간을 지체하며 안타까이 차마 버리고 떠나지 못하곤 하였다.

136 정유산(丁酉山) : 정학연(丁學淵)을 말한다. 다산 정약용의 아들로 학식이 뛰어나고 시를 잘 지었다. 시집으로 《삼창관집(三倉館集)》이 남아 있다.

137 덕실(德室) 모자(母子) : 김윤식의 소실과 그 아들이다.

계묘년(1903, 광무7) 봄에 인척(姻戚) 한 사람이 일본을 유람하고 돌아와 집에 머물렀는데, 어떤 사람이 국사범(國事犯)과 서로 내통하였다고 무고(誣告)해서 아들이 감옥에 갇히게 되었다. 조사해 보니 사실이 아닌데도 오히려 6개월을 겪고 나서 비로소 풀려났다. 마침 감옥에 들어가 있을 때는 안팎이 통하지 않아서 사람들이 모두 이를 위태롭게 여겼지만 아들의 행동거지는 평소와 같았고, 스스로 해명하는 말 한마디 없었지만 옥리(獄吏)들이 모두 공경하고 중하게 여겨 감히 업신여기거나 학대하지 못하였다.

이해 겨울에 지도(智島)로 문안 왔을 때, 내가 손을 잡고 울다 웃다 하면서, "너의 얼굴을 다시 보리라고 생각지도 못했다."라고 말하였다. 얼마 지나지 않아서 급한 전보가 서울로부터 도착하였는데, 을미년의 옛 사건[138]으로 화(禍)의 조짐이 다시 커졌다고 하였다. 온 조정이 규탄하는 소리로 가득차서 곧바로 잡아들이라는 명령이 있을지, 혹은 사약을 내리라는 명령이 있을지 알 수가 없었다. 아들이 당황하고 두려워하며 지키느라 떠나려하지 않았다. 내가 이르기를, "가거라, 걱정할 것 없다. 사람들 말이 대부분 실상에 맞지 않으니 정말 죽이려는 마음이 있는 것은 아닐 것이다. 생각하건대 그 사이에 음모와 흉계가 있을 것이다."라고 하였다. 얼마 안 있어 풍파가 과연 그쳤다.

138 을미년의 옛 사건 : 1895년 명성황후가 일본의 낭인들에게 시해된 사건이 일어났는데, 을미사변 직후인 10월 10일(음력 8월 22일) 김홍집 내각은 '왕후'를 서인(庶人)으로 폐위하는 조서(詔書)를 작성하여 고종의 명의로 발표했다. 그 조서에 서명한 이는 김홍집을 비롯하여 김윤식, 조희연, 서광범, 정병하 등이었는데, 1896년 아관파천(俄館播遷)으로 김홍집 내각이 붕괴되고 광무정권이 들어서자 이 문제로 탄핵을 받아 김윤식이 제주에 유배되었고, 김윤식의 처형을 요구하는 여론이 자주 일어났다.

융희(隆熙) 원년 정미(1907) 여름 내가 사면을 입어서 경성(京城) 익동(翼洞)의 집으로 돌아와 부자가 다시 서로 모이게 되었다. 아들이 기뻐하며 사람들에게 이르기를 "나 역시 부모님께 아침저녁 문안인사를 올릴 수 있는 날이 있게 되었으니 죽어도 한이 없다."라고 하였다. 내부 대신(內部大臣) 임선준(任善準)[139]이 평소에 아들의 재주를 소중하게 여겨 내부 서기관 겸 문서과장(內部書記官兼文書課長)으로 불렀다. 무신년(1908, 융희2) 임군이 탁지부(度支部)로 옮겨 갔는데, 다시 불러 비서관(秘書官)을 삼았다. 아들은 기침과 천식을 오랫동안 앓아서 수척함이 날로 심해졌지만, 오히려 힘써 병을 견디며 일을 처리하였다. 당시는 백방으로 개혁을 시행하던 때라서 관청의 문서가 매우 많았는데, 아들이 조리(條理)있고 세밀하게 처리하여 일이 밀려 쌓이는 것이 없었다.

그해 6월, 내가 일본에 사신으로 갔다가 8월에 복명(復命)하였다. 아들은 여전히 날마다 출근하였는데, 겨울에 이르러 병이 한층 더 심해져서 떨치고 일어날 수 없었다. 아마 여러 해 동안 근심하고 애쓴 것이 쌓여서 폐병이 된 것 같았다.

의사 안상호(安商浩)[140]가 진찰하고 말하기를 "폐충(肺蟲)이 이미 생

139 임선준(任善準) : 1860~? 1885년(고종22) 정시문과(庭試文科)에 병과(丙科)로 급제하여 성균관장(成均館長)을 지내고, 1907년(융희1) 이완용(李完用) 내각에 들어가 내부 대신(內部大臣)이 되었다. 이듬해 탁지부 대신(度支部大臣)에 전직, 일본 소유의 군과 철도 용지에 대해서 세금을 면제하고 의병에게 살해당한 사람의 유족에게는 보상금을 지급하는 등 노골적인 친일 정책을 펴 훈일등 태극장(勳一等太極章), 일본의 훈일등 욱일동화대수장(勳一等旭日桐花大綬章)을 받았다. 한일병합 후 일본정부에 의해 자작(子爵)이 되고 총독부 중추원(中樞院) 고문을 지냈다.

겨서 치료할 약이 없습니다."라고 하였다. 우리나라의 의방(醫方)을 잇달아 사용하여 원기를 보충하였지만, 어찌하겠는가! 본원(本源)이 이미 삭아 버려서 약으로 구할 수가 없었다. 기유년(1909, 융희3) 봄에 병이 위독해져 이부자리에 누워 정신이 가물가물하니 사람들을 싫어하였다. 큰딸 홍씨(洪氏) 댁이 동생이 병들었다는 소식을 듣고 와서 그를 보았다. 아들이 고개를 돌리며, "누님 오셨군요." 하고는 기뻐하며 안색이 달라졌다. 이때부터 그 누이로 하여금 밤낮으로 보살펴주게 하면서 말하기를 "내 마음이 매우 편안한데, 오직 막내 누나를 못 보는군요."라고 하였다. 마침내 이해 3월 26일 진시(辰時)에 일어나지 못하니, 나이가 겨우 48세였다.

죽는 날 저녁에 내가 후사(後嗣)를 세울 것을 물었더니, "봉수(鳳壽)-뒤에 기수(麒壽)라 개명하였다.- 가 좋겠습니다."라고 대답하였다. 다음 날 급하게 편지를 써서 천안의 재무서(財務署) 부임지에 있는 조카 유정(裕定)에게 부고를 알려, 그의 회답을 받아 마침내 유정의 둘째 아들 봉수를 후사로 삼았다. 이해 4월 3일 양주에 있는 평구(平邱)의 선영에 장사 지냈다. 전처인 증 숙부인(贈淑夫人) 은진 송씨와 후처인

140 안상호(安商浩) : 1872~1927. 의사이며 호는 해관(海觀), 본관은 순흥(順興), 서울 출생이다. 1902년(광무6) 일본 도쿄자혜의학전문학교(東京慈惠醫學專文學校)를 졸업하고 한국인으로서는 최초로 일본 의사 자격을 취득하였다. 1904년(광무8)에 귀국하여 순종의 전의(典醫)로 임명되었고, 의학교 교관에 취임하였으나 임상개업에 전념코자 1905년 교관직을 사임했다. 1908년 일본인들이 조직한 경성의사회에 대항하여 의사연구회를 조직하여 부회장에 선출되었고, 1915년에는 한성의사회 회장에 피임되었다. 1919년 고종황제의 환후(患候)가 위중하게 되자 의친왕의 급한 전화를 받고 급히 진료했으나 끝내 고종황제가 승하하자 한때 일본인의 사주로 독약을 올렸다는 무고를 입어 곤욕을 치르기도 하였다.

증 숙부인(贈淑夫人) 덕수 장씨가 모두 이미 먼저 죽어서 월곡(月谷)의 선영에 묻혔는데, 이때에 이르러 평구(平邱)로 옮겨서 합장하였다. 아들이 없고 오직 장씨에게서 두 딸을 두었는데 아직 어리다. 아아, 애통하고 애통하도다.

아들은 골격이 크고 행동거지가 구차하지 않아서 사람들이 장수할 상(相)이라고 하였다. 몸가짐이 신중하였으며 말과 웃음이 적어 집에 있을 때는 숙연하여 처와 첩이 가까이 할 수 없었고 아녀자들이 감히 쳐다보지도 못하였다. 평소 두려워 조심하고 근심이 많았지만 얼굴에 표현하지 않고 태연한 듯 처신하였다. 성품은 정직하고 사사로움이 없어 면전에서 아부하는 것을 좋아하지 않았다. 점쟁이나 무당처럼 말을 꾸며대는 사람들이 그를 보기만 해도 기색이 막혀 감히 입을 놀리지 못했다. 다른 사람을 위하여 충심으로 일을 해주어 반드시 한결같음이 있었다.

집안을 다스릴 때는 법도가 조리 있고 정연하였고, 보존하고 지키는 것을 더욱 잘했다. 내가 여러 해 동안 집을 떠나있어서 집안의 옛 물건이 거의 남아 있지 않을 것이라고 생각하였는데, 돌아와서 서적과 기구와 의복을 보니 수십 년 전에 문을 나설 때와 똑같았다. 비록 헤진 상자나 찌그러진 항아리일지라도 모두 장부에 기록하여 보관해 두고 있었다. 병으로 누워 죽음이 임박하여 입으로는 말을 못하면서도 집안일을 처리할 때는 아주 작은 일에도 빈틈이 없었다. 자신이 먼저 죽어 아버지에게 누를 끼치게 되자 얼굴빛이 처량해지고 거듭 한숨을 내쉬었다. 아아, 천명이 닥쳤는데도 늙은 아버지를 여전히 염려하니 어찌 슬프지 않겠는가?

일찍이 종숙(從叔)인 취당공(翠堂公)을 따라 천진(天津)에 갔다가 돌아오니 사람들이 동기기창(東機器廠)의 일을 물었다. 대답하기를 "전에는 나도 천진의 무비(武備)가 외부의 침략을 막기에 넉넉하다고 여겼는데, 지금 보니 다만 재물만 소비했을 뿐이다. 비록 예리한 무기가 있더라도 사용할 수 있는 사람이 없으면 무기가 없는 것과 무엇이 다르겠는가?"라고 하였다. 사람들이 묻기를 "우리나라는 어떠한가?"라고 하니 대답하기를 "우리나라는 본래 무비(武備)가 없었다. 지금의 근심은 무비에 있는 것이 아니라, 신의(信義)가 없음을 걱정할 때이다. 신의가 없고 무비가 없으면 어찌 나라꼴이 되겠는가? 나는 향후 장래의 사태가 어찌 될지 모르겠다.[141]"라고 하였다. 그 후 동양의 겪은 화란(禍亂)과 실패가 그의 말과 같았다.

모든 일을 충분히 생각한 후에 실천했으며, 실천할 만해야 말을 하였다. 서로 알고 지내는 사람이 의문 나는 일이 있으면 자주 와서 물었는데, "기군(跂君)[142]과 일을 의논하면 실패하는 일이 드물다."라고 하였다.

글을 지을 때는 편장(篇章)을 다듬지 않아도 조리(條理)가 명료하여 이치에 아주 가깝고 적절하였다. 안노공(顔魯公)[143]의 〈쟁위첩(爭位

141 나는……모르겠다 : 원문의 '탈가(稅駕)'는 이사(李斯)가 진(秦)의 재상이 되어 부귀가 극도에 이르자 "내가 탈가할 곳을 알지 못하겠노라."라고 한 데서 나온 말이다. 탈가란 곧 해가(解駕)로 수레를 풀고 편안하게 휴식하고자 하는 뜻이다. 즉 이사가 부귀가 극도에 달하였으나, 향후의 길흉이 어떻게 될지 모른다는 뜻으로 한 말로 장래의 사태가 어떻게 될지 모른다는 뜻으로 쓰인다.

142 기군(跂君) : 김유증의 호가 기제(跂齊)이므로 기군이라 부른 것이다.

143 안노공(顔魯公) : 중국 당(唐)나라의 서예가인 안진경(顔眞卿)을 지칭한다. 자는 청신(淸臣), 산동성(山東省) 낭야(琅邪) 임기(臨沂) 출생이다. 노군개국공(魯郡開

帖)〉을 본떠서 글씨를 썼는데, 글자의 획이 전아(典雅)하였으나 일찍이 사람들을 위해 글씨를 써준 적이 없었고 또 그의 자손들에게서 수습한 것도 없어 사후의 유적이 모두 없어지고 남아있지 않다. 내가 집안 사람들에게 주련(柱聯)과 벽첩(壁帖) 몇 글자와 시축(詩軸)과 편지 몇 폭을 모아서 첩(帖)에 싣게 하고, 또 서로 아끼던 친구들과 당시 세상에서 문장에 능한 인사들의 만뢰(輓誄)와 애사(哀辭) 같은 추도(追悼)의 글을 모아서 별도로 하나의 첩을 만들어 김기수(金麒壽)에게 주어 보관하게 하였다. 아아, 이 아이는 살아서는 험난한 때를 만나 고통을 겪고 실의에 빠져 그 뜻과 학업을 펼치지 못하여 영원히 남길 자료가 아무것도 없어 이에 그치고 말았으니 어찌 슬프지 않겠는가? 졸곡(卒哭)[144]하는 날 밤에 뜬눈으로 잠을 이루지 못하였다.

그의 자취가 여기저기 널려있는데, 차마 잊혀지게 할 수 없어서 등불 아래 휘갈겨서 그가 생장할 때의 일을 간단하게 서술한다. 아아, 아버지로서 자식을 자랑하는 것은 어리석은 사람이 하는 짓인데, 나는 정말 어리석은 사람이구나. 모두 또한 어쩔 수 없는 것이리라.

國公)에 봉해졌기 때문에 안노공이라고 불렸다.

144 졸곡(卒哭) : 삼우(三虞)가 지난 뒤에 지내는 제사(祭祀)로 사람이 죽은 지 석 달 만에 오는 첫 정일(丁日)이나 해일(亥日)을 가려서 지낸다.

조 충정공 총희 일사 경술년(1910, 융희4)

趙忠定公 寵熙 逸事 庚戌

국가가 어지러워진 지 50년에 충성스런 신하와 뜻있는 선비들이 시사(時事)를 근심하고 분개하여, 창을 휘둘러 해를 끌어 당기려하거나[145] 나뭇가지를 던져 바다를 메우려 하였지만,[146] 공적을 이루기 전에 오명(惡名)이 먼저 가해져서 나란히 죽임을 당하게 되니 스스로 해명할 수 없었다. 그러므로 상하(上下)가 모두 구름에 가린 듯 분명하지 못하여 충신과 역신이 전도(顚倒)되어도 세상 사람들이 까닭을 알지 못한다. 이것이 유식한 선비들이 가슴을 두드리고 탄식하며 통탄스러워하는 까닭이다.

돌아가신 충정공(忠定公) 조총희(趙寵熙) 같은 분은 공적은 얻었다고 말할 수 있으며, 해를 끌어당기고 바다를 메우려는 뜻은 이루었다고 말할 수 있을 것인데, 어찌하여 충훈(忠勳)이 드러나기도 전에 이상한 화(禍)를 먼저 당하여 저승에서 원한을 품고 있는가? 주발(朱勃)과 같이 원한을 풀어주는 자[147]가 한 사람도 없으니 어찌 원통하지 않겠는가?

145 창을……당기려하거나 : 옛날 노 양공(魯陽公)이 한(韓)나라와 한창 전투를 벌이고 있을 적에 해가 마침 서쪽으로 기울자, 창을 잡고 해를 향하여 휘두르니, 해가 90리나 되돌아왔다는 '휘과회일(揮戈回日)'의 고사를 인용한 것이다.《淮南子 覽冥訓》

146 나뭇가지를……하였지만 : 염제(炎帝)의 딸이 동해(東海)에 빠져 죽은 뒤 정위(精衛)라는 새로 변해 그 원한을 풀려고 늘 서산(西山)의 목석(木石)을 입에다 물고서 동해에 빠뜨려 메우려고 했던 이야기가 전한다.《山海經 北山經》

147 주발(朱勃)과……자 : 후한 광무제 때의 명장 마원(馬援, 기원전 14~49)이 교지

지난 을유년(1885, 고종22) 봄에 간사하고 보잘것없는 무리가 거짓 왕명으로 조약을 체결하여 몰래 어떤 나라에게 보호를 요청하였다.[148] 하늘을 뒤덮는 재앙이 눈앞에 닥쳐왔는데 온 나라가 까마득히 알지 못하였고, 아울러 보호국(保護國)이라는 것이 어떤 관계인지도 알지 못한 채 문무관들이 편안히 놀면서 서로 즐겁게 희희덕거리고 있었다. 공은 미관말직의 관리로 개연히 분발하여 그 숨겨진 음모를 폭로하고, 그 숨겨진 비밀의 소굴을 타격하여 분명하게 드러내고 성토하여 온 세상의 이목을 일깨웠다. 이에 조약을 맺은 여러 나라가 모두 알게 되어, 혹은 전보를 보내 물어오거나 혹은 군함을 파견하여 요충지를 점거하니[149] 온 세상이 그 일로 인해 떠들썩해져서 실상이 모두 드러나 간사한 음모가 마침내 막히게 되었다.

이 당시 나는 통리아문에 재직하면서 각국에 성명을 보내 지금부터 외국과의 교섭은 본 아문이 조인한 것이 아니면 무효로 인정한다고 하였다. 대개 이때부터 소인배들이 간사한 일을 실현할 수 없게 되어 공을 원망하며 독을 품는 것이 더욱 심해졌다. 아아, 공이 한 몸을

(交趾)를 정벌(征伐)할 때에 율무를 먹고 장기(瘴氣)를 이겨냈으므로 환군(還軍)할 적에 율무 열매를 수레에 싣고 돌아왔는데, 그가 죽은 후에 그를 미워하는 자가 수레 가득 싣고 온 것이 명주(明珠)라고 무함하였다. 그래서 유족들이 장례도 제대로 치르지 못하는 상황이었는데, 동향인 주발이 상소로 신원하여 광무제의 노여움이 풀리게 한 일을 말한다. 《後漢書 卷24 馬援列傳》

148 을유년……요청하였다 : 1885년 조선과 러시아 사이에 체결된 조로밀약(朝露密約)을 가리킨다. 그 내용은 왕실의 보호를 위하여 병선과 200명의 해군을 인천으로 파견하고 조선은 러시아에게 절영도의 조차 등 각종 이권을 할양한다는 것이었다.

149 군함을……점거하니 : 1885년 영국의 거문도 점령사건을 지칭한다.

희생하여 국가가 수십 년 자주권을 보호하게 하였으니, 그 탁월한 절조(節操)와 위대한 공적은 저와 같이 밝게 빛나고 있다. 그러나 마침내 간세배(奸細輩)의 중상모략으로 몸과 이름이 모두 없어져 버려 후세의 사람들이 재앙을 미리 방지한 사실이 최상의 공적이 된다는 점을 알지 못하게 되었으니, 어찌 거듭 슬프지 않겠는가? 내가 당시 일을 목격했는데, 지금은 늙어서 죽어 가지만 차마 끝내 침묵할 수 없으니, 이에 아는 바를 간략하게 기록하여 공의 조카인 현 농상공부 대신 중응(重應)[150] 군에게 써주어서 공의 자손에게 보이고자 한다.

150 중응(重應) : 조중응(趙重應, 1860~1919)으로, 본관은 양주(楊州), 초명은 중협(重協)이며 아버지는 택희(宅熙)이다. 대표적인 친일파이다. 1895년 을미사변시 명성황후의 폐비조칙을 강행했고, 1896년(건양1) 아관파천으로 김홍집(金弘集) 내각이 붕괴되자 일본으로 망명했다. 1906년(광무10) 특사로 귀국하여 1907년 이완용(李完用) 내각의 법부 대신이 되었다. 헤이그 밀사사건이 일어나자 고종의 강제퇴위를 주동했으며, 1909년 친일 신문인 《법정신문(法政新聞)》을 발행하여 일제침략을 정당화하는 여론을 조성하였다. 1909년 12월 이완용과 결탁하여 친일단체 국민연설회의 발기를 주도했다. 1910년 8월 농상공부 대신으로 이완용과 함께 한일합병조약을 강제 체결하게 했다. 한일합병 후 일본 정부로부터 자작의 작위를 받고 10만 원의 은사금(恩賜金)을 받았다. 1910년 10월 중추원 고문, 1911년 일본적십자 조선본부 평의원이 되었다. 1916년 친일 단체인 대정친목회와 한성부민회의 회장을 지냈다.

제문 祭文

모두 24편인데 19편을 수록하였다.

봉서[151] 선생 제문 기미년(1919)

祭鳳棲先生文 己未

아아, 슬픕니다. 선생께서 이 세상을 살아 계실 때는 어찌 그리 한결같이 곤액(困厄)을 당하셨는지요.

도(道)에는 흥폐(興廢)가 있고 때에도 성쇠가 있으니, 이미 망한 뒤에 주창하는 것은 쉽고 쇠망해 가는 날에 구제하는 것은 어려운 법입니다. 이미 쇠망한 후에는 징계하고 다스린 지가 이미 오래되어서 사람들의 마음이 착한 것을 생각하게 되는데, 만일 한마디 주창하는 말을 하면 사람들이 이를 따르는 것이 마치 물이 아래로 흐르는 것과 같을지니, 이것이 바로 군자(君子)의 도가 커지고 소인(小人)의 도가 사라지는 때입니다.

도가 쇠퇴하는 시대에는 업신여긴 지가 이미 오래되어 사람들의 마음이 새로운 것을 생각하게 되는데, 비록 한마디 구제하려는 말을 해도 사람들이 모두 계속 야유하며 바라보다가 떠나버리니, 이는 이들을 내쫓기에 족할 따름입니다. 이것이 바로 소인의 도가 커가고 군자의

151 봉서(鳳棲) : 유신환(兪莘煥, 1801~1859)의 호이다.

도가 사라지는 때입니다.

선생께서는 도가 망해가는 시대에 널리 구제하려는 뜻을 품고 사람들을 깨우쳐서 이끌고 도왔지만, 사람들은 이끄는 곳으로 들어가 격앙되어 분발하지도 않았고 그 뒤를 따라 부지런히 힘쓰지도 않았습니다. 40여 년 동안 홀로 서서 그림자만 돌아보고 계셨으니 누구와 대오(隊伍)를 이룰 수 있겠습니까? 속을 썩이고 입이 달도록 말하면서 괴로워하고 그칠 줄 몰랐던 것은 함정에 빠진 것을 구해내려고 하신 일이셨습니다. 그런데 어찌 이 때문에 사람들에게 비웃음을 당하고 쫓겨나게 되는 빌미가 될 줄을 알았겠습니까? 아아, 슬픕니다.

어느 해 겨울 북산(北山) 아래에서 여러 친구들이 방에 모여 편안하게 앉아 있었는데, 저도 또한 그 말석에 참가하였습니다. 돌아갈 때가 되어 앞서거니 뒤서거니 촛불을 들고 문을 나서는데, 선생께서 문지방에 이르러 전송을 하시면서 한참 오랫동안 응시하시다가 탄식하며 "아아, 나는 홀로 이렇게 하지 못했구나!"라고 말씀하셨습니다. 이 말씀은 요즘의 학자들이 벗이 없음을 근심하신 것이었겠지요. 선생께서는 이미 돌아가셨고 지난날 밤에 모인 사람들도 또한 뿔뿔이 흩어져서 쉽게 모이지 못하고 있습니다. 아아, 슬픕니다.

선생님의 영혼이 존재하시는지 여부는 알 수 없지만, 선생님의 마음은 밝게 빛나서 없어지지 않으셨을 것이니, 천년, 만년 뒤에 만일 성인의 도를 얻어서 세상에 전하는 사람이 있게 된다면, 선생님 또한 저승에서 즐거워하시겠지요. 아아, 슬픕니다.

사촌 형 심연공[152] 제문 병인년(1866, 고종3)

祭從氏心研公文 丙寅

유세차(維歲次) 병인년(1866, 고종3) 6월 모일 사촌동생 김윤식은 삼가 글을 지어 심연공(心硏公)의 영전에 곡을 하며 올립니다.

아아, 슬픕니다. 형께서 세상을 떠나신 뒤부터 뒤척이며 생각에 잠겨 형께서 오래 살지 못하신 까닭을 생각하니 뒤늦은 유감이 끝이 없습니다. 형께서는 어째서 그렇게 타고난 성품이 잔인하고 패악하여 현인을 거스르고 부모님을 뿌리치고, 탐욕스럽고 비루한 것을 좋아하고 남의 말을 듣지 않다가, 나이가 많아지고 기력이 쇠약해져서는 여러 자손들의 도움을 받아서 문호(門戶)가 이미 이루어진 다음에야 애써 성질을 죽여서 도리어 선량하다는 평판을 얻으시지 않으셨습니까? 세상사람 중에는 이런 자가 많은데 만약 형께서 이런 사람이 되셨더라면 우리들이 늙어서도 아주 즐겁게 지냈을 것이니, 오히려 어진 친구보다 낫지 않았겠습니까?

형께서는 어째서 그렇게 그 총명(總名)함을 버리고 정력을 게을리하며 말은 반드시 미덥지 않게 하고 행실은 반드시 수양하지 않아서 부모가 사랑하기에 부족하고 형제가 존경하기에 부족하고 벗이 믿기에 부족하고 종들이 사모하기에 부족하고 살아서는 걱정거리여서 있으나 없으니 마찬가지이고 죽어서는 까맣게 잊어버리고 깊이 슬퍼하기에 부족한 사람이 되지 않으셨습니까? 형께서는 어째서 그래 깨끗한 절조

152 심연공(心硏公) : 김관식(金寬植, 1834~1866)을 가리킨다.

를 버리고 진흙과 술지게미에 뒤섞이고, 염치(廉恥) 없이 남을 헐뜯고 옷과 말을 장식하여 당세(當世)의 사교를 일삼는 문전에서 이름을 팔아 요행히 한 자리 차지하기를 바라지 않으셨습니까? 그랬다면 아무개가 세상에 존재했었다는 것을 아는 자가 있게 되었을 것이니, 그래도 적막하게 끝나는 것보다는 낫지 않았겠습니까?

아아, 형께서 병을 얻고부터 일찍이 조심스럽게 섭생을 하셔서 병에 해로운 것은 관계하지 않으셨습니다. 자리를 가려 앉고 천천히 걸으며, 숟가락을 세어 드시고 호흡을 조절하며 잠을 잤습니다. 기쁘거나 화가 나도 감정을 다하지 않았고, 입에는 딱딱한 음식을 가까이 하지 않으신 지 4년이 되었습니다. 한여름에도 문을 닫고 바람을 쏘이지 않은 지는 거의 10년이 되어 일찍이 사람이 감당할 수 없는 고통을 당하시다가 끝내 갑자기 돌아가셨습니다.

아아, 형께서는 어째서 그렇게 어려서부터 음악과 여색, 술과 음식이 있는 자리에 달려가서 마음대로 욕심을 채우고 인간 세상에서 즐길 수 있는 것을 다하지 않으셨습니까? 아아, 둘째 형님께서 돌아가시자 형의 병이 더해졌고, 막내 형이 돌아가시고 형의 병이 극에 달하였습니다. 형께서는 어찌하여 다만 지인(至人)의 양생법[153]을 사모하기만 할

153 지인(至人)의 양생법 : 지인은 《장자》 〈소요유(逍遙遊)〉에 나오는 "지인은 자기를 내세우지 아니하고, 신의 경지에 이른 사람은 공을 내세우지 아니하며, 성인은 이름을 얻고자 하는 생각이 없다.〔至人無己 神人無功 聖人無名〕"라고 하여 지인, 신인, 성인을 구분한 말에서 유래하였다. 《황제내경(黃帝內經)》 〈상고천진론편 제1(上古天眞論篇第一)〉에 "황제가 말하기를……중고 시대에는 지인이 있었는데, 그는 도덕을 잘 지켰고 음양에 조화를 이루었고, 사철의 기후에 맞게 생활하였고, 세상풍속을 떠나서 정을 간직하고 신을 온전히 하여 천지 사이를 오갈 수 있었으며 먼 곳까지 보고 들었다.

뿐 지인들이 활달하여 이치를 떠나 사는 점을 배우지 못하셨습니까?

아아, 형께서 잔인하고 패악하였다면 반드시 장수하셨을 것이고, 걱정거리였다면 반드시 장수하였을 것이며, 염치를 무릅썼더라면 반드시 장수하였을 것이고, 거리낌 없이 제멋대로 행동하였다면 반드시 장수했을 것이며, 마음이 활달하였다면 반드시 장수했을 것입니다. 이 다섯 가지 반드시 장수할 방법이 있는데도 형께서 배우지 못한 것은 타고난 품성이 아름다움을 지녀서 스스로 변하지 못한데다가, 하늘 또한 그 아름다움을 이루도록 돕지 않고 꺾여 시들게 하였으니 또한 어찌하겠습니까? 형께서 이 다섯 가지를 지니지 못한 것을 군자(君子)들은 한탄하지 않지만, 저는 홀로 이점을 한탄합니다.

몸은 외롭고 희망이 끊어지니, 정은 지극하고 말은 고통스럽습니다. 희망이 끊어지니 뜻을 다하기 어렵고, 말이 고통스러우니 글을 지을 수가 없습니다.

아아	嗚呼
유월 한더위	六月徂暑
뜨거운 바람 불이오네	炎風始發
휘장은 바람에 펄럭이고	幄帷飄揚
창문을 여니 닭 우는 소리 들리네	啓戶咿戛
내가 남쪽으로부터 이른 지	我適自南

이에 그는 오래 살게 되고 건강해서 역시 진인과 같이 되었다.〔黃帝曰……中古之時有至人者 淳德全道 和於陰陽 調於四時 去世離俗 積精全神 游行天地之間 視聽八達之外 此蓋益其壽命而强者也 亦歸於眞人〕"라고 하였다.

한 달이 넘었네	亦既踰月
손을 맞잡고	庶幾執手
노고를 풀기 바라지만	勞苦叙闊
까마득하여 듣지 못할 것이니	邈無聞知
말을 늘어놓은들 무엇 하랴	陳辭何爲
죽은 자는 멀리 떠나고	死者長逝
산 자는 길이 슬퍼하네	生者長悲
아아 슬프도다	嗚呼痛哉
부디 흠향하소서	尙饗

김설소자 학원 제문 정묘년(1867, 고종4)

祭金雪巢子 鶴遠 文 丁卯

아아, 설소자(雪巢子)께서는 항상 죽을 곳을 얻어서 죽고자 한다 하시더니 지금 들창 아래서 돌아가셨습니까? 내가 이 세상에서 옛 사람들과 거의 비슷한 사람은 오직 공뿐이라 여겼는데, 공께서는 지금 과연 옛 사람이 되셨습니다. 아아, 슬프도다.

설소자께서는 나와 성산(星山)에서 처음 사귀었는데 재주가 많고 기세가 예리하셨습니다. 시간을 정해놓고 시를 짓는 자리에서 이름과 기예를 서로 겨루었는데, 다른 사람과 더불어 한 마디 말도 양보하지 않으며 높은 기상을 스스로 즐기셨기에 저는 공을 특정한 분야에 맞는 사람이라 여겼습니다.

서울에서 나그네살이를 할 때 저의 사촌 형 학해공(學海公)이 집안의 글방에 맞아들여 소장하고 있던 서적을 모두 꺼내서 마음대로 찾아 연구해 보시도록 하니, 밤낮으로 정성을 쏟아 거의 침식을 잊으셨지요. 한번 읽어본 것은 모두 평생 잊지 않았고, 붓을 대면 짧은 시간에 수십 장을 옮겨 쓰셨습니다. 시문(詩文)에 대해서는 우리나라 선배들을 더욱 높이 받들었는데, "기력(氣力)이 돈후(敦厚)하니 이는 융성한 시대의 작품이다. 명나라 말기 이래 중국의 작자들이 정신을 깨끗하게 가다듬지 않은 것은 아니지만, 그 자취를 살펴보면 역시 말세였다. 그런데 우리 것을 버리고 저들을 따르는 것은 또한 미혹된 것이 아니겠는가?"라고 하셨습니다. 제가 이 때문에 공은 학식이 넓고 문장에 능하신 선비라고 여겼습니다.

얼마 안 있어, 나를 직하(稷下)의 유 선생(兪先生)[154]의 문하에 소개하여 유 선생 문하의 여러 유익한 벗들과 사서(四書)를 강의하고 토론하게 하셨습니다. 공에게 사서는 일찍이 아침저녁으로 외워 익힌 바였지만, 다만 그 실천공부를 시도해 보시지는 못하셨습니다. 그런데 이때부터 순수하게 위기지학(爲己之學)[155]을 귀결처로 삼아서 다시는 다른 일에 그 마음을 두지 않으셨습니다. 제가 이로 인해 공을 학문하는 선비라 여겼습니다.

원고를 불태우고 과거 공부를 그만두고 집으로 돌아가 부모님을 봉양하시기에 이르러서는 서울에 발을 들여놓지 않은 것이 거의 10여 년이 되셨습니다. 지극한 성품과 독실한 행동이 향리에 널리 알려지고, 한가한 날에 생도들을 가르칠 때는 반드시 사람이 되는 방법을 먼저 가르치시니 배우는 자들이 다투어 분발하였습니다. 이웃 수령 중에 무능하여 그 직무를 수행하지 못하면서도 떠나지 않는 자가 있었는데, 공의 한마디 말씀을 듣고는 인끈을 풀어놓고 떠났습니다.

임술년(1862, 철종13) 봄에 영남과 호남지방에 백성들의 소요가 세차게 일어나서 어진 사람이나 어리석은 사람이나 모두 피해를 면하지

154 유 선생(兪先生) : 조선 후기의 학자 유신환(兪莘煥, 1801~1859)으로, 자는 경형(景衡), 호는 봉서(鳳棲)이다. 후진 양성에 힘써 많은 학자를 길러 냈으며 이기신화론(理氣神化論)을 주장하였다

155 위기지학(爲己之學) : 자신을 위한 학문, 즉 학문을 통하여 자신을 둘러싼 세계에 대하여 올바른 견해를 갖고 자기완성을 실현해나가는 것으로 위인지학(爲人之學)과 대칭되는 말이다. 《논어》〈헌문(憲問)〉에 "옛날 학자들은 자신을 위한 학문을 하였는데, 지금의 학자들은 남에게 보이기 위한 학문을 한다.〔古之學者爲己 今之學者爲人〕"라고 하였다.

못하였습니다. 공께서는 홀로 태연하게 동요하지 않고 이웃과 마을 사람들을 깨우쳐 인도하셨고, 이웃과 마을 사람들 또한 공을 믿고 안정하게 되었습니다.

을축년(1865, 고종2) 여름 황묘(皇廟)[156]를 철폐하라는 명령이 있자 공이 듣고서 통곡하시며 영남에서 호남에 이르셨습니다. 글을 써서 화양서원(華陽書院)[157]에서 제사지낼 때에 〈팔절우동문(八截于洞門)〉이란 시를 지으셨는데, 시의 언사가 모두 몹시 슬프고 격렬하여 보는 사람들이 혀를 내두르지 않는 자가 없었습니다. 아아, 제가 세상 사람들을 살펴볼 때마다 언행이 서로 근접하는 자가 백에 한 명도 없었습니다. 공의 행동을 살펴보니 공께서는 행동이 항상 말보다 앞섰다. 말만 하고 실천이 없는 것을 시장에서 매를 맞는 것처럼 부끄럽게 여기셨기 때문에 공의 행동은 여유로워 구차하지 않았으며 깨끗하여 옛 사람의 모습을 회복할 수 있으셨으니, 공과 같은 사람을 어찌 지금 세상의 사람이라고 할 수 있겠습니까? 저는 이 때문에 공을 옛 사람이라고 여겼습니다.

아아, 저와 공은 거리가 삼성(三省 하루거리)[158]이나 떨어져 있고 산천

156 황묘(皇廟) : 임진왜란 때에 우리나라를 도와준 중국 명나라의 의종과 신종을 제사 지내기 위하여 세운 사당(祠堂)인 만동묘(萬東廟)를 지칭한다. 송시열의 유명(遺命)으로 1704년(숙종30)에 충청북도 괴산군 청천면 화양리에 지은 것으로, 대원군이 집권하자 노론의 본거지로 지목되어 철폐되었다가 1874년(고종11)에 부활되었다.

157 화양서원(華陽書院) : 1695년(숙종21) 송시열(宋時烈)을 제향하기 위해 권상하(權尙夏)·정호(鄭澔) 등 노론이 주도해 충청북도 괴산군 화양리에 설립했으며, 다음해 사액(賜額)을 받았다. 화양서원은 권세가 막강하여 백성들에게 횡포를 부려 폐해가 심하였는데, 1871년(고종8) 흥선대원군의 서원철폐령으로 폐지되었다.

이 막혀 있었는데, 한 해에 한 번 인편이 있으면 매번 손수 편지를 보내어 법도에 힘쓰고 충후하고 지극히 어질어야 한다고는 글을 보내셨습니다. 비록 그 말에 만분의 일도 따르지 못하였지만, 내 마음에 항상 간절히 공경하여 마치 곁에 계시면서 시시절절(偲偲切切)[159]하게 가르쳐 주시는 것 같았습니다. 그런데 오늘 이후에는 그 말씀을 다시 얻어 들을 수 없게 되었으니, 아아, 슬픕니다.

설소자(雪巢子)의 학문은 제가 마땅히 노력해야 하고, 설소자의 박식(博識)함은 제가 도달해야 할 것이며, 설소자의 우뚝한 뜻은 제가 힘써 노력하여야 할 것이며, 설소자의 확고한 □□□□[160]

효자라던 동생[161]은	董生稱孝
빈궁하게 늙어 죽었고	老死貧窮

158 삼성(三省) : 《논어》〈학이(學而)〉에서 증자(曾子)가 말하기를 "나는 하루에 세 가지로 자신을 반성하노니, '남을 위해 도모함에 충성스럽지 않았던가? 벗과 사귐에 신의가 있지 않았던가? 전수받은 것을 복습하지 않았던가?'〔吾日三省吾身 爲人謀而不忠乎 與朋友交而不信乎 傳不習乎〕"라고 하였다. 그러나 삼성은 정확하게 '하루에 세 가지로 반성한다.'는 말이니, 여기서는 '하루거리'에 있다는 뜻으로 쓰인 것으로 보인다.

159 시시절절(偲偲切切) : 시시는 자상하고 부지런한 것이고, 절절은 간곡하고 지극한 것으로 선비로서 지녀야할 태도를 뜻한다. 자로(子路)가 공자에게 어떠해야만 선비라고 할 만한가를 묻자, 공자가 "자상하고 부지런하며, 간곡하고 지극하며 화락하면 선비라고 이를 만하다.〔偲偲切切 怡怡如也 可謂士矣〕"라고 하였다. 《論語 子路》

160 □□□□ : 한 구절이 빠진 듯 하나 미상이다.

161 효자라던 동생 : 당나라 때 시인 한유(韓愈)가 지은 〈동생행(董生行)〉에 의하면, 당나라 정원(貞元) 연간에 수주(壽州) 안풍현(安豐縣) 사람 동생(董生)이 효성이 뛰어나 기르는 가축들도 감화를 받을 정도였는데, 어미 개가 먹이를 구하러 나가 돌아오지 않자 어미 닭이 강아지에게 먹이를 주었다고 한다. 《小學 善行編》

명성 높던 숙도[162]도 　叔度汪汪
임종을 듣지 못했네 　不聞其終
사람이 이처럼 희미해지니 　人以此晦
높은 벼슬 가까이하지 않으셨네 　靑雲莫附
백도의 후사 없음[163]은 　伯道無嗣
아니 또 무슨 까닭인가 　抑又何故
여막을 철거하기도 전에 　堊廬未撤
성 모서리 먼저 무너졌네 　城隅先崩
옥과 같은 그 사람 　其人如玉
저 무덤 속에 누웠으니 　在彼中陵
선을 권하지 못하시고 　善不可勸
악을 징계하지 못하시네 　惡不可懲

162 명성 높던 숙도(叔度) : 숙도는 동한(東漢) 때 관리 염범(廉范)의 자로 염범이 촉군 태수(蜀郡太守)로 부임하여 금법(禁法)을 해제하고 백성의 생활을 안정시키자, 백성들이 노래를 지어 부르기를, "우리 염숙도가 어찌 이리 늦게 왔나……평생 속옷도 없더니 지금은 바지가 다섯이네.〔廉叔度來何暮……平生無襦今五袴〕"라고 하였다는 고사가 있다.《後漢書 卷31 廉范列傳》

163 백도(伯道)의 후사 없음 : 백도는 중국 진(晉)나라 때 하동 태수를 지닌 등유(鄧攸)의 자(字)이다. 영가(永嘉) 말년에 석륵(石勒)의 난 때 아내와 어린 아들, 조카를 데리고 피난을 떠났다가 적을 만나 자식과 죽은 아우의 자식인 조카 가운데 하나를 버리지 않으면 안 되는 상황을 맞았다. 등유가 처에게 "내 동생이 일찍 죽어 오직 이 아이 하나만 남았으니 조카를 버릴 수 없소. 그러니 우리의 아이를 버릴 수밖에 없소. 다행히 우리가 목숨을 건진다면 훗날 다시 아이를 얻을 수 있지 않겠소?"라 하니, 처가 울면서 등유의 뜻을 따랐다. 그러나 나중에 부부가 온갖 방법을 다해 후사를 얻고자 했으나 얻지 못하니, 사람들이 이 일을 의롭게 여기면서 슬퍼하여 말하기를 "하늘은 무심도 하구나. 등백도로 하여금 자식이 없게 하다니."라고 했다.《晉書 鄧攸列傳》

공의 자취 전해야 하는데	公蹟可傳
누가 다시 기록할까	誰復記載
글을 지어 곡하여	我以文哭
대강을 드러내네	庶見其槩
아아 슬프도다	嗚呼痛哉

족대모 숙부인 신씨 제문

祭族大母淑夫人申氏文

아아, 저는 부모 없이 무의무탁(無依無托)한 백성으로 요행으로 산 자입니다. 옛적에 저의 친할머니께서 돌아가신 후 32년만에 소자가 태어났고, 태어난 지 8년 만에 부모님을 잃었습니다. 계묘년(1843, 헌종9) 봄 우리 둘째 아버지 집으로 들어갈 때 두 누이와 한 명의 여종이 따라갔습니다. 대나무 지팡이를 짚고 문에 들어갈 때 몸이 파리하고 수척하여 사람의 몰골이 아니었는데 할머니께서 한번 보시고 불쌍히 여기셔서 여러 손자들과 함께 살게 하셨습니다. 이때부터 한결같이 사랑하고 길러주시는 은혜가 지극하였고 저 또한 마땅히 아침 저녁으로 할머니를 즐겁게 모시니 편안하고 화락하여 부모님을 잃은 슬픔을 모두 다 잊었습니다.

어른이 되어 부인과 자식을 두게 되자 얼굴에 기쁜 표정을 보이시며 말씀하시기를 "너의 집안은 장차 흥하게 될 것이다."라고 하셨고, 또 말씀하시기를 "너는 속히 너의 집안을 일으켜야 한다. 내 어찌하면 네가 성공하는 것을 볼 수 있을까?"라고 하셨습니다. 제가 병들어 아픈데도 일을 하게 되면, 문득 근심으로 밤에도 잠을 이루지 못하시고 걱정만 하셨습니다. 처와 자식들에게도 또한 곡진하게 베풀어주시고 감싸주셔서 미치지 않는 바가 없었고, 이따금 여러 손자들과 손자며느리보다 더 낫게 대해 주시니, 비록 비복들이 속으로는 다르게 생각해도 이간질하는 말이 없이 평안했습니다. 아아, 이와 같이 은혜를 입었으니 장차 무엇으로 보답하겠습니까? 오직 마음속으로 오래오래 사시기만을 빌 뿐이었습니다.

그런데 하늘은 정성을 살펴 주시지 않아 갑자기 오늘과 같은 일이 있게 되었습니다. 할머니의 향년이 84세이고 제가 슬하에서 모신 지 25년이 되었으니, 제가 이 점에 무슨 유감이나 무슨 한이 있겠습니까? 다만 세월이 흐를수록 받은 은혜가 더욱 깊어져 소자로 하여금 조부모님과 부모님의 은혜를 거의 잊게 해 주셨으니, 할머니의 은혜를 생각하면 살과 뼈에 사무쳐서 비록 잊고자 하여도 잊을 수 없습니다.

아아, 할머니께서는 대종가(大宗家)의 후손을 들이시면서부터[164] 위태롭고 쇠약해진 가문을 지탱하고 일으켜서 공덕이 지극히 빛나셨으니, 저 같은 어린아이를 감싸고 기르신 일이 어찌 그 아름다운 덕행을 더할 수 있는 일이 되겠습니까? 그렇지만 이는 실로 사람마다 하기 어려운 일이며 사람들이 얻기 어려운 일입니다. 사람들이 하기 어려운 일을 할머니께서는 저에게 이미 베풀어 주셨고, 사람마다 얻기 어려운 일을 소자처럼 복 없는 고아가 할머니께 얻었으니, 이것이 또한 무슨 복이겠습니까? 아아, 슬픕니다. 부디 흠향하시옵소서.

164 대종가(大宗家)의……들이시면서부터 : 신 부인(申夫人, 1784~1867)은 김좌명(金左明)의 손자 김만선(金萬善)의 부인으로, 자식이 없어서 김윤식(金允植)의 중부(仲父) 익정(益鼎)을 양자로 맞아 후사(後嗣)를 이었다.

오 무장공[165] 장경 제문 갑신년(1884, 고종21)

祭武壯公吳 長慶 文 甲申

광서(光緖)[166] 10년(1884) 6월 20일. 조선의 모관(某官) 모(某)는 삼가 변변치 못한 제물을 갖추어 건위장군 광동 수사제독(建威將軍廣東水師提督) 소헌(筱軒) 오공(吳公)의 영전에 곡하며 아룁니다. 아아 슬픕니다.

공께서는	惟公
황하와 오악[167]의 기를 모아 나셨으니	河嶽鍾氣
강회[168] 지방에 이름이 알려졌고	江淮知名

165 오 무장공(吳武壯公) : 오장경(吳長慶, 1829~1884)으로, 자는 소헌(筱軒), 소수(筱帥)로 안휘성(安徽省) 여강현(廬江縣) 사람이다. 1862년 이홍장(李鴻章) 휘하의 군대에 들어가 각지에서 전공을 세웠다. 1882년 조선에서 임오군란이 일어나 민씨 정권이 청나라에 구원병을 요청하자 오장경은 광동 수사제독(廣東水師提督)으로서 4000여 명의 군사를 이끌고 조선에 들어와 마건충의 주도로 대원군을 납치하여 천진(天津)으로 압송하고 민씨 정권을 복귀시켰다. 또 군란 진압을 명목으로 많은 군민을 학살하고 친일적인 개화파들을 탄압했으며 대원군파를 정계에서 숙청하는 한편, 민씨 일파를 보호하기 위한 친위대(親衛隊)를 창설하는 등 조선의 내정과 외교에 깊이 개입했다. 그 뒤 원세개(袁世凱)와 함께 조선에 남아 조선의 병권(兵權)을 장악했다.

166 광서(光緖) : 청(淸)나라 덕종 때의 연호로 서기 1875년부터 1908년까지이다.

167 오악(五嶽) : 중국의 오대 명산으로 중악(中嶽)인 숭산(崇山), 동악(東嶽)인 태산(泰山), 서악(西嶽)인 화산(華山), 남악(南嶽)인 형산(衡山) 그리고 북악(北嶽)인 항산(恒山)을 말한다.

168 강회(江淮) : 중국 양자강과 회수 사이의 지역을 지칭한다.

상투를 틀 때부터 종군하여	結髮從戎
충효로 명성을 떨쳤네	忠孝揚聲
용맹스런 무신으로	虎臣矯矯
나라의 간성 되셨고	爲國干城
문아한 선비로 오랑캐 정벌하여	儒雅征虜
늘그막에 영평[169]처럼 되셨네	老成營平
임오년에	維歲壬午
동쪽의 번방(藩邦)에서 변고가 일어나	東藩告警
변란이 측근에게서 일어나	變起肘掖
마침내 대궐에 미쳤네	遂及宮省
쌓인 불만 터져 나와	積醞乃發
방자히 눈 부릅뜨고 날뛰며	恣睢悍獷
올빼미[170]처럼 굴고 경[171]처럼 구니	爲梟爲獍
제멋대로 하던 때라 할 만하네	謂時可逞
신하와 백성들 가슴을 치고	臣民扣胸
울음을 삼키며 목이 메이네	呑聲咽哽
저 높은 곳에 계신다 말하지 말라	毋曰高高

169 영평(營平) : 한 무제(漢武帝) 때 흉노를 격퇴하고 선제(宣帝) 때 영평후(營平侯)에 봉(封)해진 조충국(趙充國)을 말한다. 《漢書 卷69 趙充國列傳》

170 올빼미 : 올빼미는 예로부터 어미를 잡아먹는 새로서 불효를 상징하는 동물이다. 중국의 일화에 따르면 올빼미 새끼는 어미가 물어다주는 먹이를 먹으면서 성장하다가 100일 후쯤 되어 날개가 생기면 보금자리를 벗어나 먹이 사냥을 나가는데, 이때 새끼가 갑자기 어미에게 덤벼들어 잡아먹는다고 한다.

171 경(獍) : 범을 닮았으나 몸이 작으며, 아비를 잡아먹는다고 한다.

천자께서는 밝고 거룩하시네	天子明聖
우리나라를 살피시어	乃眷東顧
공에게 가서 무마하라 명하셨네	命公往撫
난리를 길게 끌면 안 되며	不可長亂
무력을 남용하면 안 된다	不可極武
공께서 황명 받들고	公承皇諭
부월에 의지하여	仗其鉞斧
배에 올라 군사에 맹세하니	登舟誓師
북소리 깊고 깊었네	淵淵其鼓
아침에 지부[172]를 떠나	朝發芝罘
저녁에 마포[173]에 주둔하니	夕次馬浦
군사들 발걸음 위의가 있고	鞈革蹌蹌
큰 깃발 선명했네	大旆央央
공격명령 우렁차게	薄言震擊
강량[174]들을 제거하여	鋤其强梁
우두머리 죽이고 졸개는 놓아주니	殲魁釋從
어둠이 사라지고 햇빛이 비쳤네	慘陰舒陽
남녀가 환호하며	士女歡呼

172 지부(芝罘) : 저본의 '罘'는 '芝'의 오기(誤記)이므로 바로잡았다. '지부'는 중국 산동성 연태시의 항구로 앞에 지부도(芝罘島)가 있어 그렇게 불렀다.

173 마포(馬浦) : 경기도 화성시 남양반도의 서남부 끝자락에 위치한 작은 포구로 현재는 마산포(馬山浦)로 불린다.

174 강량(强梁) : 불길한 신(神)이다. 12지신(支神) 중의 하나로 여기서는 난군(亂軍)을 뜻한다.

구경꾼 담장을 두른 듯했네	觀者如墻
공이 우리를 죽일 거라 했는데	謂公殺我
공은 다친 사람 돌보듯 하셨네	公視如傷
아아 저 충주에	緊彼忠原
적유[175]께서 몸을 숨기셨네[176]	翟褕潛光
군대를 보내어 왕비의 수레 맞이하니	遣師迎鑾
만백성이 바라던 바이네	萬民所望
슬픔과 기쁨 속에 춤추면서	悲喜蹈舞
덕분에 우리가 의관을 갖추고 산다 하고	我冠我裳
공께서 서울에 머무르니	公留在都
미더워 걱정이 없다 했네	恃而無恐
빙벽[177]의 지조 굳게 지켜	勵操氷蘗
후하게 베푸시고 자신에겐 박하시니	厚施薄奉
백성들은 그 덕을 사모했고	民懷其德
군사들은 그 용기 마음속에 품었네	士戢其勇
우리의 의기[178] 붙잡아	扶我攲器

175 적유(翟褕) : 붉은 비단에 꿩의 깃으로 장식한 왕비의 옷이다. 여기서는 명성황후를 지칭한다.

176 몸을 숨기셨네 : 명성황후가 임오군란 때 충주로 도망하여 숨었던 일을 말한다.

177 빙벽(氷蘗) : 얼음과 황벽나무라는 뜻으로, 춥고 괴로운 가운데에서도 굳게 절조를 지키며 청백하게 사는 것을 비유할 때 쓰는 말이다.

178 의기(攲器) : 고대 중국의 주나라 때에 임금을 경계하기 위하여 기울게 만들었다는 그릇이다. 물이 가득 차면 엎어지고, 비면 기울어지고, 알맞게 들어 있어야만 반듯하였다고 한다.

공고하게 해주셨네　居然用鞏
우리 같은 사람들은　凡吾二三
녹녹하여 비교할 수도 없네　碌碌無似
외람되이 지우(知遇)와 장려(奬勵)를 입어　謬蒙知奬
거듭 연회에서 모실 수 있었네　屢陪燕喜
도의로 북돋아 주시고　勖以道義
강기[179]로 면려하셨네　勉以綱紀
우리나라 일 근심하기를　憂我國事
자기 일처럼 걱정하셔서　若恫在己
잠시의 편한 틈 없으니　無狃暫安
천명을 믿기 어려웠네　天命難恃
두려워하고 조심하는 것 잊지 말라고 하신　悚息不忘
그 말씀 아직도 귓가에 남아 있고　言猶在耳
공께서 천진으로 떠나신 후　自公赴津
날마다 돌아오시기를 기다렸네　日望其回
부절을 옮겨 금주에 주둔하시니　移節駐金
부모 품 잃어버린 어린아이 같았는데　如嬰失懷
4월 여름에　四月維夏
공께서 편지를 보내주셨네　公有書來
나는 금주[180]에 있는데　我在金州

179 강기(綱紀) : 나라의 법과 풍속, 풍습에 대한 기율(紀律), 또는 사람이 지켜야 할 도리인 삼강 오상(三綱五常)과 기율(紀律)을 말한다.

180 금주(金州) : 현재 중국 요녕성 대련의 전주이다.

조선과 이웃에 있으니	與朝爲隣
호응하여 서로 연락하며	呼應相通
옛날보다 더 친하게 지내세	視昔加親
편지를 받고 겨우 몇 개월인데	奉書閱月
부고가 갑자기 이르렀네	凶音遽臻
누가 이런 말을 했던가	孰謂此言
잠깐 사이에 옛일이 되었다고	轉眄成陳
하늘이 돕지 않으셔서	昊天不吊
우리에게 위인을 잃게 하니	喪我偉人
우리 임금께서 슬퍼하시고	我王忉怛
정승과 조정 신료들도 슬퍼했네	羣公廷紳
노인과 백성들	耆老民庶
눈물로 수건을 적시지 않은 자 없고	莫不沾巾
저 완고한 백성들도	彼頑餘孼
한 목소리로 탄식했네	同聲咨歎
한강물 바다로 흘러가	漢水朝海
넘실넘실 돌아오지 않네	滔滔不還
대국을 돌아보니	顧瞻大局
안정되지 못하였네	靡所底安
동쪽 성 한 구석에	東城之隅
남기신 자취가 그대로 있네	遺躅所在
이 도성의 인사들	此都人士
공께서 아끼시던 사람들이라	公之所愛
서로 이끌어 절하고 제물 올리며	相率拜奠

술을 따라 강신을 청하네	擧酒以酹
영혼은 오셔서 흠향하시고	靈其來歆
기척이라도 들려주시기 바랍니다	庶聞謦咳

며느리 유인 은진 송씨[181] 제문 기축년(1889, 고종26)

祭子婦孺人恩津宋氏文 己丑

기축년(1889) 6월 20일 갑오(甲午)일에 며느리가 죽었다는 부고(訃告)가 서울로부터 왔다. 늙은 시아버지 운양(雲養)은 이때 귀양지에 있어서 마음의 슬픔을 풀지 못하고, 3일이 지난 병신(丙申)일에 놀란 혼을 수습하여 몇 줄의 문자를 써서 아들 유증(裕曾)에게 보내어 며느리인 유인(孺人) 은진 송씨(恩津宋氏)의 영혼에 고하도록 하노라.

아아, 슬프도다. 아아, 애석하도다. 부드럽고 온순한 성품과 맑고 깨끗한 천성과 효성스럽고 공순한 행실은 두터운 보답을 얻어야 마땅한데 도리어 요절하기에 이르다니, 이는 너의 탓이 아니다. 하나는 내가 신령들을 거슬려서 너로 하여금 남은 재앙에 걸려들게 한 것이요, 다른 하나는 내 복(福)이 얄팍하고 적어서 너의 효성스러운 봉양을 받지 못하게 한 것이다. 내가 바야흐로 나 자신을 슬퍼하니 어찌 너를 슬퍼할 겨를이 있겠느냐?

아아 슬프다, 너는 시어머니 상을 당한 이후에 두세 살 난 어린애가 믿을 곳이 없는 것처럼 못내 슬퍼하며 나를 아버지와 같이 여겼고 나 역시 너를 딸같이 여겼다. 시아버지와 며느리 사이가 은혜로써 의(義)를 덮었으나, 공경하고 삼가는 정성 또한 조금도 게을리 하지 않았으니 이는 사람들이 행하기 어려운 바이다. 정해년(1887, 고종24) 여름에

181 은진 송씨(恩津宋氏) : 1862~1889. 김윤식의 아들인 김유증(金裕曾)의 첫 번째 부인이다.

남쪽으로 귀양 갔을 때, 사람들이 이르기를 "당연히 곧 돌아오라는 명령이 있을 것이다."라고 하였고, 나 또한 잠깐 헤어지는 것이라 생각하여 돌아보며 염려하는 기색을 보이지 않았다. 출발하기에 급급하여 문을 나서서 다시 돌아보지도 못하였다. 아아, 한 번의 이별이 3년이 되고, 그대로 천고(千古)의 이별이 될 줄을 누가 알았겠느냐?

아아, 슬프도다. 네가 귀령[182]한 지 이미 오래되었고 병을 얻은 지는 반년이 되었는데, 너의 부모님께서 걱정하신 나머지 밤낮으로 좋은 소식을 기다렸는데, 지금 이 소식을 들으시면 어떤 마음이 드시겠느냐? 젖먹이 어린애들은 어미의 얼굴을 알지 못하게 되었으니, 비록 요행히 장성하더라도 어찌 이 세상 마칠 때까지 한이 되지 않겠느냐? 여러 조상님들께 절기에 따라 올리는 제사는 누가 더불어 받들겠느냐? 손님 접대하는 일이야 급사와 노복이 맡아서 한다고 해도 우리 집이 본래 가난하여 어진 며느리에 힘입어 버텨왔는데, 지금 하루아침에 노를 잃은 배처럼 되었으니 망연하여 배를 댈 언덕을 알지 못하겠구나. 아비와 아들이 쓸쓸하게 서로 바라볼 뿐이니, 이를 어찌 견딜 수 있겠느냐?

아아, 슬프도다. 너의 덕성으로도 자식 없이 요절하는 것을 면하지 못하였으니, 하늘의 이치는 믿을 수 없구나. 그러나 우리 아들이 훗날 행여 부인을 얻어 자식이 있게 된다면, 너의 뒤를 이을 수 있을 것이니 그것 때문에 슬퍼하지 말아라. 듣자하니 너를 월곡산(月谷山) 아래에 장사 지낼 것이라고 하는데, 그곳은 우리 집안에서 대대로 장사 지내는 곳이다. 만일 저승에서도 알 수 있다면, 너는 너의 시어머니를 따라

182 귀령(歸寧) : 부인이 친정집에 가서 문안드리는 것을 일컫는다.

우리 부모님을 곁에서 모시고 아침저녁으로 즐거움을 받들 것이니, 저 세상의 즐거움이 이 세상에서보다 못하지 않을 줄 어찌 알겠느냐? 너는 이 말을 너의 시어머니에게 돌아가 아뢰도록 하여라. 나도 또한 세상에 머물지 못할 것이니, 서로 만날 날이 멀지 않았는데, 어찌 사무치게 슬퍼하겠느냐? 아아, 슬프도다. 아아, 애통하도다.

심 하양 정택 제문 경인년(1890, 고종27)

祭沈河陽 定澤 文 庚寅

경인년(1890) 모월 모일, 친구 심지중(沈止仲) 군이 하양(河陽)의 부임지에서 죽어 용산의 옛집으로 반혼(返魂)[183]하였다. 내가 유배 중에 있을 때 이를 듣고 슬픔을 그치지 못하여 제문(祭文)을 한 통 지어 그의 평생과 그와 나 두 사람이 함께한 정을 간략하게 서술하고, 아들 유증(裕曾)에게 글을 가지고 대신 영전(靈前)에 제사 드리고 아뢰도록 한다.

오호라 지중이여	嗚呼止仲
나라의 훌륭한 선비일세	邦國之彦
대쪽 같은 마음과 솔 같은 운치는	筠心松韻
옥을 다듬고 금을 단련한 듯했네	玉琢金鍊
학문은 가정에서 익혔고	學襲家庭
명망은 사우들 사이에 두터웠네	望重士友
자신을 단속함은 맑고 엄격했으며	律身淸苦
마음가짐은 충후했네	處心忠厚
남의 좋은 점 말하기 좋아했고	樂道人善
뜻은 다른 사람 추천[184]하는 데 두었네	志存推轂

183 반혼(返魂) : 장사를 지낸 뒤 신주(神主)를 모시고 집으로 돌아오는 예이다.

184 다른 사람 추천 : 원문의 '추곡(推轂)'은 옛날에 제왕이 장수를 파견할 때에 수레

잘못은 면전에서 힐책하고	面折人過
옥을 다듬듯이 의로 갈고 닦아 주어	義切攻玉
산사에서 기생 물리치듯 하였고	屛妓山寺
맨손으로 범 잡듯 나쁜 습관 버리게 했네	習去搏虎
대동강의 누각을 시로 읊으니	題詩浿樓
필력은 〈앵무부〉를 능가했네[185]	筆凌鸚鵡
포의로 즐거이 이야기할 땐	布衣抵掌
공경과 재상의 권세를 의식하지 않아	勢忘卿相
거리낌 없이 바른말 하니	正言諤諤
그 기백 굳세었다네	其氣行行
시골 집 황량하고 쓸쓸했지만	郊舍荒寒
좌우에 도경[186] 두었고	左右圖經
예서를 편집하여	編摩禮書
선친의 뜻 이루었네	先志克成
종생[187]처럼 늙어가다	宗生垂老

바퀴를 밀어 주면서 "곤내(閫內)는 과인이 제어할 테니 곤외(閫外)의 일은 그대가 제어하라."라고 하며 전권(全權)을 위임했다는 고사에서 나온 말이다. 《史記 卷102 馮唐列傳》

185 필력은……능가했네 : 필력이 뛰어남을 말한 것이다. 당나라 때 시인 두보(杜甫)가 지은 〈봉증태상장경기이십운(奉贈太常張卿垍二十韻)〉에서 "굳센 필력은 미형(禰衡)의 앵무부(鸚鵡賦)를 능가하고, 날카로운 필력은 벽제새 기름 묻힌 칼처럼 빛나도다.〔健筆凌鸚鵡 銛鋒瑩鷿鵜〕"라는 글귀에서 왔다.

186 도경(圖經) : 산수(山水)의 지세(地勢)를 그리어 설명한 책으로 동국여지승람(東國與地勝覽)류의 책을 말한다.

187 종생(宗生) : 남조 송(南朝宋) 때 금(琴), 서(書), 화(畫)에 뛰어난 종병(宗炳,

조그만 군을 얻으니 得郡如斗
나라에 보답하고 백성을 보호함이 報國庇民
오직 그 손에 달렸었네 惟此藉手
굶주린 자 구휼하여 활발하게 살려내고 賑飢活靑
문교를 펴서 촉을 교화했네[188] 敷文化蜀
다스리는 법규 엄정하여 治規井井
하나의 성찰하는 본보기가 되었네 爲一省則
재주는 뛰어나나 쓰임은 적었고 才優用小
수명 또한 얻지 못하여 年又不假
저 천리마 소금수레 끄는 말 되어 彼驥服鹽
들판에서 쓰러졌네 頓于中野
지난 병술년에 昔歲丙戌
내가 사람들의 참소를 당하여 余遭人言
용산에서 대죄할 때 待罪龍山
대관이 이웃에 있었네 大觀是隣

대관(大觀)은 심군(沈君)이 거처하던 정자의 이름이다.

군은 행장을 꾸리고 가서 君携襆被
낭서[189]에 조용히 근무했는데 潛于郎署

375~443)을 지칭한다. 노장학(老莊學)에 깊은 조예를 지니고 형산(衡山)에 은거하면서 조정에서 불러도 일체 응하지 않았다. 《宋書 卷93 宗炳列傳》

188 문교(文敎)를……교화했네 : 학교를 세워 교육에 힘쓰는 것을 뜻한다. 문옹화촉(文翁化蜀)의 고사에서 나왔다. 중국 한나라 때 문옹(文翁)이 촉(蜀)의 군수가 되어 이 지방에 학교를 널리 세워 교육에 힘썼는데, 한나라가 지방까지 널리 학교 교육을 실시하게 된 것은 문옹에 힘입었다고 전한다. 《漢書 卷89 文翁列傳》

아침에 숙직하고 나오면	朝聞卸直
저녁에 반드시 나를 찾아왔네	夕必來顧
옛일을 높이고 지금 일을 비판하여	揚古扢今
그 즐거움 끊임없이 이어지니	其樂纚纚
등불 비치는 창문에 비바람이 치고	風雨窓燈
닭 우는 소리는 그치지 않았네	鷄鳴不已
그대는 내가 오활하여	子謂余迂
세상일에 잘못 걸렸다 했고	妄嬰世故
나는 그대가 우직하여	余謂子戇
좋아하고 싫어함이 너무 분명하다 했네	太明好惡
그대의 깨끗한 모습	子之耿介
진흙 속에 처하였으니	而處塗泥
그대의 꼿꼿한 기개	子之骯髒
유연한 처세에 맞지 않았네	不合韋脂
총명과 지혜를 버렸으니	黜聰棄智
도리어 침묵하는 것이 마땅하리	宜返純嘿
초라하게 낮은 관직	潦到卑官
어찌 복이 아닌 줄 알겠는가	焉知非福
그대는 남쪽 고을 부절 지녔고	子佩南符
나는 면천에 귀양 와 있어	余竄沔州
그대 모습[190] 보지 못한 지	不見芝宇

189 낭서(郎署) : 각 관아의 당하관을 가리킨다. 주로 육조(六曹)의 정랑이나 좌랑처럼 실무를 담당하는 6품의 관원을 이른다.

어느새 사년이 지났구려	倏更四秋
내 죄는 죽어 마땅하나	我罪當死
한 오라기 숨이 붙어있는데	命如一絲
자네 여전히 건강하니	君軆尙康
천명대로 장수하리라 기대했건만	壽考可期
어찌하여 나로 하여금	奈何使我
갑자기 먼저 그대를 곡하게 하는가	遽先哭君
곡하노니 그대는 어디에 있는가	哭君何處
하늘 끝에 구름만 멈춰 서 있네[191]	天涯停雲

190 그대 모습 : 원문의 '지우(芝宇)'는 중국 당나라 때 사람인 원덕수(元德秀)를 말한다. 자는 자지(紫芝)인데, 재상 방관(房琯)이 항상 덕수를 보며 탄식하기를 "자지의 미우(眉宇)를 보면 사람으로 하여금 명리(名利)의 마음이 다 녹아나게 한다.〔見紫芝眉宇 使人名利之心都盡〕"라고 한 고사에서 나온 표현이다.《新唐書 卷185 元德秀列傳》

191 하늘……있네 : 친구에 대한 그리움을 표현한 말이다. 도잠(陶潛)이 '정운(停雲)'이라는 시를 지어 친우에 대한 그리움을 절절히 표현한 데서 유래하였다.

이 청양 춘소 연익 제문 신묘년(1891, 고종28)

祭李靑陽春沼 淵翼 文 辛卯

아아 춘소는	嗚呼春沼
옛날의 훌륭한 선비요	古之良士
오늘의 완전한 사람일세	今之完人
공은 부모 섬김에	公之事親
늙어서도 어린아이처럼 사모하여	老而孺慕
자신을 생각하지 않았네	不有其身
공이 벗을 사귐에	公之交友
오래될수록 더욱 공경하여	久而愈敬
자신의 어짊을 보완했네	以輔其仁
사람들은 모두 벼슬하고자 하여	人皆求進
분주히 달리고 엎드려 기었으나	奔走匍匐
공은 홀로 뒤로 물러났네	公獨逡巡
욕심의 물결 하늘에 가득 차고	慾浪彌天
넘실넘실 본성을 멸하였어도	滔滔滅性
공은 홀로 진실 지켰네	公獨抱眞
벼슬 버리기를 헌신짝처럼 하였고	棄官如屣
돌아가려는 마음은 목마른 사람 같아	懷歸如渴
신음소리를 내었네	發於吟呻

공이 관동(舘洞)에 있을 때 일찍이 중병에 걸려 일어날 수 없게 되었는데, 병중에 《전가락(田家樂)》 10수를 지어서 돌아가고 싶어하는 뜻을 보였다.

지난 계미년과 갑신년 사이	昔歲癸甲
내가 종묘에 있을 때	我直閟宮
공과는 이웃이었네	與公爲隣
술 마시며 문장 논하고	携酒論文
무릎 맞대고 심중을 이야기하여	促膝談心
밤낮을 가리지 않았네	無夕無晨
속세의 그물에 떨어져	自墜塵網
손을 놓고 멀리 헤어진 후	解携分隔
20년이 되었구려	垂二十春
아름다운 묘소 맑고 그윽한데	嘉陵淸幽
큰 덕이 있는 사람의 여유로운 마음이라[192]	碩人之軸
바라는 보아도 친하기는 어렵네	望之難親
내가 남쪽에 유배되었을 때	我竄南服
공의 편지를 한번 받고	一見公書
기이한 보배처럼 어루만졌지	摩挲弃珍
공에게 말하기를 아직은 건강하니	謂公尙健
나중에 만나기로 기약했건만	後會有期
부음이 갑자기 이르렀네	訃車忽臻
아아 공과 같은 사람을	嗚呼如公
어디에서 만날 수 있겠는가	何處得來

192 큰……마음이라 : 《시경》 〈고반(考槃)〉의 "은거하는 집 높고 평평한 곳에 지었으니, 큰 덕 있는 사람의 여유로운 마음이여.〔考槃在陸 碩人之軸〕"라는 구절에서 나온 말이다.

진실하고 진실한 그 어짊이여 肫肫其仁
겸허한 그 마음 謙虛其衷
깨끗한 그 지조 耿介其操
화락하고 순박하였네 樂易且淳
오늘날 사람들은 今世之人
처음에는 스스로를 좋아하려 하지만[193] 始欲自好
때 묻지 않는 사람이 드무네 鮮不緇磷
공만은 이 세상에 살면서 維公處世
처음부터 끝까지 흠이 없었는데 始終無瑕
애석하게도 좋은 때를 만나지 못했네 惜不逢辰
그대 구천에서 泉臺之下
아무것도 모르고 즐겁겠지만 樂子無知
살아있는 자는 매우 슬프다네 生獨悲辛
무덤의 묵은 풀 앞에서 곡할 수 없으니 宿草不哭
나의 회포 어찌 견디겠는가 我懷何堪
만사가 이미 옛일이 되었네 萬事已陳
글로써 대신 고하려니 緘辭替告
산천은 아스라이 멀고 山川遙遙
눈물만 줄줄 흐르네 有淚如紳

193 처음에는……하지만 : 《맹자》〈만장 상(萬章上)〉에 "스스로 팔려가서 그 임금을 이룩하게 하는 것은 향당의 스스로 좋아하는 사람들도 하지 않는다.〔自鬻以成其君 鄕黨自好者不爲〕"라고 했는데, 그 주(注)에는 "스스로 좋아하는 것은 스스로 자신을 사랑하는 사람이다.〔自好 自愛其身之人也〕"라고 하였다.

박 생질[194] 용우 제문

祭朴甥 用雨 文

유세차(維歲次) 신묘년(1891, 고종28) 11월 신유(辛酉) 삭(朔) 21일 신사(辛巳)[195]. 외삼촌인 죄인 김윤식은 공주(公州)에 속한 평기(坪基)에 사는 생질 이병규(李秉珪)를 달려가게 하여 고(故) 생질 박자상(朴子相)의 영전에 글을 지어 대신하여 고하게 하노라.

아아 슬프구나, 아아 애통하도다. 너의 운명이 어찌 그리 궁하냐. 어려서 아버지를 잃어 아버지의 얼굴도 알지 못하고, 편모(偏母) 손에 길러져 어렵게 고생하며 자라서 오늘에 이르렀다. 그러나 빈곤하고 병이 들어 이리저리 떠돌아서 43년 중 끝내 하루도 웃는 날이 없었고, 또한 스스로 위로될 만한 일이 전혀 없다가 마침내 요절을 면하지 못하였구나. 오늘날 세상에서 타고난 운명이 험하고 고생스럽기로 나보다 더한 사람이 없는데, 너는 나보다도 더욱 심하니 어찌 그리 운수가 막혔느냐?

네가 양근(陽根)의 귀천리(歸川里)에서 태어났을 때 태어나던 날 아침에 기러기 수백 마리가 밭 가운데 모여들었다. 내가 이르기를 '이 아이가 훗날 정승이 될 조짐이니 이름을 지어 알게 해주자.'고 하였다. 어른이 되자 고요하게 분수를 지키고, 간략하고 담담하여 구차하지

194 박 생질 : 박용우(朴用雨)로, 김윤식의 작은 매형 박근양(朴近陽)의 아들이다.

195 11월……신사(辛巳) : 초하루가 신유일인 11월 21일 신사일이라는 의미로 관행적인 표현이다.

않았으며, 식견과 필체는 남보다 뒤지지 않았다. 뜻은 나라에서 반드시 현달하는 데 두고 있어서, 기러기가 모여든 징조에 거의 부합되리라 여겼는데 끝내 일명(一命)[196]도 얻지 못하고 죽어 기이한 징조와 훌륭한 자질은 잊혀져 증명할 수 없게 되었으니, 하늘의 이치가 어찌 믿을 만하다 하겠는가?

신사년(1881, 고종18) 가을 내가 천진(天津)에 파견되었을 때 네가 수행하여 곁에서 수고해 주었다. 임오년(1882)에 이르러 우리나라로 돌아왔는데 같이 갔던 사람들은 각각 그 수고로 발탁되었지만 오직 너에게는 미치지 못하였다. 내가 너를 위하여 은총을 구할까 하고 생각하지 않은 것은 아니지만, 너의 올바른 행실과 명망(名望)이라면 저절로 평서(平敍)[197]로 진출하리라 여겨 구차하게 빠르게 승진시키려는 계획을 세울 필요가 없었으므로 주저했을 뿐이었다. 1년 사이에 일의 기미가 갑자기 변하고 화(禍)가 한 집안에서 일어날 줄 누가 알았겠느냐? 끝내는 연좌되어 벼슬길이 막히고 버려진 사람이 되었으니 어찌 운명이 아니겠느냐?

아아, 타향에 몸을 의지하여 지내면서 궁박하고 할 일이 없어 늙은 어머니와 병든 아내와 어린 아들과 딸들이 오직 너 하나만 바라보고 있는데, 이제 정말 네가 세상을 떠나 버렸구나. 누가 늙으신 어머니를 봉양할 것이며, 누가 병든 아내를 구완할 것이며, 누가 아들을 가르칠 것이며, 누가 딸을 시집보낼 것인가? 까마득한 저승에서는 알 수가 없으니 한번 가고나서 돌아보지 않으면 그만이지만, 만일 혹시 알 수

196 일명(一命) : 최하위 품계인 종9품의 관직을 말한다.

197 평서(平敍) : 벼슬이 갈릴 때에 동료와 같은 급에 머무르는 것을 말한다.

있다면 반드시 황급히 돌아보며 머뭇거리다 얼굴을 가리고 마음을 억누르며 차마 떠나지 못할 것이다.

아아, 슬프도다. 내가 이미 늙고 또 유폐되어서 문을 나설 수 없었고, 너는 가난하고 병들어 몸을 가누기 어려워서 서로 만나는 것도 본래 쉽지 않았다. 그러나 내가 남쪽에 귀양 간 이후에 너는 나를 세 번 보러 왔었다. 이 때문에 살아 있으면 그래도 만날 날이 있으리라 여겼건만, 오늘 이후에는 너의 얼굴을 다시 볼 수 없게 되었구나. 아아, 어찌 애통하지 않겠는가? 부디 흠향하여라.

유 임천 군수 혜거 진일 제문 임진년(1892, 고종29)

祭兪林川兮居 鎭一 文 壬辰

연 월 일. 죄 많은 동생 아무개는 이름이 죄인의 명단에 올라있어 구역을 넘어 조문할 수 없어서 삼가 술과 과일을 마련하여 아들 유증(裕曾)을 대신 보내어 임천 군수 유혜거(兪兮居) 공의 영전에 곡(哭)하며 고합니다.

아아 슬프구나	嗚呼哀哉
공이 옛날 서울 있을 때	公昔家京
약관시절에 친구 되어	弱冠結識
함께 모여 글 짓고 술을 마셨고	徵會文酒
과거시험장에도 발걸음을 이었지	接武場屋
빼어난 후배들	翹翹後進
공을 기다려 평가 받았는데	待公定價
떠들썩하게 웃고 이야기할 때	轟轟談笑
풍류는 좌중을 압도했네	風流傾座
벼슬길에서 부침하여	浮沉宦途
나는 서쪽으로 공은 남쪽으로 떠나	我西公南
부평초처럼 흩어져서 떠다니니	萍散梗泛
세월이 많이도 흘렀네	歲月侵尋
하늘도 우리들을 불쌍히 여기셨네	天憫我輩
늘그막에도 오래도록 헤어져 있음을	衰暮久離

기이한 인연으로 故湊奇緣
바닷가에 모이게 해 주셨네 于海之湄
공은 당진에 있었고 公之寓唐
나는 면천에 귀양 갔네 我適竄沔
석운[198]도 있었는데 亦有石雲
그의 집은 근처였지 其室則近
아아 우리 세 사람 惟此三人
비록 친형제는 아니지만 雖非骨肉
곤궁한 처지 서로 돌보며 窮途相顧
의리는 무겁고 은혜는 돈독했네 義重恩篤
영탑[199]은 우뚝하고 靈塔兀兀
선방은 조용했네 禪室幽幽
문을 열어 장후(蔣詡)의 삼경[200]으로 門開蔣逕
양구[201]를 맞이했네 以邀羊求

198 석운(石雲) : 박기양(朴箕陽, 1856~1932)으로, 본관은 반남(潘南), 자는 범오(範五), 호는 석운(石雲), 쌍오거사(雙梧居士)이다. 1888년(고종25) 별시문과에 급제, 여러 관직을 두루 지내고 의정부 찬정(議政府贊政)이 되었다. 1899년(광무3) 궁내부 대신서리(大臣署理)에 이어 규장각 제학(提學)을 지내다가 한일합방이 되자 일본 정부로부터 남작(男爵)을 받았다. 1921년 경학원 부제학(經學院副提學)을 지내고, 1925년 중추원 참의(中樞院參議)가 되었다.

199 영탑(靈塔) : 충남 당진군 면천면 성하리의 영탑사에 있는 탑의 이름이다.

200 삼경(三逕) : 한(漢)나라 사람 장후(蔣詡)는 두릉(杜陵)에 은거하면서 집 안에는 삼경, 즉 세 갈래 길을 내고 소나무, 대나무, 국화를 심어 놓고 당시 고사(高士)였던 양중(羊仲)과 구중(求仲), 두 사람하고만 어울렸다고 한다.《文選 田南樹園激流植援 李善 注》

좋은 시절 만날 약속	良辰赴約
군율처럼 계획하여	畫如師律
무자년부터 임진년까지	自戊至壬
해마다 예닐곱 번 만났네	歲常六七
누구는 나귀 타고 누구는 가마 타고	或驢或輿
누구는 이틀 밤 자고 누구는 하룻밤 잤고	或信或宿
누구는 거문고 타고 누구는 노래하고	或彈或歌
누구는 시를 읊고 누구는 껄껄 웃었네	或吟或噱
호호백발에 소나무가 비치고	皓髮映松
검은 등나무 지팡이로 풀을 헤쳤네	烏藤披草
술 반쯤 마시니 얼굴 붉게 물들고	酒半顔酡
뜻과 기백 소년시절로 돌아갔네	意氣還少
올려보며 절벽을 기어오르고	仰攀絶壁
굽어보며 그윽한 샘에 발을 씻었네	俯濯幽泉
공이 가장 건강하여	惟公最健
모두들 지선이라 여겼지	衆惟地仙
인간 세상에 온 지 얼마이던가	人世幾何
빠르기 번개 같아 깜짝 놀라네	倏如電驚
세한[202]을 보전하기 바라며	期保歲寒

201 양구(羊求) : 한나라 애제(漢哀帝) 때 사람들로, 양중(羊仲)과 구중(求仲)의 병칭(竝稱)이다. 당시에 왕망(王莽)이 섭정을 하자, 그들의 벗 장후(蔣詡)가 벼슬을 그만두고 고향으로 돌아와 은거하면서 외부와 통하는 세 가닥 길을 터놓고 하나는 자기가, 나머지는 그들이 각기 다니는 길로 삼아 서로 왕래하며 살았다 한다.

202 세한(歲寒) : 《논어》 〈자한(子罕)〉에서 공자가 "해가 추워진 뒤에야 소나무와

남은 생애 즐기려 했네　以娛餘齡

소춘[203]의 자리에　小春之席

정녕 머물기를 기약했네　丁寧留期

겨울 아닌 봄에는　不冬則春

흥이 나면 옷깃을 풀어헤쳤네　興來披衣

눈 쌓인 바위 암자에　積雪巖扃

심부름꾼 싸리문을 두드리는데　有伻叩扉

공의 편지는 보이지 않고　不見公書

뜻밖에 공의 부고 보게 되었네　乃見公訃

온 집안이 놀라고　擧室驚呼

창황하여 걸을 수 없네　蒼黃失步

쇠약한 늙은이 홀로 남아　獨有衰翁

눈물 뿌리며 길게 울부짖네　彈淚長嘯

남쪽으로 원평[204] 바라보며　南望元坪

편지 보내 서로 위문하네　馳書相吊

편지가 오니 같은 마음이라　書來同情

더욱 비탄에 잠기네　愈增悲歎

내가 공을 슬퍼하지 않으리오마는　我不悲公

측백나무가 뒤에 시드는 것을 알게 된다.〔歲寒然後 知松柏之後凋也〕"라고 한 데서 온 말로, 전하여 굳은 절조를 의미한다. 그러나 여기서는 노년의 비유로 쓰였다.

203 소춘(小春) : 음력 10월을 지칭한다. 《초학기(初學記)》에 "겨울철에 양기(陽氣)가 발동하면서 만물이 귀의할 곳을 얻게 되는바, 그 기운이 봄처럼 따뜻하게 되기 때문에 소춘(小春) 혹은 소양춘(小陽春)이라고 한다."라고 하였다.

204 원평(元坪) : 석운(石雲)의 집이 있는 마을 이름이다.

나는 짝할 친구 없음이 슬프다네　悲我無伴
누가 나의 게으름 일으켜 주고　誰起余慵
누가 나의 고독 위로해 줄까　誰慰余獨
저 솥발에 비유하자면　譬彼鼎鐺
먼저 한 다리를 잃은 격이네　先缺一足
연봉[205]의 곁에서나　蓮峯之側
미산[206] 꼭대기에　嵋山之嶺
발자국 소리가 들리는 듯　如聞履聲
갓 그림자가 보이는 듯하네　如見笠影
아아 끝났구나　嗚呼已矣
좋은 일 다시는 있을 수 없으니　勝事不再
지붕에 비치는 파르스름한 달[207]　蒼蒼樑月
천고토록 영원히 어두우리　千古永晦
나는 죄인인지라　我作累囚
기어갈 수도 없어　不能匍匐
글을 짓고 술을 갖추어　操文具酒
아들을 보내 대신 곡하게 하네　送兒替哭
공의 영혼 멀리 가지 않았다면　公靈不遠

205 연봉(蓮峯) : 충남 당진군 면천면 성하리의 영탑사 뒤에 있는 산봉우리 이름이다.

206 미산(嵋山) : 충남 당진군 면천면 죽동리에 있는 아미산(蛾嵋山)을 가리킨다.

207 지봉에……달 : 친구 생각이 간절한 것을 나타내는 말이다. 〈이백을 꿈꾸다(夢李白)〉라는 두보(杜甫)의 시에 "지는 달 지붕에 가득 비추니, 그대의 얼굴빛을 보는 듯하네.〔落月滿屋梁 猶疑照顏色〕"라고 하였다.

부디 내 말을 듣기 바라네	庶聞我言
공의 평생 위로하며	慰若平生
공손히 한잔 술을 올리네	歆此一尊
아아 애통하도다	嗚呼痛哉
흠향하소서	尙饗

황자천 제문 계사년(1893, 고종30)

祭黃紫泉文 癸巳

아아, 슬픕니다. 공과 내가 벗이 된 지 겨우 7년입니다. 그 이전까지 50년 동안 공은 내가 있음을 알지 못하였고, 나도 공이 있음을 알지 못하였습니다. 만일 내가 남쪽으로 유배 가는 일이 일어나지 않았더라면, 끝내 영원히 세상에서 서로 알지 못하는 사람이 되었을 것이니, 또 어찌 오늘의 슬픔이 있겠습니까? 젊었을 때 번화한 곳을 떠났는데도 노년이 되어서야 거칠고 쓸쓸한 들판, 적적한 물가에서 서로 만나 한번 부르면 한번 화답하며 즐겁게 근심을 잊으면서 하루라도 서로 떨어질 수 없는 것같이 하였습니다. 어찌 그리 인연이 어긋났습니까? 그런데 지금 또 표연히 길을 달리하게 되었습니다. 알지 못하고 지낸 것이 50년이고 귀양길에 오를 사람으로 만난 7년 동안 빛나는 용모와 힘찬 목소리를 하루라도 접하지 않은 적이 없었는데, 오늘의 이별로 또 천년, 만년 동안 다시 보지 못할 사람이 되었으니 이 어찌 헤어지고 만남의 황홀함이 아무 이유가 없는 것이겠습니까?

아아, 만남은 짧고 이별은 길며, 기쁨은 적고 슬픔이 많은 것은 옛날부터 그러하였으니 무슨 말을 할 것이 있겠습니까? 내가 세상에서 공과 같은 사람을 다시 만나 친구가 되어 어찌 백개(伯喈)[208]와 같이 재주

208 백개(伯喈) : 채옹(蔡邕, 133~192)으로, 후한(後漢) 말(末)의 학자이며 자는 백개, 하남(河南) 사람이다. 박학하고 시문에 능하며, 수학, 천문, 서도, 음악 등에도 뛰어났으며, 특히 전서(篆書)와 예서를 전공했는데 '비백서(飛白書)'의 창시자이다.

있는 사람과 함께 술을 마실 일이 없겠습니까마는, 오직 등불 앞에서 시를 평론하고 술을 마신 뒤 즐겁게 이야기할 때는 끝내 공에 대한 정을 잊지 못할 것입니다.

지난날 시 짓고 술 마시는 모임이 있을 때마다 시회(詩會) 중에 여러 사람들이 모두 모였어도 반드시 먼저 황자천(黃紫泉)이 왔는지 물어보고, 만일 오지 않았다고 말하면 모든 사람들이 즐거워하지 않으면서 반드시 맞이해 오고서야 말았습니다. 그 풍류가 넓고 커서 나이가 들수록 더욱 돈독했음을 여기서 볼 수 있습니다. 훗날 시회에서는 오직 공만 볼 수 없을 것이니, 어느 곳에서 서로 만날 수 있겠습니까?

아아, 슬픕니다. 만사가 끝났습니다. 다불산(多佛山)[209]의 소나무와 잣나무가 울창한데, 이곳은 공이 평소에 점지했던 유택(幽宅)입니다. 공이 멀리 가서 높이 누웠으니 봄가을로 서리와 이슬이 교차할 때에 효성스러운 자식과 사랑스런 손자들이 제사를 받들 것입니다. 비록 선영(先塋)은 아니지만, 혼백을 편안하게 할 수 있으니 유감이 없을 것입니다. 바람이 맑고 달이 밝으며 새가 울고 꽃이 떨어지는 때를 만나게 되면, 어찌 친구를 그리워하며 한 잔 술을 마시지 않겠습니까? 공도 이에 정을 잊지 못할 것입니다. 나를 위하여 유혜거(兪兮居)에게 물어 주십시오. 저승에는 무슨 즐거움이 있기에 친구의 손을 잡고 이끌어 함께 돌아가서 우리 시회(詩會)의 벗들이 어찌할 바를 몰라 헤매며 슬프게 하는지.[210] 아아 슬픕니다, 부디 흠향하시옵소서.

209 다불산(多佛山) : 충남 당진군 면천면 죽동리에 위치한 산이다.

210 나를……하는지 : 이 고장 면천 출신의 유혜거가 1892년 먼저 죽었는데, 황자천이 그 다음해인 1893년에 죽었으므로, 황자천을 유혜거가 데려간 것처럼 표현한 것이다.

이 적성 연사 만익 제문 갑오년(1894, 고종31)

祭李積城研史 萬翼 文 甲午

갑오년(1894) 2월 동생 윤식은 이형(李兄)의 부음을 들었지만, 쇠로(衰老)하여 병들고 산천에 가로막혀 있어서 달려가 슬픔을 쏟아낼 수 없습니다. 몇 줄의 글을 써서 아들 김유증(金裕曾)을 대신 보내어 이해 3월 모일에 삼가 술과 과일을 갖추어 적성(積城) 현감 연사(研史) 이 공(李公)의 영전에 고합니다.

아아, 슬픕니다. 내가 형을 뵙지 못한 지 거의 몇 해나 되었습니다. 요즘 형이 이미 많이 쇠약해져서 옛날 같지 않다는 소식을 들었지만, 내 안중에는 아직도 그 의젓한 모습과 훤칠하고 밝으며 윤기가 흐르면서도 붉은 뺨, 그 시원스런 풍채와 표정으로 옛날 운악(雲嶽)에서 샘물을 마시고 북쪽 성곽에서 앵두를 맛보던 때의 모습이 생각납니다. 아아, 초로(初老)의 모습은 보았지만 이미 늙어버린 모습은 보지 못하였는데, 세상 풍파로 오래 만나지 못하다가 갑자기 천고(千古)의 사람이 되었으니 한스러움이 끝이 있겠습니까?

아아, 슬픕니다. 겸허히 자신을 수양하고 충후하게 다른 사람과 사귀는 것이 형의 흉금이었으며, 근검하게 집안을 다스리고 청렴결백하게 벼슬살이하는 것이 형의 평소 법도였습니다. 평소에 여러 사람들과 함께 있을 때는 조용하여 무능한 듯 물러나 있다가, 공무에 임해서는 굳세고 강직하여 요직의 권세 있는 자에게도 빼앗기지 않는 것이 형께서 굳게 지키는 것이었습니다. 관직에 나아가서는 비호해 줄 사람을 찾지 않았고, 물러나서는 원망하는 기색이 없었으며, "뜻있는 선비는 구덩이에 버려짐을 잊지 않는다."[211]라는 것이 형의 바른 지조였습니다. 옛말에 이른바 "행동은 바르게 하고 말은 겸손하게 한다."[212]라고 하였고, "몸을 욕되게 하지 않음으로써 부모님을 수치스럽게 하지 않는다."[213]라고 하였는데, 형이 정말 그런 사람입니다. 지금 세상에 관직에 올라서 자신을 단속하는 것이 여전히 사대부 때의 모범적인 풍모를 유지하는데 내 형과 같은 사람이 있다는 것을 누가 알겠습니까?

아아, 살아서는 등용되지 못하고 죽어서는 칭송받지 못하는 것은 형의 잘못이 아니고 도리어 식자들이 근심해야 할 바입니다. 자질구레한 정의(情誼)와 구구한 마음 따위야 어찌 말로 다할 수 있겠습니까?

아아 슬픕니다. 아아 애통합니다. 부디 흠향하시옵소서.

211 뜻있는……않는다 : 《맹자》 〈등문공 하(滕文公下)〉에 "뜻 있는 선비는 죽어서 구학에 버려질 것을 각오하고 있다.〔志士不忘在溝壑〕"라는 말을 요약한 것이다.

212 행동은……한다 : 《논어》 〈헌문(憲問)〉에 "나라에 도가 행해질 때에는 말과 행동을 모두 준엄하게 해야 하나 나라에 도가 행해지지 않을 때는 행동은 준엄하게 하되 말은 낮춰서 해야 한다.〔邦有道 危言危行 邦無道 危行言孫.〕"라고 하였다.

213 몸을……않는다 : 《예기》 〈제의(祭義)〉에 "부모가 온전히 낳아주셨으니, 자식이 온전히 돌아가야만 효도라 이를 수 있는 것이다. 자기 육체를 훼손시키지 않고, 자기 몸을 욕되게 하지 않아야만 온전히 했다고 이를 수 있는 것이다.〔父母全而生之 子全而歸之 可謂孝矣 不虧其體 不辱其身 可謂全矣〕"라고 하였다.

생질 빙고별제 이용규[214] 제문 정유년(1897, 광무1)

祭甥姪氷庫別提李容珪文 丁酉

건양(建陽) 2년 정유년(1897) 3월 임자(壬子)일. 외삼촌 김윤식은 슬픔을 머금고 마음을 펼쳐서 죽은 조카 빙고 별제(氷庫別提) 이유남(李孺南)의 영전에 멀리서 곡하며 사람을 대신 보내 고하노라.

아아, 애통하구나. 내가 너의 편지를 받은 지 겨우 하룻밤이 지났구나. 병들어 지쳐 대신 쓰게 했는데도 너의 글은 말뜻이 괴롭고 슬펐다. 끝 부분에 손수 몇 십 글자를 써서 내 마음을 안심시키려 하였지만, 글자의 획이 삐뚤어지고 모양이 유치하여 천천히 살펴보니 이는 절필(絶筆)하면서 애틋하게 영결을 고하는 뜻이 있는 것 같았다. 내가 편지를 잡고 거듭 슬퍼하고 탄식하며 말하기를 "나의 조카가 어찌 이 지경에 이르렀는가?"라고 하며 묵묵히 신명께 기도하면서 그래도 만에 하나 회복되기를 바랐다. 그런데 다음날 부고(訃告)가 뒤따라 도착하였다.

아아, 정말 내가 상을 당하고야 말았구나. 나는 지금 죄를 지어 변방에 유폐되어 늙고 병들어 목숨이 다 되고 풍상에 꺾이어 간담이 시들고 쇠하여 거의 죽은 것과 같은데, 어찌하여 한 가닥 목숨이 남아있어 차마 조카의 죽음을 봐야 한단 말인가?

우리 집안에는 원래 아들과 조카가 극히 드물어서 믿고 의지할 만한 사람이 너희 형제뿐이었고, 나를 알아 주고 나를 아끼는 이가 너처럼 깊은 사람이 없었다. 나의 서툴고 오활(迂闊)함이 너의 주도면밀함을

214 이용규(李容珪) : 운양의 둘째 자형 이대직(李大稙)의 아들이다.

얻음으로써 현위(弦韋)를 서로 구제하여[215] 다행히 큰 잘못을 면할 수 있었다. 은혜는 부자(父子)와 같고 의리는 어진 친구와 같아서 곁에서 열심히 시중들며 일이 생기면 미봉해 주어, 내가 미치지 못하는 것을 보완해 주는 일이 많았다. 내가 죽기 전까지 너의 도움을 바라는 것이 여전히 절실했는데, 어찌하여 나를 버리고 급하게 가버렸느냐?

아아, 애석하도다. 너는 효성스럽고 우애 있는 행실과 정직한 성품과 통달하고 민첩한 식견은 집안을 다스리거나 관직에 임해서나 적절하지 않은 적이 없었다. 이 점은 다른 집 자제들에게서 찾아 보더라도 그 짝이 될 만한 자를 찾기가 어려운데, 다행스럽게 내 조카로 만났으니 내 어찌 금옥(金玉)과 같이 아끼고 옥구슬처럼 소중하게 여기지 않을 수 있었겠는가? 하늘이 이런 재주 있는 사람을 태어나게 하시고도 그 쓰임을 얻지도 못한 채 갑자기 요절하게 하셨으니, 내 가 어찌 통탄스럽고 애석하여 간장이 찢기는 것 같지 않겠는가?

아아, 슬프구나, 서하의 아픔[216]이요, 영원의 비애[217]로다. 젊은 과부

215 현위(弦韋)를……구제하여 : 각각 자신의 단점을 보완한다는 말이다. 전국 시대 위(魏)나라 서문표(西門豹)는 본디 성미가 급한 때문에 느슨한 가죽을 몸에 찼고, 춘추 시대 진(晉)나라 동안우(董安于)는 본디 성미가 느슨한 때문에 팽팽한 활시위를 몸에 차고서 각각 자신을 반성했던 데서 온 말이다. 《韓非子 觀行》

216 서하(西河)의 아픔 : 공자의 제자인 자하(子夏)가 서하(西河)에 있을 때 자식을 잃고 너무 슬픈 나머지 소경이 되었다는 고사에서 나온 말로 자식을 잃은 슬픔을 뜻한다. 《禮記 檀弓上》

217 영원(鴒原)의 비애 : 형제나 벗이 어려운 일을 당하였는데 서로 돕지 못하는 슬픔을 뜻한다. 영원(鴒原)은 형제나 벗이 어려운 일을 당하여 서로 돕는다는 뜻으로 《시경》 〈상체(常棣)〉에 "척령이 언덕에 있으니 형제가 급난을 구한다. 언제나 좋은 벗 있지만 길이 탄식할 뿐이네.〔脊令在原 兄弟急難 每有良朋 況也永歎〕"라고 한 말에서

와 고아가 울며 가슴을 치는 모습이 눈에 선하지만 나는 더 말할 것도 없구나. 내가 슬퍼하는 것은 노년기에 도와줄 이 없다는 것을 스스로 슬퍼하는 것이니, 넓고 넓은 고해(苦海)를 누구와 함께 건너겠으며 한가한 노년을 누구와 함께 갈 것인가? 옛날 사안(謝安)과 양담(羊曇)은 지기(知己) 같은 외삼촌과 조카사이인데, 서주(西州)에서의 통곡은[218] 천고(千古)에 각별한 정을 이야기하는 말이 되었다. 만일 사안이 그 조카를 곡하게 되었다면 또 어떤 말이 생겨나게 되었겠는가?

아아 슬프구나, 아아 애통하도다. 나쁜 소식을 듣고 나서부터 가슴이 답답하고 기가 막혀서 정신이 흐려지고 손에 힘이 없어서 붓을 들 수 없었다. 너의 정령(精靈)이 아직 멀리 가지 않았을 것이라 생각하니 만약 지금 속마음을 한 번 털어놓지 않는다면 구천(九泉)은 아득하니 장차 어느 곳에서 그 비슷한 모습이라도 접할 수 있겠느냐? 눈물을 뿌리며 서둘러 글을 짓고 눈을 비비며 억지로 글을 써서 인편에 부쳐 너의 형제로 하여금 영전에서 한번 읽어 달라고 부탁하였는데, 너는 그런 줄 알겠느냐? 아아, 애통하도다. 부디 흠향하여라.

유래하였다. '척령(脊令)'은 할미새로 '척령(鶺鴒)'과 같다.

218 옛날……통곡은 : 진(晉)나라의 명재상인 사안(謝安)이 평소에 생질인 양담(羊曇)을 애지중지하였는데, 사안이 죽자 양담이 다시는 사안이 살던 서주(西州)로 가지 않았다. 그러다가 크게 취하여 자신도 모르는 사이에 타고 있던 말이 서주의 문에 이르렀다. 따르는 사람이 "이곳은 서주의 문입니다."라고 말하자, 양담은 슬픈 감회를 이기지 못하여 말채찍으로 문을 두드리며 "살아서는 화려한 집에 거처하더니, 영락하여 언덕으로 돌아갔네.〔生存華屋處 零落歸山丘〕"라는 조조(曹操)의 시를 외우고 통곡하였다고 한다. 《晉書 卷79 謝安列傳》

삼은[219] 이 승오 상서 제문 경자년(1900, 광무4)

祭三隱李 承五 尙書文 庚子

그대 조정에 올라서	君升于朝
이른 나이에 이름 떨쳐	蚤歲蜚英
나아가서는 지방을 다스렸고	出鎭方岳
들어와서는 인사를 담당했네	入處銓衡
나는 재주가 둔한 사람으로	余以駑才
뒤늦게 그대의 뒤를 따랐는데	晩躡君後
찬 까마귀와 위엄 있는 봉새는	寒鴉威鳳
그 짝이 아니었네	非其匹偶
을미년과 병신년을 거치면서	自經乙丙
함께 화를 당하여	同罹禍釁
거친 시골에 자취를 숨기느라	屛迹荒郊
서로 안부도 물을 수 없었네	不敢相問
정유년에 남쪽에 이르러	丁酉南坔
머리를 나란히 하고 감옥에 가니	騈首就獄

219 삼은(三隱) : 이승오(李承五, 1837~1900)로, 본관은 한산(韓山), 자는 규서(奎瑞)이다. 1858년(철종9) 정시 별시 문과에 병과로 급제하여 내직을 두루 역임하였다. 1895년 을미사변 후 명성황후를 서인으로 폐하는 폐후 고묘문(廢后告廟文)을 제술하였는데, 이 때문에 1897년 조종(祖宗)의 영(靈)을 무고하였다 하여 제주목에 종신유배령에 처해져 제주성안 막은골에서 사망하였다. 이 글은 가족이 오지 못하여 김윤식이 대신 올린 제문이다.

목숨은 끓는 물속 닭 같아도	命如湯鷄
마음은 구름과 사슴을 따랐네	心隨雲鹿
드넓은 하늘 너무도 어지셔서	昊天孔仁
특별히 부월의 형벌[220] 면해 주시고	特貰鈇鉞
제주에 투옥하라 명하시며	命投于濟
길이 물고기와 자라를 벗하라 하셨네	長侶魚鼈
파도치는 바다 넓고 아득한데	溟濤浩淼
배는 말 달리듯 가니	舟輪如駛
돌아보아도 몸 둘 곳 없고	顧眄失所
서울은 아득히 멀어졌네	京國迢遞
목포에서 닻을 올려	擧碇木浦
바람과 조수에 흔들리고 부딪치니	風潮撼擊
여기저기 어지러이 구토를 하며	狼籍嘔噦
흔들리는 대로 몸 맡겨 두었네	委身跳躑
푸르고 푸른 한라산	漢拏蒼蒼
구름 사이로 출몰하고	出沒雲間
산봉우리 점점 가까워지니	螺髻漸近
고향 산을 만난 것 같았네	如逢鄉山
감영의 옥에서 겨울을 지내는 동안	經冬監禁
자물쇠는 굳게 잠기고 엄하게 묶였는데	扃鑰綦嚴
일곱 죄수 함께 갇혀 있으니	七囚共牢
죽림칠현의 풍류 같았네	風流竹林

220 부월(斧鉞)의 형벌 : 사형(死刑)을 뜻한다.

섬사람들이 사납게 날뛰며 島民猖狂
깃발을 들고 난리를 일으켜서[221] 揭竿爲亂
서로 의지하여 밤길을 떠나니 相携宵征
눈보라에 손발이 얼어 터졌네 風雪瘃皸
십일 동안 갯가의 집에서 十日浦舍
한 이불을 덮고 다리를 걸치며 지새웠는데 同衾交蹠
땅이 다하고 길이 막힌 곳 地盡途窮
하늘과 바다 모두 푸르렀네 天水一碧
그대 욕을 당할까 걱정하여 君憂見辱
여러 번 죽으려 생각하여 屢欲尋死
내가 말하기를 "천명이 있으니 我言有命
기다려 보는 것만 못하다" 했네 不如靜俟
사태가 안정되자 제주로 돌아와 事定還州
뜨락에서 서로 만나니 對宇望衡
끊임없이 산보하며 杖屨源源
서로 마주보며 처지 잊었네 相對忘形
즐거움은 나누고 고통은 같이 하며 分甘共苦
기쁨과 슬픔을 함께 하여 兼欣並慽
걸핏하면 서로 의지하여 動必相須
겸과 궐[222] 같았네 如鶼與蟨

221 난리를 일으켜서 : 1898년 2월 7일 광청리 일대에 사는 화전민과 남학당(南學黨)이 방성칠(房星七)의 지도하에 일으킨 '방성칠의 난'을 지칭한다.

222 겸(鶼)과 궐(蟨) : 겸은 항상 짝으로 날아다니는 비익조(比翼鳥)이고, 궐은 머리

남쪽 성에서 봄 경치를 바라보고	南城春眺
용연에서 가을날 배를 띄우고	龍淵秋泛
내가 시를 지으면 그대가 화답하여	余唱君和
백 편을 짓도록 싫증나지 않았네	百篇不厭
지난 가을 집안의 편지로	去秋家信
뜻하지 않은 일이 일어나니	事出非意
문을 닫고 한 해를 보내며	杜門經歲
탈이 날까 걱정하며 두려워했네	憂悸成祟
올 여름 탄핵 상소에	今夏白簡
마음이 놀라고 혼백이 떨렸고	驚心怵魄
병은 마침내 고질이 되어	病隨沉痼
가을이 되자 더 심해졌네	至秋轉劇
외로운 등불은 가물거리고	孤燈耿耿
곁에는 집안사람이 없는데	傍無家人
약으로 부지하며	藥餌扶護
다행히 여러 어진 사람들에게 힘입었네	幸賴諸賢
속박을 벗어버리고	脫棄纆縛
갑자기 저승으로 돌아갔네	倏然返眞
관을 두드리며 통곡하니	叩棺一慟
만사가 옛일이 되었네	萬事成陳
흉한 소식 바다에 막혀	凶信阻海
집에서도 알지 못하여	家莫聞知

를 항상 맞대고 걷는 짐승이다. 부부나 절친한 친구에 비유된다.

나그네의 관 객지에 있으니	旅櫬在寓
길가는 사람들 눈물 흘리네	行路涕洟
그대의 성품 겸손하고 조심스러워	君性謙畏
남보다 앞에 나서려 하지 않았지	不居人先
세상을 사는 동안에	以玆處世
자신을 지키기에 넉넉했건만	足以保身
어찌하여 하늘은 비호해 주지 않으시고	胡天不庇
이런 기막힌 액운 내리셨는지	降此窮厄
넋은 절해고도에 매여 있고	魂羇絶域
이름은 죄인의 장부에 올라 있네	名在罪籍
아득한 저승에서도	茫茫九原
남은 한 씻지 못하니	遺恨莫雪
살아있는 나 너무나 괴로워	我生良苦
외기러기처럼 목 놓아 우네	隻鴈嘶咽
죽어서 그대를 따라	逝欲隨君
바람 타고 돌아가고 싶으나	乘風歸去
큰 바다가 하늘에 이어져	積水連空
돌아갈 길 알지 못하네	不知歸路
글을 지어 와서 곡하며	操文來哭
애오라지 슬픔을 풀어놓으니	聊用紓哀
정령이 멀리 가지 않았다면	精靈不遠
한잔 술 흠향하기 바라오	庶歆一盃

사촌 형 취당공[223] 제문 신축년(1901, 광무5)

祭從兄翠堂公文 辛丑

광무(光武) 5년 신축년(1901) 1월 12일. 사촌 형 취당(翠堂) 선생의 부음이 제주에 도착하였습니다. 사촌동생 죄인 김윤식은 정신을 잃은 것처럼 멍해져서 곡하고자 해도 소리를 낼 수 없고, 영결을 고하는 뜻을 쓰고자 해도 정신이 달아나고, 생각이 막혀서 말할 바를 알지 못했습니다. 한 달이 지나서야 비로소 거친 글을 아들 김유증(金裕曾)에게 주어 보내어 영전에 엎드려 고하도록 합니다.

아아, 슬프도다. 아아 애통하도다. 제가 형과 이별한 지 벌써 5년이 지났습니다. 거친 물결 속에 이리저리 떠돌며 험하고 고통스러운 일을 두루 겪었으며, 남쪽 땅의 안개와 장맛비를 무릅썼고 가죽옷을 입고 조음(鳥音)을 내는 사람들[224]과 함께 거주하였습니다. 절해고도의 풍속이 달라 대체로 보지 못했던 것이 많았습니다. 더욱이 죄가 산처럼 커서 목숨이 실낱같이 위태로운데, 거친 물결이 하늘에 닿았다는 소문을 들을 때마다[225] 마음이 놀라고 혼백이 두려워 떨었습니다. 억울하고 슬픈 마음에 뼈와 혼이 녹아버렸지만, 겪는 일마다 번번이 침묵하며

223 취당공(翠堂公) : 김윤식의 사촌 형 김만식(金萬植, 1834~1900)의 호이다.

224 조음(鳥音)을 내는 사람들 : 만이(蠻夷)의 말이 새소리와 같다 해서 나온 말이다. 《맹자》에 "남만(南蠻) 격설(鴃舌)의 사람."이란 말이 있다. 여기서는 제주도 사투리를 말한다.

225 거친……때마다 : 당시 김윤식을 처형해야 한다는 유생들의 상소가 조정에 계속 올라갔던 일을 뜻한다.

목소리를 삼키고 다른 사람들에게는 말 한마디 하지 못하였습니다. 혼자 생각하기에 만일 요행으로 살아 돌아간다면, 장차 등불을 돋우고 술을 데워서 형께 자세하게 하소연하며 눈물을 그치고 웃으면서 노년에 이별하였던 회포를 위로하고자 하였는데 이제는 끝나 버렸습니다. 가슴속의 답답함을 토로할 데도 없어졌으니 북쪽을 바라보며 한번 소리쳐 보지만, 하늘은 높고 바다는 넓어 호소하고 곡을 한다 해도 형께서 어찌 알겠습니까?

아아, 슬픕니다. 아아, 애통합니다. 저는 아홉 살부터 형과 같은 이불을 덮고 잤으며, 같은 밥상에서 밥을 먹었고, 같은 창문 아래서 글을 읽고 같은 무리에서 놀았습니다. 소매를 나란히 하여 같이 다니고 과거 시험장에 출입하며 답안지를 작성하면서 하루도 서로 떨어진 날이 없었습니다. 대과와 소과에 합격하고 벼슬길을 오른 지 십수 년 동안에 자급(資級)과 이력이 항상 앞서거니 뒤서거니 하였으니 평생의 출처(出處)가 이처럼 같았습니다. 어려서 좋아하고 숭상하는 것이 간혹 서로 달랐고, 어른이 되어서도 의론이 간혹 서로 어긋나기도 하였습니다. 그런데 세상에 나아가 사람들과 사귀게 되면서 비로소 인정(人情)이 괴벽스럽고 세상살이가 험난하다는 것을 깨닫게 되자, 도리어 집안에서 사람을 구하여 마침내 도(道)를 지닌 사람이 여기에 있다고 탄식하였습니다. 이에 이전의 병통이 다 사라져서 형이 좋아하는 것을 저도 역시 좋아하게 되었고 제가 싫어하는 것을 형도 싫어하여, 말하지 않아도 먼저 깨닫게 되고 행동하지 않아도 먼저 믿게 되었으니, 비록 만리 밖에 있어도 마음 씀씀이는 한 사람 같았습니다. 예전에 소식(蘇軾)이 동생에게 보낸 시에 말하기를 "내가 온 세상의 선비를 만났지만, 너와 함께 즐거워하던 것만 같지 못하였다."[226]라고 한 것이 바로 이와 같은 것이었고, 그 성정(性情)과 추향(趨向)이 같은 점도 역시 이와 같았습니다.

아아, 우리 사촌 형제 중에 여섯 명이 중년에 세상을 떠났고, 이 세상에 남아있는 사람이 오직 형과 저뿐이었습니다. 유독 우리 두 사람이 출처(出處)와 성정(性情)이 서로 부합하지 않는 바가 하나도 없었는데, 함께 흰 머리에 이르러 다른 형제가 없었으니 서로 사랑하고 존경하며 걱정하는 마음이 의당 어떠하였겠습니까? 늘그막까지 서로 지켜주며 책상을 마주하고 질나팔과 저[227]처럼 여생을 마무리하기를 바랐으니, 이것이 우리 두 사람이 오랫동안 품었던 소원이었습니다. 어찌하여 천명과 소원이 어긋나, 헤어지고 만나는 것이 정해진 바가 없었습니까?

제가 정해년(1887, 고종24) 여름에 면천에 귀양 가서 갑오년(1894) 가을에 풀려나 돌아왔는데, 형은 이때에 평안도 관찰사로 나갔습니다. 을미년(1985) 여름 형이 평안도 감영에서 병에 걸려 돌아왔을 때부터 다음해 봄까지, 저는 또 죄를 지어 교외에 나가 있었고, 정유년(1897) 겨울에 이르러 마침내 제주에 장기 유배하라는 명을 받아 남문 밖에서 총총히 하직한 것이 마침내 천고의 이별이 되었습니다. 아아, 어찌 차마 말을 하겠습니까? 어찌 차마 말을 하겠습니까? 지난 날의 머리를 맞대던 기쁨은 정말 감히 다시 바랄 수 없겠지만, 다만 병드신 얼굴만

226 내가……못하였다 : 《동파전집(東坡全集)》 권1 〈화자유고한견기(和子由苦寒見寄)〉에 나온다.

227 질나팔과 저 : 훈지(塤篪)를 말하며 두 악기가 서로 잘 어울리므로 형제 사이의 우애가 좋은 것을 말한다.

이라도 한 번 보고 손도 잡아보고 이별하였다면 제가 어찌 여한이 있겠습니까?

아아, 애통합니다. 내 형께서는 속은 굳세고 겉은 온화하며 덕성과 기량을 모두 갖추어서, 집에 계실 때는 자제(子弟)들의 잘못이 없고 세상에 나아가서는 허물을 지적받는 일이 없었습니다. 천륜(天倫)에 독실하여 꾸미는 것을 일삼지 않았고, 풍채가 위엄 있고 단정하며 뜻과 국량(局量)이 넉넉하였습니다. 일찍부터 공보(公輔)[228]의 명망을 갖췄지만 오르지 못하였고, 만년에는 질병이 매우 심하여 마침내 당세에 크게 쓰이지 못하였으니, 이 점이 아우인 제가 마음속으로 분하고 한스럽게 여기는 바입니다. 임종하실 때에도 사사로운 일을 언급하지 않으시고 오직 나랏일을 걱정하셨다고 들었습니다. 만일 평소에 쌓았던 충군애국의 마음과 평소에 길러온 바른 마음이 아니라면, 어찌 죽음에 임하여 흐트러짐 없음이 이와 같을 수 있겠습니까?

아아, 슬픕니다. 아아, 애통합니다. 우리 형제가 고향을 떠나 어언 30여 년에 옛집이 쓸쓸하고 후손들은 적고 약하니 형께서는 항상 이 점을 걱정하셨습니다. 지금은 훌륭한 조카와 귀한 손자가 나이가 제법 많아졌으니, 여진히 밭 갈고 글 읽는 일을 폐기하지 않을 것이며, 제사를 모시고 전적(典籍)을 지키는 일을 주관할 수 있을 것입니다. 또한 어진 며느리가 가문에 들어와 화목한 집이라는 칭찬이 있다고 들었습니다. 이제부터는 조상들께서 의탁하실 수 있을 것이니, 아마도 지하에서 유감이 거의 없으실 것입니다.

228 공보(公輔) : 삼공(三公)과 사보(四輔)를 통칭하는 말로 천자를 보좌하던 높은 관료들을 말한다.

아아, 저는 오늘 밤에 이르기까지 항상 천운루(天雲樓)에 있는 꿈을 꿉니다. 매번 어린 시절의 광경이 희미한데, 바위사이에 핀 꽃이 문에 향기를 스쳐 보내고 산새가 지저귀는 곳에서 형제들과 함께 북당(北堂)에서 정성(定省)[229]을 드리고 물러 나와 수업하며 서로 토론하고 즐겁게 웃으니, 그 즐거움이 흘러 넘칩니다. 그러다가 깨어나면 망연히 넋이 나간 것같이 하지 않은 적이 없었습니다. 아아, 지금 인륜의 지극한 즐거움은 모두 다 저승에 있고, 나만 흰 머리로 변방의 외딴섬에 죽지 않고 외롭게 살아 있으니, 나 홀로 어찌해야 하겠습니까?

아아, 슬픕니다. 아아, 애통합니다. 부디 흠향하시옵소서.

229 정성(定省) : 혼정신성(昏定晨省)의 준말로 겨울은 따뜻하고, 여름은 시원하게, 밤에는 잠자리를 돌보고 아침에는 안부(安否)를 살핀다는 뜻으로, 정성으로 부모(父母)님을 섬기는 도리(道理)를 이르는 말이다.

자형 도헌[230] 이공 제문 을사년(1905, 광무9)

祭姊丈道軒李公文 乙巳

형께서는	維兄
옥 같은 인품과 아름다운 명망과	珪璋雅望
빙벽[231] 같은 절조 지니셨고	冰蘗其介
시와 예는 청전[232]처럼 물려받았으며	詩禮青氈
문장은 아름다웠네	文章絺繪
겸허하여 자랑할 것 없는 듯하며	謙虛若無
단정하고 화락하였고	端方豈弟
규방의 범절은 자손들에게 복을 미쳐서	壼儀祚胤
집안이 화기애애하였네	門闌和藹
과거 시험에 합격하여	由科目中
세상에 우뚝 솟았지만	出塵埃外
손자가 승훈랑[233]이 되자	兒孫承訓

230 도헌(道軒) : 김윤식의 둘째 자형 이대직(李大稙)의 호이다.

231 빙벽(冰蘗) : 얼음과 황벽나무라는 뜻으로, 춥고 괴로운 가운데에서도 굳게 절조를 지키며 청백하게 사는 것을 비유할 때 쓰는 말이다.

232 청전(青氈) : 청전구물(青氈舊物)의 준말로 으뜸가는 선조(先祖)의 유물(遺物)이라는 뜻이다. 진(晉)나라 왕헌지(王獻之)의 집에 좀도둑이 들었을 때, 다른 물건을 훔칠 때에는 모르는 체하고 누워 있다가 탑상(榻牀)에 올라 손을 대려 하자, "그 청전은 우리 집안의 구물이니 그냥 놔둘 수 없겠는가."라고 말하여, 도둑을 깜짝 놀라게 했다는 고사에서 나온 것이다.《晉書 卷80 王獻之列傳》

벼슬을 헌신짝처럼 버리셨네	棄官如屣
동산에서 집안 잔치를 열고	東山家宴
향사[234]와 기회[235]에 참여하여	香社耆會
사람들과 함께 즐겼으나	與人同樂
공적인 일 아니면 세상 일 잊었네	非公忘世
항상 종남산[236]을 사모하여	常戀終南
돌아보며 눈물 흘렸고	瞻顧出涕
늙을수록 더욱 힘써	老益自勵
당호를 만회라고 걸었네	堂署萬悔
예전에 공이 혼인할 때에	昔公委禽
나는 겨우 더벅머리 소년이었는데	弟纔髫歲
데리고 다니시며 자상하게 일러주시니	提携辟咡
좋은 가르침을 여러 번 받았었네	屢蒙嘉誨
나는 지금 백수가 되었고	弟今白首

233 승훈랑(承訓郎) : 정6품 이하의 문관(文官) 품계(品階)를 말한다. 1865년(고종 2)부터 종친(宗親)의 품계(品階)와 같이 쓰였다.

234 향사(香社) : 당(唐)나라 때 백거이(白居易)가 향산(香山)의 중 여만(如滿)과 함께 결성한 모임인 향화사(香火社)의 준말이다.

235 기회(耆會) : 60세 이상의 노인들의 모임으로 기로회(耆老會)라고 한다. 기로회는 고려 때 최당 등이 만든 모임이다. 신종(神宗)·희종(熙宗) 때 문하시랑을 지낸 최당을 중심으로 최선, 장백목, 고영중, 백광신, 이준창, 현덕수, 이세장, 조통 등이 소요자적을 하기 위하여 만들었다. 당시 사람들은 이들을 가리켜 '지상선'이라 하고 그림을 돌에 새겨 세상에 전하였다고 한다.

236 종남산(終南山) : 《시경》의 편명(篇名)이다. 진(秦)나라 사람들이 그들의 임금을 기린 시(詩)이다.

공 또한 태배[237]가 되었으니　公亦台背
화정에서 촛불 돋우며 시 짓던 일　剪燭花井
황홀하여 꿈꾸는 듯하네　怳若夢寐
호서의 바닷가에서 한 번 이별한 후　湖海一別
어느덧 10년이 훌쩍 지나버렸는데　倏逾十載
편지 읽을 때마다　每讀手翰
기침소리 듣는 것 같네　如聞謦咳
어찌하여 갑작스런 흉음　何遽凶音
바닷가에 와서 떨어지는가　來墜海澨
놀란 마음 진정되자 서러워서　驚定而慟
눈물이 소매를 적시네　有淚沾袂
지위가 덕에 차지 못하니　位不滿德
사람들은 공을 위해 개탄하였지만　人爲公慨
구차스런 높은 벼슬　區區軒冕
공에게 어찌 귀하랴　於公何貴
아아 지금 세상에서　嗟今之世
사람들 모두 종이 되어　人盡僕隸
의관 입고 도탄에 앉은 듯　衣冠塗炭
비바람에 눈이 멀었네　風雨盲晦
공은 이러한 때에　公於是時

237 태배(台背) : 복어 무늬 같은 검은 점이 생긴 등이다. 늙은이의 등에 복어 같은 주름이 잡혀서 하는 말이다. 《시경》 〈비궁(閟宮)〉의 "누런 머리털에 검버섯이 피다.〔黃髮台背〕"라는 말에서 왔다.

표연히 길이 떠나	飄然長逝
이 고해의 세상을 버리고	去此苦海
저 구름 사이로 가버리셨네	乘彼雲際
신령은 드넓으시니	神兮洋洋
하늘의 옥섬돌 가까이에서	左右玉陛
즐겁게 거닐면서	逍遙快樂
저 멀리 바라보시리	望之迢遞
이런 모습 상상하니	以茲想像
나의 마음 위로되네	足慰我思
저의 문장 비록 졸렬하지만	弟文雖拙
외람되이 공께서 아껴 주셨네	公所謬愛
한 장의 글로 영결을 고하나	一紙告訣
천고에 영원히 막혔구나	千古永閡
이 충정을 굽어 보심에	鑑玆衷情
영령께서는 아마도 모르지 않으시리	靈其不昧
아아 슬픕니다	嗚呼哀哉
부디 흠향하시옵소서	尙饗

의정부 주사 이 생질 병규 제문 정미년(1907, 융희1)

祭政府主事李甥 秉珪 文 丁未

광무(光武) 11년 정미년(1907) 5월 길일에 외삼촌 청풍(淸風) 김윤식은 멀리 지도(智島)에 귀양 중이라서 직접 가서 곡을 할 수 없어 다만 몇 줄의 문자를 적어 우편으로 부쳐서, 셋째 조카 이응규(李膺珪)로 하여금 어진 조카 정부주사 이 군의 영전에서 읽어 고하도록 한다.

아아, 슬프도다, 아아 애통하도다. 네가 이 세상을 떠난 지 이미 반년이 지났구나. 내가 병중에 네가 병들어 위독하다는 소식을 들었는데, 이어서 흉보(凶報)를 접하였다. 신음하는 중에 정신이 흐릿해져서 장차 너와 함께 어둡고 아득한 저승으로 돌아갈 뻔하였다. 병중에도 부고(訃告)가 아직도 책상 위에 있는 것을 보고, 어루만지고 비통해하며 말하기를 "내 조카가 결국 가버렸구나. 생각하건대 묘소의 풀도 이미 자랐으리라. 결국 손을 잡고 함께 돌아갈 수 없다면, 어찌 한마디 말로 영결을 고하지 않을 수 있겠는가?"라고 하였다.

아아, 사람들 중에 누가 조카가 없겠는가마는, 누가 내 조카와 같이 어질고 효성스럽겠는가? 너는 오직 살아서 부모를 위하였고 죽어서도 부모를 위하여서, 다만 부모가 계신 줄만 알고 네 한 몸이 있음을 알지 못하였다. 혁혁하게 뭇사람들과 다른 행실이 없었으므로 온 세상 사람들 모두 다 알지 못하겠지만, 오직 높은 하늘만은 아실 것이다.

너의 집은 본래 청빈하였는데, 네가 10살 때부터 이미 부모님의 수고를 대신하여 왔다. 집안일을 맡아 관리하여 제법 토지를 마련하였고,

술과 고기와 약이 되는 음식으로 부모님을 극진하게 봉양하였다. 일찍이 의정부 주사가 되었지만, 너는 부모님이 늙으셨다는 이유로 사양하고 돌아와서 힘을 다하여 효도하여 늙어서도 게을리 하지 않았으니, 피로가 쌓인 것이 빌미가 되어 마침내 기이한 병에 걸리게 되었다. 더구나 늘그막에 위로해 줄 자녀 하나 없이 오직 홀로 계신 아버지의 환심을 얻는 것을 스스로 노년의 즐거움으로 삼고 다른 것은 알지 못하였다. 관작(官爵)으로도 그 마음을 변하게 하기에 부족하였고 자녀도 그 마음을 얽기에 부족하였으니, 큰 효자가 아니면 어찌 이같이 할 수 있었겠는가?

너는 만년에 병이 더욱 심해지고 초췌해져 자신을 지탱하지 못하면서도 오히려 힘써 병을 무릅쓰고 선공(先公)이 역책(易簀)[238]하실 때까지 약 시중을 들었었다. 연제(練祭)[239]가 이윽고 지나자 비로소 홀연히 세상을 떠나 황천에까지 따라가 모시게 되었구나. 이미 생전에 근심을 끼치지 않았고 지하에서도 보살펴 드리는 것을 소홀히 하지 않으니, 너는 부모님을 섬기는 도리에 처음부터 끝까지 유감이 없다고 하겠다. 삶과 죽음은 사람이 어찌할 수 있는 것이 아니고 하늘에 달려 있는 것인데, 이것이 어찌 높으신 하늘이 너의 효성에 감동하여 곡진히 너의 소원을 이루어 주신 것이 아니겠느냐? 그러므로 내가 "너는 살아서 부모님을 위하였고 죽어서도 부모님을 위하였다. 다만 부모님이 계신

238 역책(易簀) : 증자(曾子)는 죽을 때에 등에 깔고 있는 삿자리를 바꾸었는데, 그 뒤로 학식(學識)과 덕망이 높은 사람의 죽음이나 임종(臨終)을 이르는 말로 쓰인다.
239 연제(練祭) : 아버지가 살아 있을 때 먼저 돌아간 어머니의 소상(小祥)을 한 달 앞당겨 열한 달 만에 지내는 제사이다.

것만 알고 네 한 몸이 있음을 알지 못하였으니 세상이 모두 알지 못해도 높으신 하늘만은 아실 것이다."라고 한 말이 지나친 말은 아닐 것이다.

아아, 슬프구나. 지난 을사년(1846, 헌종12)에 네가 태어난 지 겨우 1년 되었을 때, 매번 잠에서 깨어나서도 울지 않고 책상을 붙들고 서서 씽끗 웃으니, 누님께서 너를 가리키며 "이 아이는 외삼촌을 꼭 닮았구나."라고 말씀하셨던 일이 생각난다. 세월이 지나 장성하자, 그 가정생활이나 품행과 도덕은 외삼촌과 같지 않았다. 아아, 애통하도다. 너는 아버지를 사랑하는 마음을 미루어서 형제에게 돈독하였고, 어머니를 사랑하는 마음을 미루어서 이 외삼촌에게 미쳤었다. 매번 내가 장기(瘴氣) 서린 고장에서 궁색하게 사는 것을 염려하여 한번 와서 보고자 하였으나 병든 몸이 억지로 오기 어려울 뿐만 아니라, 부친의 연세가 너무 많아 잠시도 떨어질 수 없어서 뜻을 이루지 못한 것을 항상 유감스러워하였다. 이제는 이미 표연히 멀리 떠나 버렸구나.

혼백은 가지 못하는 곳이 없고, 모르는 것이 없는 것이 영혼이니 내 곁에 와주기를 바라노라. 아아, 애통하도다. 부디 흠향하여라.

큰아들 유증의 제문 신해년(1911)

祭長子裕曾文 辛亥

모년 모월 모일. 아비는 큰 아들 탁지부 서기관 유증(裕曾)에게 고하노라.

아아, 슬프구나. 아아, 애통하도다. 내가 너의 얼굴을 보지 못한 지 이미 3년이 되었구나. 네가 멀리 떠나던 날 나는 결국 요행이 없을 것을 알았지만, 너의 마음이 상할까 두려워서 차마 뒷일을 묻지 못하였다. 너 또한 머지않음을 스스로 알았으나, 내 마음이 상할까 두려워서 차마 죽는다는 기색을 하지 않았었다. 부자간의 영원한 이별이 끝내는 한마디 영결을 고하는 말이 없었으니, 이 어찌 정리(情理)에 마땅한 것이었겠느냐? 3년 동안에 마음속에 걱정스럽고 답답하지 않은 날이 없어 매번 글을 지어 한번 곡을 하고자 하였지만, 차마 말을 쓸 수 없어서 붓을 던지고 크게 탄식한 것이 여러 번이었다. 이제 연궤(筵几)[240]를 거두어 조상을 모신 사당에 부식(祔食)[241]하려고 하는데, 사당 안은 슬픔을 쏟아낼 수 있는 곳이 아니어서 우리 조상들을 슬프게 할 수 없으니 이번 제사에서 나의 속마음을 한번 토로하려 하는데, 네가 알아주겠느냐?

240 연궤(筵几) : 죽은 사람의 영궤(靈几)와 그에 딸린 모든 것을 차려 놓는 곳으로 빈소(殯所)를 말한다.

241 부식(祔食) : 자손이 없이 죽은 사람을 그 조상의 사당에 반부(班祔)하여 제사를 향식(享食)하게 하는 것을 말한다.

아아, 슬프도다. 네가 태어나자 돌아가신 중부(仲父)께서 머리를 쓰다듬으시며, "이 아이는 우리 가문의 천리마다."라고 말씀하시고 천구(千駒)라 이름을 지으셨다. 장성하자 돌아가신 사촌 형 취당공(翠堂公)이 나에게 이르시기를 "자네의 아들 한 명이 남의 아들 백 명보다 낫네. 훗날 가문을 맡길 수 있을 뿐만 아니라, 세상을 위해서도 또한 매우 기대되네."라고 하셨으니, 집안 부형(父兄)들의 기대가 이처럼 원대하셨다.

네가 죽자 친구들이 달려와 조문하였고, 산 아래에 장례지낼 때 모인 사람의 수레가 백여 량이었다. 신주(神主)를 모시고 집으로 돌아오던 날에는 온 조정 관리들이 동문 밖에서 조문하며 탄식하고 애석해하지 않는 사람이 없었으니, 너의 평소 몸가짐과 행실과 명망이 온 세상에서 중하게 여겨지고 있음을 볼 수 있었다. 그렇지만 나는 너에게 일찍이 인정하는 기색을 표시하거나 칭찬하는 말을 더한 적이 없었다. 지금은 반포(反哺)[242]의 지극한 사랑이 갑자기 끊어져 지독(舐犢)[243]의 어리석은 정(情)을 모두 드러내니, 내가 무슨 꺼릴 것이 있어서 너의 좋은 점을 숨기겠느냐.

아아, 슬프도다. 아아, 애통하도다. 네가 나의 자식이 된 지 48년 동안에 당한 어려움과 근심과 질병과 상사(喪事) 등의 고통은 다른 사람이 감당할 수 없는 바인데 너는 그것을 모두 감당해내었다. 두렵고

242 반포(反哺) : 까마귀가 늙은 어미 새에게 먹이를 먹여 주며 어렸을 때의 은혜를 갚는 것을 반포지효(反哺之孝)라 하는데, 자식이 자라서 부모를 봉양한다는 뜻으로 쓰인다.

243 지독(舐犢) : 어미 소가 송아지를 핥는 것처럼 부모가 그 자식을 극진히 사랑하는 정을 말한다.

슬픈 일과 근심스럽고 두려운 마음에 하루도 혼이 녹고 뼈가 삭지 않는 날이 없었다. 비록 다스려 떨쳐내는 데 통달한 사람일지라도 이런 지경에 처하게 되면 원망하고 탓하는 생각이 없을 수 없는데, 도리어 너는 상황에 따라 분수를 편안히 여겨 조금도 말이나 표정에 드러내지 않았으니, 이것은 인정(人情)에 크게 어렵다고 여기는 것이다.

우리 집은 본래 가난하였고, 나 또한 수십 년 동안 바닷가를 떠돌아다녀서 서울과 고향의 모든 식구가 살아갈 방도가 없었는데, 네가 혼자서 중간에서 조달하여 그 부족한 것을 미봉(彌縫)하였고, 의식을 절약하고 선행을 즐기며 베풀기를 좋아하니 친척들이 어질다고 칭송하였고 친구들도 그 충정에 의지하였다. 더욱이 조상의 업을 잘 지켜서, 비록 매우 가난하였지만 낡은 집과 척박한 토지와 제기(祭器)와 서적(書籍)을 하나도 저당 잡히지 않았고 하나도 잃어버리지 않았다. 일을 처리하는 방법이 종합적이고 치밀하여 배치(排置)가 사리에 합당하였다. 그 마음 씀씀이와 일 처리하는 것을 미루어 생각해 볼 때, 집안을 다스리는 일과 나라를 다스리는 일은 두 가지 이치가 없으니, 마음을 써서 일을 처리하는 바를 미루어서 정치를 하는 데 시행하게 하였다면 반드시 계책을 세워 이룩한 것이 볼 만하였을 것이다. 그런데 괴로움에 꺾이고 곤액(困厄)을 겪느라 펼쳐 볼 곳이 없어서 단지 집안을 다스리는 조그만 일에만 드러났으니 어찌 애석하지 않겠느냐?

아아, 애통하도다. 내 성품은 본래 소홀하여 항상 허술하게 실수를 하는데, 너는 신중하고 확고하여 잠시도 가볍게 움직이지 않으니, 사람들이 간혹 일처리가 지체되는 것을 싫어하였지만 일을 그르치는 경우는 드물었다. 나는 남에게 너그럽게 용서하는 경우가 많고 관대하고 너그러워 박절하지 못해서 비록 그 잘못을 알아도 면전에서 지적하지 못하였는데, 너는 원수처럼 미워하여 마음을 누그러뜨리고 상종하지 않았다. 그러므로 현명한 자는 너를 아끼고 어리석은 자는 너를 원망하였다. 나와 너는 성정(性情)의 규모(規模)가 비록 현위(弦韋)[244]의 차이가 있었지만 서로 도와서 완성할 수 있었는데, 지금은 서로 도울 방법이 없어져서 마치 거문고와 비파가 하나만 남아 연주하는 것 같으니 누가 이를 들어 주겠느냐?

아아, 애통하도다. 아아, 애통하도다. 지금 사람들은 좋지 못한 때에 태어나 남을 시기하는 세상에 살아서 위태롭고 의심스러운 지경에 서 있어, 만일 조금이라도 근신(謹愼)하지 않으면 재앙의 그물에 걸려 자신을 망치고 일족을 무너뜨리게 되는 경우가 이루 헤아릴 수 없다. 또한 근세에 남의 집 자제들은 방탕하여 자신을 단속하지 않아서, 스스로를 그르치고 남을 그르쳐서 명예를 잃고 집안을 망치는 자 또한 이루 헤아릴 수 없다. 그러나 너는 지금 세상 살고 지금 사람들과 사귀면서도 이 두 가지 근심을 면하였으니, 자신을 지키는 데 확고하였고 이치를 보는 데 미혹됨이 없어서 시세가 자주 변하고 천만인 중에 있더라도 항상 자신을 지킬 줄 알았다. 마치 지주(砥柱)[245]가 거센 물결 속에 우뚝 서 있는 것 같았기 때문에 능히 재앙에 걸리지 않았다. 아아, 이 어찌 어려운 일이 아니겠는가? 애통하고 애통하도다.

전에는 나는 뒷일을 부탁할 수 있는 사람이 있어서 마음을 쓰지 않았

244 현위(弦韋) : 344쪽 주 215 참조.

245 지주(砥柱) : 하남(河南) 삼문협(三門峽) 동북쪽 황하 중심에 있는 산 이름으로 황하의 물결이 아무리 거세게 흘러도 이 산을 무너뜨리지 못하고 이 지점에 와서 갈라져 두 갈래로 산을 싸고 흐른다. 흔히 난세에 지조를 지키는 선비의 비유로 쓰인다.

지만, 지금은 후사를 맡기는 일이 내 몸에 달렸구나. 날로 쇠약해지고 정신이 허공에 뜬 것 같아서 한 가지 작은 일을 당해도 안개 속에 빠진 것 같다. 서적을 검사할 때마다 네가 장부에 기록한 필적이 이따금 눈에 보이면, 나도 모르게 한참 동안 망연히 있다가 마음속에 혼자 말하기를 "우리 집에 이처럼 간고(幹蠱)[246]한 자식이 있었는데, 지금은 어디에 있는가?"라고 하였다.

아아, 원통하도다. 네가 죽은 다음 날 유정(裕定)의 아들 기수(麒壽)를 너의 후사로 세웠다. 이 아이는 아주 가까운 피붙이라서 너의 친아들과 다름이 없다. 또한 성격이 순후하고 부지런하며 효성스러운데, 지금 막 유문(裕問)이와 함께 보흥학교(普興學校)[247]에 들어갔다. 손녀인 정수(貞壽) 자매는 함께 숙명학교(淑明學校)[248]에서 배우고 있는데, 모두 성취하리라 기대할 수 있다. 정수는 지난 가을 전날의 약속에 따라 삼은(三隱)[249]의 후손인 이도규(李道珪)에게 시집갔는데 시집의 사랑을 많이 받고 있다. 만약 나에게 몇 년의 수명을 더 허락해 주어서 어린애들의 결혼을 모두 마칠 수 있게 된다면, 곧 아무 미련 없이 너를

246 간고(幹蠱) : 간부지고(幹父之蠱)의 준말로, 아들이 부친의 뜻을 계승하여 발전시키는 것을 말한다. 《주역》 〈고괘(蠱卦) 초육(初六)〉에, "초육(初六)은 아버지의 일을 주관함이니, 자식이 있으면 돌아간 아버지가 허물이 없게 된다."라고 하였다.

247 보흥학교(普興學校) : 개화기 무렵에 세워진 사립학교이다.

248 숙명학교(淑明學校) : 1906년 고종의 후궁인 순헌황귀비가 출자하여 용동궁에 건립한 여학교이다. 처음 교명은 명신여학교(明新女學校)였는데, 1908년에는 명신고등여학교(明新高等女學校)로, 1909년 숙명고등여학교(淑明高等女學校)로, 1911년 숙명여자고등보통학교(淑明女子高等普通學校)로 개칭하였다.

249 삼은(三隱) : 이승오(李承五)의 호이다. 346쪽 주 219 참조.

따라 조상님들의 곁으로 멀리 돌아갈 수 있을 것이다.

너의 시와 편지는 내가 이미 약간을 수습(收拾)하여 첩자(帖子)로 꾸몄고, 친구들의 만뢰(輓誄)[250]도 또한 한 책으로 만들어서 모두 손자인 기수(麒壽)에게 보관하도록 하였다. 아아, 네가 이 세상에 남긴 흔적이 이것뿐이니 어찌 애통하지 않겠느냐. 나는 불행하게 일찍 고아가 되어 하루도 부모님을 봉양하지 못하였는데, 네가 나를 봉양한 것이 48년이나 되어 내 복에 분수가 지나쳤으니 어찌 유감이 있겠느냐. 네 평생이 가시울타리에 유폐된 듯 고통스럽고 불우했던 것은 너의 잘못이 아니고, 다만 나의 남은 재앙이 여러 번 너에게 미쳐 결국은 심혈이 고갈되고 폐병이 고질이 되어 천수(天壽)를 다하지 못하게 한 것이다. 내가 비록 늙고 어리석지만 마음이 아프고 한탄스럽지 않을 수 있겠느냐?

아아, 애통하도다. 아아, 애통하도다. 내가 너와 더불어 평소에 근심하던 것은 나라의 일이 아니었느냐? 지금은 나랏일은 근심할 여지가 없고 너를 볼 수가 없으니, 너의 죽음이 불행이고 내가 살아남은 것이 행복한 것이냐? 또 살아남은 자가 불행하고, 죽은 자가 다행이라는 것이 그르다는 것을 어찌 알겠느냐? 아아, 슬프도다. 부디 흠향하여라.

250 만뢰(輓誄) : 만사(輓詞)와 뇌사(誄詞)를 말한다. 만사는 죽은 사람을 위하여 지은 글이고, 뇌사(誄詞)는 죽은 사람의 살았을 때 공덕을 칭송하며 문상하는 말이다.

중화민국 대총통 원공 세개 제문
祭中華民國大總統袁公 世凱 文

병진년(1916) 6월 28일 병신(丙申)일에 고(故) 중화민국(中華民國) 대총통(大總統) 원공(袁公)의 영여(靈轝)가 북경(北京)으로부터 하남(河南)의 항성현(項城縣)[251]으로 봉환되었습니다. 조선의 김윤식은 늙고 병든 몸으로 먼 곳에 있어서 포복(匍匐)의 의리[252]를 다하지 못하고 6일이 지난 임인(壬寅)일에야 삼가 보잘것없는 제수를 마련하여 영전에 우편으로 보내고, 남쪽을 바라보며 길게 통곡하고 재배하며 이별을 고합니다.

아아	嗚呼
하늘이 장차 큰 임무를 맡기려고	天將大任
이렇게 뛰어나고 슬기로운 사람을 내렸으니	降此英賢
기백은 만인의 으뜸이요	氣雄萬夫
뜻은 팔방을 다 감쌌네	志包八埏

251 항성현(項城縣) : 원세개(袁世凱)의 고향으로 그는 이 지역 군인 지주가문 출신이다.

252 포복(匍匐)의 의리 : 모든 일을 제쳐 두고 급히 달려가야 하는 의리를 말한다. 《예기》 〈단궁 하(檀弓下)〉에 "상사(喪事)가 나면 부복(扶服)해서 도와주어야 한다."라고 하였는데, 부복은 엎어지고 자빠지면서도 급히 가야 한다는 포복(匍匐)의 뜻과 같다. 한편 《예기》 〈문상(問喪)〉을 보면 "포복해서라도 가서 곡(哭)을 해야 한다."라고 하였다.

용호의 도략 지니어[253]	龍虎韜略
운뢰의 시국 잘 경륜하여[254]	雲雷經綸
명성은 조선에까지 떨쳤고	名震海隅
신망은 조정에서 두터웠네	望重朝端
안으로는 기밀한 정무를 돕고	內贊機密
밖으로는 병한[255]이 되시니	外作屛翰
위엄은 삼군에 떨치고	威行三軍
신의는 사린에 밝게 드러났네	信著四鄰
공이 높아지자 비방이 따르니	功高謗隨
험난한 상황에서 바른 지조 지키기 어려웠는데	履險貞艱
나아가나 물러가나 온통 걱정뿐이었으니	進退維憂
도탄에 빠진 백성 누가 있어 구할까	誰救焚溺
누워있던 용 낙하[256]에서 일어나니	臥龍起洛

253 용호(龍虎)의 도략(韜略) 지니어 : 병법(兵法)에 깊은 조예가 있음을 말한 것이다. 주(周)나라 여상(呂尙)이 지은 《육도(六韜)》라는 병서(兵書) 속에 용도(龍韜)와 호도(虎韜)의 편명이 들어 있다.

254 운뢰(雲雷)의……경륜(經綸)하여 : 어렵고 힘든 시기에 태어나 잘 경륜하여 어려움을 극복하였다는 말이다. 운뢰(雲雷)는 바로 둔괘(屯卦)이니, 《주역》의 둔괘(屯卦)는 세상이 고난 속에 빠져서 형통하지 못한 것을 상징하는데, 그 상사(象辭)에 "구름과 우레가 서로 만나 이루어진 괘가 둔이다. 군자는 이 상을 보고서 경륜하여 고난을 극복한다.〔雲雷屯 君子以經綸〕"라고 하였다.

255 병한(屛翰) : 울타리와 기둥이라는 뜻으로 나라를 지키는 군사인 번병(藩兵)과 국가를 지탱하는 기둥을 말한다. 《시경》〈판(板)〉에 "큰 제후국은 병풍이 되고, 종자(宗子)는 기둥이 된다.〔大邦維屛 大宗維翰〕"라고 하였다.

256 낙하(洛河) : 원세개의 고향은 낙하(洛河)의 항성시(項城市)이다.

도성 사람들 이마에 손을 얹고 기다렸는데[257] 都人加額
마침내 중화민국 건설하니 乃建民國
다섯 민족[258]이 함께 받들었네[259] 五族同戴
반역하여 두 마음 품은 자 토벌하고 伐叛討貳
덕과 은혜 크게 베풀었으며 布德行惠
의회를 창설하였으나 議會草刱
집 짓는 일 길가는 사람에게 도모하였네[260] 道謀築室
외국 모욕 막아내지 못하고 不禦外侮
형제간에는 뒤섞여 싸우니[261] 鬩墻轇轕

257 이마에……기다렸는데 : 원문의 '가액(加額)'은 백성들이 이마에 손을 얹고 멀리서 바라보는 것으로, 매우 인망(人望)이 높은 사람을 공경하는 것을 뜻한다. 송(宋)나라 사마광(司馬光)이 낙양(洛陽)에 사는 15년 동안 예궐(詣闕)할 때마다 위사(衛士)들이 모두 손을 이마에 얹고 공경스럽게 바라보면서 "이분이 사마 상공(司馬相公)이시다."라고 한 데서 유래하였다. 《宋史 卷336 司馬光列傳》

258 다섯 민족 : 한족(漢族), 만주족, 몽고족, 티베트 족, 위구르 족 등 중국의 다섯 민족을 가리킨다.

259 누워있던……받들었네 : 1908년 서태후가 사망하자 내각 총리대신이던 원세개는 어린 황제의 아버지인 순친왕(醇親王) 재풍(載灃)에 의해 모든 관직을 박탈당하고 은퇴하였다. 그러나 신해혁명의 물결이 만주족을 위협하자 청조는 그를 소환하여 도움을 청할 수밖에 없었고, 당시의 상황 하에서 원세개는 보수 세력이나 혁명 세력 모두에게 나라의 분열을 막고 평화롭게 사태를 해결할 수 있는 유일한 인물로 간주되었다. 그 결과 북경의 청 황실과 남경(南京)의 중화민국 정부 양자 모두 그가 중화민국의 초대 대총통으로 취임하는 것에 동의하였다.

260 집……도모하였네 : 조정의 큰 계책이 하나로 결정되지 못한 채 각자 의견이 갈려 갈팡질팡한다는 말이다. 《시경》〈소민(小旻)〉에 "집 짓는 이가 행인과 꾀하는 것과 같으니, 그래서 끝내 이루지 못하리라.〔如彼築室于道謀 是用不潰于成〕"라는 말이 나온다.

황제가 되어 표준을 세워서	皇建其極
백성의 뜻 하나 되게 하려 했네[262]	民志乃壹
동서가 마땅함이 다르니	東西異宜
굳이 고집 부릴[263] 필요 있겠는가	何必膠瑟
힘써 여론을 따랐으나	勉循輿情
오히려 구실만 초래했네[264]	還招口實
멀지 않아서 회복되니	不遠而復
일식과 월식 같았고	如日月食
화합과 법도만을 중시했으니	維和維憲
마음속엔 가함도 불가함도 없었네[265]	心無適莫
진실로 나라에 이롭다면	苟利於國
자신의 희생은 돌보지 않았으니	犧牲其身

261 형제간에는……싸우니 : 《시경》 〈당체(棠棣)〉의 "형제가 담 안에서 싸우지만, 밖의 수모가 있을 때는 함께 막아낸다.〔兄弟鬩于墻 外禦其侮〕"라는 말에서 온 것이다.

262 황제가……했네 : 원세개가 1915~1916년에 제제(帝制)를 부활시켜 황제가 되려고 한 사실을 말한다. 표면상 그의 목표는 중국 내의 모든 세력을 단결시키고 중앙정부의 지도력을 강화한다는 것이었다.

263 굳이 고집 부릴 : 원문의 '교슬(膠瑟)'은 교주고슬(膠柱鼓瑟)의 준말이다. 비파나 거문고의 기둥을 아교로 붙여 놓으면 음조를 바꾸지 못하므로, 한 가지 소리밖에 내지 못하듯이 고지식하여 조금도 융통성이 없음을 비유한 말이다.

264 힘써……초래했네 : 원세개가 황제에 오르려다가 반대가 심하자 철회한 것을 의미한다. 원세개가 황위에 오르려한 시도는 그의 반대파는 물론이고 지지세력인 보수파 관료와 군부 내에서까지도 불만을 불러일으키는 결과를 낳아 곧 철회하였지만, 그가 궁지에 몰리는 단서가 되었다.

265 가함도……없었네 : 적(適)은 가(可), 막(莫)은 불가(不可)이니, 미리 가와 불가를 정하지 않고 오직 의(義)를 따른다는 뜻이다. 《論語 里仁》

확연히 공평무사한 마음　廓然大公
하늘에 질정할 수 있으리　可質蒼天
저 천박한 자들은　彼哉淺淺
쥐를 얻은 올빼미 봉황을 경계하듯 했으나[266]　腐鼠嚇鵷
온갖 수모 견뎌내며　含垢忍辱
반측[267]한 무리들 안정시켰네　以安反側
큰 업적 이루게 되니　大業垂成
원근이 모두 복종하였고　遠近咸服
지휘가 정해지면　指揮若定
뭇 흉물들 스스로 복종할 것이네　群陰自伏
아아 하늘이 돕지 않아　嗚呼不吊
태산이 무너지니　泰山其頹
백세 이후에도　百世之下
영웅이 눈물 흘리리　英雄淚滋
지난 임오년에　昔歲壬午
발해에서 함께 배를 타고　同舟渤海
속마음 털어놓고 담소했는데　談笑披露
좌우로 둘러보매 광채가 흘렀네　顧眄流采
한 번 보고 의기투합하여　一見投機

266 쥐를……했으나 : 썩은 쥐를 얻은 올빼미가 원추새를 보고는 자기 쥐를 빼앗을까 두려워 크게 울어 위협했다는 이야기〔鴟得腐鼠嚇鵷鶵賦〕를 말한다. 원추(鵷鶵)는 봉황새이다. 《莊子 秋水》

267 반측(反側) : 두 마음으로 이리 붙고 저리 붙는 것을 말한다.

서로 돕기로 맹세하였는데	誓以共濟
훌륭한 풍모에 대범한 마음	光明灑落
자잘한 예절에 구애받지 않았네	細節不拘
나는 공의 덕에 취하였고	我醉公德
공은 나의 어리석음에 너그러우니	公恕我愚
도(道)가 부합되지 않음이 없고	道無不合
말하면 따르지 않음이 없었네	言無不從
말없이 서로 보기만 하여도	默默相視
영서[268]처럼 뜻이 통하여	靈犀亦通
서울에서 5년 동안 이웃하여	駱舘五載
밤낮으로 서로 어울렸네	追隨昕夕
하루라도 보지 못하면	一日不見
부르는 글 서로 이어졌고	簡招相續
환난을 함께 견디며	患難同苦
술 마시고 이야기하며 함께 즐겼네	飮讌同樂
우정은 두터워 책선(責善)이 간절하니	誼重偲切
정은 형제보다 갑절이었는데	情逾骨肉
내가 남쪽으로 유배되자	自我南竄
서로 쓸쓸히 헤어져[269]	遂成離索

268 영서(靈犀) : 무소뿔의 한가운데에 구멍이 있어 양쪽이 통하는 것에 비유하여 사람이 서로 의기투합하는 것을 이른다.

269 쓸쓸히 헤어져 : 원문의 '이삭(離索)'은 이군삭거(離群索居)의 준말로, 친구들 곁을 떠나 혼자 외로이 지내는 것을 말한다. 《禮記 檀弓上》

그리워하면서도 도울 수 없었으니　　愛莫之助
근심이 얼굴에 가득하였네　　憂形于色
갑오년과 을미년에　　爰及甲乙
풍운이 크게 일어나서　　風雲震盪
정계가 거듭 변하고　　政界屢變
온 세상이 소란스러웠네[270]　　海陸擾攘
공은 떠나 날아오르는데　　公去飛騰
나는 여러 번 그물에 떨어졌고[271]　　我落層網
시절이 위태롭고 시기하는 이 많으니　　時危多忌
서로 간에 소식이 끊어졌네　　音問兩絶
30년 동안 소식 막혀　　卅載貽阻
울적한 마음 깊이 맺혔네　　沉抱菀結
사는 동안 좋은 벗 되고자 했는데　　願生羽翼
그 앞에서 날다가 떨어졌네　　飛墮前席
손뼉치고 옛일을 말하며　　抵掌道舊
쌓였던 얘기 펼치려 하였건만　　一叙襞積
공께서는 조금 더 머물지 않고　　公不少留
천제의 뜰로 올라가셨네　　陟從帝庭
운향[272]이 아득히 멀어　　雲鄉迢遞

270 갑오년과……소란스러웠네 : 갑오개혁이 일어나 개화파의 갑오정권이 들어섰다가 을미년의 명성황후 시해사건과 아관파천(俄館播遷) 등으로 정권이 여러 번 바뀐 사실을 말한다.

271 나는……떨어졌고 : 김윤식이 명성황후 시해사건과 관련되어 제주도로 유배된 사실을 말한다.

늠름한 모습 잡을 길 없네	莫攀儀形
평생의 지기로는	平生知己
세상에 오직 한 분이었네	海內唯一
은혜로운 만남 감사히 생각하나	感念恩遇
보답할 길 전혀 없으니	涓埃報蔑
서주에서의 통곡은[273]	西州痛哭
서글픈 마음 천고에 같다네	千古同傷
거친 글로 슬픔을 펼치며	蕪辭陳哀
멀리서 심향[274]을 올리네	遙進心香
아아 애통하도다	嗚呼痛哉
부디 흠향하시옵소서	伏惟尙饗

272 운향(雲鄕) : 백운향(白雲鄕)의 준말이다. 백운향은 신선이 사는 하늘나라로, 《장자(莊子)》〈천지(天地)〉에 "저 흰 구름을 타고 제향(帝鄕)에 이른다.〔乘彼白雲 至於帝鄕〕"라고 한데서 유래한다.

273 서주(西州)에서의 통곡 : 죽은 사람을 그리워하며 슬퍼한다는 뜻이다. 345쪽 주 218 참조.

274 심향(心香) : 정성스러운 마음이다. 원래는 불가(佛家)의 말로서 자기 마음속으로 지성을 다하면 자연히 부처가 감동하는 것이 마치 부처 앞에서 향을 피워 정성을 표하는 것과 같기 때문에 한 말이다.

대종교 도사교 홍암 나군[275] 철 제문
祭大倧敎都司敎弘巖羅君 喆 文

유세차 병진년(1916) 8월 무술삭(戊戌朔) 20일 정사(丁巳), 대종교 도사교(都司敎) 홍암(弘岩) 나군의 유해(遺骸)를 구월산(九月山)에서 장차 견명(遣命)에 의해 백산(白山) 아래에 매장하려고 길이 경성(京城)으로 들어와 본 교당에서 권정례(權停例)[276]를 행하였다. 늙은 친구 청풍 김윤식은 병 때문에 가서 곡할 수 없어, 삼가 맑은 술과 과일을 갖추어 황병욱(黃炳郁)[277] 군에게 부탁하여 제문을 갖고 가서 영전에 영결을 고하게 한다.

275 나군(羅君) : 나철(羅喆, 1863~1916)로, 본관은 금성(錦城), 본명은 인영(寅永), 호는 홍암(弘巖)이다. 29세에 문과에 급제하여 승문원 권지부정자(承文院權知副正字)를 거쳐 33세 때 징세서장(徵稅署長)을 지냈다. 1904년 이후 구국 운동에 뛰어들었다가 실패한 후 민족종교 운동을 시작하여, 1909년 1월 15일 단군(檀君)을 국조(國祖)로 숭배하는 단군교(檀君敎)를 중창하여 교주인 도사교(都司敎)에 추대되었다. 1910년 8월 교명을 단군교에서 대종교(大倧敎)로 개칭하였다. 민족종교에 대한 일제의 탄압이 심해지자 1914년에는 교단 본부를 백두산 북쪽에 있는 청파호 부근으로 이전하고 만주를 무대로 교세 확장에 주력하여 30만 교인을 확보했다. 그러나 일제의 탄압이 극심해져 교단이 존폐위기에 봉착하게 되자, 1916년 8월 15일 구월산의 삼성(三聖)단에서 일제에 대한 항의표시로 49세의 나이에 순교조천(殉敎朝天)했다.

276 권정례(權停例) : 정식 절차를 다 밟지 않고 거행하는 의식을 이른다.

277 황병욱(黃炳郁) : 김윤식의 문인으로 1914년에 《운양집》을 간행하였으며, 탁지부(度支部) 세무관(稅務官)을 지냈다.

아아	嗚呼
천도가 아득히 멀어	天道玄遠
음성과 기운이 막히고 끊어지니	聲氣夐絶
얻어 들은 것 적었으나	得聞者寡
천성이 지극하여 통달하였네	至性乃達
위대하신 단군께서	皇皇檀祖
우리나라를 크게 깨우치시어	大啓震維
우리 무리들 기르시니	育我群生
임금이요 스승일세	君之師之
역대로 숭배하고 제사지내어	歷代崇祀
모두들 어버이처럼 존경했는데	莫不尊親
세대가 오래되고 가르침 느슨해져	世遠教弛
우리 명신을 업신여겼네	瀆我明神
이인이 우뚝이 태어났으니	挺生異人
그가 바로 나철 군으로	實惟羅君
정성스러운 마음 간절하고 돈독하여	誠意懇篤
묵묵히 하늘의 뜻에 부합하였네	默契于天
도를 자임하여	以道自任
신령한 부적 손에 쥐었는데	神符是握
몸을 다스림은 청렴하고 고생스러웠고	律身淸苦
마음가짐은 깊고도 성실하였네	秉心淵塞
저 백두산 바라보니	瞻彼白山
신령스러운 자취가 드러난 곳	靈跡所發
북으로 유람하여 근원을 탐색하고	北遊探源

가르침을 닦아서 덕을 펼쳤네　修敎布德

중국 사람도 함께 우러러 보며　華裔共仰

신처럼 받들었고　奉若神明

교사는 빽빽하게 늘어서고　校舍林立

뛰어난 인재 구름처럼 일어났네[278]　英髦雲興

우리나라 돌아보니　乃眷槿域

신의 교화 입었던 곳　神化所被

지팡이 짚고 남으로 돌아와　杖策南還

도법(道法)을 선양하였네　宣揚道揆

일과 뜻이 맞지 않아　事與心違

도리어 사람들의 의심을 초래하여　反招人疑

앞으로 넘어지고 뒤로 자빠져서　跋前疐後

곤란이 커지자 명아주 지팡이에 의지하였네　困石據蔾

도가 행해지지 않으니　道之不行

몸이 어찌 아깝겠는가　身何足惜

차라리 속세를 버리고　寧棄塵世

돌아가 상제 곁에서 모시리라　歸侍帝側

아사달산[279]은 우뚝하고　巖巖斯達

신전은 장엄했네　翼翼神殿

278 교사(校舍)는……일어났네 : 1914년 교단 본부를 백두산 북쪽에 있는 청파호 부근으로 이전하고 만주를 무대로 교세확장에 주력하여 30만 교인을 확보했던 일을 말한다.

279 아사달산(阿斯達山) : 황해도에 있는 구월산(九月山)의 다른 이름이다. 단군(檀君)이 왕위에서 물러나 이 산에 들어가 신선이 되었다고 한다. 1916년 나철이 이곳 삼성단에서 순교(殉敎)하였다.

잠깐 가서 문안하려 하였더니	薄言往省
흉한 전보 갑자기 접하였네	忽聞凶電
새와 짐승들 슬피 울고	鳥獸哀號
풀과 나무들 색이 변하였고	草樹色變
우리 교단 더욱 외로워져	倧門益孤
모든 일이 물거품이 되었네	萬事泡幻
지난 정유년 기억해 보면	記昔丁酉
내가 제주도에 귀양 갔을 때	我竄瀛島
그대만이 나를 따라와	惟君隨我
근심과 어려움 서로 도왔네[280]	患難相保
그대가 나보다 먼저 돌아와	君先我歸
상전벽해의 시국을 만나니	時値滄桑
뜨거운 피 가슴속에 끓어오르고	熱血沸腔
늠름한 기상 가을 서리 같았으나	凜如秋霜
바다 메우는 정위[281]이고	塡海精衛
팔뚝을 걷어붙이는 사마귀[282]였네[283]	奮臂螳螂

280 지난……도왔네 : 김윤식이 을미사변 당시 명성황후 시해사건을 알고도 묵인했다는 혐의로 친러정권에 의해 제주도에 종신 귀양 갔을 때, 나철이 따라가 같이 지냈던 일을 말한다.

281 바다 메우는 정위(精衛) : 작은 새인 정위가 바다를 메우려 한다는 뜻으로, 가망(可望) 없는 일에 힘들이는 것을 이르는 말이다. 《산해경(山海經)》〈공산경(孔山經)〉에 의하면, 옛날 염제(炎帝)의 딸이 동해에서 물놀이를 하다 빠져 죽은 뒤에 정위라는 작은 새로 변했는데, 자기를 삼켜버린 동해바다를 메우려고 매일 서산(西山)에 있는 나무와 돌을 물어다가 동해에 떨어뜨렸다고 한다.

감옥에 깊이 갇혔으나	幽囚狴犴
큰 뜻은 더욱 더 빛났고	壯志彌烈
교단에 들어간 후로	自入教門
뒤집듯 진로를 바꾸었네[284]	翻然改轍
그대가 일찍이 나에게 말하길	君嘗語余
어제가 잘못이었음을 오늘에 깨달았다고	昨非今悟
나라는 망해도 도는 남았으니	國亡道存
하늘이 위임한 바라 하였네	天所畀付
온 세상이 한 가족이니	四海一家
누구를 사랑하고 누구를 미워하리	誰愛誰惡
분노를 삭이고 막힌 마음 풀면	蠲忿釋滯
마음속이 밝고 화평해질 거라 하였으나	置懷昭融
험난한 운수를 만나서인가	無乃運屯

282 팔뚝을 걷어붙이는 사마귀 : 제 힘을 헤아리지 않고 경솔히 덤빈다는 뜻이다. 《장자(莊子)》 〈천지(天地)〉편에 "사마귀의 성난 어깨로써 수레를 대항하면 반드시 이기지 못하는 것과 같다.〔猶螳螂之怒臂 以當車轍 則必不勝任矣〕"라고 하였다.

283 뜨거운……사마귀였네 : 나철이 1904년 기울어져가는 국권을 세우기 위하여 일본에 건너가 "동양평화를 위해 한·청·일 3국은 상호 친선동맹을 맺고, 한국에 대해서는 선린의 교의로서 부조(扶助)하자."라는 내용을 일본 정계에 전달하고, 3일간 금식농성을 하였다. 그러다가 한일간의 을사조약 체결 소식을 듣고 귀국하여 조약체결에 협조한 매국노를 저격하려다 실패한 일을 말한다.

284 교단에……바꾸었네 : 나철이 1908년 도쿄(東京)의 한 여관에서 두일백(杜一白)이라는 노인을 만나 단군교포명서(檀君教布明書)를 받고, 그해 12월 도쿄의 어느 여관에서 이기호, 정훈모 등과 함께 두일백으로부터 영계(靈戒)를 받은 후 1909년 1월 15일 단군교를 선포한 일을 말한다.

나를 용납해 주는 이 없으니	莫之我容
행하고 신뢰받지 못함은	行不見信
죄가 나에게 있다 하였네	罪在予躬
불쌍한 내 동포들	哀我同胞
근본을 잊고 화를 즐겨	忘本樂禍
옛것 싫어하고 새것 좇기를	厭舊趨新
끓는 물 뜨거운 불속으로 들어가듯 했네	如赴湯火
사교가 된 내가	予爲司敎
이들을 구제하지 못한다면	不能拯溺
사교의 임무 게을리함이니	怠棄所司
그 벌은 죽어야 마땅하다 하였네	厥罰當殛
맹세컨대 실낱같은 목숨 바쳐	誓捐一縷
만백성 위하여 속죄하리니	爲萬民贖
하늘에 계신 신조께서	神祖在上
미약한 뜻 살펴 주시리라 하였네	庶察微志
나는 말하였네 옳지 않다고	余謂不可
죽음에도 의가 있어서	死亦有義
외부로부터 이른 화는	禍至自外
본래 순하게 받아야 하네	固當順受
도랑만한 작은 절개[285]는	溝瀆之諒

285 도랑만한 작은 절개 : 소인들이 사리의 옳고 그름을 돌아보지 않고 임금을 위하여 죽는 것을 말한다. 《논어》〈헌문(憲問)〉에서 공자는 "어찌 필부필부(匹夫匹婦)들이나 인정하는 조그마한 신의(信義)를 위하여 스스로 도랑에서 목매어 죽어서, 남이 알아주

어진 사람이 취하지 않았다네 仁者不取

천성을 길러 도를 지키며 養眞守道

조용히 때를 기다리면 靜以俟時

하늘이 밝게 보살펴서 天鑑孔昭

어김없이 보답하리라 하였네 報應無差

그대 마음 돌처럼 굳세어 君心如石

바꿀 수가 없었네 不可轉移

교훈을 남겨 거듭 당부하고 遺戒申申

개인적인 일 말하지 않았네 言不及私

백은 백두산으로 돌아가나 魄歸祖山

혼은 천궁에서 노닐 것이니 魂遊天宮

우리 백성에게 복 주고 綏我民福

저 어리석은 무리들 깨우쳐주시길 啓彼羣蒙

병들어 누워 신음하니 病枕呻吟

말이 문장을 이루지 못하네 語不成文

북쪽 바라보며 길게 부르짖으니 北望長號

천년의 이별이로다 一別千春

아아 애통하도다 嗚呼痛哉

부디 흠향하소서 尙饗

(옮긴이 백승철)

지도 않는 사람이 될 수 있겠는가?〔豈若匹夫匹婦之爲諒也 自經於溝瀆 而莫之知也〕"라고 하여 제나라 관중(管仲)이 자결하지 않고 환공(桓公)을 섬긴 것을 칭찬하였다.

운양집

제14권

추도문 追悼文

애사 哀辭

고유문 告由文

잡저 雜著

추도문 追悼文

2편

애국사사추도문 무신년(1908, 융희2)

愛國死士追悼文 戊申

의리가 있는 곳에는 원하는 것이 삶보다 심한 것이 있고[1] 치욕이 더해지는 곳에는 싫어하는 것이 죽음보다 심한 것이 있다. 이것이 고금의 충신과 열사가 죽음을 집에 돌아가는 것처럼 보고 기러기 털보다 가볍게 여긴 까닭이다. 명(明)나라 말엽 세 충신이 있었으니, 황득공(黃得功)은 홍광(弘光)을 위해 죽었고,[2] 좌양옥(左良玉)은 숭정황제(崇禎皇帝)를 위해 죽었고,[3] 사가법(史可法)은 사직(社稷)을 위해 죽

1 의리가……있고 : 《맹자》〈고자 상(告子上)〉에 "삶 역시 내가 원하는 것이고 의 역시 내가 원하는 것이나 두 가지를 겸할 수 없다면 삶을 버리고 의를 취하겠다.〔生亦我所欲也 義亦我所欲也 二者不可得兼 舍生而取義者也〕"라는 구절을 변형한 말이다.

2 황득공(黃得功)은……죽었고 : 황득공(黃得功, ?~1645)은 본래 병사 출신이나 무공을 세워 여주(廬州) 총병으로 승진했고 정남백(靖南伯)에 봉해졌다. 남명(南明) 때 청나라 군대가 남하하자 황득공이 군대를 이끌고 대항하였다. 이 전투에서 목에 화살을 맞고 죽었고, 이 소식을 들은 그의 부인 역시 자결하였다. 홍광(弘光)은 남명 주유숭(朱由崧)의 연호로, 주유숭은 청나라 군대가 남경을 공격할 때 사로잡혀 북경에서 참수당했다.《明史 卷268 黃得功列傳》

3 좌양옥(左良玉)은……죽었고 : 좌양옥(1599~1645)은 숭정(崇禎) 17년 영남백(寧

었다.[4] 충성에는 크고 작음이 있으나 의를 취함은 마찬가지였기 때문에 군자가 인정하였다. 그러나 사직 외에 또 중차대한 것이 있는 줄은 알지 못했으니 바로 우리 동포인 백성이다. 그러므로 백성을 위해 죽은 자는 포용력이 더욱 크고 세운 절개가 더욱 우뚝하니, 사적으로 가까이했던 신하·궁녀·내시의 충성과 함께 논할 정도가 아닌 것이다.

아아! 갑신년(1884, 고종21)부터 갑진년(1904, 광무8)까지 20년간 변했던 시사(時事)와 초췌해진 나라에 대해 차마 말하랴. 당시에는 나라를 경영할 원대한 지모를 지닌 선비와 곧고 진실하여 죽음으로 절개를 지키는 신하들이 위험을 무릅쓰고 곧장 전진하여 서로 이어서 목숨을 바쳐 용문(龍門)과 지주(砥柱)[5]처럼 밀려드는 파도에 꿋꿋하게

南伯)에 봉해졌는데, 북경이 함락되고 숭정제가 자살하자 좌양옥이 재물을 풀어 군심을 안정시켰다. 80만의 병사를 이끌고 남명 때 청병을 막는 중요한 방어군으로 활약했다. 홍광제를 끼고 세도를 부리던 마사영(馬士英)을 토벌하던 중 병사하였다.《明史 卷273 左良玉列傳》

4 사가법(史可法)은……죽었다 : 사가법(1601~1645)은 이자성(李自成)의 반란군이 북경(北京)을 쳐들어왔을 때 근왕(勤王)의 군사를 이끌고 나갔으나, 장강을 건넜을 때 함락되었다는 보고가 들어와 군사를 이끌고 되돌아갔다. 홍광제(弘光帝) 때 병부상서(兵部尙書)에 임명되었으나, 간신 마사영(馬士英)을 싫어하여 양주(揚州)에 물러나 있었다. 청군이 남하했을 때 끝까지 저항하다가 전사했다.《明史 卷274 史可法列傳》

5 용문(龍門)과 지주(砥柱) : 용문은 중국 산서성(山西省)에 있는 협곡의 이름으로, 황하가 여기에 이르면 양 언덕이 마치 문처럼 대치하고 서있다고 하여 붙여진 이름이다. 지주는 삼문협에 있는 산 이름으로, 황하 중류의 세찬 파도에도 기둥처럼 우뚝 서 있어서 붙여진 이름이다.《서경》〈우공(禹公)〉에 "하수를 인도하되 적석으로부터 용문에 이르며 남쪽으로 화음에 이르고 동쪽으로 지주에 이른다.〔導河 積石 至于龍門 南至華陰 東至砥柱〕"라고 하였다.

버텼고 노양(魯陽)의 긴 창을 휘둘러 백일(白日)을 끌어당기려 하였다.[6] 어진 재상이 자신의 잘못으로 받아들였으니, 진태사(晉太史)가 직필[7]로 기록을 한들 무슨 문제 되리오. 간교한 도적이 기회를 타, 끝내 정안방(靖安坊)의 생각지 못한 화[8]를 만났다. 장성(長城)이 갑자기 저절로 무너지고 조정이 이 때문에 단번에 텅 비었다.

장홍(萇弘)은 주나라를 보필하였으나 헛되이 천추의 벽혈(碧血)이 되었고,[9] 원훤(元咺)은 위(衛)나라를 부지하였으나 누가 한 조각 붉은 마음을 아뢰었던가?[10] 척련(戚聯 외족과 처족) · 초방(椒房 왕비) · 귀근(貴近 가까운 대신) · 숙위(宿衛 호위신하) 같은 경우라면 의리상 기쁨과

6 노양(魯陽)의……하였다 : 전국 시대 초(楚)나라 노양공(魯陽公)이 한(韓)나라와 한창 싸우던 중에 마침 해가 곧 넘어가려 하자, 노양공이 창을 잡고 해를 향하여 휘두르니, 해가 마침내 삼사(三舍)의 거리를 되돌아왔다고 한다. 《淮南子 覽冥訓》

7 진태사(晉太史)가 직필 : 진태사는 춘추 시대 진나라 태사 동호(董狐)를 가리킨다. 법에 따라 사실을 숨기지 않고 직필을 하였다.

8 정안방(靖安坊)의……화 : 김홍집(金弘集, 1842~1896)이 광화문에서 난도들에게 살해당한 일을 비유한 말이다. 당나라 헌종 때 임금이 재상 무원형(武元衡)에게 병권을 일임해 회서 지방을 평정하도록 하였는데, 정적 이사도(李師道)가 몰래 자객을 파견하여 정안방 동문에서 살해한 일이 있었기 때문에, 이 일을 끌어다 비유한 것이다.

9 장홍(萇弘)은……되었고 : 주(周)나라 경왕(敬王)의 대부였던 장홍이 충간(忠諫)을 하다가 받아들여지지 않자 이를 한스럽게 여겨 자결을 하였는데, 그 피가 맺혀 벽옥(碧玉)으로 변하였다고 한다. 《莊子 外物》

10 원훤(元咺)은……아뢰었던가 : 춘추 시대에 진(晉)이 위(衛)를 공격했을 때 위성공(衛成公)이 피하면서 아우 숙무(叔武)와 대부 원훤에게 정사를 맡겼다. 이들은 진문공이 회맹할 때 성공 대신 참석해 그의 복위를 위해 노력했다. 그러나 성공은 위나라에 복귀했을 때 이들이 왕위를 찬탈하려 했다는 참언을 믿고 숙무와 원훤을 죽여 버렸다. 《春秋左氏傳 僖公28年》

슬픔을 같이 하여 궁궐에 피를 뿌리니, 장군의 머리는 잘릴 수 있고[11] 시중(侍中)의 피는 여전히 남겨진다.[12] 또 장수의 깃발을 잡고 부절(符節)을 나누어 받은 경우에 이르면 칼끝과 화살 끝에 참혹하게 걸리니, 상산(常山)의 늙은 수령은 적을 꾸짖으며 삶을 버렸고[13] 남팔남아(南八男兒)는 불의에 굴복하지 않았다.[14]

또 뜻을 지닌 사관(士官)과 청년 유학생 같은 경우 힘쓰고 연마하여서 국가의 효용이 되지 않는 이가 없었으니, 시대의 일을 근심하고 울분을 느껴 자신의 몸을 아끼지 않았다. 우공(愚公)이 산을 옮기는[15]

11 장군의……있고 : 촉의 장비(張飛)가 파군(巴郡) 태수 엄안(嚴顔, ?~219)을 생포하고 "대군이 왔는데 어찌 항복하지 않고 감히 대항하느냐?"라고 꾸짖자 "경들이 아무 이유 없이 우리 주를 침탈했다. 우리 주에는 머리 잘릴 장군은 있으나 항복할 장군은 없다.〔卿等無狀 侵奪我州 我州但有斷頭將軍 無有降將軍也〕"라고 대답했다고 한다.《三國志 卷36 張飛傳》

12 시중(侍中)의……남겨진다 : 진의 혜소(嵇紹, 253~304)가 몽진하는 혜제(惠帝)를 호위하다가 병기에 맞아 죽었다. 이때 황제의 옷에 피가 튀어, 좌우에서 옷을 빨려고 하였으나 "이는 혜 시중의 피니 제거하지 말라.〔此嵇侍中血 勿去〕"라고 하였다.《晉書 卷89 嵇紹傳》

13 상산(常山)의……버렸고 : 상산의 늙은 수령은 당나라 현종 때 충신 안고경(顔杲卿, 692~756)을 가리킨다. 안녹산(安祿山)과 혈전을 벌였을 때 성이 함락되자 녹산을 꾸짖기를, "조갈구(臊羯狗)야! 어찌 나를 빨리 죽이지 않느냐."라고 하며, 끝내 굴복하지 아니하고 죽었다.《資治通鑑 卷217 唐記33》

14 남팔남아(南八男兒)는……않았다 : 남팔남아는 당나라 숙종 때 남제운(南霽雲, ?~757)을 가리킨다. 남씨 집 여덟째라는 뜻이다. 반란군이 장순(張巡)을 비롯해 36명의 장수를 사로잡고 투항을 권유했으나 굴복하지 않고 죽었다. 이때 장순이 남제운에게 "남팔아, 남아는 불의 때문에 굽혀서는 안 된다."라고 하자, 남제운이 "훌륭한 일을 하고자 할 뿐입니다."라고 대답하였다.《新唐書 卷192 張巡傳》

15 우공(愚公)이……옮기는 : 우공이라는 노인이 집 앞을 가로막고 있는 산들을 깎아

능력이 없는 것은 어쩔 수 없지만 여전히 정위(精衛)가 바다를 메우려던[16] 뜻이 간절하였다. 끝내 법의 그물에 잘못 걸려 머리를 나란히 하고 형벌을 받았다. 맑은 물과 푸른 산에 오히려 슬피 곡하는 부인이 있었으나 이국의 절역에서 영원히 돌아오지 못하는 귀신이 되었다. 눈물 콧물을 흘릴 만하니 어찌 코끝이 시큰하지 않으랴.

근래 하늘의 굽어봄이 밝게 돌아왔고 은혜로운 조서가 환하게 넘친다. 살아서 이미 옥새(玉塞)에 들어갔고[17] 죽어서 구원(九原)에 있기[18] 어려우니, 풍상을 하나하나 회고해 보면 누군들 환난을 함께 한 의리가 없겠는가? 호리(蒿里)[19]를 우러러 바라보니 모두 목숨을 가볍게 여기고 의를 위해 순국한 사람들이다.

이에 좋은 때를 택해서 이로써 추도하는 마음을 편다. 삼가 생각하니 넘쳐나는 군센 혼백과 수많은 훌륭한 영령이 앞을 따라 이어지고 어지

없애버리고자 결심하고 쉬지 않고 노력했더니 상제(上帝)가 감동하여 그 산을 딴 곳으로 옮겨주었다는 고사를 말한다. 《列子 湯問》

16 정위(精衛)가……메우려던 : 염제(炎帝)의 막내 딸 여와(如娃)가 동해에서 놀다가 빠져 죽어 정위(精衛)라는 새로 변하여, 동해에 대해 원한을 품고서 복수를 하려고 늘 서산(西山)의 목석(木石)을 물어다 빠뜨려 바다를 메우려 하였다. 《山海經 北山經》

17 옥새(玉塞)에 들어갔고 : 이국으로 떠난 것을 의미한다. 옥새(玉塞)는 옥문관(玉門關)의 별칭이다. 감숙성(甘肅省) 돈황(敦煌)의 서쪽에 있는 관문으로, 한 무제 때 설치된 서역 교통의 요충지였다.

18 구원(九原)에 있기 : 무덤에 묻히는 것을 의미한다. 구원(九原)은 본래는 산서성에 있는 산 이름으로 춘추 시대 진(晉)나라 경대부의 묘지가 있던 곳이다. 후세에 인신하여 묘지를 가리키게 되었다.

19 호리(蒿里) : 묘지를 가리킨다. 본래 중국 산동(山東)에 있는 산 이름으로, 죽은 자를 장사 지내던 곳이다.

러이 내려오시어, 구름 수레와 바람 말을 타고 옛 도읍을 돌아보며 배회하고 무지개 깃발과 노을 깃발이 멀리 하늘 끝에서 명멸하리라.

아아, 제공이여! 삶은 제 몸을 위한 것이 아니었으니, 죽어서 어찌 나라를 잊으랴. 몸을 천지의 곁에 두고 민생이 의지하지 못함을 슬퍼하며, 눈을 들어 산하를 바라보고 인간의 어느 세대인지 탄식하리니, 대권(大權)이 돌아오는 날이 바로 우리 제공이 눈을 감을 때임을 알겠다. 저승과 이승에 간격이 없이 서로 감응하니, 천 년 후까지 이 뜨거운 피를 계승할 것이다. 다만 비통한 말씀을 드려 이로써 향을 올리는 제사를 대신한다.

오카모토 류노스케 추도문 임자년(1912)

岡本柳之助追悼文 壬子

묵적[20]과 송경[21]은	墨翟宋牼
옛날의 지사	古之志士
분란을 물리쳐 해결할 때는	排紛解難
이로움만을 보았네	惟利是視
공[22]만은 그렇지 않아	公獨不然
의와 함께 하였네	義之與比
머리 풀고 갓끈만 맨 채	被髮纓冠
내 일처럼 남 일을 걱정하였지	憂人如己
서양 세력이 하늘까지 차서	西勢滔天
동쪽으로 넘실넘실 닥쳐왔네	東注瀰瀰

20 묵적(墨翟) : 기원전 480?~기원전 390?. 중국 전국 시대 초기의 사상가이다. 유가가 봉건제도를 이상으로 하고 예악(禮樂)을 기조로 하는 혈연사회의 윤리임에 대하여, 오히려 중앙집권적인 체제를 지향하여 실리적인 지역사회의 단결을 주장하였다. 보통 묵자(墨子)로 불린다.

21 송경(宋牼) : 전국 시대 송나라 사람이다. 맹자와 장자가 모두 그를 존경하여 선생 혹은 송자라 불렀다. 사상은 묵가에 근접했고 검약과 전쟁을 하지 않을 것을 주장하여, 진나라와 초나라에 전쟁을 그만두도록 유세한 적이 있다.

22 공 : 오카모토 류노스케(岡本柳之助, 1852~1912)를 가리킨다. 일본 메이지 때 군인이다. 세이난 전쟁 후 논공행상에 불만을 품은 군인들이 일으킨 다케바시 사건의 주모자로 관직을 박탈당했다. 김옥균과 친교를 쌓았고 조선으로 건너가 명성황후 시해 사건을 지휘하였으며, 중국으로 건너가 로닌으로 활동하다가 상해에서 죽었다.

어둠 속에 빠져 허우적대나　墊昏胥溺
중국은 우리를 못 구하였지　甁傾罍恥
공이 이때 서쪽으로 건너와　公時西渡
이웃나라 기강을 부지하려 했네　欲扶隣紀
위험과 고난을 거쳤으나　經歷險艱
백 번 꺾여도 후회 않았네　百折靡悔
일이 어긋나 피하였으나　事蹇身遯
가슴 속 피 여전히 붉었네　腔血猶紫
시체가 버려질 것을[23] 달갑게 여겼고　分甘溝壑
훌륭한 도를 죽을 각오로 지켰네　善道守死
말년에 호[24] 땅에서 노닐었으나　暮年遊滬
장대한 마음은 그치지 않았네　壯心未已
무슨 운명의 험난함인가　何命之屯
한 번 병들더니 못 일어났네　一疾不起
선을 행해도 보답이 없으니　爲善無報
믿기 어려운 것이 이치로다　難諶者理
동지들은 비 오듯 눈물을 흘리고　同志雨泣
붓 잡아도 글쓰기 어렵네　援筆難泚

23 시체가 버려질 것을 : 죽어서 관곽이 없이 제대로 묻히지 못하는 상황을 가리킨다. 《맹자》〈등문공 하(滕文公下)〉에 "지사는 시체가 구렁에 버려질 것을 항상 잊지 않고 용사는 자기 머리를 잃게 될 것을 잊지 않는다.〔志士不忘在溝壑 勇士不忘喪其元〕"라고 한 데서 연유한 말이다.

24 호(滬) : 중국 강소성(江蘇省) 상해현(上海縣)에 흐르는 강 이름으로, 상해를 가리키는 말로 쓰인다.

오직 이 근역만이	惟此槿域
공이 발자취를 남긴 곳이라	公所留趾
푸른 단풍과 변방 요새에[25]	青楓關塞
정령이 가까이 있는 듯하네	精靈若邇
옛날을 추억하고	撫念疇昔
강개하며 탄식하네	忼慨發唏
이 제물을 흠향하시고	歆此椒糈
나를 비루하다 여기지 마시길	庶不我鄙

25 푸른……요새에 : 그리워하는 마음을 부친 사물이다. 두보(杜甫)가 죽은 이백(李白)을 그리워하며 지은 시인 〈몽이백(夢李白)〉의 "그대 혼 올 때 단풍나무 푸르러 보였건만 그대 혼 돌아갈 때는 변방 요새 검어 보이네.〔魂來楓林青 魂返關塞黑〕"라는 구절에서 인용한 것이다.

애사 哀辭

3편

사촌아우 국경의 죽음을 슬퍼하며 을축년(1865, 고종2)

從弟國卿哀辭 乙丑

아아, 슬프구나	嗚呼哀哉
그대[26]는 뛰어나고 드높은 기량과	惟君奇偉峻整之器
깨끗하고 준수한 자태와	秀潔俊爽之姿
기개 있어 얽매이지 않는 뜻과	倜儻不屑之志
명민하고 과단성 있는 재주라서	明敏果斷之才
선악의 기미를 정밀하게 살폈고	精察乎善惡之機
문묵의 규범 안에서 종횡하였지	縱橫乎文墨之規
총명과 박식보다 걱정스러운 것이 없고	病莫病兮聰明而多知
때를 못 만난 것보다 가여운 것이 없구나	傷莫傷兮生非其時
너무나 슬프구나 영원히 이별함이여	悲莫悲兮永相離
나는 태어나 영락하여 떠돌다	惟予生之飄零兮

26 그대 : 김윤식의 사촌동생 김광식(金光植, 1836~1865)으로, 자는 국경(國卿)이다. 김윤식이 부모를 잃고 어려서부터 의탁한 중부 김익정(金益鼎, 1803~1879)의 다섯째 아들이다.

너와 함께 초천[27]의 물가에서 자랐지	與汝長于苕之湄
나무 등걸에 앉아 책을 읽었고	坐樹根而讀書兮
뜰아래 종종걸음 쳐 지나며[28] 시를 배웠지	過庭下而學詩
저녁 돌계단 따라서 나란히 읊으니	循夕砌而並詠兮
산새가 내려앉아 춤을 추었지	山鳥蹌其下儀
좋은 봄날이면 술동이를 열었고	芳辰開酌
눈바람 불 때 사립문 닫았네	風雪關扉
그대가 먼저 노래하면 내가 화답하였으니	君倡予和
질나발 부는 듯 대피리 부는 듯[29]	若塤若篪
화려한 남의 의복 원하지 않았으니	不願人之文繡兮
이 즐거움 기한이 없으리라 생각했네	謂此樂之無期
아아 좋은 옥이 형산에서 나기도 전에[30]	嗚呼良玉未出於荊山
악착이 서쪽 기산에 내려가려했네[31]	鸑鷟將下於西岐

27 초천(苕川) : 양주에 있는 마을 이름으로, 김윤식이 어린 시절을 보낸 곳이다.

28 뜰아래……지나며 : 아버지에게 가르침을 받음을 의미한다. 《논어》 〈계씨(季氏)〉에 "이(鯉)가 종종걸음 쳐 뜰을 지나니 공자가 '시를 배웠느냐?'라고 하여 '아직입니다.'라고 대답하니 '시를 배우지 않으면 말할 길이 없다.'라고 하셔, 이가 물러나 시를 배웠다.〔鯉趨而過庭 曰 學詩乎 對曰 未也 不學詩 無以言 鯉退而學詩〕"라고 한 데서 인용한 말이다.

29 질나발……듯 : 형제 혹은 친구 사이의 화목과 조화를 비유할 때 쓰는 표현으로, 《시경》 〈하인사(何人斯)〉의 "맏형은 훈을 불고 둘째형은 지를 분다.〔伯氏吹壎 仲氏吹篪〕"라는 구절에서 인용한 것이다.

30 좋은……전에 : 아직 좋은 재주를 드러내지 못했음을 의미한다. 초나라 사람 변화(卞和)가 형산 남쪽에서 좋은 벽옥을 얻었는데, 이것이 나중에 화씨벽(和氏璧)이라 불리게 되었다. 《韓非子 和氏》

곤강이 먼저 불타고[32] 새 깃이 물에 빠지니　　岡先焚而羽沈兮
누가 그 상서로운 광휘를 보랴　　夫孰見其祥輝
천륜의 지기를 잃었으니　　喪天倫之知己兮
홀로 갈팡질팡 어디로 돌아가랴　　獨倀倀而焉歸
훤위는 거듭 슬퍼하시고[33]　　萱闈重戚
화악루[34]는 시들고 영락하였네　　萼樓凋零兮
젊은 아내 어린 자식 차마 울부짖게 하면서　　又忍令孀號而孤啼
그대 홀로 완연히 슬픔이 없겠구나　　君獨宛其無悲
아아 하늘이 선한 이를 돕지 않음은　　嗚呼天不佑善
어째서란 말인가　　謂之何哉
뜻이 큰 자는 작은 것에 용납되지 않고　　志乎大者不容於小
옛 것을 행하는 자는 현재에 못 어울리네　　行乎古者不諧於時

31 악착(鸑鷟)이……내려가려했네 : 악착(鸑鷟)은 봉황의 일종으로, 주나라가 일어날 때 악착이 기산에서 울었다고 한다. 《國語 周語上》

32 곤강이 먼저 불타고 : 인재가 선악 없이 모두 다 없어짐을 뜻한다. 《서경》 〈윤정(胤征)〉에 "곤강에 불이 붙으면 옥과 돌이 함께 탄다.〔火炎崑岡玉石俱焚〕"라는 구절에서 인용한 것이다.

33 훤위(萱闈)는……슬퍼하시고 : 김광식에 2년 앞서 둘째 형 김완식(金完植, 1831~1863)이 죽은 일을 가리킨다. 훤위는 어머니가 거처하는 곳으로, 어머니를 중의적으로 가리킨다.

34 화악루(花萼樓) : 본래 이름은 화악상휘루(花萼相輝樓)이다. 당 현종(唐玄宗)이 흥경궁(興慶宮) 서남쪽에 지은 누각으로, 형제들과 때때로 올라 함께 먹고 마시며 이불을 나란히 하고 자기도 하던 곳이다. 화악(花萼)이라는 이름은 《시경》 〈상체(常棣)〉의 "아가위 꽃이여. 찬란히 빛나지 않는가? 지금 사람 가운데 형제만한 이가 없구나.〔常棣之華 鄂不韡韡 凡今之人 莫如兄弟〕"라고 한 구절에서 글자를 따온 것이다.

이 세상이 비루해지는 것을 근심하고	悒塵寰之逼陋兮
한·당이 날로 천해지는 것 개탄했네	慨漢唐之日卑
숨이 끊어지기까지	迨氣息之將終兮
여전히 애타게 시대를 슬퍼하였지	猶眷眷乎傷時
이런 기량을 품고 영원히 가버렸으니	抱茲器而長往兮
끝내 빈궁한 채 베풀 데가 없구나	終約窮而無所施
아아 슬프구나	嗚呼哀哉兮
유독 무엇 때문인 것인가	亦獨何爲
8일 신미일	八日辛未兮
너를 장사 지내는 기일에	是汝葬期
산의 해는 어슴푸레하고	山日兮荒荒
외딴 무덤 우뚝 섰구나	孤墳兮崔嵬
이웃한 둘째 형 무덤은	隣仲氏之佳城兮
삼 년 지나 풀이 무성해졌구나	草三宿而離離
진실로 이제부터 영영 이별이니	眞從此而大別兮
슬픔이 가슴 가득해 말을 하기 어려워라	悲塡臆而難爲辭

안산 지현 윤공 상의 의 죽음을 슬퍼하는 글 병인
○무인년(1878, 고종15)
安山知縣尹公 象誼 哀辭 並引 ○戊寅

보산(寶山) 윤공(尹公)[35]은 나보다 10세 위이다. 젊을 때 알게 되었고 만년에는 이웃하여 살았다. 성품이 맑고 고상하며 세속을 초월하여, 만나면 사람으로 하여금 명예와 이익을 좇는 마음을 잊게 만들었다. 어려서부터 효성이 지극하여 어버이 섬길 때는 마음이 편하도록 애썼다. 53세에 친상(親喪)을 입자 슬픔 때문에 병이 나서 돌아가셨다. 사방의 친구들이 다 와서 그의 당형 연재(淵齋) 선생[36]에게 조문하였다.

선생이 울면서 말하기를,

"내 아우는 어질면서도 행실이 훌륭했고 시를 짓는 솜씨는 신의 도움이 있는 듯 했습니다. 불행히 죽었는데 또 상자 속에 간직한 유고(遺稿)를 수습해 줄 자손 하나가 없습니다. 뒷일을 수습해줄 책임이 아마도

35 보산(寶山) 윤공(尹公) : 윤상의(尹象儀, 1825~1878)로, 본관은 파평(坡原), 자는 사선(士璿)이다. 1874년 은진 현감, 1875년 안산 군수를 역임했다. 제목에는 이름이 '상의(象誼)'로 되어있는데, '誼'는 '儀'의 오기로 보인다.

36 연재(淵齋) 선생 : 윤종의(尹宗儀, 1805~1886)로, 본관은 파평(坡平), 자는 사연(士淵), 호는 연재, 시호는 효정(孝貞)이다. 조선 철종 때 문신이며 벼슬이 공조 판서에 이르렀다. 효성으로 이름이 높았고 병법, 천문, 예학에도 밝았다. 김윤식의 스승 박규수(朴珪壽)와 친분이 있었다. 애사의 내용에는 윤상의의 당형(堂兄)이라 되어 있으나 실제는 친형이다. 김윤식의 착각이거나 '가형(家兄)'의 오기로 추정된다.

이 늙은이에게 있나 봅니다. 제군이 한 말씀 아끼지 말고 죽은 사람의 마음을 위로해 주셨으면 합니다."라고 하였다.

나는 눈물을 거두고,

"시운(時運)이 말기(末期)라서 어진 사람에게 명이 없구나."라고 탄식했다.

그리고 그를 위해 다음과 같이 애사(哀辭)를 지었다.

아름다운 난초 빈 골짜기에 났으나	蘭之猗兮生空谷
고결한 자태 바람서리 속 처량하네	挺立高介兮淒風霜
가을 해 슬퍼하며 그리워했지만	秋日惻愴兮思纏綿
긴 회수 마르고 칼은 서슬 감췄네[37]	長淮絶涸兮刀掩鋩
밝고 밝은 노을 밖의 옥 같은 사람은	皎皎霞外兮人如玉
남해 노래하며[38] 가난에도 근심 않았네	歌詠南陔兮貧不憂
앞서 봉격[39]하여 기쁨을 알았고	曩奉檄兮知喜
다시 돌아와 변기를 씻었네	旋歸來兮滌牏

37 긴……감췄네 : 갑자기 인재가 죽음을 비유한 말이다. 《양서(梁書)》 〈왕규(王規)〉에 황태자가 왕규의 죽음을 슬퍼하며 "갑자기 흰말이 틈을 지나듯 세월이 흘러 한 번 황천의 긴 밤으로 들어가면 금도는 서슬이 덮이고 긴 회수는 다 마르는 것처럼 된다.〔一爾過隙 一歸長夜 金刀掩芒 長淮絶涸〕"라고 하였다.

38 남해(南陔) 노래하며 : 효성스러움을 비유한 말이다. 남해는 원래 《시경》 소아(小雅)의 편명인데, 지금은 제목만 있고 가사는 없다. 그 서(序)에 의하면 "남해는 효자가 부모를 봉양할 일로써 서로 경계한 노래이다.〔南陔 孝子相戒以養也〕"라고 하였다.

39 봉격(奉檄) : 사령장을 받음을 뜻한다. 한(漢)나라 모의(毛義)가 가난해서 부모를 봉양하기 어려웠는데, 효행 때문에 수령 벼슬을 하게 되자 기뻐했다가 부모가 돌아가시자 그만두었다고 한다. 《後漢書 卷39 劉趙淳于江劉周趙列傳序》

삼년상 슬퍼하여 대상을 못 치르니	三年柴毀兮未授祥琴
차마 어기지 못해 황천의 부모 뵙는구나	不忍永違兮反面泉臺
하늘이 효자에게 자손을 주지 않아	天不錫類於孝子兮
남은 자취 어루만지며 거듭 슬퍼하노라	撫遺躅而重哀
옛날 나는 어진 이 마을에 와서	昔余來此仁里兮
공의 높은 의를 삼가 사모했지	竊慕公之高義
밤낮으로 즐겁게 평론하였고	樂晨夕而揚搉兮
감동하여 시편에 기탁하였네	感風騷而托寄
노년을 기약할 수 있다 하였으나	謂歲寒之可期兮
시위 떠난 화살처럼 갑자기 헤어졌네	倏弦矢之相離
영원히 이 하루를 슬퍼하리니	傷千古之一朝兮
황천 바라보니 눈물 넘쳐나네	眄黃壚而淚滋

인 봉사 영철 의 죽음을 슬퍼하는 글 병인 ○정유년(1897, 광무1)
印奉事 永哲 哀辭 並引 ○丁酉

의를 좋아하는 선비는 의기를 숭상하고 말에 신의가 있다. 하루아침 다급한 남의 어려움과 마주치면 간혹 제 몸을 버리기까지 하면서 후회하지 않는 경우가 있다. 권세와 이익을 벗어나 사귀는 경우에는 성쇠 때문에 마음을 바꾸지 않고, 오래될수록 더욱 돈독해져 시종일관 변하지 않으니, 군자의 사귐이 아니라면 이렇게 할 수 없다. 나는 인세경(印世卿) 군에게서 이런 군자의 사귐을 보았다.

세경의 이름은 영철(永哲), 호는 미정(嵋亭)이고, 세경은 그의 자이다. 그의 선조가 교동(喬洞)에 호적이 있었으나, 중세조(中世祖) 때 면천(沔川) 아미산(峨嵋山) 아래 죽동(竹洞)으로 이사해 경작과 독서로써 대대로 집안을 이어갔다. 세경은 젊을 때 할아버지 죽계공(竹溪公)에게 배웠다. 장성하여서는 근검하고 농사에 힘써 부모를 봉양했다. 아버지가 병을 앓자 엄지손가락을 잘라서 피를 드렸으나, 후에 잘못된 것임을 깨닫고 남과 그 얘기 하는 것을 항상 꺼렸다. 그가 선(善)을 따르고 의(義)로 옮겨가며 헛된 명예 구하는 것을 부끄러워함이 이와 같았다.

종족과 화목하였고 벗들과 돈독하였으니 지극한 천성에서 나온 것이다. 마을 사람들이 친척처럼 믿고 의지하였다. 정유년(1897) 5월, 병으로 집에서 생을 마쳤다. 나이는 겨우 58세이고 관직은 영회원(永懷園)[40] 봉사(奉事)에 그쳤다. 아아! 애석하구나.

정해년(1887, 고종24) 여름, 나는 죄를 짓고 면천으로 귀양 가, 읍의 서쪽 영탑사(靈塔寺)에 부쳐 살았다. 절에서 죽동까지 10리 떨어져 있었고 산길이 매우 가팔랐다. 세경이 집안일을 놔두고 날마다 방문했는데, 비록 비바람이 심하게 치거나 매우 춥고 더울지라도 따지지 않았다. 궁핍함을 구휼해주었으니, 은혜가 마치 골육과 같았다. 그의 아들 동식(東植)은 나를 밤낮으로 지켜주며 부지런히 곁에서 시중을 들었는데, 이렇게 8년을 하루같이 하면서도 게으른 빛이 없었다. 아아! 어려운 일이다. 이것이 어찌 억지로 한다고 할 수 있으랴.

나는 타고난 성질이 오활하고 졸렬하여 남에게 정성스럽게 대하지 못하니, 세경이 내게서 얻은 것이란 곧 오활하고 졸렬함뿐이다. 그러나 세경이 마음을 다잡아 변치 않아 고인에게 부끄럽지 않으니, 바로 천부적으로 타고나서 그런 것이지 내 오활하고 졸렬함을 통해 이룰 수 있는 것이 아니다. 그러니 세경은 나를 안다고 말할 수 있고 나 역시 세경을 모른다고 말해서는 안 될 것이다. 아아! 이제는 그만이로구나. 내가 앞으로 누구와 더불어 이 도(道)를 논하랴.

세경에게는 기개가 있고 재주가 있었다. 그에게 관직을 맡게 했다면 반드시 직임을 다할 수 있었으리라. 그러나 당시에 쓰이지 못했다. 또 그를 위해 이끌어주고 뒷받침해줄 어진 사대부를 만나지 못해 사당(祠堂)의 관직에 침잠해 있었다. 성명이 향읍 밖으로 나지 못하고, 유독 나 같은 일개 늙은 죄인과 시종 같이 했으니 어찌 운명이 아니겠는가? 다음과 같이 애사를 쓴다.

40 영회원(永懷園) : 조선 제16대 인조의 큰아들 소현세자(昭顯世子)의 비 민회빈(愍懷嬪) 강씨(姜氏)의 묘소이다. 경기도 광명시 노온사동에 있다.

아 내 생애가 저무니　　嗟余生之晩暮兮
사귐의 도가 날로 그르쳐짐 깨닫노라　　覺交道之日非
서로 찾아다니며 화목하게 지냈고　　相徵逐而詡詡兮
생사를 맹세하며 기약하였지　　矢生死而爲期
아 얼굴은 좋게 하나 마음은 다르고　　羌面好而心違兮
어쩌다 처음은 맞아도 끝에는 어긋났네　　或始合而終離
그대만이 살아서 곧음을 다잡았고　　惟子生之秉貞兮
뜻은 금석보다 더욱 굳었네　　志彌堅於金石
예전에 내가 쫓겨나게 되자　　昔余遭夫斥逐兮
남들은 더럽혀질 듯 여겨 자취를 지웠지　　人若浼而鏟迹
그대 어리석어 세상의 연고 알지 못하고　　子之愚兮不識世故
달갑게 이 환난을 함께 해주었네　　甘與共此患難
성쇠가 마음을 변하게 할 수 없었으니　　榮枯不能移其情兮
혹독한 시절에 외로운 지조를 맡겼네　　托孤操於歲寒
아미산 높고 연화봉 우뚝하건만　　嵋嶺峨峨兮蓮峯矗矗
아침저녁 오가며 가을이 또 봄이 되었네　　朝來暮去兮秋復春
길은 질펀하게 도랑물 흘러넘치고　　路漫漫其流潦兮
골짜기 얼어붙고 눈으로 덮였네　　壑凌兢而封雪
추위 더위 무릅쓰며 피로한 줄 몰랐으니　　衝冒寒暑而不知疲兮
기개는 무지개처럼 날아 노을처럼 우거졌네　　氣虹翥而霞鬱
절 사립문 고요해 낮에도 닫아두고　　禪扉闃其晝掩兮
모습은 비쩍 말라 물아를 잊었지　　形枯槁而坐忘
산언덕에 나귀 울음소리 들리고　　聞驢鳴於山阿兮
빈 골짜기 발자국 소리에 기뻐하였네　　喜可知於谷跫

화정에 살게 되자	迨僑居于花井兮
동도의 좋은 주인[41] 노릇을 해주었네	作東都之良主
집안 살림 도와주고 아들이 살펴주어	畀家政而聽子兮
나그네살이 고생을 싹 잊게 해주었네	使我頓忘羈寓之爲苦
내가 부름 받고 서울로 돌아가게 되어	余承召而還都兮
마침내 남북으로 갈리게 되었지	遂分張於南北
서로의 마음 잘 알고 있으니	惟肝膽之相照兮
어찌 산천이 막을 수 있으랴	豈山川之能隔
내가 또 죄를 지어 교외로 물리쳐지자	余又獲戾而屛郊兮
산 넘고 물 건너 위로하러 왔었네	蹇跋涉而來慰
우리 도가 자주 궁해짐을 슬퍼하여	悲吾道之數窮兮
형용을 살펴보며 자주 탄식하였네	覽容髮而累欷
한창 가을 나뭇잎 떨어질 때	高秋兮落木
그대 배웅하는 마음 울적하였지	送子歸兮心惻
앞선 기약 멀지 않음 꼽아보고	指前期之不遠兮
곤궁함 면하고자 노력하였지	勉固窮而努力
훌쩍 겨울 지나 봄이 되니	倏經冬而易春兮
빨리 변한 계절을 살펴보았네	撫時序之駸驛
아침에 편지 받고 막 기뻐했는데	朝得書而方欣兮
저녁에 갑자기 흉한 소식 들었네	夕忽聞夫凶音

41 동도(東都)의 좋은 주인 : '동도주인(東都主人)'은 손님을 접대하는 사람을 가리킨다. 반고(班固)의 〈서도부(西都賦)〉와 〈동도부(東都賦)〉에 서도빈(西都賓)과 동도주인을 설정해 서로 대화를 나누는 형식으로 되어있는데, 여기에서 연유한다.

밥상 밀치고 놀라 울부짖으니	推食案而驚呼兮
달 어둡고 바람 불어 강가 하늘 음침하네	月黑風嘯兮江天陰
두 아이[42]가 얼마나 어질지 못 하길래	何二豎之不仁兮
우리 세경을 빨리도 뺏어가느냐	奪吾世卿之速也
긴 회수 마르고 칼은 서슬 감추니[43]	長淮絶涸兮神鋒掩鋩
백 명의 사람이라도 그 몸을 대신 못하네	人百其身兮不可贖也
구름낀 산 기대 멀리서 조문하니	憑雲山而遙吊兮
눈물은 옷깃 적시며 하염없이 흐르네	涕零襟而如霰
십 년 사귐이 하루아침에 끊겼으니	十年之交一朝斷絶兮
앞으로 어느 곳에서 다시 만나랴	將何處兮復相見
거듭 말하니 "부지런한 좋은 선비	重曰蹶蹶良士
그 마음 깨끗하였다	其心皭兮
의를 목숨처럼 좋아하였고	嗜義如命
베풀어도 보답을 바라지 않았다	施不報兮
두 아들 집안을 이을 수 있으리니	二孤克家
아버지 모범을 닮았구나	典型肖兮
자자손손	子子孫孫
선조의 좋은 모습 이으리라	續前好兮

42 두 아이 : 병마를 가리킨다. 진경공(晉景公)이 병이 들어 진(秦)나라의 명의를 청하였다. 그가 오기 전날 꿈속에서 두 아이가 서로 "내일 명의가 오면 우리를 처치할 것이다. 그러니 우리가 고(膏)의 밑과 황(肓)의 위로 들어가면 명의도 어찌 하지 못할 것이다."라고 하였는데, 다음날 의원이 과연 "병이 고황 사이에 들어가 치료할 수 없다."고 하였다 한다. 《春秋左氏傳 成公10年》

43 긴……감추니 : 401쪽 주 37 참조.

바람을 맞으며 말 하노니	臨風嗽詞
그대는 한스러워 하지 말기를"이라고	子無懊兮

고유문 告由文

3편

〈별려별위우제문(別厲別慰雩祭文)〉 25수는 모두 기록하지 않는다.

할아버지 묘소에 과거 급제를 고하는 제문 갑술년(1874, 고종11)

祖考墓榮掃告由文 甲戌

삼가 아뢰옵건대 가운이 중도에 막힌 지	伏以家運中否
거의 백 년에 가깝습니다	殆近百年
훌륭하신 부군[44]께서는	憲憲府君
도를 굳건히 지켜	守道介然
덕이 있어도 드러내지 않고	有德不施
재주가 있어도 말하지 않으셨습니다	有才不稱
이런 덕을 불초한 제게 남기셔	以遺不肖
남은 경사[45]를 받게 되었습니다	獲承餘慶
성주께서 직접 납시어	聖主臨軒

44 부군(府君) : 김윤식(金允植)의 조부 김용선(金用善, 1766~1821)을 가리킨다. 생애는 미상이다.

45 남은 경사 : 남에게 좋은 일을 한 보답으로 자손이 누리게 되는 경사를 가리킨다. 《주역》〈곤괘(坤卦)〉에 "선을 쌓은 집안에는 반드시 남은 경사가 있으리라.〔積善之家必有餘慶〕"라고 하였다.

5월 보름	五月之望
병과 제7등으로	丙科第七
합격자 방에 이름을 올리고	策名金榜
계속해서 영관[46]에 오르게 되니	繼登瀛館
영광이 지극하나 근심도 깊습니다	榮極憂深
찬연히 빛나시는 부군께서	皇皇府君
조석으로 비추어주셨고	朝夕照臨
아름답게 마음을 다잡으셨으며	懿厥秉心
공정하여 치우침이 없으셨습니다	公正無頗
비록 재야에 계실지라도	雖在布韋
나라를 집처럼 걱정하였습니다	憂國如家
의식을 구하려 해도	將求儀式
전형을 따라잡지 못할 것입니다	典型莫攀
공경히 술과 과실을 진설하고	敬陳酒果
줄줄 눈물을 흘립니다	涕泗汍瀾

46 영관(瀛館) : 홍문관을 가리킨다. 당 태종(唐太宗)이 문학관(文學館)을 열어 인재를 모아 경전을 토론하게 하였는데, 이를 세상 사람들이 영주에 오르는 것에 비유해 영광으로 여겼다. 여기에서 연유하여 조선 시대에 홍문관을 가리키는 말로 사용되었다.

아버지 묘소에 과거 급제를 아뢰는 제문

先考墓榮掃告由文

삼가 아뢰옵건대 누군들 부모가 없으며	伏以誰無父母
누군들 사랑받으며 자라지 않았겠습니까	誰不拊育
태어날 때 구로[47]를 끼쳤으나	生貽劬勞
오직 아들만을 염려하셨습니다	念兒維獨
제가 여덟 살이 되도록	兒生八歲
품에서 떠나지 못하였습니다	未離于懷
부모 잃는 화를 입었으나	酷被禍罰
몽매하여 슬픈 줄 몰랐습니다	蒙不知哀
오직 숙부 숙모께서	維叔父母
자기가 나은 자식처럼 사랑하시고	恩若己出
어여삐 여기며 길러주셔서	勤閔鞠養
오늘을 살 수 있게 되었습니다	保有今日
을축년 봄과 겨울에	乙丑春冬
성균관에 들어가고 벼슬을 처음 하였습니다	升庠筮仕
양근에서 서울로 들어갈 때	自楊入京
처자를 데리고 갔습니다	携婦挈子

47 구로(劬勞) : 자식을 낳아 기르는 수고를 가리킨다. 《시경》〈요아(蓼莪)〉의 "슬프다, 부모시여. 나를 낳으시느라 애쓰고 수고로우셨다.〔哀哀父母 生我劬勞〕"라는 구절에서 연유한 말이다.

올해 삼월 今年暮春

초하루 계묘일 朔日癸卯

외람되게 성균관시에 합격하였으니 猥中館試

환상[48]이 시험을 주관하셨습니다 瓛相主考

나라에 원량이 있어[49] 邦有元良

널리 경사를 알리고 기쁨을 기념하였던 것입니다 廣慶識喜

오월 병진일 五月丙辰

대전에서 시험을 보아 臨殿取士

마침내 병과로 등제하였으니 遂登丙科

이름이 일곱 번째에 있었습니다 名在第七

유월 신묘일 六月辛卯

더욱 가까이 몸을 두게 되었으니 厠迹密邇

직분에 계옥[50]을 생각하였고 職思啓沃

베푸신 은혜가 분수를 넘었습니다 恩造踰分

이미 불운함을 타고나 旣賦險釁

48 환상(瓛相) : 박규수(朴珪壽, 1807~1876)로, 본관은 반남(潘南), 자는 환경(瓛卿), 호는 환재(瓛齋)이다. 할아버지인 박지원의 《연암집》을 읽고 실학의 학풍에 눈을 뜬 뒤 윤종의(尹宗儀)·남병철(南秉哲) 등 당대의 학자와 학문적 교류를 하면서 실학적 학문경향을 한층 심화시켰다. 김윤식의 스승이다.

49 나라에……있어 : 1874년 순종이 태어난 것을 가리킨다. 원량(元良)은 태자를 뜻하는 말이다.

50 계옥(啓沃) : 선도(善道)를 개진하여 임금을 인도하고 보좌한다는 뜻이다. 《서경》 〈열명 상(說命上)〉에 나오는 "그대의 마음을 열어 나의 마음을 적셔라.〔啓乃心 沃朕心〕"라는 구절에서 연유한 말이다.

일찍부터 어버이 가르침 받지 못했습니다	早失庭訓
학업은 보잘것없으니	學蔑業荒
무엇으로 임금을 섬기겠으며	何以事君
재주와 생각은 성기고 짧으니	才疎慮短
무엇으로 입신하겠습니까	何以立身
영광이 비록 지극하더라도	榮耀雖極
부모 못 모신 후회 어쩔 수 없습니다	風樹莫逮
푹신한 자리에 앉고 진수성찬 먹어도	累茵列鼎
어찌 쌀 짊어져와[51] 부모 봉양하겠습니까	豈獲負米
이슬을 밟으며 슬퍼하니[52]	履露怵惕
감격하여 눈물이 먼저 솟습니다	感淚先迸
공경히 술과 과실 진설하여	敬陳酒果
남은 경사[53] 추모합니다	追慕餘慶

51 쌀 짊어져와 : 《공자가어(孔子家語)》 〈치사(致思)〉에 자로가 공자를 뵙고 말하기를, "옛날에 제가 양친을 섬기고 있을 때에는 항상 나물국만 먹으면서 부모를 위해 백 리 밖에서 쌀을 져 오곤 하였습니다. 부모님이 돌아가시고 난 뒤에 남쪽으로 초나라에 가서 벼슬하여 뒤따르는 수레만도 백 승이고 쌓아 놓은 곡식도 만 종이나 되며, 자리를 여러 겹 포개어 앉고 솥을 여러 개 늘어놓고 먹습니다만, 나물국을 먹으며 부모를 위해 쌀을 져 오고 싶어도 다시 할 수가 없습니다.〔昔者由也 事二親之時 常食藜藿之實 爲親負米百里之外 親歿之後 南遊於楚 從車百乘 積粟萬鍾 累茵而坐 列鼎而食 願欲食藜藿 爲親負米 不可復得也〕"라고 하였다.

52 이슬을……슬퍼하니 : 선조를 사모한다는 뜻이다. 《예기(禮記)》 〈제의(祭義)〉에 "봄에 이슬이 내리면, 군자는 성묘하고 반드시 슬픈 마음을 갖는다.〔春 雨露旣濡 君子履之 必有怵惕之心〕"라고 한 말에서 연유한 것이다.

53 남은 경사 : 409쪽 주 45 참조.

사우봉안후고유문

祠宇奉安後告由文

유세차 신묘(1891, 고종28) 8월 임진 삭(朔 초하루) 18일 기유 불초손 윤식(允植)은 감히 열위(列位)-관작 서차이다.- 부군께 밝게 아뢰옵니다. 삼가 아뢰옵건대, 윤식은 불운한 운명을 타고나 일찍이 부모 잃는 재앙에 걸려 하루도 봉양을 할 수가 없었기에 평생의 고통을 오랫동안 품고 있었습니다. 가만히 생각하기를, 효(孝)는 펼 데가 없어도 충(忠)은 나라로 옮길 수 있으니, 오직 입신양명하면 깊숙이 감춰진 저를 거의 밝게 드러낼 수 있을 것이리라 여겼습니다. 이로써 채찍질하며 스스로 분발하여 감히 포기하지 않았고, 늦은 나이에 한 번 급제하자 보답을 하리라 마음으로 맹세하였습니다.

10년간 국가에 우환이 많았는데 재주가 없음에도 관직에 임명되니 편하게 있을 틈조차 없었습니다. 3년 사이에 청현직(淸顯職)을 빠르게 거쳐 영광이 이미 분수를 넘었으니, 이치상 반드시 재앙을 부를 것이었습니다. 비록 연빙(淵氷)의 경계[54]가 마음에 항상 간절하였으나 이미 나라에 등용된 처지라 의리상 감히 제 맘대로 할 수가 없었습니다. 평평하나 위험하나 앞을 향했고 종종걸음 치며 공손함을 행한 지 또 이삼 년 되었습니다. 남들이 간혹 녹봉과 지위에 연연하여 용감히 물러

54 연빙(淵氷)의 경계 : 위험한 곳을 조심히 가라는 경계를 가리킨다. 《시경》〈소민(小旻)〉에 나오는 "전전긍긍하며 마치 깊은 연못에 임한 듯 마치 얇은 얼음을 밟는 듯〔戰戰兢兢 如臨深淵 如履薄氷〕"에서 연유한 말이다.

나지 못한다는 의혹을 품기도 하였습니다. 그러나 일의 형편에 구애되어 대번에 결정하기 어려웠습니다. 우리 할아버지께서는 위에 계시면서 거의 살피셨으리라 생각합니다.

그리하여 모르는 사이 재앙의 기미는 날로 깊어졌습니다. 식견이 없고 생각이 짧아 부딪치는 곳마다 혹이 생겨나니, 죄에 걸려 반드시 죽을 것을 스스로 알았습니다. 다행히 성은의 관대함을 입어 호서(湖西)로 귀양 가는 가벼운 벌을 받았습니다. 추위와 더위를 여러 번 겪으면서 실낱같은 목숨을 겨우 보존하였습니다. 또 남은 액운이 미처 다하지 않아 상을 당하는 재앙이 겹쳐서 일어났습니다. 수년 이래 가족들이 영락하여 거의 다 죽고, 오직 남은 부자 두 사람이 피폐하게 서로 바라볼 뿐이니 외로움과 고통이 한층 더해 비할 데가 없습니다. 더욱 인정과 도리에 견디지 못하는 것이 있었으니 부모 잃은 채 살아가는 제 남은 인생이었습니다.

평생 우러러보며 의지한 데가 오직 사당뿐이었습니다만 지금 제사에 참석하지 못한 지 이미 5주년입니다. 나라에 불충했을 뿐 아니라 또 집에 불효하였고, 남에게 죄를 얻었을 뿐 아니라 또 하늘에 죄를 지었음을 알았으니, 다시 누구를 원망하며 다시 누구를 허물하겠습니까. 지금 타향살이를 한 지 이미 오래되니 경향(京鄕)의 친구들 가운데 이사하라고 권하는 사람이 많습니다. 가만히 생각건대 이 일은 의리상 어그러지는 점이 없고 인정상 적합합니다. 중국과 우리나라의 선현 가운데 권속을 이끌고 귀양지로 간 사람이 많았으니, 법전에서 금하지 않는 것입니다. 이에 거처하던 절 앞의 인가를 빌려 서울의 권속을 옮겨왔습니다.

삼가 열위 신주를 받들어 새 사당에 안치하였습니다. 땅이 고향과 멀고 산이 선산과 떨어져 있습니다. 타향에 봉안하는 것을 어찌 평소 헤아렸겠습니까. 삼가 집안의 옛 전적을 본 적이 있는데, 고조부께서 호남에 귀양 가 계실 때 우리 집이 잠시 결성(結城)의 화산(花山)에 산 적이 있습니다. 화산은 여기에서 거리가 30리가 채 안 됩니다. 산천과 풍토가 대략 비슷하여 생소하고 외진 고장과 차이가 있으니 밝으신 영령이 여기에 임해 편안히 쉬시길 바랍니다. 땅에 엎드려 비통해 하니 오열을 견디지 못하겠습니다. 삼가 아룁니다.

잡저 雜著

4편

보임 정사년(1857, 철종8)

保任 丁巳

소는 밭을 갈고 말은 수레를 끌고 닭은 새벽을 알리고 개는 도둑을 지킨다. 소가 밭을 갈지 않으면 천하의 백성이 굶주리게 된다. 말이 수레를 끌지 않으면 천하의 백성이 피로해진다. 닭이 새벽을 알리지 않으면 백성이 아침이 온 줄 모른다. 개가 도둑을 지키지 않으면 백성이 편안히 베개 베고 누울 수 없다.

우리에 있는 돼지가 비웃으며 말했다.

"천하의 능력이 오직 이 네 종류 가축에게만 있으리오. 무엇 때문에 이처럼 힘을 내 수고하는가? 우리는 떼 지어 살면서 서로를 쫓으며 하루 종일 있어도 하는 일이 없다. 그런데도 쌀겨와 술지게미를 계속해서 주고 가죽 채찍으로 때리지 않는다. 배가 불러 빵빵하고 즐거우면서도 재앙이 없다."

창고의 쥐가 비웃으며 말했다.

"저들은 우러러 사람에게서 받아먹지만 오히려 고통스러운 것이 있다. 나는 사람이 사는 집의 벽을 뚫고 사람의 곡식을 훔치며, 창고 안에 소굴을 만들고 병과 사발 사이를 출입하지만 창과 칼이 가해지지 못하고 화살과 돌이 닿지 못한다. 이것이 나의 능력이다."

옛날 요 임금 시대에 백성들이 홍수를 당해 벼를 심지 못하여 수확을 하지 못하였다. 서로 이끌고 물에 빠져들었지만 구휼하지 못했다. 이런 때에 원개(元凱)의 부류[55]가 조정을 채우고 있었으나 입을 닫고 손을 모은 채 스스로를 추천할 수 없었다. 곤(鯀)이 홀로 임무를 맡아 물을 막는 데 고심하였으나 9년이 되어도 성공할 수 없었다. 이로 말미암아 보건대, 일을 만나 곧바로 전진하는 것은 망령된 것이다. 지혜를 다하여 스스로 쓰는 자는 제 수명을 해치는 자이고, 기미를 따라 몸을 사리고 피하는 자는 현명하고 사리에 밝은 자이고, 팔짱끼고 이루어지기를 기다리는 자는 몸에 대해 총명한 자이다. 비록 그렇더라도 환난이 있으니, 저들은 모두 "현명하고 사리에 밝으면 천하의 직임이 이에 버려지게 될 것이다."라고 말한다.

하늘이 백성을 낼 적에 사물이 있으면 규칙이 있었으니 부자유친(父子有親), 군신유의(君臣有義), 부부유별(夫婦有別), 장유유서(長幼有序), 붕우유신(朋友有信)이다. 이를 유추해 나가면 그 도가 천만 가지이다. 저들은 모두 "현명하고 사리에 밝으면 천하의 직임이 이에 버려지게 될 것이다."라고 하니, 효는 버려질 수 있고 충은 없어질 수 있고 분별은 문란해질 수 있고 순서는 어지럽혀질 수 있고 믿음은 무너질 수 있다. 오직 없앨 수 없는 것은 사랑과 여색과 재물이다. 사람이

55 원개(元凱)의 부류 : 팔원팔개(八元八凱)로, 훌륭한 신하를 가리킨다. 고신씨(高辛氏)에게 재주 있는 아들 여덟이 있어 팔원(八元)이라 불렀고, 고양씨(高陽氏)에게 재주 있는 아들 여덟이 있어 팔개(八凱)라고 불렀다. 순이 이들을 요에게 천거하였는데, 모두 잘 다스렸다고 한다. 《春秋左氏傳 文公18年》

각기 제 자식 사랑하고 여색을 좋아하고 재물을 탐낼 줄만 안다면 이는 곧 금수일 뿐이다. 그러므로 "이익에 밝은 자는 의에 밝지 못하고 제 몸에 총명한 자는 남에게 총명하지 못하다."라고 말하는 것이다.

요순(堯舜)은 현인을 천거하는 것을 자기의 임무로 삼았고 우(禹)는 물길 소통시키는 것을 자기 임무로 삼았다. 자기에게 맡겨 천하의 일이 이루어졌다. 이지(伊摯)[56]는 도를 맡았고 손오(孫吳)[57]는 병법을 맡았다. 공수(共倕)[58]는 솜씨를 맡았고 분육(賁育)[59]은 용맹을 맡았다. 사광(師曠)[60]은 귀 밝음을 맡았고 이주(离朱)[61]는 눈 밝음을 맡았다. 비간(比干)[62]은 충성을 맡았고 사어(史魚)[63]는 곧음을 맡았다. 탕무(湯武)[64]는 인(仁)을 맡았고 걸주(桀紂)[65]는 포학을 맡았다. 이 때문에 선한

56 이지(伊摯) : 은나라 재상 이윤(伊尹)의 원래 이름이다. 윤은 직임이다.

57 손오(孫吳) : 춘추전국 시대 저명한 병술가 손무(孫武)와 오기(吳起)를 가리킨다.

58 공수(共倕) : 순 임금 때 공공(共工)의 관직을 맡았던 인물로 솜씨가 좋은 사람이다.

59 분육(賁育) : 전국 시대 용사 맹분(孟賁)과 하육(夏育)을 가리킨다.

60 사광(師曠) : 춘추 시대의 악사이다. 태어날 때부터 눈이 없어 장님이었지만 음률에 매우 밝았다.

61 이주(离朱) : 이루(离婁)라고도 한다. 황제(黃帝) 때 인물로, 백 보 밖에서도 털끝을 보았다고 한다.

62 비간(比干) : 은나라 때 충신이다. 폭군인 주(紂)에게 간언을 하다가 살육 당했다.

63 사어(史魚) : 위나라 현신이다. 시간(尸諫)으로 유명하다. 《논어》〈위령공(衛靈公)〉에 "곧도다, 사어여. 나라에 도가 있을 때에도 화살처럼 곧았으며 나라에 도가 없을 때에도 화살처럼 곧도다.〔子曰 直哉 史魚 邦有道 如矢 邦無道 如矢〕"라는 구절이 나온다.

64 탕무(湯武) : 은나라 탕왕(湯王)과 주나라 무왕(武王)을 가리킨다.

65 걸주(桀紂) : 하나라 마지막 임금인 걸(傑)과 은나라 마지막 임금인 주(紂)를 가

자가 맡으면 천하가 다스려지고 선하지 않은 자가 맡으면 천하가 어지러워진다. 한 번 다스려지면 한 번 어지러워지는 것이 하늘의 도이다. 선함도 악함도 없으면 이는 혼돈이라 이른다.

옛날 이윤(伊尹)이 상(商)을 다스릴 때 남자 한 사람 여자 한 사람이라도 제 자리를 얻지 못하면 마치 자기가 밀어서 구렁에 빠뜨린 것처럼 여겼다. 맹자는 "하늘이 아직 천하를 태평하게 다스리고자 하지 않는 것이다. 만일 천하를 태평하게 다스리고자 한다면 나를 버리고 그 누구겠는가?"[66]라고 하였다. 이윤과 맹자는 천하가 그 성과를 우러렀고 백 세대에 걸쳐 그 덕을 스승 삼았다. 이 같은 경우가 선한 자에게 맡긴 것이 아니겠는가? 하늘이 맡아서 쉼이 없고 땅이 맡아서 사물을 싣는다. 일월이 맡아서 지나침이 없고 사시가 맡아서 어그러짐이 없다. 산이 맡아서 높음을 이루고 물이 맡아서 깊음에 다다른다. 미미한 작은 틈이나 반걸음 사이라도 벗어날 수 없으니, 벗어나면 이에 무너지는 것이다.

지금은 맡는 것을 매우 꺼린다. 어떤 사람이 맡으면 그의 부형이 꾸짖고 처자가 두려워하고 종들이 꺼린다. 아끼는 자는 마음을 아파하고 증오하는 자는 걸려들었다고 기뻐한다. 지금 제 한 몸도 오히려 맡을 수 없는데 더욱이 한 집안이겠는가? 한 집안도 오히려 맡을 수 없는데 더욱이 한 나라이겠는가? 한 나라도 오히려 맡을 수 없는데 더욱이 천하이겠는가?

옛날 군자는 방정하고 곧았으나 지금 군자는 두루 따르고 삼간다.

리킨다. 폭군의 대명사이다.

66 하늘이……누구겠는가 : 《맹자》 〈공손추 하(公孫丑下)〉에서 인용한 것이다.

옛날 소인은 편파적이고 편벽되었으나 지금 소인은 행동이 원만하고 공손하다. 일이 있으면 "제 능력이 아닙니다."라고 하여 윗사람은 아랫사람에게 사양하고 아랫사람은 윗사람에게 사양한다. 겉으로 겸양의 아름다움을 꾸미면서 속으로는 이해를 따지는 마음을 품고 있다. 듣는 자가 괴이하게 여기지 않고 말하는 자가 부끄럽게 여기지 않는다. 적당히 얼버무려 일시적인 안일만을 취하고 반복해서 서로 따라하며 여기가 예의지국이라고 생각한다.

옛날에는 한 가지 정사의 오류나 한 가지 일의 잘못이라도 모두 지적할 곳이 있었으니, 왕도(王道)를 행하는 자가 일어나면 베어서 없애 덮여있던 것을 열어젖힌 듯했다. 지금은 백성들이 날마다 괴로워도 그러한 까닭을 알지 못하고 기강이 날로 무너져도 원인을 모른다. 비록 분명하게 변별하는 자가 있어도 역시 어찌할 수가 없다. 군자가 소인인지, 소인이 군자인지 알지 못하니 이는 맡음이 없는 까닭이다. 그러므로 "옛 사람의 지혜가 지금 사람의 지혜만 못하다."라고 한 것이다.

옛날 요(堯)가 천하를 허유(許由)에게 양보하자 허유는 기산(岐山) 가운데로 도망쳐 맑은 물에 귀를 씻었다. 순(舜)이 지백(支伯)에게 천하를 양보하자 지백은 "내가 마침 깊은 근심 병이 있어 미처 치료할 겨를이 없는데 더욱이 천하를 다스리랴."라고 하였다.[67] 저 두 사람은 과연 현명한가. 이는 홀로 몸을 살찌우는 자들이다. 그런데도 대대로 "허유와 지백이 천하를 지푸라기처럼 보았다."라고 칭찬한다. 천하라는 것은 여러 생물을 기르는 것이다. 하늘을 대신해 다스리는 것을 임금이라 이르고 하늘을 대신해 가르치는 것을 스승이라 이른다. 만일

67 옛날……하였다 : 《장자(莊子)》 〈양왕(讓王)〉에서 인용한 것이다.

혹시라도 이롭게 할 수 있다면 제 몸을 죽이더라도 사양하지 않는 바가 있는데 더욱이 지푸라기처럼 여기랴. 이 때문에 후세에 세상을 속이고 명분을 도둑질 하는 자들이 조상으로 여기고, 해를 피하고 이익으로 달려가는 자들이 조상으로 여긴다. 이것이 이른바 포도수(逋逃藪)[68]라고 하는 것이다.

지금 고용된 장정은 남의 돈을 받는다. 닭이 울면 일어나고 손발이 트고 굳은살이 박이는 것은 반드시 보답할 것을 생각하기 때문이다. 저 밭을 갈지 않으면서도 먹고 베를 짜지 않으면서도 입는 자들이 어찌 제가 비롯된 바를 알지 못해서야 되겠는가? 그러므로 "남이 먹을 것을 먹는 자는 남의 일에 죽고 남의 수레를 타는 자는 남의 환난을 싣는다." 라고 하는 것이다. 그러므로 봉양을 받으면서 되갚을 줄 모르는 자는 소·말·닭·개만 못하다. 한 명의 장정이 맡으면 백 명의 장정이 망친다. 또 안으로부터 그 성공을 막는다. 맡은 자가 백 가지 일을 옳게 하여도 한 가지 일을 그르치면 함께 야유하며 비웃는다. 이렇듯 맡는 자가 어렵다. 맡는 자를 어리석다 하고 맡음을 유지하는 자를 망령되다 하면서 어리석고 망령된 사람과 함께 동석하지 않는다. 아아! 망령된 자가 망령된 것이 아니라 망령되다 하는 자가 망령된 것이다.

저들은 나라에 충성하는 것이라면 맡지 않지만 재물을 추구하는 것이라면 맡는다. 백성을 편안히 하는 것이라면 맡지 않지만 여색을 탐하

68 포도수(逋逃藪) : 죄를 짓고 도망한 자를 받아주는 소굴이다. 《서경》〈무성(武成)〉에 "지금 상나라 왕 수(受)는 무도하여……천하의 도망치는 자들의 주인이 되어 악인들이 물고기가 못에 모이고 짐승이 수풀에 모이듯 합니다.〔今商王 受無道……爲天下逋逃主 萃淵藪〕"라고 한 구절에서 연유한 말이다.

는 것이라면 맡는다. 바야흐로 그가 맡게 되면 천하가 침을 뱉어도 부끄러운 줄 모르고 수만 개의 입이 꾸짖어도 두려워할 줄 모른다. 그런데도 제 수레바퀴에 붉은 칠을 하고 문에 붉은 칠을 하며 먹을 것을 솥으로 벌려 놓고 비단으로 바지를 만들어 입는다. 나가면 남에게 성질을 부려 남이 감히 우러러 보지 못하고 들어오면 처첩에게 교만하게 굴어 처첩이 그의 능력에 굴복한다. 위엄이 조야(朝野)에 진동하고 은택이 자손에게 흐른다. 하는 짓이 저와 같아도 이와 같이 복을 얻는 것을 사람들이 본다. 그리하여 전날 침 뱉고 꾸짖던 자들이 마음속으로 달갑게 여겨 그들이 하는 짓을 배우고, 더구나 열 배를 더한다. 그러면 도리어 침 뱉은 자들을 속인다고 하고 꾸짖은 자들을 도적이라 하면서 두려워하지 않고 그 집을 못으로 만들어 버린다. 그렇게 하고 나면 침 뱉고 꾸짖기를 계속하는 자가 없어진다. 침 뱉고 꾸짖기를 계속하는 자가 없어지면 사방이 고요해진다.

사람이 나서 여덟 살이 되면 그의 부형이 "반드시 네 용모를 꾸미고 네 의복을 곱게 하고, 아부를 잘 하고 듣기 좋은 말을 잘 하라."고 알려준다. 관례를 치르게 되면 "일을 맡지 말고 직언을 하지 말라."고 알려준다. 이렇게 한다면 효라고 할 수 있다. 술을 탐하고 여색을 좋아하면 호걸이라고 한다. 남의 비위를 맞추고 아첨을 잘하면 훌륭한 선비라고 한다. 시서(詩書)를 욕하고 헐뜯으면 쾌활하다고 한다. 말이 속되고 용모가 비루하면 풍채 있다고 한다. 노는 것이 경박하면 기상이 빼어나다고 한다. 먹고 마시며 절제할 줄 모르면 번화하다고 한다. 투전과 골패를 필요한 것이라 한다. 백성을 벗겨 긁어모으는 것을 수단이라고 한다. 시정아치를 제 편으로 끌어들이는 것을 정성스러운 마음이라고 한다. 돈을 지키며 인색하게 굴어 형제가 반목하는 것을 규모라고 이른다. 땔감과 쌀, 생선과 소금을 두 곱절로 세고 다섯 곱절로 헤아리는 것을 물정에 통한다고 한다. 강하다고 약한 자를 능멸하는 것을 이치상 떳떳한 것이라 한다. 제 몸을 잃고 세력에 붙는 것을 당연한 법칙이라고 한다. 한 번 효자라고 말해지면 그 사람은 세상에서 버려진 사람이다. 한 번 충신이라고 말해지면 그 사람은 세상에서 버려진 사람이다. 한 번 독서하는 선비라 말해지면 그 사람은 세상에서 버려진 사람이다. 충효를 버리고 성현을 함부로 모욕한다. 이것은 인륜을 깨뜨리는 것이 되니 백곤(伯鯀)[69]도 하지 않는 것이다.

사람들이 항상 하는 말이 있다. 지금 세상에 인재가 없다고. 언제 인재가 없는 세상이 있었던가? 비록 총명한 자질과 지혜로운 재주가 있더라도 어려서 부형의 가르침을 익히고 자라서 붕우의 말에 물이 든다. 이와 같이 하고도 변하지 않을 수 있는 자는 아직 없었다. 도를 배우는 것이 매우 고달프지만 배우는 것은 유용하기 때문이다. 의를 행하는 것이 매우 어렵지만 행하는 것은 효과가 있기 때문이다. 만약 고달프면서도 무용하고 어려우면서도 효과가 없다면 비록 삼척동자라도 그것이 불가한 줄 판단한다. 그러니 더욱이 세상 사정을 성기게나마 아는 자이겠는가? 옛날 독서했던 것은 앞으로 세상에 필요하기 때문이었다. 지금 독서하면 남에게 비웃음과 모멸을 당한다. 사람들이 항상 하는 말이 있다. 독서는 무용한 것이라고. 그것은 세상을 격양시키려

69 백곤(伯鯀) : 우(禹)의 부친 곤(鯀)을 가리킨다. 곤이 숭백(崇伯)이라 백곤이라 한 것이다. 요 임금이 홍수를 다스릴 인재를 구했을 때, 뭇 신하들이 곤을 추천하여 일을 맡겼으나, 9년 동안이나 홍수를 다스리지 못한 채 결국은 순(舜)에 의해 우산(羽山)에서 복주(伏誅)를 당하였다. 《史記 卷2 夏本紀》

하는 말이 아니다. 진실로 이렇게 알고 있는 것이다. 그래서 군자가 가슴을 어루만지며 마음 아파하고 평안히 있지 못한다.

책이라는 것은 성현이 준 심법이자 역대 치란의 명감(明鑑)이다. 이를 버린다면 앞으로 무엇을 가지고 할 것인가? 그래서 종신토록 실의에 차서 스스로 그 몸을 해치다가, 하루아침에 겨우 머리터럭 같이 작은 일을 맡으면 안개에 떨어진 듯 망연하고 땀이 나서 발꿈치까지 흘러 어찌할 줄 모르니 역시 무슨 한탄할 것이 있으랴. 이 같은 자는 스스로 그 몸을 해치고 그 아들을 해치고 천하 사람의 아들을 해치는 자이다. 지금 천하의 모든 사람들이 서로 해치니 어찌 나와 너의 분별을 알랴?

내가 들으니, 병을 잘 치료하는 자는 먼저 그 뿌리를 공격하고, 세속을 잘 치료하는 자는 먼저 근원을 치료해야 한다고 들었다. 지금 천하의 병은 여기에 많고 많지만 실제로는 모두 지엽적인 것들이라서 기강을 한 번 진작시키면 바르게 하지 못할 것이 없다. 세속을 치료하는 방법은 하나가 아니다. 조급한 것은 느슨하게 하고 부드러운 것은 강하게 하니, 형편을 살펴 조처하는 데 달려있다. 뿌리를 뽑아서 물결을 돌리는 것이라면 맡을 자를 잘 등용하는 것에 달려있다. 사람들은 모두 "천명이여, 천명이여."라고 한다. 저 푸르고 푸른 것이 드높이 덮고 있어 사사로움에 매인 바가 없으니, 어찌 이 백성으로 하여금 법을 어기고 난을 일으키게 한 적이 있으며 이 백성으로 하여금 어그러지고 게으르게 만든 적이 있었던가? 하늘이 유독 이 백성만 병들게 하겠는가? 이필(李泌)이 말하기를, "천명은 사람들이 모두 말할 수 있으나 오직 임금과 재상은 말해서는 안 되니, 임금과 재상은 명을 만드는 자이기 때문입니다. 임금과 재상이 된 자 역시 천명을 말한다면 예악과 형정이 쓸 데가 없어집니다."라고 하였다.[70] 《상서(商書)》에 "내가 태어남은 명이 하늘에 달려 있지 않은가?"[71]라고 하였으니 이것이 주(紂)가 망한 까닭이다.

이로 보건대, 저 걸핏하면 천명을 일컫는 자는 허물을 책임지려 하지 않는 자이다. 사람이 책임지지 않으면 하늘이 홀로 책임을 지겠는가? 만일 임용된 자가 있다면 천하 사람들 모두가 그에게 맡긴 것이다. 천하 사람들 모두가 맡기면 어진 인재가 나온다. 무엇으로 그러한 줄을 아는가? 저 자임하는 자들은 반드시 재예와 재능이 있다. 비록 재예와 재능이 없어도 반드시 이상(理想)이 있다. 이상을 한 번 세우면 탐욕을 비루하게 여길 줄 알고 아무 공이 없이 먹는 음식을 부끄러워할 줄 안다. 아무 공이 없이 먹는 음식을 부끄러워할 줄 알아야 비로소 훌륭한 일을 할 수 있다.

사람을 등용할 적에는 반드시 먼저 그 처음을 보아야 한다. 지금 선비를 뽑는 일이 사부(辭賦)에 달려있다. 사부의 항목은 비슷하여 송덕(頌德)을 하는 것이 많다. 지극히 공정하고 사사로움이 없어야 하는 관직에 반드시 송덕을 잘하는 자를 뽑는다. 송덕을 잘하는 것으로 선비를 등용한다면 어찌 훌륭한 결과가 있기를 바랄 수 있으랴. 이것이 바로 아첨하는 풍토를 조장하는 것이다. 만일 재야에 자임하는 자가 있다면 반드시 그 말을 듣고 그 일 처리를 살펴서 하루아침에 천거하여 지위가 높고 명성이 드러나는 자리에 둔다. 그 사람은 반드시 전전긍긍

70 이필(李泌)이……하였다 : 이필(722~789)이 덕종(德宗)의 물음에 대답한 말이다. 이필은 당나라 때 어진 재상이다. 《新唐書 卷13 李泌傳》

71 내가……않은가 : 《서경》 〈서백감려(西伯戡黎)〉에 나오는 주(紂)의 말이다.

하면서 자기의 말에 부응하지 못할까만을 걱정할 것이고 마음과 생각을 다하고 귀와 눈을 밝게 하여 반드시 걸맞게 할 것을 생각할 것이다. 이렇게 한 연후에야 부형은 방탕한 자제를 걱정하고 자제는 독서가 귀중한 줄 알게 되고, 초야의 선비가 정사에 대해 들을 수 있고 초가지붕 아래에서 경제(經濟)의 도를 강론할 수 있게 되는 것이다.

그대는 유독 집을 부유하게 하는 방법을 모르는가? 사내종은 경작을 담당하고 계집종은 누에치고 실 잣는 일을 담당하여, 맡은 일을 사양하지 않고 서로 직분을 넘지 않는다. 주인의 일을 마치 자기 일처럼 여겨서, 이익이 있으면 돌리고 해가 있으면 나누니, 주인의 이익이 자신의 이익이기 때문이다. 어리석은 자는 모르기 때문에 "이익을 주인에게 돌리면 내게 무엇이 남겠는가?"라고 말한다.

동쪽 마을에 한씨(韓氏) 노인이 있다. 힘써 농사를 지어 집안을 일으켰고 자기 힘으로 천금의 재산을 치부하였다. 여름에 웃통을 벗고 맨발에 갓을 벗은 채 나무를 찍어 울타리를 만드느라 땀이 얼굴에 흘렀다. 그의 친구가 지나가다 말했다.

"어찌 그리 스스로 수고하는가? 노비가 있지 않은가?"

한씨 노인이 말했다.

"가라. 네가 알 바가 아니다. 저 어리석은 사슴과 돼지, 미미한 벌과 개미도 종일 부지런히 일하여 모두 제 힘으로 먹고 산다. 하늘이 어찌 나를 벌이나 돼지와 차이를 두었겠느냐. 그러므로 '지난날 쌓은 덕으로 먹는 것이 아니라면 반드시 하늘의 재앙이 있다.'라고 한다. 하는 일 없이 놀고먹는 것은 해충보다 더 해롭다. 나는 하루 먹을 것을 헤아려 하루의 일을 한다. 그렇지 않으면 먹어도 삼킬 수 없고 잠을 자도 코를 골며 편히 쉬지 못한다. 사지가 한 번 게으르면 질병이 번갈아 침투한다. 그래서 내가 고달픈 줄 모르는 것이다."

작은 한 집안이라도 책임을 지지 않으면 일으킬 수가 없는데 더욱이 큰 천하이겠는가? 저 제 힘으로 먹고 사는 자들도 오히려 스스로 감히 편히 있지 못하는데 더욱이 남의 먹을 것을 먹고 사는 자이겠는가? 이 때문에 군자는 도를 맡고 소인은 힘을 맡으니, 상하가 서로 책임을 맡아 천하가 이루어지는 것이다. 임금은 요순처럼 되는 것을 자기의 임무로 삼고 신하는 이윤(伊尹)과 주공(周公)처럼 되는 것을 자기의 임무로 삼고 선비는 공자와 맹자처럼 되는 것을 자기의 임무로 삼아, 옳은 것을 서로 배우고 그른 것을 서로 따지면 온갖 제도가 바르게 될 것이다. 능력이 있어 맡은 자는 반드시 굳건히 스스로를 지키며 비할 데 없는 자부심을 지니고 있다. 천둥이 쳐도 변하지 않고 쌓인 금이 한 말이 되어도 변하지 않는다. 천하가 칭찬해도 기뻐하지 않고 천하가 비방해도 꺾이지 않는다. 이와 같은 자가 앞으로 부담을 이겨낼 수 있는 자이다. 허물을 하늘에 돌리지 않고 능력을 남에게 사양하지 않고 조처하면 성과가 있다. 그리하여 큰 소리로 내게 위대한 공적이 있다고 감히 말한들 누가 비난할 수 있겠는가?

임용의 도는 반드시 먼저 집안을 부유하게 하여 위로 부모의 마음을 기쁘게 하고 아래로 처자의 낯을 온화하게 한 연후에야 그 쓰임을 다할 수 있다. 공경대부와 백관은 반드시 빈궁함과 누추함을 벗어나야 하니 이를 염치를 기른다고 한다. 옛날 기자(箕子)가 주 무왕(周武王)에게 "그들이 얼굴빛을 편안히 하여 말하기를 '내가 좋아하는 바가 덕이다'라고 하거든 네가 그에게 복을 준다."[72]라고 하였으니 이것이 바로 임용의

72 그들이……준다 : 《서경》 〈홍범(洪範)〉에 나오는 "'내가 좋아하는 바가 덕이다.'라

도이다. 임용의 도는 성과를 질책하는 데 급하지 않고 흠을 찾는 데 상세하지 않다. 넉넉히 노닐며 너그럽게 용서하여 그 재주를 다한 후에 그만둔다. 그러므로 "성인이 그 도를 오래 하면 천하가 화평하다."[73]라고 하였다.

고 하거든 네가 그에게 복을 준다.〔而康而色 曰 予攸好德 汝則錫之福〕"라고 한 구절을 인용한 것이다.

73 성인이……화평하다 : 《주역》〈항괘(恒卦)〉에 나오는 "성인이 그 도를 오래 하면 천하가 교화되어 이루어진다.〔聖人久於其道 而天下和平〕"라는 구절을 인용한 것이다.

용언

庸言

용언이라는 것은 《중용장구》의 서언을 의미하고, 또 심상한 말을 의미하기도 한다. 모두 상하편을 썼으나 상편은 기록하지 않는다.

성인은 심오한 이치와 깊이 감춘 덕을 다 말한 적이 없으나 계사(繫辭)에 이르면 가릴 수가 없다. 현인이 전통을 이어받아 전수를 거듭하면서 뜻을 다한 적이 없으나 《중용장구》에 이르면 빠뜨릴 수가 없다. 그러므로 비록 천하의 지극한 변론이라도 말 한 마디 들이댈 수가 없고 비록 천하의 지극한 능력이라도 셈 하나를 더할 수가 없이, 완전하고 선명하고 변화가 있고 조리가 있다.

《역경》의 계사에 "천지의 도는 바른 도로 보여 주는 것이다.〔天地之道貞觀〕"라고 하였으니 무엇을 말하는가? 천지는 사람에게 적(跡)으로 보여 주고 성인은 사람에게 용(用)으로 보여줌을 말한다. 적이라는 것은 백성으로 하여금 준칙으로 삼게 하는 것이고 용이라는 것은 백성으로 하여금 행하게 하는 것이다. 그러므로 용이 있으면 반드시 체(體)가 있고 체가 있으면 반드시 용이 있다. 용에 조처하였으나 준칙으로 삼을 수 없다면 이는 체가 없기 때문이다. 그러므로 《중용》에 "군자의 도는 용이 넓으면서도 체가 은미하다.〔君子之道費而隱〕"라고 하였으니, 말단을 통해 근본을 구하고 일을 통해 이치를 구하는 것을 말한다. 도라는 것은 일과 이치를 합하여 말한 것이다. 《중용》에 "하늘이 명하신 것을 성이라 이른다.〔天命之謂性〕"라고 하였다. 후세에 설명하는 자가 혹은 사람과 사물을 나누어 말한 것이라고 하고 혹은 사람과 사물을 합쳐서 말한 것이라고 하기도 한다. 나누어 말한 자는 말단을 통해 근본을 구한 것이고, 합쳐서 말한 자는 근본을 통해 말단을 구한 것이다.

내 비루함으로 논의할 수는 없지만 따져보면 의심스럽다. 《서경》에 "하민에게 충(衷)을 내려주셨다.〔降衷于下民〕"[74]라고 하였으니, 사물을 말한 적이 없다. 건괘(乾卦)의 단사(彖辭)에 "건도가 변화하여 각각 성명을 바르게 한다.〔乾道變化 各正性命〕"라고 하였으니 합함을 말한 적이 없다. 《악기(樂記)》에 "사물은 끼리끼리 나뉜다.〔物以群分〕"라고 하였으니 성명(性命)이 같지 않다. 맹자도 고자(告子)의 대답에 대해 다르다고 한 이유를 통렬히 설명한 적 있건만, 후세 사람들은 무엇을 따라 같다고 보는가? 지금은 다만 강설해서 이 도를 밝히니 소에게 인(仁)을 행하게 해서는 안 되고 말에게 의(義)를 행하게 해서는 안 된다. 비록 요순(堯舜)의 지혜가 있더라도 변화시킬 수가 없으니 이는 무용함을 아는 것이다. 무용함을 알면 군자는 이치를 말하지 않으니 더욱이 억지로 변설하는 것이랴. 미묘함을 말하기 좋아하여 공허함에 빠져 돌아오지 않는 것은 석가모니의 학문이다. 실제의 이치를 밝히고 실제의 행동을 실천하여 가까운 데로부터 먼 데에 이르는 것이 군자의 학문이다.

주자가 "만물의 일원(一原)을 논하면 이(理)는 같으나 기(氣)는 다르다. 만물의 이체(異體)를 살피면 기에는 서로 비슷한 점이 있으나 이는 절대로 같지 않다.〔論萬物之一原 則理同而氣異 觀萬物之異體 則氣有相近而理絶不同〕"[75]라고 하였으니, 그 뜻을 대략 알 만하다. 이른바 일원이라는 것은 생겨난 시초이니, 시초에는 혼연히 같은 이치이다.

74 하민에게……내려주셨다 : 《서경》 〈탕고(湯誥)〉에서 인용한 것이다.

75 만물의……않다 : 《주자어류(朱子語類)》 권4 〈성리1(性理一)〉에서 인용한 것이다.

혼연히 같은 이치란 살려주기를 좋아하는〔好生〕 천지의 덕이다. 이른바 이체라는 것은 생겨난 후이니, 생겨난 후에는 만물이 형체로 변화한다. 만물이 형체로 변화하는 것은 천지가 산 것을 살리는〔生生〕 일인 것이다. 살려주기 좋아하는 덕으로 산 것을 살리는 일에 부여하니, 사람은 그 바름을 얻어 통하지만 사물은 편벽됨을 얻어 막힌다. 이 사단(四端)이 있는 것은 사람이 되고 이 사단이 없는 것은 사물이 된다. 이것이 이른바 이(理)가 절대 같지 않다는 것이다. 사람과 사물이 같이 얻은 것은 자식을 사랑하고 이익을 좋아하고 삶을 좋아하나 죽음을 싫어하는 것이다. 통틀어 말하면 살리기를 좋아하는 덕이다. 이것이 이른바 이가 같다는 것이다.

옛날 백성의 풍속이 선하고 성인의 교화가 깊었다. 그러므로 사람들이 각기 성을 중요하게 여기고 몸을 아낄 줄 알았다. 전국 시대에 이르러 부정과 거짓이 날로 번성하여 악(惡)으로 나아가는 백성들이 많았다. 마침내 그 성에 어두워져 마치 변화할 수 없을 것처럼 여겼다. 이에 추맹씨(鄒孟氏 맹자)가 일어나 그 근본을 미루어 성선설(性善說)을 내었으니 그 말이 지극하고도 다 하였다. 세대가 내려갈수록 이치는 더욱 어두워졌다. 순씨(荀氏 순자), 양씨(揚氏 양웅), 한씨(韓氏 한유)의 설이 그 사이에 번갈아 유행했다. 주돈이(周敦頤), 장재(張載), 정호(程顥), 정이(程頤), 주희(朱熹)에 이르러 다시 그 근본을 끝까지 추구하여 “사람과 사물이 생겨남은 모두 선에서 근원하였다고 하였다. 선이라는 것은 무엇인가? 바로 하늘이다. 하늘이란 무엇인가? 바로 살려주기를 좋아하는 덕이다.”라고 하였다. 이 말은 고원하면서도 도에서 어그러지지 않았고 변화하면서도 의를 상하게 하지 않았으니, 심성을 논하는 자들이 평정되어 다른 말이 없었고 인성의 선악을 언급할 겨를이 없었다.

이에 성악설(性惡說)[76]과 성선악혼합설(性善惡混合說),[77] 성삼품설(性三品說)[78]은 폐기되었으니, 성에 관한 논변은 여기에 충분하였다.

옛사람이 이미 마음과 생각을 다하고 입술과 혀를 다 써서 이 도를 밝혔다. 우리는 마땅히 굳게 잡고 잃지 말아 이 도를 행하여야 한다. 지나치게 똑똑한 자들은 오히려 입을 다물고 고인의 뒤에 있으려 하지 않는다. 그래서 자기의 사단(四端)을 들어다가 날짐승과 물고기, 동물과 식물에 나누어 배열함으로써 다시 이전의 설들을 밝힌다. 범과 이리를 인(仁)에, 벌과 개미를 의(義)에, 수달을 예(禮)에, 원숭이를 지(智)에 있어 비슷하다고 한다. 풀 한 포기 나무 한 그루에 이르기까지 역시 다 견강부회하여 완성하였다. 소리에서 구하려다 얻지 못하면 색에서 구하고 냄새에서 구하려다 얻지 못하면 맛에서 구했다. 사람들이 물성의 악함을 설명하는 것을 보면 마치 고인이 인성(人性)의 악함을 배척했던 것처럼 엄격하였다. 그리하여 옛날 성왕(聖王)이 백성을 가르쳤던 뜻, 맹자가 근원을 미루었던 의의, 주돈이, 장재, 정호, 정이, 주희의 일원(一原)과 이체(異體)의 취지가 완전히 다시 어두워졌고 사람과 사물이 이에 따라 섞여서 분별이 없어졌다.

맹자가 "친한 이를 가까이 하고나서 백성을 사랑하며 백성을 사랑하

76 성악설(性惡說) : 순자(荀子)의 설로, 인간은 욕망에 기초하여 움직이므로 교육이 필요하다고 주장하였다.

77 성선악혼합설(性善惡混合說) : 양웅(揚雄)의 설로, 성에는 선과 악이 섞여있다고 주장하였다.

78 성삼품설(性三品說) : 한유(韓愈)의 설로, 성에는 상·중·하의 세 계급이 있어서, 상(上)은 가르치지 않아도 선(善)하고 중(中)은 가르침에 따라 선 또는 악이 되고 하(下)는 악하다고 하였다.

고 나서 사물을 아낀다.〔親親而仁民 仁民而愛物〕"[79]라고 하였다. 저들이 나를 가까이 하기 때문에 내가 저들을 가까이 한다. 저들에게 사단의 덕이 있기 때문에 내가 사단의 덕을 베푼다. 저들이 살리기를 좋아하는 마음이 있기 때문에 내가 살리기를 좋아하는 마음을 더한다. 내가 지니고 있는 것을 지니지 못한 사물에 더하면 지혜롭다 이를 수 있는가? 사람은 천지의 바름을 받고 오행의 빼어난 기운을 품부 받아 순수하고 지극히 선하며 만 가지 이치가 구비되어 있고 천지의 중간에 자리잡아 그 변화와 생장에 참여해 돕는다. 이 때문에 하늘은 만물의 아버지요, 땅은 만물의 어머니요, 사람은 만물의 스승인 것이다. 지금 지극히 귀한 존재를 지극히 천한 존재에 비하니 거의 자포자기한 것이 아닌가? 이 때문에 하늘은 베풀고 땅은 낳고 사람은 가르치는 것이다. 이른바 사물의 성을 다한다고 하는 것은 소가 밭을 갈고 말이 짐을 나르며, 물을 대고 불을 때며, 중동(仲冬 11월)에는 산 남쪽의 나무를 베고 중하(仲夏 5월)에는 산 북쪽의 나무를 베며, 수달이 물고기를 잡아 제사지낸 연후에 어부가 저수지와 못에 들어가고 승냥이가 짐승을 잡아 제사를 지낸 연후에 사냥을 한다는 따위가 이러한 것이다. 통틀어 말하면 살려주기를 좋아하는 덕을 미루는 것이다.

심하구나, 변론이 해가 됨이여! 군자가 신중히 감춰 내놓지 않았던 까닭이다. 이 때문에 《중용장구》와 《역경》에 실려 있지 않는 것을 말하지 않아도 되고, 요순이 할 수 없었던 것은 꾀하지 않아도 된다. 온 천하사람 가운데 입으로 따지는 자가 만억(萬億)만이 아니지만 그 말을 다할 수 없고, 고금의 사람을 통틀어 유자(儒者)라고 일컫는 자가

79 친한……아낀다 : 《맹자》 〈진심 상(盡心上)〉에서 인용한 것이다.

만억뿐만이 아니지만 그 일을 다 할 수 없다.

《중용장구》의 머릿장에 "하늘이 명하신 것을 성이라 이른다.〔天命之謂性〕"라고 하였으니 사람됨의 근본을 가르친 것이다. 부자께서 "은미한 것을 찾아내고 괴이한 것을 행하는 것을 나는 하지 않는다.〔索隱行怪, 吾弗爲之矣〕"[80]라고 하였다. 은미한 것이란 용이 없는 체이고 괴이한 것이란 체가 없는 용이다. 만일 체가 있고 용이 있으면 우리 부자께서 이미 먼저 하셨을 것이다. 부자께서 "삶을 모르는데 어찌 죽음을 알며 사람 섬길 줄 모르는데 어찌 귀신 섬길 줄 알겠느냐?"[81]라고 하였다. 이로 말미암아 보면 비록 사람이 지니고 있을지라도 알 수 있는 자가 드무니 더욱이 사물의 성이겠는가? 한씨(韓氏)는 불교를 잘 배척했다. 한씨가 불교를 배척할 적에[82] 다만 선왕의 법언이 아님과 선왕의 법복이 아님과 인륜과 기강을 없애고 사지를 훼손시키는 것을 논할 뿐, 미미한 본원심술(本原心術)을 추궁한 적이 없는 것은 어째서인가? 말단을 살펴보면 본원의 잘못을 알 수 있었기 때문에 본원을 논변할 필요가 없었던 것이다. 그러므로 그 설이 정대하고 명백하며 장애가 없고 넉넉하여 여유가 있다. 가령 당시 군주가 현명하고 재상이 충직했다면 불교의 가르침은 중국에서 없어졌을 것이다.

후세의 인재는 지혜가 옛 사람에 미치지 못하여 옛사람이 성긴 점을

80 은미한……않는다 : 《중용장구》 제11장에서 인용한 것이다.

81 삶을……알겠느냐 : 자로가 귀신 섬기는 것과 죽음에 대해 묻자 공자가 각각 "'사람 섬길 줄 모르는데 어찌 귀신 섬길 줄 알겠느냐?〔未能事人 焉能事鬼〕', '삶을 모르는데 어찌 죽음을 알겠느냐?〔未知生 焉知死〕"라고 대답하였다 한다. 《論語 先進》

82 한씨가……적에 : 한유(韓愈)의 〈불골표(佛骨表)〉의 내용을 가리킨다.

보이면 심복하기에 부족하다고 생각하고, 이에 심오한 이치를 연구하고 본원을 탐구한다. 심각한 경우에는 아주 짧은 사이에 다시는 분변하지 못하고 도리어 불교에 제 몸이 물든다. 나중에 비록 억지 표정을 짓고 배척하려 하여도 밖으로 내는 말들이 불교의 취향과 벌써 서로 가까워져 있으니 무슨 심복하는 마음이 있겠는가? 심지어는 언어와 복식까지 함께 모방한다. 이미 심해졌으면 머리형을 바꾸고 거처를 옮기고 창을 거꾸로 들고 공자 무리를 공격한다. 그러므로 "불교를 물리친 것이 한씨만한 사람이 없다."라고 한 것이다.

"한씨가 불교를 물리친 것은 본디 잘한 것이지만, 맹자가 양주(楊朱)와 묵적(墨翟)을 배척한 것은 이와 다른 듯하다."

"어찌 같을 수 있겠는가? 양주와 묵적은 언어와 의복이 남과 다르지 않았고 거처와 음식이 남과 다르지 않았다. 양주는 나를 위하니 충(忠)에 가깝고 묵자는 겸애하니 서(恕)에 가깝다. 이것은 성인의 도를 어지럽히기에 충분하다. 그러므로 논변을 심도 있게 하지 않을 수 없다."

"맹자가 양주와 묵적을 분변한 것은 잘 했다. 하지만 고자에게 대답한 것은 너무 상세하지 않은가?"

"고자는 유자의 말을 하고 유자의 옷을 입고 유자의 거처에 살고 유자의 음식을 먹고 선왕을 사모해 본받고 심성에 대해 변론하였다. 이는 지극히 가까우니 더욱 분변하기 어려운 것이다. 그러므로 맹자가 정미한 부분을 분석하여 남겨진 부분이 거의 없게 한 것이니 어찌 고자가 양주나 묵적보다 더 해로웠으랴. 말단을 공격해서 사람의 의혹을 푸는 것이 불가했을 따름이다. 지금 불교는 언어, 의복, 거처, 음식 가운데 한 가지 말단을 잡아도 배척받지 않을 수 없을 텐데 어느 겨를에 마음과 성정을 논하겠는가."

천진봉사연기 임진년(1892, 고종29)

天津奉使緣起 壬辰

우리나라는 평소 다른 외교가 없이 오직 북쪽으로 청나라를 섬기고 동쪽으로 일본과 통교할 뿐이었다. 수십 년 이래 세계의 사정과 형세가 날로 변했다. 유럽이 웅장해지자 동양의 여러 나라들이 모두 만국공법(萬國公法)을 준수하였으니, 이를 버리면 고립무원이 되어 스스로 보호할 길이 없기 때문이다. 이에 청나라 및 일본이 모두 태서(泰西 구미(歐美)) 각국과 수호를 맺어, 거의 20국과 조약을 맺었다. 일본은 예전에 관백(關白)[83]이 집권하였다. 서양과 통교한 이래 일황(日皇)이 관백을 폐하고 직접 국정을 잡았다. 나라를 다스리고 군대를 훈련하고 기기(器機)를 만들고 재화를 징수하는 등의 모든 제도에 태서의 법을 사용하였고 유구(琉球)를 멸하고 홋카이도(北海道)를 개척해 동양 강국으로 불린다. 일본에서 우리나라보다 가까운 나라가 없다. 기강(紀綱)을 개혁한 이래 우리 조정에 서계(書契)를 보내왔는데, 조정에서는 서계가 옛날 서식에서 많이 어긋난다고 하여 변방의 신하에게 물리치고 받지 못하게 하였다. 8년의 오랜 시간이 지나 병인년[84] 봄, 일본이 사절을 파견해 군함을 타고 강화(江華)에 들어와

83 관백(關白) : 본래는 평안(平安) 시대 천황 대신 집정한 관직을 가리켰으나, 조선에서는 후대 막부의 쇼군을 가리키는 말로도 사용되었다. 본래 후한 선제(後漢宣帝) 때 곽광(霍光)이 정권을 잡고 있어, "모든 일은 곽광을 통해 아뢴 연후에 천자에게 아뢰었다.〔諸事皆先關白光 然後奏御天子〕"라고 한 구절에서 유래한 호칭이다.

84 병인년 : 병자년(1876, 고종13)의 오기이다.

조약을 맺자고 요구했으므로 부득이하게 허락하였다.

러시아가 국경을 해삼위(海蔘葳 블라디보스토크)까지 확장하여 군대를 주둔하고 개항하였다. 우리나라 국경과는 겨우 강 하나를 사이에 두고 있으니 범과 표범이 옆에 도사리고 있는 것과 같았다. 이때 안남(安南 베트남)·면전(緬甸 미얀마)·유구가 차례로 영토는 줄고 군사는 약해져 멸망에 이르렀으나 우리나라는 여전히 알지 못했다. 안남은 법국(法國 프랑스)과 조약을 맺었고 면전은 영국과 조약을 맺었고 유구는 일본에 병탄되었다. 이 세 나라는 널리 외교 맺기를 원하지 않고 오로지 한 나라에만 의지해 믿을 만하다고 여겼다. 일이 오래되면 변화가 생기는 법이라 점차 침략과 능멸이 가해졌지만 국세가 자꾸 약해져 제어할 방도가 없었다. 다른 나라들은 평소 조약을 맺지 않았기 때문에 관계없는 곳으로 치부하고 감히 참견하지 않았다. 고립무원으로 있다가 마침내 멸망하게 된 것이었다.

청나라는 이 세 나라의 멸망을 거울삼아 우리나라를 위해 매우 근심했다. 이 세 나라는 모두 청나라의 조공국이었지만, 옛 것을 버리고 새 것을 좋아하다가 스스로 재앙과 패배를 취한 것이었다. 청나라가 비록 구호하고자 했으나 실로 채찍이 길어도 닿지 않는[85] 한탄이 있었다. 그리고 조약을 맺지 않은 상태에서 간섭하기 불편했고, 해외의 황복(荒服)[86]이라 또 청나라의 판도에는 손해가 없었으므로 힘써 다투

85 채찍이……않는 : "채찍이 길어도 말의 배에 미치지 못한다.〔鞭長不及馬腹〕"라는 속담에서 인용한 것으로, 아무리 능력이 있어서 미치지 못하는 부분이 있음을 비유한 것이다.

86 황복(荒服) : 오복(五服)의 하나로, 왕기(王畿)로부터 가장 멀리 떨어진 지역을 가리킨다.

지 않았다.

우리나라의 경우에는 수륙이 접해있어 동쪽 삼성(三省 길림·요녕·흑룡강)의 울타리 역할을 하기 때문에 청나라에서 내복(內服)[87]과 동일시한다. 그러므로 사전에 방법을 강구하여 세 나라의 전철을 밟지 않도록 하고자했다. 북양대신(北洋大臣) 이소전(李少荃) 중당(中堂) 홍장(鴻章)[88]이 누차 귤산(橘山)[89] 및 산향(山響)[90] 상공에게 편지를 보내 이해(利害)에 대해 의견을 개진하며 각국과 수호하라고 권하였다. 그렇지 않으면 앞으로 친압하는 이웃나라에 제어를 당할 것이니 후회해도 소용없을 것이라고 하였다. 그의 계책 가운데 '연미(聯美 미국과 연합함)'와 '친청국(親淸國 청나라를 가까이 함)'이 있었는데, 이것이 가장 요점이었다.

'연미'라는 것은 이런 것이다. 미국이 유럽 여러 나라들에 비해 가장 공평하고 선을 따른다. 또 재물이 풍부하여 남의 토지를 탐내는 욕망이

87 내복(內服) : 왕기(王畿) 이내의 지방을 가리킨다.

88 이소전(李少荃) 중당(中堂) 홍장(鴻章) : 이홍장(李鴻章, 1823~1901)으로, 자는 소전(少荃), 호는 의수(儀叟)이다. 청말 정치가이다. 조선에 원세개(袁世凱)를 파견하여 일본의 진출을 견제하게 하고, 묄렌도르프·데니 등 외국인 고문을 보내는 등 조선의 내정과 외교에 깊이 관여하였다.

89 귤산(橘山) : 이유원(李裕元, 1814~1888)으로, 본관은 경주(慶州), 자는 경춘(京春), 호는 귤산(橘山)·묵농(默農)이다. 홍선대원군 실각 후 영의정에 올랐다. 주청사로 청나라 방문 후 인천 개항을 주장했으나 수구파의 공격을 받았다. 전권대신으로 제물포조약에 조인했다.

90 산향(山響) : 이최응(李最應, 1815~1882)으로, 본관은 전주(全州), 자는 양백(良伯), 호는 산향이다. 남연군(南延君) 이구(李球)의 아들이고, 흥선대원군 이하응(李昰應)의 형으로 흥인군(興寅君)에 봉하여졌으며, 민씨 정권의 주요 인물이었다.

없다. 먼저 미국과 상의하여 좋은 조약을 체결하면 뒤를 이은 다른 나라의 조약 역시 다 이전 원안을 따를 것이니 속임을 당할 걱정이 없다. 또 미국인은 어려움을 배제하고 분규를 해결하기 좋아하니 반드시 각국이 일방적으로 능멸을 가하는 것을 용납하지 않을 것이다. 이것이 연미의 이익이다.

'친청국'이라는 것은 이런 것이다. 우리나라가 청나라에 복종해 섬기는 것에 원래부터 수백 년 지켜온 전례가 있다. 그러나 해금(海禁)이 이미 풀려 우리나라 역시 자주국으로서 만국 가운데 섰으니 내정과 외교를 청나라가 간섭하기 불편하다. 그리고 우리나라가 평소 국제외교에 어두우니 만약 청나라의 도움이 없으면 반드시 일마다 실수하고 그르칠 것이다. 그렇기 때문에 중국과 조선 두 나라가 반드시 친밀히 지내도록 마음을 더 쓰고 기회를 따라서 암암리에 도와야 할 것이다. 한 집안처럼 틈이 없어지면 역시 외인의 모욕을 막을 수 있을 것이다. 이것이 친청국의 이익이다. 진문(津門 중국 천진)의 여러 사람들이 또 다방면으로 이 설로 권하였다.

경진년(1880, 고종17) 가을 천진 해관의 관도(關道 해관 사무를 관장하는 벼슬) 정조여(鄭藻如)[91]가 소전의 뜻을 편지로 써서 우리나라 연공사신(年貢使臣)에게 보내, 돌아가 조정에 아뢰도록 하였다. 그 논의에는 연미의 일곱 가지 이익이 있었다. 그리고 다음과 같이 씌어 있었다.

"조선이 이미 일본과 통상을 허가하였으니 각국이 반드시 전례를 끌어대며 올 것이다. 만약 일괄적으로 사절할 수 있으면 오늘의 논의는

91 정조여(鄭藻如) : 1824~1894. 자는 지상(志翔), 호는 예헌(豫軒), 또 옥헌(玉軒)이라고도 한다. 청말 외교관으로, 이홍장(李鴻章)의 인정을 받아 막료로 활동하였다.

진실로 군더더기 말이 될 것이다. 만약 그런 일이 절대로 불가능하다는 것을 분명히 안다면, 훗날 따로 자질구레한 사항들이 발생한 후에 허락하는 것이 오늘 허락하여 전례를 없앨 수 있는 것만 못하고, 여러 나라가 번갈아 이른 후에 허락하는 것이 비교적 친할 만한 나라를 택해서 먼저 끌어다가 도움으로 삼는 것만 못하다는 것이 명백하다. 의당 학생들이 천진으로 간다는 것을 명분으로 삼고 사리에 밝은 고관을 신속히 선발해, 천진에 와서 상의하여 기회를 잃지 않도록 해야 한다. 오직 이 논의는 반드시 삼가고 비밀스럽게 해야 하고 다른 이웃나라가 알게 하지 말라."

상께서 그 논의를 매우 가상히 여기고 단연코 행하고자 하셨으나, 국론이 흉흉하여 서양과의 강화가 잘못이라고 하는 여론을 힘써 막을 수가 없는 것을 어찌랴.

이듬해 신사년(1881, 고종18) 3월 비로소 영선사(領選使)를 파견해 보내라는 명이 있었다. 그 해 7월에 내가 외람되이 사신의 직함에 충원되었다. 이때 나는 호남(湖南) 순천(順天)의 임소에 있다가 명을 듣고 짐을 꾸려 서울로 들어갔다. 기기학도(機器學徒)[92] 70여 인을 이끌고 세모에 임박하여 천진에 도착했다. 누차 소전을 알현하니 필담한 종이가 산처럼 쌓였는데, 조약 체결에 관해 의논한 것이 열 가운데 여덟아홉을 차지하고 학문에 관한 일은 한 둘에 불과했다. 천진에 도착한 후 소전의 지도를 받들어 누차 조약의 일을 전사(專使 특정한 일을 위해

92 기기학도(機器學徒) : 정부의 개항정책에 따라 영선사(領選使)가 이끌고 간 학도와 공장(工匠) 38명이 중국 기기국(機器局)에 배속되어 무기제조를 배웠는데, 이들을 가리킨다.

파견하는 사자)를 통해 봉함으로 전달하였다. 우리나라는 평소 일을 처리하지 못하고 미루는 경우가 많았고 또 헛된 여론에 막혀 체류되는 일이 많다. 내가 이 때문에 이야기할 때마다 그 과정에서 누차 곤욕을 당했지만 스스로 얼간이인듯 오직 좋은 말로 감사할 뿐이었다. 매번 이야기가 끝나면 관소로 돌아와 필담 나눈 초고를 다듬어 본국에 부쳐서 을람(乙覽 임금의 열람)에 대비하고 저본을 일기에 기록하였다. 다른 사람과 나눈 대화 가운데 할 만한 얘기가 아닌 것도 기재하였다.

임진년(1892, 고종29) 계하(季夏 6월) 귀양살이 할 적에 할 일이 없어 인동식(印東植) 군에게 부탁해 일기에 있는 필담 기록을 옮겨 베끼고 모아서 한 책을 만들었다. '천진담초(天津談草)'라 이름을 붙이고 앞에 연기(緣起 글을 쓴 유래나 취지)를 약술한다. 우리나라와 외국의 교섭이 이로부터 시작되었음을 기록하기 위해서이다.

팔가섭필 상 병인 ○경오년(1870, 고종7)

八家涉筆上 並引 ○庚午

산북노인(汕北老人) 신기영(申耆永)[93] 두평.

내 나이 열네댓 살 때 팔가(八家 당송팔대가)의 문장을 좋아하였다. 그 후 20년간 질병과 번잡한 일 때문에 끝까지 읽지 못했다. 경오년(1870) 겨울, 하는 일 없이 집에 있었다. 아침저녁으로 자제를 공부시키고 구두를 떼 주던 자투리 시간에 그때마다 한두 장을 펼쳐 작자의 취지를 살폈다. 호오(好惡)와 취사(取捨)가 대체로 지난 시절과 다른 점이 없었으니 내 견식이 진보된 것이 없음을 알 수 있었다. 산속 인가는 일찍 잠들고 밤 깊도록 나 홀로 앉아 있었다. 매번 책을 펼쳐 한 번씩 읽었는데, 읽으면 생각이 무럭무럭 떠올라 붓 가는 대로 글을 쓰고, 쓰고 나면 직접 다시 한 번 읽었다. 바람과 눈이 빗장을 때려 쟁쟁거리며 책 읽는 소리와 화답하니 제법 즐길 만했다. 품평을 엮은 것이라면 이미 이전 사람이 저술한 것이 있으니 내가 어찌 감히 군더더기를 붙이랴. 내가 말하는 것은 모두 평소 품고 있었으나 드러낼 길이 없었던 것인데, 지금 팔가(八家)의 문장을 통해 드러낼 수 있게 되었다. 양을 키우는 자가 소를 통해 말을 생각하고 말을 통해 수레를 생각하고 수레를 통해 일산을 생각하여 마침내 곡개(曲蓋 자루가 굽은 일산)를 쓰고 북과 피리를 울리며 제 몸이 왕공이 되는 것을 꿈꾸는 것과 같다.[94] 왕공과 양을 키우는 것과는 거리가 멀지만,

93 신기영(申耆永) : 1805~? 생애는 미상이다. 신흠(申欽)의 후손이다.

양이 아니면 왕공이 되는 몽상까지 따라서 이를 길이 없다. 내가 여기에서도 그러하다. 그러므로 '팔가섭필(八家涉筆)'이라 이름을 붙인 것이다.

한유의 문장 1 韓文一　불골표[95]

임금에게 간언을 하여 임금의 기쁨과 노여움을 얻지 못하는 자는 비록 날마다 수십 장의 상소를 올리더라도 역시 무익할 것이다. 한문공(韓文公 한유)은 부처의 뼈를 맞아들이는 것에 대해 간언하였기 때문에 헌종(憲宗)의 헤아릴 수 없는 노여움을 사서 거의 죽을 뻔했다. 그러나 나는 헌종의 마음에 가득했던 기쁨과 은근하게 복을 구했던 마음도 이로 말미암아 조금 쇠퇴하게 되었다고 생각한다. 무엇으로 알 수 있는가. 바야흐로 황제가 한공(韓公)에게 노여워했을 때 여러 신하들과 배도(裴度)[96] 등의 신하들은 관대하게 처리하고자 했다. 그러자 황제가 말하기를

"한유는 역대 제왕이 부처를 받들어서 다 요절했다고 하니 말이 얼마나 사리에 어그러졌느냐? 본래 용서해서는 안 된다."라고 하였다.

94 양을……같다 : 《소식전집(蘇軾全集)》 권19 〈몽재명(夢齋銘)〉에서 인용한 것이다.

95 불골표(佛骨表) : 《한창려문집(韓昌黎文集)》 권39 〈간영불골표(諫迎佛骨表)〉를 말한다. 황제가 부처의 사리를 영접하려는 계획을 세우자 이에 반대하는 입장을 표한 한유의 유명한 문장이다.

96 배도(裴度) : 765~839. 자는 중립(中立), 시호는 문충(文忠)이다. 중국 당나라 때의 재상으로, 절도사를 억압하고 환관에 대해서도 강경책을 취하였다. 헌종(憲宗), 목종(穆宗), 경종(敬宗), 문종(文宗)의 4조(朝)에 걸쳐 활약했다.

조주(潮州)로 좌천되자 표문을 올려 슬퍼하고 감사를 드렸다. 황제가 매우 감동하고 깨달아 다시 말했다.

"한유가 전에 논한 것은 짐을 매우 아꼈던 것이다. 그러나 천자가 부처를 섬기는 것이 수명을 재촉한다고 말해서는 안 되는 것이었다."

한 편의 상소 가운데 오직 부처를 섬겨 수명을 재촉한다는 말만이 헌종이 가장 실망하고 가장 한심하게 여긴 부분이었던 것이다. 그러므로 본디 노여움이 겉으로 대단했을지라도 마음속에 들어온 것이 깊어서 중언부언하며 끝내 잊을 수 없었던 것이다. 황제가 중언부언하며 끝내 잊을 수 없었던 것을 본 연후에 부처에 아부했던 예전의 마음이 여기에서 조금 저지되었음을 알았다.

한유의 문장 2 韓文二 조주사상표

사람은 궁하면 진정을 보이고 급하면 본색을 드러내는 법이다. 나는 한자(韓子 한유)의 〈조주사상표(潮州謝上表)〉를 읽고서 개탄스럽게도 문장이란 귀하게 여길 수 없는 것임을 깨달았다. 바야흐로 그가 광범문(光範門)에서 글을 올려[97] 도를 자임하였을 적에는, 말하는 것은 인의와 도덕이었고 기약한 것은 주공(周公), 공자(孔子), 안연(顏淵), 맹자(孟子)였으니 어찌 그리 위대하였던지. 한 마디 말에 임금을 거슬러 남쪽 황야로 쫓겨나니까, 도움과 희망은 끊기고 곤궁과 근심에 위축되었다. 그러자 반대로 임금의 덕을 늘어놓고 자기의 능력을 칭찬하여 구구한 기예로서 윗사람의 마음에 영합하였다. 그가 자

97 광범문(光範門)에서 글을 올려 : 〈상재상서(上宰相書)〉를 가리킨다. 글 가운데 광범문(光範門)에서 올린다는 말이 나온다. 광범문은 궁궐 문 가운데 하나이다.

처한 것은 사마상여(司馬相如)와 사마천(司馬遷)의 사이에[98] 불과하였을 뿐이다. 이른바 도를 자임하여 스스로 중하게 여기는 선비가 곤궁에 대처함이 본래 이와 같은가? 그렇다면 지난날 말했던 인의와 도덕이라는 것은 내 문장을 문채 나게 하려고 빌렸던 것일 뿐이다. 맹자는 "오래 빌려 돌려주지 않으면 어찌 소유가 아니었던 것임을 알겠는가?"[99]라고 하였으니, 한자는 지금 이후로 빌려온 것을 돌려주어야 하리라. 나는 그런 연후에 문장이란 믿을 수 없는 것임을 알게 되었다. 혹자는 말한다.

"한자가 환난을 만나고 참언을 걱정하여 우선 이런 겸손한 말을 해서 임금의 노여움을 풀었으니, 군자가 불쌍히 여기고 용서하는 이유이다."

이른바 겸손한 말이라는 것은 근심스럽고 황공한 상황, 부끄럽고 두려운 상황, 쫓겨나 가련한 상황을 진술한 것이니 역시 이미 지나치다. 악장(樂章)을 정하고 태산(泰山)을 순시하고 득의(得意)를 분명히 드러내라고 했던 말의 경우,[100] 이것이 과연 군자의 말인가? -환재(瓛

98 사마상여(司馬相如)와 사마천(司馬遷)의 사이에 : 황제를 비판하는 문장을 지어 황제의 칭찬과 노여움을 얻는 것을 가리킨다. 사마상여(司馬相如)는 〈자허부(子虛賦)〉가 한 무제(漢武帝)의 칭찬을 받아 등용되었고, 사마천(司馬遷)은 이릉(李陵)에 대한 의견을 제시하는 글을 써서 한 문제의 노여움을 사 궁형에 처해졌다. 《史記 卷117 司馬相如列傳》, 《漢書 卷62 司馬遷傳》

99 오래……알겠는가 : 《맹자》 〈진심 상(盡心上)〉에 나오는 "오래 빌려 돌려주지 않으면 어찌 소유가 아니었던 것임을 알겠는가?〔久假而不歸 惡知其非有也〕"라고 한 말을 인용한 것이다.

100 악장(樂章)을……경우 : 〈조주자사사상표(潮州刺史謝上表)〉에 나오는 "마땅히 악장을 정하여 신명께 고하고 동쪽으로 태산을 순수하여 황천에 공을 아뢰어 뚜렷한 공로를 갖추어 드러내고 득의함을 분명히 보여 길이길이 세대마다 우리의 성취와 공업

齋)[101]가 연재(淵齋)[102]에게 보낸 편지에 "한공의 〈조주사상표〉는 이미 이천(伊川 정이(程頤))의 정론이 있다. 운양 역시 반드시 보았을 것이지만 한공이 영합했다고 비판하였으니, 소년이 붓을 떨쳐 마구 쓰다보면 어쩌다가 이런 말들이 있을 수 있다. 만약 늙어서 아프고 가려웠던 곳을 살펴보면 또 아닌 게 아니라 과연 규각(圭角)과 예봉(銳鋒)이 연마되고 원숙해져 있을 것이다."라고 하였다.-

한유의 문장 3 韓文三 원도[103] 등의 편

《주역(周易)》에 "언행이라는 것은 사람의 추기(樞機 가장 중요한 부분)이자 군자가 천지를 감동시키는 것"[104]이라고 하였다. 문(文)이라는 것은 말을 드러내는 것이다. 그러므로 문이 지극하면 도에 가깝고 행함이 지극하면 자연스러운 문장이 있게 된다. 제갈무후(諸葛武侯 제갈량)는 문장을 하는 사람이 아니었다. 그러나 전후 두 표문(表文)[105]

에 감복하도록 하면〔宜定樂章 以告神明 東巡泰山 奏功皇天 具著顯庸 明示得意 使永永年代 服我成烈〕"이라는 구절에서 따온 말이다.

101 환재(瓛齋) : 박규수(朴珪壽)의 호이다. 412쪽 주 48 참조.

102 연재(淵齋) : 송병선(宋秉璿, 1836~1905)으로, 본관은 은진(恩津), 호는 연재(淵齋), 자는 화옥(華玉), 시호는 문충(文忠)이다. 망국의 울분을 참지 못하고 음독 자결했다.

103 원도(原道) : 도의 근원에 대해 논한 한유의 유명한 논문으로, 내용면에서나 형식면에서나 당시로서 대단히 파격적인 작품이었다. 이후 도학 이념의 탄생을 예고한 기념비적인 문장이다.

104 언행이라는……것 : 《주역(周易)》 〈계사전 상(繫辭傳上)〉에 나오는 "언행은 군자의 추기이니 추기의 발함이 영욕의 주체이다. 언행은 군자가 천지를 감동시키는 것이니 삼가지 않을 수 있겠는가?〔言行 君子之樞機 樞機之發 榮辱之主也 言行 君子之所以動天地也 可不愼乎〕"라고 한 구절에서 따온 말이다.

105 전후 두 표문(表文) : 제갈량(諸葛亮)이 썼다고 알려져 있는 〈출사표(出師表)〉

이 〈이훈(伊訓)〉·〈열명(說命)〉[106]과 서로 표리가 되는 것은 충(忠)이 지극했기 때문이다.

한문공(韓文公)이 존심양성(存心養性)하고 직접 실천하는 공부가 반드시 있었던 것은 아니다. 그러나 〈여맹상서서(與孟尙書書)〉[107]·〈송문창서(送文暢序)〉[108] 및 〈원도(原道)〉·〈체협의(禘祫議)〉[109] 등 여러 편은 구별이 매우 정밀하고 지킴이 매우 확실하여 왕왕 선현의 말씀에 부합하는 것은 문(文)이 지극했기 때문이다. 문의 지극함은 행함의 지극함만 못하지만 그 지극함에 이르는 것은 역시 어렵다. 그렇기 때문에 형산(衡山)의 구름을 걷고 악어를 믿게 만들 수 있었던 것이니[110] 이 어찌 천지를 움직인 하나의 징험이 아니겠는가.

와 〈후출사표(後出師表)〉를 가리킨다.

106 이훈(伊訓)·열명(說命) : 《서경》의 편명이다. 〈이훈〉은 이윤(伊尹)이 태갑(太甲)에게 훈계한 내용이고, 〈열명〉은 은나라 고종(高宗)과 부열(傅說)에 대한 글이다.

107 여맹상서서(與孟尙書書) : 《한창려문집(韓昌黎文集)》 권18에 실려 있다. 맹간(孟簡)이 한유에게 보낸 편지에서 한유가 조주(潮州)에 있을 때 조주 승려 대전(大顚)과 교유한 일을 언급한데 대하여 자신은 불도를 숭배하지 않는다는 요지로 쓴 답장이다.

108 송문창서(送文暢序) : 〈송부도문창사서(送浮屠文暢師序)〉를 가리킨다. 《한창려문집(韓昌黎文集)》 권20에 실려 있다. 한유가 사문박사(四門博士)로 있을 때 북쪽으로 여행가는 승려 문창사(文暢師)에게 써준 글로서 불교를 비평하고 유교를 숭상하는 내용이다.

109 체협의(禘祫議) : 《한창려문집(韓昌黎文集)》 권14에 실려 있다. 종묘제사에 있어서 존비관계를 논한 내용이다.

110 형산(衡山)의……것이니 : 한유(韓愈)가 형산에 놀러갔다가 마침 가을비를 만났는데, 묵묵히 기도하니 하늘이 개였다고 한다. 또 한유가 조주자사 시절 악어가 근심거리가 되는 것을 보고 제문을 지어 물속에 던져 넣으니 악어의 근심이 사라지게 되었다고 한다. 《韓昌黎文集 卷3 謁衡嶽廟遂宿嶽寺題門樓》, 《韓昌黎文集 卷8 鰐魚文》

나는 "문이란 꽃이고 행함이란 열매다."라고 논한 적이 있다. 옛날 군자는 열매가 있고 이어서 꽃이 있었다. 맹자가 돌아가신 후 꽃과 열매가 모두 추락하였다. 천여 년 후 한자에 이르러 꽃이 비로소 피었다. 또 300여 년이 지나 송나라 제현에 이르러 비로소 열매가 맺혔다. 꽃은 열매가 아니지만 꽃이 아니라면 열매 역시 맺을 수 없다. 송나라 제현이 전해지지 않은 전통을 터득할 수 있었던 것은 한자가 앞서 창도함이 있었기 때문이다. 무엇을 가지고 말하는 것인가? 진(秦)·한(漢) 이래 도술(道術)을 논하는 자는 그림자와 메아리를 헤아렸을 뿐 본원의 취지는 알지 못하였다. 맹자를 추존할 줄 알게 된 것이 한자로부터 비롯되었고, 대학의 취지를 칭술하는 것이 한자로부터 비롯되었고, 불교와 노자를 통렬히 물리치고 우리 도를 부지하고 지키는 것이 한자로부터 비롯되었으니, 이 세 가지는 진실로 만세에 끼친 공적이다.

그의 무리 이고(李翺)[111], 장적(張籍)[112] 등이 천하를 주유면서 모두 후학에게 그 법을 전수하였다. 송나라는 당나라와 시간상 거리가 멀지 않았다. 목수(穆修)[113], 윤사로(尹師魯)[114], 구양수(歐陽脩)[115] 등이 또

111 이고(李翺) : 772~841. 자는 습지(習之), 시호 문공(文公)이다. 중국 당대(唐代) 중기의 유학자로, 스승 한유(韓愈)를 따라 고문(古文)을 배웠다. 불교사상을 채택하여 심성(心性)문제에 대한 새로운 이해를 보였다.

112 장적(張籍) : 766~830. 중국 당나라의 문학가로, 전쟁의 비정함과 전란 속에 겪는 백성들의 고난을 사실적으로 잘 그렸다.

113 목수(穆修) : 979~1032. 자는 백장(伯長), 북송의 운주(鄆州) 출신이다. 환관 집안 출신으로 어려서부터 학문을 좋아하고 장구를 일삼지 않았으며 성격이 굳건하여 남과 잘 지내기 어려웠다고 한다. 특히 《춘추(春秋)》의 학문에 뛰어났다.

114 윤사로(尹師魯) : 윤수(尹洙, 1001~1047)로, 자는 사로이다. 하남 낙양(洛陽) 출신이기 때문에 세칭 하남선생(河南先生)이라 하였다. 북송의 고문운동을 선도한 인

그 풍모를 듣고 흥기하여 경술(經術)로 문을 지을 수 있었다. 염락의 제현[116]이 이에 이어서 일어나 그 꽃은 떼어버리고 열매를 수습하여 마침내 이학(理學)의 문을 열었다. 그들이 배움으로 삼았던 것은 맹자를 높이고 대학을 드러내고 불교와 노자를 물리치는 것이었다.

이 세 가지는 모두 한자가 단서를 드러내었지만 깊이 나아갈 수 없었던 것이다. 깊이 나갈 수 없었으나 그 단서를 드러낼 수 있었던 것은 수사(修辭)의 공부가 매우 깊어서 거의 본원(本原)과 만나게 되었기 때문이다. 어찌 하늘이 앞으로 사문(斯文)을 열려고 묵묵히 그 충정을 유도한 것이 아니겠는가.

아아! 한자 같은 경우 문의 지극함이라 이를 만하다. 나는 그러므로 말한다. "한자가 그 꽃을 얻고 송나라 제현이 그 열매를 얻었다. 사도가 비록 송나라 제현에 이르러 크게 밝아졌으나 한자가 창도한 공을 적게 여겨서는 안 된다고."

두평

고인 가운데 역시 한자를 맹자의 전통에 접목한 사람이 있었으나 그 말이 범박하고 소홀하여 이처럼 분명하게 펼친 적이 없으니 마음속으로 깊이 터득한 자가 아니라면 어떻게 여기에 이르겠는가? 나도

물이다. 원문에 '사로(師老)'라고 되어 있는데, 老는 魯의 오기이다.

115 구양수(歐陽脩) : 1007~1072. 자는 영숙(永叔), 호는 취옹(醉翁), 시호는 문충(文忠)이다. 송나라의 정치가 겸 문인으로, 당송8대가(唐宋八大家)의 한 사람이다.

116 염락(濂洛)의 제현 : 염계(濂溪)에 살았던 주돈이(周敦頤)와 낙양(洛陽)에 살았던 정호(程顥)·정이(程頤) 형제를 가리킨다.

모르게 옷깃을 여미고 엄숙히 읊는다.

한유의 문장 4 韓文四 여사부육원외서[117]

나는 한문공이 사부(祠部) 육원외(陸員外)에게 준 편지를 살펴보고 당(唐)나라에서 선비를 뽑을 적에 문장을 시험하는 것 외에 또 품행, 도의, 명성, 인망으로 뽑았음을 알았다. 그러므로 한공이 후희(侯喜) 등 10인을 주사(主司 과거 시험관)에 추천했던 것이고, 한공의 급제 역시 양숙(梁肅)[118], 왕초(王礎)[119]의 천거로 말미암은 것이었다. 지금 보면 어찌 이른바 사사로움을 따른 것이 아니겠는가. 우리나라에서 선비를 뽑는 법도 옛날에는 이와 같았으나, 공적(公的)으로 행하도록 위임하고부터 이 법이 비로소 없어졌다. 지금 이른바 공정함을 잡는다고 하는 것 역시 알 만하다. 사람이 현명한지 않은지를 묻지 않고 문장을 살펴 주사(主司)의 눈에 든 자를 뽑아 발탁한다면 이런 방식은 여전히 부족하게 생각된다. 문장의 공졸을 묻지 않고 눈을 감고 손 가는 대로 뽑는다면, 또 이렇게 해서 우연히 이름을 아는 선비를 뽑게 되어 남들의 의심과 논쟁을 초래할까 걱정스럽다. 그러니 풀로 붙여진 이름을 열어 보고서 먼 지방 출신의 아주 드문 성이라서 세상에서 알지 못하는 자를 뽑아 합격자 방에 늘어놓고 지극히 공정한 뜻

117 여사부육원외서(與祠部陸員外書) : 《한창려문집(韓昌黎文集)》 권17에 실려 있다. 정원(貞元) 18년에 육수(陸修)에게 선비를 천거한 내용이다.

118 양숙(梁肅) : 자는 경지(敬之) 혹은 관중(寬中)이다. 안정(安定) 출신으로, 당나라 때 산문가이다.

119 왕초(王礎) : 생애 미상이다.

을 보인다. 그리하여 백정이나 술장수, 말 거간꾼이나 장사꾼의 무리가 시험장에 가득 몰려와 하루의 요행을 구하니 그 난장판을 거의 당해낼 수 없다.

한유의 문장 5 韓文五 사서를 논한 글

세상에서 모두 창려(昌黎 한유의 호)가 당나라 역사서를 짓지 않은 것을 한스럽게 여기는데, 이는 당시 사람 역시 그러하였다. 그러므로 유종원(柳宗元)과 유수재(劉秀才)가 역사서 짓기를 권한 적이 있고[120] 장적(張籍)도 책을 저술하기를 권하였으나[121] 창려는 그때마다 말을 장황하게 늘어놓으며 거절하였다. 이것은 진실로 무슨 까닭인가? 혹자는 "사람이 타고난 재주는 각기 치우친 바가 있는 법이다. 창려는 도를 논하여 책을 저술하는 데 장점이 있었고, 역사서 짓는 것은 그가 좋아하는 바가 아니었다."라고 한다. 지금 어떤 사람이 장기를 잘 두지만 바둑을 잘 못 두는데, "나는 천성적으로 바둑을 좋아하지 않는다."고 말하면 이는 역시 솜씨가 지극하지 못한 것일 따름이다.

옛 사람 가운데 현달하고서 저술한 이가 있으니 주공(周公)이 그런 사람이다. 그런데 창려는 "궁한 뒤에야 저술한다."라고 하였다. 옛 사람 가운데 역사서를 지었으나 화를 만나지 않은 이가 있으니 공자가 그런 사람이다. 그런데 창려는 "역사서를 지으면 화에 걸린다."라고 하였다.

120 유종원(柳宗元)과……있고 : 《柳河東集 卷3 與韓愈論史官書》, 《韓昌黎集 外集 卷2 答劉秀才論史書》

121 장적(張籍)이……권하였으나 : 《韓昌黎文集 卷2 答張籍書》

창려의 이 말은 어찌 군색한 것이 아니겠는가?

〈답후계서(答侯繼書)〉[122]에 다음과 같이 말했다.

"내가 젊어서 학문을 좋아해 보지 않은 책이 없다. 그러나 뜻을 둔 곳은 오직 사상과 도리가 담긴 것이었고, 예악(禮樂), 명수(名數), 음양(陰陽), 토지(土地), 성신(星辰), 방약(方藥) 등의 책에 이르면 한 번도 독자적인 견해를 내 본 적이 없다. 옛 사람 가운데 여기에 통하지 않고서 대현군자(大賢君子)가 될 수 있었던 사람이 없었다. 그러므로 매번 책을 읽으면 이 때문에 스스로 부끄럽다."

이것이 창려가 책을 저술하거나 역사서를 지으려 하지 않았던 뜻이다.

일가의 말을 이루어 한 시대의 역사를 저술하는 것은 예악·명수·음양·토지·성신·방약의 책에 통하지 않으면 할 수 없다. 그러나 이것은 창려가 서툰 것이었다. 임박해서 급히 널리 읽고 그 수대로 늘어놓았으나 의의를 잃는 것이라면 창려가 하지 않은 것이기 때문에 손을 대고 싶어 하지 않았다. 그러나 마음속으로 사모하지 않은 적이 없었을 것이다. 그러므로 "지금 다행히 일이 없으니 앞으로 예악 등의 책을 한 번 배워볼까 한다."라고 하였고 또 〈답최립지서(答崔立之書)〉[123]에 "앞으로 널찍한 들에서 밭을 갈며 국가의 유사를 구하고 현인과 명철한 선비의 끝과 처음을 상고하여 당나라를 일관하는 책을 지어 길이 남기겠다."

122 답후계서(答侯繼書) : 《한창려문집(韓昌黎文集)》 권16에 실려 있다.

123 답최립지서(答崔立之書) : 《한창려문집(韓昌黎文集)》 권16에 실려 있다. 한유가 정원(貞元) 8년에 진사에 합격한 후 이부(吏部)의 삼시(三試)에 떨어졌을 때, 최립지(崔立之, 자는 斯立)가 편지를 보내 격려했는데 이에 대한 답장이다.

라고 하였다. 어찌 그의 생각에 하루라도 역사서 짓기를 잊은 적이 있으랴. 가슴속을 돌아보면 스스로 보기에 만족스럽지 못한 것이 있었던 것이다. 그러므로 실없는 말로 지난날을 보호하여 남에게 못남을 보이고 싶어 하지 않았던 것이다.

장적・유종원 무리가 이 뜻을 알지 못하고 매번 답답해하고 안타깝게 여기며 다투어 권하였으니 어찌 그리 고루한가. 공자께서 "알지 못하면서 함부로 행동하는 것이 있는가? 나는 이러한 일이 없노라."[124]라고 하였다. 나는 창려가 이 뜻을 잘 알아서 후세 역사서를 짓고 저서를 쓰는 자의 망령됨을 드러낸 것을 훌륭하게 여긴다.

한유의 문장 6 韓文六 여호생수재서[125], 답여의산인서[126]

호생수재(胡生秀才)라는 사람은 어떤 사람인지 모르겠다. 한공이 그에게 준 편지에 다음과 같이 말했다.

"비가 그치지 않으니 땔감 값이 더욱 올랐다. 생은 손님을 멀리하며 도를 품고 의를 지켜 제대로 된 사람이 아니면 사귀지 않으니, 병이 없을 수 있겠는가? 잠시도 마음을 펴지 못하고 생각이 끝이 없다."

이는 짧은 편지에 불과할 뿐이지만 지극히 아끼고 염려하여 편지

124 알지……없노라 : 《논어》 〈술이(述而)〉에 나오는 "알지 못하면서 함부로 행동하는 것이 있는가? 나는 이러한 일이 없노라.〔蓋有不知而作之者 我無是也〕"를 인용한 것이다.

125 여호생수재서(與胡生秀才書) : 〈답호생서(答胡生書)〉를 가리킨다. 《한유집(韓愈集)》 권17에 실려 있다. 호직균(胡直均)이 과거시험에 추천해 달라고 보낸 편지에 한유가 답한 편지이다.

126 답여의산인서(答呂毉山人書) : 《한창려문집(韓昌黎文集)》 권18에 실려 있다.

밖으로 정이 넘쳐난다. 지금 세상에 이처럼 재주를 아끼고 궁한 이를 구휼할 수 있는 어진 공경(公卿)이 있어 선비 된 자가 유감이 없도록 할 수 있겠는가? 그래서 한공이 세상에서 후배를 대접했다는 명성을 얻었던 것이다.

여의산인(呂毉山人)이라는 자는 그 재주와 식견이 호생에 많이 미치지 못하는 듯하다. 그러나 한 번 보고 한공에게 고삐를 잡은 신릉군(信陵君)처럼[127] 하지 못한다고 꾸짖으니 어찌 그리 당돌한가? 한공이 답하였다.

"족하가 해진 옷을 입고 베 신을 신고 갑자기 내 문을 두드렸습니다. 내가 족하를 대하는 것이 비록 빈주(賓主)의 예를 다하지 못했을지라도 족하가 천하를 다니면서 남에게 이런 대접을 받은 적이 아마 거의 없을 것입니다. 그래서 마침내 나에게 부족하다고 꾸짖을 수 있으신 것입니다. 이것이 진실로 내가 급급하게 구하는 것입니다."

공이 굶주리고 목마른 것처럼 선비를 좋아하여 남에게 있어 용납하지 못할 것이 없었으리라. 그런데 해진 옷을 입고 베 신을 신은 채 입으로 숨김없는 말을 내놓으니 어디 간들 곤욕을 당하지 않으랴.

한유의 문장 7 韓文七 남을 전송하는 글

남을 전송하는 글이 가장 뜻대로 쓰기 어렵다. 나에게 원하는 것이 다 자기에 대한 칭찬이기 때문이다. 도를 굽혀 남을 따르는 것은 문

127 고삐를 잡은 신릉군(信陵君)처럼 : 신릉군(信陵君)이 은사인 후영(侯嬴)을 맞이하기 위해 그의 무례에도 후대하였고 기꺼이 그를 위해 말고삐를 잡고 저자로 나섰던 일을 가리킨다.《史記 卷77 魏公子列傳》

(文)을 해치는 것이지만, 역시 실정보다 더한 칭찬이 없을 수 없기 때문에 어려운 것이다. 내가 창려의 여러 글을 살펴보니 역시 이를 면치 못하였다. 그래서 평소 친구 및 문하생, 방외인(方外人)에게 준 서문은 말하고 싶은 것을 다하였으나, 할 만한 말이 없으면 그만두었기 때문에 문장이 펑펑 솟아나 넉넉한 듯하다. 지위는 높고 사귐은 깊지 않은데 나보다 세력이 있는 자의 경우에 있어서는 비록 문채가 눈에 가득하더라도 항상 얽매이는 뜻이 있으니 형편이 그렇기 때문이다. 그러나 자세히 살펴보면 역시 작자의 미미한 권한이 보인다. 어떤 경우는 매우 은혜롭게 대우받고 있고 맡은 일이 막중하다고 늘어놓아서 보답을 요구한다. 어떤 경우는 전날의 공적을 높이 칭찬하여 앞으로 더 잘하라고 면려한다. 어떤 경우는 극구 그의 장점을 찬양하면서 단점에 대해 살짝 돌려서 말한다. 종합적으로 살펴보면 두루뭉술하게 흔적이 없으나 모두 힘쓸 것을 진술하고 타이르고 풍자하는 뜻을 품고 있다. 이것은 풍인(風人)의 취지를 터득했기 때문이리라.

한유의 문장 8 韓文八 모영전

〈모영전(毛穎傳)〉[128]은 한유 문장 가운데 우스갯소리지만 역시 그의 사관(史官) 재주를 한 번 볼 수 있다. 장적(張籍)이 뒤섞이고 장황해서 실제가 없는 말이라 한 것이 곧 이런 종류의 글을 가리킨다. 그러나 유종원이 칭찬한 좋은 사관의 재주라는 것 역시 이런 글 때문이다. 문장 됨됨이가 사마천(司馬遷)을 몹시 모사하여 골계가 질탕하다. 당

128 모영전(穎毛傳) : 《韓昌黎文集》 권35에 실려 있다.

시 사람들의 눈을 기쁘게 하는 것이 당연하였겠지만 당시 사람들은 크게 비웃으며 괴이하다 여겼다. 이 까닭을 알 수가 없다. 유종원은 문장이 그의 사람됨과 같아서 옥처럼 깨끗하고 남에게 영합함이 적었지만 이 글을 매우 좋아하여 무공(武公)의 농담[129]과 문왕(文王)의 창포 김치[130]에 견주기까지 하였으니, 이 까닭 역시 알 수가 없다.

한유의 문장 9 韓文九 불교를 배척함

내가 〈용언(庸言)〉을 저술하여 "한씨(韓氏 한유)는 불교를 물리치기를 잘하였다. 한씨가 불교를 물리칠 적에 다만 선왕의 법언을 말하지 않고 선왕의 법복을 입지 않고 인륜과 기강을 없애고 사지를 훼손시키는 것을 논할 뿐, 그 본원심술의 미미함을 궁구한 적이 없는 것은 어째서인가? 드러난 것을 살펴보면 숨겨진 것을 알 수 있으므로 본원을 논변할 필요가 없었기 때문이다. 그러므로 설이 정대하고 명백하고 장애가 없으면서도 넉넉하여 여유가 있다. 후세의 인재는 지혜가 옛사람을 미치지 못하여 옛사람이 조잡함을 보이면 심복하기에 부족하다고 여긴다. 이에 미묘한 것을 연구하고 심오한 이치를 탐구하여 심각한 지경에 이르는 것이 아주 짧은 사이일 뿐이다. 다시 분변하지를 못하고 도리어 자신이 불교에 물들어 나중에 비록 억지로 웃으면서 배척하려 하여도 하는 말들이 이미 불가와 취향이 비슷해

129 무공(武公)의 농담 : 《시경》 〈기욱(淇奧)〉에 위무공(衛武公)의 덕을 기려 "농담을 잘하시되 남을 해치지 않도다.〔善戲謔兮 不爲虐兮〕"라고 한 구절이 나온다.

130 문왕(文王)의 창포 김치 : 전설에 문왕이 창포 김치를 좋아하여 공자가 문왕을 사모하여 먹으면서 그 맛을 취하였다고 하는 전설이 있다. 유종원(柳宗元)의 〈독한유소작모영전(讀韓愈所作毛穎傳)〉에서 언급한 말이다.

졌으니 무슨 심복하는 마음이 있겠는가? 심하면 어울려서 언어와 복식을 함께 하며 모방한다. 이미 심해졌으면 머리형을 바꾸고 거처를 옮기고 창을 거꾸로 들고서 공씨(孔氏) 무리를 공격한다. 그러므로 "불교를 물리친 것을 한씨만큼 한 사람이 없고 구양수(歐陽脩)는 그 다음이다."라고 했던 것이다.

불교가 중국에 들어와서 초기에는 천근한 오랑캐 말에 불과하여 화복으로 백성을 겁주어 꾀어낼 뿐이었다. 오래되자 재주 있고 기이한 것을 좋아하는 자가 점점 배반하고 떠나서는 몰래 우리 유자(儒者)의 은미한 말을 빼앗아다가 견강부회하고 도용해서 그 책을 풀어내 번역했다. 이른바 이치에 매우 가까워 진리를 크게 어지럽힌다는 것이니 모두 배반한 우리 유자가 한 것이지 불씨가 할 수 있는 것이 아니다. 내가 이른바 《선림보훈(禪林寶訓)》이라는 것을 살펴보니 모두 송나라 때 고승의 언행이었는데, 그 말이 우리 유가의 성리학 책들과 왕왕 다름이 없었다. 유가에서 성(性)을 말한 것이 송나라 때보다 번성했던 적이 없다. 불가에서 성을 말한 것 역시 송나라 때보다 번성했던 적이 없다. 이로 말미암아 보건대 유가와 불가는 상호 출입하였다. 모두 담상 안에서 일어난 일이고 서역에서 유래한 본래 취지가 아님이 분명하다.

지금 유자는 성(性)으로 성(性)을 논하고 불자는 심(心)으로 성을 논한다. 성과 천도는 부자께서 드물게 말한 것이지만 지금은 다반사가 되었다. 저들이 억지로 변론하고 묘하게 비유하여 대치할 수는 있지만 평생 떠들어도 단서를 보지 못한다. 더욱이 이것을 가지고 위로 임금의 의혹을 풀고 아래로 만민의 미혹을 인도하고자 하니 할 수 있겠는가? 저들이 비록 온갖 단서를 변환하더라도 변할 수 없는 것이 거처·의복

·음식이 남과 다른 것이고 가릴 수 없는 것이 인륜을 어지럽히고 도를 어그러뜨리고 혹세무민(惑世誣民)하는 일이다. 자공(子貢)은 "그 예를 보면 그 정사를 알고 그 음악을 들으면 그 덕을 안다."[131]라고 하였다. 지금 불씨의 거처·의복·음식이 도를 해치고 백성을 상하게 하니, 한 가지 단서만 잡아도 이것을 가지고 본원의 그릇됨을 알지 못하랴. 병법에 "틈을 공격하면 견고한 곳도 틈으로 변하니 틈을 공격하지 않고 견고한 곳을 공격하면 지혜롭다 말하기 어렵다."라고 하였다.

혹자가 말했다.

"한씨가 불교를 물리친 것은 본디 잘한 것이지만, 맹자가 양주(楊朱)와 묵적(墨翟)을 배척한 것은 이와 다른 듯하다."

"어찌 같을 수 있겠는가? 양주와 묵적은 언어와 의복이 남과 다르지 않았고 거처와 음식이 남과 다르지 않았다. 양주는 나를 위하니 충(忠)에 가깝고 묵자는 겸애(兼愛)하니 서(恕)에 가깝다. 이것은 성인의 도를 어지럽히기에 충분하다. 그러므로 심도 있게 논변하지 않을 수 없다."

"맹자가 양주와 묵적을 분변한 것은 잘했다. 하지만 고자(告子)에게 대답한 것은 이미 번잡하지 않은가?"

"고자는 유자의 말을 하고 유자의 옷을 입고 유자의 거처에 살고 유자의 음식을 먹으며 선왕을 사모해 본받고 심성을 변론하였다. 이는 지극히 가까우니 더욱 논변하기 어려운 것이다. 그러므로 논변이 더욱

131 그 정사를……안다 : 《맹자》 〈공손추 상(公孫丑上)〉에 "그 예를 보면 그 정사를 알고 그 음악을 들으면 그 덕을 안다.〔見其禮而知其政 聞其樂而知其德〕"라고 한 구절을 인용한 말이다.

상세한 것이니, 어찌 해가 양주와 묵적보다 심했겠는가? 그렇게 하지 않으면 말단을 공격하여 사람의 의혹을 푸는 것이 불가했을 따름이다. 지금 불자는 언어, 의복, 거처, 음식 가운데 한 가지 단서만 잡아 배척하여도 당해낼 수 없을 텐데 어느 겨를에 마음과 성정을 논하겠는가."

혹자가 말했다.

"그대가 말한 것처럼 성이라는 것은 부자께서 드물게 말씀하신 것인데, 송나라 현인이 성을 논한 것은 지나친 것이 아닌가?"

"이것은 또 설이 있으니 부득이해서이기 때문이다. 내 망령된 생각에는, 심성의 설이 유가로부터 노자로 전해졌고 노자로부터 불교로 전해졌으므로 송나라 현인이 성을 논한 것은 저들과 섞이는 것을 걱정해서이다. 옛 성인이 태극의 이치를 드러내고 이의(二儀)와 오행의 구분을 분명히 하여 이로써 단서를 보이셨고 사람을 가르침은 항상 사람의 일을 가지고 추론하였다. 노자는 남은 논의를 터득해서 사람의 일을 버리고 수련하고 양생하는 학문을 만들었다. 불씨는 늦게 중국에 들어와 겉으로 드러나는 것이 모두 오랑캐의 비루함이라 사람들에게 중요하게 여겨지지 못했다. 이에 노자의 남은 논의를 훔쳐 안을 다스리고 고원함을 궁구해 백가를 이기는 데 힘썼다. 그러나 그 뜻은 오랑캐의 비루함을 가려 꾸미고 저승에 관한 거짓을 문식(文飾)하는 것에 불과할 따름이다. 점점 치성해서 그 설을 익숙히 듣게 되니 비록 유자라도 우리와 서로 닮았나 의심하며 유래한 곳을 알지 못하였다. 이것이 송나라 현인이 성을 논하는 데 비로소 상세해진 까닭이다. 우리가 가진 바를 분명히 하고자해서일 뿐이지 저들을 공격하는 데 뜻이 있는 것이 아니다.

모곤(茅坤)[132]이 불가에 아첨하는 것을 내가 살펴보니 매번 한공과 구양공이 불가를 물리친 곳을 논할 때면 "한공이 선종의 취지를 깨닫지 못했다."라고 하고 또 "한공이 원래 불씨의 학문을 모르기 때문에 한 글자도 불씨의 영역에 들지 못했다."라고 하였고, 또 "구양공이 불가의 취지에 대해 모호한 것이 유독 많다."라고 하였다. 선종(禪宗)의 취지를 깨닫지 못하여 불가의 영역에 들어가지 않았기 때문에 그 말이 구애받지 않아 바야흐로 대장부라 일컬을 만 것이다. 모곤은 한공과 구양공을 선종의 취지를 깨달아 불가의 영역에 들어가게 해서 무엇을 하고자 했던 것인가? 모곤 스스로 유가를 따른다고 하면서 소견이 이와 같으니 내가 특히 그 태도를 미워한다. 이것이 우리가 이른바 담장 안의 도적이라는 것이니, 우리 유가의 은미한 말을 훔쳐가서 불가에 견강부회하는 자요, 불가를 위해 유세하면서 몰래 우리 당을 이반하는 자이다. 춘추의 법은 같은 당의 사람을 먼저 다스리니, 만약 왕자(王者)가 일어난다면 모곤이 면할 수 있으랴.

두평

《주자어류(朱子語類)》에서 석씨(釋氏)를 논한 것 가운데 "지금 그것을 궁구할 필요가 없다. 이천(伊川)이 이른바 '다만 왕래를 끊어버리면 된다. 그가 이미 제 부모에게서 도망쳤으니 비록 도리를 설명할지라도 할 수 없다.'[133]라고 한 것이다."라고 한 것이 있다. 이것은

132 모곤(茅坤) : 1512~1601. 자는 순보(順甫), 호는 녹문(鹿門)이다. 귀안(歸安) 출신으로 명나라 때의 관리, 학자, 장서가이다. 《당송팔대가문초(唐宋八大家文鈔)》를 지었다.

133 지금……없다 : 《朱子語類 卷126 釋氏》

불교를 배척함이 지극히 명쾌한 위대한 글이다. 이른바 42장경[134]이라는 것을 보았는데 한 권의 작은 두루마리에 불과했다. 불서(佛書)가 처음 중국에 들어가 번역되었을 적에 그 말은 모두 질박하고 곧고 천근하여 알지 못할 것이 없었고 또한 터무니없고 허황되거나 은미하고 괴이하거나 대중을 미혹하는 말이 없었다. 그러나 중국 유가서(儒家書)에 비하면 석거각(石渠閣 한나라 때의 장서각)에 소장된 토원책(兎園冊)[135]과 다름이 없다. 《원각경(圓覺經)》[136], 《화엄경(華嚴經)》[137] 등의 글이 나오게 되자 비로소 심성의 논의와 기괴한 얘기가 있게 되었으니 모두 중국인이 억지로 꾸며서 만들어낸 것이다. 이 때문에 부처가 말한 것을 부처 역시 받아들이지 않는다고 하는 것이다. 매번 이것을 얘기하면 승려들은 머리를 흔들며 믿지 않을 뿐만이 아니라 성인의 경전을 읽는 선비 역시 믿지 않는 것은 어째서인가? 믿지 않을뿐더러 부처의 도를 유도(儒道)와 비교하여 그 큰 것은 몇 십 배가 되는지 모른다고 한다. 그 큰 것이 어디에 있는지 모르겠으니 그 괴이함을 탄식하노라.

한유의 문장 10 韓文十 독묵[138], 대우문[139]

134 42장경 : 《불설사십이장경(佛說四十二章經)》을 가리킨다.

135 토원책(兎園冊) : 향교의 시골 유자가 농부나 목동에게 외우도록 가르칠 때 쓰는 교재이다. 《新五代史 卷55 劉岳傳》

136 원각경(圓覺經) : 대승불교의 중요한 경전 가운데 하나이다. 정식 이름은 《대방광원각경(大方廣圓覺經)》, 《대방광원각수다라료의경(大方廣圓覺修多羅了義經)》이다.

137 화엄경(華嚴經) : 대승불교 수학을 위한 가장 중요한 경전 가운데 하나이다. 정식 이름은 《대방광불화엄경(大方廣佛華嚴經)》이다.

묵자(墨子)는 맹자(孟子)가 배척한 것이다. 한공 역시 맹자의 공을 홍수를 막은 것에 비유한 적이 있는데, 오늘날 "공자가 반드시 묵자를 썼을 것이다."라고 하는 것은 어째서인가. 묵자를 아껴서가 아니라 불가에 부대껴서이다. 범에 놀란 자는 도둑을 만나면 기뻐하니, 그래도 같은 인류라고 생각하기 때문이다. 〈대우문(對禹問)〉은 사사로운 지혜로 성인을 헤아림을 면치 못하였다. 소씨 부자 -소순(蘇洵)과 소식(蘇軾)-가 논의를 세운 것도 아마 이것을 모방한 것이리라.

한유의 문장 11 韓文十一 공자묘비[140]

〈처주공자묘비(處州孔子廟碑)〉에 "구룡(句龍)[141]·기(棄)[142]가 사직에 배향되었으나 어찌 공자를 왕자(王者)로 섬기는 것만 하겠는가? 우뚝하게 자리를 차지하였으니 이것은 요순보다 훌륭한 공효 때문일 것이다."라고 하였다. 한자(韓子 한유)는 진실로 왕자(王者)들의 예향을 중니가 편안해한다고 말한 것인가? 태산은 흠향하지 않는데 중니는 흠향했다고 하면 지나치다. 평가하는 자가 이 문장이 '공자 제례의식의 존숭하는 점을 펴서 뼈에 새겼으니 공자 묘비 가운데 마땅히

138 독묵(讀墨) : 《한창려문집(韓昌黎文集)》 권16에 실려 있다.

139 대우문(對禹問) : 위의 문집에 실려 있다.

140 공자묘비(孔子廟碑) : 《한창려문집(韓昌黎文集)》 권31에 실려 있다.

141 구룡(句龍) : 공공(共工)의 아들로, 산천을 다스릴 수 있었다. 나중에 토지의 신으로 사(社)에 배향되었다.

142 기(棄) : 주(周)의 선조이다. 강원(姜嫄)이 천제의 발자국을 밟고 임신해서 낳은 아들로, 버려졌기 때문에 이름을 '기(棄)'라 했다고 한다. 순 임금이 농관으로 삼아 백성들에게 농사를 가르쳐, '후직(后稷)'이라 불렸다.

제일에 속한다.'[143]라고 하였으나 나는 무슨 말을 하는지 모르겠다.

한유의 문장 12 韓文十二 황릉묘비[144]

소상(瀟湘)의 두 여인을 예로부터 모두 아황(娥皇)과 여영(女英)이라 하였다. 나는 그 설을 의심한 적이 있다. 순(舜)이 척방(陟方)[145] 할 때 나이가 백세를 넘었으니 멀리 형산과 상수를 가기에 적당치 않고 두 비가 흰 머리인데 어찌 고생스럽게 따라갔겠는가? 이는 위(衛)나라 남자(南子)[146]와 당(唐)나라 무씨(武氏)[147]도 하지 않은 일이다. 길에서 죽었다거나 물에 빠져 죽었다는 설은 더욱 불합리하다. 지금 한공의 〈황릉묘비〉를 고찰해보니 척방의 오류를 변별하였고 또 물에 빠져 죽었다는 것은 믿을 수 없다고 말하니 진실로 합당하다. 다만 두 비가 무슨 까닭으로 상수(湘水)의 신이 되었는지는 말하지 않았으

143 공자……속한다 : 모곤(茅坤)이 "공자 제사를 높이는 점을 펴서 뼈에 새기니 공자 묘비문은 한 이래 마땅히 창려가 제일이다.〔序孔子祀典之尊崇處入骨 孔子廟碑 漢以來當屬昌黎第一〕"라고 평가한 말에서 인용한 것이다. 모곤의 《당송팔대가문초(唐宋八大家文鈔)》에 나온다.

144 황릉묘비(黃陵廟碑) : 《한창려문집(韓昌黎文集)》 권31에 실려 있다.

145 척방(陟方) : 순이 남방으로 순수를 떠난 일을 가리킨다. 이때 즉위한 지 50년이 되었는데 길에서 승하하였다. 《書經 舜典》

146 위(衛)나라 남자(南子) : 춘추 때 위영공(衛靈公)의 부인이다. 송 공자 조(朝)와 사통하였다. 태자 괴외(蒯聵)가 미워하여 죽이고자 했으나 성공하지 못하고 도망쳤다. 후에 즉위하자 위남자를 죽였다. 《春秋左氏傳 定公14年》

147 당(唐)나라 무씨(武氏) : 당나라 측천무후(則天武后)를 가리킨다. 당 고종(唐高宗)의 황후로, 고종이 죽은 후 정권을 잡고 주(周)를 세워 스스로 황위에 올랐다. 《舊唐書 卷6 本紀》

니 아마도 모르는 것은 빼놓은 듯하다. 《노사(路史)》[148]에 "황릉은 순의 세 번째 비인 등비(登比)씨의 묘이다. 두 여인은 바로 등비가 낳은 딸로, 이름이 소명(宵明)・촉광(燭光)으로 소상강의 신이 되었다."라고 하였다. 이는 또 누가 보고 누가 전한 것인가?

한유의 문장 13 韓文十三 조성왕비[149], 장원외제문[150]

조성왕(曹成王) 고(皐)[151]는 어려움을 겪으며 자립하였고 각고의 노력 끝에 공을 세웠다. 그의 충효는 우리나라 충무공(忠武公) 이순신(李舜臣)과 비슷하다. 그러므로 비문이 그의 생애를 그대로 모사하여 난삽한 문장과 궁벽한 글자를 써서 젊은 시절 고생하였다가 후에 성공한 의미를 형상화하였다. 장원외(張員外)는 평생 사귄 오랜 친구로서, 함께 버림을 받고 배척당하면서 겪었던 위험이 꿈속에 나타나 놀라게 한다. 그러므로 제문이 기굴(奇崛)하고 비장(悲壯)하여 겪어온 것과 같다. 논하는 자는 낯설고 뚝뚝 끊어지는 것을 병통으로 여겼으나 작자의 뜻을 알지 못했던 것이다.

한유의 문장 14 韓文十四 체협의

〈체협의(禘祫議)〉는 진실로 이름난 유자의 문장이라 일컬을 만하다.

148 노사(路史) : 47권으로 이루어진 역사서로 송나라 나필(羅泌)이 편찬하였다. 상고 이래 역사, 지리, 풍속, 씨족 등 다방면의 전설과 역사적 사실을 기술하였다.

149 조성왕비(曹成王碑) : 《한창려문집(韓昌黎文集)》 권28에 실려 있다.

150 장원외제문(張員外祭文) : 《한창려문집(韓昌黎文集)》 권22에 실려 있다.

151 조성왕(曹成王) 고(皐) : 이고(李皐, 733~792)로, 자는 자란(子蘭)이다. 당나라 종실로서, 752년 조왕(曹王)에 봉해졌다.

제위를 계승한 임금이 태조(太祖)의 마음을 생각하지 않고 자기의 마음만을 생각하여, 태조를 높일 줄만 알고 태조께서 추앙한 바를 높일 줄은 알지 못할까 늘 걱정한다. 태조는 자기의 조상을 높이고 싶지 않겠는가? 천하라는 것은 태조의 천하이다. 자기가 태조의 천하를 받았으니 심법(心法)과 전장(典章)을 당연히 모두 한결같이 준수하여서 잃지 말아야 한다. 지금 태조의 사당에 대해서 백 세대를 지나도록 허물지 않고 사계절 제사를 올리니 유감이 없다고 할 수 있다. 유독 태조께서 조상으로 받든 분에 대해서는 사당을 허물고 신위를 묻고는 체협(禘祫)[152]의 제향을 함께 드리지 않으니 자기의 효가 태조의 효보다 낫다고 할 것인가? 오직 자기가 유감이 없는 것만을 알고 태조가 유감이 있는 것은 모르니 효라고 말할 수가 없다. 후세에 혹시라도 공을 쌓고 기틀을 쌓으셨던 태조 선조의 사당을 허물고 도리어 공이 없는 아비와 할아비를 높여 종묘를 만든다면 그 마음이 과연 태조의 천하를 소유한 것이며, 과연 세상에 두루 통하는 큰 효라 이를 만한가? 주(周)나라가 천하를 얻고나서 삼왕(三王)[153]을 왕으로 추대하고 선공(先公 제후였던 조상)을 천자의 예로 상사(上祀 제일 높은 등급의 국가제사)를 지냈다. 이것은 다름이 아니라 문왕(文王)의 마음을 헤아렸기 때문이다. 임금이 이 의의를 알 수 있은 연후에야 나라를 다스릴 수 있으니, 공자께서 그 쉬움을 "손바닥 보는 것 같다."고 말씀하셨다.[154]

152 체협(禘祫) : 임금이 시조를 제사지내는 큰 의식을 가리킨다.

153 삼왕(三王) : 주나라의 태왕(太王)·왕계(王季)·문왕(文王)을 가리킨다.

154 공자께서……말씀하셨다 : 《중용장구》 제19장에 "교제사와 사직의 제례, 체 제사

한유의 문장 15 韓文十五 비지

비지(碑誌)는 한 집안의 역사이다. 후대 역사서를 쓰는 자들이 많이 인용하니, 신중히 하지 않을 수 없다. 내가 당(唐)나라의 역사서를 보니 중엽 이후로 인물의 공과 능력을 기술할 적에 왕왕 불순하여 칭찬을 크게 드러내고 장난처럼 과장하고 현혹하는 문장은 모두 가문의 비문(碑文)과 행장(行狀)에서 나왔다. 그 폐단은 애당초 한유(韓愈)와 유종원(柳宗元)에서 번성하기 시작한 것이다. 비지는 한 사람을 위해 쓰는 것이기 때문에 간혹 실정을 과장하는 것을 용납할 수 있다. 한 시대의 역사를 수찬하는 자는 이런 점을 취해 묘에 아첨하느라 죽간을 더럽힐 필요가 없다. 혹여 취하였다면 뜻은 남기고 문장은 깎아내는 것이 좋다. 지금 창려(昌黎)가 서술한 비지문을 상고하니 때로 역시 이러한 기풍을 면치 못한다. 그러나 그가 망령되이 허여하지 않은 점은 역시 절로 근엄하다. 또 상상의 경물로 감개하기 좋아하는데 이것이 응수하는 가장 묘한 법이다. 그가 이우(李于)에 대해 묘지에 쓴 명(銘)[155]은 한 마디 말도 그의 행실과 능력을 언급하지 않고 시종 유필(柳泌)의 방약(方藥)이 해가 됨[156]을 논하여 사람으로 하여금 놀랍고 두렵게 만들어 똑바로 볼 수 없게 한다. 요컨대 무

와 상 제사의 의의에 밝으면 나라 다스리는 것은 손바닥 보는 것과 같다.〔明乎郊社之禮 禘嘗之義 治國其如示諸掌乎〕"라고 한 공자의 말을 인용한 것이다.

155 이우(李于)에……명(銘) : 〈고태학박사이군묘지명(故太學博士李君墓誌銘)〉을 가리킨다. 이우는 한유의 형의 손녀사위이다.

156 유필(柳泌)의……됨 : 유필은 당나라 헌종(憲宗)을 위해 단약을 만들고 불사약을 찾으러 다녔던 방술사이다. 한유가 당시 많은 인사들이 유필이 납과 수은으로 제조한 단약을 복용하고 해를 당한 일이 많다고 논한 것을 가리킨다.

익한 것은 하지 말라고 발언한 것이다. 지금 중국 사람은 아편을 복용하기 좋아하니 이것을 본다면 두려워할 만하다.

한유의 문장 16 韓文十六 정요묘지[157], 제십이랑문[158]

〈정요묘지(貞曜墓誌)〉는 다만 곡하고 조문하고 장례를 치르고 묘지명을 구하는 절차를 서술하였다. 그러나 일처리가 들쑥날쑥하여 슬픔을 억누르는 정황을 보인다. 읽으면 사람으로 하여금 눈물이 솟게 하니 묻지 않아도 평생의 절친한 친구가 죽은 것을 알 수 있다. 〈제십이랑문(祭十二郎文)〉은 한 글자 읽을 때마다 한 번씩 눈물이 나니 천년의 절조(絶調)다. 그 뒤로 답습한 자가 많아서 마침내 진부한 말이 되어버렸으니 슬픔이란 배워서 할 수 있는 것이 아니다.

유종원의 문장 1 柳文一

유 유주(柳柳州)[159]는 연소할 때 재주가 풍부했고 일찍 벼슬에 나아갔다가 일찍 물러났던 점이 가생(賈生)[160]을 방불케 한다. 잘못된 사람

157 정요묘지(貞曜墓誌) : 〈정요선생묘지명(貞曜先生墓誌銘)〉를 가리킨다. 정요는 맹교(孟郊)의 사시(私謚)이다. 《한창려문집(韓昌黎文集)》 권29에 실려 있다.

158 제십이랑문(祭十二郎文) : 《한창려문집(韓昌黎文集)》 권23에 실려 있다. 십이랑은 한유의 조카 한노성(韓老成)인데, 한유의 형인 한개(韓介)의 둘째 아들로서 한유의 형 한회(韓會)의 양자가 되어 집안을 이었다.

159 유 유주(柳柳州) : 유종원(柳宗元, 773~819)으로, 중국 중당(中唐) 때의 시인이다. 관직에 있을 때 한유(韓愈)·유우석(劉禹錫) 등과 친교를 맺었다. 한유가 전통주의인 데 반하여, 유종원은 유·도·불(儒道佛)을 참작하고 신비주의를 배격한 자유·합리주의의 입장을 취하였다. 자는 자후(子厚)이고, 유주 자사 벼슬을 하였으므로 유유주라 불리기도 한다.

과 가까이 지내 많은 근심 속에서 스스로 극복해 나오지 못한 것이 애석하다. 가생 같은 이는 영화와 현달을 일찍 달성해서 이러한 흠이 없으니, 아득하기가 짝이 없다. 비록 그렇더라도 내가 유자(柳子 유종원)의 입론을 살펴보면 바름으로 돌아가려고 힘썼다. 재주가 반듯하고 예리하여 양운(楊惲)의 오만함,[161] 은호(殷浩)의 허망함[162]과는 달라 분명히 쓸모없는 자가 아니었다. 애석하구나! 두 사람이 만난 시대여. 굴원보다 현명하지만 밝은 군주에게 거절당했다고 스스로 생각했다. 이것이 "슬픔과 한스러움이 빈령(彬嶺)과 함께 쌓이고 억울함이 상수(湘水)와 함께 다하지 않는" 까닭이다.

두평

한스러운 사람이 이런 글을 읽게 되면 눈물 적시는 것을 금치 못한다.

유종원의 문장 2 柳文二 허맹용에게 준 편지[163] 등의 여러 편지

유주(柳州 유종원)가 폄직되어 귀양 간 이후 친구인 조정 관료에게 준

160 가생(賈生) : 기원전 200~기원전 168. 중국 한 문제(漢文帝) 때 문인으로, 학문에 능통하고 재주가 뛰어나 최연소 박사가 되었다. 문제의 총애를 받아 빠른 승진을 하고 개혁을 주도했으나 주변의 시기로 좌천되었다.

161 양운(楊惲)의 오만함 : 양운은 사마천(司馬遷)의 외손이자 승상 양창(楊敞)의 아들로서, 곽광의 모반을 고발한 공으로 평통후(平通侯)에 봉해졌다. 《보손회종서(報孫會宗書)》가 빌미가 되어 한 선제(漢宣帝) 때 대역무도의 죄명으로 처형당했다.

162 은호(殷浩)의 허망함 : 은호(?~356)는 동진(東晉) 때 인물로, 회계왕(會稽王) 사마욱(司馬昱)에게 발탁되었으나 북벌 실패로 인해 폐해져 서인이 되었다.

163 허맹용에게 준 편지 : 《유종원집(柳宗元集)》 권30에 실려 있다.

편지는 쓸쓸하고 처량해 읽으면서 누차 탄식했다. 뉘우침이 뼛속까지 들어가 있고 이직시켜 주기를 역시 매우 원하였다. 당시 군주와 재상이 어찌 이렇게 미워하여 유독 그의 간절한 바람에 조금도 부응하지 않았던가? 그리고 외로운 신하와 얼자(孼子)로서의 염려와 걱정이 이미 깊었으니 만약 다시 기용되었다면 전날의 과오를 거의 보충했을 것이다. 듣는 자는 마치 빈 숲 두견새 울음소리처럼 듣고 지나갈 따름이었다. 비탄스러워할 뿐이었던 것은 어째서인가? 재주를 꺼려서 함정에 밀어넣고 돌을 던지는 것은 사람이었다. 깊은 근심과 억울함을 주어 문장을 울리게 하는 것은 하늘이었다. 아! 유자〔유종원〕는 또 무엇을 원망하랴.

유종원의 문장 3 柳文三 답위형서[164]

자후(子厚 유종원)는 평생 창려(昌黎)에게 깊이 심복하였다. 창려는 그의 재주를 기이하게 여기지 않은 적이 없었으나 사람됨에 대해서는 약간 불만이 있었다. 자후가 본디 알고 있었으나 감히 따지지 않았다. 창려가 위형(韋珩)에게 준 편지에 "자후에게 핑계를 대어서라도 피하고 싶은 것이 문묵(文墨)의 일이다."라고 하자, 자후는 또 원래 기대보다 더한 칭찬이 매우 기뻐서 창려를 숭상하여 양웅(楊雄)의 위에 두기에 이르렀다. 하늘이 두 사람을 내어 당시의 문장을 크게 변화시켰다. 한 명은 북쪽에서 창도하고 한 명은 남쪽에서 화답하였다. 생각하면 당시 산천초목이 모두 변하여 문채가 났었을 것 같다.

164 답위형서(答韋珩書) : 《유종원집(柳宗元集)》 권34에 실려 있다.

유종원의 문장 4 柳文四 답엄후여서[165]

세상의 학문이 육경에서 나온 것은 마찬가지이다. 자후가 엄후여(嚴厚輿)에게 답한 편지에 "마융(馬融 후한 때 훈고학의 시조)과 정현(鄭玄 후한 말기의 대표적 유학자)은 오직 장구를 가르친 스승일 뿐이다. 도를 말하고 옛것을 강구하고 문사(文辭)를 궁구하는 것이라면 본디 나에게 속한 일이다."라고 하였으니 이는 창려(昌黎)와 함께 모두 육경에서 터득하였으나 문장의 학문을 하는 것을 말한 것이다. 이는 훈고(訓詁)와 문장이니, 한유와 유종원으로부터 비로소 나뉘어 두 가지가 되었다. 자후는 스스로 육경의 취지를 터득하여 도를 논하고 문장을 지었기 때문에 훈고를 낮게 보았으나 진정한 학문이 송나라 유자(儒者)에서 발흥하여 성리학이 될 것은 알지 못했다. 앞서 이른바 도를 말하고 옛것을 강구한다는 것은 모두 그림자와 메아리가 되어버리고 터득한 것은 오직 문사뿐이었다. 이로부터 성리학·훈고학·문장학의 세 가지 학문이 세상에 병행하였다. 이 세 가지는 서로 없어서는 안 되니 서로 뿌리가 되고 날개가 되기 때문이다. 세상에서는 간혹 서로 헐뜯어서 용납하지 못할 지경에 이르기도 한다. 이는 담장 안에서 다투면서 밖에서 오는 모욕을 막을 줄 모르는 것과 같다.

유종원의 문장 5 柳文五 여위중립논사도서[166]

자후(子厚 유종원)가 굳이 스승이라는 이름을 피한 것과 퇴지가 굳이

165 답엄후여서(答嚴厚輿書) : 《유종원집(柳宗元集)》 권34에 실려 있다.

166 여위중립논사도서(與韋中立論師道書) : 《유종원집(柳宗元集)》 권34에 실려 있다.

역사서 짓기를 거절한 것은 모두 한 가지 병통 때문이다. 사도(師道)에서는 덕행과 도예로 모범을 보여 후학을 이끌 수 있고 위의와 동작으로 감화시켜 선하게 만들 수 있느냐를 귀하게 여긴다. 이른바 부자(夫子)의 문장이 볼 만한 까닭이 이것이다. 구두를 전수받고 문사를 부탁하는 것이라면 글방 선생의 소임이다. 나는 자후가 피한 것을 모르겠다. 윗자리에 있는가? 도를 품고 남을 미혹하는 것은 어질지 못하고 지혜롭지 못한 것이니 군자가 하지 않는 바이다. 아랫자리에 있는가? 온갖 기술자의 기술 역시 서로 스승으로 삼는 도가 있다. 그러니 또 어찌 피하랴.

유종원의 문장 6 柳文六 여여공서[167]

여공(呂恭)에게 보낸 편지에는 여묘 살이와 무덤에서 나온 석서(石書)의 그릇된 점을 깊이 분변하였다. 여묘는 지나친 제도이고 석서(石書)는 귀신을 속이는 것이니 효를 거짓으로 꾸미고 이익을 간사하게 구하는 것이라서 교화가 날로 무너질 것이므로, 이런 사람과 알고 지내지 말아야 하고 이런 사람은 숨어서 나오지 않아야 된다고 하였다. 진실 되구나, 이 말이여! 후세 역시 석서와 비슷한 것들이 있어서 왕왕 위조된 효와 위조된 참언을 드러냈고, 윗사람도 따라서 표창하였으니, 유자(柳子 유종원)가 보았다면 냉소하지 않을 수 있겠는가? 본조 사대부에게 여묘 살이 풍습이 성행했다. 비록 예가 아닌 줄 알아도 감히 혼자 남다르게 할 수가 없었다. 지금은 없어진 지 오래되었다. 그러나 상을 당한 자가 편안히 거처하고 한가히 노닐며 술

167 여여공서(與呂恭書) : 《유종원집(柳宗元集)》 권31에 실려 있다.

마시고 고기를 먹어 거의 슬픔을 잊으니, 또 옛날 여묘 살이가 있었던 때만 못하다.

유종원의 문장 7 柳文七 송승호초서[168]

처음에 내가 자후가 이 목주에 준 복기(服氣)[169]에 대한 편지[170] 및 주소(周巢)에게 산택의 파리한 은자를 논한 편에 대한 답서[171]를 읽고, 유자(柳子 유종원)는 진실로 괴이한 것을 좋아하지 않는 자이고 진실로 백성을 살리는 데 뜻을 둔 자라고 생각했다. 〈송승호초서(送僧浩初序)〉를 읽기에 이르자 또 나도 모르게 산산이 흥이 깨져버렸다.

그는 "부도(浮圖 부처)는 왕왕《역경》·《논어》와 부합하니 성인이 다시 나더라도 배척할 수 없을 것이다."라고 한다. 나는 부합한다는 것이 무슨 말인지 모르겠다. 유자는 과연 직접 여래(如來)를 만나 그 설을 받들었던가? 그렇지 않다면 변방 오랑캐는 애초에 문자가 없어 언어가 통하지 않았으니, 이른바 백마에 싣고 왔다는 불경[172]은 모두 배반한 중원의 유자가 번역한 것이다. 어찌 기이할 수 있으랴. 그리고

168 송승호초서(送僧浩初書) :《유종원집(柳宗元集)》 권25에 실려 있다.

169 복기(服氣) : 숨 쉬는 방법으로, 도가에서 양생하여 수명을 늘리는 방술 가운데 하나이다.

170 복기(服氣)에 대한 편지 :〈여이목주논복기서(與李睦州論服氣書)〉를 가리킨다.

171 주소(周巢)에게……답서 :〈답주군소이약구수서(答周君巢餌藥久壽書)〉를 가리킨다.

172 백마에……불경 : 후한 명제(明帝) 때 가섭마등(迦葉摩騰)과 축법란(竺法蘭)이 서역에서 백마에《사십이장경(四十二章經)》을 싣고 낙양에 와 불교를 전파한 일을 가리킨다.

그 왕왕 부합한다는 것이 정말 일컬을만한 것이라면 왕왕 부합하지 않는 것은 또 얼마이겠는가?

또 "성정(性情)에 대해 막혀있지 않으니 공자와 도가 다른 것은 아니다."라고 하였다. 유자는 어찌 성정의 설을 알 수 있었는가? 유자가 스승으로 섬긴 자는 한자(韓子 한유)뿐이다. 한자는 성(性)에 대해 오히려 본연의 선(善)을 체득하였으니 더욱이 유자이겠는가? 유자도 성정(性情)을 논한다면 이른바 왕왕 부합한다는 것이 무엇인지 알 수 있을 것이다.

또 "양자(楊子 양웅)의 책이 장자·묵자·신불해(申不害)·한비자(韓非子)에서 취한 것이 다 있다. 부도라는 것이 도리어 괴벽(乖僻)하고 음험한 장자·묵자·신불해·한비자에 미치지 못하랴."라고 하였다. 유자는 어찌 그리 부도는 지나치게 높이고 장자·묵자·신불해·한비자는 박하게 보는가? 장자·묵자·신불해·한비자가 비록 성인의 도에 어긋나나 저들은 모두 유도(儒道)의 한 가지 단서에서 나왔다. 그러므로 후세에 시험해 보면 혹 소강(小康 조금 안정된 세상)의 다스림을 이루기도 했다. 장자·묵자·신불해·한비자의 치술을 쓰는 자 가운데에는 후세에 부처를 섬기는 것처럼 전적으로 하고 성대하게 한 자가 없었다. 그렇지만 부처를 섬겨 몸이 화를 면하고 집안에, 나라에, 천하에 대란을 이르지 않게 할 수 있었던 자가 있었던가? 작게 행하면 작게 어지럽고 크게 행하면 크게 어지러워졌다. 효과가 메아리처럼 따라와 돌이켜 보호할 수 없으니 어찌 장자·묵자·신불해·한비자와 비견할 수 있으랴.

또 "퇴지(退之 한유)가 허물한 것은 겉으로 드러난 모습이니, 머리를 깎고 승복을 입고 부부와 부자의 의리가 없고 밭을 갈지도, 농사를 짓지도, 누에를 치지도, 뽕나무를 키우지도 않으면서 남에게 의지해 살아가기 때문이다. 이는 겉모습에 분노하여 중심을 놓치고 돌은 알아보지만 옥을 품은 것은 모르는 것이다."라고 하였다. 유자 역시 성인의 글을 읽은 적이 있는가? 중심을 길러야 겉이 가지런해지는 것이고, 근본을 단정히 하여야 말단이 반듯해지는 것이다. 그러므로 겉을 통해 중심을 구하고 말단을 들어 근본을 찾아 안팎을 번갈아 기른 연후에야 백성에게 어느 한쪽으로 치우치는 근심이 없다. 만약 겉으로 드러나는 것을 버리고 곧바로 이른바 중심에 품고 있는 것을 엿본다면 이는 억측해서 속이는 것이니 억측은 믿을 수 없다. 한자(韓子)가 이렇게 한다면 한자라 할 수 없다. 지금 다만 형체를 훼손하고 인륜을 없애고 하는 일 없이 놀고먹는 의를 말하는 것이 옳다면 중심을 알만하다. 만약 그릇되었다면 또 하필 부지런히 중심을 구한 후에 그릇됨을 알겠는가? 그리고 말은 《역경》·《논어》와 부합하면서 일은 《역경》·《논어》와 다르니 저 《역경》·《논어》는 무엇을 하기 위한 것인가?

유종원의 문장 8 柳文八 산수기[173]

자후(子厚)는 감정(鑑定)에 정밀하여, "고서를 멀리서 바라보아도 그 연대를 알 수 있다."고 스스로 말했다. 이 뿐만이 아니었다. 산수에 대해서도 그러하였다. 다른 사람이 보는 것은 평이하고 온전한 것이었으나 자후는 유독 숨어있는 험준한 것과 기울어지고 이지러진 것을 보았으니, 숨어있는 험준함을 통해 생각이 생겨나고 기울어지고

173 산수기(山水記) : 《유종원집(柳宗元集)》 권25에 실려 있는 "기산수(記山水)" 11편을 가리킨다.

이지러짐을 통해 기이함이 생겨났다. 뭇 사람들이 바야흐로 흐드러진 붉음과 소란스러운 푸름에 주목할 적에 자후는 홀로 그윽한 꽃술을 헤치고 외딴 풀을 어루만졌다. 때때로 그 작은 것들을 들어 점을 찍듯 늘어놓아 모사하면 풍격과 신운이 현격히 차이가 난다. 이것이 뺨을 그리고 터럭을 덧붙이는 방법이다.

유종원의 문장 9 柳文九 산수기

예전 양운(楊惲)이 버림받았을 적에 농사짓고 남은 시간에 술 마시며 항아리를 두들기는 것을 황음무도(荒淫無度)하다고 스스로 생각했다.[174] 나는 자후가 영주(永州) 산수에 대해 역시 황음무도하다고 생각한다. 영주를 둘러싸고 수십 개의 경승지 가운데 거친 수풀과 궁벽한 땅, 끊어진 물과 작은 바위를 망라하지 않은 것이 없으니 어찌 그리 탐욕스러운가? 비록 그렇더라도 내가 그 경승지를 기록한 작품들을 살펴보니 모두 훌륭한 운치가 있으나 일종의 슬픈 생각을 지녀 사람으로 하여금 기쁘지 않게 만든다. 술을 즐기고 음악을 듣고 소리치고 득의양양할 때 초췌함과 무료함이 더욱 드러나니 이상하도다. 어찌 이른바 "호탕한 모습은 슬픔이 더한 것"[175]이 아니겠는가? 음악이

174 예전……생각했다 : 양운(楊惲)은 승상 양창(楊敞)의 아들로, 대장락(戴長樂)의 참소 때문에 서인으로 강등되었는데, 물러나 살면서도 산업으로 재산을 일구고 음주가무를 즐겼다. 친구 손회종(孫會宗)이 편지를 보내 충고하자 《보손회종서(報孫會宗書)》를 써서 스스로를 변명하였는데, "진실로 황음무도하여 불가한 것을 모르겠다.〔誠淫荒無度 不知其不可也〕"라고 한 구절이 나온다. 후에 이 글이 문자옥(文字獄)을 일으켜 죽임을 당하였다. 《漢書 卷66 楊惲傳》

175 호탕한 모습은 슬픔이 더한 것 : 유종원의 〈대하자(對賀者)〉에 "웃으면서 화를

란 우울함을 펴는 것이니 중산왕(中山王)이 듣고 눈물을 흘렸다.[176] 자후도 영주의 산수에 대해 오히려 이러했던 것이다.

유종원의 문장 10 柳文十 산수기

자후(子厚)의 산수기는 고금에서 으뜸이다. 〈유황계기(遊黃谿記)〉[177] 및 〈유주산수기(柳州山水記)〉[178]는 완전히 《산해경》을 모사했으나 격조가 절로 기이하고 예스럽다. 기타 여러 작품들은 모두 신령(神靈)과 의경(意境)이 만나 모두 필묵으로 쓸 수 있는 것을 벗어났다. 평범한 사람이 몹시 애쓴 곳에는 다듬은 흔적이 있으나 자후는 애를 쓸수록 천연스러워지니 일단의 정신에 어둡지 않은 것을 스스로 지니고 있기 때문이리라.

유종원의 문장 11 柳文十一 산수기

자후가 〈소석성산기(小石城山記)〉[179] 및 〈만석정기(萬石亭記)〉[180]를

내는 것이 흘겨보는 것보다 심하고 긴 노래의 슬픔이 통곡보다 더하니, 나의 호탕함이 슬픔이 더한 것이 아니라고 어찌 알랴.〔嘻笑之怒 甚乎裂眥 長歌之哀 過乎慟哭 庸詎知吾之浩浩非戚戚之尤者乎〕"에서 인용한 구절이다.

176 중산왕(中山王)이……흘렸다 : 중산왕 유승(劉勝, ?~기원전 113)은 한 경제(漢景帝)의 아홉 번째 아들이다. 친왕들이 조회와 한 무제(漢武帝)와 함께 술을 두고 음악을 듣는데 성대한 잔치 자리인데도 중산왕이 눈물을 흘렸다. 한 무제가 까닭을 물으니, 황제의 근신들의 선동에 따라 친왕들을 견제하는 것에 대한 근심을 털어놓았다. 이에 한 무제가 제후에 대한 예를 후하게 하고 친왕에 대한 은혜를 더했다고 한다. 《漢書 卷53 景十三王傳》

177 유황계기(遊黃谿記) : 《유종원집(柳宗元集)》 권25에 실려 있다.

178 유주산수기(柳州山水記) : 《유종원집(柳宗元集)》 권25에 실려 있다.

지어 하늘이 떨어지고 땅이 솟아난 조화의 흔적이라고 하며 신물(神物)을 홀로 샀다고 매우 자랑하였다. 내가 본 것들을 따져보면 거의 어양돌기(漁陽突騎)[181]라 할 것이다. 우리나라에서 가장 유명한 곳이 금강산 만이천봉이지만 내가 미처 보지 못했다. 내가 본 것은 오직 동남쪽 몇 구역이지만 그 기이함을 이미 이루 말할 수 없다. 단양(丹陽)의 삼선봉(三仙峯), 사인봉(舍人峯), 구담봉(龜潭峯), 옥순봉(玉筍峯) 같은 경우는 걸출하고 수려하고 험준하고 명정(明淨)하다. 청주(淸州)의 파곶동(巴串洞), 선유동(仙遊洞), 옥량동(玉樑洞) 같은 경우는 깊숙하고 깨끗하고 고요하고 그윽하다. 광주(光州) 무등산(無等山)의 삼황봉(三皇峯) 및 광석대(廣石臺), 입석대(立石臺) 같은 경우는 맑게 트이고 쑥 솟아나서 만 개의 기둥을 묶어세운 듯하고, 양주(楊州) 만장봉(萬丈峯) 같은 경우는 곧바로 높이 하늘로 솟아 있고 그 아래 작은 바위는 천병만마(千兵萬馬)의 칼과 방패, 창의 형상과 같다. 이는 모두 괴이한 경관을 지닌 바위들이다. 귀신이 설치하고 조성한 듯 인간 세상 같지 않다. 내 마음은 기쁘지만 미처 서술하지 못하니, 바위가 나를 만난 것이 어찌 불행이 아니겠는가?

유종원의 문장 12 柳文十二 봉건론[182]

179 소석성산기(小石城山記) : 위와 같은 곳에 실려 있다.

180 만석정기(萬石亭記) : 〈영주최중승만석정기(永州崔中丞萬石亭記)〉를 가리킨다. 《유종원집(柳宗元集)》 권27에 실려 있다.

181 어양돌기(漁陽突騎) : 손가락에 꼽히는 빼어난 것을 가리킨다. 어양 지방의 돌격대로, 당(唐)나라 때 어양(漁陽) 지방은 호협하고 용맹스럽기로 이름이 나 군대 역시 최정예로 첫손에 꼽혔다.

〈봉건론(封建論)〉은 오래되었다. 유자(柳子 유종원)의 〈봉건론〉이 나오고부터 여러 설들이 모두 폐기되었으니 확실하고 적절해서 바꿀 수 없기 때문이다. 내가 보건대, 유자는 특히 문장으로 기쁨을 삼은 사람이라서 본래 성인의 공적인 마음을 알기에 부족하다. 그가 논한 것은 이해를 따지는 조잡한 흔적에 불과하여, 작은 이익만을 보고 큰 해는 생각하지 않으며 한 사람의 사사로움에 대해 살필 뿐 만민의 공공은 돌아보지 않으니, 유자(儒者)는 논의를 세우는 것이 이렇게 구차해서는 안 된다. 봉건제를 실시할 수 없다면 정전제도 실시할 수 없다. 정전제가 폐기되면 예악과 형정(刑政) 역시 구휼할 수 없다. 오직 마땅히 실정에 맞추고 사정(私情)을 따라야 하고 옛것을 상고하지 않아야 지금에 쓸 수 있다. 만약 이렇다면 삼대(三代)는 한·당(漢唐)보다 반드시 훨씬 낫지는 않을 것이고 한·당은 삼대보다 훨씬 못하지는 않을 것이다. 이것은 진동보(陳東甫)[183]의 어그러진 논의이니, 되겠는가?

옛 성인은 들판을 구획하고 고을을 나누어 각기 구역이 있었다. 위로는 별의 궤도에 응하고 아래로는 산천이 막혀있어, 언어가 각기 다르고 풍토에 큰 차이가 있었다. 사해의 안이 무성하고 울창하여 한 사람이 다스릴 수 없었다. 그렇기 때문에 우 임금 때 천하가 만 국이었고 주나라 때 천팔백 국이었다. 전국 시대에 이르러 서로 병탄하여 큰 것이

182 봉건론(封建論) : 《유종원집(柳宗元集)》 권3에 실려 있다.

183 진동보(陳東甫) : 진량(陳亮, 1143~1194)을 말한다. 영강(永康) 출신으로 자는 동보(同甫), 호는 용천선생(龍川先生)이다. 남송 때 정치가, 철학가, 시인이며 저서에 《용천선생집(龍川先生集)》이 있다.

일곱 나라였다. 진나라 이후로 비로소 합해져 하나가 되었다. 이로 보건대, 나라가 적을수록 어지러움이 많아지는 것이 분명하다. 유자(柳子 유종원)의 소견은 한·당의 작은 안정을 군현제도의 효과라고 의심했다. 그러나 삼, 사백 년간을 통틀어 백성이 부담을 덜었던 것이 이, 삼십 년에 불과하고 그 나머지는 겉으로 무사한 듯하였으나 백성들이 전쟁보다도 더 고생스럽고 초췌하였으니, 어째서인가?

사해의 명이 한 사람에게 달려있으나 한 명의 어질고 현명한 사람은 또 천백 년에 한 번 드물게 얻으니, 백성들이 어찌 항상 고생스럽지 않을 수 있겠는가? 옛날 봉건 시대에는 천자의 땅이 사방 천 리였다. 제후는 그 십분의 일을 얻어 나라로 삼았으니, 제후의 땅은 사방 백 리였다. 경대부(卿大夫)는 그 십분의 일을 얻어 집안으로 삼았다. 각기 토지를 제 것처럼 여기고 인민을 자식처럼 여기고 종묘를 받들어 자손에게 물려주었다. 사(士)에게는 대대로 받는 녹이 있었고 백성에게는 대대로 종사하는 직업이 있어 분수에 편안하고 마음이 안정되어 요행을 바라는 풍토가 없었다. 이것이 첫 번째 봉건의 이로움이다.

한 사람이 어질고 성스러우면 천하가 그 복을 받았다. 한 사람이 불초해도 기전(畿甸 도성 천 리의 천자 직할지) 외에는 천하가 본디 편안하였다. 〈탕서(湯書)〉에 "우리가 수확하는 일을 버려두고 하나라를 끊어 바로잡으려 한다."[184]라고 하였으니, 이는 걸(桀)의 포학이 탕(湯)의 백성에게 미치지 않은 것이다. 《시경》에 "방어의 꼬리가 붉거늘 왕실이 불타는 듯하다. 비록 불타는 듯하나 부모가 매우 가까이 계시도다."[185]라

184 우리가……한다 : 《서경》〈탕서(湯誓)〉에 "우리가 수확하는 일을 버려두고 하나라를 끊어 바로잡으려 한다.〔舍我穡事 而割正夏〕"라고 한 구절을 인용한 것이다.

고 하였으니, 이는 주(紂)의 학정이 문왕(文王)의 백성에게 미치지 않은 것이다. 후세 같은 경우에는 한 사람이 탐욕스럽고 어그러지면 바다 귀퉁이 해 떠오르는 곳까지 해독을 입지 않는 곳이 없다. 이것이 두 번째 봉건의 이로움이다.

옛날 천자국은 안으로 경사(卿士)와 공족(公族), 대대로 녹을 먹는 신하가 있고 밖으로는 백부와 외숙, 친척인 제후가 있었다. 그들의 부귀는 나와 현격히 차이가 나는 것은 아니었으나 모두 움직이기 어려운 형편에 근거하고 있어 덕으로 보답할 수 있고 포악을 부릴 수는 없었다. 비록 악한 일을 하려 해도 사방을 돌아보면 꺼려지고 두려워서 진실로 편의를 도모하는 데 어려움이 많았다. 후세 임금은 홀로 윗자리에 높이 있고 군신은 아래에 의지해 있다. 임금에게는 사해의 부유함이 있으나 신하에게는 한 자 한 치의 땅도 없다. 내 뜻을 따르면 살고 내 뜻을 어기면 죽는다. 독점적이고 편리한 형편이니 하지 못할 것이 없어 천하에 "오직 내가 하고자 하니 따르라."라고 소리친다. 그러니 백성은 날로 초췌해지지만 호소할 곳이 없다. 이것이 세 번째 봉건의 이로움이다.

유자는 "대를 이어 다스리는 자가 반드시 항상 어진 것은 아니다."라고 하였다. 이 말은 정말 그렇다. 그러나 지금 한 번 천하의 만국을 열로 나누어 보자. 십 분의 일은 반드시 임금이 현명할 것이고, 십 분의 칠은 반드시 평범할 것이고, 십 분의 이는 반드시 불초할 것이다. 그러면 천하 백성 가운데 십 분의 이는 근심과 고통을 면치 못하지만 십 분의 팔은 본래 그대로일 것이니, 후세 십 분의 십 모두 재난 가운데

185 방어의……계시도다 : 《시경》 〈여분(汝墳)〉에서 인용한 것이다.

항상 있는 것과 다르다. 그리고 십 분의 이인 불초한 임금은 또 위로는 천자가 주살할까 두려워하고, 중간으로는 방백(方伯 제후)이 군사를 연합해 독촉하고 책망할까 두려워하고, 아래로는 공족 세가가 의(義)에 근거해서 순종하지 않을까 두려워하고, 옆으로 사방 이웃나라가 재앙을 기뻐해 틈을 엿볼까 두려워하므로, 역시 하고 싶은 대로 다 할 수 있는 형편이 아니다. 이것이 네 번째 봉건의 이로움이다.

성왕(聖王)의 마음 씀은 백성을 소중히 여기고 자기는 간여하지 않는다. 그러므로 주공(周公)이 낙읍(洛邑)에 도읍을 정하고 "덕이 있으면 왕 노릇하기 쉽고 덕이 없으면 망하기 쉽다."[186]라고 하였다. 백성을 오랫동안 고생하게 만들고 싶지 않았기 때문이다. 후세 임금은 권세가 대단하여 오랫동안 포악을 부려도 대번에 망하게 할 수 없었다. 그러므로 비록 환령(桓靈)[187]의 어리석고 잔인함, 여무(呂武)[188]의 여화(女禍), 진시황(秦始皇)·한 무제(漢武帝)의 탐욕과 포학에도 모두 죽을 때까지 안녕하였다. 그들이 쌓은 해독이 오래되었기 때문에 그 재앙도 컸다. 기근으로 시작되어 전란으로 이어졌고 면면히 수십 년 계속되었으며 혹은 백여 년 후에야 약간 안정되었다. 이 때문에 백성들의 삶이란 일이 없으면 군정과 부역에 고생하고 일이 있으면 들판의 거름이

186 덕이……망하기 쉽다 : 유경(劉敬)이 고제(高帝)에게 주공의 고사를 인용하면서 "덕이 있으면 왕 노릇하기 쉽고 덕이 없으면 망하기 쉽다.〔有德則易以王 無德則易以亡〕"라고 한 말을 따온 것이다. 《史記 卷99 劉敬叔孫通列傳》

187 환령(桓靈) : 후한(後漢) 말엽의 환제(桓帝)와 영제(靈帝)의 병칭이다. 정치를 제대로 하지 못해 결국 나라를 망하게 하였다.

188 여무(呂武) : 한 고조(漢高祖)의 여후(呂后)와 당 고종(唐高宗)의 무후(武后)의 병칭이다. 정권을 잡고 황권을 좌지우지하였다.

되는 것이라, 종신토록 안락한 날이 없었다. 옛날 천자와 제후 가운데 무도한 자는 천하가 허여하지 않아 버려지지 않으면 망하였으니 면면히 이어지는 환난이 없었다. 그러므로 나라가 위에서 어지러워도 백성은 아래에서 편안하였다. 이것이 다섯 번째 봉건의 이로움이다.

옛날 어진 선비가 도를 품고 있어도 나라에서 대우를 받지 못하면 다른 나라로 떠났다. 그러므로 세상에는 버려지는 인재가 없었고 관직에는 비어있는 직임이 없었다. 지금은 조정에서 대우를 받지 못하면 집에 버려질 뿐이다. 옛날 경(卿)・대부(大夫)・사(士)에게 연고가 있어 다른 나라로 떠나도 여전히 식읍을 보존하여 그가 돌아오기를 기다렸으니, 충후의 지극함이다. 그러므로 벼슬에 나아가거나 물러나거나 의가 있었고 치욕이 몸에까지 미치지 않았다. 지금은 충현(忠賢)이 참소를 만나면 살육과 모욕이 따라오고 사해가 비록 넓어도 몸을 용납할 땅이 없다. 이것은 모두 천리의 지극한 공정함을 해치는 것이니 성인이 남기신 뜻이 아니다. 그러므로 옛날 선비는 모두 자중하여 윗사람에게 급급하게 매달리지 않았으나 위에 있는 사람이 도리어 굽어보고 자칫 잃을까 걱정하는 것처럼 구하였다. 그들이 등용되어 조정에 서면 정직하여 영합하지 않았고 세 번 간언해서 듣지 않으면 떠났다. 지금은 종처럼 취급하고 돼지처럼 대우하지만 손을 내저어도 물러나지 않고 밀어도 떠나지 않는다. 오직 아첨과 취용(取容 편하려고 남의 뜻에 순종함)이 있을 뿐이니 어찌 중하게 예로 보답하기를 바라랴. 이것이 여섯 번째 봉건의 이로움이다.

오랑캐가 중하(中夏)를 어지럽히는 것이 중국의 큰 걱정거리였으니, 성인이 매우 미워한 것이다. 옛날 변경 작은 나라는 오랑캐의 사정을 익숙하게 알아 평소에 준비하였다. 그리고 골수에 사무치는 가문의 근심이었기 때문에 모두 자발적으로 백성을 면려하고 직접 그 땅에서 싸웠다. 진(秦)나라가 서융(西戎)을 물리치고 연(燕)나라가 동호(東胡)를 격파하고 조(趙)나라가 누번(樓煩 산서 서북쪽에 있던 부족)을 쫓아냈으나, 다들 조용하고 여유가 있어 천하에서 그런 일이 일어난 줄을 몰랐다.

후세에는 비록 한·당의 전성 시대일지라도 항상 이적(夷狄) 때문에 고통스러웠으니 그 까닭은 무엇인가? 봉건제가 혁파된 이래 천하가 한 사람의 사적인 물건이 되었기 때문에 사람들에게 자발적으로 싸우려는 마음이 없다. 그리고 변방에 대를 이은 장수가 없고 군사에게 장기적인 계책이 없고 군사 책략의 속도와 상벌의 여탈 여부가 멀리 만 리 밖에서 제어된다. 그러므로 군사가 백 배 많지만 세력이 항상 약하고 한 쪽 지방이 소란스러우면 천하가 진동한다. 이는 다름이 아니라 방패 노릇을 하는 연나라·조나라가 없기 때문이다.

세상의 논자는 모두 "융적(戎狄)을 막는 데 좋은 계책이 없다."라고 한다. 나는 융적을 막는 계책에 봉건제만한 것이 없으나 천하를 소유한 자가 마음대로 할 수 있는 권리를 기꺼이 포기하려 하지 않을 뿐이라고 생각한다. 지금 만약 변경 수천 리 땅을 버린 셈치고 좋은 장수를 봉하여 세습시키고 정령과 조세를 천자가 관여하지 않고, 안에는 중국의 제후가 상호간에 유지하고 첩첩 쌓인 관문과 산으로 각기 영토를 보호한다면, 저들이 장차 머리를 조아리고 요새의 문을 두드리며 천자의 얼굴 보기를 원하더라도 못할 것이니, 어찌 소양전(昭陽殿)을 선우(單于)의 궁궐로 만드는 지경에 이르겠는가? 이것이 봉건의 일곱 번째 이로움이다.

옛날 천자는 성이 다른 나라에서 왕후를 맞이하였고 제후는 제후끼리 혼인하여, 귀천이 균형을 이루었고 교린에는 우의를 잃지 않았으니 명분이 바르고 우대함이 지극한 것이었다. 그 나라에 있어, 안으로는 외척을 돌보는 사사로움이 없었고 밖으로는 왕실에 기댈 길을 끊었다. 그러므로 비록 말달포려(妺妲褒驪)[189]가 화를 부채질하는 일은 있었지만, 제 한 몸을 위해 총애를 굳건히 하려 했을 뿐이었고 여타 외부의 원조가 없었기 때문에 임금이 죽으면 그만이었다.

후세 천자는 여염(閭閻)에서 배필을 취하고 딸은 신하와 백성에게 시집보낸다. 천한 자가 갑자기 신분이 올라가니 사사로운 이익을 도모하여 나라의 계책을 생각하지 않았고, 귀한 자가 갑자기 신분이 낮아지니 교만하고 건방져 부인의 도리를 지키지 않아, 윤리를 해치고 어지럽히는 것이 이보다 심할 수 없었다. 그리고 후비를 세울 때 덕으로 선발하지 않고 총애하는 자를 세우기도 하고 계책에 따라 세우기도 하였다. 명예와 지위가 안에서 정해지면 밖으로 형세가 드러난다. 어리석고 약한 군주가 종실과 대신을 믿지 않고 외가와 처가의 붕당을 신임하여 몰래 천하의 권력을 준다. 군주가 죽고 후사가 어리면 여인 군주가 엄연히 조정을 담당하고 친인척과 친지가 권력 있는 요직에 포진하여 기강을 문란하게 하고 백성들을 해친다. 이런 때를 당하면 나라는 제대로 된 나라가 아닌 것이다. 아아, 어찌 이루 다 말할 수 있으랴?

예나 제나 여인이 불러온 화는 하나의 바퀴자국처럼 일치하니 한·

189 말달포려(妺妲褒驪) : 말희(妺姬), 달기(妲己), 포사(褒姒), 여희(驪姬)의 병칭이다. 말희는 하나라 마지막 왕인 걸(傑)의 총희이고 달기는 은나라 마지막 왕인 주(紂)의 총희이며, 포사는 주의 마지막 왕인 유왕(幽王)의 총희이고 여희는 진헌공의 총희이다.

진 이래 어느 세대인들 그렇지 않았던가? 뜻 있는 선비는 이 때문에 마음 아파하고 충성스럽고 어진 이는 이 때문에 낙심하였다. 봉건 시대에 있었다면 어찌 이런 일이 있었겠는가? 이것이 여덟 번째 봉건의 이로움이다.

이 여덟 가지는 이해(利害) 가운데 가장 중요하고 쉽게 보이는 것이다. 기타 천리에 합치하지 않고 인정에 따르지 않는 것을 일일이 거론할 수 없다. 그러나 후세에 봉건제를 반드시 실시할 수 없는 것은 한 사람의 사사로움에 막혀서일 따름이다. 한 사람의 사사로움이 비록 작아도 세력은 매우 거대해서 만고의 공공을 가릴 수 있다. 유자(柳子 유종원) 역시 가려져서 이에 "봉건은 성인의 뜻이 아니다."라고 하였으니 어찌 그리 잘못되었는가? 그리고 유자는 한·진을 경계할 사례로 삼았으니 이는 한갓 봉건제의 이름만 알고 봉건제의 실제는 몰랐던 것이다. 삼대의 봉건은 천하를 공평하게 한 것이나 한·진의 봉건은 자제들을 사사로이 한 것이다.

옛날 제후는 땅이 사방 백 리였다. 한·진의 제도에 제후의 땅이 큰 경우 수천 리가 되기도 하였는데, 군현의 사이에 끼어있어 종실 계보가 조금 멀어지면 의심과 두려움이 날로 쌓이고 반드시 서로 부딪치는 형세에 이른 것은 어째서인가? 핍박을 받는 형편이 되면 오래 안정될 수가 없다. 인정상 수십 칸 집을 얻어 처자가 헐벗거나 굶주리지 않으면 보통 선비는 그른 일을 하지 않고, 작은 현에 봉해져 자손에게 영구한 산업이 마련되면 용감한 선비는 난을 일으킬 생각을 하지 않는다. 저 한신(韓信)[190], 경포(黥布)[191]는 어찌하여 한나라를 배반하고 황제가 되

190 한신(韓信) : ?~기원전 196. 한나라 초기의 무장이며 유방(劉邦)의 수하로 많

고자 했던가? 대국에 봉하면 그로 인해 또 의심하니, 형편상 충성스러운 신하가 될 수가 없다. 번군(番君) 오예(吳芮)[192]는 가장 작은 나라에 봉해졌으나 가장 오래 후세에 전했으니 어찌 충의가 두 사람보다 훨씬 더했겠는가? 의심 받지 않을 땅에 봉해졌기 때문이었다.

가령 한 고조가 군현을 혁파하고 봉작을 줄지어 세워서 넓은 천하를 사적으로 소유하지 않고 여러 사람들과 공유하여 일체를 주나라 옛 제도처럼 하고, 옹주(雍州)의 기전(畿甸)에 웅거하여 동쪽을 향해 제후들에게 임했다면, 흉포하고 교활한 자들이 각기 제 자리를 얻어 천하가 공의(公義)에 복종했을 것이니, 한나라의 덕이 어찌 삼대처럼 융성하지 못했으랴. 진나라의 멸망은 더욱 말할 필요 없으니 이를 가지고 봉건제를 비판한다면 지나치다. 나는 그러므로 말한다.

"정전・봉건 두 제도는 성왕이 천하를 다스리는 규구(規矩 법도)였다. 만약 이 두 제도를 버리면 비록 성왕(聖王)이라도 인(仁)을 베풀 바가 없다."

두평

은 공을 세웠다. 후에 진희(陳豨)의 난에 가담하였다가 탄로 나자 여후(呂后)의 부하에게 참살 당하였다.

191 경포(黥布) : ?~기원전 196. 한나라 초기의 무장으로, 원명은 영포(英布)이다. 초나라를 배반하고 한나라에 귀의해 회남왕(淮南王)에 봉해졌다. 후에 모반을 일으킨 죄로 참살 당했다.

192 번군(番君) 오예(吳芮) : ?~기원전 202. 호는 번군(番君)이다. 장사(長沙)의 제1대 왕으로 봉해 받았는데, 구역이 군(郡) 하나에 불과했다. 그러나 5세까지 세습되었다.

원매(袁枚)[193]가 봉건을 논할 적에 자후의 논의를 번복하여 사람들이 매우 시원하게 생각했다. 그러나 이 문장의 상세하고 치밀함에는 미치지 못한다. 이러한 문장은 다만 중국에 쓰일 수 있을 뿐, 우리나라 같은 경우에 이르면 관계된 것이 없다.

유종원의 문장 13 柳文十三 조양양묘지[194], 어자대지백[195]

〈조양양묘지(趙襄陽墓誌)〉는 거북점의 점괘를 기록한 것인데 좌씨(左氏 좌구명)와 굉장히 비슷하나 당시에도 거북을 구워 점치는 방법이 있었는지 모르겠다. 설사 있었더라도 기이한 징험이 반드시 이와 같지는 않았을 것이다. 그러나 묘사해 내려간 것이 매우 고아하다. 〈어자대(漁者對)〉는 《전국책(戰國策)》을 절묘하게 모방했으니 〈모영전(毛穎傳)〉보다 낫다.

유종원의 문장 14 柳文十四 독고군묘지명[196]

창려가 〈구양생애사(歐陽生哀辭)〉[197]를 짓고 스스로 두 통을 써서 최군(崔群)[198]·유항(劉伉)에게 주었다. 유주는 〈독고군묘지명(獨孤君

193 원매(袁枚) : 1716~1797. 자는 자재(子才)이며 호는 간재(簡齋), 수원(隨園)이다. 중국 청대(清代)의 문인으로 성령설(性靈說)을 주장하였다.

194 조양양묘지(趙襄陽墓誌) : 《유종원집(柳宗元集)》 권11에 실려 있다.

195 어자대지백(漁者對智伯) : 《유종원집(柳宗元集)》 권14에 실려 있다.

196 독고군묘지명(獨孤君墓誌銘) : 《유종원집(柳宗元集)》 권11에 실려 있다.

197 구양생애사(歐陽生哀辭) : 《한창려문집(韓昌黎文集)》 권22에 실려 있다.

198 최군(崔群) : 772~832. 자는 돈시(敦詩)이다. 겨우 18세의 나이로 한유와 벗이 되었다. 벼슬이 중서시랑에까지 이르렀다.

墓誌銘)〉을 짓고 그 끝에 친구 누구누구의 이름을 실었다. 그가 지위를 얻지 못하고 일찍 죽은 것을 슬퍼하여 사귄 벗을 통해 나중에라도 중시 받게 하고자 한 것이다. 고인이 벗을 돈독히 하고 이름을 아낌이 이와 같았다.

구양수의 문장 1 歐陽文一 논걸주장범부등행사차자[199], 논가창조제추밀사차자[200]

구양공(歐陽公)[201]은 송(宋) 왕조가 융성할 때 잘 다스리려고 노력하는 군주였던 인종(仁宗)을 만나, 알면 말하지 않는 것이 없었고 말하면 다하지 않는 것이 없었다. 그가 진술한 것은 모두 사람들이 말하기 어려워하는 것이었으나 통곡하고 눈물을 흘리고 불안하고 격양된 말이 없었으니 치세(治世)의 문장이라 할 만하다. 더욱 귀하게 여길 것은 학문을 토론하는 직임에 있으면서 항상 먼저 헌체(獻替)[202]를 일삼았다는 것이다.

범부(范富)[203] 등이 앞으로 조목조목 진언하려 하면 공이 먼저 차자

199 논걸주장범부등행사차자(論乞主張范富等行事箚子) : 《구양수집(歐陽脩集)》 권101에 실려 있다.

200 논가창조제추밀사차자(論賈昌朝除樞密使箚子) : 《구양수집(歐陽脩集)》 권110에 실려 있다.

201 구양공(歐陽公) : 구양수(歐陽脩, 1007~1072)를 말하며 자는 영숙(永叔), 호는 취옹(醉翁), 시호는 문충(文忠)이다. 중국 송나라의 정치가 겸 문인이다. 서곤체(西崑體)를 개혁하고, 당나라의 한유를 모범으로 하는 시문을 지었다. 당송8대가(唐宋八大家)의 한 사람이다.

202 헌체(獻替) : 헌가체부(獻可替否)를 가리킨다. 옳은 일을 권하고 그른 일을 못하게 하는 것으로, 곧 임금에게 간언하는 것을 가리킨다. 《春秋左氏傳 昭公20年》

를 올려, 범부 등이 반드시 이러이러하게 말할 텐데 그러면 소인들이 이러이러하게 원망하고 분노할 것이고 근거 없는 논의가 이러이러하게 분분할 것이니, 만약 처음부터 끝까지 주장하지 않으면 반드시 간사한 참언이 진언을 가로막아 이러이러하게 성공하는 일이 없을 것이라고 말했다. 대간(臺諫)에서 가창조(賈昌朝)[204]가 추밀직학사(樞密直學士)의 직임을 맡는 것에 대해 논하려 했을 때, 공이 먼저 상소하여 가창조의 과오가 이러이러하고 조정의 여론이 이러이러하니 가창조가 뜻을 얻으면 반드시 이러이러하게 선한 사람을 해칠 것이라 말하였다.

시비(是非)와 사정(邪正)이 먼저 임금의 마음속에 일목요연하게 정해진 연후라면 군자가 진언해도 가려지는 바가 있을까 걱정스럽지 않고, 소인이 거짓된 일을 행해도 감히 간사한 짓을 하지 못한다. 아아! 내상(內相 한림학사)의 직임을 구공이 다했다고 이를 만하다.

구양수의 문장 2 歐陽文二 천여공저차자[205]

역대 당파끼리 서로 논쟁하는 고질병이 우리 조정만큼 심한 적이 없었다. 백년이 지난 사건도 시비가 정해지지 않는 것은 어째서인가? 사람은 모두 마음이 있으니 공론을 오래 덮어둘 수 없는 법이다. 우리 조정의 당론은 수삼백 년을 거치는 동안 서로 옳다 그르다 따지면

203 범부(范富) : 범중엄(范仲淹, 989~1052)과 부필(富弼, 1004~1083)의 병칭이다. 함께 경력신정(慶曆新政)을 추진하여, 구양수(歐陽脩)와 대치하였다.

204 가창조(賈昌朝) : 자는 자명(子明), 시호는 문원(文元)이다. 북송 때의 어문학자로 《예부운악(禮部韻樂)》을 편찬하였고 《절운계운서(切韻系韻書)》를 집대성하였다.

205 천여공저차자(薦呂公著箚子) : 《구양수집(歐陽脩集)》 권110에 실려 있다.

서 끝내 정론이 없다. 어찌 당 안의 사람이 대대로 공평한 마음이 없었겠는가. 아! 그 까닭을 알 만하다.

나는 구양공의 〈천여공저차자(薦呂公著箚子)〉를 읽고 매우 탄식하며 책을 덮고 사람됨을 상상하였다. 구양공은 뜻을 굽혀 거짓으로 남을 따르지 않았고 호오가 매우 분명하였다. 포증(包拯)[206]을 삼사사(三司使)[207]에 임명시키지 말 것을 논한 적이 있었으나, 후에 또 그의 충성과 정직함은 버리거나 멀리해서는 안 된다며 추천하였다. 누차 여이(呂夷)의 간사함을 배척한 적이 있었으나[208] 지금은 또 그의 아들을 천거하였다. 그 마음이 과연 얽힌 바가 없어 그러한 것인가?

구양공은 이미 붕당(朋黨)으로 자처하였고 또 당시 많은 유명인들에게 공격당하고 배척당하여 진집중(陳執中)[209]·가창조 같은 무리를 이루 셀 수가 없었으니 당연히 그들의 비방이 지금까지 시끄러워야 한다. 그러나 관 뚜껑 덮이자 조용해졌고 비록 진집중·가창조의 자손일지라도 역시 감히 원망하지 않는 것은, 크게 공정한 마음이 남을 복종시키기에 충분해 백 년을 기다리지 않아도 논의가 정해졌기 때문이다. 공의

206 포증(包拯) : 999~1062. 북송 때 관원이다. 청렴결백하고 권력에 아부하지 않아 세상에서 그를 포청천(包靑天)이라 불렀다.

207 삼사사(三司使) : 염철(鹽鐵)·호부(戶部)·탁지(度支)의 사를 가리킨다.

208 여이(呂夷)의……있었으나 : 여이는 여이간(呂夷簡, 978~1040)으로, 북송 때 관원이다. 재상이던 여이간이 그의 정책을 비판하는 범중엄(范仲淹)을 좌천시키자, 구양수가 이를 공격하는 글을 올렸다가 함께 좌천당하였다.

209 진집중(陳執中) : 990~1059. 북송 때의 관원이다. 청렴하고 사사로움을 따르지 않는다는 명망이 있었으나 그의 첩이 세 차례나 계집종을 죽인 일로 탄핵을 당했는데, 구양수의 〈논대간관언사미몽청윤서(論臺諫官言事未蒙聽允書)〉의 언사가 가장 격렬하였다.

〈제범중엄문(祭范仲淹文)〉에 "살았을 때 무엇을 비방하고 죽었을 때 무엇을 말하랴.……공이 죽고부터 비방에 분변할 필요가 없네."[210]라고 하였다. 범공은 붕당의 당수였으나 몸이 죽자 비방이 그쳤으니 그 시비를 정하기 어렵지 않았음을 역시 알 수 있다.

우리 선조 문정공(文貞公)[211]이 당인(黨人)이 대립하던 시대를 사셨으나 마음에 친소(親疏)가 없었다. 일 때문에 남에게 비방을 당한 적이 있었으나 나중에 그 사람의 현명함을 힘써 추천하여, 당시 사람들이 당을 편들지 않는다고 비판하였다. 공의 사직소에 "백성을 고르게 하려는 뜻은 부강해지려고 하는 것에 비유되고 당을 편들지 않는 마음은 곧음을 꾸미는 것이라 합니다."[212]라고 하셨으니 이것은 스스로 고충을 진술한 말씀이다. 그러나 정직함을 굽히지 않고 악을 원수처럼 미워하여 평생 탄핵을 논한 것이 매우 많았다. 그러나 한 사람이라도 원망했다는 말을 듣지 못한 것은 어찌 이른바 텅 빈 배가 와서 닿으면 치우친 마음이 있는 사람도 저절로 화를 내지 않는다는[213] 것이 아니겠는가?

아아! 당파의 논쟁이 일어나면 세상에 진정한 시비가 없다. 바야흐로 정세가 흥성할 때 아비는 배척하지만 그 아들을 추천할 수 있는 자가 있는가? 우리 당이 아니지만 현명한 사람을 칭찬하는 자가 있는가? 나를 버리고 남을 따라 화합하여 중도로 가는 자가 있는가? 앞서

210 살았을……없네 : 《구양수집(歐陽脩集)》 권50에 실려 있다.

211 문정공(文貞公) : 김육(金堉, 1580~1658)으로, 본관은 청풍(淸風), 자는 백후(伯厚), 호는 잠곡(潛谷), 시호는 문정(文貞)이다. 그가 대동법을 주장하여 시행하기 위해 노력하는 과정에서 산당(山黨)·한당(漢黨)의 대립이 생겨났다.

212 백성을……합니다 : 《잠곡유고(潛谷遺稿)》 권5에서 인용한 것이다.

213 텅……않는다는 : 《장자(莊子)》 〈산목(山木)〉에서 인용한 것이다.

파직을 논하였다가 후에 등용을 추천하는 자가 있는가? 자기를 범해도 따지지 않고 또 따라서 추천하는 자가 있는가? 다섯 가지 가운데 만일 하나라도 없으면 당연히 지금까지 시비가 시끄러운 것도 괴이할 것이 없다. 예전 사람이 동림당(東林黨)을 논하여 "우리 당이 그들의 허물을 둘로 나누어 져야 한다."라고 하였다.[214] 나는 이에 대해 역시 그렇게 말하겠다.

구양수의 문장 3 歐陽文三 서하(西夏)를 논하는 여러 차자

본분을 지키고 상규(常規)를 편안히 여기는 임금을 모시어, 임금이 점차 게을러 질 것 같으면, 문사(文士)는 전쟁을 하자고 주장하고 무신(武臣)은 강화를 하자고 주장한다. 공을 탐내고 일을 좋아하는 임금을 모시어, 임금이 점차 낭비를 할 것 같으면 문사는 강화를 하자고 주장하고 무신은 전쟁을 하자고 주장한다. 문사는 군대에 종사한 경험이 없으면서 늘 임금의 하고자 하는 바를 거스른다. 그러므로 그 말이 항상 오활하다는 평판을 받고 만다. 그러나 고금을 차례로 살펴보고 사변(事變)을 통찰하는 것은 실제로 무사가 미칠 수 있는 것이 아닌 줄은 모른다. 일이 지나고 나서 살펴보면 문사의 말이 사실로 증명되지 않은 적이 없으니 어찌 가볍게 여길 수 있으랴.

송나라 인종(仁宗)은 본분을 지키는 좋은 군주였는데, 구양공은 분

214 예전……하였다 : 명나라 신종(神宗) 때 당파로서, 태자를 세우는 문제로 좌천을 당한 고헌성(顧憲成)과 고번룡(高樊龍)이 주동이 되어 동림서원(東林書院)을 근거지로 삼았기에 생긴 명칭이다. 후에 당쟁을 불러일으켜 명나라 멸망의 큰 원인이 되었다. 이에 대해 곡응태(谷應泰, 1620~1690)가 평가한 말이다. 《明史紀事本末 卷66 東林黨議》

발하지 못할까 걱정하여 서하(西夏)와의 강화 정책을 힘써 막아 일고 여덟 차례에 이르러도 그만두지 않았고, 소씨(蘇氏) 부자도 분발하도록 면려하였다. 신종(神宗)이 변방에 공을 세우는 것을 좋아하니 노신(老臣) 장방평(張方平)[215] 등이 글을 올려 간절히 간하였다. 서하의 세력이 전과 갑자기 달라진 것이 아니라 바로 모신 임금이 같지 않았기 때문이다. 예전 한 문제(漢文帝) 때 자신이 건의했어도 개혁한 제도가 없자 가생(賈生)[216]이 부끄러워하여, 글을 올려 흉노를 위협하여 정삭(正朔)을 고치고 복색을 개정하여 일왕(一王 천하를 한 왕이 통치하는 것)의 제도를 정하자고 청했다. 한 문제는 겸양하여 그럴 겨를이 없었고, 한 무제(漢武帝)가 계승하여 다 가생의 말대로 하니 천하가 소란스러워져 거의 대란이 일어날 지경이었다. 아아! 그 말이 한 문제에게 효과가 없고 한 무제의 시대에 와서 해를 끼치게 될 줄 누가 알았으랴. 이것이 어찌 가생의 뜻이었으랴.

구양수의 문장 4 歐陽文四 걸보관직자[217], 걸령백관의사차[218], 간원의지외사자[219], 논축로취인자[220], 의학장[221]

215 장방평(張方平) : 1007~1091. 자는 안도(安道), 호는 낙전거사(樂全居士)이다. 송나라 때 관료로 신종 때 왕안석과 불화하여 신법의 해를 극렬히 논하였다.

216 가생(賈生) : 가의(賈誼, 기원전 200~기원전 168)를 말한다. 중국 한 문제 때 문인으로 학문에 능통하고 재주가 뛰어나 최연소 박사가 되었다. 문제의 총애를 받아 빠른 승진을 하고 개혁을 주도했으나 주변의 시기로 좌천되었다.

217 걸보관직자(乞補館職箚) : 《구양수집(歐陽脩集)》 권114에 실려 있다.

218 걸령백관의사차(乞令百官議事箚) : 《구양수집(歐陽脩集)》 권98에 실려 있다.

219 간원의지외사자(諫院宜知外事箚) : 《구양수집(歐陽脩集)》 권198에 실려 있다.

구양(歐陽) 문충공(文忠公)은 통달한 재주와 식견으로 임금의 신임과 지위를 얻었다. 그가 진술한 차자(箚子)와 장계(狀啓)는 모두 나라를 경영하는 원대한 계책이 넓게 펼쳐지고 적절해서 진실로 즐길 만하다. 그 중에는 지금 세상의 일에 매우 맞아떨어지는 것이 왕왕 있다. 〈걸보관직차자(乞補館職箚子)〉 같은 경우, 조정에서 유학을 천대하고 재능을 귀하게 여기니 관각(館閣)에서 선비를 뽑을 때 마땅히 먼저 도를 논해야 한다고 말한다. 이것은 현 시대의 제일 급선무에 해당하니 강구하지 않을 수 없다.

〈걸령백관의사차자(乞令百官議事箚子)〉 및 〈간원의지외사차자(諫院宜知外事箚子)〉는 "태사(太事)가 비밀리에 처리하여 알리지 않고 항상 시종지신(侍從之臣)으로 하여금 이미 행한 후 듣게 합니다. 언관이 글을 올려 탄핵하는 일은 일이 시작될 때 하는 것이 중요하니, 좋은 일이면 단서를 열어주고 나쁜 일이면 조짐을 미리 막기 때문입니다."라고 하였다. 이는 현 시대에 있어 매우 적절한 급선무이다. 내 생각에, 공정하게 듣는 방법은 만민과 함께 공유해야 하는 것인데 더욱이 시종지신을 꺼려 재갈을 물림에랴.

〈논축로취인차자(論逐路取人箚子)〉에서는 "동남쪽 지방에 선비가 많고 서북쪽은 적습니다. 지금 서북의 한 사람을 늘리는 것은 바로 동남의 열 사람을 줄이는 것입니다. 동남인은 합격할 실력인데도 떨어지는 자가 많고 서북인은 불합격할 실력인데도 합격하는 자가 많습니다."라고 하였다. 이는 지금 당색에 따라 인재를 등용하는 것을 물리치

220 논축로취인자(論逐路取人箚) : 《구양수집(歐陽脩集)》 권113에 실려 있다.

221 의학장(議學狀) : 《구양수집(歐陽脩集)》 권110에 실려 있다.

자는 것과 매우 흡사하다. 〈의학장(議學狀)〉의 전편을 관통하는 의론은 또 현재 인재 추천의 폐해에 적절하게 들어맞는다. 그가 실제로 행할 만한 일이라고 한 것도 역시 현재 강구하여 행해야 마땅하다.

구양수의 문장 5 歐陽文五 추천을 구하는 글

퇴지(退之)가 추천을 구하는 글은 매번 상대방의 덕을 성대히 칭송하여 아첨에 가까워지는 것을 벗어나지 못한다. 소씨(蘇氏) 부자가 추천을 구하는 글은 필세가 특히 왕성하고 의기가 복받치나 유세 같은 느낌이 나는 것은 면치 못한다. 영숙(永叔 구양수)이 추천을 구하는 글은 자기 집안의 본말만을 서술하고 상대방이 현인을 구하고 인재를 등용하는 훌륭한 면을 대략 안배하여 서술하였으나 문장의 뜻이 이미 충족되니 바야흐로 사대부의 풍재(風裁 아부하지 않는 강직한 품격)이다.

구양수의 문장 6 歐陽文六 여고사간서[222]

〈여고사간서(與高司諫書)〉는 나로 하여금 읽고서 벌써부터 땅속으로 들어가고 싶을 정도로 부끄럽게 만들었으니, 그날 고 사간(高司諫)[223]이 어떻게 끝까지 읽었는지 모르겠다. 그는 바야흐로 몸을 보호할 묘법을 터득했다고 스스로 여기며 남들이 알아채지 못한다고 기뻐하였지만 천고의 감식안이 대면하자마자 간파했던 것은 유독 몰랐다. 속

222 여고사간서(與高司諫書) : 《구양수집(歐陽脩集)》 권68에 실려 있다.

223 고 사간(高司諫) : 고약눌(高若訥, 997~1055)로, 자는 민지(敏之)이다. 범중엄(范仲淹)이 죄에 걸렸을 때 구하고자 한 사람까지 모두 배척당하자, 구양수(歐陽脩)가 고약눌을 질책하였다. 고약눌은 분노하여 구양수를 폄직하라고 주청을 했던 일이 있다.

어에 '연못의 물고기를 살피는 자는 상서롭지 못하다.'라고 하였으니 영숙(永叔 구양수)이 어질지 못한 것이랴. 이런 무리들이 세상에 적지 않지만 영숙이 항상 있는 것은 아니니, 고 사간이 불행한 것이리라.

구양수의 문장 7 歐陽文七 답악수재서[224]

구양공(歐陽公)은 거자(擧子 과거 응시자)의 학업을 묻는 악 수재(樂秀才)에게 시의(時宜)를 따르라고 권한다. 세상이 변려문을 숭상하면 변려문을 공부하고 세상이 고문을 숭상하면 고문을 공부하라고 한다. 우리나라 선배들이 사람에게 권한 것 역시 이와 같은 것이 많다. 그러나 나는 면려할 필요가 없이 선비 스스로가 할 수 있는 것이라고 생각한다. 지금 시의를 따르는 기술은 점점 더 재빠르고 공교해지고 있다. 응시문(應試文)의 경우 법도를 버리고 시험관의 눈을 기쁘게 하는 데 힘쓴다. 경의(經義)에 대해서라면 어찌 성인의 가르침을 배반하고 시험관의 뜻에 맞추려고 도모하겠는가? 그리고 시험관이 이미 한 사람이 아니니 좋아하는 바가 각기 다르다. 그러므로 매번 시험이 닥쳐 시험관을 임명할 때면 거자들은 정신없이 바쁘고 분주하다. 각기 시험관의 인척과 친구에게 찾아가서 그 기호를 묻고 오직 기호에 부응하지 못할까 걱정할 뿐이다. 이것이 시의를 따르는 것이라 할 수 있다.

두평

지금 과거의 폐해는 또 이와 매우 다르다. 시의를 따르려고 한다는

224 답악수재서(答樂秀才書) : 《구양수집(歐陽脩集)》 권70에 실려 있다.

것이라면 사군자(士君子)가 말하기 부끄러워하는 바이다.

구양수의 문장 8 歐陽文八 여황교서논문장서[225], 여장수재서[226]

유자(儒者)가 이론을 세울 적에는 근원 다스리는 것을 중시하니, 이것을 버리면 공리(功利)에 급급한 학문이 되기 때문이다. 이른바 근원을 다스린다는 것은 또 미묘하여 발견하기 어려운 것을 말하는 것이 아니다. 구양공(歐陽公)의 〈여황교서논문장서(與黃校書論文章書)〉에 "가의(賈誼)가 진(秦)나라의 잘못을 논하여 옛날 태자를 양육하는 예를 추측하였으니 근본을 안다 이를 만하다."라고 하였다. 또 〈여장수재서(與張秀才書)〉에서 "요・순・공자・맹자의 말이 모두 알기 쉽고 사실에 적절하다. 지금 배우는 자가 깊이 근본을 탐구하지 않으면, 허탄한 자의 말을 즐겨 생각이 옛 것에 어두워져서 무형(無形)을 지극한 도라 여기고 이것으로 쓸데없는 설을 확장시킨다."라고 하였다. 이 두 가지를 합하여 구양공의 문장과 식견을 살펴보면 그 본령을 대강 알 만하다. 그러므로 오랑캐 제어에 대해 논하면 반드시 백성을 부유하게 만드는 일을 우선하였고, 수재(水災)에 대해 논하면 반드시 현인 천거하는 일을 우선하였고, 변방의 일에 대해 논하면 반드시 군대 감축을 우선하였고, 불교의 해에 대해 논하면 반드시 예의 부흥을 우선하였다. 얕은 견식의 선비는 바야흐로 또 오활하다 여긴다. 그러나 속인에게 비웃음을 당하지 않으면 진정한 경륜이자 진

225 여황교서논문장서(與黃校書論文章書) : 《구양수집(歐陽脩集)》 권68에 실려 있다.

226 여장수재서(與張秀才書) : 《구양수집(歐陽脩集)》 권67에 실려 있다.

정한 문장이 되기에 부족하다.

구양수의 문장 9 歐陽文九 발당화양송[227], 본론[228]

한자(韓子 한유)가 불교를 배척했던 일을 후에 구양수가 계속하였는데, 한자의 방법과 대략 비슷하여 안을 다스리는 것에 구애받지 않는다. 나 역시 두 현인과 같은 의견을 지닌 것이 매우 기쁘니, 우리 당이 외롭지 않기 때문이다. 〈발당화양송(跋唐華陽頌)〉을 읽으니 "불교도가 '삶이 없다'라고 하는 것은 죽음을 두려워한다는 뜻이고 노자의 무리가 '죽지 않는다'라고 말하는 것은 삶을 탐낸다는 말이다."라고 하였다. 아아! 실정을 다 설명하였다고 할 수 있다.

또 〈본론(本論)〉의 '근본을 닦음으로써 이긴다.'라는 말을 읽으니, 이는 또 한자가 미처 상세히 말하지 못한 것이다. 소위 수수(蒐狩)[229]·혼인(婚姻)·상제(喪祭)·향사(鄕射)[230]의 예가 폐기된 연후에 간악한 백성은 틈타서 부정하고 편벽된 짓거리를 할 생각을 하고 선량한 백성은 예의를 보지 못해 가야할 바를 모른다. 이때에 불교가 웅장하고 허탄한 설을 고취하여 꾀어낸다는 것이다. 이 말은 언뜻 생각하면 매우 오활한 것 같지만 반복해서 궁구하면 진실로 병의 근원에 적중한 것이다. 그렇지 않다면 의례(儀禮) 삼백과 곡례(曲禮) 삼천을 성인께서

227 발당화양송(跋唐華陽頌) : 《구양수집(歐陽脩集)》 권139에 실려 있다.

228 본론(本論) : 《구양수집(歐陽脩集)》 권60에 상편이, 권17에 중편과 하편이 실려 있다.

229 수수(蒐狩) : 수(蒐)는 봄 사냥, 수(狩)는 겨울 사냥을 가리킨다.

230 향사(鄕射) : 주나라 때 봄·가을에 학교에서 백성을 모아놓고 베풀던 활쏘기의 예를 가리킨다.

무엇 하러 제정하셨겠는가? 어찌 백성으로 하여금 싹이 트기 전에 부정함을 막고 악을 없애도록 하여 미리 이러한 대비를 해두신 것이 아니겠는가?

장자(莊子)·열자(列子)의 부류들은 이 뜻을 알지 못하고 백성이 스스로 순박하고 예스러운데도 성인이 공연히 예의로 속박하여 천성을 죽였다고 함부로 의심하여, 이에 구애받지 않는 활달한 논의에 힘썼다. 이윽고 예교가 버려지고 불교의 재앙이 일어나 크게 윤리를 멸하고 마침내 법복을 어그러뜨렸다. 나라에 있으면 나라가 망했고 집에 있으면 집이 망가졌으니, 이 역시 장자나 열자가 미처 헤아리지 못한 것이다. 예교가 풍화(風化)에 이와 같이 관련이 있다.

녹문(鹿門)[231]은 〈본론(本論)〉을 논평하여 "달마(達磨) 이래로 저들에게 본래 일면 본성을 직관하는 탁월한 점을 지니고 있었으나 구양공은 불교의 교지에 모호하였다. 이른바 그 근본을 닦아 이긴다는 것은 아마도 구구한 예문을 익히고 행해서 이길 수 있는 것이 아닐 것이다."라고 하였다. 아아! 모곤(茅坤)은 달마가 아닌데 어찌 본성을 직관하는 점을 아는가? 그가 예문이 구구하여 이기기에 부족하다고 하니 앞으로 성설(性說) 제기하는 것을 지리멸렬하고 흐리멍덩하게 만들려고 생각하는 것이다. 혼전을 하여도 승부를 보지 못하면 그는 장차 곁에서 합장하고 땅에 엎드려 머리를 조아리고 불교 찬미의 묘리를 가슴에 적셔야 소원을 채울 수 있을 것이다. 이제 그렇게 하지 않고 직접 겉으로 드러난 것을 공격한다면 어찌 머리를 긁적이며 재미없어 하지 않을 수 있겠는가?

231 녹문(鹿門) : 461쪽 주 132 참조.

구양수의 문장 10 歐陽文十 춘추론

〈춘추론(春秋論)〉[232]에서, 노(魯)나라 은공(隱公)이 섭정했다는 것[233]과 조순(趙循)이 군주를 시해한 것[234]과 허(許)나라 세자 지(止)가 군주를 시해했다는 것[235]을 "경문에 의거해 전(傳)에서 없애야 하니 이를 살펴 해석하지 않는 것이 성인의 의를 돈독히 믿는 것이 된다."라고 하였다. 그러나 나는 공양(公羊)과 곡량(穀梁)이 나중에 태어나 전해들은 얘기라서 본래 놓친 사실이 많으니 배우는 자는 단장취의(斷章取義)하면 된다고 생각한다. 좌구명(左丘明)의 경우는 눈과 귀가 닿는 곳마다 근거가 없는 것이 없었다. 그리고 그가 비록 부자께서 "나도 그 사람처럼 부끄럽게 여긴다."[236]라고 했던 당사자가 아닐지라도 좌구명의 이름을 본받았으니 좌구명을 숭상하고 사모했던 것을 알 수 있다. 가공으로 허황한 일을 하여 경문의 가르침을 어지럽

232 춘추론(春秋論) : 《구양수집(歐陽脩集)》 권18에 실려 있다.

233 노(魯)나라……것 : 춘추삼전(春秋三傳)에서 노나라 은공이 즉위했다는 기록이 없는 것이 섭정했기 때문이라고 설명한 것을 가리킨다.

234 조순(趙循)이……것 : 춘추에 조순(趙循)이 임금인 진령공(晉靈公)을 시해했다고 하였으나, 춘추삼전(春秋三傳)에서는 그의 조카인 조천(趙穿)이 시해했다고 한 것을 가리킨다. 조천은 진나라 대부로서 진령공의 사위였다.

235 허(許)나라……것 : 춘추에 허도공(許悼公)을 세자인 지(止)가 시해했다고 하였으나, 춘추삼전(春秋三傳)에서는 병사했다고 한 것을 가리킨다.

236 나도……여긴다 : 《논어》 〈공야장(公冶長)〉에 나오는 "말 잘하고 얼굴빛 좋게 하고 공손을 지나치게 함을 옛날 좌구명이 부끄럽게 여겼는데 나도 부끄럽게 여긴다. 원망을 감추고 그 사람과 사귐을 좌구명이 부끄럽게 여겼는데 나도 부끄럽게 여긴다. 〔巧言 吝嗇 足恭 左丘明恥之 丘亦恥之 匿怨而友其人 左丘明恥之 丘亦恥之〕"라고 한 구절에서 인용한 말이다.

히는 않으리라는 것은 분명하다.

은공의 섭정을 《춘추(春秋)》에서 말하지는 않았지만 섭정이라고 했던 것은 은공이 자처한 것이고 '공'이라는 칭호를 붙인 것은 온 나라의 공론이었다. 섭정을 자처했던 마음은 죽은 후에 조명 받지 못했으나 공의 칭호에 맞는 행적은 살아있을 적부터 오랫동안 드러나 있었다.-섭정하는 상경(上卿)이었다고 한 동파(東坡)의 증명이 이와 비슷하다.- 그러므로 노나라 사서가 이를 따라 실제화 한 것이다. 부자께서는 노나라 사람이니 어찌 오래전 조명 받지 못했던 마음을 고집하여 옛 역사서의 호칭을 맘대로 깎아버릴 수 있었겠는가? 비록 그렇더라도 즉위했다고 쓰지 않은 것에는 반드시 연고가 있을 것이다. 이것이 전(傳)을 폐기할 수 없는 이유이다.

진령공(晉靈公)은 학정 때문에 대중을 잃었으나 그 실제는 군주였고, 조순이 비록 현명하여 대중을 얻었으나 그 실제는 신하였으니, 조천(趙穿)이 누구를 믿고 감히 군주를 시해했겠는가? 어찌 대중을 얻은 조순 때문이 아니었겠는가? 이제 조순을 지우고 조천이라 쓴다면 이는 사마소(司馬昭)를 사면하고 성제(成濟)를 주살하는 것[237]과 같다. 그러한즉 지극히 악한 원흉이 직접 죽이지 않은 경우 모두 요행히 죄를 면할 수 있다면 괜찮겠는가? 그러므로 조순이라고 쓴 것이다. 그러나 조순은 어진 자여서, 오명을 뒤집어 쓴 것은 그의 본심이 아니었다.

237 사마소(司馬昭)를……것 : 위나라 말 사마소가 황위를 찬탈할 마음을 품자 위제가 토벌하려 하였다. 이때 사마소의 부하인 가충(賈充)이 맞아 싸웠는데 그의 설득에 따라 태자사인인 성제(成濟)가 위제(魏帝)를 칼로 찔러 죽였다. 대역무도했다는 죄명으로 사마소가 도리어 성제 일족을 주살했다. 《三國志 卷4 魏書》

만약 전(傳)을 이어놓지 않았다며 최저(崔杼)[238]・요치(淖齒)[239]와 변별이 없었을 것이다. 이것이 전을 폐기할 수 없는 이유이다.

아비가 병이 들었을 때 약을 맛보는 것은 아들 된 자가 항상 하는 일이지만 하는 일을 소홀히 하여 제대로 하지 않는 자가 항상 세상에 많이 있는 법이다. 그런데도 유독 허 세자만 임금을 시해했다는 이름을 얻은 것은 어째서인가? 생각건대, 허나라 군주의 죽음은 약에 중독된 것이 원인이었다. 세자가 마땅히 맛보아야 하는 데도 맛보지 않았으니 온 나라가 세자 탓으로 돌린 것이다. 그러므로 죄가 매우 무겁다. 그렇지 않다면 혹 의심하면서도 맛을 보지 않은 것인지, 혹 알았기 때문에 일부러 맛을 보지 않은 것인지 모두 알 수 없다. 명(明)나라 광종(光宗) 때 보신(輔臣) 방종철(方從哲)이 최문승(崔文昇)・이가작(李可灼)이 잘못 처방한 약을 올렸다.[240] 조정의 논의가 크게 시끄러워져, 방종철이 시해하고 역모하려 했다는 진짜 죄를 뒤집어쓰는 지경에 이르렀다. 이로 보건대 허나라 태자 지가 이런 오명을 얻은 것은 지나친 것이

238 최저(崔杼) : 제(齊)나라 장공(莊公)을 시해(弑害)한 인물로, 태사가 "최저가 임금을 시해했다.〔崔杼弑其君〕"라고 사서에 기록하자 그를 죽였다. 태사의 아우가 또 쓰니 그를 죽였다. 막내아우가 또 쓰자 그는 죽이지 않았다. 《春秋左氏傳 襄公25年》

239 요치(淖齒) : 제나라 민왕(湣王)을 살해한 인물이다. 《史記 卷46 田敬仲完世家》

240 명(明)나라……올렸다 : 명나라 광종이 사망하게 된 사건인 홍환안(紅丸案)을 가리킨다. 1620년 8월 1일 광종이 즉위하여 8월 10일 병으로 쓰러졌다. 태감 최문승(崔文昇)이 설사약을 올렸으나 복용 후 병이 더욱 심해져 연이어 서너 차례 설사를 했다. 이에 수보(首輔)의 직임에 있던 방종철(方從哲)이 29일 이가작(李可灼)이 진헌한 붉은 환약을 복용하게 하여 조금 차도를 보였다. 그러나 9월 1일 갑자기 황제가 죽었다. 이 사건으로 방종철은 삭직되어 평민이 되었고 이가작은 변방으로 수자리를 떠나는 벌에 처해졌다. 《明季北略 卷1》

아니다. 비록 그렇기는 했지만 그의 죄는 약을 맛보지 않은 것에 그쳤을 뿐 다른 증거를 보이지 않았다. 만약 전을 이어놓지 않으면 채반(蔡般)[241]·유소(劉劭)[242]와 변별이 없다. 이것이 전을 폐기할 수 없는 이유이다.

《춘추》의 경문에서 자명(自明)하지 않으니 반드시 전이 있어야 상세하다. 더욱이 그 말이 세상의 경계가 될 수 있음에랴. 어찌 폐기할 수 있겠는가?

구양수의 문장 11 歐陽文十一 오행지론, 사천고론

독서를 하면 즐길 수 있는 것이 두 가지 있다. 하나는 고금의 사변(事變)을 연구하여 문을 나서지 않아도 천하의 사정을 알 수 있는 것이고, 하나는 고인이 내 마음을 나보다 먼저 터득하여 내가 말하고 싶은 것을 풍성하게 전달해주는 것이다. 구양공의 〈당서오행지론(唐書五行志論)〉 및 〈오대사사천고론(五代史司天考論)〉이 그렇다. 비록 그렇더라도 구양공은 박학하고 도를 믿는 군자였으니 상위(象緯)[243]에 미혹되지 않았던 것은 괴이할 것이 없다.

241 채반(蔡般) : 채나라 세자 반(般)을 가리킨다. 아버지인 임금 고(固)를 시해하였다. 《春秋左氏傳 昭公9年》

242 유소(劉劭) : 송나라 문제(文帝)의 맏아들이다. 태자를 폐하고 사사(賜死)하려 하자, 문제를 시해하고는 바로 즉위하였으나, 장질(臧質)의 군대에 사로잡혀 참형을 당하였다. 《宋書 卷5 本紀》

243 상위(象緯) : 상수(象數)와 참위(讖緯)의 병칭이다. 상수는 길흉을 점치는 거북점과 시초점을 아울러 가리키는 말이고, 참위는 진한 때 길흉을 예시한 참서(讖書)와 한나라 때 미신을 유가 경의에 견강부회가 서책인 위서(緯書)를 합친 말이다.

당나라의 서평왕(西平王)[244] 같은 이는 본디 신책군(神策軍 당나라 금군(禁軍)의 하나)의 군사였다. 이에 다른 사람들을 뛰어넘어 이런 것에 미혹되지 않았으니, 어찌 특별히 통달한 지혜를 지닌 것이 아니었다면 학문의 바탕이 없이도 그럴 수 있었겠는가? 바야흐로 왕의 군대가 위교(渭橋)에 있을 때 형혹(熒惑 화성)이 세성(歲星 목성)을 범하더니 한참 있다가 물러났다. 빈객과 보좌들이 모두 축하하자 서평왕이 "천자께서 들에 머물러 계시니 신하는 목숨을 버리고 싸우는 것을 알면 그만입니다. 하늘의 도는 고원하니 누가 알 수 있겠습니까?"라고 하였다. 적이 평정되자 이에 "지난번에 부정했던 것이 아닙니다. 오성의 진퇴는 무상하다고 들었으므로 만일 다시 와서 세성을 범하면 우리 군은 싸우지 않고 스스로 궤멸할 것이기 때문이었습니다."라고 하였다.[245]

이것은 비록 하나의 일이지만 널리 비유할 수 있다. 수술(數術 천문·역법·점술의 학문)이 사람에게 무익하지만 이처럼 해를 끼치기 때문에, "남겨두고 연구하지 않아도 괜찮다. 사람의 일을 다 할 뿐이다."라고 말하는 것이다.

구양수의 문장 12 歐陽文十二 촉왕건세가론[246]

244 서평왕(西平王) : 이성(李晟, 727~793)을 가리킨다. 처음에는 변진(邊鎭)의 비장이었으나 전공을 세워 우신책군도장(右神策軍都將)에 이르렀다. 주자(朱泚)의 난을 평정하여 서평군왕에 봉해졌다. 《新唐書 卷154 李晟列傳》

245 바야흐로……하였다 : 《자치통감(資治通鑑)》 권231 〈당기(唐記)〉에 원문이 보인다.

246 촉왕건세가론(蜀王建世家論) : 《당송팔대가문초(唐宋八大家文鈔)》 권44에 수록되어있다. 해당 작품은 본래 구양수가 편수한 《신오대사(新五代史)》의 일부이므로

내가 구양공의 〈촉왕건세가론(蜀王建世家論)〉을 읽으니, 기린·봉황·거북·용은 상서로운 신물이 아니라고 단정하였는데 이는 사실일 것이다. 나도 이것을 의심한 적이 있었으나 미처 분명히 말하지 못했던 것이다. 어찌하여 분명히 말할 수 없었는가? 세상에 입을 가진 자는 예로부터 모두 네 가지 영물, 네 가지 영물 하고 말하니 내가 어찌 홀로 부정하겠는가? 이제 구양자(歐陽子)가 분명히 말하였으니 나는 이것을 믿는다.

혹자가 말하였다.

"《중용장구》에 '나라가 흥하려 하면 반드시 상서로운 조짐이 있고 나라가 망하려 하면 반드시 재앙의 조짐이 있다.'라고 하였으니 무엇을 이른 것인가?"[247]

나라가 흥하려 하면 군자가 조정에 가득하니 이보다 큰 상서로운 조짐이 무엇이겠는가? 나라가 망하려 하면 소인이 조정에 가득하니 이보다 큰 재앙의 조짐이 무엇이겠는가? 그러한 한두 가지 사례를 한 번 말해보겠다.

진(晉)나라 공자 중이(重耳)가 망명하여 정(鄭)나라에 갔을 때 정문공(鄭文公)이 예우하지 않았다. 숙첨(叔詹)이 "진 공자를 따르는 세 선비는 남의 윗사람이 될 수 있는데도 진 공자를 따르고 있습니다. 하늘이 어쩌면 그를 임금으로 삼을지도 모릅니다. 임금께서는 예우하

그의 문집에는 실려 있지 않다.

247 나라가……있다 : 《중용장구》 제24장에 "나라가 흥하려 하면 반드시 상서로운 조짐이 있고 나라가 망하려 하면 반드시 재앙의 조짐이 있다.〔國家將興 必有禎祥 國家將亡 必有妖孽〕"에서 인용한 구절이다. 원래는 '國家'인데 여기에는 '國之'로 되어 있다.

십시오."라고 간언하였다. 초(楚)나라에 갔을 때 자옥(子玉)이 중이를 죽이겠다고 하자 초자(楚子)가 "진 공자는 뜻은 크면서도 몸은 검소하고 문채가 나면서도 예가 있다. 따르는 자들은 엄숙하면서도 관대하고 충성스러우면서도 능력이 있다. 하늘이 흥하게 할 것이니 누가 버릴 수 있으랴."라고 하였다. 이것이 상서로운 조짐이 먼저 드러난 것이 아니겠는가?

한 성제(漢成帝) 때 조소의(趙昭儀 조비연(趙飛燕)의 동생)가 입궁하자 늙은 궁인이 보고 침을 뱉으며 "이는 화수(禍水)이니 불을 망하게 할 것이 분명하다."라고 한 일이 있고[248] 산도(山濤)가 왕연(王衍)을 보고 "천하의 백성을 그르칠 자는 반드시 이 사람이다."라고 하였다.[249] 이것이 재앙의 조짐이 먼저 드러난 것이 아니겠는가? 이른바 미리 안다는 것은 기미를 보고 어떤 일이 일어날지 아는 것이다. 저 몇 사람도 화복이 이와 같으리라는 것을 짐작하였는데 더욱이 지극한 정성으로 귀신 같은 힘을 발휘하는[250] 경우에랴. 네 가지 영물은 번성하는 시대에 출현하기도 하고 쇠락하는 시대에 출현하기도 하는데, 출현하면 노예까지도 다 보고서 상서롭게 여기니, 과연 상서로운 것인가, 상서롭지 못한 것인가?

248 한 성제(漢成帝)……있고 : 화수(禍水)는 화를 일으킬 물로, 남을 미혹시켜 멸망에 이르게 할 여자를 가리킨다. 한(漢)나라가 오행상의 화덕(火德)으로 흥했기 때문에 한나라를 물의 재앙으로 망하게 할 것이라 말한 것이다. 《資治通鑑 卷31》

249 산도(山濤)가……하였다 : 사람을 잘 평가하기로 이름났던 진(晉)의 이부상서(吏部尚書) 산도(山濤, 205~283)가 풍채가 좋은 젊은 왕연(王衍, 256~311)을 보고 한 말이다. 《晉書 卷43 王衍傳》

250 지극한……발휘하는 : 《중용장구》 제24장의 말이다.

구양수의 문장 13 歐陽文十三 번후묘재기[251]

두평

기이한 문장에 감개하니 천고의 절조이다. 난염(欒黶)[252] · 왕하(王賀)[253]의 일을 보면 천리(天里)가 없는 듯하다. 그러나 의나무와 가래나무가 가지와 잎이 무성하지 않은 것은 아니지만 뿌리가 병들면 가지와 잎이 마르는데, 난염의 경우에 비유할 수 있다. 소나무, 잣나무는 뿌리가 튼튼하지 않은 것은 아니지만 가지와 잎이 벌레 먹으면 뿌리가 썩는데, 왕하의 경우에 비유할 수 있다. 그러므로 "아비와 할아비의 악은 반드시 자손에게 끼치나 자손의 악은 아비와 할아비와 함께 하지 않는다."라고 하였다. 수원(水源)에 비유하자면 원류가 짜고 쓰면 단맛이 나는 물이 흘러내려오는 경우가 없지만 원류가

251 번후묘재기(樊侯廟災記) : 《구양수집(歐陽脩集)》 권64에 실려 있다.

252 난염(欒黶) : 춘추 시대 때 진(晉)나라 인물이다. 진(晉)나라가 13개의 동맹국과 연합하여 진(秦)을 공격했을 때 패퇴하였다. 이때 난침(欒鍼)은 전사하고 사앙(士鞅)은 살아 돌아왔다. 이 때문에 난침의 형인 난염이 격노하여 사앙을 주살할 것을 주장하여, 사앙이 진(秦)으로 망명한 일이 있었다. 사앙은 원한을 품고 난염이 죽은 후 그의 아들 난영(欒盈)이 모반을 했다고 무고하여, 난영은 제나라로 도망쳤다. 그 후 제 장공이 난영의 남은 무리를 지원하여 진을 공격했으나 사앙 및 그의 아버지인 범선자(范宣子)가 위서(魏舒)를 겁박해 난씨 무리를 평정하게 했고 난영도 이때 피살되었다. 《春秋左氏傳 襄公22年》

253 왕하(王賀) : 한나라 때 인물이다. 수의어사(繡衣御史)가 되어 나갔다가 흉년에 굶어 죽게 된 백성 만 명을 살리고 말하기를, "듣건대, 천 명을 살리면 자손에 봉후(封侯)가 난다는데, 나는 만 명을 살렸으니 내 자손이 잘될 것이다." 하더니, 그의 손녀가 원제(元帝)의 황후가 되고, 왕봉(王鳳) · 왕상(王商) 등 5후(侯)가 부귀를 누렸다. 《錢穆, 秦漢史, 新華印刷股份公司, 1975, 286쪽》

맑고 투명해도 혼탁한 물이 흘러내려오는 경우는 많으니, 이것이 이치가 아니겠는가? 한유(韓愈)·유종원(柳宗元)의 이른바 음양공화(陰陽功禍)의 설[254]은 세상에 격분되어 탄식하는 우언에 불과하다. 만약 한유·유종원의 문장이 천리가 들어있지 않다고 말한다면 이는 멍청한 사람이 꿈 얘기를 하는 것처럼 멍청한 것이다.

정나라에 어떤 도적이 번후(樊侯)[255]의 사당에 들어가 신상(神像)의 배를 도려냈다. 이윽고 큰 바람이 불고 우박이 쏟아져 정나라 밭의 보리가 모두 죽었다. 구양공이 그 일을 기록하고 "번후의 영령이 도둑을 제어하지 못하고 반대로 죄 없는 백성에게 노여워 한 것은 어째서인가?"라고 하였다. 나는 이것에 대해 마음속으로 의혹을 느꼈으니, 바로 세상에서 말하는 착한 이에게 복을 내리고 부정한 이에게 화를 내린다는 설인 것이다.

옛날 진(晉)나라 난염은 거만하고 잔인하였으나 무자(武子)[256]의 공훈 때문에 자기의 봉록을 보존하였다. 그 아들 영(盈)은 죄가 없었으나

254 음양공화(陰陽功禍)의 설 : 유종원(柳宗元)의 〈천설(天說)〉을 가리킨다. 한유와 유종원이 하늘이 내리는 화복에 관해 문답을 나누는 형식으로 되어있다.

255 번후(樊侯) : 번쾌(樊噲)를 말한다. 한대(漢代)의 군인·정치가이다. 한 고조(漢高祖)를 도와 여러 번 전공을 세우고 또 홍문연(鴻門宴)에서 고조를 구했다. 무양후(舞陽侯)에 봉해졌다.

256 무자(武子) : 아버지 난서(欒書)를 가리킨다. 진나라와 제나라가 안(鞍)에서 싸울 때 참여하여 크게 승리하였고 진 경공(晉景公)이 진(秦)을 패퇴시킬 때 여러 차례 무공을 세웠다. 군대를 이끌고 정나라를 구했고 초나라를 퇴군시켰으며 초나라의 동맹국인 채나라를 정벌하였다.

난염의 악행 때문에 몸은 죽고 집안은 망했다. 난염은 어찌 그리 행복했고 영은 어찌 그리 불행했던가? 선왕의 도는 후사(後嗣)에 벌이 미치지 않았다. 지금 하늘의 도는 당사자는 놔두고 아들에게 벌을 주니 역시 번후처럼 노여워하나 보다.

한나라 왕하가 수의어사(繡衣御史)로서 정직하게 비행을 적발하여 살린 사람이 매우 많자, "내 자손이 창성하리라."라고 말하였다. 손자 봉(鳳)에 이르러 황제의 처남으로서 국명(國命)을 마음대로 하였고 다섯 명의 후(侯)가 번갈아 재상이 되었으니, 하늘의 보답이 지나치다고 할 수 있다. 왕망(王莽)[257]이 한(漢)나라의 황제 자리를 빼앗자 수십 년간 천하가 매우 어지러웠고 끝내 왕씨와 백성이 함께 망해버렸다. 그러한즉 왕하가 살려준 사람은 겨우 몇 천이지만 왕망 때문에 죽은 자는 몇 십만 몇 백만인지 모른다. 처음에는 왕하의 현명함 때문에 공이 없는 자손에게 복을 내렸으나 끝내 왕망의 악 때문에 죄 없는 백성 몇 십만 몇 백만을 죽였으니, 하늘의 기쁨과 노여움을 알 수 있으랴.

한자(韓子 한유)는 "사람이 음양의 원기를 해쳐서 살아가는 것은 마치 벌레가 사물을 썩게 하여 생겨나는 것과 같으니 실로 하늘이 미워하는 바이다. 그러므로 백성을 해치고 학대하는 자는 천지에 공을 세우는 것이고 백성을 늘게 하는 자는 천지의 원수이다."라고 하였다. 명백히 이와 같다면 세상의 화복과 인사(人事)가 항상 어긋나는 것이 괴이할

257 왕망(王莽) : 왕하의 손자로 외척으로서 정권을 잡았다가, 양위 받는 형식으로 황제에 즉위하여 나라 이름을 신(新)이라 하였다. 각지에서 농민이 봉기하였고 녹림군이 장안을 공격해 온 와중에 살해당했다.《漢書 卷99 王莽傳》

게 없다. 유자후는 "공이라는 것은 스스로 공을 세운 것이고 화라는 것은 스스로 화를 일으킨 것이니 하늘에 상벌을 바라는 것은 매우 잘못되었다. 울부짖으며 하늘을 원망하면서 불쌍히 여겨주기를 바라는 것은 더욱더 잘못되었다."라고 하였다.[258] 이는 모두 격분하여 나온 말이지만 예로부터 화복을 내려주는 것이 번후 사당의 재앙처럼 거꾸로 된 경우가 매우 많았다. 이것이 두 사람이 천도(天道)를 의심하지 않을 수 없었던 까닭이다.

구양수의 문장 14 歐陽文十四 명인대사탑기[259]

〈명인대사탑기(明因大師塔記)〉는 선가(禪家)의 일을 한 마디 말도 언급하지 않고 오직 본 고장 민속에 대해 한가로이 진술하였다. 도당씨(陶唐氏 요 임금)의 유풍에 대해 말하고 또 명인의 입으로도 도당씨의 유풍이 남은 이 고장 풍속을 말하게 하여 탑기(塔記)가 지어진 까닭을 밝혔다. 녹문(鹿門)[260]이 "명인(明因)에게 다른 계행(戒行 계율을 지키는 행실)과 선혜(禪慧 참선과 지혜)가 없었기 때문에 그가 말한 것을 소급하여 이것으로 고금의 세월에 대해 감개한 것이다."라고 평하였으니 구양공을 아는 것이 어찌 그리 얕은가? 설사 명인에게 계행과 선혜가 있더라도 백성을 미혹시키는 잘못인 것이니 구양공이 기꺼이 말하였겠는가? 한공이 문창(文暢)을 전송한 글이나[261] 구양공이 유암

258 한자(韓子)는……하였다 : 《유종원집(柳宗元集)》 권16에 실려 있다.

259 명인대사탑기(明因大師塔記) : 《구양수집(歐陽脩集)》 권64에 실려 있다.

260 녹문(鹿門) : 461쪽 주 132 참조.

261 한공이……글이나 : 《한창려문집(韓昌黎文集)》 권4 〈송부도문창사서(送浮屠文

(惟儼)·비연(秘演)을 전송한 서문들의 경우[262] 모두 불교에 관한 말은 한 글자도 들어있지 않다. 우리들 가운데 부득이하게 승려 무리와 응수하는 자는 마땅히 이것을 모범으로 삼아야 한다. 선가의 글을 짓기 좋아하고 더 나아가 그 말들을 섭렵해 탑묘에 아첨하기 좋아하는 세간의 자들은 너무 심하지 않은가?

구양수의 문장 15 歐陽文十五 답섬서안무사벽서[263]

구양공이 하남(河南) 막부에 있을 적에 그의 막료들이 모두 그 시애 빼어난 인재들이었기 때문에 평생 즐겨 그들에 대해 말하면서 잊지 않았다. 예로부터 문사들은 태평성대를 만나면 도(道)에 따라 벼슬길에 나가는 법이고, 또 벗을 사귀는 즐거움을 얻은 자 가운데 구양공만한 사람이 없었다. 그 풍류와 여운이 지금까지 대단하니 성대하다 말할 만하다. 그러나 당시 빽빽한 숲과 우거진 띠풀처럼 현인들이 많았으나 도량이 넓고 자신에 대한 믿음이 굳건하여 단연 으뜸이 되는 인물로 유독 범문정(范文正 범중엄(范仲淹))을 추대하였으니 범문정은 어떠한 사람이었던가? 구양공이 범공을 이처럼 추앙하였으나 그의 초빙을 사양한 것은 어째서인가? 아마도 그의 즐거움을 이루 말할 수 없었기 때문이리라.

暢師序)〉를 말한다.

262 구양공……경우 : 《구양수집(歐陽脩集)》 권43에 실려 있는 〈석유암문집서(釋惟儼文集序)〉와 〈석비연시집서(釋秘演詩集序)〉를 가리킨다. 유암(惟儼)과 비연(秘演)은 구양수와 시를 주고받으며 가까이 지냈던 승려들이다.

263 답섬서안무사벽서(答陝西安撫辭辟書) : 《구양수집(歐陽脩集)》 권47에 실려 있다.

구양수의 문장 16 歐陽文十六 매성유묘지와 제문[264]

창려에게는 맹교[265]가, 여릉(廬陵 구양수)에게는 매요신(梅堯臣)[266]이 가장 깊고 절실하게 사귄 벗이었으나 특히 그 사람들이 시를 잘 하였기 때문에 묘지명 및 제문에 다른 말을 언급하지 않고 잘한 것만을 칭찬하였다. 두 공이 두 벗에게 유감이 있었던 것이 아니라 과장된 말은 믿을 수 없고 믿을 수 없으면 후세에 전할 수 없기 때문이었다. 구양공이 윤사로(尹師魯)를 논한 묘지명[267]을 살펴보면 알 수 있다. 후세 남의 비문을 쓰면서 넘치는 찬미를 잘 하는 자는 무정하다고 해야 할 것이다.

구양수의 문장 17 歐陽文十七

구양공은 고금의 문인 가운데 홀로 흠이 없다. 그가 드러내어 지은 문장은 온자(溫藉)하고 화평(和平)하며 감개하기를 잘 한다. 또 살던 때가 태평성대였기 때문에 말이 정직하고 아첨을 하지 않고, 직위가 높고 대우를 잘 받았기 때문에 감탄하면서도 지나치게 슬프지 않다. 마치 면류관과 옥장식을 차려 입고 명당(明堂)에서 읍양하고 주선하

264 매성유묘지와 제문〔梅聖兪墓誌祭文〕:《구양수집(歐陽脩集)》 권33에 묘지가, 권50에 제문이 실려 있다.

265 맹교(孟郊) : 751~814. 자는 동야(東野), 시호(諡號)는 정요선생(貞曜先生)이다. 중국 중당기(中唐期)의 시인이다.

266 매요신(梅堯臣) : 1002~1060. 자는 성유(聖兪), 호는 원릉(宛陵)이다. 중국 송나라 때 시인이다. 세련되고 정밀한 구법(句法)이 특징이며, 두보(杜甫) 이후 최대의 시인이라는 상찬을 받았다.

267 윤사로(尹師魯)를 논한 묘지명 :《구양수집(歐陽脩集)》 권28에 실려 있다.

며 천하의 일을 논하는 것 같고, 마치 종묘에 올라 규장(圭璋 예식 때 쓰는 옥)을 받드니 주현(朱絃)의 음이 귀에 들려와 숙연하게 선왕의 덕을 생각하지 않는 이가 없게 만드는 것 같고, 마치 대인이 수레에 올라 똑바로 서서 인끈을 쥐니 여섯 마리의 말고삐가 조화롭고 유연하여 울리는 화란(和鑾 황제의 마차에 달린 방울)이 절조를 맞추는 것 같다. 아아! 순정한 음악이자 치세의 문장이라 할 만하다.

비지문(碑誌文)은 자장(子長 사마천)에게서 터득하였고 서(序)・기(記)는 창려(昌黎 한유)에게서 터득하였고 주(奏)・소(疏)는 가의(賈誼)[268], 육지(陸贄)[269]와 상하를 다투지만 공정한 의론과 올바른 견식은 훨씬 앞선다. 공의 문장은 위로 한・당(漢唐) 대가의 맥이 닿아 있고 아래로 송(宋) 이후의 문호를 열었으니 풍부하여 천고 문단의 지남(指南)이 된다. 그러나 그 문장의 완급이 빠르지 않고 날카로운 말이 없다. 그렇기 때문에 잘 배우지 못하는 자에게는 평범하고 용렬한 데로 흘러버리는 폐단이 있다. 그래서 신기(神奇)한 것을 쓰려하다가 썩은 악취로 바꾸어 버린다면 매우 잘못하는 것이다.

(옮긴이 구지현)

268 가의(賈誼) : 기원전 200~기원전 168. 중국 한 문제(漢文帝) 때의 문인 겸 학자이다. 진나라 때부터 내려온 율령, 관제, 예악 등의 제도를 개정하고 한의 관제를 정비하기 위한 많은 의견을 상주했다.

269 육지(陸贄) : 754~805. 중국 당(唐)나라 중기의 정치가이다. 덕종(德宗)에게 큰 신임을 받아 중서시랑 문하동평장사(中書侍郎門下同平章事)까지 올라 국정을 총괄하였다.

지은이 **김윤식(金允植)**

1835(헌종1)~1922. 자는 순경(洵卿), 호는 운양(雲養), 본관은 청풍(淸風)이다. 유신환(兪莘煥, 1801~1859)과 박지원의 손자인 박규수(朴珪壽, 1807~1876)에게 사사해 노론낙론계의 사상을 이어받았다. 1881년(고종18) 영선사로 파견된 일을 계기로 친청 노선을 고수하였다. 일본과의 굴욕적 조약에도 순순히 응하여 많은 비판을 받기도 하였으나, 1919년 3·1운동의 고조기에 대일본장서(對日本長書)를 일본정부에 제출했던 일로 '만절(晩節)'이라 평가받기도 하였다. 김윤식은 조선의 최대 격변기에 온갖 부침을 겪으며 벼슬아치의 일생을 보내는 한편 문장가로서도 이름이 높았다. 1922년 그가 죽었을 때 '조선의 문호(文豪)'로 지칭되기도 하였다. 저서로는 《운양집(雲養集)》, 《음청사(陰晴史)》, 《속음청사(續陰晴史)》 등이 있다.

옮긴이 **구지현**

1970년 천안에서 태어났다. 연세대학교 국어국문학과를 졸업하고 동대학원에서 문학석사 및 문학박사 학위를 받았다.
연세대학교 BK사업단 연구원, 일본 게이오대학 방문연구원(일한문화교류기금 펠로우십)을 지냈고 현재 연세대학교 국학연구원 학술연구교수로 재직하고 있다. 저서로《계미통신사 사행문학연구》, 《통신사 필담창화집의 세계》 등이 있다.

옮긴이 **백승철**

1953년 충남 당진에서 태어났다. 연세대학교 사학과를 졸업하고 연세대학교 일반대학원 사학과에서 문학석사, 문학박사학위를 받았다.
연세대학교 강사, 연세대학교 국학연구원 교수를 지냈고, 현재 연세대학교 국학연구원 연구교수로 재직하고 있다. 대표적인 저서로는 《조선후기 상업사 연구－상업론·상업정책》이 있다.

권역별거점연구소협동번역사업 연구진

연구책임자 **이광호**(연세대학교 문과대학 철학과 교수)
공동연구원 **김유철**(연세대학교 문과대학 사학과 교수)
허경진(연세대학교 문과대학 국어국문학과 교수)
선임연구원 **구지현**
기태완
백승철
이지양
이주해
정두영
교열 **김익수**
김영봉(권1, 2, 3)
연구보조원 **안동섭**

운양집 6
김윤식 지음 | 구지현 · 백승철 옮김
2013년 12월 30일 초판 1쇄 발행
편집 · 발행 도서출판 혜안 | 등록 1993년 7월 30일 제22-471호
주소 (121-836) 서울시 마포구 서교동 326-26번지 102호
전화 3141-3711 | 팩스 3141-3710 | 이메일 hyeanpub@hanmail.net

값 30,000원
ISBN 978-89-8494-496-1 94810
978-89-8494-490-9 (세트)